Erna Schwemer-Uhlhorn / Die Ablösung

Stocker
stv

Erna Schwemer-Uhlhorn

Die Ablösung

Der Abschied vom Berufsleben

Roman

Leopold Stocker Verlag

Umschlaggestaltung: Atelier Geyer, Albersdorf
Umschlagfoto: Atelier Geyer, Albersdorf

CIP-Kurztitelaufnahme der Deutschen Bibliothek

Schwemer-Uhlhorn, Erna:
Die Ablösung: d. Abschied vom Berufsleben; Roman /
Erna Schwemer-Uhlhorn. - Graz; Stuttgart: Stocker, 1985
ISBN 3-7020-0496-3

ISBN 3-7020-0496-3

Printed in Austria
Druck: M. Theiss, Wolfsberg

1. TEIL

DAS NEUE LEBEN

„Kann ich sonst noch etwas für Sie tun, Herr Doktor?“ fragte der junge Mann.

„Nein, danke. Ich glaube, das wäre wohl alles!“ antwortete der andere zögernd. Sie hatten den Rundgang durch die Fabrik beendet und standen nun vor dem Haupteingang.

Dr. Grothe blickte sich noch einmal um, langsam, bedächtig und gewissenhaft, wie es seine Art war. Jochen Schütz stand dabei. Obgleich es ihn drängte, nach Hause zu fahren, brachte er es nicht fertig, Dr. Grothe allein zu lassen. Und dieser wiederum suchte nur nach einer Möglichkeit, seinen Nachfolger zu verabschieden, ohne ihn zu kränken. Früher wäre Dr. Grothe nicht derartig rücksichtsvoll gewesen, doch Alter und Toleranz hatten ihn so werden lassen.

„Lassen Sie mich noch einen Augenblick allein!“ sagte er schließlich und löste so das Problem für beide Seiten positiv.

„Aber bitte, natürlich!“ Schütz gab Grothe die Hand. „Es ist ja kein Abschied für immer!“ meinte er. „Sicher brauche ich Sie noch. Darf ich mich dann melden?“

Grothe nickte.

„Ich bringe die Schlüssel vorbei!“ rief er ihm noch nach. Er wartete, bis Schütz aus seinem Blickfeld verschwunden war, und sah sich dann gründlich um.

„Dies ist eine Stätte der Ordnung, des Fleißes und des Friedens!“

Seit über dreißig Jahren hing das Schild nun hier über dem Eingang zu den Fabrikationsräumen. Er hatte den Text geprägt und das Unternehmen danach geleitet.

Langsam ging er nach oben in sein Zimmer. Seit eh und je hatte dieser spartanische Raum ein breites Fenster zu dem großen Büroraum, in dem sich die gesamte Verwaltung der „Perfekt-Nahrung“ abspielte.

Dreißig Jahre hatte Grothe die Geschicke der deutschen Gesellschaft seiner amerikanischen Firma, der „Perfect Food International“, geleitet, hatte sie groß gemacht und war nun in dem Alter, in dem man sich vom Berufsleben zurückzieht.

Bedächtig legte er den Schlüssel, den sogenannten Generalschlüssel, der ihm Zugang zu drei Fabriken innerhalb Deutschlands und zu den erst vor einigen Jahren hinzugekauften Tobias-Werken mit zwei Fabrikationsstätten verschaffte, auf den Schreibtisch und setzte sich.

Mit den Händen bedeckte er sein Gesicht, um im Augenblick nichts zu sehen, sondern seine Blicke nach innen zu wenden und sich Rechenschaft über sein Tun während dieser dreißig Jahre abzulegen.

Da meldete sich Anfang der fünfziger Jahre auf Grund einer Zeitungsannonce der ehemalige Korvettenkapitän bei der PFI, die beabsichtigte, in

Deutschland eine kartoffelverarbeitende Fabrik zu bauen. Rund vierhundert Bewerber hielten sich für geeignet, den Posten auszufüllen. Dr. Ulrich Grothe kam in die engere Wahl. Er war Diplom-Ingenieur und hatte den Krieg als Chef der 4. Schnellbootsflottille miterlebt.

Ein erstes Gespräch mit dem Leiter der europäischen Fabriken in Paris brachte ihn einen Schritt weiter. Man wurde aufmerksam. Schließlich wurde er — für damalige Verhältnisse noch ungewöhnlich — nach New York gerufen, wo er endgültig mit der Aufgabe betraut wurde, einen Platz für die neue Fabrik ausfindig zu machen, sie zu bauen und später zu leiten.

Für ein Vierteljahr wurde er in einer der amerikanischen Fabriken geschult und dann unter strenger Aufsicht von Paris aus in die Position eingeschleust.

Grothe ließ die Hände sinken. Seine Augen durchwanderten den leeren Großraum, den er durch das Fenster sehen konnte. Es war Sonnabend. Niemand war anwesend.

Er schenkte es sich im Augenblick, die vielfachen Stationen des Aufbaus, des Erfolgs und Mißerfolgs, der Freuden und Ärgernisse, der Höhen und Tiefen, des Einvernehmens und Mißverständnisses mit seinem amerikanischen Hauptquartier näher zu betrachten. Was ihn viel mehr beschäftigte, war die Frage, ob er den richtigen Nachfolger ausgesucht hatte.

Zugegeben, die Würfel waren längst gefallen. Drei Jahre lang hatte er Jochen Schütz auf seine zukünftige Arbeit vorbereitet. Und Jochen Schütz war ein Kind der PFI. Er hatte nach seinem Studium der Betriebswirtschaft alle Stationen in der Fabrik durchlaufen, hatte in Paris wie in New York seine Schulung in der Verwaltung bekommen, und Grothe hatte nicht versäumt, ihn nachdrücklich und rechtzeitig in alles einzuweihen, was ein General Manager der Perfect Food International in Deutschland wissen muß.

Und doch! Und doch fragte er sich wie schon häufig auch heute wieder, ob er sich nicht manchmal hatte leiten lassen von der angenehmen Höflichkeit des jungen Mannes dem Alter gegenüber. Grothe mußte zugeben, daß Kinderstube, Erziehung und eine gewisse Selbstkontrolle noch nicht die Führungspersönlichkeit ausmachten, die die PFI erwartete. Auch eine noch so gute Schulung allein tat es nicht.

Es mußte alles zueinander passen. Auch die Frau spielte dabei eine Rolle. Sie mußte sich einfügen können in die Belange der Firma. Und ganz gewiß mußte sie manchen persönlichen Wunsch zurückstecken, wenn es darum ging, die Interessen der Gesellschaft zu wahren.

Grothe hatte Angela Schütz im Laufe der Jahre genau studiert. Sie war nicht nur hübsch, nicht nur elegant, sie hatte ganz sicher auch begriffen, um was es ging.

Von der Seite drohte also keine Sorge! dachte er und konnte nicht wissen, daß er sich täuschte.

Was ihn mehr beschäftigte, war die Tatsache, daß er sich unter Umständen trügen ließ von den angenehmen Eigenschaften, die Jochen Schütz mitbrachte. Es war angenehm, daß er sich nie im Ton vergriff, wenn er Grothe über Vorgänge im Betrieb berichtete. Es war angenehm, daß er sich Grothes Ratschläge prompt zu eigen machte, daß er ihn bis zum Schluß einbezog in die Belange der Firma. Es war wohltuend, daß er es nie an Respekt und Achtung fehlen ließ.

Aber — war das letzten Endes wichtig? War es nicht doch ein Umschmeicheln seiner Person und nichts weiter?

Respekt und Höflichkeit mochten noch so wohltuend sein, sie genügten nicht, wenn es darum ging, eine Nachfolge anzutreten und ein Unternehmen durch immer schwerer werdende Zeiten zu steuern.

Grothe war nicht so engherzig, daß er von seinem Nachfolger erwartete, die Firma genau so weiterzuführen, wie er es gemacht hatte. Das wäre ja auch gar nicht richtig, sagte er sich.

Nein — das alles war es nicht, was ihn noch immer nicht weiterkommen ließ in seinen Gedanken.

Jochen Schütz! 47 Jahre war er alt, lebte in geordneten Verhältnissen, hatte Frau und zwei Kinder, etwas, worauf die PFI seit eh und je allergrößten Wert legte. Aber hatte er das Durchsetzungsvermögen, wenn es darum ging, sich in Verhandlungen — mit wem auch immer — stark zu machen und seinen Standpunkt beziehungsweise den Standpunkt seiner Firma zu vertreten? Das war es, was Grothe gerade in der letzten Zeit aufgefallen war. Anfangs hatte er nicht gemerkt, daß Schütz' Rücksichtnahme größer war, als sie nach Grothes Meinung sein durfte.

Woher kam das? Warum war es ihm nicht aufgefallen? Oder hatte sich Schütz selbst geändert?

Oder — noch schlimmer — hatte Grothe infolge seines Alters die Rücksichtnahme als wohltuend empfunden und sie sogar begrüßt? Das wäre ein schwerer Fehler, den er sich nie verzeihen könnte.

Jetzt, hier an seinem Schreibtisch sitzend, kamen ihm wieder Zweifel, ob er nicht aufmerksam genug gewesen war, ob er vielleicht infolge seines Alters etwas übersehen hatte ...

Oder ... machte er sich zuviele Gedanken? Es war doch längst beschlossen: Schütz war sein Nachfolger. New York hatte es bestätigt. Warum sorgte er sich also noch?

Vor Jahren war er einmal drei Monate lang abwesend gewesen, um einen Management-Kurs an der Harvard Universität in Boston zu absolvieren. Da hatte er Schütz die Zügel einfach „hingeworfen" und ihm den Betrieb anvertraut. Warum kamen ihm heute Zweifel?

Ja — damals! Da wußte der junge Mann im voraus, daß die Verantwortung auf ein Vierteljahr begrenzt war. Jetzt sah die Sache anders aus.

Grothe stand auf und sah aus dem Fenster.

„Dies ist ein ‚fein' Fabrik!" hatte Jerry Forrester gesagt, als sie vor mehr als einem Vierteljahrhundert eröffnet worden war. Grothe lächelte, als er sich die Szene ins Gedächtnis zurückrief. Da sprang sein unmittelbarer Vorgesetzter bei der feierlichen Eröffnung einfach auf die Rampe und schrie den Arbeitern zu, dies wäre eine ‚fein' Fabrik, „aber nun fix, fix arbeiten!"

Weiß Gott, sie hatten fix, fix gearbeitet, sonst wären aus der einen Fabrik nicht drei geworden und die Tobias-Werke hätte die PFI wohl auch nicht übernommen.

Nicht abschweifen jetzt! ermahnte er sich. Noch nie hatte Grothe sich erlaubt, Überlegungen, die unbequem waren, einfach beseite zu schieben. Also Jochen Schütz, mein Nachfolger!

Er straffte sich, als ob er sich damit zur Ordnung rufen wollte. Warum schwanke ich in letzter Zeit so häufig? fragte er sich.

Warum dachte ich gestern: Schütz ist *der* Mann! und war vollkommen sicher. Und warum denke ich heute: Ist er es wirklich?

Es muß das Alter sein! dachte er. Früher war ich nie so unsicher.

Vielleicht war es ein weiser Beschluß, seine Arbeit in jüngere Hände übergehen zu lassen. Nicht nur wegen des Zögerns, auch — und das versöhnte ihn — mußte einmal frischer Wind die Segel blähen. Dreißig Jahre ein Unternehmen zu leiten, war fast zu lange. Man konnte es gar nicht verhindern, daß da etwas zu kurz kam.

„Ein ‚fein' Fabrik!" murmelte er und hatte nun seinen Frieden gefunden. Mein Nachfolger jedenfalls übernimmt ein ‚fein' Fabrik!

* * *

Währenddessen stand Christiane Grothe am Fenster ihres hübschen Hauses am Hang und blickte hinab auf die Ebene. Sie machte es genau so wie ihr Mann: wann immer er über etwas nachdachte und schwierige Entscheidungen zu treffen hatte, stand er am Fenster seines Arbeitszimmers, das den Blick freigab in eine unverbaubare Weite, die sich am Horizont verlor. Zur Rechten lag der eigentliche Ort Bad Marienfelde, Christianes Heimat, in der sie aufgewachsen war als Tochter von Dr. Wolperding, dem einzigen Arzt in dem kleinen Rentnerbad, wie man es früher genannt hatte.

Eines Tages, genau genommen kurz nach der Währungsreform des Jahres 1948, war ihr der stille Ort zu eng geworden. Sie hatte ihre Ausbildung beendet und ihr Glück in Hamburg versucht, wo sie kurz darauf Dr. Grothes Sekretärin geworden war. Die Zusammenarbeit war ersprießlich, wenn auch kühl, korrekt und unpersönlich gewesen, genau das, was beiden am meisten lag.

Erst nach und nach hatte sie erfahren, daß Dr. Grothe seine Frau durch einen Autounfall verloren hatte. Er war nur zwei Jahre verheiratet gewesen und hatte einen Sohn, der bei den Eltern der Frau aufwuchs.

Christiane war es auch, die Dr. Grothe bei der Suche nach einem geeigneten Platz für eine Fabrik unterstützte. Sie machte ihn auf Bad Marienfelde aufmerksam, eine Kartoffelgegend, am Rande des Mittelgebirges gelegen. Zudem war alles andere vorhanden, was damals zu einer Fabrik gehörte: Wasseranschluß, Bahnanschluß und genügend Platz, aber vor allem Kartoffeln! Grothe hatte noch nie von Bad Marienfelde gehört, aber letzten Endes war es genau der Platz, den er suchte.

Hier verhielt Christiane einen Augenblick in ihrer Erinnerung.

Die Notlösung! sagte sie vor sich hin. Mein Gott, wie lange habe ich mich damit herumgequält. Zwölf Jahre, genauer zwölfeinhalb Jahre kam ich von der Vorstellung nicht los, daß Ulrich Grothe mich geheiratet hatte, weil seine Firma ihm die Stellung eines Fabrikleiters nicht einräumen wollte, ohne daß er eine „First Lady" vorweisen konnte. Und genau an ihrem kupfernen Hochzeitstag sollte sie endlich erkennen, daß es keine Notlösung gewesen war, sondern echte Zuneigung. Vielleicht war sie nicht von Anfang an dagewesen. Das konnte auch gar nicht sein. Grothe war noch viel zu sehr mit dem Verlust seiner Andrea beschäftigt. Jedoch, er wurde pausenlos von Jerry Forrester, seinem amerikanischen Vorgesetzten, bedrängt, er sollte sich endlich bequemen, wieder zu heiraten. Noch heute wurde Christiane rot, wenn sie an Forresters nicht gerade gewählte Ausdrucksweise dachte — an sein Kauderwelsch von Englisch und Deutsch. Ach ja, die beiden waren ein Gespann wie Feuer und Wasser!

Sie nickte nachdenklich vor sich hin. Was waren das für Zeiten gewesen!

Das war nun knapp dreißig Jahre her.

Und als sie ihre nachdenklichen Erinnerungen weiterspann, kam sie zu der Feststellung, daß Ulrich und sie eigentlich nie eine ausgesprochene Glückseligkeit erlebt hatten.

Schon ihre Heirat war ein Punkt unter vielen, die mit dem Bau der Fabrik zusammenhingen. Zwar versprach er ihr damals eine Hochzeitsreise, doch sie wurde nie ausgeführt. Beide wurden sofort und intensiv in die Pflicht genommen, und es schien ihr heute, als seien sie beide gar nicht geschaffen für Beschwingtheit, Glückseligkeit oder das Hervorkehren von Gefühlen, die gewiß vorhanden waren, doch kaum ans Tageslicht kamen. Was sie miteinander verband, stellte sich erst im Laufe der Jahre nach dem kupfernen Hochzeitstag heraus — jenes unbedingte Gefühl für Zusammengehörigkeit, für Verläßlichkeit, die Achtung voreinander und das Pflichtbewußtsein gegenüber einmal übernommenen Aufgaben. Das alles hatte sich im Laufe der Jahre bei ihnen eingefunden und entwickelt.

Früher hieß Christiane in der Familie „das preußische Gewissen", und ihr war diese Bezeichnung nicht einmal unangenehm, selbst wenn man ihr nachsagte, sie hätte aus diesem Grunde wenig Sinn für einen handfesten Scherz, im Gegenteil, sie wäre hochnäsig und arrogant. Sie war es nicht, doch erweckte sie manchmal den Eindruck.

Das alles kam ihr in den Sinn, als sie hier am Fenster stand und das ruhige Bild der Ebene in sich aufnahm. Wirklich, man konnte zur Ruhe kommen, wenn man die weite Landschaft auf sich einwirken ließ.

Ein Blick auf die Uhr sagte ihr, daß sie noch ein wenig Zeit hatte, bis Ulrich zum Mittagessen kam. So setzte sie sich auf das Sofa und konnte auch von hier aus den Ausblick genießen.

Sein letzter Tag! ging es ihr durch den Sinn. Sein allerletzter Tag als berufstätiger Mensch, als General Manager der Perfect Food International in Deutschland.

Dreißig Jahre hatte die PFI ihrer beider Leben bestimmt, und von heute auf morgen war da plötzlich nichts mehr. Ein riesiges Vakuum, das gefüllt werden mußte. Womit? Womit nur? Dreißig Jahre lang hatte dieser Ulrich Grothe keine Zeit gehabt, ein Hobby zu pflegen, dreißig Jahre lang hatte die PFI sein ganzes Denken in Anspruch genommen. Er hatte es sich förmlich verboten, andere Gedanken zu haben als diese. Wie oft hatte Christiane sich gefragt, ob die PFI ein Recht hatte, sich so bestimmend in ihr Leben einzuschalten. Hätte sie Ulrich gefragt, würde er ihr prompt geantwortet haben: Ja, das hat sie, und ich will es auch so! Ich betrachte die Verantwortung, die mir übertragen worden ist, als meine Lebensaufgabe! Und wenn man mir das Vertrauen einräumt, ist es meine Pflicht und Schuldigkeit, mein Bestes zu geben, mich auf diese Aufgabe zu konzentrieren und keinen anderen Gedanken aufkommen zu lassen!

Ja, so ist Ulrich! mußte sie denken. Das heißt, er war so über eine ganze Spanne von Jahren — bis er dahinterkam, daß er umso intensiver wirken konnte, wenn er sich einen Ausgleich schaffte für sein intensives Denken — eine Art Äquivalent.

Erst als er das erkannt hatte, wurde das Leben mit ihm erfreulicher, manchmal sogar liebenswert. Endlich auch erzählte er ein wenig von seinen Sorgen und Freuden, seinen Erfolgen und Nöten, und manchmal konnte ich sogar mein Scherflein dazu beitragen, daß er bestimmte Dinge anders sah und weiterkam in einer Sache, die ins Stocken geraten war.

Jetzt kommt etwas ganz Neues auf uns zu! überlegte sie weiter. Auf einmal werden wir Zeit haben. Auf einmal ist Ulrich zu Hause, den ganzen Tag um mich herum. Wir werden einen Stundenplan machen müssen. Gewiß tun wir das. Ulrich kann gar nicht anders, als nach Plan leben. Er hat schon gesagt, daß er keinesfalls so in den Tag hineinleben will. Nach wie vor würde es ein System geben! Gut so! Ich bin auch dafür.

Welch ein Segen, daß wir uns in so vielem einig sind.

Wir waren es nicht immer! Aber die vielen Jahre der Gemeinsamkeit haben es mit sich gebracht, daß einer des anderen Eigenheiten respektierte. Abgesehen davon erspart es einem vieles. Zwar gibt es den Leitsatz: Gegensätze ziehen sich an! Vielleicht ist es so! Bei Ulrich und mir scheint es nicht so zu sein. Oder sollten wir uns aneinander gewöhnt haben?

Es bedurfte keines langen Feldzuges von seiten Ulrichs, mich zu erziehen, für die PFI dazusein. Das sah ich von vornherein ein — vielleicht auch aus dem Grunde, weil ich ein Jahr lang seine Sekretärin war und Einblick in die Belange der Firma erhalten hatte.

Auch ich begriff im Laufe der Zeit, daß die PFI in allem Vorrang hat!

Sie stockte in ihren Überlegungen.

Aber jetzt hat sie es nicht mehr. Jetzt ist da nichts! Keine PFI, die uns vorschreibt, wie wir zu leben haben, wie wir sie zu vertreten haben ... jetzt sind da nur noch Ulrich und ich!

Sie machte wieder eine Pause und sagte es dann laut vor sich hin: „Ulrich und ich!"

Wie seltsam! Soll ich mich darüber freuen — oder soll ich mich fürchten? Ulrich ist eigentlich noch nicht in dem Alter, daß er abtreten sollte! Und doch sagt er: ich bin kein biologisches Wunder!

Das mag ja alles stimmen, aber ...

Ach, ich weiß es nicht!!

Noch nie hatte sie ein Problem vor sich hergeschoben, doch heute erlaubte sie es sich.

Ich weiß nicht, wie sich dieser neue Lebensabschnitt gestalten wird! Ich weiß nur, daß wir beide uns Mühe geben werden, ihm eine positive Prägung zu geben.

Mit diesem Vorsatz stand sie auf und sah der Zukunft mutig entgegen.

* * *

Mach ein frohes Gesicht, wenn du nach Hause kommst! nahm er sich vor. Doch bevor er sich auf den Weg machte, wollte er die Fabrik nochmal gründlich in Augenschein nehmen und begann damit, an sein Fenster zu treten, das oberhalb des Eingangs lag. Mit einem Schmunzeln erinnerte er sich, wie er seine Büroangestellten ohne ein Wort der Rüge zur Pünktlichkeit erzogen hatte. Er hatte sich einfach eine Woche lang morgens um 8 Uhr an dieses Fenster gestellt und jeden begrüßt, der durch die Haupttür gegangen war, mit einem höflichen Kopfnicken, auch diejenigen, die zu spät gekommen waren. Schon nach drei Tagen war dieses Ärgernis ausgeräumt gewesen.

Ob Schütz wohl auch jeden Morgen durch die Fabrik gehen würde? Er hatte es ihm empfohlen. Auf diese Weise hatte Grothe mit allen Mitarbeitern Kontakt gehalten, etwas, woran ihm besonders lag. Jeder wußte, zu dieser Zeit durfte er ihn anreden, durfte Fragen stellen, durfte seine persönlichen Nöte unterbreiten, durfte Vorschläge machen, vielleicht über eine technische Verbesserung. Während er darüber nachdachte, kam ihm zu Bewußtsein, daß es vornehmlich dieser Grund gewesen war, einer Verlegung der Hauptverwaltung in eine Großstadt auszuweichen: der tägliche Gang durch die Fabrik.

Es war möglich, daß Schütz nichts davon hielt. Grothe erinnerte sich, daß er ein paarmal gesagt hatte, es ginge zuviel Zeit damit verloren! Es war auch verschiedentlich vorgekommen, daß er sich wegen irgendwelcher Telefonate entschuldigt hatte und nicht mitgegangen war. Nun, Grothe hatte sich geschworen, ihm keine Vorschriften zu machen. Jeder hatte seinen eigenen Stil, eine Firma zu leiten. Hauptsache, er machte es gut, so daß etwas Positives dabei herauskam.

Er war bei seinem Rundgang bei den Vorratskesseln angelangt. Aus rostfreiem Stahl waren sie. Das Auge des Technikers konnte sich über so etwas nur freuen, zumal es keine Schmierstreifen entdeckte. Alles war glatt und blank. Und als er weiterblickte, hatte er wieder einen Grund zum Schmunzeln. Die Ecken! Die weißgestrichenen Mauerecken hatten seinerzeit beim technischen Hauptbüro in New York soviel Anklang gefunden, daß man sie auch in den anderen Fabriken eingeführt hatte. Schon gleich beim Bau hatte Grothe darauf gedrungen, daß diese Mauerecken weiß angestrichen wurden, damit es niemandem einfiele, diese Ecken als Abstellplatz für Frühstückstaschen, Besen oder sonstiges Putzgeschirr zu benutzen.

Er kam zum Kesselhaus und traf den alten Maschinenmeister. Auch Hövermann war von Anfang an dabeigewesen und in den Jahren ergraut, genau wie Grothe! Die Kesselwärter in ihren weißen Overalls! Auch so eine Sache, die Grothe eingeführt hatte.

Warum müssen unsere Kesselwärter in dunklen Schutzanzügen herumlaufen? fragte er. Sie kommen mit der Kohle gar nicht in Berührung, denn wir haben eine automatische Befeuerung. Sie brauchen lediglich ihre Kessel zu beobachten, das Kesselbuch zu führen und ihre Schalthebel zu bedienen.

Heute gab es keine Kohle mehr, sondern Öl, und die Sache war noch einfacher.

„Wie gut, daß ich Sie treffe, Herr Hövermann!" sagte Grothe aufgeschlossen und gab ihm die Hand. „Ich wollte mich verabschieden!"

„Ach, Herr Doktor!" Es klang bewegt. „Es ist ein Jammer!"

„Nun, nun, ich bin ja nicht aus der Welt!"

„Ach, das meinte ich nicht! — Ich habe gehofft, daß Sie nochmal hier vorbeikommen würden! Schon den ganzen Morgen denke ich an die Jahre, die ich bei der Perfekt-Nahrung bin, von Anfang an. Was haben wir alles erlebt! Wissen Sie noch, die Sache mit den Maschinen aus Amerika?"

„Den ‚Dreck'? Oh ja, das war eine tolle Geschichte! Ich erinnere mich noch, daß Sie ganz außer sich waren, als Sie ins Büro kamen!"

„Ja, das war ich auch! Das war doch alles Schrott! Ich hatte das Gefühl, die wollten uns auf die Probe stellen — oder sie sagten sich: für die Deutschen ist das Zeug noch lange gut genug! Ach, ich habe mich hundertmal gefragt, was die Amerikaner sich dabei gedacht haben, uns so einen Mist zu schicken!"

Er war auf dem besten Wege, sich noch heute darüber aufzuregen.

Grothe dagegen blieb gelassen.

„Vielleicht sollten wir klein beigeben! Vielleicht wollten sie, daß wir uns die Zähne daran ausbeißen! Aber ..."

„Das war es ja eben, Herr Doktor! Den Gefallen haben wir ihnen nicht getan!"

„Natürlich! Die Blöße durften wir uns doch nicht geben!"

„Aber wenn Sie nicht gewesen wären, Herr Doktor ... wissen Sie noch, wie wir Abend für Abend bis in die tiefe Nacht hinein gearbeitet haben, bis wir alles wieder hinkriegten? Wissen Sie noch ..." plötzlich verstummte er.

„Na?"

„Ach!" sagte er nach einigem Zögern. „Sowas gibt's ja heute nicht mehr! Heute wollen sie alle pünktlich nach Hause, an den Fernseher oder zum

Fußball! Heute fragen sie als erstes, wenn sie angestellt werden, wieviel Urlaub es gibt und wie es mit dem Lohn ist!“

„Kommen Sie, Herr Hövermann! Sooo schlimm ist es ja nun auch nicht! Ich gebe zu, es hat sich ein anderer Arbeitsstil entwickelt, aber Sie dürfen nicht alle über einen Kamm scheren! Es gibt immer Tüchtige und weniger Tüchtige. Es gibt immer Fleißige und weniger Fleißige. Der eine will vorankommen und sputet sich, der andere ist zufrieden mit dem, was er erreicht hat.“

Hövermann zuckte die Schultern. Er wollte ja nicht sagen, daß ihm das alles nicht mehr gefiel und er den Tag seines Abschieds herbeisehnte. Ein halbes Jahr mußte er noch aushalten.

Fast beneidete er Dr. Grothe, weil er schon soweit war.

Und Grothe? Grothe sah genau, daß Hövermann den alten Zeiten nachtrauerte. Er war nicht flexibel genug, um seine jungen Kollegen zu verstehen. Wenn sie nicht spurten, wie er es ihnen vorschrieb, taugten sie nichts. Ganz sicher würde Hövermann leichten Herzens der PFI Adieu sagen und sich den Dingen zuwenden, die er jetzt schon in seiner Freizeit pflegte: Haus und Garten und Fernsehen! Mehr wollte er nicht.

Nachdem er sich von dem biederen Mann verabschiedet hatte und nun draußen war, gingen seine Augen nochmal über die Anlage. Alles war sauber und ordentlich, die breiten Wege ohne Schmutzspuren von den Lastwagen, an einigen Stellen waren noch ein paar langsam trocknende Pfützen vom Spritzen mit dem Schlauch. Die Rampe war gefegt, die Grünanlagen gepflegt, der Rasen gemäht, die Papierkörbe geleert, die Gebäude weiß gestrichen. Alles in allem durfte er sagen: ich übergebe meinem Nachfolger ein geordnetes Unternehmen.

Vor ein paar Tagen war er noch in der Lüneburger Heide und in Süddeutschland gewesen und hatte sich in den dortigen Fabriken verabschiedet, hatte auch hier festgestellt, daß seine Arbeitsmethode Früchte getragen hatte wie auch bei den Tobias-Werken im Münchener Raum.

„Mehr kann ich nicht tun!“ sagte er und machte sich auf den Weg.

Den Wagen hatte er bereits an Schütz abgegeben. Er konnte sich nicht entsinnen, wann er zuletzt den Weg von der Fabrik durch den Ort bis zum Haus am Hang zu Fuß gegangen war.

Eine neue Erfahrung! dachte er und schritt rüstig voran.

* * *

Er hätte nicht gedacht, daß die Auffahrt zur Fabrik so lang sei.

Ich habe überhaupt kein Verhältnis mehr zum Fußgänger! stellte er fest. Das muß anders werden! Ich muß endlich wieder wissen, was ein Bürgersteig ist, wie Regen sich anfühlt und wie hart das Pflaster sein kann! — Ich sehe es schon kommen, Christiane und ich müssen von ganz vorn anfangen! Man lernt nie aus, auch wenn man 65 Jahre alt ist!

Beim Gedanken an das, was er alles tun wollte, wurde ihm wohler. Die

Abschiedsstimmung schwand dahin, je mehr er sich vom Fabrikgelände entfernte. Er kam dem Ort näher und entsann sich, daß er in der allerersten Zeit mit Christiane noch einen Abendspaziergang durch Marienfelde gemacht hatte.

Später hatte es das nicht mehr gegeben. Wohl auch, weil er von so vielen Bürgern angesprochen worden war, weil er wie ein Heilsbringer Anfang der fünfziger Jahre den vielen Menschen Arbeit und einen Neuanfang vermittelt hatte, daß es ihm unangenehm war.

Heute war das anders. Damals hatte die PFI mit ihrem Kommen den Ort total verändert. Jetzt gab es am Kanal ein Industrie-Gebiet, in dem sein Schwager Martin Berger seine Brotfabrik hatte, die Genossenschaft ihre Getreidemühle, ein Baumarkt war hinzugekommen, ferner eine landwirtschaftliche Maschinenfabrik und ein Furnierwerk.

Daß die Perfekt-Nahrung amerikanischen Ursprungs war, merkten Außenstehende — die Badegäste zum Beispiel — kaum, wenn sie auch noch immer während ihrer Kur die Fabrik besichtigen konnten und meistens beglückt mit einem Probenbeutel wieder abzogen. Sie hatten ja Zeit während ihrer Kur, und so ein Lebensmittelwerk zu besichtigen, war eine angenehme Abwechslung.

Den „Marienfelder Hof", das neue Hotel, in dem wegen der Nähe zum Industriegebiet gewöhnlich alle Techniker übernachteten, die die Maschinen betreuten und im regelmäßigen Turnus Inspektionen durchführten, hatte er schon passiert. Jetzt näherte er sich dem „Hotel zur Post", das für sich in Anspruch nehmen durfte, Napoleon beherbergt zu haben. So alt war es schon. Doch ganz sicher standen heute kein Stein und keine Mauer mehr an dem Platz, den Napoleon noch erlebt hatte.

Von Anfang an hatte Ulrich Grothe dieses Hotel für die PFI auserkoren, obgleich es in den fünfziger Jahren nicht das erste Haus am Platze war. Bei den Steiners wußte er, daß er schnell bedient wurde — er war ja immer in Eile und das Essen eine reine Zeitverschwendung. Das Hotel zur Post war seit mehr als 200 Jahren im Familienbesitz. An sich war Lothar Steiner Künstler — Pianist. Er hatte sogar einmal in Marienfelde ein Konzert gegeben, aber er hatte sich wunderbar eingefügt in die Welt des Dienens und Bedienens, und seine Frau, der das Hotel gehörte, konnte sich keine bessere Hilfe denken.

Das war es, was Grothe immer als so angenehm empfand. Beide Steiners gaben dem Gast das Gefühl der Geborgenheit. Lothar Steiner sorgte für die Bequemlichkeit, während seine Frau für das leibliche Wohl verantwortlich war. Leider waren beide gesundheitlich nicht auf der Höhe, weshalb sie den Betrieb vorzeitig ihrem Sohn Wolfgang und seiner jungen Frau übergeben mußten.

Grothe war schon seit einiger Zeit aufgefallen, daß Steiner immer magerer wurde. Er war nie ein Kraftprotz gewesen, doch zuletzt wurde er immer weniger. Von Petra Steiner wußte er, daß sie ein Hüftleiden hatte und sich einer Operation unterziehen mußte. Seither sollte es ihr besser gehen.

Ach ja! mußte Grothe denken, als er sich dem gepflegten Fachwerkbau näherte. Die Kriegsgeneration tritt ab. Jetzt sind die Jungen dran.

Wie die Steiners wohl damit fertig werden?

Er war noch mitten im Überlegen, als er sah, daß der alte Herr Steiner einen Gast nach draußen brachte und ihm den Weg erklärte.

„Sieh da, Herr Steiner!" sagte Grothe aufgeschlossen — der Gast hatte sich auf seinen Weg begeben —. „Wie gut, Sie zu sehen! Sind Sie wieder in Amt und Würden?"

„Nur vorübergehend!"

Steiner war genau so erfreut, Grothe zu sehen, konnte er ihm doch auf diese Weise danken, daß er für das Hotel zur Post soviel getan hatte. Hoffentlich hatte der Blumenhändler die Schale im Haus am Hang abgeliefert.

„Sind Sie zu Fuß, Herr Doktor? Soll ich Sie nach Hause fahren?" Steiner war immer von ausgesuchter Höflichkeit. Nie vergaß er, dem Gast behilflich zu sein. Das war es ja gerade, was sein Hotel berühmt gemacht hatte: die Zuvorkommenheit, die man heute oftmals vermißte.

„Nein, nein, ich gehe gern mal zu Fuß! Im übrigen — mein Wagen ist schon bei Herrn Schütz! Ich bin ab heute Rentner!"

Es sollte scherzhaft klingen, aber ganz hatte Grothe den Ton nicht getroffen. Rentner! Noch war es ihm ein schreckliches Wort! Ruhestand, Rente, Lebensabschnitt oder gar Lebensabend — das alles waren Bezeichnungen, mit denen er sich noch nicht vertraut gemacht hatte.

Allein — es war so. Er war Rentner, hatte sich den Ruhestand verdient! Ein neuer Lebensabschnitt, ein ganz gewaltiger, lag vor ihm, und wie sein Lebensabend aussehen würde, konnte er heute noch nicht wissen.

Bei Steiner war es anders. Auch er hatte sich zurückgezogen, doch nicht so ganz, nicht so abrupt von heute auf morgen. Noch immer sprangen er und seine Frau ein, wenn es vonnöten war.

„Unser Sohn und seine Frau sind ein paar Tage verreist!" erklärte der Hotelier gerade. „Wir müssen unbedingt den Konferenzraum neu ausgestalten, und da wollen sie sich nach Mobiliar umsehen!"

Grothe nickte verstehend. Steiner war immer darauf bedacht, das Hotel zur Post bestens auszustatten. Jeder im Ort wußte das. Und immer wieder gab es etwas Neues zu bewundern, wenn man nach einem Vierteljahr wiederkam. Dann hatten die Gästezimmer einen neuen Fußbodenbelag oder die Treppe bestand nun aus Marmor mit einem schmiedeeisernen Geländer.

Sohn Wolfgang plädierte für eine Schwimmhalle mit Sauna, doch das war ein so großer Brocken, daß selbst der alte Steiner bei aller Liebe zum Gast davor zurückschreckte.

„Wie ich sehe, haben Sie immer neue Pläne, Herr Steiner!" sagte Dr. Grothe liebenswürdig.

„Ich nicht mehr, das macht jetzt alles unser Sohn. Aber Sie haben schon recht, wir überlegen gemeinsam, was der Betrieb verkraften kann und was nicht — was unbedingt notwendig ist und was noch aufgeschoben werden sollte. Aber wir stehen hier draußen! Wollen Sie nicht einen Augenblick hereinkommen?" fragte Steiner und hob einladend die Hand zum Eingang hin.

Grothe sah auf die Uhr. Er hatte ja keine bestimmte Zeit angesagt, wann er nach Hause kommen würde — notfalls könnte er ja auch anrufen —, und das Hotel war auch noch nicht in Erwartung von Mittagsgästen. So ließ sich der ehemals vielbeschäftigte Grothe hereinbitten. Es kam ihm sehr seltsam vor, daß er auf einmal Zeit für ein Gespräch hatte.

Noch immer stand die Theke an ihrem alten Platz. Zwar hatte sie inzwischen ein anderes Gesicht bekommen, doch konnte man sich noch genau so daranlehnen wie vor dreißig Jahren.

„Hier haben wir mit dem Bürgermeister, seiner Frau, dem Bäcker Berger, der dann später mein Schwager wurde, den Landverkauf an die PFI begossen. Erinnern Sie sich noch?"

„Oh ja, da war ich noch gar nicht verheiratet. Ich war selbst noch Gast!"

„Nein, das stimmt nicht, jedenfalls wußten wir das nicht. Für uns waren Sie der neue Kellner, der von Mr. Forrester vor lauter Glückseligkeit umarmt wurde!"

Steiner mußte lachen. „Ach ja, Mr. Forrester, das war schon einer!" Mehr sagte der Hotelier nicht. Jerry Forrester! Ihm hatte er seine Magenoperation zu verdanken. Jerry, der nie ins Bett finden und nie genug Whisky trinken konnte. Immer wollte er noch einen Drink, und immer vergriff er sich im Ton. Ach, es war wirklich manchmal schwierig mit ihm.

Aber das war auch der einzige. Alle anderen Amerikaner — und später kamen noch viele ins Hotel — hatten sich den Gepflogenheiten in Europa angepaßt. Aus gutem Grund. Es gab eine Zeit, in der ehemalige Besatzungssoldaten wie Jerry Forrester viel Porzellan zerschlugen. Aber diese Zeit ging vorüber, nur merkte es nicht jeder, Jerry Forrester zum Beispiel nicht. Grothe und er waren nach wie vor ein Gespann wie Feuer und Wasser, und genau so plagte sich Steiner mit seinem Gast. Es war manchmal schwer, die Höflichkeit zu wahren.

„Die Einweihung der Fabrik!" sagte Grothe weiter und warf einen Blick in den Anbau, wo seinerzeit das Essen mit dem ganzen Stab aus Amerika stattgefunden hatte. „Ihre Frau hatte sich wirklich übertroffen. Das Essen war erlesen!"

Obgleich Grothe nicht mehr wußte, was gegessen worden war, erinnerte er sich, daß alles wie am Schnürchen geklappt hatte, und gerade das hatte ihn mehr gefreut als das Menü selbst. Das war es ja eben, was er an den alten Steiners so schätzte. Noch hatte er keine Veränderung bemerkt, seit Wolfgang Steiner im Hotel wirkte, doch sicher würde man eines Tages einige Veränderungen wahrnehmen! Warum auch nicht! Hauptsache, es geschah zum Besten des Hotels.

Warum gehe ich nicht nach Hause?! fragte sich Grothe im stillen. Warum sitze ich hier mit Steiner und unterhalte mich mit ihm über alte Zeiten?

Lasse mir einen Cognac einschenken, um über die elegische Stimmung eines Abschieds vom Berufsleben hinwegzukommen. Ganz sicher sitzt Steiner auf Kohlen, weil er Mittagsgäste erwartet.

Und doch brachte er es nicht fertig, sich zu verabschieden. Alles war ihm so vertraut. Die grüngelben Vorhänge zum Beispiel, die Farben der PFI. Gewiß waren sie im Laufe der Jahre erneuert worden, doch es war eine liebenwürdige Idee von Lothar Steiner gewesen, als die PFI in Marienfelde ihren Einzug gehalten hatte. Auch die kleine seidenbestickte Tischfahne existierte noch, stand aber jetzt zusammen mit anderen in einem Glasschrank.

Und Steiner dachte, als er Grothe mit seinem Glas spielen sah: Was wird er bloß machen, wenn er von heute auf morgen nichts mehr zu tun hat? Er soll sich ja aus allen Ämtern zurückgezogen haben, von den Fachverbänden, den Bundesvereinigungen in der Lebensmittelindustrie — Lothar Steiner hatte gehört, er wäre in nicht weniger als dreizehn Verbänden und sonstigen Fachvereinigungen im Vorstand oder gar Vorstandvorsitzender gewesen. Warum hatte er alles aufgegeben? War das nötig? Durch die Vereinigungen hätte er doch noch Kontakt mit den Leuten und könnte sein Wissen weitervermitteln.

Nein! sollte er gesagt haben. Wenn man aufhört zu arbeiten, ist man sehr schnell weg vom Fenster!

Und das Wissen? Die Erfahrungen?

Auch dafür wußte Dr. Grothe eine Antwort. Erfahrungen will jeder selbst machen. Und das Wissen ist bald überholt — durch neues Wissen!

Steiner wagte nicht, Grothe danach zu fragen, was er zu tun beabsichtigte. Gewiß war er das bereits hundertmal gefragt worden, würde es wohl weiterhin hören. Er wagte nicht einmal, zu fragen, ob Grothe sich wirklich von allem zurückgezogen hatte, wie man sagte. Steiner war und blieb diskret, und genau das machte ihn so sympathisch.

„Wenn ich zurückdenke, Herr Dr. Grothe," sagte er stattdessen, „das Hotel zur Post verdankt Ihnen so unendlich viel!"

Grothe lächelte verbindlich.

„Das beruht auf Gegenseitigkeit, Herr Steiner! Wir, das heißt die PFI-Leute, sind immer gern zu Ihnen gekommen, oder ich muß es anders sagen: Wir kommen immer gern zu Ihnen. Anfangs kamen wir deshalb, weil es immer schnell und geräuschlos ging. Weil wir zu den unmöglichsten Zeiten kommen konnten, weil Sie und Ihre Frau immer bereit waren, uns zu unterstützen. Sie hatten immer ein Menü parat, einen Raum, wo wir ungestört sein konnten — und Sie hatten immer einen Platz zum Schlafen für unsere Gäste."

„Das Hotel zur Post ist durch die PFI groß geworden, ganz sicher. Anfangs hatten wir zwanzig Betten, jetzt siebzig — und ich muß sagen, wir sind dank der PFI immer so belegt, daß wir zufrieden sein dürfen. Hoffentlich bleibt es so!" sagte er und verwünschte im selben Moment seine Unachtsamkeit.

Wie konnte er so etwas sagen! Ausgerechnet Dr. Grothe gegenüber! Der wußte doch gar nichts von dem, was Steiner neulich gehört hatte, als Mr. Williams da war und einen über den Durst getrunken hatte! Sollte er dieses Gerede überhaupt so wichtig nehmen?

„Warum sollte es nicht so bleiben?“ fragte Dr. Grothe auch erstaunt.

Steiner lächelte gequält und sagte nichts.

„Nun, ich gebe zu, die Zeiten haben sich geändert.“

„Eben!“ beeilte sich Steiner. „Früher zum Beispiel hatten wir noch eine ganze Reihe von Vertretern, die unser Hotel besuchten. Das gibt es heute kaum noch. Der Beruf scheint auszusterben. Große Firmen bestellen nicht mehr über den Vertreter. Sie telefonieren oder sie haben ihren Computer!“

Er lächelte. „Verzeihen Sie, das mag für Sie sehr simpel klingen, aber wir merken es an der Verschiebung unserer Gästezahl. Früher zum Beispiel hatten wir eine Saison. Da kamen im Frühjahr bis zum frühen Herbst die Badegäste. Und, wie gesagt, die Vertreter hielten uns das ganze Jahr über die Treue. Als die PFI kam und nicht nur das Hotel zur Post in seinem Gästeturnus veränderte, sondern den ganzen Ort aus dem Schlaf riß, ...“

„Nun, nun!“ unterbrach Grothe. „Lassen Sie das nicht die alten Marienfelder hören!“

„Aber es war doch so!“ ereiferte sich Steiner, ganz ungewöhnlich bei ihm. „Seither hat sich alles verwandelt in Marienfelde. Aber jetzt ... um auf das Thema zurückzukommen (nun, da er es einmal gesagt hatte, wollte er sich Gewißheit verschaffen), hoffentlich bleibt es so, daß die PFI uns treu bleibt!“

„Warum sollte sie nicht?“ sagte Grothe arglos. „Ich habe meinem Nachfolger das Hotel zur Post wärmstens empfohlen. Ach, was sage ich ... Sie sollten Herrn Schütz in all den Jahren kennengelernt haben. Er würde doch nicht plötzlich einen anderen Kurs einschlagen. Warum denn?“

Steiner gab auf. Was hatte er sich da nur eingebrockt. Wie konnte er so tölpelhaft sein und Grothe ausfragen wollen! Wurde er alt, daß er sich solche Schnitzer erlaubte? Das durfte ihm nie wieder passieren! Er mußte höllisch aufpassen.

Wenn sein Sohn das erführe, würde er ihm schwerste Vorwürfe machen!

Grothe wußte doch nichts davon, was geplant war ... nach dem Weggang vom „Alten“. So hatte Williams neulich gesagt — und alles in einem Zustand, wo die Zunge locker wird und die Geschwätzigkeit in Wichtigtuerei ausartet.

Grothe stand auf. Er hoffte, Steiner beruhigt zu haben. Er würde Schütz nochmal sagen, wie sehr das Hotel zur Post für die PFI geeignet war. Er würde ihm sogar sagen, daß Steiner in Sorge war, wegen des Wechsels an der Spitze nicht mehr mit der PFI rechnen zu dürfen.

Das war doch aus der Luft gegriffen!!!

Wie sehr irrte er sich! Steiner meinte ja etwas ganz anderes.

* * *

Mußte er nicht langsam nach Hause gehen — zu Christiane? Er wußte selbst nicht, warum er zögerte, in sein Haus am Hang zu kommen. Es schien ihm so endgültig! Sowie er die Tür öffnen und zu Hause sein würde, würde sein Rentner-Dasein beginnen, und davor fürchtete er sich.

Zudem die vielen Blumen, die umfangreiche Post, die vielen Abschiedsgeschenke! Er liebte Ordnung und seine gewohnte Umgebung. Blumen ja, aber nicht in solchen Massen! Post ja, aber nicht in solchen Mengen und im Text gleichbleibend! Er wollte seine Ruhe — und im gleichen Augenblick fürchtete er sich davor, weil die Ruhe endgültig war. Noch konnte er sich nicht vorstellen, daß sein Wort, sein Tun, seine Meinung, seine Erfahrung nicht mehr gefragt waren. Ab heute nicht mehr! Von einem Tag zum anderen!

Hundertmal hatte er sich das durch den Kopf gehen lassen. Er war seit mehr als zwanzig Jahren darauf vorbereitet. Er hatte die neue Phase ihres gemeinsamen Lebens mit Christiane durchgesprochen. Sie hatten sich überlegt, wie sie ihr Leben gestalten wollten, sie hatten respektiert, daß jeder im Laufe ihres gemeinsamen Lebens Wünsche entwickelt, seine persönliche Linie gehabt hatte, die er beibehalten wollte. Dennoch waren beide bereit, die neue Gemeinsamkeit zu meistern, ihre Wünsche aufeinander abzustimmen.

Sie wollten ja — sie waren voll des guten Willens, sich nicht mit Lappalien aufzuhalten, sondern die Vorteile dieses neuen Lebensabschnittes herauszufinden und zu pflegen und die Nachteile auf ein Mindestmaß zu beschränken.

Und doch machte Grothe selbst nicht den Anfang. Er zögerte das Nachhausekommen hinaus.

Was bahnt sich hier an? fragte er sich verwundert. Werde ich mir selbst untreu? Habe ich mir jemals erlaubt, Dinge vor mir herzuschieben, die ich scheue oder, noch schlimmer, zu deren Erledigung ich keine Lust habe?

Und doch war es zu verlockend, seinen Schwager Martin Berger aufzusuchen. Da lag das Haus, dieses behäbige Haus am Markt aus dem 18. Jahrhundert, das eigentlich viel zu groß für die Bergers war. Früher gehörte dieses Haus Dr. Wolperding, seinem Schwiegervater. Aber als er die Praxis aus Altersgründen aufgab und sich am Hang ansiedelte, genau neben den Grothes, erwarb Martin Berger dieses Haus und beglückte damit seine Frau Eva, die darin mit ihrer Schwester Christiane groß geworden war.

Dieser Martin Berger war ein Phänomen! Jedermann in Marienfelde kannte ihn und seinen erstaunlichen Werdegang. Seit Generationen besaßen die Bergers eine kleine Dorfbäckerei in Marienfelde, zu der in früheren Zeiten auch noch ein paar Ländereien gehört hatten. Lag es nun an den wirren Zeiten oder an Martin Berger selbst — oder lag es gar an seiner Liebe zu „Krümelchen" Wolperding, daß er zwar die Tradition fortsetzte, doch aus der kleinen Dorfbäckerei eine Brotfabrik machte und schließlich im Hantieren mit Geld eine besondere Fähigkeit entwickelte?!

Vielleicht kam alles zusammen. Man sagte, Martin und Krümelchen hätten schon in der Sandkiste zusammen gespielt, und des Doktors jüngste Tochter konnte gar nicht schnell genug unter die Haube kommen. Doch da sprach Dr. Wolperding ein Machtwort! Wenn es nun schon der Bäcker sein mußte (es paßte ihm gar nicht), dann sollte er wenigstens seinen Meisterbrief vorzeigen, ehe er an eine Heirat dachte. Martin Berger hielt sich dran. Sowie er seinen Meisterbrief in der Tasche hatte, konnte er auch die väterliche Bäckerei übernehmen. Sein Vater war während des zweiten Weltkrieges gefallen, und so hatte seine Mutter die Bäckerei verpachtet, bis ihr Sohn soweit war. Alles klappte nach Wunsch, wenn auch nicht zur Befriedigung von Dr. Wolperding. Er hätte seiner Tochter Eva ein besseres Los gewünscht. Jedoch, sie wollte es gar nicht anders haben. Sie war glücklich in ihrem kleinen Laden und sorgte sehr bald für reichen Kindersegen. Wenn sie aber glaubte, ihr Mann wäre mit seiner Dorfbäckerei und dem kleinen Laden genau so glücklich wie sie, so irrte sie sich gewaltig.

Die PFI kam nach Marienfelde und kaufte ihm sein Land am Kanal ab. Das war der Auftakt. Martin modernisierte seine Bäckerei. Martin suchte sich neue Kunden. Martin begann einen Werbefeldzug in der Stadt. Martin besuchte die Hotels, die Schiffsausrüster am Mittellandkanal. Er fing ein Versandgeschäft mit verschiedenen Brotsorten an und gab es bald weiter, weil er neue Ideen hatte. Er belieferte die Krankenhäuser, die Sanatorien, schließlich die Bundeswehr — und sein Betrieb am Markt platzte aus den Nähten. Die Selbstbedienungsläden kamen auf. Martin war seinen Konkurrenten immer um eine Länge voraus. Er dachte schneller, und als er schließlich seine Bäckerei am Markt, sein Elternhaus, an eine Warenhauskette verkaufte und eine Brotfabrik am Kanal baute, entdeckte er sein Gespür für die Immobilien-Maklerei.

Inzwischen war sein einziger Sohn herangewachsen. Er hatte nicht mehr das Bäckerhandwerk erlernt, sondern Betriebswirtschaft studiert. So hatte er gelernt, mit dem Betriebsrat zusammenzuarbeiten, statt ihm — wie Martin — entgegenzutreten. Martin Berger wollte nicht einsehen, daß andere Leute, Leute, denen er Arbeit und Brot verschaffte, in seiner Fabrik etwas zu sagen haben sollten. Es wurde höchste Zeit, daß Conny den Betrieb übernahm. Martin, nun beinahe 60 Jahre alt, war die Lust vergangen. Außerdem hielten ihn seine Häuser, das Hubertus-Apartmenthaus zum Beispiel, gefangen.

Mit Krümelchen — er nannte sie lange nicht mehr so — war es eine ganze Weile nicht gut gegangen. Anfangs war es eine lodernde Liebe gewesen, die aber bald verlosch. Krümelchen traute ihrem gutaussehenden Martin nicht. Er war ihr nicht treu! Davon war sie überzeugt. Treu! Martin hatte ganz andere Dinge im Kopf. Geschäft! Das Geschäft faszinierte ihn. Immerhin — treu war er eine Zeitlang auch nicht gewesen Im Laufe der Zeit war ihm Evchen zu langweilig geworden. Sie war nicht mitgewachsen. Ihr Laden war ihr ein und alles — und ihre Kinder und ja, auch das, der Haushalt! Wenn bei Krümelchen die Fransen eines Teppichs nicht ordentlich nebeneinanderlagen, war sie entsetzt! Wenn Martin mit mehligen Schuhen von der

Bäckerei in die Wohnung gekommen war (als sie noch am Markt gewohnt hatten), hatte sie ihm eine Szene gemacht.

Es wäre immer so weitergegangen, wenn Christiane nicht eingegriffen hätte. Ihre Schwester war ein Dummchen, das war leider nicht zu ändern, aber es ging nicht an, daß Martin sie vernachlässigte. Schließlich war sie seine Frau! Wenn er nur ein liebes Wort für sie übrig hatte, wenn er nur ein bißchen nett zu ihr war, „zerriß" sich Krümelchen. Als er sie — eben nach dieser Aussprache einfach in die Arme nahm und sagte: „Wollen wir uns wieder vertragen?" war Krümelchen auch sofort bereit. Er hörte keinen Vorwurf — nichts. Sie hatte ja nur auf ein Wort von ihm gewartet.

Fortan nahm Martin sie, wie sie war — einfältig, kleinbürgerlich, doch sauber innen und außen und ehrlich in ihrem Bemühen um ihre Familie und um ihren Mann.

Was sie jedoch nie verwand, war, daß sie ihren kleinen Laden nicht mehr hatte — ihre Quasselbude, wie Martin es nannte. Und da fand sich dank Connys Ideenreichtum eine Lösung.

Brotshop! Als der Supermakt in Marienfelde seinen Einzug hielt und sich zum Verbrauchermarkt ausdehnte, mietete Conny Berger sich mit seinen Meisterbackwaren bei Steinkamps ein — und seine Mutter hatte wieder einen Platz, wo sie unter Menschen war. Sie wurde nicht müde, zusammen mit einer Hilfe den Brotshop zu putzen und die vielen Kunden zu bedienen. War sie anfangs unglücklich gewesen, daß sie immer weniger Kunden mit ihrem Namen ansprechen konnte, als durch die PFI so viele fremde Menschen nach Marienfelde kamen, war sie jetzt glücklich, daß sie unter Menschen kam. Und jeder war angetan von ihrer nimmermüden Freundlichkeit.

So hatte sich denn das Leben der Bergers eingespielt. Conny war inzwischen verheiratet, und Martin erreichte endlich das, was ihm von Anfang an mit seiner eigenen Frau vorgeschwebt hatte: Rita arbeitete mit im Betrieb. Die Abferigung der Lieferwagen zum Beispiel war ihr Ressort. Tagsüber waren die jungen Bergers in der Fabrik tätig und abends rechtschaffen müde, so daß der Kontakt mit den alten Bergers nur gelegentlich gepflegt werden konnte.

Anfangs wohnten die jungen Bergers mit im Wolperding-Haus, aber als der alte Arzt starb, bezogen sie sein Haus am Hang, allerdings hatten sie nicht allzuviel davon.

Eins konnte Martin Berger jedoch nie verwinden. Er war kein studierter Mann. Schon bei seinem Schwiegervater war er immer befangen gewesen. Allerdings hatte dieser es anfangs auch nie versäumt, ihm klarzumachen, welches Privileg es war, mit der Tochter eines Arztes verheiratet zu sein — bis er dahintergekommen war, wie patent Martin war und wie unglaublich einfältig dagegen seine Tochter.

Als Berger seinen Schwager kennenlernte, dauerte es eine Weile, bis er feststellte, daß mit ihm besser zu reden war, als er gedacht hatte. Allerdings konnte er es auch nicht lassen, ihn mit Redensarten wie: Du bist ja so ein kluger Mann! aufzuziehen. Auch daß beide Grothes mühelos englisch sprachen, erweckte in ihm immer wieder Neid und Bewunderung. „Du mit deinem Weitblick!" sagte er häufig und meinte damit Grothes wirtschaftliche Übersicht, was den Weltmarkt anbetraf. Martin kam sich immer ganz klein vor, wenn das Gespräch einmal darauf kam. Dagegen brachte er dann auch wieder seine eigene Tüchtigkeit zur Sprache. Gewiß war er finanziell viel besser dran als die Grothes, und alles hatte er aus sich heraus auf die Beine gestellt.

„Und wenn ich eine etwas hellere Frau hätte, wäre ich noch viel weiter!" mußte er dann auch immer noch hinzufügen.

Martin Bergers Taktgefühl war nicht sonderlich ausgeprägt. Seinem Schwager begegnete er entweder mit Bewunderung oder mit Derbheit, womit er seine Unterlegenheit überspielte. Bei Grothe wußte er nie den richtigen Ton zu treffen. Anfangs war Grothe entsetzt, wenn Martin so grobe Reden führte, doch später — mit zunehmendem Alter — sagte er sich, daß jeder Mensch seine Licht- und Schattenseiten hatte. Fortan jedenfalls nahm er Martins derbe Späße hin und gewöhnte sich an seinen manchmal recht rüden Ton.

Heute war Sonnabend. Martin war also zu Hause und brütete wahrscheinlich über seinen Immobilien, überlegte, wo er noch etwas ergattern konnte, um es später mit einem saftigen Profit wieder abzustoßen und neue Objekte ins Auge zu fassen.

Seine Frau war noch im Brotshop. Was lag also näher, als Martin guten Tag zu sagen? Grothe konnte ja auch von dort aus Christiane anrufen und ihr sagen, daß er noch bei den Bergers wäre.

Wie nicht anders zu erwarten, war die Begrüßung auch höchst robust:

„Hach, Rentner!" rief Martin, als er Ulrich Grothe in der Tür stehen sah. „Du hast wohl noch keine Lust, nach Hause zu gehen! Komm herein!" Er zog ihn geradezu in die große Diele des altmodischen Hauses. „Wir trinken einen auf dein neues Dasein!"

Es war wohl doch nicht richtig gewesen, hier einen Besuch zu machen. Wenn Grothe auch wußte, daß Martin ihn nur foppen wollte, heute war er nicht aufgelegt, das hinzunehmen. Dennoch machte er gute Miene und versuchte, denselben Ton anzuschlagen.

Als sie ins Wohnzimmer traten und er den überladenen Schreibtisch wahrnahm, sagte er:

„Wie ich sehe, brütest du über deinen Akten!"

„Nicht Akten — Aktien!" betonte Martin schlagfertig, öffnete den Wandschrank und goß für Grothe und sich einen kräftigen Cognac ein, einen doppelten.

„Hier, Schwager! Auf daß du dein neues Leben noch lange genießen kannst!"

Er stürzte den Cognac geradezu hinunter und prustete dann los:

„Du und Rentner! Du siehst weiß Gott noch nicht so aus! Warum hast du eigentlich schon aufgehört zu arbeiten?"

„Weil es an der Zeit ist", erwiderte Grothe knapp. „Ich bin kein biologisches Wunder, das habe ich schon einmal erwähnt. Außerdem muß man mit 65 Jahren seinen Platz für Jüngere räumen. Es wird höchste Zeit, daß frischer Wind in die PFI kommt!"

Martin lachte. „Wenn mich nicht alles täuscht, hast du pausenlos für frischen Wind gesorgt, und wenn nicht du, dann deine Leute in New York!"

„Meine Leute?"

„Dann deine vorgesetzte Behörde! Dein Hauptquartier! So nennst du es doch immer."

„Wie dem auch sei", Grothe ging nicht weiter darauf ein, „eines Tages wirst du auch deinem Sohn die volle Verantwortung übergeben."

„Noch nicht! Noch kann er ohne meine Zustimmung nichts machen. Er ist noch nicht soweit!"

„Ach, was soll denn das, Martin! Du bist doch viel zu froh, daß du dich nicht mehr um die Fabrik zu kümmern brauchst!"

Martin wiegte den Kopf hin und her.

„Na ja, ich lasse ihn ja am losen Zügel laufen, aber in Geldangelegenheiten bin ich immer noch entscheidend!"

Grothe nickte und wurde ernst.

„Eigentlich bist du zu beneiden!"

„Ich? Wieso das? Ich beneide dich! Du hast jetzt nichts mehr zu tun, und doch kriegst du dein Geld! So gut möchte ich es auch mal haben!"

„Hör auf, Martin, ich bin nicht zu dir gekommen ..."

„Schon gut, schon gut! Bist wohl nicht in Stimmung! — Komm, trink noch einen Cognac!"

Es hatte wenig Sinn, Martin Berger klarzumachen, daß er es insofern leichter hätte mit der Ablösung, als er das schrittweise tun konnte. Ulrich Grothe dagegen wurde mit einem Schlag jede Verantwortung los. Von einer Stunde zur anderen gab es keine Arbeit mehr für ihn. Der Motor war abgestellt. Schluß! Martin und sicher noch mancher andere dachten wohl, man hätte anfangs das Gefühl, Urlaub zu machen. Es war aber nicht so. Wenn Grothe früher in Urlaub gefahren war, hatte er zwar versucht, Abstand zu gewinnen und sich wirklich zu erholen (das war er seiner Firma schuldig!), aber es war doch nie so gewesen, daß die PFI gänzlich aus seinem Denken verschwunden war. Das war ganz unmöglich gewesen, hatte sie doch sein Leben bestimmt. Aber wie sollte er das Martin Berger klarmachen? Martin machte praktisch nie Urlaub. Sein Urlaub bestand darin, daß er früher seine Frau mit den Kindern Conny, den Zwillingen und Lydia weggeschickt und auf diese Weise seine Ruhe gehabt hatte. In dieser Zeit hatte er sich zwar mit seiner Bianca getröstet, aber was ihm viel mehr Erholung verschafft hatte, war die Tatsache gewesen, daß er ungehindert Pläne ausarbeiten konnte, anfangs für die Vergrößerung seiner Bäckerei, später für den Bau einer Brotfabrik, ohne dauernd von seiner Frau zu hören, er übernähme sich, das würde ein schlimmes Ende nehmen.

Grothe machte Anstalten, sich zu verabschieden. Martin war mal wieder voller Spottlust, und die wollte er nicht gerade heute über sich ergehen lassen. Martin dagegen hatte diese Spottlust schon wieder hinter sich und blickte nachdenklich in sein Cognac-Glas.

„Eva und ich sprechen auch schon manchmal von unserem Ruhestand!“

„Ihr? Ihr habt doch noch ein wenig Zeit!“

„Wenn auch! Wir denken schon mal daran und haben tausend Pläne. Wir werden alles nachholen! Verreisen! Wir werden auch mal nach Amerika fliegen!“ sagte er plötzlich, als ob er damit andeuten wollte, nicht nur die Grothes hätten dieses Privileg. Dabei flogen die Grothes — meistens Grothe allein — nur nach Amerika, wenn sie von der PFI gerufen wurden oder wenn Christiane mit eingeladen wurde.

Jedesmal hatte Martin sie darum beneidet und gesagt, so gut möchte er es auch mal haben — nach Amerika zu reisen und keinen Pfennig dafür bezahlen zu müssen.

Was Martin sich so dachte! Was alles mit einem solchen Flug nach Amerika verbunden war, davon hatte er keine Ahnung. Budget-Besprechungen, Rücksprachen, Vorträge, Pläne — alles mußte genauestens vorbereitet werden, und wehe, man konnte nicht über jedes Detail Auskunft geben. Eigentlich waren erst die Rückflüge ein wirklicher Genuß für Grothe, schon gar, wenn er bei den Budget-Besprechungen alles genehmigt bekommen hatte, was er für seine Fabriken haben wollte.

Aber selbst wenn er Martin das alles auseinandersetzte, würde der wohl kaum Verständnis dafür aufbringen.

„Im Ernst!“ nahm Martin das Thema wieder auf. „Eva und ich reden schon häufiger von der Zeit, die ja auch auf uns zukommt. Ich werde zum Beispiel nicht so lange arbeiten wie du!“

Dafür hatte Grothe nur ein Schmunzeln übrig. Martin war viel zu vital, um das Arbeiten frühzeitig aufzugeben.

„Lach nicht! Ich meine es ernst und Evchen auch! Ihr dämlicher Brotshop! Sie sagte heute morgen noch, daß ihr das Stehen solche Mühe macht! Aber da habe ich ein Rezept! Dünner muß sie werden! Sie ist viel zu dick, die Dame Berger!“

„Komm, Martin, laß das Thema fallen!“

„Warum denn? Willst du etwa behaupten ...“

„Du weißt ganz genau, daß ich solche internen Dinge nicht schätze!“

„Hab dich bloß nicht so! Aber das wollte ich sowieso nicht weiter auseinanderpflücken! Ich wollte dir ja nur sagen, daß wir eines Tages alle zum alten Eisen gehören, nicht bloß du und Christiane!“

Er treibt es wirklich zu weit! dachte Grothe. Altes Eisen! Wenn er früher derartig gekränkt worden war — und auch das war hundertfach vorgekommen bei Jerry Forrester —, hatte er die Lippen zusammengepreßt, um nicht mit gleicher Münze heimzuzahlen. Nun war das bei Forrester etwas anderes gewesen. Er war einmal sein Vorgesetzter, und außerdem erging es ihm genau so wie Martin Berger: als ehemaliger Sergeant der Besatzungsarmee hatte er Hemmungen vor dem Akademiker Grothe und konnte diese nur loswerden, indem er bewußt etwas sagte, was Grothe kränken mußte.

Bei Martin Berger war es mehr unüberlegt, wenn er sagte, Grothe gehörte nunmehr zum alten Eisen. Er merkte gar nicht, daß er seinen Schwager getroffen hatte. Nicht einmal die zusammengepreßten Lippen sah er.

Und als sich Grothe gemessen verabschiedete, fiel es ihm auch nicht weiter auf. Ulrich war eben so, immer von vornehmer Zurückhaltung! Ha! Nichts für Martin Berger! Martin platzte los, wenn ihm etwas nicht paßte. Martin freute sich, und Martin ärgerte sich. Er schalt sich einen Esel, wenn er etwas verkehrt machte, und sagte genau dasselbe zu seinen Mitmenschen, wenn sie eine Dummheit begingen.

Ulrich Grothe dagegen war stets von kühler Reserve. Martin sah ihn so: Nicht Fisch und nicht Fleisch! Wenn der Mann sich ärgerte, sah man es nicht, und wenn er sich freute auch nicht! Er hatte sich ständig unter Kontrolle, so daß man nie wußte, woran man bei ihm war. Solche Charaktere lagen Martin einfach nicht. Sie verursachten ihm Unbehagen, weil er nicht wußte, was sie wirklich dachten!

Auch als Grothe sich jetzt verabschiedete, wußte Martin nicht, ob er ihn gekränkt hatte, warum er so plötzlich sein Glas hinstellte und meinte, er müsse wohl wirklich nach Hause. Christiane wartete sicher schon auf ihn.

„... und schließlich hat sie ein Anrecht darauf ...“

„Schon gut! Grüß sie von mir!“ Das war alles, was Martin dazu sagen konnte.

* * *

Im Hause Schütz hatte der heutige Tag eine viel glücklichere Bedeutung: Jochen Schütz hatte endlich die Nachfolge von Dr. Grothe angetreten und war General Manager der Perfekt-Nahrung in Deutschland geworden.

Das war für Angela Schütz Anlaß genug, diesen Tag festlich zu begehen. Um ihm eine besondere Note zu geben, hatte sie ihrem Mann nichts von ihrem Vorhaben gesagt. Vierzehn Ehepaare, die Honoratioren des Ortes, dazu diejenigen, die etwas mit der Wirtschaft zu tun hatten — Conny und Rita Berger gehörten auch dazu — waren eingeladen und vorsorglich davon unterrichtet worden, daß es für Jochen eine Überraschung sein sollte. So wußte alle Welt davon — nur Jochen Schütz nicht.

Aber Angela tat das auch aus einem anderen Grund. Sie wußte genau, daß ihr Mann derartige Feste nicht liebte. In dieser Hinsicht war er genau so verknöchert wie der „Alte“, womit sie Dr. Grothe meinte. Und wenn sie schon unbedingt eine „Party“ (gräßliches Wort in seinen Ohren) geben wollte, fühlte er sich verpflichtet, die Grothes dazu zu bitten.

Um Gottes Willen, bloß das nicht! Angela konnte Grothe nicht ausstehen! Er war ihr viel zu steif, viel zu konventionell, viel zu korrekt.

„Der versteht ja keinen Spaß! Bei dem muß man jedes Wort auf die Waagschale legen!“

Das einzige, was sie ihm zugestand, war, daß er ein einmaliger Tänzer war. Davon sprach ja fast die ganze Stadt. Auf der Tanzfläche wäre er ein Wunder! Nur — er war dort kaum zu sehen, das war das Unerfreuliche daran.

Und seine Frau! Über Christiane Grothe hatte Angela nur Vernichtendes zu sagen.

„Die hat nach dreißig Jahren die Sekretärin noch nicht abgelegt! Immer fügsam, immer darauf bedacht, daß ihr Doktor einsatzbereit ist für die PFI! Du lieber Gott! — Und ihre Garderobe! Sekretärinnen-Look! Blau-weiß! Und immer schön die Nase oben! Man sagte, sie wäre das „preußische Gewissen" in der Familie! Wie wahr!"

Was hatten diese biederen Grothes aus der PFI in Marienfelde gemacht? — Nichts! Es wurde höchste Zeit, daß man das gesellschaftliche Leben etwas in Schwung brachte! Wenn sie sich damit entschuldigten, die Aufbaujahre hätten es einfach nicht zugelassen, dem gesellschaftlichen Leben einen Platz einzuräumen, so war das eine glatte Ausflucht. Sie hatten keine Lust dazu, das war es! Sie ließen es einfach verkümmern! Außerdem waren die Aufbaujahre längst vorbei.

Und immer dieses Untertreiben! Dieser schäbige Mercedes, den Grothe ihrem Mann übergeben hatte! Sie würde schon dafür sorgen, daß dieses Schrottauto durch ein flotteres, größeres ersetzt würde!

Auch die Schwärmerei für den Alten mußte sie ihrem Mann noch austreiben! Die Zeiten der Rücksichtnahme waren vorbei. Gott sei Dank waren sie das!

Angela war nicht Sekretärin gewesen. Sie hatte ein paar Semester Psychologie studiert, es dann aber aufgegeben, weil es ihr zu kompliziert gewesen war. Immerhin erwähnte sie es gern und war überzeugt, sie kenne sich in der menschlichen Seele aus.

So hatte sie auch nicht unrecht, wenn sie behauptete, Grothe wäre ein Ausbund an Korrektheit, ein Mann, der auf einer Party eine langweilige Figur machte. Jedoch war eine Party nicht gerade das, was Grothes Position ausmachte.

Trotz all dieser Kriterien konnte man nicht sagen, daß Angela Schütz sich an Äußerlichkeiten festhielt. Aufgewachsen in einem großzügigen Haus, in dem das Geld wichtig war und respektiert wurde, hatte sie ihre Freude an Festen und schüttelte die Vorbereitung dazu mit genügend Personal und in Auslotung aller Möglichkeiten, die heutzutage geboten wurden, aus dem Ärmel.

Endlich war ihr Mann nun das geworden, was ihr immer vorgeschwebt hatte. Sie lebten zwar nicht in einer Großstadt, aber wenigstens in Marienfelde gehörten sie nun zu den ersten Bürgern und wohnten im „Millionenviertel". Im Laufe der Jahre war der Straße „am Hang" mit den schönen Villen und Bungalows im Volksmund diese Bezeichnung zugefallen, obgleich es dort kaum Millionäre gab. Wenn man aber nach der Wichtigkeit der Personen gehen wollte, die hier wohnten, nach den Positionen, die sie in Wirtschaft und Verwaltung einnahmen, konnte man sagen, es waren in der Tat „Millionäre“ an Einfluß und Ansehen.

Immer darauf bedacht, sich dieses Ansehens würdig zu erweisen, hatte Angela Schütz im Laufe der Jahre einen Kreis aufgebaut, in dem sie und ihr Mann eine Rolle spielten. Nie gab es Mißfallensäußerungen über ihre Mitmenschen, schon gar nicht über die Grothes. Die wurden nur zu Hause laut, da allerdings nicht zu knapp. Auch sonst beschäftigte sich Angela gern mit den Belangen ihrer Freunde und Bekannten, allerdings so, daß nichts davon an die Öffentlichkeit drang.

Was sollte es also! Nur ihrem Mann stopfte sie damit die Ohren voll, und der wollte absolut nichts davon wissen.

Warum zum Beispiel sagte er nichts dazu, daß Conny und Rita Berger nun schon zum zweiten Mal die Einladung zum Jagdausflug abgesagt hatten! War das nicht unhöflich? Sie mußte sie direkt heute abend nochmal daraufhin ansprechen. Offenbar ahnten sie nicht, welche Vorbereitungen es kostete, einen solchen Ausflug zu arrangieren! Die Kutschen, das Picknick und so weiter! Jochen Schütz hatte ihr zwar erklärt, weshalb die Bergers für derartige Ausflüge im Augenblick keine Zeit hatten. Sie wollten umbauen und hatten ihre liebe Not, den alten Berger davon zu überzeugen, daß es notwendig war. Sie hatten ferner Sorgen mit dem Geschäft. Es gab heute eine Fülle von Angeboten auf dem Brotmarkt, und da mußte man sich eben etwas Neues einfallen lassen. Vater Berger hatte in den ersten Jahren des Aufbaus ja auch einen unendlichen Werbefeldzug gestartet, allerdings mit dem Unterschied, daß seine Bemühungen sehr schnell Früchte getragen hatten. Jedermann hatte damals Brot gebraucht und satt werden wollen. Heute war man satt und mußte hinter dem Kunden herlaufen, ihm Rabatte bieten oder etwas Besonderes auf den Markt bringen. Die große Frage war jetzt, ob Conrad Berger sich mit seinen Meister-Backwaren auf Massenproduktion einstellen und sie preiswert und noch preiswerter als alle anderen Brotfabriken anbieten oder ob er sich auf Qualität und damit auf teurere Produkte einstellen sollte. Im Augenblick jedenfalls waren die Bergers nicht in der Verfassung, einen Jagdausflug unbeschwert genießen zu können. Darum kamen sie auch gar nicht.

Jochen Schütz wußte das, aber er konnte das Angela nicht klarmachen. Angela sagte einfach: „Ach was, so ein Ausflug würde ihnen guttun, sie ablenken! Sie sollen mir doch nicht erzählen, daß sie ausgerechnet an einem Wochenende über ihren Plänen sitzen und nachdenken müssen, wie sie sich entscheiden wollen!“

„Aber ja, gerade am Wochenende müssen sie das tun! Sonst haben sie keine Zeit dafür. Sie sind beide Tag für Tag in der Fabrik tätig — beide!“

Angela mit ihren Psychologie-Semestern wußte es besser.

„Vermutlich wollen sie ausschlafen und den Sonntag faulenzen!“ Sie zuckte die Achseln und sagte knapp: „Bitte sehr, sollen sie doch! Ein drittes Mal werden sie jedenfalls nicht aufgefordert!“

Heute jedoch, zu Jochens Einführungsparty, hatten sie zugesagt. Das war ihr Glück! Hätten sie auch diesmal abgesagt, wäre der Verkehr mit ihnen endgültig gestrichen worden.

Aber erst einmal mußte sie wohl ihren Mann auf dieses Ereignis vorbereiten. Als Jochen Schütz aus dem Wagen stieg, stand sie am Fenster und erwartete ihn ungeduldig.

Die Schütz-Familie bewohnte schon seit geraumer Zeit den PFI-Bungalow, den die Grothes räumten, als sie sich ein eigenes Haus bauten. Es war kein großes Haus, auch nicht gerade sorgfältig gebaut. Auch war es nun schon dreißig Jahre alt, doch inzwischen überholt und mit ein paar Neuerungen wie Teppichboden, Einbauküche und Zweitgarage ausgestattet. Und da die Schütz' zwei Kinder hatten, war das Dach ausgebaut worden. Die PFI war für ihre spartanische Geschäftsführung bekannt, doch hatte es Angela mit Charme und Liebenswürdigkeit bei Mr. Williams, Jochens für Europa zuständigen Vorgesetzten in den USA, erreicht, daß für das Haus eine großzügige Summe bereitgestellt worden war.

Wenn man Grothes Bungalow betrat, merkte man, daß die Einrichtung Christianes Geschmack war. Ein großer Teil des Mobiliars stammte aus ihrem elterlichen Hause, das Biedermeierzimmer, das sie für sich eingerichtet hatte, war eine Sammlung von Erbstücken und sorgfältig Ausgesuchtem aus Antiquariaten. Grothes Arbeitszimmer, in dem auch gewohnt wurde und das den wunderbaren Ausblick auf die Ebene bot, war von anderem Format. Geschnitzte schwere Möbel, bequem und wohnlich.

Obgleich beide dazu neigten, in der Ordnung zu übertreiben, durfte hier schon mal eine Zeitung aufgeschlagen auf den Rauchtisch liegen. Was dem Raum aber die Gemütlichkeit gab, was der feine Geruch nach guten Zigarren oder teurem Pfeifentabak, der nie ganz zu vertreiben war. Schon damals, als Christiane Ulrich Grothe kennenlernte, rauchte er Zigarren. Allerdings hatten sie Anfang der fünfziger Jahr noch nicht das Aroma wie heute.

Gardinen gab es in diesem Raum nicht, und so konnte es auch gar nicht zu Klagen über braungewordene Spitzen kommen. Darüber hätte Christiane sich auch bei aller Liebe zur Ordnung hinweggesetzt, obwohl man im Ort dieses „offene" Fenster anfangs geradezu unschicklich fand. Grothes wollten sich die Aussicht nicht verhängen, so gab es auf der tiefen Fensterbank auch keine Blumen oder Gewächse. Das war verboten, und Christiane richtete sich danach.

Im Hause Schütz, das auch einen schönen Blick auf die Ebene bot, war alles anders, wenngleich der Grundriß nicht allzusehr vom Grothe-Bungalow abwich. Hier trat ganz offensichtlich zutage, daß Angelas Geschmack dominierend war, daß sie keine Rücksicht auf die Ansichten ihres Mannes nahm. Vielleicht hatte er auch keine Wünsche und keinen speziellen Geschmack. Sie hatte ihn gar nicht danach gefragt, sondern selbstverständlich angenommen, daß er ihr die Einrichtung überließ.

Es war auch so. Jochen Schütz war viel zu sehr mit den Belangen der PFI beschäftigt, als daß er sich auch noch darum kümmern konnte, ob die Tapete blaßrosa oder dunkelgrün sein sollte. Seine Angela machte das schon richtig. Im stillen bewunderte er ihre Selbstsicherheit und die Aktivität, mit der sie die häuslichen, die gesellschaftlichen und auch die erzieherischen Probleme des Hauses Schütz anpackte. Auf diese Weise hatte er den Kopf frei für Aufgaben, die nun auf ihn zukamen. Daß er dafür seinen ganzen Einsatz nötig hatte, war ihm schon von Dr. Grothe beigebracht worden. Diesbezüglich war er durch eine gute Schule gegangen.

Angela hatte sich mit einem Innenarchitekten zusammengesetzt und ihn beauftragt, das Haus modern und exquisit einzurichten. Die nötigen Mittel dafür hatte sie zur Hand. Und welcher Architekt geht nicht mit Verve an eine Sache, bei der er nicht um jeden Tausendmarkschein kämpfen muß.

Was dabei herauskam, war etwas erlesen Modernes mit geraden Linien und kostbaren Hölzern, dazu wertvollen Teppichen und modernen Gemälden, die niemand begriff, die aber erfreuliche Farbtupfer an den unifarbenen Wänden waren. Noch gaben die Räume nichts Persönliches her, das merkte selbst Jochen Schütz, doch war er überzeugt, daß sich im Laufe der Zeit ein Schütz-Stil entwickeln würde, und wenn nicht das, dann zumindest ein Stil, der der Persönlichkeit Angelas gerecht wurde.

Als er aus dem Wagen stieg, hatte er noch eben seine Frau am Fenster gesehen. Jetzt war sie verschwunden, doch bald darauf standen seine Töchter Birgit und Gabriele dort und winkten ihm heftig zu. Schütz lächelte und winkte zurück.

Der Aufweg war ziemlich lang, und so konnte er in Gedanken genau verfolgen, was im Hause vor sich ging. Angela traf letzte Vorbereitungen für den Empfang, betrachtete noch einmal genau ihr Spiegelbild, um festzustellen, ob ihr Make-up untadelig war, strich noch einmal über ihr blondes Haar, das in einer kunstvollen, modernen Frisur hochgesteckt war, und erschien im letzten Augenblick auch wieder am Fenster. Im Vorbeigehen hatte sie noch einmal einen Blick auf den niedrigen Tisch geworfen. Die Sektgläser standen parat, selbst die Kinder durften ein Glas mittrinken — und dann stürmten alle drei nach draußen in die Diele, um ihn zu begrüßen.

Als seine Frau und die Kinder ihn umarmten, ließ er für einen kurzen Augenblick seine Sorgen hinter sich und gab sich dem glücklichen Gefühl hin, daß er eine intakte Familie hatte, die sich mit ihm über seinen Erfolg freute. So war es denn auch kein Wermutstropfen, als Angela ihm beim Glas Sekt eröffnete, an diesem Abend würde eine Party stattfinden — ihm zu Ehren. Sie hatte den Zeitpunkt gut abgepaßt. Genau als das erste Glas Sekt ausgetrunken war und Jochen Schütz sich zufrieden in seinem Sessel niederließ, seine beiden Töchter auf der Lehne und Angela ihm gegenüber, sagte sie es ihm, und noch bevor er etwas erwidern konnte, ging sie schon in Einzelheiten über.

„Und diesmal sollen die Kinder dabei sein!"

Jochen kam gar nicht dazu, seinem Erstaunen Raum zu geben.

„Sie sind alt genug, Jochen. Biggy ist 12 und Gabriele 15, schon fast eine junge Dame!"

„Aber ..."

„Keine Sorge! Sie sollen ja nicht den ganzen Abend dabei sein, aber wenigstens einen Tanz kannst du mit ihnen absolvieren. Sie brennen darauf!"

„Tanzen? Ich? Ich bin doch nicht Dr. Grothe!"

Schade, daß er es erwähnte, denn gerade das hörte Angela nicht gern. Immerhin, sie war schon froh, daß es wegen der Party, die sie hinter seinem Rücken arrangiert hatte, keine Szene gab, und so ging sie nicht weiter auf die tänzerischen Qualitäten von Ulrich Grothe ein.

Die Mädchen verfolgten das Gespräch mit roten Backen.

Würde Papa es erlauben? Ach, sicher! dachte Gabriele. Bisher hat Mammi immer alles durchgesetzt!

„Ich habe den Mädchen auch neue Kleider gekauft!"

„Und du hast auch ein neues an, wie ich sehe!" bemerkte er und lächelte. „Hübsch siehst du aus!"

„Danke, Lieber!" sagte Angela und strich zärtlich über seine Hand. Die Schlacht war schon halb gewonnen, ohne daß er sich geäußert hatte.

„Auch für heute abend habe ich ein neues! Sehr elegant! Ich bin sicher, es gefällt dir!" Noch immer strich sie über seine Hand und lächelte.

Wenn er doch das Gefühl loswerden könnte, daß sie dies alles mit einer bestimmten Absicht tat. Ihr Lächeln, das Streicheln über seine Hand — beides war kühl und kam nicht spontan und schon gar nicht von Herzen. Im stillen seufzte er, daß er es nie erreicht hatte, etwas Warmherzigkeit in Angela zu wecken. Alles, was sie tat, geschah zu einem bestimmten Zweck. Bei allem verfolgte sie ein Ziel. Ihre Bewegungen, ihr Denken, ihr Tun waren genau berechnet.

Und wie sehr sehnte er sich nach etwas Herzenswärme.

Nein, dafür hatte Angela keinen Sinn! Karriere! Das Wort hetzte sie voran. Erfolg! Dafür arbeitete sie, überlegte sie, strebte sie — und wenn sie selbst diesen Erfolg nicht haben konnte, wollte sie ihn für ihren Mann! Jahrelang hatte sie versucht, ihn zu steuern, hatte ihm Mut zugesprochen, wenn er der Meinung war, er könnte niemals die Nachfolge von Dr. Grothe antreten. In Abständen trat diese Furcht immer wieder einmal zutage, und da war es Angela, die ihm diese Schwäche ausredete. Es war dann ja auch so, daß die Abstände größer wurden und schließlich ganz aufhörten, je näher der Zeitpunkt des Abschieds von Dr. Grothe heranrückte. Allmählich fühlte er sich sicherer und entwickelte auch eigene Ideen, hatte eigene Vorstellungen von der Führung eines Unternehmens.

Angela verfolgte diesen Wandel mit aufmerksamem Interesse und sparte nicht mit Bemerkungen über den „Alten", der nun langsam abgewirtschaftet sei. Obgleich Jochen Schütz widersprach — er hatte es nicht gern, wenn sie über Grothe herzog, als wäre er ein Wrack —, fing sie immer wieder davon an, daß dringend neues Blut in die Führung gepumpt werden müßte, daß selbst ein Dr. Grothe schließlich erlahmt und — noch wichtiger — daß endlich ein neuer Führungsstil vonnöten wäre. Man könnte in der heutigen Zeit nicht mehr wie ein Patriarch regieren. Genau das aber wäre bei Grothe der Fall!

Was redete sie denn! Sie hatte ja keine Ahnung! Hundertmal hatte er einen Anlauf genommen, um ihr zu erklären, daß sie nichts von Geschäftsführung verstand, daß sie überhaupt nicht wüßte, welche Verantwortung mit der Position, die Grothe innehatte, verbunden sei, aber sie ließ ihn nie ausreden. Immer hatte sie neue Argumente.

Wollte sie ihn mundtot machen? Wollte sie klüger sein als der Papst? Als Grothe? Als Jochen Schütz?

Nein, das alles nicht! Sie war der festen Überzeugung, sie müßte ihm helfen, sie müßte ihn genau wie sich selbst auf die neue Position vorbereiten und ihn endlich, endlich davon abbringen, daß er Grothe mit einer Gloriole umgab. Bis zum heutigen Tage war es ihr nicht geglückt, diesen Mann aus seinem Denkvermögen zu streichen. Noch immer war er richtungweisend für ihn, und er würde es auch noch lange bleiben, fürchtete sie.

Wann endlich wird Jochen begreifen, daß er jetzt an der Reihe ist! fragte sie sich an diesem Mittag, als er ihr von dem letzten Rundgang durch die Fabrik erzählte, den die beiden Herren gemacht hatten. Wann endlich wird er sich entschließen, eigene Vorstellungen in die Tat umzusetzen — und wenn sie zehnmal nicht den Prinzipien eines Dr. Grothe entsprechen?!

Sie sah einen Haufen Arbeit — Erziehungsarbeit — auf sich zukommen. Doch sie wäre nicht Angela Schütz, wenn sie das nicht schaffte.

Beschwingt stand sie auf und klopfte ein letztes Mal seine Hand.

„Kinder, bringt die Gläser in die Küche, wir wollen essen!“

* * *

Stillschweigend hatte Lothar Steiner das Schild „Von 14.30 bis 17 Uhr geschlossen“ verschwinden lassen. Er ließ es immer verschwinden, wenn sein Sohn nicht da war und er die Verantwortung über das Hotel übernahm. Mit dieser Neuerung konnte er sich nicht anfreunden.

Die beiden Steiners hatten sonst kaum Schwierigkeiten miteinander, nur in diesem Punkt konnten Vater und Sohn sich nicht einigen. Für Wolfgang war es eine Kostenfrage, wenn er aus lohntechnischen Gründen das Hotel für ein paar Stunden dichtmachte. Für seinen Vater verletzte er damit das Prinzip, für den Gast da zu sein. Gewiß war die Zeit von 14.30 bis 17 Uhr eine Atempause, ob geschlossen oder nicht, und wenn Wolfgang während der Zeit am Schreibtisch arbeiten wollte, konnte er das ohne weiteres tun. Auch schlafen konnte er gewiß, wenn er sich mit seiner Frau einigte.

Doch Lothar Steiner hütete sich, hier einzugreifen oder ihm gar Vorwürfe zu machen. Nicht einmal überreden wollte er ihn.

Vielleicht war das der Schlüssel zu dem erstaunlichen Einvernehmen zwischen den beiden Generationen. Bis auf den kleinen Trick, das Schild während Wolfgangs Abwesenheit verschwinden zu lassen, hatten die alten Steiners sich geschworen, mit dem Tage der Übergabe des Hotels auch die Führung abzugeben und nur noch Aushilfe zu sein. Gewiß war das nicht einfach, doch es war die einzige Möglichkeit, miteinander zu leben und Streit zu vermeiden. Nur einer sollte die Entscheidungen treffen. Wenn Wolfgang allerdings seinen Vater um Rat fragte, war er nur zu bereit, ihm seine Ansichten zu unterbreiten.

Anfangs hatte der junge Mann diesen Rat nicht haben wollen. Zwar wurde im Hause Steiner kaum gestritten, doch wollte Wolfgang seine eigenen Ideen endlich in die Tat umsetzen, ohne ein „aber bedenke doch, mein Junge!“ zu hören. Das war ja das Prekäre bei seinem Vater: mochte es sein Beruf mit sich bringen oder zu seinem Wesen gehören, er war nie laut, und wenn er anderer Meinung war, brachte er sie höflich vor und „gab zu bedenken, daß ...“ Was blieb Wolfgang anderes übrig, als genau so höflich zu antworten, und das dauerte dann immer viel länger, als wenn er klipp und klar gesagt hätte: „Ich will es so!“

So hatte er denn anfangs vieles entschieden, ohne seinen Eltern davon zu berichten. Es war schwer für die beiden alten Leute, mitansehen zu müssen, daß manches verkehrt lief, daß Wolfgang in Küche und Keller Anschaffungen machte, die sich als unbrauchbar herausstellten.

„Schade um das Geld! Er hätte dafür neues Geschirr anschaffen oder die Zimmer 4, 5 und 6 mit neuen Gardinen und passendem Fußbodenbelag ausstatten können. Er hätte ...“ Sie waren so klug, nie etwas zu sagen.

Junge Leute wollen ihre eigenen Erfahrungen machen, ihre Erfolge und Mißerfolge selbst durchfechten, damit sie klug werden und derartige Fehlentscheidungen nicht noch einmal treffen.

Und — waren die Steiners, als sie jung waren, nicht genau so gewesen? Vielleicht waren die Zeiten Anfang der fünfziger Jahre anders gewesen, doch erinnerte sich Petra Steiner, daß auch sie sich manchmal, nicht immer, über ihres Vaters Ermahnungen hinweggesetzt hatte.

Ach nein, das stimmt ja nicht! mußte sie nach einigem Überlegen zugeben. Mutter gehörte das Hotel, und Vater schaltete sich gern in das Getriebe ein, aber er traf nie Enscheidungen. Mutter starb früh. Sie hatte sich gerade noch dazu durchgerungen, meiner Heirat mit Lothar Steiner ihren Segen zu geben — wenn auch schweren Herzens. Und wie hatte sich alles zum Guten gewandt! Vater war immer da — noch lange, weil ich nicht wollte, daß Lothar im Hotel mitwirkte. Er sollte seine Künstlerlaufbahn als Pianist vorbereiten. Darum baute ich ja das „Flügelhaus“ hinten im Garten. Ein Haus um einen Flügel herum. Ganz Marienfelde nennt es seither das Flügelhaus. Unser Refugium.

Der Flügel steht noch heute im Wohnzimmer, doch hat er im Laufe der Jahre seinen Platz gewechselt. Erst stand er in der Mitte des Raumes, mit geöffnetem Deckel. Dann wurde er eines Tages — nach dem einzigen Konzert, das Lothar in Marienfelde gab, geschlossen. Und wieder ein paar

Jahre später — ich glaube, es war symbolisch gemeint, schob Lothar ihn in die Ecke. Das war zu dem Zeitpunkt, als er sich intensiv mit ins Hotelgeschäft einschaltete.

Und nie bin ich das Bedauern losgeworden, daß ich ihm den Weg in die Welt der Musik verbaut habe. In Abständen plage ich mich immer noch damit, obgleich Lothar versucht, mir das auszureden.

An diesem Tag verbrachten die beiden Steiners die Atempause zwischen 14.30 und 17 Uhr nicht im Flügelhaus. Sie saßen im Büro bei geöffneter Tür, gleich neben dem Empfang, um auf diese Weise sofort zur Stelle zu sein, sollte ein Gast kommen oder im Restaurant etwas gewünscht werden.

Petra hatte die Beine auf einen Hocker gelegt und Lothar war kurz davor, am Schreibtisch einzunicken.

Mein Gott, ist er blaß! mußte sie denken, als sie ihn verstohlen über den Zeitungsrand hinweg ansah. Ist es wieder sein Magen?

Ihre Augen verschwanden sofort wieder, als er sich rührte. Es war aber nur ein unbewußter Seufzer.

„Wie kann man nur so müde sein!“ sagte er vor sich hin und wechselte die Stellung.

„Es war zu lange gestern abend!“ meinte Petra hinter ihrer Zeitung. „Heute wirst du nicht so lange aufbleiben! Das kann Weidemann auch allein machen!“

„Weidemann?“ fragte Lothar und wurde wieder wach. „Vergiß nicht, daß er genau wie wir nicht mehr zu den Jüngsten zählt. Und sonnabends haben wir Gäste, die es lange aushalten.“

„Ja, ich weiß! Dann bleibe ich eben auf, aber nicht du!“

Steiner lächelte.

„Sieh mich doch mal an, bitte, und verschanze dich nicht immer hinter der Zeitung, wenn du mit mir sprichst!“

Sie gehorchte und sah ihn an, lächelnd, doch daß es ein mühsames Lächeln war, konnte sie nicht verbergen.

„Ich meine es ernst, Lothar!“

„Lieb von dir, aber du kannst nicht von mir erwarten, daß ich dein Angebot annehme! — Petra, Liebes, es ist ja nur noch diese eine Nacht! Morgen hat Krause Dienst, Montag ist geschlossen und abends sind die Kinder wieder da!“

„Ach, sie hätten doch lieber nicht so lange wegbleiben sollen!“

„So lange? Das ist doch nicht lange! Jetzt haben wir Frühling. In aller Kürze beginnt die Saison. Dann können sie nicht mehr weg. Also sollen sie diese wenigen Tage nochmal genießen und nebenbei das Mobiliar für den Konferenzraum aussuchen!“

„Nebenbei? Vorhin, als du mit Dr. Grothe gesprochen hast, klang das ganz anders. Da stand das Mobiliar im Vordergrund.“

„Ach, laß doch! Außerdem macht es mir Spaß, wieder einmal im Hotel zu sein!“ Plötzlich stand er auf, die Müdigkeit war wie weggeblasen.

„Komm, laß uns durch das Haus gehen! Ich möchte sehen, was Wolfgang erneuert hat. Vielleicht entdecken wir etwas, was wir noch nicht wissen."

Vergnügt hakte er seine Frau unter und reichte ihr den Stock. Noch immer brauchte sie etwas Unterstützung, seit sie die Hüftoperation hinter sich hatte. Das Gute daran war aber, daß sie keine Schmerzen mehr plagten, und nach wenigen unsicheren Schritten brauchte sie seine Hilfe auch nicht mehr.

So machten sich die alten Steiners auf, das Hotel zur Post neu zu entdecken.

* * *

„Und was machen wir nun?" fragte Dr. Grothe seine Frau nach dem Mittagessen.

Christiane blickte erstaunt auf. Diese Frage war neu. Ulrich Grothe wußte immer, was er tun mußte oder wollte, und wenn es an einem Sonnabendnachmittag war. Jedoch — selbst wenn er in den Garten ging oder sie einen Spaziergang machten, wenn sie wegfuhren, immer waren seine Gedanken bei der PFI. Er konnte sich gar nicht von ihr befreien oder gar lösen, auch wenn er — und das war wirklich erstaunlich — keine Akten mit nach Hause nahm. Das hatte er nie gemacht, und das wurde im Hauptquartier in New York auch positiv zur Kenntnis genommen. Allerdings hatte diese positive Beurteilung einen anderen Sinn. New York schätzte es nicht, wenn Akten in Privathäusern lagen, wo jeder sie einsehen konnte. Und General Manager gehörten zu den leitenden Angestellten. Sie hatten Ehefrauen, die unter Umständen neugierig waren und somit Dinge erfuhren, die die vier Wände eines Chefbüros nicht verlassen sollten.

Auch diese Sache hatte Grothe seinem Nachfolger eingeschärft. Er wußte nicht, wie die Schütz' es hielten. Von Mr. Williams zum Beispiel wußte er, daß er sich, sobald er nach Hause kam, erst einmal alles von der Seele reden mußte. So war da eine gewisse Diskrepanz.

Ach ja — neue Leute, neue Sitten. Grothe hatte es nie für gut befunden, seiner Frau alles zu unterbreiten, was ihm im Geschäft widerfahren war. Obgleich Christiane anfangs seine Sekretärin gewesen war, hatte sie sich gefügt, wenn es auch schwerfiel. Sie sah es ein, daß es gewisse Grenzen gab, die nicht überschritten werden durften.

Gehörte Schütz auch zu den Menschen, die erst einmal auspacken mußten und die damit dann ihre Frauen belasteten?

Belasteten! Grothe wußte nicht, daß Angela Schütz ihren Mann von jeher bedrängte, den Hergang des Tages zu schildern. Und zu allem gab sie ihren Kommentar. Es war nicht leicht, einen Trennstrich zu ziehen zwischen wirklich geheimen Dingen, Vorschlägen aus New York, Anregungen oder Personalverschiebungen, die ins Auge gefaßt wurden und wozu man bisher Grothes und von nun an Schütz' Meinung hören wollte. Angela kannte ihren Jochen viel zu genau. Er würde schließlich alles berichten, wenn sie keine Ruhe gab. Gewissensplage? Darüber ging sie hinweg. Jochen Schütz war ihr einfach nicht gewachsen.

Doch das alles wußte Grothe nicht. Er hatte Angela Schütz als charmante, liebenswürdige Dame kennengelernt, elegant, doch nicht gerade mit Intelligenz gesegnet. Sicher würde sie dem gesellschaftlichen Leben in Marienfelde etwas mehr Auftrieb geben. Grothe begrüßte das, hatte er doch in dieser Hinsicht wirklich nicht allzuviel geleistet.

Nun ja, jetzt war eben alles anders.

„Also, was machen wir nun?" kam er auf seine Frage zurück.

Christiane faßte sich schnell.

„Oh, da gibt es eine Menge!" sagte sie. „Wir können in den Garten gehen!"

Grothe machte die Nase kraus.

„Wir können spaziergengehen!" Grothe schnitt eine Grimasse.

„Wir können die Bergers besuchen!"

„Da war ich schon!"

„Was? Du warst bei Martin?" Das war so erstaunlich, daß sie mit dem Abräumen des Geschirrs aufhörte. War das schon der Anfang einer neuen Ära? Bisher war ihr Mann nie freiwillig zu den Bergers gegangen. Ihm imponierte gewiß, wie weit es Martin Berger gebracht hatte, das Schlimme war nur, daß er für nichts anderes Interesse hatte als für seine Geldangelegenheiten.

„Wir können hier bleiben und ‚der Ruhe pflegen'!" Dieses ‚der Ruhe pflegen' war im Laufe der Zeit ein geflügeltes Wort bei ihnen geworden.

Bei dieser Bemerkung erhellten sich Grothes Züge.

„Das machen wir!"

Er ging hinüber in sein Arbeitszimmer an den Rauchtisch und suchte sich eine besonders gute Zigarre aus seinen Vorräten.

„Laß doch das Aufräumen! Komm, setz' dich zu mir!"

Obgleich Christiane das nicht gern tat — in diesem Punkt war sie genau so wenig flexibel wie ihre Schwester —, ließ sie heute alles liegen und kam ins Wohnzimmer. Und das war gut so.

Grothe brauchte sie jetzt. Er wußte noch nicht, wie er seine Zeit gestalten sollte. Noch wußte er es nicht. Es war noch ein Herumtasten, und wenn er Christiane auf diese Weise aufforderte, ihm dabei behilflich zu sein, so war das wichtiger als die Ordnung in ihrem Eßzimmer.

So saßen sie denn beide auf dem breiten Sofa und genossen den Ausblick auf die Ebene.

Etwas, was Seltenheitswert hatte, geschah heute. Grothe legte den Arm um seine Frau und drückte sie an sich.

Was war das? Christiane hielt den Atem an. Sollten auch hier andere Zeiten aufziehen? Sollte Ulrich wirklich Verlangen nach etwas Zärtlichkeit haben? Sie war es nicht gewohnt von ihm. Nicht, daß er unfreundlich gewesen wäre, aber ein Kuß zum Beispiel wurde absolviert wie ein Händedruck. Mit einem Lächeln war er sehr sparsam. Sie gingen weder Hand in

Hand — auch in früheren Jahren nicht — geschweige denn Arm in Arm. Alles war distanziert, kühl, korrekt, dabei nicht einmal abweisend, nur überschwenglich war nichts bei Ulrich Grothe.

Heute aber suchte er ihre Nähe, indem er den Arm um ihre Schulter legte.

Als sie ihm ihr Gesicht zuwandte, lächelte sie glücklich, und ganz sicher sah Ulrich ihre strahlenden Augen.

Wie liebte sie seine Züge, dieses asketische Gesicht mit den strengen Falten vom Nasenflügel bis zum Mundwinkel, die schmalen Lippen. Noch immer waren seine Augen blau und nicht im Laufe der Jahre ins Graue übergegangen. Schon damals hatte sie die blauen, etwas harten Augen zu dem schwarzen Haar faszinierend gefunden. Heute war sein kräftiges Haar nicht mehr schwarz, sondern meliert.

Durch Jahre hatten sich beide bemüht, ihr Gewicht zu steuern. Es war nicht immer ganz einfach gewesen, doch besonders Ulrich hatte sich auf diese Weise gesundgehalten.

Ach, an was dachte sie alles in diesem Augenblick der Rückerinnerung! Äußerlichkeiten, gewiß, aber sie gehörten auch zum Leben.

„Also — ich bin jetzt abgetreten!" sagte er und hoffte, diesen Worten ein heiteres Flair gegeben zu haben. „Weg vom Fenster!" Dabei machte er eine Handbewegung, als ob er jemanden verscheuchen wollte, der nicht in sein Blickfeld gehörte.

Christiane jedoch durchschaute ihn. Obgleich sie monatelang überlegt hatten, wie sie diesen neuen Lebensabschnitt programmieren wollten, war es schließlich doch etwas anderes, sobald der Fall wirklich eingetreten war. Es konnte gar nicht ausbleiben, daß sie diese dreißig Jahre, die sie mit der PFI verbracht hatten, noch einmal zurückgingen. Der Augenblick war dafür wie geschaffen.

„Wenn ich bedenke, daß ich damals von vierhundert Bewerbern das Rennen gemacht habe!" sagte er — und dann holten sie alles hervor, was in diesen dreißig Jahren an Wesentlichem geschehen war.

Nur mußten sie feststellen, daß Christiane ganz andere Vorstellungen vom Wesentlichen hatte als Ulrich.

„Meine Ausbildung in einer Kartoffelfabrik in Amerika und dann die Suche nach einem Platz für eine Fabrik in Deutschland! Du meine Güte, was bin ich herumgereist!"

„Ich weiß! Als ich dir von Marienfelde erzählte, warst du richtig mißmutig, so als ob du dachtest: was hält sie mich damit auf! Sicher wieder so ein Windei!"

„Das dachte ich auch, Fräulein Wolperding! Wo liegt das überhaupt, dieses Marienfelde, und woher wissen Sie davon?" fragte er streng.

„Ach ja!" lachte sie. „Wir waren beide nicht dafür, über unser Privatleben zu sprechen. Aber diesmal mußte ich ja Rede und Antwort stehen!"

„Du machtest es aber sehr knapp, das weiß ich noch! ‚Ich bin dort zu

Hause!‘ sagtest du kurz. ‚Mein Vater ist Arzt in Marienfelde!‘ Und schon warst du draußen!“

„Viel schlimmer war mir ein Gedanke!“ sagte sie nach einer Weile, wobei sie nach draußen sah. Sie wollte Ulrich jetzt nicht ansehen, aber da sie schon dabei waren, die gemeinsame Zeit zu repetieren, durfte sie dies nicht auslassen!

„Welcher denn?“ fragte er arglos.

„Ach, du weißt doch, daß Forrester dich drängte, wieder zu heiraten!“

„Oh, ich weiß genau, was du meinst. Mitten im Diktat fragte ich dich, ob du meine Frau werden willst. Ich fürchte, ich hatte dich sehr getroffen mit meinem Überfall! Wenn ich heute daran zurückdenke ... wie konnte ich nur so taktlos sein! An dem Tag war überhaupt alles verkehrt!“

„Ich weiß, Forrester hatte dir sehr zugesetzt, und seine nicht gerade feine Ausdruckweise ...“

„Die hat mich so lange verfolgt, wie er mein Vorgesetzter war!“

„Was er jetzt wohl macht? Hast du eine Ahnung?“

„Nur vage! Er soll irgendwo zwischen San Francisco und Los Angeles wohnen — in einem kleinen Ort.“

„Ist seine Jany nicht aus der Gegend?“

„Genau, und Jany wollte wieder zu ihren Leuten!“

„Zu ihren Leuten! Das hat sie hundertmal gesagt und ihrem Jerry auch damit gedroht! Wenn er nicht nett zu ihr wäre, ginge sie zu ihren Leuten!“

„Forrester soll übrigens nie wieder ins Geschäft gekommen sein. Mit dem Tage seines Abschieds hat er der PFI den Rücken gekehrt!“

„Nie wieder ist er dagewesen?“ fragte Christiane. Sie konnte sich das gar nicht vorstellen. „Gerade Forrester verdankt der PFI doch so viel!“

„Verdankte! Ich kann mir wohl vorstellen, was in ihm vorgegangen ist, als er sich verabschiedete.“

„Da bin ich aber gespannt. Erzähle bitte! Was hat ihn bewogen ...“

„Du weißt doch, daß Forrester früher Chauffeur gewesen ist und mit Hilfe der PFI und brennendem Ehrgeiz alles nachgeholt hat, was ein General Manager wissen muß!“

„Ja, bekannt! Der Selfmademan! Auch daß er während des Krieges und danach Sergeant in Wiesbaden war!“

„Gut, auch daß sein Betragen allerlei Lücken aufwies, wissen wir!“

„Ach ja, Ulrich, es war ganz sicher nicht immer einfach mit ihm!“

„Schwamm drüber, das ist vergessen!“

Sie sah ihn schräg von der Seite an. Sicher gab er sich große Mühe, „es“ zu vergessen, denn dreißig Jahre lang einen Vorgesetzten gehabt zu haben, der den Deutschen nicht wohlgesonnen war, hatte sich eben doch tief in Grothes Gedächtnis eingegraben.

„Ich meine das so: Versetze dich doch mal in Forresters Lage — dreißig Jahre, seine Arbeit als Chauffeur nicht mitgerechnet, hatte er sich ständig anstrengen müssen, nicht zu versagen. Immer hatte er alles das nachholen müssen, was andere mit ihrem Zuhause, ihrer Erziehung oder ganz einfach mit ihrer Bildung mitbekamen. Er hatte also ständig — und jetzt gebrauche ich ein modernes Wort, das ich absolut nicht schätze — im Streß gelebt. Dann mochte er nicht mehr. Er sehnte den Tag herbei, an dem er diese ständige Anstrengung nicht mehr haben würde, sondern sich gehenlassen könnte."

Er dachte einen Augenblick nach.

„Vielleicht sollte ich besser sagen: wo er sich so geben kann, wie er aufgewachsen ist, wo er nicht jeden Satz genau überlegen muß, wenn er mit Mr. Todd oder Mr. Frank oder seinen anderen Vorgesetzten spricht. Die haben ihn zwar gefördert, aber alle diese zusätzlichen Anstrengungen, die Forrester hatte, haben diese Herren ja nicht. Verstehst du, was ich meine?"

„Genau!" sagte sie eifrig. „Vermutlich ist er jetzt viel zufriedener. Bei seinen Leuten oder bei Janys Leuten ist er was! Dort stellt er etwas vor. Und seine Leute wiederum sagen: Das ist Jerry, einer von uns. Der hat es weit gebracht. Das ist ein Selfmademan! Vielleicht sagen sie auch noch: So etwas gibt es nur in Amerika. Jeder kann etwas werden, wenn er nur will! Und sie sind sehr stolz auf ihn."

„Und Jerry wiederum ist stolz auf sich! Er genießt die Achtung, die ihm gezollt wird. Aber er ist heilfroh, daß die PFI weitab vom Schuß ist!"

Christiane nickte.

„So ist es sicher!" sagte sie langsam. „Und wenn ich bedenke ..." Sie verstummte.

„Was bedenkst du?" fragte Grothe und nahm ihr Kinn in die Hand. Er wußte genau, worauf sie hinauswollte. „Nun? Willst du es mir nicht sagen?"

Christiane wurde ernst. Vielleicht war es doch gut, wenn sie das aussprach, was sie beide am meisten anging und was sie nur aus Rücksicht nicht erwähnten.

„Du bist nicht heilfroh ..." Grothe ließ sie los und sah nach draußen. „Nein, das bin ich nicht!"

Er hatte es noch nie so unumwunden zugegeben. Er hatte es bisher immer geschafft, zu sagen, es wäre der Lauf der Welt, er wäre kein biologisches Wunder, eines Tages müßte man Jüngeren das Feld räumen und so weiter und so weiter.

„Aber wir werden einen Weg finden!" sagte sie zuversichtlich.

* * *

Dies war das dritte Blatt, in dem sie ein Photo und einen Artikel über ihren Schwiegervater Dr. Ulrich Grothe fand. Vor fünf Tagen hatte sie es schon in der überregionalen Tageszeitung gelesen und sein Bild sehr gewissenhaft betrachtet. In dieser Zeitung war auch der längste Artikel über seinen Werdegang erschienen. Anlaß war seine Verabschiedung aus dem Wirtschaftsleben.

Bärbel Grothe betrachtete die Aufnahme aus der Illustrierten erneut. Es war die schärfste, aber sicher schon ein paar Jahre alt. Sie konnte sich nicht vorstellen, daß ein Mann mit 65 Jahren noch so gut aussah. Zwar hatte er Falten, aber sie unterstrichen sein markantes Gesicht. Richtig, ein Manager-Typ! dachte sie, obgleich sie, wenn man sie gefragt hätte, was sie darunter verstand, es nicht genauer hätte definieren können.

Dunkle Haare hatte er bestimmt nicht mehr, es sei denn, er färbte sie. Aber das traute sie ihm nicht zu.

Andreas, ihr Mann, hatte bisher nur wenig Auskunft über seinen Vater gegeben. Er wußte auch nicht viel von ihm, was die persönliche Sphäre anbelangte. Dazu war er zu selten mit ihm zusammengewesen. Der letzte Besuch in Marienfelde lag nun schon zwanzig Jahre zurück. Damals war er fünfzehn Jahre alt gewesen und sie hatten sich im Zorn getrennt.

Fünfzehn! Wenn Andreas heute darüber nachdachte, was er dem „Alten" alles geboten hatte, mußte er über sich selbst den Kopf schütteln. Da kam sein Vater abends nach einem arbeitsreichen Tag nach Haus, und sein Sohn, der pflichtgemäß und höchst ungern seine Ferien in Marienfelde verbrachte, hatte die Stirn, ihn zu fragen: „Na, Alter, was haste denn heute gemacht? Tüchtig deine Arbeiter schikaniert?"

Wenn mein Sohn — angenommen, ich hätte einen — das heute zu mir sagen würde, bekäme er eine gelangt!

Mein Vater war diesem Ton einfach nicht gewachsen. Oder er war zu vornehm, zu diszipliniert, oder wie immer man das bezeichnen mochte, um aus der Haut zu fahren. „Ich verbitte mir diesen Ton!" Das war alles, was er gesagt hatte, dann hatte er sich hinter der Zeitung verschanzt.

Und diese Christiane, meine Stiefmutter! Christiane pisackte ich aus lauter Boshaftigkeit mit dem Märchen von Schneewittchen. Da war ich noch jünger. Ich erzählte ihr, wir hätten das Märchen von Schneewittchen in der Schule durchgelesen, und da käme die böse Stiefmutter drin vor!

„Du bist doch auch meine Stiefmutter, oder?"

Andreas konnte sich nicht entsinnen, daß er je wieder so boshaft gewesen war. An sich lag das gar nicht in seiner Natur.

Sein Großvater, der Baulöwe Krogmann, bei dem er aufgewachsen war und der aus einem kleinen Baugeschäft ein Imperium aufgebaut hatte — für ihn, sein Großvater hätte vermutlich laut gelacht, wenn er ihm erzählt hätte, wie er seinem Vater und seiner Stiefmutter begegnet war. Krogmann konnte Grothes Korrektheit nicht ausstehen. Dieses vornehme Getue! hatte er oft gesagt.

Als Andreas Grothe am Schreibtisch in dem Büro hinter dem vollgestopften Verkaufsraum der Tankstelle saß und die Bilder seines Vaters betrachtete, kam ihm dies alles wieder ins Gedächtnis. Draußen stand Bärbel an der Kasse, umrahmt von Illustrierten, Schokolade, Bierflaschen, Coca-Dosen und Rauchwaren. Nur im Unterbewußtsein hörte er das häufige Klingeln der Kasse und das dumpfe Abstempeln der Tankscheine. Ab und zu ein freundliches Wort, mal lauter, mal wurde dabei gelacht — jedoch berührte ihn das alles nicht, nicht in diesem Augenblick, als er sich vergegenwärtigte, daß sein Vater von der Bühne der Prominenz abtrat.

„Sieh da!" dachte er, und es war diesmal keine Boshaftigkeit damit verbunden. „Auch solche großen Kapitäne müssen einmal aufhören!"

Es kam ihm vor, als bekäme sein Vater durch diese Tatsache direkt etwas Menschliches. Bisher war er ihm immer so unerreichbar vorgekommen. Ein Mann ohne Fehler, erfolgsgekrönt und ohne menschliche Gefühle, dafür aber groß, wichtig und imponierend.

Obgleich die Aufnahme, die vor ihm lag, unverändert blieb, sah er sie mit anderen Augen. War nicht doch etwas Wärme in diesen Zügen? Vielleicht ein leichtes Zucken um die Mundwinkel, ein wenig Glanz in seinen Augen? Er wünschte so sehr, daß er das Bild verändern könnte.

Doch es blieb so, wie es war — gerade, unnahbar, kühl und distanziert.

Prüfend sah er den Beschauer an, als ob er sich fragte: Lohnt es sich, mit dir eine Unterhaltung anzufangen, oder ist es reine Zeitverschwendung?

„Na, was sagst du dazu?" Er hatte gar nicht bemerkt, daß das Klingeln der Kasse im Verkaufsraum aufgehört hatte und Bärbel neben ihm stand.

„Das ist das dritte Mal, daß ich ihn entdeckt habe! Vielleicht finden wir ihn auch noch in anderen Zeitschriften. Ich muß sie doch heute abend einmal durchblättern. Komisch ist nur, daß es immer dieselbe Aufnahme ist!"

Andreas blickte auf.

„Das ist gar nicht komisch! So wie ich meinen Vater in Erinnerung habe, hat er sich zu dem Interview nur schwerlich herbeigelassen. Und die Aufnahme ist bestimmt schon vor zehn Jahren gemacht worden."

„Das glaube ich auch! Ich habe mich schon gefragt, ob ein 65 Jahre alter Mann noch so dunkle Haare hat, es sei denn, er färbt sie!"

Sie mußten beide lachen. Vater Grothe und gefärbte Haare!

„Das ist glatt unmöglich!"

„Hallo!" hörten die beiden. „Will hier niemand Geld haben?"

„Ich komme!" Bärbel eilte davon, und schon klingelte wieder die Kasse.

Um 20 Uhr schlossen sie ihre Tankstelle. Die letzte Stunde brachte kaum noch Einkünfte, aber da es ein Familienbetrieb war und das Leben sich gleich hinter dem Verkaufsraum abspielte, war man im Laufe der Zeit dazu übergegangen, den Betrieb noch laufen zu lassen.

Sechs Tanksäulen standen zur Verfügung, eine SB-Tankstelle war es, und es wurde Markenbenzin verkauft. Dazu gab es eine Reparaturwerkstatt, in der Andreas zu tun hatte, obgleich das Automechaniker-Handwerk nicht sein Beruf war.

Heute tat Bärbel etwas Ungewöhnliches. Sie hatte eben die Beleuchtung der Tankstelle abgeschaltet — sie hatten eben die Nachrichten im Fernsehen erfahren, als sie den Apparat abschaltete.

„Heute ist Fußball!" sagte Andreas vorwurfsvoll. „Du weißt, daß ..."

„Um 21 Uhr, mein Lieber! Du hast noch ein bißchen Zeit!"

„Was gibt es denn so Wichtiges, daß du abschalten mußt? Vielleicht ist auf dem anderen Sender etwas, was man sich ansehen sollte!"

„Ist nicht! — Ich habe eine Idee!"

Sie setzte sich zu ihm auf das Sofa ihrer bequemen Sitzgruppe und legte den Arm um ihn.

Aha! dachte er und lächelte. Sie will wieder etwas. Es war schon genehmigt, bevor sie den Mund aufgemacht hatte.

Andreas und Bärbel kannten sich schon lange. Doch erst kurz bevor ihre Tochter Anne geboren wurde, hatten sie geheiratet. Das war vor drei Jahren gewesen. Vor dieser Zeit hatte es jedoch eine lange Spanne des Kennenlernens und Wiederauseinanderlaufens gegeben.

Barbara Hartmann hatte sich immer gefreut, wenn der flotte Andreas Grothe mit seinem Flitzer vorgefahren war, um zu tanken. Er hatte so etwas von einem Playboy an sich, wenn er auch nicht ganz so versnobt war wie jene.

Die Hartmannsche Tankstelle lag in den Außenbezirken von Hamburg auf dem Weg zur Autobahn, ein günstiger Platz. Außerdem war das Hauptlager des Krogmann-Bauunternehmens auch nicht weit entfernt, und gerade dort war Andreas beschäftigt.

Es dauerte eine Weile, ehe Bärbel herausbekam, daß Andreas der Enkel von dem alten Krogmann war, eine gute Partie also. Vielleicht lohnte es sich, sich mit dem jungen Mann näher zu befassen! Sie versuchte es erfolgreich, doch eigentlich mehr, um sich zu beweisen, daß man noch Chancen hatte, selbst wenn man ein paar Jahre älter war als dieser flotte Bursche.

Sehr schnell fand sie auch heraus, daß sie nicht die einzige war, die Andreas Grothe gut leiden konnte. Die Sympathien kühlten ab, jedoch blieb es bei dem freundlich-belanglosen Ton, und Andreas Grothe wechselte auch nicht die Tankstelle. Das war ihm die Sache nicht wert, denn soo eng war die Verbindung zu dem Mädchen nicht.

Alles änderte sich jedoch, als Großvater Krogmann starb und seinem Enkel ein Imperium hinterließ, mit dem der jedoch nichts anfangen konnte. Vielleicht war es die Schuld vom alten Krogmann, der zwar dafür gesorgt hatte, daß Andreas das Bauhandwerk erlernte, im übrigen aber dachte, das Kaufmännische stecke von ganz allein in ihm. Andreas hatte die fröhlich-unbekümmerte Art seiner Mutter geerbt, und mit der konnte er nur schlecht ein Bauunternehmen glatt durch die sich anbahnenden schlechten Zeiten bringen. Wenn der alte Krogmann ferner geglaubt hatte, das Handwerk wäre das Primäre, so war das ganz einfach falsch. Wilhelm Krogmann hatte ein Gespür für das Kaufmännische, er war hinter Aufträgen her wie der Teufel, und er scheute auch keine nicht ganz geraden Wege, wenn es um seinen Vorteil ging. Die Aufbauzeiten waren zwar vorbei, doch noch immer hatte das Krogmann-Unternehmen dank seines aktiven Eigentümers tüchtig zu tun. Jedoch — und das war die Tragödie — als er die Augen zumachte, sollte sich herausstellen, daß das Unternehmen bereits auf wackeligen Füßen stand. Krogmann hatte es seiner Frau und seinem Enkel wohlweislich verschwiegen, doch nun saßen sie vor dem Rest.

Immerhin war Katharina Krogmann patent genug, sich mit einem Rechtsanwalt und einem Steuerberater zusammenzusetzen, die in solchen

Abwicklungsverfahren bestens versiert waren, und so konnten sie wenigstens noch soviel retten, daß ihr Lebensabend gesichert war und Andreas nicht gänzlich ohne Mittel dastand.

Was tun damit? Katharina Krogmann war es schließlich zu verdanken, daß sie es fertigbrachte, Andreas davon abzuhalten, das Geld zu verschleudern. Es hätte ganz in seiner Natur gelegen. Durch Jahre hatte sein Großvater ihn großzügig behandelt. Zwar war er sein Angestellter, doch alle Extras, wie zum Beispiel der kostbare „Flitzer", stammten aus Großvaters Börse. Eigentlich war es verwunderlich, daß der alte Krogmann ihm ausgerechnet bei der Anschaffung eines schnellen Sportwagens unter die Arme griff. Genau so hatte er es schon bei seiner Tochter gemacht, als sie ihm den ersehnten Enkel geschenkt hatte. Sie war gerade wieder zu Hause und Andreas noch nicht zehn Tage alt, als ihr Vater ihr in der Freude seines Herzens einen schnittigen Wagen vor die Tür stellte. Selig fuhr sie damit um das Rondell, verschwand durch das Gartentor — und kam nicht wieder.

Ein paar Jahre war das Geld in festverzinslichen Papieren angelegt, doch als sie wieder frei waren, ergab sich eine Chance, es in eine Tankstelle einzubringen.

Wieder war es ein Auto, das Andreas Grothe mit Barbara Hartmann zusammenbrachte. Als er eines Tages dort tankte, war Barbara nicht an der Kasse, sondern ein Mädchen, das ihr ähnlich sah und einen sehr unglücklichen Eindruck machte. Es trug schwarze Kleidung, so daß Andreas mit Recht annahm, es wäre etwas passiert.

„Bärbel nicht da?" fragte er. Das junge Mädchen wandte sich ab und fing an zu weinen.

„Unser Vater ist tot!" schluchzte es. „Und Bärbel ... Bärbel ist beim Pfarrer!"

Andreas konnte gar nichts anderes tun, als um den vollgepackten Tresen herumzugehen und das kleine Ding in den Arm zu nehmen.

„Das wußte ich ja alles nicht!" sagte er mitfühlend. „Wie ist das denn passiert? War er krank? Ich habe ihn doch noch vor ein paar Tagen gesehen!"

Die Kleine schluchzte lauter. „Er ist verunglückt ... mit dem Auto!"

„Oh Gott!" flüsterte Andreas. Es tat ihm wirklich leid. Von Natur aus war er mitfühlend, und wenn so etwas passiert war, konnte man an der Aufrichtigkeit seiner Hilfsbereitschaft nicht zweifeln.

Kurz darauf kam Bärbel zurück und fand Andreas mit ihrer jüngeren Schwester im Büro hinter dem Verkaufsraum sitzen.

„Ich habe gehört ..."

Sie zuckte mit den Schulter und sah ihn traurig an.

„Es tut mir so leid! Furchtbar!" sagte er nach einer Weile. „Wenn ich mir das vorstelle ..."

Sie sagte nicht, wie es passiert war, und eigentlich wollte er es auch gar nicht wissen. Er verschob seinen Abend in der Disco und blieb bei ihnen, und Bärbel war ihm dankbar dafür. So konnte sie einmal über alles reden, was sie bewegte, was sie nun tun mußte und wie sie sich alles dachte.

Sie war lange genug im Tankstellengeschäft tätig gewesen, aber wer die Werkstatt weiterführen sollte, wußte sie im Moment noch nicht. Ihr Vater hatte zwei Autoschlosser gehabt, aber keinem traute sie zu, ohne des Vaters Anleitung etwas leisten zu können. Und einen Meister konnte sie nicht bezahlen.

Es dauerte nicht lange — Andreas war ohnhin schnell zu begeistern —, bis er auf die Idee kam, sein Geld nutzbringend anzulegen. Sie modernisierten die Tankstelle, und ein Meister konnte nun auch bezahlt werden. Obgleich Andreas durch das Fiasko mit dem Krogmann-Unternehmen hätte gewarnt sein sollen, dachte er nicht an eine vertragliche Regelung. Im Gegenteil, je mehr er sich auf der Tankstelle blicken ließ, desto mehr fühlte er sich dort zu Hause und mit einbezogen in die Belange der Familie. Doch da kannte er Bärbel schlecht. Fortan war er an dem Geschäft beteiligt, und das wurde notariell festgelegt.

Mehr und mehr jedoch sollte sich zeigen, daß Andreas seinen Platz gefunden hatte. Zwar war er noch als Bauhandwerker beschäftigt, doch war vorauszusehen, daß er bei nächster Gelegenheit seinen Arbeitsplatz verlieren würde. Die Verhältnisse auf dem Baumarkt hatten sich rapide verschlechtert.

Eines Tages war es soweit, Andreas stand auf der Straße — hätte auf der Straße gestanden, wäre ihm nicht die Möglichkeit geboten worden, Bärbel zu entlasten und sich einzuschalten in den sich erfreulich entwickelnden Tankstellenbetrieb.

Vorbei waren die Zeiten, in denen ein junger Mann mit einem Flitzer vorfuhr und ein paar heitere Worte für die Kassiererin übrig hatte. Andreas war froh, daß er bei Bärbel und ihrer Schwester wohnen konnte. Er war froh, daß Bärbel ihm sagte, was er zu tun hatte. Er war kein Mensch, der Verantwortung tragen konnte, doch wenn man ihm Anweisungen gab, konnte man sicher sein, daß sie prompt ausgeführt wurden.

Genau das tat Bärbel. Sie war drei Jahre älter als er, sie war die Besitzerin der Tankstelle, und doch war sie froh, daß Andreas da war. Er gab ihr Schutz in diesen unsicheren Zeiten, er arbeitete unermüdlich — und er schenkte ihr Herzenswärme, die sie genau so brauchte wie das tägliche Brot.

„Du sprachst von einer Idee, Frau Grothe! Heraus mit der Sprache!"

„Ja ...", sie war nun doch etwas zögernd. Das war ganz und gar nicht ihre Art. Es mußte also etwas Schwerwiegendes sein.

„Nun mal los! Heraus mit der Idee!" ermunterte er sie und kniff sie in den Arm.

„Au! Laß das!" lachte sie, wurde dann aber ernst. „Ich meine ... da dein Vater nun nicht mehr berufstätig ist ...", sie zögerte schon wieder, raffte sich aber dann auf, um endlich das auszusprechen, was ihr den ganzen Nachmittag schon durch den Kopf gegangen war, „können wir ihn nicht einmal besuchen? Ich möchte ihn so gern kennenlernen!"

„Du meinst ... du meinst wirklich, wir sollen nach Marienfelde fahren?"

Sie nickte.

„Und an seine Tür klopfen und sagen: Hier sind wir — dein Sohn, deine Schwiegertochter ..."

„... und dein Enkelkind!" vollendete sie den Satz.

Andreas hob die Hand an die Lippen. Diese Bitte hatte er nicht erwartet. Er hatte nie anders als mit — nicht direkt mit Schaudern, aber doch mit Unbehagen an seinen Vater gedacht. Und jetzt sollte er — nach 20 Jahren — auf einmal vor ihn hintreten und sich wieder melden?

Dieses Ansinnen war so ungeheuerlich in seinen Augen, daß er davor zurückschreckte.

Und warum? Warum wollte sie ihren Schwiegervater plötzlich kennenlernen? All die Jahre waren sie ohne ihn ausgekommen — und gut ausgekommen, fand er. Es gab keine Kontroversen, es gab keine Rügen und kein ‚Ich verbitte mir diesen Ton!'.

„Oh, Gott!" murmelte er. Wenn er vorhin im Geiste schon ihren Wunsch genehmigt hatte, machte er jetzt einen raschen Rückzieher.

„Warum ‚Oh, Gott!'? Du weißt doch gar nicht mehr, wie er ist. Zwanzig Jahre hast du ihn nicht gesehen. Jetzt ist er ein alter Mann. Vielleicht freut es ihn, daß er eine Enkeltochter hat!"

„Den doch nicht!"

„Wieso? Woher weißt du das?"

Er hob die Schultern. „Ach nein, bitte nicht!" Es klang gequält. „Bitte nicht, Bärbelchen!" Das ‚chen' hing er immer dran, wenn er hilflos war und ihr Verständnis brauchte. Doch heute war sie hartnäckig. Schon immer hatte sie den Wunsch gehabt, diesen Mann kennenzulernen. Nur geäußert hatte sie ihn nie, doch wann immer sie etwas über ihn in den Zeitungen las, machte sie sich ihre Gedanken. Männer wie Grothe imponierten ihr. Die hatten es zu etwas gebracht, und es entsprach auch ganz ihrer Natur, daß erfolgreiche Männer ihre Sympathie besaßen. Daß ihr eigener Mann nicht so veranlagt war, zog sie dabei nicht in Betracht. Ihn brauchte sie fürs Herz. Es war genug, wenn einer in der Familie energisch war und die Linie des Geschäfts im Auge behielt.

„Und ich möchte doch, daß wir hinfahren!" bedrängte sie Andreas. „Vielleicht ist er gar nicht so, wie du ihn immer geschildert hast!"

„Du hast ihn ja nie erlebt!"

„Eben! Ich möchte ihn mal erleben! Ich möchte ihn sehen!"

„Warum nur? Mein Gott, warum nur?"

Hier ließ Barbara Grothe einen Augenblick verstreichen, ehe sie antwortete. Sie wollte damit andeuten, daß es ihr wichtig war, was sie ihm zu sagen hatte.

„Weil er dein Vater ist und wir seinen Namen tragen!"

* * *

Es ging besser, als die beiden Grothes gedacht hatten.

Eigentlich war es verwunderlich, daß sie nach der Verabschiedung, die mit mancherlei Reisen und Festlichkeiten verbunden war, sich nicht in einem Kurort eine Erholung gönnten. Auch wäre es gut gewesen, einmal nicht die Fabrik und das ganze Getriebe unmittelbar in der Nähe zu haben. Aber das war von vornherein nicht vorgesehen gewesen. Beide Grothes hatten eine Kur nicht nötig. Also was sollten sie dort! Sie waren fit.

Das war ja eben das Mißverhältnis: Grothe wurde oft gefragt, warum er denn schon zu arbeiten aufgehört hätte, er wäre doch noch bestens in Ordnung und könnte seiner Firma mindestens noch zehn Jahre dienlich sein.

Zwar hörte Grothe das gern, aber er wußte es besser, und als seine Frau eines Tages auch das Gespräch darauf brachte, hatten sie deswegen eine ernste Unterhaltung.

„Natürlich fühle ich mich gesundheitlich fit und in Ordnung!" sagte er. „Ich kann noch eine Menge mehr als andere in meinem Alter, aber — wie ich schon häufig gesagt habe, ein biologisches Wunder bin ich nicht. Ich weiß noch genau, wie ich über mich selbst erschrak, als ich den Gedanken aufkommen ließ: Das kann Schütz machen! Das war, als New York uns den Lageranbau genehmigte!"

„Du willst also damit sagen, es war der Moment, in dem dir die viele Extraarbeit bevorstand und du meintest, es würde dir zuviel werden!"

Er wiegte den Kopf hin und her. „So ungefähr! Aber vielleicht sollte ich dir noch ein anderes Beispiel nennen. Das war vor einem halben Jahr, als die Tarifverhandlungen besonders schwierig wurden. Da dachte ich: Gott sei Dank, es ist das letzte Mal! — Oder noch etwas: ich merkte, daß ich etwas vergaß, eine Verabredung, einen Namen oder daß mir der Zusammenhang in einer Sache entfallen war. Ich hatte ja Schütz zur Seite oder Frau Diekmann. Meine Sekretärin war in dieser Hinsicht geradezu mein Tischkalender. Aber immerhin, früher brauchte ich solche Unterstützung nicht. Das sind alles Anzeichen, daß man nachläßt. Man ist nicht mehr voll einsatzfähig. Und das, liebe Christiane, ist der Zeitpunkt, wo man seine Verabschiedung vorbereiten sollte. Das alles deutet an, daß man zwar noch bestens aussehen kann, daß aber die geistigen Kräfte nicht mehr voll belastbar sind."

Er schwieg einen kurzen Moment und rieb sich die Stirn. Noch nie hatte er so unumwunden darüber gesprochen, welche Feststellungen er an sich selbst gemacht hatte. Ganz sicher fiel es ihm schwer, darüber etwas auszusagen. Allein er wußte, daß er mit seiner Frau darüber reden konnte und das Gespräch die vier Wände des Raumes nicht verließ.

„Es ist unfair", nahm er das Thema wieder auf, „es ist einfach nicht richtig, dann noch an der Spitze eines Unternehmens zu sein und unter Umständen Entscheidungen vor sich herzuschieben, weil man nicht sicher ist, wie das Ergebnis aussieht."

Er sah aus dem Fenster und ließ den Gedanken weiter Raum fassen.

„Das ist noch schlimmer als alles andere — wenn man durch seine Unsicherheit den Gang der Geschäfte aufhält!"

„Aber Ulrich, ich fürchte, du gehst zu weit! Ich kann mir einfach nicht vorstellen, daß du es an Umsicht fehlen läßt, selbst wenn du müde bist — müde, damit meine ich ...“

„Ich weiß, was du meinst!“ unterbrach er sie, stützte den Arm auf die Lehne des Sofas und sah sie liebevoll an. Sie meinte es ja gut, aber ...

„Sieh mich nicht durch die rosarote Brille an!“ sagte er und lächelte verhalten.

„Ich glaube nicht, daß ich das tue!“ meinte sie und kehrte wieder ihr preußisches Gewissen heraus. Sie meinte es wirklich ehrlich. Ulrich Grothe war viel zu gewissenhaft und streng mit sich selbst, sonst würde er nicht so offen mit ihr reden! — Außerdem — dies war keine rosarote Unterhaltung! Wollte er sie vielleicht ablenken?

Das war nun schon eine Weile her. Jetzt war er wirklich abgetreten, und es sollte sich zeigen, daß es erträglicher war, als sie beide gefürchtet hatten.

Außerdem hatte Christiane eine Liste vorbereitet über eine Menge kleiner Arbeiten, die sie im Haus gemacht haben wollte. Ulrich hatte es ihr vorgeschlagen, und sofort hatte sie den Gedanken aufgegriffen. Sie war nicht besonders geschickt in handwerklichen Dingen, und wenn sie früher Ulrichs Hilfe haben wollte, winkte er ab und sagte: „Wozu gibt es Handwerker?“ Er wußte überhaupt nicht, wie es bestellt war mit Handwerkern, die mal einen tropfenden Wasserhahn reparieren sollten. Manchmal ließ sich Martin Berger dazu herab, ihr zu helfen, aber später hatte er dann selbst so viel zu tun, daß es unter seiner Würde war, einen Hammer in die Hand zu nehmen.

So war Ulrich Grothe vorerst reichlich beschäftigt, und er wunderte sich, wie sehr ihm die Arbeit mit Werkzeug gefiel.

Außerdem kam schon am Montag nach seinem Weggang ein Anruf von der PFI.

Er war gerade dabei, einen Nagel in die Wand zu schlagen, als das Telefon klingelte. Früher ließ er es klingeln und wartete darauf, daß Christiane den Hörer abnahm. Heute zeigte er eine menschliche Neugier und ließ alles stehen und liegen. Jochen Schütz war am anderen Ende.

„Hier ist noch allerlei Post für Sie eingegangen“, sagte er. „Soll ich Sie Ihnen vorbeibringen?“

Nur einen Augenblick überlegte Grothe. Er konnte der Versuchung nicht widerstehen.

„Nett von Ihnen, mir das anzubieten, aber ich komme vorbei. Ich wollte mir ohnehin ein bißchen Bewegung verschaffen.“

„Fein!“ Es klang so, als ob Jochen Schütz im stillen darauf gehofft hatte, daß es so laufen würde. „Ich habe auch noch ein paar Fragen!“

„Na wunderbar, dann kommen wir uns ja entgegen. Ich mache mich sofort auf den Weg!“

Und gerade das war verkehrt, wie sich später herausstellte.

* * *

„Da sind sie!“ Lothar Steiner stand am Fenster des Büros hinter dem Empfang und sah auf den Parkplatz. Die beiden Leuchtkegel des Audi 100 kannte er. Das waren Wolfgang und Renate.

„Gut, daß sie uns nicht warten ließen. Man macht sich so leicht Sorgen, wenn sie nicht zur angegebenen Zeit da sind!“

Petra erhob sich mühsam, noch immer mit Unterstützung ihres Mannes. „Laß uns noch hören, wie es war, dann gehen wir hinüber ins Flügelhaus!“ Ach, sie war müde, und sie freute sich auf die Geborgenheit ihres kleinen Hauses. Die vielen Jahre intensiver Anspannung im ständig wachsenden Hotelbetrieb dank Lothars Rührigkeit hatten ihrer beider Gesundheit untergraben. Doch jetzt war Wolfgang ja da — und Renate!

Petra war ihrer Schwiegertochter redlich zugetan. Aber das war bei Petra Steiner auch einfach. Sie ging jedem Menschen aufgeschlossen entgegen, so als vermutete sie dieselbe Freundlichkeit in ihm. Dabei hatte sie doch im Laufe der Jahre im Hotelbetrieb eine Menge Menschen kennengelernt, die diese Eigenschaft nicht besaßen.

Doch da hatte Petra ihre eigene Philosophie: wenn ich den Menschen liebenswürdig begegne, können sie gar nichts anderes tun, als mir auch liebenswürdig gegenüberzutreten. Ganz unrecht hatte sie nicht, es sei denn, daß sie überaus Hartgesottene vor sich hatte. Und das war im Hotel zur Post einfach nicht gegeben. Auch als Marienfelde wuchs und ein Industriegebiet am Kanal entstand, als immer neue Menschen dorthin kamen und sich ansiedelten, auch da war das Hotel zur Post immer noch ein Ort, wo man sich mit Höflichkeit begegnete. Mochten die Steiners das bewerkstelligt haben oder das Hotel an sich dieses Flair verbreiten — egal.

Gewiß hatte es zu Anfang, als die PFI als erstes Industrie-Unternehmen in den fünfziger Jahren nach Marienfelde kam und einen Strom Menschen aus der neuen Welt mit sich brachte, nicht immer so geräuschlos zugehen können. Der Wechsel vom verträumten kleinen Bad zum modernen Fabrikzentrum der Lebensmittelindustrie war einfach zu kraß. Aber dreißig Jahre hatten beide Seiten aufeinander zugehen lassen. Amerikaner wie Deutsche hatten sich aneinander gewöhnt. Sie mußten es ganz einfach, wenn sie miteinander arbeiten wollten. Sie mußten sich Mühe geben, einander zu verstehen. Dazu gehörten nicht nur die unterschiedlichen Geschäftsmethoden, auch die Mentalitäten mußten studiert und aufeinander abgestimmt werden.

„Da sind wir wieder!“ sagte Wolfgang, stellte die Koffer ab und legte seine Aktentasche auf den Schreibtisch. „Lieb von euch, solange aufzubleiben. Wie ist es denn gegangen? Viel Betrieb?“

„Soviele Fragen auf einmal können wir gar nicht beantworten!“ lachte Vater Steiner. „Setzt euch doch und erzählt ein bißchen!“ Höflich wie eh und je half er seiner Schwiegertochter aus dem Mantel und schob ihr den Sessel hin. Mutter Steiner hatte es sich auch wieder bequem gemacht.

„Wir hatten auf dem Heimweg eine ernste Unterhaltung!“ sagte Wolfgang und berichtete dann von etwas ganz anderem als von den wenigen Tagen Erholung, die beide so dringend nötig hatten.

„Und? Dürfen wir es erfahren?" fragte Lothar.

Manchmal wurde Wolfgang die Höflichkeit einfach zuviel. Natürlich durfte er davon erfahren. Deshalb hatte er es doch gesagt.

Verstohlen sah er seine Frau an, als ob er damit andeuten wollte: Gerade haben wir davon gesprochen, daß einem Vaters Liebenswürdigkeit manchmal auf die Nerven gehen kann. Da hast du es!

„Also, es geht natürlich um das Hotel! Wir haben uns nach neuen Möbeln für den Konferenzraum umgesehen, aber ..." Wie sage ich es ihm, überlegte er, ohne daß er mir gleich mit seinem „bedenke doch, mein Junge!" kommt.

„Aber?" fragte Lothar.

Wolfgang antwortete nicht sofort. Stattdessen öffnete er seine Aktentasche und suchte nach einer Aufzeichnung.

„Wo habe ich sie jetzt gelassen?"

„Was suchst du denn?" fragte Renate.

„Die Zeichnung, die ich gemacht habe!"

„Die hast du in deine Brieftasche gesteckt!"

Er holte sie hervor und fand sie sofort.

„Gutes Mädchen!" sagte er lächelnd und faltete dann den Urgedanken seines vergrößerten Hotels auseinander.

Obgleich Lothar Steiner sein berühmtes „bedenke doch, mein Junge" auf der Zunge hatte — denn er war wirklich in Sorge, ob das Hotel einen neuerlichen Umbau würde verkraften können —, kam ihm sein Sohn zuvor.

„Wir stehen vor einer Wende im Hotelgewerbe!" fing er an und machte eine Pause. Vater und Mutter sahen ihn erstaunt an. Einer Wende? Was meinte er damit?

„Ich möchte fast sagen, die Wende ist schon längst da, nur müssen wir uns endlich darauf einstellen."

„Wie meinst du das, mein Junge?" fragte Lothar. „Denkst du daran, daß die Vertreter ausbleiben und daß wir die PFI-Gäste ..."

„Davon gleich. Ich sehe das anders, Vater ... Mutter!" An beide wandte er sich. „Oder ...", es fiel ihm gerade ein, schließlich waren es alte Leute, „wollen wir es auf morgen verschieben? Ihr seid vielleicht müde?"

„Nein, nein, wenn du schon Andeutungen machst, möchten wir natürlich gern wissen, was dir und Renate durch den Kopf gegangen ist."

Sie waren in der Tat müde, sehr müde sogar, aber wenn es um das Hotel ging, unterdrückten sie diese Schwäche. Dies ging vor. Sie würden bis zum Morgen Zeit haben, über alles nachzudenken, was ihr Sohn ihnen unterbreitet hatte.

„Nun gut! Meine — und natürlich auch Renates Überlegung sieht so aus:

Früher, als ihr noch hier wart, nahm alles einen wirtschaftlichen Aufschwung. Mit dem Kommen der Perfekt-Nahrung fing es an. Dann kamen die anderen Industrie-Unternehmen, und wenn man Schritt hielt, konnte man sehr wohl ein gutes Stück Geld verdienen. So weit, so gut! Ihr habt im Laufe der Jahre eine Menge an dem Hotel getan, es vergrößert und laufend modernisiert. Mutter hat schließlich erreicht, daß die Küche mit einer roten Kochmütze in den Hotelführern ausgezeichnet wurde, und Vater hat erreicht, daß das Hotel zur Post heute ein Drei-Sterne-Hotel ist. Ihr habt mir also einen Betrieb in die Hand gegeben, der sich sehen lassen kann."

„Aber ich war noch lange nicht am Ende meiner Bemühungen!" meinte Lothar Steiner. Und da hatte er recht. Als er aus gesundheitlichen Gründen das Hotel verfrüht abgeben mußte, hatte er sein Ziel noch nicht erreicht, und das betrübte ihn sehr. Immer wieder kam er darauf zurück. Was ihm vorschwebte, war ein Hotel, klein zwar, aber so erlesen, daß es über die Grenzen des Umkreises hinaus bekannt wurde — ein Kleinod! Nicht gerade ein Luxus-Hotel, aber ein Hotel mit besonderem Flair, in dem nie vergessen wurde, daß der Gast es gut haben sollte.

„Ich weiß, Vater! Ich weiß genau, was dir vorschwebt! Du hast es mir immer wieder auseinandergesetzt und mich daran erinnert. Auch daß du das Schild verschwinden läßt, wenn wir nicht da sind, du weißt schon, das Schild ‚von 14.30 bis 17 Uhr geschlossen'" (er lächelte, als er das sagte) „deutet darauf hin."

„Nun ja!" mußte der alte Herr zugeben. „Ich bin der Meinung, wenn man ein Hotel hat, muß man immer für den Gast da sein und ihm nicht die Tür von 14.30 bis 17 Uhr versperren!"

Er zürnte mit sich selbst, weil er vergessen hatte, das dumme Schild rechtzeitig wieder hinzuhängen. Ach ja, man wurde eben doch alt und vergaß immer mehr. Es war traurig!

„Über das Thema haben wir ja schon genug debattiert. Laß es uns ausklammern, bitte! Machen wir es wie die Politiker!" sagte er und schmunzelte dabei, um keine auch nur leise angedeutete Verstimmung aufkommen zu lassen, denn diesmal brauchte er wirklich die Zustimmung seiner Eltern. Der Betrieb war ihm noch nicht überschrieben, er also noch nicht allein entscheidend.

„Was wolltest du denn nun wirklich sagen?" schaltete sich seine Mutter ein. Sie merkte doch längst, daß ihr Sohn etwas Entscheidendes mitzuteilen hatte.

Wolfgang atmete einmal tief durch und seufzte. Hoffentlich fand er die richtigen Worte.

„Ich fürchte, wir können nach der heutigen wirtschaftlichen Lage Vaters Ziel nicht mehr anstreben!" fing er an.

„Du meinst ...?" Lothar Steiner sah seinen Sohn mit großen Augen an. „Du meinst, das ginge nicht? Das meinst du wirklich?" fragte er, und Wolfgang mußte feststellen, daß es ihn zutiefst getroffen hatte.

„Ich habe es mir lange überlegt, Vater, und ich habe auch mit Renate das Für und Wider erörtert. Sieh mal, wir betrachten die Dinge so:"

Er konnte gewiß sein, daß seine Eltern ihm genau zuhörten. Ihre Müdigkeit war vergessen. Dies war von so entscheidender Bedeutung, daß sie gar nicht anders konnten, als jedes Wort genau in sich aufzunehmen.

„Ich weiß noch, daß ihr früher ständig mehr Betten brauchtet als ihr hattet, daß das Hotel also beinahe rund um die Uhr belegt war. Das war ja auch der Gund der vielen Anbauten, Aufbauten, Modernisierungen und so weiter. Ich weiß auch, daß ihr die Restaurationsräume vergrößert und zum Garten hin einen neuen Raum gebaut habt. Wenn es ganz schlimm kam und die PFI plötzlich mit einem wichtigen Mann aus den USA oder einem Minsiter anrückte, habt ihr das Flügelhaus für ganz interne Gespräche geräumt — und ich mußte meine Eisenbahn unter dem Flügel wegräumen, das weiß ich noch. Aber das nur nebenbei. — Später habt ihr dann den Frühstücksraum in einen Konferenzraum verwandelt, wo die PFI ihre Seminare abhielt."

„Unter anderen — nicht nur die PFI!" betonte Lothar.

„Ja, ich weiß. Auch Hochzeiten fanden dort statt, und darum mußte ja die Ausstattung so sein, daß sie für beide Begebenheiten zu gebrauchen war. Schließlich wurde oberhalb der Garagen ein weiterer Raum eingerichtet — und dann kam ich mit der Idee, ein Schwimmbad und eine Sauna zu bauen!"

„Willst du das jetzt machen?" fragte Lothar Steiner, und Wolfgang wartete geradezu darauf, daß er sein „bedenke doch, mein Junge!" anbringen würde.

Doch wieder kam er ihm zuvor.

„Nein, ganz und gar nicht! Sauna und Schwimmbad hätten zu deiner Idee gepaßt, Vater! Zum Kleinod! Aber ... laß mich weitererzählen, bitte!"

„Aber ja! Natürlich, mein Junge, laß hören!"

„Ich sagte vorhin, wir stehen vor einer Wende! Ich meinte das so: Schon lange hat das Fernsehen unser Leben verändert! Haben wir zum Beispiel heute noch einen Stammtisch? Nein! Anfangs sagtest du, die Leute haben keine Zeit für einen Stammtisch. In den Aufbaujahren mag das gestimmt haben, aber dann kam das Fernsehen und hielt die Leute zu Hause fest. Heute ist es ja schon soweit, daß man abends niemanden mehr anrufen mag in der Furcht, man hole ihn von den Nachrichten weg!"

„Oder vom Fußballspiel!"

Wolfgang ging auf diese Bemerkung nicht ein.

„Ich wollte mit dieser Feststellung nur andeuten, daß wir abends häufig ohne Gäste sind oder nur wenige zu uns finden. — Weitere Punkte für die veränderte Lebensweise sind das Auto und der Alkohol. Als ich ungefähr fünfzehn Jahre alt war, hatten wir noch häufig Gäste an der Theke stehen, die sich gegenseitig zuprosteten, und wenn einer sagte: ‚Nicht für mich! Ich bin Autofahrer!' dann tippte man ihm auf die Schulter mit den Worten: ‚Sei doch nicht albern!' Wenn dagegen heute jemand sagt: ‚Nein, danke, ich muß noch Auto fahren!', nimmt jeder darauf Rücksicht. Aber eben weil es so ist, bleibt man zu Hause!" Er verhielt einen Augenblick, um mit einem neuen Thema fortzufahren.

„Das sind also zwei wichtige Punkte — das Fernsehen und das Auto —, die unser Restaurantgeschäft in ruhigere Bahnen geführt haben. —

Neu hinzugekommen ist dagegen, daß man heute Familienfeste nur noch selten zu Hause feiert. Hochzeiten, Konfirmation, Kommunion, Geburtstage — entweder hat man nicht genug Platz oder man scheut die Arbeit! Gut für uns. — Mutter, du hast das in all den Jahren glänzend bewerkstelligt, so daß das Hotel zur Post auf diesem Gebiet einen bemerkenswert guten Ruf hat. Jaja, laß es mich ruhig einmal sagen!" betonte er, als er merkte, daß seine Mutter, bescheiden wie sie war, verlegen abwinkte.

„Und doch müssen wir etwas unternehmen, damit das Geschäft besser floriert!"

Lothar Steiner horchte auf.

„Wieso?" fragte er beunruhigt. „Ist etwas nicht in Ordnung? Hast du Schwierigkeiten?"

„Noch nicht, Vater! Noch nicht, aber ich muß mich den veränderten Verhältnissen anpassen. Ich muß mir etwas einfallen lassen, damit wir weiterhin zurechtkommen. Die Zeiten, in denen man ständig ausgebucht ist, sind vorbei. Du brauchtest nicht hinter jedem Gast herzulaufen. Er kam dir entgegen und war dankbar, wenn du ihm ein Bett geben konntest. Gewiß, du hast ihm immer seine Bequemlichkeit geboten und erlahmtest nie in deinen Bemühungen um ihn, aber heute muß ich ihm dankbar sein, wenn er mein Haus beehrt."

„Eben, und darum mußt du ihm genauso, wenn nicht noch mehr dienen!"

„Das meinte ich nicht. Vergessen wir einmal diese Seite, Vater. Denken wir nur an das Geschäftliche!" Ob das wohl möglich war bei Lothar Steiner? Wolfgang bezweifelte es, doch versuchen mußte er es auf jeden Fall.

„Ich meine — und da bin ich mit Renate einig —, wir müssen mehr zum Tagungshotel übergehen." Er merkte, daß sein Vater etwas erwidern wollte.

„Gleich, Vater! Laß mich dies noch eben erläutern. Sieh mal, das Bad Marienfelde hat seine Saison, und die ist wie in den anderen Bädern auch gewöhnlich in den Monaten Juni, Juli, August, September und vielleicht noch Oktober, wenn wir gutes Wetter haben und der Wald noch Farben aufweisen kann. Verständlicherweise mag im November kaum jemand ins Bad fahren — und da fangen dann gewöhnlich die Tagungen an. Manche Firma veranstaltet Tagungen, Schulungen, Seminare, so wie die PFI, und ich meine, wir sollten uns auf diesem Sektor umsehen. — Vielleicht sollte ich damit beginnen, in der Stadt Besuche zu machen, vielleicht genügt es, eine Agentur anzusprechen. Ich muß mich umhören. Ich werde den Verband anrufen. Die können mir sicher Anregungen geben."

„Welchen Verband?"

„Den Verband des Gaststätten- und Hotelgewerbes!"

„Ja, richtig!" entsann sich Lothar. Wie konnte er das vergessen. „Die können dir sicher helfen."

„Auf jeden Fall sollten wir unser Hotel während der Wintermonate darauf ausrichten, daß hier Tagungen stattfinden. Ich könnte mir denken, daß die Nachfrage nach solchen Hotels nicht einmal klein ist. Unter Umständen müssen wir unsere Bettenkapazität erweitern und uns mehr auf Einzelzimmer einstellen!"

Er tippte bei dieser Bemerkung auf die Zeichnung, die er aus einer Brieftasche geholt hatte.

„Da habe ich schon eine Idee — wirklich nur erst in ‚Kladde' aufgezeichnet. Du weißt, was ich damit meine, Vater, nicht wahr? Am Ende muß das der Architekt machen, das wäre sein Ressort! —

Du siehst, Vater, oder ich sollte wohl besser sagen: Ihr seht, liebe Eltern, jede Generation hat ihre Pläne, und ich meine, das ist gut so. Der Fluß der Zeit steht niemals still! Das sollte man nicht vergessen. Immer muß man sich anpassen. Ihr hattet die Aufbaujahre. Renate und ich müssen uns mit ganz anderen Problemen auseinandersetzen. Und dies — was ich euch eben unterbreitet habe — ist nach unserer Meinung der einzige Weg, das Hotel zur Post sicher durch die immer schwerer werdenden Zeiten zu steuern."

Damit schloß sein Bericht. Er legte eine kurze Pause ein und fragte dann: „Was meint ihr dazu?"

Es dauerte eine Weile, ehe Lothar Steiner antwortete. Obgleich seine Frau ebenso angesprochen war, enthielt sie sich der Stimme. Ihr Mann hatte sich so hineingelebt in das Hotelgeschäft, daß sie ihm willig die Führung überließ. Und sie wußte genau, daß es richtig war.

„Das sind alles so gewaltige Veränderungen, mein Junge, daß ich ... das heißt, daß deine Mutter und ich nicht sofort darauf antworten können!"

„Das sollt ihr auch nicht. Aber ich mußte euch das unterbreiten. Nicht wahr, ihr seht ein, daß irgend etwas geschehen muß. Unser Hotel muß eine Linie haben, einen bestimmten Stil, und ich fürchte, lieber Vater, ein „Kleinod" ist in diesen Zeiten nicht drin!"

„Aber die Kosten! Bedenke doch, mein Junge ...!"

„Ich bedenke es, Vater!"

* * *

„Verdammt!" Wütend knallte Martin Berger die Haustür zu. Eben hatte er Frau Krajewski verabschiedet und sich nur mühsam beherrscht. Jetzt fauchte er drauflos. Allein in dem großen Wolperdingschen Haus schmetterte er Verwünschungen gegen seine Frau über die Diele.

„Komm du mir nach Haus, Frau Berger, dann kannst du was erleben!"

Er hatte das Wohnzimmer erreicht. In diesem gewaltigen Raum mit Deckenbalken und den schweren Polstermöbeln, dem Kamin, der ein weiteres dunkles Loch bildete, dazu eine dunkelgrüne Tapete und nur eine, wenn auch große, Tür zum Garten hin, in diesem Raum verbrachte Martin Berger seine Tage am Schreibtisch, meistens mit künstlichem Licht.

Ob das der Grund war, weshalb seine Augen immer so schmerzten? Nicht nur das, sie tränten dauernd, und er hatte das Gefühl, tief in seinem Kopf hinter den Augenhöhlen begänne die Pein.

Wieder und wieder wischte er die Tränen weg, und wenn er nicht das tat, ballte er die Fäuste und ging mit großen Schritten in dem gewaltigen Raum auf und ab.

Was habe ich da eben gehört? Du kannst nicht mehr rechnen? Alle Naselang versiehst du dich mit den Brötchen, vergißt die Preise für Brot oder Kuchen, und wenn Reklamationen kommen, beschwichtigst du die Leute und gibst ihnen das Doppelte von dem, was du vergessen hast? Du bist wohl nicht recht bei Trost, wie? Wie sollen wir da auf den grünen Zweig kommen! — Na warte, Freundchen, komm du mir nach Hause!

Mit fahrigen Händen nahm er sich eine Zigarre aus dem Kasten, und da es ihm nicht flott genug ging, verhaspelte er sich und ließ die Kiste fallen.

„Verdammt nochmal!" Heute ging aber auch alles schief. Und während er sich bückte, um alles wieder zusammenzuholen, zertrat er auch noch eine Zigarre! Er hatte nicht übel Lust, den zertretenen Tabak in die Ecke zu schleudern, aber dagegen revoltierte sein Sparsamkeitssinn und schon gar bei einer so teuren Zigarre! Nein, die Reste hob er sich auf für die Pfeife.

Endlich brannte die Kostbarkeit, und während er erst wütend und nervös paffte, merkte er, wie er sich allmählich beruhigte. Er rauchte regelmäßiger und nicht mehr so hastig. Schließlich ließ er sich in einen der großen Sessel fallen, schloß die Augen und rekapitulierte den ganzen Vorgang, der mit dem Besuch der Frau Krajewski anfing.

Martin war nicht wenig erstaunt, sie vor der Tür zu sehen. Überhaupt ärgerte er sich, daß seine Frau nie zu Hause war, wenn es klingelte. Sie hatte es ja gar nicht nötig, im Brotshop zu arbeiten, aber nun eben, es war ihre ganze Seligkeit.

Nun aber war etwas eingetreten, was geradezu nach einer Veränderung schrie. Frau Krajewski stammte aus Pommern und war sowohl Martin als auch seinem Sohn als biedere und grundehrliche Verkäuferin bekannt. Sie war nur ein paar Jahre jünger als Eva Berger und — das war das Erfreuliche an der Arbeit im Brotshop — die beiden kamen ohne Eifersüchteleien aus. An sich war das bei Eva Berger gar nicht so einfach. Als sie noch ihren kleinen Laden hatte und Martin ihr eine Hilfe engagierte, überwachte sie mit Argusaugen den Verkehr mit der Kundschaft. An sich war sie nicht mißtrauisch, aber sie konnte doch etwas versäumen, wenn sie nicht genau zuhörte, was sich im Ort ereignete — heimliche Begegnungen im Wald, ob Apothekers Tochter nun ein Kind bekam oder ob es leeres Gerede war, daß der Bürgermeister eine Geheimsitzung einberufen hatte und Frau Meißner schon wieder in die Stadt fuhr, um sich mit neuer Garderobe einzudecken.

Später war es anders. Als die PFI-Fabrik gebaut wurde, sah man im Laden soviele neue Gesichter, daß „Krümelchen" die Übersicht verlor.

Das war vor vielen, vielen Jahren. Jetzt hatte Frau Berger lediglich den Wunsch, unter Menschen zu kommen. Ihre Kinder waren mittlerweile alle aus dem Hause, und ihr Mann kümmerte sich kaum um sie. Er saß an seinem Schreibtisch und schob seine Gelder hin und her, wie sie sagte.

„Ich habe lange überlegt", sagte Frau Krajewski, „wem ich es sagen sollte, Ihrem Sohn oder Ihnen, Herr Berger! Aber dann meinte ich, Sie sind ihr Mann ... irgend etwas muß doch dagegen unternommen werden!"

„Ganz richtig! Es ist gut, daß Sie gekommen sind!"

„Ach, wissen Sie, Herr Berger, so leicht ist mir das nicht gefallen. Ich stehe nicht gern als Petzerin da!"

„Machen Sie sich keine Sorgen deswegen! Das kriegen wir schon hin!"

Frau Krajewski hob resigniert die Schultern. Irgendwie war ihr unbehaglich zumute. Sie fühlte, sie mußte etwas sagen zu den Unstimmigkeiten, und doch tat sie es ungern. Sie mochte Frau Berger, war sie doch immer lieb und freundlich, und die Kunden mochten sie genauso gern. Aber es ging doch nicht an, daß die Abrechnung wegen ihrer Vergeßlichkeit oder ihrer Fahrigkeit nicht stimmte.

„Ob es am Alter liegt?" fragte sie schließlich Herrn Berger.

Da wurde Martin munter.

„Ganz sicher ist es das Alter, Frau Krajewski! Es wird höchste Zeit, daß sie aufhört. Außerdem klagt sie immer über ihre Beine, das Stehen macht ihr solche Mühe!"

„Ja, das hat sie mir auch schon gesagt. Wenn wir nichts zu tun haben, keine Kundschaft, meine ich", fügte sie schnell hinzu, als Martin bei der Bemerkung die Augenbrauen hochzog, „dann sorge ich schon dafür, daß sie sich hinsetzt. Aber wie gesagt, meistens ist bei uns ja Hochbetrieb!"

„Und dann verrechnet sie sich! Da soll doch gleich ...", er schlug mit der Faust auf sein Knie.

„Bitte regen Sie sich nicht auf, Herr Berger — und bitte, erzählen Sie ihr nicht, daß ich hier war, ja?"

Er nickte vage! Wie sollte er das wohl machen, wenn er Eva zur Rede stellte. Sie war zwar nicht mit Intelligenz gesegnet, aber wenn er ihr ihre Fehler vorhielt, konnte sie sich doch an ihren Fingern abzählen, von wem er das alles gehört hatte. Außer Frau Krajewski hatten sie keine andere Kraft im Brotshop. Oder sollten gar die Kunden schon geplaudert haben???

Er war noch mitten im Überlegen, als er hörte, daß jemand vom Hofplatz her ins Haus kam.

„Aha!" murmelte er und machte sich bereit für die Standpauke. Er war genau in der Stimmung. Manchmal gab es Tage, da funktionierte nichts, da erlitt man Einbußen in seinen finanziellen Manipulationen, und meistens gab es dann auch noch Ärger mit den Mietern im Hubertus-Apartmenthaus. Es kam immer alles auf einmal. Heute zum Beispiel hatte er gesehen, daß verschiedene Aktienkurse stark am Fallen waren. Das allein schon hatte genügt, sein Blut in Wallung zu bringen. Aber dann erschien Hermine Körner, die Witwe des ersten Bürgermeisters nach dem Kriege, der er damals, als Leopold plötzlich am Herzinfarkt verstorben war, so geholfen hatte. Damals hatte er ihr schon einen Sonderpreis eingeräumt.

Ach, Undank ist der Welt Lohn! dachte er wütend. Dabei vergaß er ganz, daß er garadezu um Hermines Gunst gebuhlt hatte, um den Bürgermeisterposten zu bekommen. Es hatte sich dann ja auch gelohnt. Überall war es wohlwollend vermerkt und bemerkt worden, wie sehr Martin Berger sich für Hermines persönliche Belange wie auch für die Abwicklung der Beerdigung eingesetzt hatte. Daß Ulrich Grothe der eigentliche Initiator des würdevollen Ablaufs war, wurde dabei vergessen.

Aber offenbar hatte Hermine auch vergessen, wie großzügig Martin ihr gegenüber gewesen war — all die Jahre! Und nun wollte sie noch weniger bezahlen? Wie kam er dazu! Einmal war die Grenze erreicht! Sollte sie ausziehen, wenn ihr die Miete zu hoch war. Er fände leicht einen neuen Mieter! Letzteres redete er sich zwar ein, aber im Moment glaubte er es. Sein Apartmenthaus war zwar in jeder Hinsicht komfortabel eingerichtet, aber den Mietpreis konnten wirklich nur wenige bestreiten. Im übrigen, dachte er weiter, Hermine soll nur nicht so tun, als nage sie am Hungertuche! Bei der Verwandtschaft! Bauerntochter! Im Laufe der Jahre hatte sie fast alle ihre Ländereien und Grundstücke verkauft und die damit erlangten Gelder in die Stiftung Leopold Körner gesteckt.

Was geht's mich an, wenn sie so dumm ist! Wenn sie im ‚Hubertus' wohnen bleiben will, muß sie zahlen! Basta!

Und jetzt zu dir, Frau Berger!

Er hörte, wie jemand von der Küche über die Diele kam. Martin stand auf und postierte sich hinter seinen Schreibtisch. Seine Miene war furchterweckend. Da ging die Tür auf.

„Du?" fragte er und mußte sich setzten.

* * *

Ein Vierteljahr war seit Grothes Pensionierung vergangen. Es war Hochsommer und das Bad Marienfelde auf dem Höhepunkt seiner Saison.

Wenn man aber meinte, die Grothes hätten mit ihrer weitbekannten Disziplin das neue Leben glänzend in den Griff bekommen, so stimmte das einfach nicht. Mochte das für die Umwelt so aussehen, mochte selbst Grothe manchmal denken: es geht ja eigentlich besser als ich dachte, so machte er sich etwas vor, und das war nicht seine Art.

Das allein war schon ein Beweis dafür, daß er nicht zugeben wollte, wie schwer es ihm fiel, sich aus dem Geschäft zurückzuziehen.

Es hatte sich richtig eingebürgert, daß er noch immer die Firma aufsuchte, daß er in Abständen immer noch durch die Fabrik ging und von den Leuten freudig begrüßt wurde und auch Klagen hörte, von denen man hoffte, er würde sie an seinen Nachfolger weitergeben.

Und Jochen Schütz? Wie verhielt sich der neue Mann seinem ehemaligen Chef gegenüber?

Manchmal konnte Höflichkeit zur Qual werden. Ganz gewiß merkte Jochen Schütz, daß es nicht richtig war, wenn Herr Dr. Grothe hier ein-

und ausging und gleich wieder anfing zu regieren, daß er sich über alles informierte, was in der Firma vor sich ging — doch er brachte es nicht fertig, seinem ehemaligen Chef das Haus zu verbieten! Es gab deswegen im Hause Schütz eine Menge Streit. Angela war natürlich über alles im Bilde. Jochen Schütz gehörte bekanntlich zu den Menschen, die nichts für sich behalten können, sondern irgendwie ihren Seelenballast loswerden müssen.

Auch Ted Williams hatte sein Mißfallen über diesen Zustand schon geäußert.

„Er ist nicht mehr der Boß!" hatte er zu Schütz gesagt. „Folglich hat er hier nichts mehr zu suchen! Bringen Sie ihm das endlich bei!"

„Das kann ich nicht, Mr. Williams!" hatte Schütz sehr ernst geantwortet. „Das bringe ich beim besten Willen nicht fertig!"

Williams vermerkte dies als eine Schwäche, die ein General Manager einfach nicht haben durfte.

„Wollen Sie es ihm nicht sagen?" fragte Jochen Schütz endlich. „Ich meine, er war nicht Ihr Vorgesetzter durch Jahre hindurch. Es wäre für mich ein außerordentlich delikates Kapitel, das werden Sie verstehen!"

Williams grunzte nur. Sicherlich dachte er, daß Feingefühl hier nicht am Platze und Jochen Schütz nur feige war, dem Grothe klipp und klar zu sagen, was man von ihm erwartete.

Es geschah dagegen nichts! Wenn Mr. Williams und Grothe in der Fabrik zusammentrafen, begrüßten sie sich herzlich. Ted Williams klopfte Grothe die Schulter und fragte, wie ihm das Rentner-Dasein bekäme, er sähe ja prächtig aus, er wäre zu beneiden und dergleichen Dinge mehr.

Wollte er wirklich behaupten, Jochen Schütz wäre feige? Wie stand es denn mit ihm?!

Nein, niemand brachte es fertig, hier einen Wandel herbeizuführen ... bis zu jenem Tage, als der alte Hövermann ihn besuchte.

Da klingelte es eines Tages am späten Nachmittag an Grothes Tür. Der alte Hövermann hatte Feierabend und fragte, ob er Herrn Dr. Grothe „wohl mal sprechen könnte".

„Aber sicher, Herr Hövermann. Mein Mann wird sich freuen. Kommen Sie herein!"

Christiane freute sich über den Besuch, zeigte er doch, wie anhänglich die Leute waren.

Doch es sollte kein angenehmer Besuch werden.

Der alte Werkmeister blieb lange, und als er sich schließlich verabschiedete, machte er einen bedrückten Eindruck.

Grothe stand am Fenster und rauchte schweigend eine Zigarre, von jeher das untrügliche Zeichen, daß er nachdachte und nicht gestört werden wollte.

Christiane wußte das, und so setzte sie sich in den Sessel, nahm die Zeitung und wartete geduldig. Ihr Mann würde sprechen, wenn er zu Ende gedacht hatte oder — und das würde sie beglücken — wenn er mit ihr gemeinsam eine Überlegung anstellen wollte. Früher war das nie so gewesen.

Da stand Ulrich Grothe einsam am Fenster, sprach kein Wort und ließ sie vollkommen im Dunklen über alles, was ihn bewegte. Natürlich waren es PFI-Angelegenheiten, die ihn beschäftigten, und die gehörten in Ulrichs Kopf und in keinen anderen.

Heute waren es zwar auch PFI-Angelegenheiten, doch sie berührten nicht den geschäftlichen Ablauf an sich, sondern ...

„Hövermann beklagte sich bitter", sagte er mehr zu sich selbst als zu Christiane, deren Anwesenheit er nur im Unterbewußtsein registriert hatte.

„Ja?" fragte sie und zwang ihn damit, in seiner Rede fortzufahren.

„... daß Schütz sich gar nicht in der Fabrik blicken läßt!"

„Vermutlich hat er zuviel zu tun!"

„Das habe ich Hövermann auch gesagt — und auch, daß er sich erst einarbeiten muß!"

„Und hast du nicht selbst einmal gesagt, jeder hätte eine andere Methode, einem Unternehmen vorzustehen?"

„Auch das! Auch das habe ich Hövermann schließlich gesagt, aber davon wollte er nichts wissen!"

„Ach Ulrich, du kannst von Hövermann auch nicht erwarten, daß er etwas über Geschäftsführung weiß!"

„Schon richtig, aber ..." er wandte sich um und setzte sich zu Christiane. Jetzt war er bereit, das Thema Hövermann mit ihr durchzugehen. Vielleicht gab Christiane ihm einen Impuls, wie man weiterkommen konnte.

Aus allem war ersichtlich, daß Grothe noch viel zu sehr mit der PFI verwachsen war. Er merkte gar nicht, daß die Geschicke des Unternehmens nicht mehr in seiner Hand lagen. Jetzt beschäftigte ihn Hövermanns Klage, und er überlegte, wie er hier helfend eingreifen könnte.

„Aber?" fragte Christiane, als er zögerte. Es ging ihm etwas durch den Kopf, etwas Neues, Entscheidendes. Sie merkte es an der Art, wie er sich über die Stirn strich. Jetzt blickte er nach draußen.

Vielleicht sah er nichts von der wohltuenden Weite. Es kam ihr vor, als wäre sie um viele Jahre zurückversetzt, als sie noch seine Sekretärin war und er frisch anfing zu diktieren — als er dann innehielt, sie ansah und sie doch nicht sah, weil ihm plötzlich etwas durch den Kopf ging, was mit dem Diktat gar nichts zu tun hatte.

„Bringen Sie mir die Rotpause von der Aufstellung der Verpackungsmaschinen! Mir ist da eine Idee gekommen!"

„Aber?" fragte sie erneut — sehr leise und sehr vorsichtig.

Jetzt kamen seine Gedanken zurück aus der Ferne. Jetzt sah er sie.

„Christiane!" sagte er, lehnte sich zurück in seinem Sessel und tat ein paar tiefe Züge an seiner Zigarre.

„Was ist?" fragte sie.

„Ich fürchte, ich habe einen unverzeihlichen Fehler gemacht!"

„Du? Einen Fehler gemacht? Das kann ich mir einfach nicht vorstellen, Ulrich!"

„Ich habe dir schon einmal gesagt, du sollst mich nicht durch die rosarote

Brille betrachten! Jeder Mensch macht mal einen Fehler, ich genauso wie andere, aber dieser ist wirklich unverzeihlich! Daß ich nicht selbst darauf gekommen bin!“ wunderte er sich und war geradezu bestürzt darüber.

War er denn immer noch nicht bereit anzuerkennen, daß die Perfect Food International nicht unterginge ohne ihn?

Ach nein, das war es nicht! Er hatte doch oft genug gesagt, jeder wäre zu ersetzen. Nein, so vermessen war er nicht!

Es war ganz einfach der Mangel an Beschäftigung, das viele Nachdenken über die PFI, für die er dreißig Jahre gearbeitet hatte. Wäre er nicht General Manager gewesen, hätte es ihn vermutlich genauso interessiert, wie nun alles weiterginge ... und hatte er nicht munkeln hören, daß entscheidende Veränderungen geplant waren?

Seine Frau hatte ihn danach gefragt, und er wußte von nichts! Und woher hatte Christiane die diffusen Nachrichten?

Von wem wohl?! Eva Berger war von jeher die Nachrichtenquelle. Das war ja mit ein Grund, weshalb sie ihrem kleinen Laden so nachtrauerte. Dort erfuhr man alles. Dort erfuhr man bereits Dinge, die noch nicht die Chefetage der PFI verlassen hatten.

Als Forresters Frau vor vielen Jahren in Paris verunglückt war und Christiane ihn auf schnellstem Wege nach Frankfurt zum Flugzeug bringen mußte, wußte ihre Schwester es bereits, als sie noch nicht losgefahren war. So etwas war nur in einem Ort wie Marienfelde möglich, als er noch klein und bieder war. Jetzt hatte man einen Supermarkt und einen daran angeschlossenen Brotshop. Jetzt bevölkerten neue Gesichter das Stadtbild, doch noch immer war Evchen bestens informiert.

So wußte sie denn auch, daß irgend etwas Entscheidendes mit der PFI geplant war, daß man nur abgewartet hatte, bis Grothe nicht mehr in Amt und Würden war.

Nur was?

Heute war Hövermann damit herausgerückt. Grothe war überzeugt, noch war kein endgültiges Wort gesprochen worden, aber die ganze Umgebung wußte bereits davon.

Aber ... das war es ja gar nicht, was Grothe so bestürzte.

Als Hövermann eintrat, machte er schon ein bedrücktes Gesicht.

Seine Klage, daß der neue Boß sich nie blicken ließ und daß man niemandem etwas sagen könnte, wenn etwas nicht in Ordnung wäre ...

„Aber wozu haben Sie denn den Betriebsingenieur, Herr Hövermann!“

„Ach, der ...!“

„Das sollten Sie nicht sagen! Ich habe schon häufiger bemerkt, daß Sie ihn übergehen wollten. — Ich weiß, es ist immer schwer, sich an einen Wechsel zu gewöhnen, aber Sie müssen sich auch etwas Mühe geben — wirklich, Herr Hövermann! Wenn jeder so denken wollte wie Sie, wo kämen wir denn hin!“

„Aber sie denken ja alle so wie ich!“ verteidigte sich Hövermann. „Für uns sind Sie immer noch der Chef!“

Und das war es, was Grothe so bestürzte. Er war nicht mehr der Chef. Seit einem Vierteljahr war er es nicht mehr, aber ...

Wenn er dauernd in die Fabrik ging und mit den Leuten sprach, wenn sie sich freuten, daß er sich nochmal blicken ließ, wenn sie ihm nach wie vor ihre persönlichen wie betrieblichen Sorgen und Freuden sagen durften und von ihm erhofften, er gäbe ihnen einen Rat ... wie sollten sie sich dann mit der Wechsel vertraut machen!

„Das ist doch ganz unmöglich, Christiane!“ Er lehnte sich zurück und schüttelte den Kopf. „Wie konnte ich das nur übersehen!“

Er sprach es nicht aus, doch er fragte sich, ob es das Alter wäre, die menschliche Eitelkeit oder gar die Freude, noch gebraucht zu werden.

Gewiß war es nicht Genugtuung. Das war zu billig, und so etwas paßte nicht zu Grothe.

„Aber es ist an der Grenze!“ klagte er sich an.

Christiane hatte die ganze Zeit schweigend zugehört. Sie wollte sich nicht noch einmal sagen lassen, daß sie bei ihrem Mann zu milde Maßstäbe anlegte. Sie überlegte angestrengt, wieso er nicht darauf gekommen war, der Fabrik fernzubleiben, um seinen ehemaligen Mitarbeitern und vor allem Jochen Schütz die Anfangsschwierigkeiten des Wechsels zu erleichtern.

Sie erinnerte sich jetzt, daß sie im Unterbewußtsein diese Art Beschäftigung in den Morgenstunden begrüßte, und das hatte seinen Grund.

Seit vielen Jahren, eigentlich schon seit ihrer Jugend, ritt Christiane. Und eines Tages, nach ihrem kupfernen Hochzeitstag, als ihr gemeinsames Leben endlich freundliche Seiten zeigte, schenkte Grothe ihr die Stute Florina zum Geburtstag. Seither hatte sie eine Reihe von Pferden ihr eigen nennen dürfen, und natürlich war die Reiterei ihre ganze Freude.

Es war eine wunderbare Einigung deswegen entstanden.

„Du kannst reiten, soviel du willst, nur bitte sei zu Hause, wenn ich zu Hause bin!“ Das war ein faires Angebot. Seit Jahren ritt Christiane morgens, und da ihr Mann häufig verreist war, hatte sie genügend Zeit, sich mit ihrem Pferd im Wald zu tummeln.

Jetzt war es anders. Noch war das Kapitel Reiterei nicht gelöst.

Obgleich Grothe sagte: „Gehe nur zum Reiten, ich habe genug zu tun!“ war Christiane, besonders in den ersten Wochen, sicher, daß das nicht der Fall war. Sehr schnell hatte er die handwerklichen Wünsche im Hause erfüllt, und sehr schnell hatte er seine persönlichen Belange, die Finanzen und sonstiges, das Christiane bisher immer erledigt hatte, aufgearbeitet und abgeschlossen. Jetzt war es häufig so, daß er sich an der Zeitung festhielt. Wie gut war es da, wenn ein Anruf von Jochen Schütz kam oder von der PFI mit der Bitte, noch etwas zu klären. Grothe war nur zu bereit, sich auf den Weg zu machen. Manchmal war es auch so, daß er einen Grund suchte, um in die PFI zu gehen.

Christiane war es recht. Dann konnte sie eine halbe Stunde länger durch den Wald reiten, wußte sie doch, daß ihr Mann beschäftigt war.

„Ich glaube, das war es Ulrich! Ich habe auch nicht genügend darauf gedrungen, daß du doch eigentlich nicht mehr in die PFI gehörst, im Gegenteil, es beruhigte mich, wenn du etwas zu tun hattest, während ich im Wald war."

Er sah sie an und strich über ihre Hand — auch etwas, was er früher nie getan hatte. Es fiel ihr auf, daß so manches sich an ihrem Mann veränderte. Das überaus Strenge seiner Anschauungen, die Härte mit sich selbst, es war so, als ob über alles ein sanfter Nebel glitte, der die Konturen nicht mehr so scharf anzeigte.

„Du bist schon wieder auf dem Wege, mich in Schutz zu nehmen!" sagte er, und es klang direkt zärtlich. „Dabei bleibt die Tatsache bestehen, daß ich einen schweren Fehler gemacht habe. Fortan jedenfalls werde ich nicht mehr in die Fabrik gehen!"

Er rauchte schweigend und sah aus dem Fenster, während seine Hand die seiner Frau suchte und wieder darüber hinstrich.

„Was für eine gewaltige Veränderung ist das doch!" sagte er, ohne sie anzusehen. „Ich werde noch viele Fehler machen, fürchte ich. Man kann einfach nicht alles überblicken, was auf einen zukommt!" Er seufzte und schüttelte den Kopf. „Wirst du mir dabei helfen, Christiane?"

Christiane schwieg einen Augenblick. Helfen? Sie sollte ihm helfen? Ihm, der nie ihre Hilfe in Anspruch genommen hatte, der sie einfach nicht haben wollte?

„Aber ja", sagte sie glücklich. „Ja, Ulrich, alles, was ich dabei tun kann ... ich möchte ja nur, daß du deinen Frieden findest! Wir müssen beide umlernen, aber wir werden uns gegenseitig unterstützen!"

Es dunkelte schon, und noch immer saßen sie vor dem Fenster und sahen hinaus. Das Bild war so friedlich. Man hörte keinen Laut an diesem Sommerabend. Es war windstill, und die Vögel hatten bereits ihre Nester aufgesucht.

„Mein Gott, wie gut tut es, mit dir zu reden!" sagte Ulrich leise. Dabei legte er den Arm um ihre Schulter, eine Zärtlichkeit, die sie nur zu selten empfangen hatte und an die sie sich erst gewöhnen mußte.

Sie hätte weinen mögen, so glücklich war sie.

Da sitzen wir hier, sind über dreißig Jahre verheiratet und machen die Erfahrung, wie friedlich ein Ruhestand sein kann, wenn man lernt, Muße zu üben. Muße zu üben!

Bisher hatten die Grothes es nicht können, und sie würden es auch in Zukunft immer wieder neu lernen müssen.

An diesem Abend jedoch ließen sie Hövermann hinter sich, ebenso die gewaltigen Veränderungen, die bei der PFI vor sich gehen sollten. An diesem Abend waren nur Ulrich und Christiane Grothe da.

Sie saßen auf dem Sofa vor dem Fenster mit dem Blick auf die Ebene, die langsam dunkel wurde, bis vereinzelt bewegliche Lichter auftauchten, die in der Ferne ein Auto auf der Landstraße andeuteten.

* * *

„Wo kommst du denn auf einmal her? Ich denke, du bist in der Schweiz, neue Knetmaschinen einkaufen!"

Conny Berger blieb gelassen.

„War ich auch, aber ich bin geflogen. Das geht schneller!"

„Geflogen? Das kostet doch so viel Geld! Ich denke, wir haben schlechte Zeiten!"

„Komm, Vater, sei friedlich!"

Man konnte nicht sagen, daß Vater und Sohn Berger sich schlecht verstünden. Als Conny endlich seine Ausbildung beendet und noch in verschiedenen Brotfabriken Erfahrungen gesammelt hatte, war Martin Berger glücklich gewesen, daß er heimgekommen war, um den väterlichen Betrieb zu übernehmen. Auch daß Connys Frau im Betrieb mitarbeitete, war eine Lösung, nach der Martin sich, seit er eine Fabrik hatte, vergeblich gesehnt hatte.

Doch im Laufe der Jahre hatte sich der Vater immer mehr vom Geschäft zurückgezogen, nicht allein, um sich intensiver seinen anderen Geldangelegenheiten widmen zu können. Etwas war hinzugekommen, das mit dem Alter und den vielfachen Neuerungen zusammenhing, die Martin einfach nicht mehr überblicken konnte.

Das alles hatte Conrad Berger erkannt.

Und doch war in letzter Zeit ein Mißton aufgekreuzt. Es lag wohl an dem jungen Berger, der immer für den Ausgleich unter seinem streitbaren Vater und der verängstigten Mutter sorgte.

„Du hast gut reden: sei friedlich!" Wenn er schon nicht mit seiner Frau zanken konnte, tat er es eben mit seinem Sohn.

„Was weißt denn du! Meinst du, es ist ein Vergnügen, ganz allein in diesem großen Haus zu sein? Meine Frau ist nie da. Sie muß ja unbedingt in ihrem dämlichen Brotshop arbeiten, um das Neueste von Marienfelde zu erfahren!"

„Ach, Vater, laß doch die alten Geschichten!"

Conny setzte sich seinem Vater am Schreibtisch gegenüber und langte nach der Zigarrenkiste.

„Darf ich?"

Einen Augenblick zögerte Martin.

„Na, nimm schon! Verdient hast du sie nicht!" Wirklich, er behandelte ihn heute wie einen kleinen Jungen.

„Soll ich mich auch noch in die Ecke stellen? Ich wüßte nur nicht, warum! — Was ist denn los, Vater?"

Er hatte beobachtet, daß Martin wieder seine Augen zusammendrückte und häufig die Tränen wegwischte.

„Bist du noch immer nicht beim Arzt gewesen?"

„Ach, hör auf, ich habe andere Sorgen!"

„Welche denn? Nun mal ernst, Vater! Da ist doch etwas, was dich ärgert!"

Obgleich Conrad Berger mit ganz anderen Problemen zu seinem Vater gekommen war, merkte er, daß er an diesem Tag keine Neigung hatte, darüber zu reden. Offenbar quälte ihn wirklich etwas Ernsthaftes. Waren es die Augen oder lag etwas anderes vor, das mehr in den seelischen Bereich tendierte?

„Komm, Vater, du hast Sorgen, ich sehe es doch. Erzähle!"

Er bekam keine Antwort. Martin zündete sich eine Zigarre an, und als er ein paar Züge getan hatte, wurde er endlich ruhiger.

„Hast du gewußt, daß deine Mutter nicht mehr rechnen kann?" fragte er dann.

„Das ist es also! Ich weiß es schon seit längerer Zeit!"

„Was?" brauste Martin auf. „Und warum tust du nichts dagegen? Warum schmeißt du sie nicht raus? Weil sie deine Mutter ist? Pah! Das wäre ja noch schöner! Wenn in meinem Betrieb jemand so schlampig arbeitet, setze ich ihn an die Luft!"

Conny seufzte hörbar.

„Mit dir ist überhaupt nicht zu reden, Vater! Natürlich ist das eine ärgerliche Sache. Ich finde ja auch, daß Mutter aufhören sollte, aber doch nicht so, wie du dir das denkst! Rausschmeißen! Sowas kannst auch nur du sagen!"

Wieder wischte sich Martin mit dem Taschentuch über die Augen. Dann beugte er sich vor und sah seinen Sohn ernst an.

„Junge, denk' doch mal nach!" sagte er in einem anderen Ton. Da war nichts mehr von Aggressivität, von wütendem Ärger. Mit diesem einen Satz bekannte Martin Berger seinem Sohn gegenüber, wie es wirklich um ihn bestellt war.

„Habe ich zeit meines Lebens geschuftet, habe ich mir eine Existenz aufgebaut, die sich sehen lassen kann, habe ich dieses Haus für euch erstanden, meine Ländereien an die PFI verkauft, das Hubertus-Apartmenthaus — ach, was soll ich dir das alles aufzählen — habe ich das alles gemacht, um jetzt hier zu sitzen und niemanden zu haben, der sich um mich kümmert? Ach, Junge, mir sind in der letzten Zeit häufig solche Gedanken gekommen. Werde ich alt? Ich sehe einfach keinen Sinn in der Tatsache, daß sich mein Lebensabend so gestalten soll! — Mutter ist weg, und wenn sie abends nach Hause kommt, ist sie müde. Entweder hat sie noch in der Küche zu tun oder sie geht zu Bett. Oder sie putzt und wienert im Haus herum, hat Wäsche zu plätten, und was weiß ich noch alles! — Sie könnte es so gut haben. Aber wenn ich sage, sie soll sich eine Hilfe nehmen, behauptet sie, die mache es ihr nicht gut genug!" Er schlug die Hände zusammen. „Was habe ich doch für eine kleinbürgerliche Seele geheiratet!"

Conny beugte sich vor und legte seine Hand auf die seines Vaters.

„Ich habe dich noch nie so reden hören, Vater!"

„Aber es ist wahr!" klagte er. „Ich plage mich schon lange damit. — Und mit niemandem kann ich reden!"

„Jetzt bin ich ja hier. Aber ich sehe ein, Mutter muß aufhören zu arbeiten. Sie muß sich mehr um dich kümmern, und du wirst sehen, dann wird vieles wieder gut!"

Martin hob resigniert die Schultern.

„Ich gebe ja zu, früher war sie mir einfach zu langweilig, aber jetzt bin ich schon so weit, daß mir jede Gesellschaft recht ist. Dieses dauernde Alleinsein ist furchtbar, grauenhaft ist das!“

Er hatte inzwischen vergessen, daß er seiner Frau eine Szene machen wollte wegen ihrer Vergeßlichkeit — und das war gut so.

„Ich werde mit ihr reden!“ versprach Conny.

„Ja!“ gab er nach einigem Überlegen zu. „Tu du es! Wenn ich etwas sage, explodiere ich sofort, und dann hört sie erst recht nicht auf mich! Ach ja“, nun fiel es ihm doch wieder ein, „sie muß aufhören, sie muß einfach, sonst gehen wir bankrott!“

Er sagte es halb im Scherz, halb im Ernst, doch dann verfiel er wieder in seine eigene Misere.

„Was ist das für ein Leben, Conny! Da habe ich eine Frau und vier Kinder, und niemand kümmert sich um einen alten Mann!“

„Ich habe dir schon häufig gesagt, du sollst in die Fabrik kommen, Vater. Dein Schreibtisch ist dauernd leer!“

„Ja, weißt du, mein Junge“, sagte er langsam, „das ist so eine Sache. Ich gebe es nicht gern zu, aber es ist so ...!“ Er zögerte.

„Ist dir die Lust vergangen?“

Martin nickte. „Mein Gott, endlich kann man mal mit jemandem reden! Bei dir kann ich ganz offen sein, und du verstehst mich auch!“

„Ich denke doch, Vater! Was ist es denn nun? Findest du dich nicht mehr zurecht?“

„Ja“, überlegte er, „das ist es wohl in der Hauptsache. Früher, als ich noch die Bäckerei hatte, war sie übersichtlich, selbst wenn ich beinahe aus den Nähten platzte mit dem Betrieb. Aber ich hatte doch noch alles in der Hand. Und ich war der Boß! Heute ist alles so anders. Betriebsrat, Marketing, Public Relations, Rationalisierung, und was weiß ich noch alles! Das sind Neuerungen, mit denen ich nichts anfangen kann.“ Er machte eine Pause, um dann umso energischer fortzufahren. „Und darum komme ich nicht mehr gern in die Fabrik. Auch mit den Maschinen komme ich nicht mehr zurecht! Wenn man da einmal heraus ist aus allem, findet man den Anschluß nicht mehr. Verstehst du, was ich meine?“

„Aber ja, Vater!“

Sollte er nun die Gelegenheit beim Schopfe fassen und seinem Vater nahelegen, ihm den Betrieb zu überschreiben? Es wäre genau der richtige Zeitpunkt. Sie hatten schon manchmal das Thema erörtert, doch immer wieder hatte Martin die Sache abgebogen — manchmal wütend: „Kommt nicht in Frage!“, manchmal scherzhaft: „Das möchtest du wohl, wie? Du Schlaumeier!“, manchmal ernst: „Wir wollen nichts übereilen! Noch habe ich die Übersicht. Ich melde mich schon, wenn ich der Meinung bin ...“

Nein, Conny tat es nicht. Es war nicht fair, eine Stimmung auszunutzen und auf diese Weise seinen Vater zu überrumpeln.

„Ich soll dich grüßen von Rita!“ sagte er stattdessen.

„Danke! Geht es ihr gut?“ Conny wußte genau, warum sein Vater das fragte. Sie waren nun sieben Jahre verheiratet und noch immer bestand die Familie aus zwei Personen.

„Es geht ihr gut, Vater, aber nicht so gut, wie du es gern möchtest!"

„Verdammt!" Er hatte seinen gewohnten Ton wiedergefunden. „Da habe ich vier Kinder, eine Schwiegertochter und einen Schwiegersohn, und keiner bringt es fertig, mir einen Enkel zu bescheren! Die Zwillinge habe ich gar nicht auf der Rechnung! Aber daß Lydia, das arme Ding ..."

Conny nickte. Wie oft hatte sein Vater das Thema angeschnitten. Rita und er waren einfach noch nicht soweit, daß sie eine Familie gründen konnten. Offenbar gehörten sie zu den Ehepaaren, die Familienplanung betrieben. Ein paar Jahre jedenfalls wollte Rita noch im Geschäft arbeiten, und da man heute den Zeitpunkt selbst bestimmen konnte, war es noch nichts mit Martins Großvaterwürden.

Über die Zwillinge wurde nur wenig gesprochen. Nur Mutter Berger hatte noch losen Kontakt mit ihnen, immer dann, wenn die Jobberei in Berlin nichts einbrachte und sie in Geldverlegenheit waren. Gelernt hatten die beiden Mädchen nichts. Eines Tages, kaum achtzehn Jahre alt, beschlossen sie, nach Berlin zu gehen. Seither waren sie da.

Aber Lydia, Vaters Liebling. Lydia wünschte sich so sehnlich ein Kind, und bekam es nicht. Wie oft war sie schon bei Ärzten gewesen, sogar ihren Mann hatte sie dazu überredet. Nichts lag vor, was beunruhigend sein könnte. Es klappte ganz einfach nicht.

„Und dann sind sie auch noch so weit weg!"

„Bayern! Das ist doch nicht so schlimm!"

„Für mich schon! Ich fliege ja nicht — wie du!"

Gott sei Dank grinste er, sodaß Conny diese Anspielung übergehen konnte.

„Lydia hätte ich auch einen patenteren Mann gewünscht!" meinte Martin dann.

„Wieso? Peter ist doch patent — oder paßt dir der Maschinenmeister nicht?"

„Das auch! Ich hatte immer gehofft, ein so hübsches und flottes Mädchen hätte einen Mann der Wirtschaft, einen Fabriksbesitzer oder so, verdient!"

„Aha! Das meinst du! Ich glaube, Lydia ist ganz zufrieden mit ihrem Peter! Jedenfalls habe ich nie eine Klage gehört!"

„Peter Köper!" Es klang verächtlich. „Anneliese Köpers unehelicher Sohn! Eine komische Verwandschaft haben wir uns da zugelegt! Putzfrau mit drei unehelichen Söhnen und alle haben einen anderen Vater!"

„Vergiß nicht, Vater, wir hatten Krieg, und Anneliese Köper war im Grunde kein schlechter Mensch. Nur ‚nein' sagen konnte sie nicht!"

„Ach, Schwamm drüber! Friede ihrer Asche!"

„Das meine ich auch! Laß die Toten in Frieden ruhen! — Und Peter ist ein guter Junge, und — noch viel wichtiger — Lydia ist glücklich mit ihm!"

„Aber ich habe immer noch keinen Enkel!"

„Geduld! Der kommt auch noch!"

Er sah ihn an, als ob er sagen wollte: Wenn nicht Lydia, dann Rita! Eines Tages hast du bestimmt einen!

Etwas, was Lydia ihrem Vater nie erzählt hatte, jedoch ihrem Bruder, wurde auch heute nicht erwähnt.

Peter Köper war ursprünglich in der Marienfelder Fabrik zu Herrn Hövermanns Unterstützung angestellt worden. Als dann die kleine Fabrik in Süddeutschland gebaut wurde, machte man dem jungen Mann das Angebot, dorthin zu gehen und als Maschinenmeister zu arbeiten. Das war ein Schritt vorwärts, den sich Peter Köper nicht entgehen ließ. Allerdings mußten die jungen Leute die gemütliche Wohnung im Hause von Lydias Eltern, die sie mit viel Eigenarbeit und Vater Bergers Geldbeutel oben eingerichtet hatten, aufgeben. Lydia tat es schweren Herzens. Hatte sie anfangs noch die Vorstellung, daß sie nie wieder so vorteilhaft wohnen könnten, sollte sich zeigen, daß die PFI nicht knauserig war und ihnen da unten ein kleines Häuschen zur Verfügung stellte.

Und die Wohnung im ehemaligen Arzthaus? Die bezog Conny mit Rita für ein paar Jahre. Inzwischen hatten sie sich in der Wolperding-Villa am Hang gleich neben den Grothes eingerichtet. Es war wie ein Ringtausch innerhalb der Familie. Das Haus am Hang hatte sich Großvater Wolperding gebaut, als er seine Praxis aufgab, und das Haus am Markt wiederum seinem Schwiegersohn Martin Berger verkauft.

Nun aber Lydia. Lydia heiratete sehr früh. Sie war die jüngste der Geschwister und mußte zuerst unter die Haube. Genau wie ihre Mutter konnte sie die Zeit nicht abwarten. Das war vor zehn Jahren. Jetzt war sie 27 Jahre alt und hatte längst ihre „freche Tour", wie ihr Vater es nannte, abgelegt. Das hatte sie schon, als sie so plötzlich nach Süddeutschland versetzt wurden. Jetzt war sie einfach unglücklich, weil sie mit den Menschen dort nicht zurechtkam. Bis zu dem Zeitpunkt, als sie dorthin kam, hatte sie nicht gewußt, daß das Heimweh ihr so zusetzen würde.

Ganz schlimm wurde es, als sie verschiedene Ärzte aufsuchte, weil sich kein Familienzuwachs anmeldete. Wenn der Arzt in ihrer traurigen Gemütsverfassung es nicht verstand, den richtigen Ton zu finden, war es ganz aus.

Ihr Peter war da anders. Er hatte sich schnell eingewöhnt und Freunde gewonnen, doch wenn er sie in sein Häuschen bat, war seine Lydia nur schwerlich zu gewinnen.

„Das arme Kind!" sagte Martin gerade — und als ob es Gedankenübertragung gewesen wäre — in diesem Augenblick klingelte das Telefon auf seinem Schreibtisch.

„Wer ist da?" fragte er, weil er den Namen nicht verstanden hatte.

„Ach, Paps, hörst du gar nicht zu? Lydia ist hier, deine Tochter!"

„Lydia, mein Mädchen!" Seine Stimme wurde direkt zärtlich. „Gerade haben wir von dir gesprochen!"

„Wer denn?"

„Conny ist hier. Ach, Mädchen, wie gut, daß du anrufst! Geht es dir gut?"

„Nicht so gut, wie du denkst! Aber ... sitzt du?"
„Was soll denn das heißen?"
Er winkte Conny zu sich, damit er mithören sollte. Offenbar hatte Lydia ihnen etwas Wichtiges zu sagen.
„Also los, ich sitze! Was gibt es?"
„Oh, Paps", rief sie, und ihre Stimme überschlug sich fast vor Aufregung.
„Jaja, was ist denn los? Kommt ein Enkel?"
„Ach, was du immer hast! Kein Enkel! — Wir kommen nach Hause!"
Pause. Hatte Martin nicht verstanden? Conny stieß ihn an.
„Sie kommen nach Hause ... nach Marienfelde!"
„Ja ... ja ... das ist es ja, was ich euch sagen wollte! Peter soll den alten Hövermann ablösen! Der geht doch in aller Kürze in Pension! — Paps ... Paps, begreifst du überhaupt, was das bedeutet!"
Martin lehnte sich zurück. Obgleich er gar nicht wußte, daß Lydia „da unten" sterbensunglücklich war — sie hatte ihm gegenüber ja nie etwas gesagt —, allein der Gedanke, daß das Kind nach Hause kam, war so überwältigend für ihn, daß er nichts sagen konnte.
Conny nahm ihm den Hörer ab.
„Hier ist dein Bruder, Lydi! Das sind ja großartige Nachrichten — auch für Peter eine tolle Anerkennung!"
„Ach, Conny, ich bin ... ich kann dir gar nicht sagen, wie glücklich ich bin, daß wir hier wegkommen. Ist ja gut, daß Vater nichts darüber weiß, aber dir habe ich es ja gesagt, ich konnte hier einfach nicht mit den Menschen warm werden! — Und nun brauche ich das gar nicht mehr! Wir kommen nach Hause! Verstehst du ... nach Hause! Ich könnte heulen, so glücklich bin ich!"
„Das laß mal mit dem Heulen!" meinte Conny trocken.
„Du, Conny", ihm konnte sie ihr Anliegen besser vorbringen als gleich ihrem Paps, vielleicht konnte er für sie ein gutes Wort einlegen, „Was meinst du, ob wir die Wohnung oben wieder beziehen können?"
„Warum nicht? Soviel ich weiß, steht sie leer!"
„Was will sie denn?" fragte Martin dazwischen. „Die Wohnung oben?"
Er nahm ihm den Hörer aus der Hand.
„Willst du die Wohnung oben, mein Kind?"
„Wenn ... wenn du und Mammi ..."
„Natürlich kommt ihr wieder nach Hause! Gar keine Frage!"
„Oh, Paps, ich wagte kaum, danach zu fragen!"
„Aber Mädchen! Seit wann hast du Hemmungen?! Weißt du noch, als du heiratetest? Da schlugst du ganz andere Töne an. Da war es doch ganz selbstverständlich, daß wir euch die Wohnung oben einrichteten!"
„Jaja, aber das ist zehn Jahre her, Paps!"
„Schluß jetzt mit der langen Rede! Ihr kommt wieder in die Wohnung oben — und ich habe jemanden, mit dem ich mal reden kann!" Er kam schnell zum Ende. Sie sollte ihren Peter grüßen und stante pede anfangen

zu packen ... und da er seine Rührung nicht zeigen und doch etwas Liebes sagen wollte, schlug er wieder seinen groben Ton an:

„Das war mal eine verdammt gute Nachricht, Mädchen!" Damit knallte er den Hörer auf die Gabel.

In diesem Augenblick hörten die beiden Männer Mutter Berger kommen. Genau wie ihr Sohn nahm sie den hinteren Eingang, ging durch die Küche, dann über die Diele und öffnete die Tür zu dem dunklen Wohnzimmer.

„Lydia kommt nach Hause!" rief Martin ihr entgegen. „Stell dir vor, sie kommen nach Hause, die Kinder! — Und sie werden oben wohnen!"

Diese beglückende Nachricht hatte die Standpauke für Eva Berger verschluckt, und das war für den Augenblick gut so.

* * *

Es war fünf Uhr morgens, als Wolfgang Steiner endlich die Tür im Hotel zur Post öffnete, auf der „Privat" stand, ganz leise. Er ging auf Zehenspitzen durch das Wohnzimmer, obgleich es gar nicht nötig war, denn der Teppichboden verschluckte jeden Laut, und öffnete dann noch vorsichtiger die Tür zum Schlafzimmer. Dennoch war seine Frau wach. Es fing schon an, hell zu werden.

„Das hat ja lange gedauert!" sagte sie mitfühlend. „Du mußt schrecklich müde sein."

„Der Zeitpunkt ist überschritten!" antwortete er und setzte sich zu ihr auf die Bettkante. „Um zwei Uhr hatte ich so eine Phase — immer um diese Zeit —, da war ich reif für den Bettzipfel. Es sah auch so aus, als ob die Hochzeitsgesellschaft aufbrechen wollte, das heißt der Rest davon, aber du weißt ja, wie das ist. Immer sind da noch ein paar, die nicht nach Hause finden können."

„War es unangenehm?"

Wolfgang überlegte einen Augenblick. „Nein, eigentlich nicht! Mit den PFI-Leuten haben wir noch nie Ärger gehabt!"

Renate war nun hellwach und richtete sich auf.

„Mit der PFI? Ich weiß, daß deines Vaters Gesundheit durch die PFI ruiniert wurde!"

Wolfgang schüttelte den Kopf. „Das stimmt nun auch wieder nicht. Lediglich dieser Forrester war manchmal zügellos, aber die anderen nicht."

„Und Ted Williams?"

„Ach nein, der auch nicht. Er trinkt wohl mal einen über den Durst und wird dann gesprächig, aber er randaliert nicht."

Nach einer kurzen Pause kam er nochmal auf die Hochzeit zurück.

„Diesmal war es ja auch nicht direkt die PFI, die Hochzeit machte!" sagte er und lächelte über seine Wortwahl.

„Aber Herrn von Waldens Tochter war es, und der ist leitender Angestellter der PFI."

„Und die Walden-Familie ist hier ansässig, vergiß das nicht. Sie könnten es sich gar nicht leisten, aus der Rolle zu fallen!"

„Mich wundert, warum sie die Hochzeit nicht auf dem Waldenschen Gut gefeiert haben!"

„Das kann ich dir genau sagen: Erstens ist Herr von Walden der jüngere Bruder vom Besitzer des Gutes Walden, und zweitens sieht Frau von Walden auf Gut Walden vermutlich nicht ein, warum sie ihrem Schwager oder ihrer Nichte den Gefallen tun soll. Soo herzlich ist das Verhältnis nicht, soweit ich unterrichtet bin! — Außerdem, meine liebe Dame, warum kümmert es dich?! Die Hochzeit hat hier stattgefunden. Es war eine schöne Hochzeit, wie Herr von Walden, der jüngere", sagte er mit einem Augenzwinkern, „mir zusicherte, und seine Frau dankte mir überschwenglich für die wunderbare Speisenfolge, und ... ja, noch etwas! Die Braut fiel mir um den Hals! Was sagst du dazu?!"

„Donnerwetter! Dann muß wirklich alles perfekt gewesen sein."

Sie wollte sich noch einen Augenblick hinlegen, bevor sie aufstand, aber da war noch eine Frage offen, die sie beschäftigte.

„Da ist noch etwas, was ich wissen möchte!"

„Und?"

„Warum ist dein Vater diesmal nicht gekommen? Er ist doch sonst immer dabei!"

„Ja ...", Wolfgang zögerte.

Diese Frage hatte ihn auch beschäftigt seit dem Augenblick, als Lothar Steiner ihm mit vielen Entschuldigungen seine Hilfe versagte. Er fühlte sich nicht gut. Außerdem wollte er Mutter Petra zum Arzt fahren, und zum Finanzamt wollte er auch. Alle Entschuldigungen waren fadenscheinig.

„Er wollte ganz einfach nicht, und ich habe hin- und herüberlegt, wo wohl der Grund dafür zu suchen ist."

„Und? Hast du ihn gefunden?"

„Ich glaube, ich habe ihn gefunden, aber sicher bin ich nicht. Es ist nur so ungewöhnlich bei ihm, daß er bei einer solchen Gelegenheit nicht dabei ist. Das hat es noch nie gegeben. — Er ist ja auch nicht krank, womit ich bettlägerig meine. Richtig gesund ist er seit langem nicht, aber richtig krank auch nicht, das wissen wir!"

„Was meinst du denn, was ihn bewogen hat?" fragte Renate erneut. „Ihr habt euch doch nicht gestritten?"

„Streiten? Du weißt doch, das ist bei Vater ganz unmöglich! Streit! Lothar Steiner habe ich noch nie ein lautes Wort sagen hören! Aber ..." er bückte sich, um seine Schuhe auszuziehen, „ich meine, wir sind schon auf dem richtigen Wege!"

„Wohin? — Wohin auf dem richtigen Wege?" War er nicht doch zu müde und sie zu ungeduldig? Vielleicht sollte sie ihn nachher danach fragen, wenn er ausgeschlafen hatte.

Nein, Wolfgang war nicht müde. Es war nur schwer, Renate klarzumachen, was er glaubte.

„Sieh mal, du weißt doch, daß Vater eine ganz andere Richtung mit dem Hotel vorgeschwebt hat!"

„Ach, das meinst du?" fragte Renate verwundert. „Sein Kleinod? — Glaubst du wirklich, daß er so enttäuscht ist, wenn wir seiner Idee, fast schon seinem Traum, nicht folgen?"

„Ja", antwortete Wolfgang bedächtig und nickte dabei, „nach längerem Überlegen glaube ich das. Er ist in den letzten Wochen mehrfach darauf zurückgekommen, wie sehr er es bedauern würde, wenn wir diesen Gedanken nicht weiter verfolgen könnten. ‚Aber bedenke doch, mein Junge ...‘! Du weißt schon. Etwas Exquisites wollte er aus dem Hotel machen, etwas, was über die Grenzen von Marienfelde hinausging."

„Aber bedenke doch, mein Junge", sagte nun auch Renate, „die veränderten Zeiten! Du hast ihn doch sicher darauf hingewiesen, daß das heute ganz unmöglich ist."

„Habe ich! Natürlich habe ich das, aber er ist da eben anderer Ansicht. Es meint, es gäbe immer Gäste, die etwas Exquisites suchen und die auch bereit sind, dafür nach Marienfelde zu kommen und zu zahlen — besonders wichtig. Aber es müßte dann eben wirklich etwas Außergewöhnliches sein!"

„Gott, Wolfgang, wir sind doch nicht die ‚Vier Jahreszeiten‘ in Hamburg oder ‚Käfer‘ in München!"

„Genau diese Vergleiche habe ich ihm auch unterbreitet!"

„Und was sagte er darauf?"

„Ja, was sagte er darauf?" Wolfgang seufzte. „‚Was nicht ist, kann ja noch werden!‘ Das sagte er, und in einem Ton, der einfach voraussetzt, daß man sich nur Mühe geben muß, große Mühe, alles andere käme dann von selbst!"

Einen Augenblick ließ Renate verstreichen, ehe sie antwortete. Sie hatte nicht gedacht, daß ihr Schwiegervater sich so in diese Idee verrennen würde. Es war doch absurd, so etwas verwirklichen zu wollen.

„Und darum, meinst du, ist er nicht gekommen?"

„Ich glaube es, sicher bin ich nicht, das sagte ich ja schon. Aber je intensiver ich darüber nachdenke, umso mehr komme ich zu der Überzeugung, daß das der Gund ist. — Sieh mal, ich habe ja pausenlos versucht, ihm die Idee auszureden. Immer wenn er in diesen Wochen davon anfing, habe ich ...", sie machte große Augen und sah ihn prüfend an, und er wußte genau, was sie damit meinte, „tröste dich, ich habe bestimmt nicht die Form verletzt. Das ist bei einem Gegenüber, wie es mein sensibler Vater ist, ganz unmöglich!"

„Das darfst du auch nicht, Wolfgang! Ehrlich, das darfst du nicht — ach, was sage ich denn — das kannst du auch gar nicht. Das wäre also nicht der Grund, weshalb er nicht gekommen ist, um bei der Hochzeit zu helfen."

„Was — was wäre nicht der Grund!"

„Daß ihn dein Ton verletzt hat! — Aber rede weiter! Wir wollen nicht vom Thema abkommen!"

Wolfgang mußte sich erst sammeln. Sie kamen ja vom Hundertsten ins Tausendste.

„Also ... immer wenn er in diesen Wochen von seinem Kleinod anfing, habe ich versucht, es ihm auszureden. Und nun denke ich, er hat es vielleicht eingesehen, daß die Verwirklichung nicht möglich ist, aber das hat ihn so traurig gemacht, daß er das Interesse am Hotel verliert!"

„Wirklich?" Renate war nun doch bestürzt. „Glaubst du das wirklich?"

„Ja ... es könnte so sein. Er wird sicher ab und zu einspringen oder vom Flügelhaus herüberkommen, aber ich fürchte, wenn wir wieder wegfahren wollen oder gar Urlaub auf dem Programm steht, müssen wir ohne ihn auskommen!"

„Auch ohne deine Mutter?"

„Mutter?" fragte Wolfgang nachdenklich. „Möglich, daß sie auch nicht kommt, wenn es ihr auch bestimmt schwerfallen würde."

„Weil es ihr Hotel ist und nicht seins? Ist das der Grund?"

„Nein, der ganz bestimmt nicht."

„Welcher denn?"

Bevor Wolfgang Steiner antwortete, stand er auf, um sich seiner Jacke zu entledigen. Er wollte seine Frau jetzt nicht ansehen, denn was er ihr zu sagen hatte, war etwas, das die junge Generation nicht übernommen hatte und wohl auch nicht übernehmen würde:

„Meine Mutter hat noch nie etwas getan, was meinem Vater als Zuwiderhandlung erscheinen könnte!"

* * *

Sie sah den neuen Mercedes vor dem Gartentor halten. Es war ein sehr schönes Modell und auch sehr viel größer als Ulrich ihn gehabt hatte — in Silbermetallic. Die Zeiten, für Geschäftswagen die schwarze Farbe zu nehmen, waren vorbei.

Jetzt kam Jochen Schütz den langen Weg zum Haus hoch. Im stillen zürnte sie ihm, daß er kam. Konnte er Ulrich denn nie in Ruhe lassen? Gerade hatte ihr Mann eingesehen, daß er nicht mehr in die Fabrik gehen durfte, weil er damit das ganze Konzept durcheinanderbrachte und vor allem Jochen Schütz nicht half, daß man sich an ihn gewöhnte. Was machte er da? Er kam zu Ulrich.

Dennoch begrüßte sie ihn freundlich und wußte genau, daß auch Ulrich sich freute, ihn zu sehen. Wenn er sich noch so große Mühe gab, der PFI und damit seiner langen Tätigkeit nicht mehr soviel Raum in seinen Gedanken zu geben, war es einfach unmöglich, das nach vier Monaten schon vollendet zu haben. Hinzu kam noch, daß er die Fabrik tagtäglich im Blickfeld hatte. Es konnte sie von seinem Fenster aus sehen, weit entfernt zwar, aber allein wenn der Schornstein qualmte, wußte er, daß im Kesselhaus etwas nicht in Ordnung war. Fast täglich hörte er die Sirene, wenn der Wind in der richtigen Richtung stand. Und wenn er durch den Ort ging, sah er die beschrifteten Lastwagen, die in großen Lettern von der Perfekt-Nahrung kündeten, grüngelb, die Farben der Gesellschaft, ein nicht zu übersehendes Markenzeichen.

Es war eben doch nicht gut, gar nicht gereist zu sein, nachdem Ulrich aufgehört hatte. Vielleicht sollten wir das nachholen! dachte sie.

Diesmal blieb Jochen Schütz lange. Die Kaffeezeit war längst überschritten. Ob sie hineingehen und fragen sollte, ob Kaffee gewünscht würde? Für Jochen Schütz war das entweder ein Zeichen aufzubrechen oder bis zum Abend zu bleiben.

Sie riskierte es einfach.

Als sie die Tür öffnete, kam ihr eine Wolke von Zigarettenrauch entgegen, ganz ungewohnt. Der Zigarrenduft ging heute darin unter, obgleich Ulrich, wenn er in Gesellschaft war und ihn etwas interessierte, gar nicht darauf achtete, wieviel er rauchte.

Als sie dann mit dem Kaffee kam, entdeckte sie, daß Jochen Schütz die Tasse mit zitternden Händen entgegennahm.

Was ist denn los? fragte sie sich. Irgend etwas hatte ihn vermutlich umgeworfen, und er mußte sich bei Ulrich aussprechen.

Es war wie in alten Zeiten. Wenn Ulrich Grothe Besuch von Firmenleuten hatte, war Christiane ausgeschlossen. War sie anfangs gekränkt, daß man sie nicht hinzuzog, hatte sie im Laufe der Jahre Einsicht gezeigt und sich zurückgezogen, oder — und das dankte Ulrich ihr sehr — sie war gar nicht erst in Erscheinung getreten. Nur die Begrüßung hatte sie mitgemacht.

Neu war, daß Ulrich, wenn der Besuch gegangen war und er sich nochmal alles durch den Kopf gehen ließ, schweigend, rauchend und am Fenster stehend, Christiane informierte. Früher war er oft tagelang nicht ansprechbar, wenn ihm etwas durch den Kopf ging.

Als Jochen Schütz sich schließlich verabschiedete, war es später Abend. Da Christiane Frau Schütz mehrmals gesehen und gesprochen hatte, ahnte sie, daß das zu späte Nachhausekommen sicherlich nicht ohne Ärger abgehen würde. Armer Kerl! dachte sie. Wenn er sich doch nur einmal in seinem Hause Respekt verschaffen wollte! Sie war sicher, daß er dann Ruhe hätte. Aber nein! Respekt genoß er nur in der Fabrik, und das auch nur, weil Ulrich ihm den verschafft hatte.

Oder sollte sie sich irren? Bis zur Stunde hatte sie Ulrich gegenüber noch nicht zugegeben, daß sie in bezug auf Jochen Schütz' Fähigkeiten anderer Ansicht war als er.

Wie sie es nicht anders erwartet hatte, stand Ulrich am Fenster. Er sah in die Dämmerung hinaus und rauchte.

Vorsichtig öffnete sie ein Seitenfenster, die Luft war zum Durchschneiden. Erst als die kühle Abendluft ins Zimmer drang und die blauen Dunstwolken langsam verschwanden, bemerkte Ulrich Christiane, die möglichst lautlos das Geschirr abräumte, die übervollen Aschenbecher nach draußen trug und gereinigt wieder auf den Rauchtisch stellte.

Und endlich sollte sie erfahren, was Jochen Schütz Ulrich Grothe unterbreitet hatte.

Die große Veränderung! Schon seit Wochen munkelte man im Ort von Veränderungen bei der PFI, aber niemand wußte, welcher Art sie sein sollten. Genaueres konnte man nicht einmal in Eva Bergers Brotshop erfahren.

Jetzt war es heraus. Die PFI verlegte die Verwaltung nach Hamburg.

Anfangs — und das war wohl der Grund, weshalb so lange nichts Genaues an die Öffentlichkeit drang — anfangs hatte man München erwogen, weil sich dort in der Nähe die Tobias-Werke befanden, die die PFI ja übernommen hatte, aber dann meinte man doch, es wäre günstiger, nach Hamburg zu gehen.

Da gab es ein Stadtviertel — City Nord — das in modernsten Bürohäusern alle großen Gesellschaften vereinigte. Der Flugplatz war nicht weit, und ins Stadtinnere konnte man leicht auf breiten Straßen gelangen.

Auch die Kostenfrage spielte eine Rolle, und da war Hamburg eben günstiger.

Nun war Jochen Schütz nicht vollkommen unvorbereitet, doch hatte er bisher gehofft und geglaubt, man würde von dem Plan Abstand nehmen. Er war nicht nur gern in Marienfelde, er hatte auch noch immer Gelegenheit, sich bei Ulrich Grothe Rat zu holen, sich ganz einfach mit ihm zu unterhalten. In dieser Hinsicht war er anders als die meisten Nachfolger an leitender Stelle. Das Gros wartete auf den Weggang vom „Alten“, um endlich allein entscheiden zu können, um endlich beweisen zu können, wozu man fähig war, ohne die Herrschaft eines verknöcherten, sturen, alten Chefs, der die Zeichen der Zeit nicht mehr verstand.

Nicht so Jochen Schütz! Das betrübte Ulrich Grothe. Gerecht wie er war, befand er sich anfangs im Zwiespalt. Er war viel zu interessiert, etwas über die PFI zu erfahren, er war viel zu gewissenhaft, Jochen Schütz beizustehen in den ersten Wochen, doch hatte er gehofft, dieser Übergang würde schneller geschafft sein.

Heute fragte er sich genau dasselbe, was er sich vor vier Monaten so intensiv gefragt hatte, als er allein in seinem Büro saß und noch einmal über alles nachdachte.

Sollte er wirklich nicht den richtigen Mann gewählt haben?

Zum ersten Mal sprach er darüber mit Christiane, von seinen Zweifeln und Sorgen. Sie hatte ihn noch nie so ehrlich über seine Bedenken reden gehört.

„Du fürchtest, er schafft das nicht, Ulrich?“ fragte sie.

„Ich bin mir nicht mehr so sicher.“ Er setzte sich zu ihr auf das Sofa und rauchte ein paar Sekunden, ohne etwas zu sagen. Ihm war ein Gedanke gekommen, der unter Umständen die Sache ganz anders beleuchtete.

„Vielleicht ist es ganz gut, wenn er nach Hamburg geht. Ich meine das so: Es war bisher so leicht, eben Dr. Grothe zu fragen, wie er sich bei der und der Sache verhalten soll. Und wenn Herr Grothe nicht in die Fabrik kam, konnte man ja schnell zu ihm in die Wohnung gehen, nicht wahr?“

„Ich verstehe! Du meinst, er machte es sich zu einfach!“

„Ja, das meine ich! Ich hoffe, daß es so ist, sonst müßte ich mir ernsthaft Vorwürfe machen!“

Wieder entstand eine Pause. Ulrich dachte über etwas anderes nach.

„Es sagte übrigens, seine Frau freue sich sehr, nach Hamburg zu kommen. Sie wäre für die Kleinstadt nicht geschaffen!“

Christiane hatte das auch schon festgestellt.

„Wenn ich mit ihr zusammen war, sprach sie nicht gerade liebenswürdig über Marienfelde, das habe ich auch schon bemerkt. Soviel ich weiß, stammt sie aus Hamburg, und wenn nicht das, aus einer Großstadt auf jeden Fall!“

„Großstadt!“ überlegte Grothe. „Eigentlich schade, daß sie wegziehen. Ich glaube, Frau Schütz hätte das gesellschaftliche Leben in Marienfelde oder innerhalb der PFI auf Schwung gebracht!“

Er sah sie lächelnd an. „In dieser Richtung haben wir — Verzeihung, habe ich, wollte ich sagen, ja manches versäumt!“

„Das schadete nichts, finde ich!“ meinte Christiane. „Ich bin ja auch gerade kein Held auf diesem Gebiet. Wenn so ein Wechsel in der Geschäftsführung stattfindet, wird eben manches anders, auch in dieser Richtung. Nur ...“

„Was ‚nur‘?“ fragte er, als sie zögerte.

„Ich fürchte, hier war Frau Schütz nicht auf dem richtigen Wege. Sie wollte zuviel auf einmal. Vor allem wollte sie eine Rolle spielen, und das an die Spitze der gesellschaftlichen Ambitionen zu stellen, ist nicht gut!“

„Glaubst du das wirklich? Ich hatte bisher nicht den Eindruck, daß ihr das so wichtig war. Überhaupt — ich meinte, sie wäre zwar eine hübsche, elegante, aber nicht sonderlich intelligente Frau.“

„Ob sie intelligent ist, weiß ich nicht, aber offenbar haben wir verschiedene Vorstellungen von Frau Schütz. Ich glaube, du ahnst überhaupt nicht, daß Jochen Schütz zu Hause kein leichtes Leben hat. Ist dir nie aufgefallen, wie zersorgt er manchmal aussieht? So sieht kein Mann aus, der ein festgefügtes, ehrliches und erfreuliches Zuhause hat.“

„Zersorgt, sagst du? Natürlich ist mir das aufgefallen. Auch seine nervöse Raucherei ist mir aufgefallen, das Zittern der Hände. Ich habe ihm gesagt, er sollte sich mal einer ärztlichen Kontrolle unterziehen. Das nur nebenbei. Ich hatte aber immer geglaubt, das alles hinge mit seiner neuen Postition, der Einarbeitung und dem großen Wechsel zusammen. Wenn es so ist, wie du sagst, erklärt sich auch, warum er einfach nicht weiterkommt. Wie kann ein Mensch produktiv arbeiten, wenn er zu Hause keinen Ausgleich hat, das frage ich mich!“

Christiane antwortete nicht darauf. Sie dachte an die ersten Jahre ihrer Ehe mit Ulrich Grothe. Gewiß, sie bot ihm kein unerfreuliches Zuhause, aber er merkte überhaupt nicht, daß er eins hatte, daß sie es war, die ihm die Ordnung bot und alles von ihm fernhielt, was nicht mit der PFI zusammenhing. Damals brauchte er keinen Ausgleich, im Gegenteil, er meinte, wenn er sich ablenken ließe, könnte er nicht genügend für die PFI da sein. So ändern sich die Ansichten, dachte sie und hätte im stillen gelächelt, wäre das Thema, das sie besprachen, nicht so ernst gewesen.

„Aber das ist noch nicht alles!" nahm Grothe die Unterhaltung wieder auf. „Das ist lange noch nicht alles, was Schütz mir erzählt hat."

„Was denn noch?"

Er beugte sich vor, um seine Zigarre im Aschenbecher auszudrücken und bei der Gelegenheit gleich eine neue aus der Kiste zu nehmen. Am liebsten hätte Christiane ihn zurückgehalten, aber sie wollte die Unterhaltung deswegen nicht unterbrechen. Beide waren jetzt vollkommen verstrickt in PFI-Probleme.

„Ja, denk dir, die PFI will ihr Geschäft vergrößern!"

„Wie soll ich das verstehen? Vergrößern? Soll eine neue Fabrik gebaut werden? Jetzt? Wo der Markt ohnehin gesättigt ist?"

„Nein, nicht in der Richtung!"

„Will sie eine Fabrik aufkaufen?"

„Auch nicht — überhaupt nichts in Richtung Kartoffelverarbeitung!"

„Nicht? Was dann? Ach, Ulrich, komm, erzähle doch!"

Flüchtig kam ihm der Gedanke, daß Christiane genau so wenig loskommen konnte von der PFI wie er. Sie bedrängte ihn ja geradezu auszupacken.

„Du kennst doch Hegemann!"

„Die Hegemann-Tiefkühlkost? Natürlich kenne ich die. Gute Ware haben die, das muß ich wirklich sagen!"

„Ja, das ist wohl so, ich habe auch nie Negatives über die Qualität gehört!"

„Und? —Aaah", dämmerte es ihr, „hat die PFI Hegemann aufgekauft?"

„Nicht ganz. 51 Prozent, erzählte mir Jochen Schütz. Aber sie haben ihm die Verantwortung übertragen. Darum auch der Umzug nach Hamburg. Darum auch seine Nervosität. Er hat keine Ahnung von Tiefkühlkost. Nur die Verkaufsorganisation, den Vertrieb meine ich, das ist miteinander vereinbar, verstehst du?"

„Ach, du meine Güte!" entfuhr es Christiane, und sie deutete damit an, daß sie Jochen Schütz nicht für fähig hielt, diesen Batzen zu verkraften.

„Was meinst du mit ‚ach, du meine Güte'?" fragte Ulrich Grothe auch prompt.

Da mußte sie Farbe bekennen.

„Ich meine das so, Ulrich: das ist soviel Neues für Schütz — ganz abgesehen davon, daß er mit dem eben erfolgten Wechsel ja noch gar nicht fertig ist — das ist soviel Mehrarbeit für ihn, daß ich zweifle, ob er das schafft!"

Sie machte eine Pause und überlegte weiter.

„Wenn er das alles schaffen will, müßte er seinen Arbeitsstil erheblich ändern. Hast du mir nicht einmal gesagt, er müßte noch ganz entschieden lernen, die Arbeit aufzuteilen, und nicht immer alles allein machen wollen?“

„Ja!“ antwortete Grothe bedächtig. „Genau das habe ich ihm hundertmal gesagt. Er machte auch ein paar Ansätze, aber was er schließlich anderen überließ, war so unbedeutend, daß es in der großen Linie nicht ins Gewicht fiel.“

Sie saßen noch immer auf dem Sofa und sahen nach draußen. Inzwischen war es vollkommen dunkel geworden.

Sie hatten das Abendbrot versäumt und konnten sich noch immer nicht von dem Problem lösen.

„Hegemann!“ sagte Christiane und schüttelte den Kopf. „Das ist doch ein großes Unternehmen. Stand es auf wackeligen Füßen, weshalb hat sich die PFI da eingeschaltet?“

„Das hat andere Gründe. New York expandiert. Die PFI expandiert nach allen Richtungen hin. Ich habe keine Ahnung, ob das gut ist oder nicht. Es muß sich zeigen. Das Sprichwort ‚Schuster, bleib bei deinem Leisten!‘ paßt jedenfalls nicht hierher. Ins Kosmetik-Geschäft sind sie eingestiegen, ins Möbelgeschäft, sogar eine Friseurkette haben sie aufgezogen!“

„Eine was? Friseurkette? Davon habe ich nichts gehört! Was ist denn das?“

Grothe schmunzelte. Schon als Schütz ihm davon erzählt hatte, hatte er lachen müssen.

„Das ist so — jedenfalls hat Schütz mir das so erklärt: Da werden also jungen Frauen in Kursen verschiedene Frisuren beigebracht, und dann werden sie auf die Menschheit losgelassen. Bestückt mit einer Reihe von Fotos verschiedener Frisuren, kann die Kundin bestimmen, wie sie frisiert werden will!“

„Wie? Ich höre wohl nicht recht! Das wäre ja so etwas wie Fließbandarbeit! Oder wie soll ich das verstehen?!“

„Natürlich, so ähnlich ist es wohl! Jedenfalls kann man in New York oder wo auch immer feststellen, wenn eine Kundin so oder so frisiert ist: Aha, das ist die Nr. 3 von den ‚Perfekt-Frisuren‘!“

Christiane lehnte sich zurück und mußte lachen.

„Verrückt! Einfach verrückt! Das würde sich hier nie einbürgern! Da bin ich ganz sicher.“

„Eben, das glaubt Schütz auch. Aber er hatte noch ein anderes Argument. ‚Das geht überhaupt nicht!‘ sagte er. ‚Hier ist das Frisieren ein Handwerk. Hier muß ein junger Mensch erst drei Jahre in die Lehre, und am Ende weiß er eine Menge mehr über das Frisieren, über das Haar und so weiter als eine junge Frau in Amerika, die in einem Kursus ein halbes Dutzend Frisuren „herstellt“. Ich gebrauche absichtlich dieses Wort!‘“

Grothe verstummte. Offenbar dachte er über etwas nach.

„Golden Hair!“ sagte er dann. „Hübsche Reklame für so etwas, findest du nicht? Golden Hair!“ sagte er noch einmal. „Oder Perfekt-Hair! Klingt doch patent, nicht?“ Er grinste nun geradezu. „Was könnte man noch sagen? Hast du keinen Vorschlag?“

„Ich?“ Sie schüttelte den Kopf. „Ich bin nicht so patent. Aber irgendwie muß man die Amerikaner ja bewundern! Sie sind voller Ideen! Wir können da einfach nicht folgen. Das können wir einfach nicht, und ich glaube auch, wir wollen es gar nicht. Friseur-Kette! Hier ist jeder viel zu sehr darauf bedacht, seine persönliche Note zu wahren!“

„So ist es! — Aber wir sind nun ganz vom Thema abgekommen. Wir sprachen von Hegemann!“

„Ja und davon, daß New York expandiert. Wenn du mir erzählst, in welche Sparten sie überall einsteigen, frage ich mich, ob sie selbst herumtasten, wo sie sich noch einschalten können. Unter Umständen kommt es ihnen gar nicht darauf an, wo sie einsteigen, Hauptsache, sie stehen auf vielen, vielen Füßen. Glaubst du nicht auch?“

„Christiane!“ sagte er wiede ernst. „Ich weiß es nicht! Ich weiß es wirklich nicht ... und ehrlich gestanden ... seltsam!“ wunderte er sich. „Zum ersten Mal stelle ich fest, daß es mich zwar berührt, aber nicht mehr so intensiv wie zu Zeiten, als ich noch bei der PFI tätig war.“

„Wirklich? Wären wir damit einen Schritt weiter, Ulrich?“ Das wäre ja nur zu begrüßen! dachte sie.

„Was mich viel mehr bewegt, ist der Gedanke, wie es hier weitergeht. Die Hegemann-Tiefkühlkost! Davon sprachen wir eben!“

„Ja!“ Christiane paßte sich an. „Wie ist die PFI darauf gekommen, sie zu übernehmen?“

„Zu 51 Prozent!“ korrigierte er.

„Das ist doch nicht so wesentlich, Ulrich. Mit 51 Prozent hat sie genau das, was sie will! Die Regierung! Ich möchte nur wissen, warum Hegemann verkauft hat!“

„Kannst du es dir nicht denken?“ stellte er die Gegenfrage. „Ich meine, wir haben darüber gesprochen. Der alte Hegemann ist vor einem halben Jahr gestorben. Jetzt ist die Gesellschaft eine Erbengemeinschaft und — ganz einfach — jeder hat mit dem ererbten Anteil etwas anderes vor. Da ist es schon am einfachsten, wenn man das ganze Unternehmen verkauft.“

„Aber da ist doch noch ein Hegemann, soviel ich weiß!“

„Der bleibt auch im Geschäft, hat mir Jochen Schütz erzählt, nur nicht als Geschäftsführer!“

„Hältst du das für gut?“

„Ich kenne den jungen Hegemann nicht. Schütz auch noch nicht, übrigens. Aber du kannst dir ja denken, das alles zerrt an seinen Nerven. Ich wünschte, ich könnte ihm helfen, aber das wäre auch nicht gut. Er muß da selbst einen Weg finden. — Ich habe ihm eine Menge Vorschläge gemacht, aber ich fürchte, er war so verstrickt in seine Probleme, daß er sich an keinen erinnern wird, wenn er nach Hamburg geht!“

„Wir können es nicht mehr ändern, Ulrich, auch du nicht!“ sagte sie eindringlich und hoffte, er würde zurückfinden zu der Tatsache, daß er die Zügel aus der Hand gegeben hatte.

„Du hast ja recht!“ sagte er und stand auf. „Aber ich mache mir Sorgen!“

Daß seine Sorgen schließlich ihr Ziel verfehlten, konnte er an diesem Abend noch nicht wissen.

* * *

„Du sollst aufhören!" schrie er sie an. „Hast du mich verstanden? Aufhören sollst du! Wenn du so schlampig mit den Zahlen umgehst, wenn du nicht mehr rechnen kannst, wird es höchste Zeit, daß du die Segel streichst. Du gehst morgen nicht in den Brotshop! Ich verbiete es dir!"

Erst hatte sie sich noch gewehrt und ihm zugesichert, sie würde sich in Zukunft zusammennehmen. Niemals mehr würde er hören, daß sie sich verrechnet hätte, aber gegen seine Schimpftiraden war sie machtlos. Am Ende saß sie kläglich in dem großen Sessel und ließ ihren Tränen freien Lauf. Warum ließ er ihr nicht diese kleine Freude?!

„Warum darf ich denn nicht?" weinte sie und erreichte damit, daß er von neuem zu zetern begann — so laut, daß man es im Garten hörte, und gerade von daher kam Conny, der ewig Schlichtende unter den streitbaren Geistern seiner Eltern. Streitbar war ja eigentlich nur Martin Berger, wohl wissend, daß seine Frau ihm nicht gewachsen war. Gerade das reizte ihn ja. Je mehr sie weinte, je stiller sie wurde, umso heftiger wurden sein Zorn und sein Wortschwall. Er hörte gar nicht, daß sein Sohn über die Terrasse ins Zimmer trat.

„Vater, ich bitte dich! Ganz Marienfelde hört dich! Könnt ihr beide denn wirklich nicht in Ruhe über das Thema reden?"

„Ich soll nicht mehr arbeiten, Conny!" beklagte sich seine Mutter. „Ich könnte nicht mehr rechnen, ich vernachlässigte Vater, ich vernachlässigte das Haus. Sag doch selbst, vernachlässige ich das Haus?"

„Nein, um Gottes Willen, nicht doch! Vater, was hast du da wieder gesagt!"

„Von morgens bis abends schufte ich, um alles schön zu halten, und wenn Lydia jetzt kommt, wird sie eine wunderschöne Wohnung vorfinden, mit Gardinen und allem, was sie braucht!"

„Das sollst du ja gar nicht, Mutter! Das laß Lydia nur schön selbst machen!"

Immer zerreißt sie sich für ihre Familie, dachte er, und niemand will es in Wirklichkeit. Sie mischt sich in Dinge, die jedermann selbst bestimmen will — und doch meint sie es gut.

Niemand dankt es ihr, im Gegenteil, Lydia würde es als Einmischung betrachten, und Vater beschimpft sie, sobald er merkt, daß sie ihm nicht gewachsen ist.

„Warum tust du das?" fragte er offen.

„Was?" tat Martin Berger erstaunt, obgleich er sehr wohl wußte, was sein Sohn meinte. Conny schüttelte nur den Kopf über soviel Gehässigkeit. Es war wieder so wie vor Jahren, als beide eine Phase durchgemacht hatten, die sie auseinandergebracht hatte. Doch dann hatte es eine bewegte Aussprache gegeben, und von da ab war es leidlich gegangen. Sein Vater war ein Hitzkopf. Als junger Mensch hatte ihn das vorangebracht. Da war er zwar kein Hitzkopf gewesen, aber ein rastloser, vorwärtsstrebender Mann, der die Gegebenheiten der Stunde erfaßt und sie sich zunutze gemacht hatte. Sein Familienleben war in diesen Aufbaujahren allerdings gänzlich in den Hintergrund gerückt. Seine Frau verkümmerte an seiner Seite und flüchtete sich in ihren Laden. Als er ihr dann aber auch noch weggenommen würde, weil Martin sein Anwesen am Markt an eine Warenhauskette verkaufte, war es ganz aus. Erst nach der Aussprache, die Christiane zuwegegebracht hatte, versuchten beide, einander näherzukommen. Manches war nicht zu ändern, weil die Gegensätze nicht zu übersehen waren, doch man war bereit, sie hinzunehmen. Doch ewig störte es Martin, daß seine Frau — eine Arzttochter! — ihm in seinen vielfachen Bestrebungen nicht folgen konnte. Als sein Sohn schließlich Rita vorstellte und heiratete, war er zufrieden. Sie half im Geschäft, und sie machte es großartig.

Nun aber „Krümelchen" — seine Frau. Auch hier war er unstet. Es gab Zeiten, da ließ er sie gewähren. Es gab sogar Momente, wo er sich sagte: sie hat eben andere Qualitäten, und wenn es in ihrem Kopf nicht reicht, um im Geschäft zu helfen, so ist sie doch unermüdlich um ihre Familie bemüht, hält Haus und Hof geradezu putzwütig in Ordnung, aber das ist immer noch besser, als wenn sie eine Schlampe wäre.

Dann wieder steigerte sich sein Verdruß bis zur Maßlosigkeit, wenn sie nicht da war, sondern im Brotshop gerade Meister-Backwaren einpackte und dafür die Kasse klingeln ließ. Genau diese Phase machte er zur Zeit durch. Als dann noch die Klage kam, daß sie Unregelmäßigkeiten verursachte, kannte sein hitziges Temperament keine Grenzen.

„Mutter", versuchte es Conny in Ruhe. „Sieh mal, vielleicht hat Vater nicht ganz unrecht. Soviel ich weiß, hast du Kummer mit deinen Beinen. Das kommt vom vielen Stehen, nicht wahr?"

Sie antwortete nicht. Sie saß in ihrem Sessel und weinte vor sich hin. Von ihrem Kopf konnte man nur ihr inzwischen aschblond gewordenes Haar mit dem Scheitel in der Mitte sehen. In den Händen, die im Schoß lagen, zerdrückte sie ein blütenweißes Taschentuch, das von den vielen Tränen feucht geworden war.

Conny setzte sich zu ihr auf die Lehrne und legte den Arm um ihre Schulter, und sie lehnte sich an ihn. Wenn Martin das doch tun würde! ging es ihr durch den Sinn. Früher hatte er das häufig getan. Ach, wo waren die Zeiten geblieben! Aber Conny denkt daran, wie man sich manchmal danach sehnt. Warum ist Conny nicht Martin?

Was hatte sie nur verbrochen, daß alles so schrecklich traurig war?! Das bißchen Verrechnen! War es denn wirklich so schlimm? Warum stellte Martin sich so an?

Daß präzise Ordnung — auch in einem Brotshop — vonnöten war, wollte sie nicht einsehen. So weit reichte ihre Vorstellungskraft nicht. Sie sah lediglich die Kunden, die sie freundlich, fast herzlich bediente, und sie dankte für jede noch so kurze Unterhaltung, die über das bloße Kaufen und Verkaufen hinausging.

„Wie wäre es denn, wenn du erst einmal ein paar Wochen Urlaub machtest, Mutter! Ist das ein Vorschlag?" fragte Conny und drückte ihre Schulter, um sie aufzumuntern.

Sie blickte auf. Die Tränen waren noch nicht versiegt, aber ein Hoffnungsschimmer zeigte sich schon in ihren lieben Augen.

„Du meinst ..."

Obgleich Martin dazwischenfahren wollte, brachte sein Sohn es fertig, ihn mit einem scharfen Blick daran zu hindern.

„Ein paar Wochen! Dann sehen wir weiter! Vielleicht solltet ihr wirklich einmal verreisen!" wandte er sich an seinen Vater. „Das habt ihr noch nie getan!"

Martin warf die Augen an die Decke. Verreisen! Er wollte gerade dazu Stellung nehmen, als ein heftiger Schmerz in seinen Augen ihn davon abhielt und ihm stattdessen ein lautes „Verdammt!" entfuhr. Er griff nach seinem Taschentuch und fuhr sich wütend über die herausströmenden Tränen.

Sofort meldete sich seine Frau.

„Wir werden nicht verreisen, aber wir werden endlich zum Augenarzt gehen! So geht das nicht weiter. Du mußt zum Arzt."

„Ich gehe zum Arzt, wenn es mir paßt!" antwortete er patzig.

„Nana, Vater! Mutter macht sich wirklich Sorgen. Warum willst du denn nicht hingehen? Irgend etwas mußt du doch unternehmen!"

„Jaja, ich gehe ja auch, ich kann nur nicht leiden, wenn ich herumkommandiert werde!"

„Wirst du doch gar nicht!"

Darauf sagte er nichts. Jedoch war es das erste Mal, daß Martin Berger sich bereitfand, zum Arzt zu gehen. Ärzte waren für ihn Quacksalber. Auch seinen Schwiegervater hatte er, als er noch lebte, nie aufgesucht. Allerdings hatte er sich gehütet, in seiner Gegenwart sein Mißfallen so offen zu bekunden. Daß er sich heute bereitfand, zu einem Augenarzt zu gehen, zeigte an, wie hilflos er im Grunde war. Die Schmerzen fingen an, unerträglich zu werden. Bisher hatte er immer noch gemeint, es wäre etwas Vorübergehendes, die Witterung vielleicht, oder es wäre etwas, womit sein Körper allein fertig werden müßte.

Ach, Martin Berger! Es war viel zu spät, nur wußte er das noch nicht!

* * *

Seit Tagen quälte Christiane sich mit dem Gedanken, was sie verkehrt gemacht haben könnte, weil Ulrich so einsilbig war. Wie oft stand er am Fenster und sagte nichts. Sie war überzeugt, er sah nichts von der Ebene, die so beruhigend wirkte und besonders abends eine friedliche Stille verbreitete.

Bevor der große Wechsel stattfand, hatten beide Grothes vereinbart und sich in die Hand versprochen, sich nicht zu erzürnen. Bei der Disziplin, die beiden eigen war, zankten sie sich ohnehin selten, hatten sie aber bisher Meinungsverschiedenheiten — und ganz sicher geht es ohne sie in einer Ehe nicht ab —, wurden sie mit geschliffenen Worten ausgefochten. Lächelnd sagten sie sich in wohlgeformten Sätzen Kränkungen, die manchmal so versteckt waren, daß schon ein scharfer Verstand dazugehörte, wenn man sie wahrnehmen wollte. Es war gewissermaßen ein Messen der Fähigkeiten! Wer konnte es am besten von den beiden?

Die Unterhaltung jedoch, die vor Ulrichs Pensionierung stattfand, war so warmherzig, daß sie sich schworen, damit aufzuhören.

„Ach nein, Christiane. Ich weiß, du bist darin ein Meister, aber laß es sein, bitte. Das Leben, das wir noch vor uns haben, sollte sich mit solchen Kränkungen nicht aufhalten. Gewiß werden wir nach wie vor in mancherlei Dingen verschiedener Meinung sein, aber es ist ja nicht nötig, daß wir sie so scharfzüngig verteidigen, wie wir es — wir beide, muß ich zugeben — (dabei lächelte er) getan haben!“ Und nach einigem Überlegen fügte er noch hinzu: „Ich meine allerdings, daß es auch nicht nötig ist, so zu poltern, wie Martin es tut!“

„Das würde dir auch nicht stehen, Ulrich! So kenne ich dich nicht!“

„Oh, sag das nicht. Bei der Marine habe ich manchmal ganz schön gepoltert!“

„Das kann durchaus sein, aber da warst du ein junger Mann und hattest die Weisheit des Alters noch nicht in dich aufgenommen!“

„Weisheit des Alters! Wie das klingt! Ich fühle mich noch nicht so alt, aber von der Weisheit ... nun ja“, sagte er nachdenklich, „vielleicht habe ich ein wenig davon gekostet!“

Das lag nun schon über ein halbes Jahr zurück.

Sie hatten sich tatsächlich daran gehalten. Christiane, nicht ganz so diszipliniert wie ihr Mann (obgleich man sie das „preußische Gewissen“ nannte), beobachtete sich selbst, wie sie sich fortan ihre Worte genau überlegte, bevor sie etwas entgegnete. Man konnte ihnen in der Formulierung sehr wohl die Schärfe und die Spitzzüngigkeit nehmen, wenn man darauf achtete.

Es war eine so wunderbare Vereinbarung gewesen, doch heute quälte sie sich mit dem Gedanken, was Ulrich beschäftigte und warum er es ihr nicht sagte. Hatte sie es vielleicht an etwas fehlen lassen und er sagte es ihr nicht aus lauter Höflichkeit — oder treu dem Vorsatz, sie nicht zu kränken?

War es vielleicht die Reiterei, ein Problem, das immer noch nicht geklärt war? War es ihm nicht recht, daß sie morgens wie eh und je für ein paar Stunden weg war und sich mit ihrer Fatima im Wald vergnügte? Mochte er ihr die Freude nicht nehmen und war dennoch ungehalten über ihre Abwesenheit? Sollte sie ihn ganz einfach fragen, ob sie es aufgeben sollte? Sie würde es tun, selbst wenn es ein Opfer für sie wäre. Und gerade das würde Ulrich nie von ihr annehmen. Niemals würde er zugeben, daß ihm ihre Abwesenheit am Vormittag nicht recht war.

Ach, dachte sie, schon immer habe ich bedauert, daß in unserer Ehe manches totgeschwiegen wird. Ich gebe ja zu, daß ich die Polterei von Martin auch nicht ausstehen kann, sie ist so zügellos, aber ist sie erst überstanden, kommt es mir vor, als wäre es ein reinigendes Gewitter gewesen. Nach einer solchen Auseinandersetzung ist Martin jedenfalls erleichtert und geradezu derbfröhlich mit Evchen.

Was mache ich nur?

Als sie Ulrich heute zum Frühstück bat, stand er bereits wieder am Fenster und rauchte. Das war auch etwas, was sie verwunderte. Ulrich hatte strikte Prinzipien — auch mit dem Rauchen. Wie er ihr erzählt hatte, hatte er schon während des Krieges mit seinen Offizieren eine Wette abgeschlossen, wonach sie nie vor 12 Uhr rauchen wollten. Inzwischen waren viele seiner Kameraden gefallen oder sie lebten schon nicht mehr, er wußte es nicht. Aber noch immer hatte er an dieser Wette festgehalten. Langsam war es keine Wette mehr, denn niemand konnte das nachkontrollieren. Es hatte sich schließlich eingebürgert, und in der PFI hieß es sogar: Geh' nach 12 Uhr zum Alten, wenn du etwas genehmigt haben willst. Erst wenn er seine Zigarre anzündet, ist er ein Mensch!

Bis nach New York war es gedrungen, daß der General Manager von Germany nicht vor 12 Uhr rauchte und man seine Uhr danach stellen konnte.

In der Tat war es so.

„Wir können frühstücken, Ulrich!" sagte sie. Sie hoffte, es hatte nicht ungeduldig geklungen, obgleich sie es war. Sie verließ das Haus immer gegen 8.30 Uhr, um zum Reitstall zu fahren.

Überhaupt hatten die Grothes einen festgefügten Tagesplan. Sie konnten nicht leben ohne ihn. Lediglich eine Stunde später als in alten Zeiten standen sie auf, doch das war auch alles. Auch daß Grothe nie anders als in „voller Montur" zum Frühstück erschien, war selbstverständlich. Als Martin Berger ihn einmal so antraf und sich darüber mokierte, erntete er von seinem Schwager nur zusammengepreßte Lippen, eine Eigenart, die Grothe schon im Geschäft hatte, wenn vor allem Mr. Forrester mit ungezügelten Bemerkungen kam und er sich nicht dagegen wehren konnte.

„Wir können essen, Ulrich, wenn du willst!"

Sie bekam keine Antwort. Da trat sie zu ihm und berührte seinen Arm.

„Ulrich, was ist denn?"

Er sah sie verständnislos an, und es war ihr, als käme sein Blick von weither. Ganz sicher war er mit seinen Gedanken woanders, nur nicht beim Frühstück und schon gar nicht bei ihr.

„Seit Tagen geht das nun schon so! Was bedrückt dich denn?"

Sie hatte den Ausdruck verkehrt gewählt.

„Bedrücken? Mich bedrückt nichts!"

Bestimmt war das nicht die Wahrheit, aber sie hütete sich, das laut zu sagen.

„Was ist es denn? Dich beschäftigt doch etwas! Habe ich etwas verkehrt gemacht? Habe ich dich gekränkt?"

Bei dieser Frage sah er sie scharf an. Was sollte dieser Unsinn!

„Ich habe schlechte Laune! Basta!" sagte er grob und ging an ihr vorbei ins Eßzimmer.

Diese Abfuhr war wie ein Schock für sie. Hatte er ganz vergessen, was sie verabredet hatten?

Sie folgte ihm und setzte sich ihm gegenüber. Das Frühstück verlief wortlos. Fast war es wieder so wie früher, wenn ihm etwas durch den Kopf ging. Wie oft war da das Frühstück ohne ein Wort verlaufen. Nicht einmal eine Bitte wurde ausgesprochen. An solchen Tagen hielt Grothe seiner Frau die Tasse hin, und sie füllte nach. Gott sei Dank machte er es nicht so wie Martin Berger, wenn er schlechte Laune hatte. Er klopfte mit dem Finger auf den Tisch und zeigte auf die leere Tasse. Und Krümelchen, total verängstigt, goß meistens den Kaffee so schwungvoll in die Tasse, daß er überschwappte.

Schweigend standen beide auf, und während Christiane abräumte und in die Küche ging, pflanzte sich Grothe wieder am Fenster in seinem Arbeitszimmer auf und rauchte bereits die zweite Zigarre an diesem Morgen.

Was habe ich vorhin zu meiner Frau gesagt? fragte er sich, als er die ersten Züge getan hatte.

Ich habe schlechte Laune! — Habe ich das wirklich gesagt?

Ich habe schlechte Laune! Basta! — Basta!!! Warum um alles in der Welt war ich so grob zu ihr? Ich war doch nicht mehr an Bord und hatte meine Crew vor mir! Basta!! Was fällt mir ein, so ausfallend zu werden?! Hatten wir uns nicht in die Hand versprochen, uns nicht zu erzürnen?

Wir haben uns ja auch nicht gezankt, nur ich bin unbeherrscht gewesen und habe sie vor den Kopf gestoßen!

Warum? Warum nur?

Er ließ sich in den Sessel fallen und legte vorsichtig die Zigarre auf den Aschenbecher. Er brauchte seine Hände, um sein Gesicht zu bedecken und ernsthaft nachzudenken, warum er sich so hatte gehenlassen.

Seit Tagen schon verfolgte ihn die PFI, eine bestimmte Phase, die er immer sehr wichtig nahm und die auch ganz bestimmt von ausschlaggebender Bedeutung war. Er konnte nicht davon loskommen, daß man in diesem Jahr ohne ihn nach New York flog. Schon die ganzen Wochen vorher mußte er daran denken, ob Schütz wohl die Anträge für die Neuanschaffungen richtig formulieren würde, ob er dem Hauptquartier seine Wünsche richtig verkaufen oder ein „Nein" ernten würde.

Grothe hatte sich immer gefreut auf die Tage in New York. Sie waren spannungsgeladen, doch er flog gewöhnlich bestens vorbereitet hin. In den letzten Jahren war Schütz schon dabeigewesen, und beide hatten ihre Begründungen genau ausgearbeitet. Sie hatten Zahlen und Daten im Kopf gehabt.

Die Budget-Besprechungen!

Immer war Grothe erfolgsgekrönt wieder nach Hause gekommen. Man hatte ihm alles genehmigt, was er für seine Fabriken haben wollte. Nur konnte man bei ihm auch sicher sein, daß er nichts Unmögliches verlangte. Außerdem waren seine Bilanzen untadelig. „Frisieren" — das Wort gab es nicht in Grothes Finanzen. Das wäre auch gar nicht möglich gewesen. In New York saßen schließlich auch keine Dummköpfe, die man hätte hinters Licht führen können.

Grothe schätzte solche Besprechungen! Sicher waren sie anstrengend, doch in Auslotung all seiner Fähigkeiten machte ihm gerade diese Anspannung Freude, zeigte sie ihm doch, daß er solchen Verhandlungen durchaus gewachsen war.

Und gerade das war es, was ihm jetzt durch den Kopf ging. War es vielleicht doch nicht richtig gewesen, sich so spontan von allen Ämtern in den verschiedenen Gremien zurückzuziehen? Grothe war, bevor er aufhörte, von der übertriebenen Sorge gepeinigt worden, daß man ihn nicht mehr haben wollte, wenn er das Pensionsalter erreicht hatte. Hinzu war noch die Überlegung gekommen, daß ein Mensch, der den direkten Kontakt zum Wirtschaftsleben auf Grund seines Alters verloren hatte, nicht mehr die richtige Übersicht besaß. Er war „weg vom Fenster".

„Ich bin weg vom Fenster!" sprach er vor sich hin. „Ich bin einfach weg vom Fenster!" Aber es liegt so viel brach! dachte er weiter. Ich sitze hier und habe nichts zu tun, halte mich an der Zeitung fest und könnte Schütz behilflich sein bei den Vorbereitungen zu den Budget-Besprechungen. Ich könnte ihm noch so viel sagen — wie er sich zum Beispiel Williams gegenüber verhalten soll, was er sagen soll, wenn die und die Frage an ihn gerichtet wird, daß Howard Spring, der Präsident, zum Beispiel ganz präzise Antworten verlangt und er sich nicht mit Halbheiten herausreden kann, daß Robertson ein Schwätzer ist und Elliot eine ähnliche Mentalität hat wie Forrester, daß er sich hüten soll vor Hudson, der die Deutschen nicht ausstehen kann. Aber das weiß er ja selbst, ist er doch seit ein paar Jahren mitgeflogen! — Immerhin, was er braucht, ist eine Unterstützung, wenn es um die Anschaffung neuer Maschinen geht. Er ist kein Techniker und kann sicher nicht so präzise Auskunft geben, wie es manchmal gewünscht wird! Und schon heißt es dann „No!".

Grothe griff wieder zur Zigarre. Sie war noch nicht ausgegangen. Nervös tat er ein paar Züge, bis sie wieder glühte.

Warum nur habe ich mich heute dazu hinreißen lassen, Christiane so anzufahren? Habe ich mich so wenig in der Hand, daß mich der Abflug von Schütz derartig aus der Fassung bringt?

Er hörte, wie Christiane in der Küche arbeitete. Doch das Geräusch verflog sofort wieder.

Er lehnte sich zurück. War es wirklich Schütz' Reise? Beneidete er ihn? Nein, ach nein, das war zu einfach!

Etwas ganz anderes war es, was ihn bewegte und was schon seit Tagen in ihm arbeitete. Hatte er das nicht schon mal erlebt? Schon mehrmals?

Und diesmal war es wieder so! Das erste Mal rief er sich selbst zur Ordnung, und bei den anderen Gelegenheiten gab es jeweils ein Äquivalent, das ihn ablenkte.

Heute hatte er nichts, was ihn davon abhielt, daß die volle Wirkung ihn traf. Aber ...

„Christiane!“ rief er. „Christiane, bist du noch da?“

Er wußte jetzt genau, was in ihm vorgegangen war ...

„Ja!“ hörte er.

Es klang wie ein unterdrücktes Schluchzen.

Mit großen Schritten war er bei ihr in der Küche. Sie hatte gerade alles weggestellt und wollte sich für den Ausritt fertigmachen.

„Christiane!“ sagte er und tat etwas gänzlich Ungewohntes. Er nahm sie in die Arme und vergrub seinen Kopf an ihrer Schulter.

„Wie konnte ich dich nur so kränken! Ich bin ... ich meine, nie im Leben wollte ich das! Entschuldige, ach entschuldige bitte!“

Christiane hielt ganz still. Entschuldige bitte! Das Wort hörte sie zum ersten Mal von ihm. Noch nie hatte er es über die Lippen gebracht.

Sie hatte ihm schon vergeben, als er sie in die Arme genommen hatte.

„Was hat dich nur so verstört, Ulrich? Ich habe mir den Kopf zerbrochen ...“

„Ach, wenn ich dir das so schnell sagen könnte!“

Er kam hervor aus seinem Versteck und sah sie an. Da standen sie in der Küche — an einem frühen Morgen — und Ulrich Grothe mußte sich erst sammeln.

Die Reitstunde war vergessen. Dies hatte Vorrang.

Sie gingen wieder ins Wohnzimmer. Christiane setzte sich, während Ulrich eine Position einnahm, die es verhinderte, daß er seine Frau ansehen mußte.

Wie auf einer Kommandobrücke steht er da! dachte sie flüchtig.

„Weißt du“, begann er, „es ist wie ein Kommen und Gehen von Wellen. Man macht Phasen durch, da berühren einen die Vorgänge in der PFI wenig — und dann wieder solche, da wird das Nicht-Dabeisein-Können zur Qual.“ Er machte die Bewegung einer Welle nach. „Ich habe das schon häufiger erlebt, aber diesmal war es wie eine Sturzwelle.“

„Und warum? Liegt irgend etwas Besonderes vor?“

Grothe nickte. „August/September, erinnerst du dich nicht, daß ich da immer nach New York geflogen bin zu den Budget-Besprechungen?“

Christiane lehnte sich zurück, irgendwie erleichtert, daß sie nun den Grund wußte.

„Das war es also!“

Er drehte sich um und kam zu ihr. Dabei legte er die Hände auf ihre Schultern.

„Das war es! Und nicht etwa du hast etwas verkehrt gemacht! Ach, Christiane! Ich fürchte ... es geht eben doch nicht so schnell, wie ich dachte. Und auch nicht ohne Probleme!“

Sie kreuzte die Arme und strich zärtlich über die Hände, die auf ihren Schultern ruhten.

„Das ist ganz natürlich. Quäle dich nicht damit, Ulrich! Ich bin so froh, daß ich weiß, was dich bedrückt. Das ist mir wichtiger als alles andere."

„Es wird sicher noch häufiger vorkommen, fürchte ich. Dazu war man zu verwachsen mit allem!"

„Ich weiß! Es wird wiederkommen und wieder weggehen — wie das Kommen und Gehen von Wellen! Doch sie werden flacher und flacher und eines Tages werden sie geglättet sein!" sagte sie tröstend.

* * *

„Wieviele Busse, sagst du?" fragte Lothar Steiner seinen Sohn.

„Drei und noch ein paar Privatwagen!"

„Das wären 150 Gäste ungefähr!"

„Mehr! 175 sagte man mir!"

Diese knappe Unterhaltung spielte sich gehetzt im Flügelhaus bei den alten Steiners ab.

Wolfgang war in Bedrängnis. Da waren plötzlich drei Busse vorgefahren, ein Senioren-Ausflug vom Roten Kreuz, und alle wollten im Hotel zur Post Kaffee trinken und Kuchen essen.

„Sie waren sehr höflich und fragten, ob es wohl ginge!" erläuterte Wolfgang. „Aber dieser Überfall!"

„Du kannst mir nachher alles erzählen! Ich komme, mein Junge! Ich komme sofort. Ich muß mich nur noch schnell umziehen! In fünf Minuten bin ich da und helfe!"

„Ich helfe auch!" sagte Petra, obgleich sie mitten im Packen für ihre Reise war.

„Das ist wirklich nicht nötig, Mutter!"

„Das Packen kann ich heute abend machen. Zwei Hände mehr in der Küche! Wenn ich auch nicht mehr so flott gehen kann, mit den Händen kann ich noch eine Menge schaffen!"

Er sah sie liebevoll an.

Wenn man sie braucht, sind sie da! Sie sind immer da, wenn man sie braucht! mußte er denken, während er vom Flügelhaus wieder ins Hotel eilte.

„Ist genug Kuchen da?" rief Vater Steiner ihm nach.

„Ganz bestimmt! Ich habe eine Menge tiefgefroren, und es ist ja kein Problem mit der Mikrowelle!" Letzteres hatte Lothar schon nicht mehr gehört, aber das machte nichts.

„Sie kommen!" sagte Wolfgang zu seiner Frau. Beide neigten nicht dazu, so schnell die Nerven zu verlieren, aber dies war wirklich ein Überfall. Der alte Weidemann hatte heute seinen freien Tag. Die Lehrlinge waren in der Berufsschule. Es war wie eine Feuerprobe. Zwar hatte dieser Besuch der

Senioren nichts mit einer Tagung zu tun, wie Wolfgang sie für sein Hotel erstrebte, doch ein Sturzgeschäft war es ganz bestimmt.

Während Lothar Steiner sich umzog und seine Frau sich eine frische Schürze aus dem Schrank holte, sagte sie:

„Erinnerst du dich an eine Szene, genau wie diese, nur liegt sie schon mehr als dreißig Jahre zurück?! Wir waren jung verheiratet. Da kam ich auch ins Flügelhaus gestürzt und erzählte dir von einem Omnibus, der mich aus der Fassung brachte! — ‚Keine Panik!' sagtest du und nahmst mich in die Arme. ‚Ich komme sofort!' Du ahnst nicht, wie mich das beruhigte!"

Sie band sich ihre Schürze um und mußte lächeln. Es geschah so selten, daß sie lächelte. Immer noch plagten sie die Schmerzen in der Hüfte, wenn sie auch zugab, daß sie langsam weniger wurden. Das war ja der Grund, weshalb sie zur Kur sollte.

„Dabei wollte ich doch nicht, daß du dich im Hotel betätigst!" nahm sie den Faden wieder auf. „Erinnerst du dich?"

Er nickte, während er in seine dunkle Jacke schlüpfte. Auch er lächelte und strich dabei über ihre Wange.

„Mein armes Mädchen! Was hast du dir damals für Gedanken gemacht um meine künstlerische Karriere!"

„Die mache ich mir heute noch, Lothar! In Abständen frage ich mich immer wieder, ob ich recht daran tat, dich so ins Hotelgeschäft einzuspannen!"

„Ach komm, ich möchte dir ja gerne deine Illusionen lassen, aber ..."

„Was aber?" fragte sie im Hinausgehen. „Wieder diese Bescheidenheit?"

„Das ist keine Bescheidenheit! Ich bin ganz sicher kein As unter den Pianisten! Sicher nicht! — Hoppla!" Schnell griff er ihr unter die Arme, als sie zu stürzen drohte. „Wo hast du deinen Stock?!"

Sie war noch nicht fertig mit dem Schock.

„Vergessen!" sagte sie schuldbewußt.

Er schüttelte den Kopf — lächelnd.

„Statt über meine verpatzte Karriere nachzudenken, solltest du lieber das Naheliegende nicht vergessen. Hier!" Er reichte ihr den Stock, und dann gingen sie schnell durch den Garten an den vielen alten, wartenden Gästen vorbei ins Haupthaus.

In der Küche summte es wie in einem Bienenkorb. Die Kaffeemaschinen, die Wasserkessel, das Geklapper mit dem Geschirr, das Geklirre mit den Bestecken. Lothar, selbst einer der Senioren mit seinem weißen Haar, nahm die Bestellungen auf und hatte für jeden ein liebenswürdiges Wort. Wenn ihm früher daran lag, dem Gast das Gefühl zu geben, er wäre nur für ihn da, war er heute etwas freier und sagte schon mal ein paar Worte, die nicht nur auf das Wohlergehen des Gastes ausgerichtet waren.

Senioren! dachte er. Sie werden heutzutage so leicht stiefmütterlich behandelt, daß sie für jede kleine Geste dankbar sind. Es war ein leichtes, sie um Geduld zu bitten. Sie hatten Zeit und wollten sich nicht den Tag verderben lassen.

„Daß wir hier Kaffee trinken können, Herr Ober", sagte man an einem Tisch zu ihm, „das ist wirklich großartig. Wer konnte denn ahnen, daß Wilkens heute nacht abbrennen würde!"

Lothar blickte auf.

„Wilkens ist abgebrannt?"

„Das war es ja eben!" erläuterte der nächste Gast. „Wir waren dort angemeldet, aber in der Aufregung hat natürlich niemand das Rote Kreuz verständigt!"

„Vielleicht konnten sie es auch gar nicht mehr. Das Haus ist ja bis auf die Grundmauern abgebrannt!"

Lothar hatte Mühe, sich zu konzentrieren, die Bestellungen aufzunehmen und dann möglichst jedes Wort aufzufangen, was über den Brand bei Wilkens gesagt wurde.

Hotel Wilkens! Es lag rund 50 Kilometer von Bad Marienfelde entfernt, mitten im Wald — ein wundervoller Platz zum Erholen und ein gut geführtes Hotel, kleines als die „Post", aber tadellos in Ordnung. Zu gern hätte er gefragt, ob man die Ursache des Brandes wüßte, aber er mußte die Bestellungen weitergeben.

„Brandstiftung!" hörte er an einem anderen Tisch.

„Warum? Warum Brandstiftung? Ich habe nie gehört, daß es dort Unstimmigkeiten gab!" wurde erwidert.

„Das kann man nie so genau sagen — als Außenstehender!"

„Hatten die Wilkens nicht eine Tochter, die nicht ganz richtig im Kopf ..."

Lothar ging weiter.

Gesprächsfetzen. Alles konnte stimmen, nichts konnte es am Ende sein.

„Kurzschluß!" fing er irgendwo auf. Und schließlich fand er sich in der Küche wieder und gab die Bestellungen weiter.

Wie eigentümlich! dachte er, als er einen Augenblick zur Ruhe kam. Niemand erwähnt die Menschen, die das Unglück getroffen hat. Warum nicht? Ist das Gedankenlosigkeit oder noch immer ein Hunger nach Sensationen? Ich kann mir nicht denken, daß Menschen — Senioren, die in ihrem Leben schon viel gesehen und erlebt haben — noch immer begierig sind, etwas Sensationelles zu zerpflücken. Man sollte meinen, sie wären eher darauf bedacht, ihre Mitmenschen zu verstehen und ihnen zu helfen, wenn sie darum gebeten werden.

So dachte Lothar Steiner, doch nicht jeder war wie er.

Heute zum Beispiel wurde seine Hilfe gebraucht. Er war sich vollkommen im klaren darüber, daß er seit Wochen nicht mehr im Hotel gewesen war — genau genommen, seit dem Tage, als Wolfgang ihm eröffnet hatte, er wollte seinen Traum nicht verwirklichen. Das Hotel zur Post könnte kein Kleinod werden. Seither mußte Lothar Steiner die Feststellung machen, daß das Geschehen im Hotel ihn nicht mehr so intensiv berührte wie zuvor. Es betrübte ihn selbst, doch konnte er sich nicht dagegen wehren, daß die Gleichgültigkeit immer mehr in seinem Innern Raum faßte. Bis heute! Heute war sein Sohn gekommen und hatte ihn um Unterstützung gebeten.

Auch Wolfgang war es aufgefallen, daß sein Vater das Hotel mied, doch war seine Einstellung eine andere.

Gut! dachte er. Wie gut, daß Vater von sich aus die Segel streicht. Ich hätte es bei seiner angeborenen Höflichkeit nicht fertiggebracht, ihm das Haus zu verbieten! Ach, verbieten! Das wäre ohnehin ganz unmöglich gewesen. Ich hätte es nicht einmal fertiggebracht, ihm nahezulegen, sich langsam zurückzuziehen. Wenn Menschen so offenbar die Höflichkeit zu ihrem Schild machen, sind sie letzten Endes immer die Sieger.

Aber nun? Vater kam nicht mehr. Es ging alles ohne ein Wort der höflichen Mahnung. Man traf sich im Flügelhaus. Man traf sich im Garten — nur im Hotel traf man sich nicht mehr.

Bis heute! Und was machte Vater Steiner? Wie selbstverständlich ließ er seine Zeichnung, mit der er sich gerade beschäftigte, liegen und war sofort bereit.

Als alle 175 Gäste versorgt waren und man eine knappe Ruhepause hatte, standen Wolfgang und sein Vater in der Tür zum Garten. Es war ein strahlender Sonnentag.

Die meisten Gäste saßen unter der schattigen Kastanie, andere in den Nischen der altmodischen Buchsbaumhecke, der Rest im Hause. Mit wachsamen Augen beobachteten sie ihre Gäste für den Fall, daß jemand noch einen Wunsch hatte. Und doch brachten sie es fertig, miteinander zu reden, ohne daß es von anderen gehört wurde.

„Danke, Vater! Das war großartig von dir!"

„Nun, das war doch selbstverständlich. Übrigens ist deine Mutter auch mal vor vielen, vielen Jahren ins Flügelhaus gekommen, vollkommen aufgelöst, weil ein Bus eingetroffen ist! Heute waren es drei!"

„Eben! Hast du gehört, daß Wilkens abgebrannt ist? Das war ja der Grund!"

„Ja, ich hörte es von den Gästen!"

„Ich komme!" rief Wolfgang und verschwand.

Lothar sah ihm nach. Er hatte nicht gesehen, daß jemand die Hand gehoben hatte.

Das machte ihn nachdenklich.

Wenn ich schon nicht mehr sehe, daß Gäste meine Hilfe haben wollen, wer weiß, vielleicht ist es dann besser, wenn ich mich zurückziehe. Ich habe ja immer noch Momente, wo ich ins Hotel gehen möchte wie früher. Weiß Gott, es fiel mir schwer, mich nicht mehr sehen zu lassen, seitdem Wolfgang mir so unmißverständlich gesagt hat, daß meine Idee mit dem Kleinod nicht zu verwirklichen ist! Ich war so gekränkt, daß ich fernblieb in der Meinung, er würde es eines Tages einsehen und ins Flügelhaus zurückfinden.

Wie dumm von mir! Und wie engstirnig! Ich hätte nicht gedacht, daß ich mich zu einem so billigen Wunschdenken hinreißen lassen würde! Auch als er heute kam, dachte ich im ersten Augenblick: Nein, ich werde nicht gehen! Soll er doch sehen, wie er fertig wird! Aber dieser Gedanke dauerte nicht einmal eine Sekunde.

Oder war es etwas anderes? Doch nicht etwa Rache? Ich und Rachegefühle? Nein, so kenne ich mich nicht! Es war ja auch gleich vorbei, keine Sekunde hat es gedauert. Da fand ich schon wieder zu mir. Nie hätte ich es fertiggebracht, unseren Sohn im Stich zu lassen! Und Petra auch nicht!

Durch das geöffnete Fenster konnte er sie in der Küche sehen. Wie gut, daß jemand ihr einen Stuhl zugeschoben hatte. Auch sie hatte eine kurze Verschnaufpause und fächelte sich mit ihrem Schürzenzipfel. Mit einem Schritt war er am Küchenfenster und winkte ihr zu.

„Ist gleich vorbei!" sagte er leise. „Die ersten brechen schon auf. Willst du nicht schon hinübergehen!"

„Ach nein, ich warte noch, bis das Geschirr wieder hereinkommt. Renate und ich können es dann in die Maschinen stellen. Dann ist gleich wieder Ordnung."

Er lächelte ihr zu.

Sie sah müde aus. Im Laufe der Jahre war ihr Gesicht immer kleiner geworden und ihre Augen immer größer. Schon als junges Mädchen waren sie groß gewesen und immer ein bißchen verschreckt. Petra Wiesner — Petra Steiner trug ein Familienerbgut in sich, das ihr Sohn mit einer Gewaltanstrengung besiegt hatte und das sie tapfer bekämpfte. Auch sie hatte in jungen Jahren die Befürchtung gehabt, sie würde Schwierigkeiten aus dem Wege gehen, indem sie sich aus dem Leben stahl. Ihr Bruder hatte es so gemacht, ihr Großvater. Ihr Vater? Ihn hatte man im Marienfelder Wald gefunden und es Herzversagen genannt. In der Familie ihres Vaters hatte es eine ganze Reihe von Mitgliedern gegeben, die es sich so einfach gemacht hatten. Und wieviele Schwierigkeiten hatten sich vor Petra Wiesner aufgetürmt, ehe sie den Künstler Lothar Steiner hatte heiraten dürfen! Von da ab hatte sie einen Beschützer. Lothar wachte über sie, Lothar war immer da, wenn sie von Stimmungen gequält wurde, die ihr eine bequeme Lösung vorgaukelten. Es sah so aus, als wäre das jetzt überwunden.

Hoffentlich.

* * *

Liebste Melanie!

Es war eine Freude, Deinen Brief zu empfangen und vor allem zu lesen, daß Du gern wissen wolltest, wie ich mit dem Ruhestand von Ulrich zurechtkomme.

Da Dein Mann in aller Kürze auch pensioniert wird, will ich Dir gern meine Erfahrungen weitergeben, allerdings auch nur Dir. Du weißt, ich würde mich sonst wohl kaum bereitfinden, über meine Beobachtungen zu berichten. Aber du bist meine einzige Freundin, zu der ich rückhaltlos offen sein kann und auch offen sein möchte. Irgendwo muß man seine Gedanken aussprechen können und einen Partner finden. Bei aller Disziplin, die mir nachgesagt wird, das kann ich einfach nicht — alles in mich aufnehmen und nirgendwo Gelegenheit haben, es auszupacken. Tagebücher sind mir ein Greuel, da gibt es ja keinen Widerhall.

Ich bin dankbar, daß es Dich gibt. Wieviele Jahre kennen wir uns nun schon! Gemeinsam beendeten wir unsere Ausbildung und gingen dann eigene Wege, Du nach Bonn, ich nach Hamburg. Viel geschrieben haben wir uns nie, aber das bedeutete ja nicht, daß der Kontakt abgerissen war. Manchmal braucht man keine Korrespondenz, und doch ist man sich nahe. Dein Leben als Frau eines Diplomaten war später ohnehin so vielseitig, daß ein Zusammensein immer nur schwer einzurichten war.

Weißt Du noch, wie wir uns in Marienfelde sehen wollten, kurz bevor Ihr nach Japan reistet? Das war in den sechziger Jahren. Es wurde damals nichts, weil Ulrich hier Ministerbesuch erwartete.

Und dann kam doch alles ganz anders. Damals sehnte ich eine Aussprache mit Dir herbei. Meine Ehe war so erfolglos verlaufen, daß ich die Trennung erwog, Dich aber erst zu Rate ziehen wollte. Mehr als zwölf Jahre hatte ich mir gesagt: Liebe ist eine Aufgabe! Aber — Ulrich war überhaupt nicht zu erreichen, er wollte meine Hilfe gar nicht. Er war mit der PFI verheiratet, aber nicht mit mir.

Am nächsten Tag — dem Tag, als der Minister kam — erlebte ich dann, daß ich auf schnellstem Wege Mr. Forrester nach Frankfurt zum Flugplatz bringen mußte, weil seine Frau in Paris einen schrecklichen Unfall erlitten hatte.

Auf der Rückfahrt von Frankfurt nach Marienfelde habe ich dann wohl meinen Schwager, der auf der gleichen Strecke unterwegs war, in vollkommene Verwirrung gebracht. Jedenfalls kam Martin Berger nach Hause, lief zu Ulrich und berichtete ihm aufgelöst, ein blauer Mercedes wäre die Böschung heruntergerast und in Brand geraten. Am Steuer saß eine Dame. Alles, was er sonst über die Dame erfahren konnte, ihren Anzug, ihr Aussehen und so weiter, alles traf genau auf mich zu — und das Nummernschild des Wagens war verbrannt.

In der Tat gab es einen zweiten blauen Mercedes mit einer Dame am Steuer. ‚Sieh da, ein Zwilling!' dachte ich noch und nickte der Dame beim Überholen zu, aber das paßte ihr gar nicht, und so überholte sie mich dann wieder. Sie muß es gewesen sein, die so schrecklich ums Leben kam. Ich erfuhr erst davon, als ich nach Hause kam und Ulrich so verzweifelt vorfand, daß mein fester Vorsatz, unsere Gemeinsamkeit aufzugeben, zu Asche wurde.

Ich glaube, ich habe Dir nie so genau darüber berichtet, daß das unpersönliche Leben an der Seite von Ulrich Grothe der Grund war, weshalb ich eine Aussprache mit Dir herbeisehnte.

Ich meine, ich sollte dies alles nochmal erwähnen. Dieses Erlebnis gehört mit zu meinem Leben, weil es sich von stundan so entscheidend änderte.

Doch nun zu unserem Thema: Ruhestand, Pensionierung, nenne es, wie du willst. Es ist ein gewaltiger Wechsel.

Wir meinten, wir hätten uns so gut darauf vorbereitet, und doch machen wir die Feststellung, daß die PFI Ulrich noch immer in ihren Klauen hat — und wenn das nicht der richtige Ausdruck ist, so ist er noch lange nicht so weit, ein Äquivalent in seinem Gedankengut gefunden zu haben, das die Stelle der PFI einnimmt. Wie sollte er auch! Die PFI ist ständig in seinem Blickfeld. Erst war er geschmeichelt, wenn nicht gar glücklich, wenn er gerufen wurde. Er ließ alles stehen und liegen und machte sich auf den Weg zur PFI. Dann wurde ihm klar, daß er damit seinem Nachfolger nur wenig half, im Gegenteil! Er hielt die Leute nicht nur von der Arbeit ab, er verdrängte damit auch seinen Nachfolger Jochen Schütz, der es ohnehin schwer hatte, sich Anerkennung zu verschaffen. Sein Werkmeister schließlich öffnete ihm die Augen.

„Für uns sind Sie immer noch der Chef!" sagte er, als er sich wehklagend hier einstellte. Weißt Du, ältere Leute können sich nur schwer mit einem Wechsel abfinden. Sie wollen nicht einsehen, daß der Neue auch seine Qualitäten hat. Sie geben sich nicht einmal die Mühe, sie zu suchen. Was immer der Neue anstellt, es ist von vornherein „Mist" oder „Quatsch" oder „dummes Zeug"!

Nun aber Ulrich selbst!

Ich brauche kaum zu erwähnen, daß die reichliche Zeit, die in den ersten Wochen vorhanden war und wie Urlaub aussah, schnell ausgefüllt wurde mit tausend kleinen Wünschen in Haus und Garten. Ich merkte, daß Ulrich Freude daran hatte, Werkzeug zu gebrauchen. Vielleicht erinnerte ihn das an ganz frühe Zeiten. Auch in seine oder besser gesagt in unsere Finanzen kam nun endlich Ordnung. Ich habe sie zwar all die Jahre verwaltet, aber ich verstand wenig davon.

Aber ... und das wunderte mich sehr, in zwei oder drei Wochen war alles geschafft, und Ulrich hielt sich an der Zeitung fest. Eine ganz schlimme Zeit! Pausenlos machte ich mir Gedanken, womit man ihn wohl beschäftigen könnte. Dann griff er zum Buch, zum politischen Buch, zum technischen Buch. Er bestellte sich Zeitschriften, die mit Technik zu tun hatten. Er kaufte sich Wirtschaftsmagazine. Eine Unruhe hatte ihn ergriffen, der er nicht Herr werden konnte.

Wie oft habe ich mich in dieser Zeit gefragt, ob es richtig war, die Brücken so vollständig abzubrechen. Ich meine damit, daß er sich von allen Gremien verabschiedete, in denen er außer der PFI noch tätig war. Dem Verband der kartoffelverarbeitenden Industrie zum Beispiel hat er neun Jahre als Präsident vorgestanden. Warum machte er das nicht weiter? Der Vorstand hat ihn geradezu gedrängt. Aber immer wieder kam er mit der Version, wenn man seinen Posten aus Altersgründen aufgäbe, wäre man weg vom Fenster. Ich weiß nicht, ob er da richtig handelte. Es liegt so unendlich viel brach, was noch nutzbringend angewendet werden könnte.

Ich hörte mal, wie ein älterer Herr — in ähnlicher Situation wie Ulrich — sagte: Es geht ja nicht ums Verdienen, aber warum läßt man uns nicht unsere Erfahrungen weitergeben, damit wenigstens ein Teil verwertet werden kann. Es könnte eine Menge Zeit und Geld gespart werden, wenn man uns vorher anhörte.

Dagegen spricht wiederum die Tatsache, daß noch kein Mensch und kein Konsortium das gewollt hat. Jeder will seine eigenen Erfahrungen sammeln und, das gebe ich zu, sie sehen ja auch immer anders aus. Die Zeit schreitet fort, und immer wieder hat die Welt ein anderes Gesicht.

Doch weiter mit Ulrich selbst.

An ihm stellte ich sehr viel Erfreulicheres fest.

Eines Tages kam er in die Küche, setzte sich auf den kleinen Schemel und sah mich lächelnd an.

„Was gibt es denn heute?“ fragte er. Ich glaube, ich habe ihn verdutzt angesehen. Er fragte nie danach, was auf den Tisch käme. Es war ihm gleichgültig. Essen war ein notwendiges Übel. Man mußte schließlich bei Kräften bleiben.

Ich faßte mich aber schnell und sagte es ihm.

„Nicht schlecht!“ meinte er und ging wieder. Bei Tisch lobte er dann meine Kochkunst! (Sie ist nicht alle Welt, muß ich gestehen!)

Zu dem Zeitpunkt war ich noch nicht sicher, ob er es nicht aus reiner Höflichkeit sagte, aber inzwischen ist er häufiger in die Küche gekommen und hat in die Töpfe gesehen, so daß ich annehme, es war nicht nur Zeitvertreib.

Ganz verwirrt war ich aber, als er eines Tages ohne jeden Grund in die Küche kam, gerade als ich das Kaffeegeschirr wegstellte. Es gab also gar keine Töpfe, in die er seine Nase stecken konnte.

Ich hatte die Tassen noch in der Hand, als er mich plötzlich in die Arme nahm und mir einen herzhaften Kuß auf den Mund drückte.

Also ehrlich, Melanie, so etwas war vollkommen aus der Reihe!

Das hatte Ulrich noch nie getan. Das lag überhaupt nicht in seiner Natur, so beherrscht und korrekt, wie er immer ist.

„Ulrich!“ sagte ich denn auch, als ich wieder atmen konnte. „Was ist los?!“

„Was soll los sein?“ lachte er spitzbübisch (mein Ulrich und spitzbübisch! Aber genau so war es!) „Nichts ist los! Ich hatte nur mal Lust, dich zu küssen! Ist das so schlimm?“

Ich mußte mich erst fassen.

„Nein, natürlich nicht ... im Gegenteil ...“ und dann paßte ich mich seiner Stimmung an, „sowas kannst du ruhig öfter tun!“

Seither ist unser Leben anders — irgendwie gelockerter, nicht mehr so streng, so korrekt, so kühl, Du weißt schon, was ich meine!

Wir lachen viel mehr als sonst, und ich frage mich manchmal, ob sich wohl langsam — sicher nicht von heute auf morgen — ein Ulrich zeigen wird, wie er einmal gewesen sein soll?

Du weißt doch, daß Ulrich schon einmal verheiratet gewesen ist, mit Andrea Krogmann, Tochter eines Bauunternehmers, bei dem er auch anfangs tätig war. Es waren nur zwei Jahre, aber immer wieder wurde mir gesagt (nicht von ihm, aber von seiner Schwiegermutter, die Andreas Stiefmutter war, eine sehr gebildete Dame), es wären zwei glückliche Jahre gewesen, selbst wenn Andrea ein liebes, oberflächliches und nicht gerade intelligentes Kind gewesen wäre. In den zwei Jahren gleich nach dem Kriege hätte er gar keine bessere Frau finden können. Außerdem hätte sie ihn geheiratet und nicht er sie!

Diese Andrea verfolgte mich viele Jahre, denn Ulrich brauchte lange, ehe er den Schock ihrer plötzlichen Todes — ein Autounfall — überwand.

Um nun auf das Thema zurückzukommen: es heißt, in diesen zwei Jahren wäre Ulrich wieder froh geworden und hätte allen Unsinn, den Andrea sich ausdachte, mitgemacht. Ich hatte bisher immer geglaubt, er hat ihn mitgemacht, um die schrecklichen Kriegserlebnisse und die Misere innerhalb seiner Familie (sie sind alle irgendwie umgekommen) zu übertönen, aber langsam merke ich — zumindest meine ich es —, daß es diesen heiteren Ulrich wirklich gibt. Er muß nur Zeit haben, sein ureigenes Wesen wieder zum Vorschein zu bringen.

Damit, meine liebe Melanie, bin ich vorerst am Ende meines Berichts.

Ach, wie gut war es, das alles einmal zu erzählen. Mir ist, als säßen wir zusammen in unserem Wohnzimmer. Es ist ein Segen, daß Ihr jetzt in Bonn wohnt. Da Ihr soviel in der Weltgeschichte herumgewandert seid, sollte man Deinen Mann die kurze Zeit, die ihm noch bis zur Pensionierung bleibt, im Auswärtigen Amt lassen. Ich gebe ja zu, man kann heute innerhalb eines Tages von Südafrika nach Deutschland kommen oder von Tokio nach Frankfurt — alles kein Problem mehr! Doch ist mir der Gedanke, daß Du in Bonn erreichbar bist, sehr viel angenehmer, als wenn ich ein Flugzeug besteigen müßte, um Dich am anderen Ende der Welt aufzusuchen.

Mit herzlichen Grüßen schließe ich.
Immer Deine Christiane.

* * *

Mit einem lauten Knall hatte Martin Berger seine Schreibtischtüren geschlossen und die Schubladen zugeschoben. Dann war er aufgestanden, hatte seine Leitzordner in den Bücherschrank gestellt und schließlich die altmodische bronzene Jugendstillampe auf dem Schreibtisch, deren Stiel „Dame mit Hund“ darstellte, ausgeknipst.

„Also gut!“ sagte er gekränkt. „Machen wir Ferien!“ Er kam hinüber zum Rauchtisch, nahm sich eine seiner ganz guten Zigarren aus dem geschnitzten Kasten und ließ sich demonstrativ in den pompösen Sessel fallen.

Evchen Berger wagte ein scheues Lächeln, sein Sohn schmunzelte und wartete, bis Vater Berger seine Zigarre in Brand gesetzt hatte.

„Was nun?“ fragte Martin und räkelte sich in seinem Sessel. „Was soll ich nun tun?“ Er wollte damit zeigen, wie verschwenderisch er Ferien fände und daß er nichts damit anzufangen wüßte. Das Nachdenken müßten schon andere für ihn tun.

Conny durchschaute ihn. Er tat ja nur so. Auf jeden Fall ließ er einmal ab von seiner Beschäftigung mit Geld. Es war schon viel, daß er sich von seinem Schreibtisch entfernte und am Rauchtisch niederließ.

„Also was ist nun? Was soll ich machen?" fragte er erneut und grinste bereits.

„Ferien sollst du machen! Paß auf! Morgen setzt du dich mit Mutter ins Auto und fährst ... ja, wohin möchtet ihr denn? An die See? In die Berge?"

„Erzähl' du mir doch nicht, daß wir da noch ein Zimmer finden! Wir haben Hochsommer, mein Sohn und Freund!"

„Wenn man will, findet man immer etwas! Vielleicht ein Apartment?"

„Nein, kein Apartment! Denk an deine Mutter! Sie fängt sofort wieder an zu putzen!"

Da mochte er recht haben, aber er sagte das keinesfalls, weil er seine Frau schonen wollte.

Er wollte überhaupt nicht wegfahren! Seltsam genug, er war ein so lebhafter Mensch, in jüngeren Jahren an allem interessiert, was sich auf der Welt tat. Er beneidete seinen Schwager Grothe dauernd, daß er nach Amerika flog, und beteuerte ihm vor jedem Abflug, er würde auch einmal „rüberfliegen, darauf kannst du Gift nehmen!"

Auch das sagte er weniger, weil er Amerika kennenlernen wollte, sondern um zu demonstrieren, daß sein Geldbeutel groß genug wäre, um eine solche Reise zu finanzieren. Dafür brauchte er keine PFI, er zahlte das aus eigener Tasche „und auch erster Klasse, bitte sehr!"

Gerade das fiel Conny ein, er hatte das immer wieder gehört, wenn Onkel Ulrich seine Reise vorbereitete.

„Ich hab's!" sagte er. „Ich weiß, was ihr macht!"

„Na?" fragte Martin interessiert. In diesem Punkt war er viel zu faul, selbst zu denken, und somit durchaus bereit, Vorschläge zu hören.

„Wie wäre es denn, wenn ihr eure schon lange geplante Reise nach Amerika machen würdet?!"

Martin pustete die Luft durch die Backen, und Mutter Eva fuhr hoch vor Schreck.

„Nach Amerika? Du hast wohl nicht alle Tassen im Schrank, wie? Wer soll denn das bezahlen!" Das mußte ja kommen.

Obgleich Conny ahnte, daß er mit diesem Vorschlag nichts erreichen würde, spann er das Thema weiter aus.

„Du hast selbst gesagt, Vater ..."

„Ja ..., ja, ich weiß! Aber doch nicht jetzt!"

„Außerdem kommt Lydia. Wir können gar nicht wegfahren. Ich muß doch sauber ..."

Sie verschluckte den Rest, als ihr Mann die Augenbrauen hochzog. Saubermachen! Steckte denn nichts anderes in ihrem Kopf als Saubermachen?

„Aber ich muß wirklich noch ein paar Vorbereitungen treffen, wenn

Lydia kommt. Sie soll eine hübsche Wohnung vorfinden. Das sind wir ihr schuldig!"

„Schuldig! Wieso schuldig? Wir sind ihr gar nichts schuldig! Sie kann sich freuen, wenn sie hier mit ihrem Peter wohnen kann!"

Eva schwieg, doch ihre Augen mit den kleinen Fältchen in den Winkeln sprachen eine sehr deutliche Sprache.

Sie kann sich freuen, wenn sie hier wohnen darf! Ach, mein lieber Mann, du kannst es ja gar nicht erwarten, daß du deine Tochter wieder in die Arme nehmen kannst. Lydia! Lydia hat immer alles gedurft! Lydia war immer dein Augapfel. Und warum? Lydia hat viel von dir! Sie hat Temperament wie du! Sie lacht wie du, sie schimpft wie du ... und sie ist herzlich wie du ... wie du sein kannst, wenn du willst! muß ich sagen.

Ihre lächelnde Miene erstarb, als sie daran dachte, wie glücklich es sie machen würde, wenn Martin einmal ein liebes Wort für sie übrig hätte, wenn er sie wieder einmal in die Arme nähme, wie er es bestimmt bei Lydia tun würde. Sie gab sich solche Mühe, es ihm recht zu machen, aber nie war es richtig. Er war auch so sprunghaft. Die Szene eben, dieses laute, abrupte Verschließen seiner Akten war genau Martin.

Nun, sie wollte nicht unbescheiden sein. Vielleicht brachten diese Ferien etwas Neues. Sie hatten eigentlich noch nie Ferien gemacht. Aber wozu sollten sie verreisen?!

„Ich weiß gar nicht, warum sollen wir eigentlich verreisen? Wir haben es so schön hier!" sprach sie ihre Gedanken laut aus und fand sich sehr mutig.

„Finde ich auch!" sagte Martin und erreichte damit, daß seine Frau ihn verblüfft ansah. Sie hatte nicht damit gerechnet, daß es so glatt gehen würde — ohne jeden Widerstand. Ihr Sohn dagegen schüttelte den Kopf.

„Ich geb's auf!" sagte er und lächelte resigniert.

„Wir können ja länger schlafen und ganz so tun, als wären wir in einem Hotel!" räumte seine Mutter ein.

„Klar! Machen wir! Wir schlafen bis in die Puppen. Wir verriegeln die Tür und sind für niemanden zu sprechen!"

„Klar!" schaltete sich Conny ein. „Und vergeßt nicht, das Telefon abzustellen! — Gott, Vater, das ist doch naiv! Entschuldige, aber das ist es wirklich! Vergiß nicht, daß Mutter keinesfalls ‚bis in die Puppen' im Bett bleiben wird, weil du dein Frühstück — dein Mittagessen verlangst!"

„Wir werden in die ‚Post' gehen und uns verwöhnen lassen!"

Einen Augenblick ließ Conny sich das durch den Kopf gehen.

„Ich glaub's zwar nicht, aber euch ist offenbar nicht zu helfen!"

„Was willst du, mein Junge!" verteidigte Evchen ihre Idee. „Wir werden uns schon erholen!"

Als er sie ansah, bemerkte er, daß sie sich schon ganz mit dem Gedanken vertraut machte — Ferien zu Hause! Vermutlich spielte es bei seiner Mutter keine Rolle, wieviel sie zu tun hatte, Hauptsache, sie konnte es den Ihren schön machen, sie verwöhnen. Sie lebte dafür.

Conny verabschiedete sich.

„Macht, was ihr wollt!" sagte er, während er seine Mutter küßte. „Ihr müßt es schließlich selbst wissen!" Er sagte es nicht unfreundlich. Ihm kam lediglich die Einsicht, daß seine Eltern alt genug wären, um ihre Entscheidungen allein zu treffen.

„Das wissen wir auch!" polterte Martin los. „Hau ab, Mensch, wir können dich jetzt nicht gebrauchen! Wir machen Ferien!" Dabei grinste er geradezu unverschämt, als ob er etwas ganz Verwegenes im Schilde führte.

Das tat er auch. Er konnte es gar nicht erwarten, daß Conny die Haustür von außen zumachte.

„Na also!" sagte er befriedigt. „Komm her, Madame, setz' dich zu mir!"

Evchen gehorchte zwar aufs Wort, doch folgte sie nur zögernd der Aufforderung. Was sollte denn das?

„Nun komm schon!"

„Wo soll ich mich denn hinsetzen?" fragte sie dümmlich. Martin saß ja schon im Sessel. Es war doch gar kein Platz für sie.

„Na, hier!" Dabei klatschte er auf seine Knie.

„Martin, was hast du vor?" Im Augenblick dachte sie daran, daß sie doch reichlich schwer für ihn wäre, aber natürlich sprach sie es nicht aus. Sie setzte sich mit ihrer ganzen Breitseite auf seinen Schoß und sah ihn erwartungsvoll an.

Und Martin mußte denken: aus nächster Nähe betrachtet hat sie ja einige Fältchen, und sie ist auch reichlich pummelig, aber es ist nicht zu leugnen, sie hat ein liebes Gesicht.

„Na, Madameken, wie wär's denn?" meinte er und fing an, sie zu kitzeln.

Evchen konnte sich nicht entsinnen, jemals von Martin gekitzelt worden zu sein.

„Laß doch, Martin! Huch, du weißt ganz genau, daß ich das nicht haben kann!"

Martin ließ sich nicht stören.

„Wirklich nicht? Früher hattest du das ganz gern!"

„Früher???" Sie riß die Augen auf. Es dämmerte ihr, daß er es früher auch immer gemacht hatte, wenn ...

„Martin, du willst doch nicht etwa ...?"

„Natürlich will ich, was dachtest du denn? Wachst du endlich auf, Frau Berger?"

Er fing von neuem an, sie zu drangsalieren. Früher war das der Auftakt zu einem Vergnügen gewesen, das er jetzt wieder hervorholen wollte. Auf einmal hatte er Lust dazu.

„Aber doch nicht jetzt", rief sie entsetzt, „am Nachmittag!"

„Warum denn nicht? Wir haben Ferien!"

„Ja ... aber ...!"

„Mir hat mal einer gesagt, in den Ferien müßte man genau das Gegenteil von dem tun, was man sonst macht! Also, nun los! Komm!"

Er schob sie von seinem Knie und stand auf. „Verriegle die Tür und stelle das Telefon ab! Wir sind nicht da! Basta! Nun mach' schon!"

„Ja ... ja!“ Auf einmal war sie bereit zu dem lange nicht mehr erlebten Pläsier. Sie jagte an die Haustür und verriegelte sie und im Vorbeigehen schaltete sie das Telefon ab.

„Fertig?“ rief Martin ungeduldig.

Sie kam zu ihm gelaufen und ergriff seine ausgestreckte Hand.

Mit lautem Krach fiel die Schlafzimmertür ins Schloß.

* * *

Der Bausparvertrag hatte alles ins Rollen gebracht. Lothar Steiner, seit einer Woche sich selbst überlassen, wartete vergeblich darauf, daß sein Sohn ihn wieder zur Hilfe ins Hotel riefe. Es kamen keine Omnibusse mehr, und wenn doch, dann war man darauf vorbereitet.

Petra Steiner war an der Nordsee und bekam letzte Instruktionen für das Laufen ohne Stock. Lothar hatte sie hingefahren und gesehen, daß sie im Rehabilitationszentrum gut aufgehoben war. Doch jetzt war er allein. Er sah von seinem Fenster aus das geschäftige Leben im Hotel zur Post. Wolfgang hatte nicht nur Badegäste, sondern offenbar zeigten sich die ersten Erfolge seiner Bemühungen um Tagungen, Seminare und so weiter.

Im obersten Stock, diskret verhüllt und mit der strikten Auflage, den Lärm weitgehend zu reduzieren, begann man mit dem Umbau. Man verwandelte die Doppelzimmer in Einzelzimmer mit Dusche und WC.

Seufzend zog Lothar sich vom Fenster zurück und setzte sich an seinen Schreibtisch.

Da fiel ihm die Zeichnung ein, die er vor acht Tagen schnell in die Schublade gelegt hatte. Jetzt holte er sie wieder hervor. Er war im Zwiespalt, ob das, was er da gezeichnet hatte, durchführbar war. Seine Überlegungen fingen so an: Wenn ich schon nicht mehr gebraucht werde ... Nein, das stimmte nicht! Sei ehrlich, Lothar Steiner! Wenn es eben nichts wird mit dem exquisiten Hotel — ich kann's nicht ändern —, dann erlischt langsam mein Interesse. Vielleicht ist das auch gar nicht so verkehrt. Wolfgang muß ja doch eines Tages allein fertig werden. Wir sollten einmal darüber reden, das heißt, ich sollte es Petra nahelegen, unserem Sohn den Betrieb zu überschreiben. Sie tut es bestimmt sofort. Vermutlich wartet sie nur darauf, daß ich es ihr sage, die gute Seele.

Nun aber kommt demnächst der Bausparvertrag zur Auszahlung. An sich war er ja für das Hotel gedacht, aber wie wäre es denn, wenn wir Alten uns gänzlich vom Hotelgelände zurückziehen und ein neues Haus bauen würden, ein ganz kleines nur. Wir brauchen ja nicht mehr viel. Was Petra wohl dazu sagen würde?! Ich habe schon eine Zeichnung gemacht, wie es aussehen könnte. Alles ebenerdig, versteht sich, nur zwei Räume und eine Eßnische. Nur nicht so viel Arbeit für meine Frau. Die haben wir beide genug gehabt im Leben! Er machte noch ein paar Striche auf der Zeichnung, auch ein paar Bäume fehlten nicht, und dann legte er behutsam den Bleistift quer über sein Machwerk. Er lehnte sich zurück und schloß die Augen.

Wenn wir das alles so machten — sehr wahrscheinlich würde dann der Kontakt zum Hotel immer geringer werden. Langsam vielleicht, aber unaufhaltsam. Wollen wir das? Schließlich ist es Petras und mein Leben gewesen, Petras ganz bestimmt. Sie ist hier aufgewachsen und hat alle Höhen und Tiefen, positive und negative Seiten des Hotelgewerbes miterlebt. Viele Menschen haben unser Haus besucht — interessante, bescheidene, arrogante, fröhliche, laute und vorsichtige, leise, Ausländer und Einheimische. Das alles würden wir nicht mehr erleben. Wollen wir das? Vielleicht bin ich noch nicht alt genug, um das alles ohne Bedauern hinter mir zu lassen.

Nun aber die praktische Seite! Wenn wir das Flügelhaus räumen, könnten Renate und Wolfgang es beziehen. Es ist zwar sehr klein und genügt ihnen vielleicht nicht. Wenn sie wirklich noch einmal Familienzuwachs bekommen, müßten sie ohnehin anbauen, aber das ist dann nicht mehr Petras und meine Sorge. Nur das wäre zur Zeit von Vorteil: Sie könnten ihre Räume im Hotel wieder als Hotelzimmer einrichten und hätten ein paar Betten mehr. Aber auch das ist nicht von der Hand zu weisen: Das Flügelhaus hier im Garten ist ein kleines Refugium. Sie sind weg vom Haupthaus und doch erreichbar, wenn es sein muß.

Er hatte alle Möglichkeiten durchdacht und war zu keinem Schluß gekommen. Da lag die Zeichnung und daneben die Mitteilung von der Bausparkasse. Im Grunde konnte er nichts machen, nichts Entscheidendes jedenfalls. Ach, es war doch reichlich trostlos, wenn Petra nicht da war. Sie waren noch nie getrennt gewesen, seit sie ihrem Sohn die Leitung des Hotels überlassen hatten. Lothar stand dieser Tatsache ziemlich hilflos gegenüber.

Eine ganz negative Stimmung hatte ihn erfaßt. Da lagen die Zeitschriften auf dem niedrigen Tisch der Sitzecke, lauter Fachzeitschriften der Hotelbranche. Was nützte es noch, wenn er darin lesen würde. Es interessierte ihn nicht mehr — es hatte ihn nicht mehr zu interessieren! So war es.

Sein Blick wanderte weiter. Der Blumenstrauß auf der Anrichte war verwelkt. Warum nahm er ihn nicht weg? Er war doch sonst immer so für peinliches Ordnung. Ach, wozu denn? Morgen kommt Frau Reimers von drüben. Die wird ihn schon verschwinden lassen.

Sein Papierkorb quoll über. Warum leerte er ihn nicht? Hat bis morgen Zeit, wenn Frau Reimers kommt.

Dann blieb sein Blick haften an einem Möbelstück, das vor vielen, vielen Jahren seinen Platz in der Mitte des Zimmers gehabt hatte. Das ganze Haus war um den Flügel herum gebaut worden, daher Flügelhaus. War es nicht so? Und war es nicht ein Blüthner, das Instrument, das er als junger Pianist am liebsten gespielt hatte, weil es einen weichen Klang hatte?

Das Konzert, das er gegeben hatte! Das einzige Konzert in Marienfelde. Der große Erfolg, der eigentlich der Anfang zu weiteren großen Erfolgen sein sollte, wäre diese Frau Grothe nicht gewesen, die sein lächerliches Spiel durchschaut hatte, sein rasantes „über-die-Tasten-Schmieren“, das andere so „gekonnt“ fanden. Der Bürgermeister hatte sogar gesagt: ‚Wie Sie das „hingehauen“ haben, also das war einmalig!‘

„Schämen Sie sich!“ hatte sie ihm zugeflüstert, als man im Hotel zur Post seinen Erfolg feierte.

Es war ja so! Sie war die einzige, die es gemerkt hatte. Er mußte es zugeben, daß er nur mittelmäßig begabt war. Und dann machte seine Frau sich Vorwürfe! Jahrelang quälte sie sich damit, daß sie ihm seine Karriere verdorben hatte, weil das Hotel ihn brauchte! Nie wollte sie einsehen, daß seine Begabung nicht ausreichte für die großen Konzertsäle dieser Welt.

Aber ... aber vielleicht ... Er stand auf und ging hinüber zu dem schönen Instrument. Noch immer war es gepflegt. Anfangs stand der Flügel mit geöffnetem Deckel im Zimmer. Dann wurde er geschlossen, symbolisch gleichermaßen. Auch der Deckel der Tastatur wurde geschlossen. Nie wieder wollte Lothar Steiner dem Blüthner Töne entlocken. Sollte seine Frau denken, er brauchte eine Pause, um sich von den Strapazen des Übens für das Konzert zu erholen. Die Wirklichkeit sah anders aus.

Und eines Tages stand der Flügel in der Ecke. Er wurde nicht mehr gebraucht. Auch dies war eine symbolische Handlung. Lothar Steiner hatte sich endgültig ins Hotelgeschäft eingeschaltet. Doch auch das verstand Petra nicht. Wohl sah sie ein, daß der Flügel viel Platz einnahm, doch jetzt, da er nur noch wenig gebraucht werden würde, fand sie, daß er auch in der Ecke immer noch dekorativ aussah.

Lothar lächelte, als er sich diese Szene ins Gedächtnis zurückrief. Seine Frau — seine Petra, die so bemüht war, ihm den Weg in die Kunst freizumachen, die so an ihn glaubte ... und dann wurde doch alles anders. Die großen Konzertsäle dieser Welt — nichts! Gerade ein Konzert gab es in dem kleinen, nur zögernd bekanntwerdenden Bad Marienfelde.

Was hatte er eigentlich gespielt?

Eine eigentümliche Gedankenkombination nahm von ihm Besitz. Zögernd öffnete er den Deckel der Tastatur und betrachtete nachdenklich die schwarzen und die weißen Tasten. Sie waren gepflegt wie eh und je, die weißen Tasten nicht vergilbt oder gar abgesplittert.

Seltsam! Er hätte nicht gedacht, daß der Blüthner sich so gut halten würde. Wie lange hatte er ihn nicht angesehen? Zwanzig Jahre?

Ah! Jetzt kam er dahinter. Petra war es, die ihn gepflegt hatte. Kein Stäubchen war zu entdecken. Keine Motte flog herum, als er den großen Deckel öffnete und sich die kupfernen Saiten ansah. Der Filz der Hammer war unverändert in seiner Form, nicht zerfressen, ein Zeichen, daß der Flügel regelmäßig geöffnet worden war, als ob er ständig gebraucht würde.

Das war Petras Werk. Sollte das bedeuten, daß sie immer noch darauf wartete, er würde die Musik wieder aufnehmen?

Oder war es nur ihr ausgesprochener Sinn für Ordnung und Sauberkeit? Die Erziehung ihrer Mutter, die es nie duldete, daß sich ein Stäubchen auf den Fensterbänken der Restaurationsräume verirrte, — die auch peinlichst darauf achtete, daß kein angeschlagenes Geschirr auf die Tische der Gäste kam.

Lothars Neugierde wurde geweckt. Wenn es lediglich ihr Sinn für Ordnung und Sauberkeit war, dann hat sie bestimmt nicht ...

Er schlug das „a“ an. Es klang rein und klar. Er schlug einen Akkord an — er klang rein und klar. Mit zwei Schritten war er am Schreibtisch und holte aus der Schublade die Stimmgabel. Er schlug sie am Holz des Flügels an. „Aaa“ tönte es. Er schlug die Taste an. Sie klang unverändert rein und klar.

Kein Zweifel, der Flügel war gestimmt. Die schlanken Finger von Lothar Steiner konnten die Tasten berühren!

„Lieber Gott!“ flüsterte er und setzte sich auf den Klavierbock. Ein paar Akkorde, lange nicht gespielt, eine einfache Weise, fast vergessen, ein Volkslied!

Er vergaß, daß das Fenster geöffnet war. Er merkte nicht, daß ein paar Gäste, die im Garten saßen, aufhorchten. Lothar Steiner entdeckte das Klavierspiel neu. Seine im Laufe der Jahre steif gewordenen Finger versuchten sich an einfachen Weisen, an einfachen Griffen und schlichten Akkorden.

Bis er aufsprang und sich Noten hervorholte. Früher lagen sie in der Truhe, gleich neben dem Klavierbock. Er öffnete sie und fand alles, was er vor zwanzig Jahren gebraucht hatte. Die Mondscheinsonate, mit der er das Konzert eröffnet hatte, den Türkischen Marsch von Mozart, alles — Schuberts Impromptu, die Romanze von Tschaikowsky! Sollte er sich daran versuchen? War es nicht noch zu früh, gleich drauflos zu spielen? Mußte er nicht erst seine Fingerübungen machen? Wie früher? Lockerungsübungen? War das nicht der Anfang jeder Stunde gewesen, die er am Flügel verbracht hatte?

Erst jetzt bemerkte er, daß das Fenster geöffnet war. Erst jetzt hörte er auch die Unterhaltung der Gäste im Garten.

Erst jetzt kam er wieder zu sich und versuchte sich vorzustellen, was in Petras Gemüt vorgegangen war — all die Jahre! Nie hatte sie die Hoffnung aufgegeben, daß er wieder zum Klavierspiel zurückfinden würde!

Er wußte nicht, wie oft sie den Flügel hatte stimmen lassen — vergeblich! Erst heute machte er die Entdeckung! Und Petra war nicht da!

Ach, vielleicht war es gut so. Auf diese Weise hatte er Zeit, sein Spiel wieder aufzufrischen ...

Er stutzte!

Was hatte er da gesagt — oder gedacht?

Sein Spiel aufzufrischen? Wollte er das denn?

Er ließ die Hände in den Schoß sinken.

Langsam schloß er den Deckel der Tastatur!

Und überlegte!

Wie wäre es denn, wenn ich ...

Warum nicht? gab er sich selbst die Antwort. Warum nicht — für den

Hausgebrauch! Ich will ja nicht die Konzertsäle der Welt erobern. Für Petra will ich spielen! Für mich! Musik zu unserer Freude!

Ja, zu unserer Freude!

Ich lechze nicht nach dem Erfolg. Ich habe mich nie darum bemüht. Das war ja ein Grund mit, weshalb es nichts wurde. Ich gab mir keine Mühe! Und warum nicht?

Die Antwort war ehrlich! Ich bin nicht besessen von der Musik.

Ich liebe sie, ja, aber ich bin nicht besessen von ihr.

Seine Züge entspannten sich. Er hatte eine neue Aufgabe entdeckt, die das Leben der Steiners in der Zurückgezogenheit glücklich machen sollte.

* * *

Als Barbara Grothe sich am Morgen dieses Sonnabends im September in den frischgewaschenen Wagen setzte, neben sich ihren Mann und hinter sich ihre kleine Tochter Anne, tat sie einen tiefen Atemzug. Das war geschafft!

Zwei Stunden würde sie jetzt Zeit haben, sich noch einmal alles durch den Kopf gehen zu lassen. Ihr Mann fuhr. Sie ließ sich gern fahren, weil sie es früher immer selbst hatte tun müssen und nicht sonderlich geschickt war. Zwar war sie bei ihrem Vater durch eine strenge Schule gegangen, er hatte ihr die „Kunst" des Autofahrens beigebracht, aber das „Gespür" für den Motor hatte sie einfach nicht.

Sie fuhren also nach Marienfelde — auf gut Glück. Anders wollten sie es nicht. Vielleicht war das gut so. Zwar bestand eine ganz lose Verbindung zu Christiane Grothe, doch wußte Andreas nicht, ob sie seinem Vater jemals von ihm berichtet hatte. Sicher wußte er, daß er mit einer Barbara Hartmann verheiratet war. Aber wer diese Barbara Hartmann war, wußte er nicht. Und daß er eine kleine Enkeltochter hatte, drei Jahre alt, das wußte er auch nicht. Auch Christiane hatte er nicht verständigt. Es war nicht einmal böse Absicht gewesen. Es war einfach vergessen worden.

Wieviel Überredungskunst war nötig gewesen, Andreas für diese Fahrt nach Marienfelde zu gewinnen. Fast ein halbes Jahre war darüber vergangen. Immer wieder fand er Ausflüchte, hatte entweder etwas anderes zu erledigen oder er täuschte Arbeit in der Werkstatt vor — oder er drängte sich geradezu nach dem Dienst an der Kasse.

Aber es gab auch andere Momente, in denen er ganz offen seiner Frau darlegte, wie schwer es ihm fiel, seinem Vater gegenüberzutreten. Er hatte ihn in zu schlechter Erinnerung. Selbst die Tatsache, daß er nun erwachsen war, änderte nichts an seiner Aversion.

Bis Bärbel es anders anfing. Sie brachte sich und seine Tochter ins Spiel. Ob er es nicht vielleicht ihr zuliebe täte? Ob er nicht stolz darauf wäre, seinem Vater seine patente kleine Tochter, dieses fröhliche, quicklebendige Kind, vorzuführen? Wie oft erwähnte er, Großmutter Katharina Krogmann hätte gesagt, sie hätte das fröhliche Temperament seiner Mutter Andrea geerbt. Wenn es so wäre, ob Andreas nicht Lust hätte, Anne schon allein aus diesem Grunde seinem Vater vorzustellen!

Barbara Grothe wußte nicht, ob das schließlich den Ausschlag gab, oder ob es der Wunsch war, ihr einen Gefallen zu tun. Sie beobachtete ihn durch Wochen. Wenn er abends vor dem Fernseher saß und so schweigsam war, hatte sie das Gefühl, er sah nichts davon, sondern überlegte etwas. Sicher ging ihm die Reise nach Marienfelde durch den Kopf.

„Na gut!" sagte er eines Abends, gerade als ein harter Krimi kurz vor der Aufklärung stand.

„Fahren wir also!" Er bekam keine Antwort, denn Bärbel war mit dem Krimi beschäftigt. Aber dann stoppte das Bild und die Schlußmusik kam ... und da war es Barbara, als hätte ihr Denkvermögen etwas aufgenommen, was sie noch im Wortlaut wiederholen konnte.

Fahren wir also!

„Fahren wir also!" wiederholte sie — und fuhr hoch. „Du meinst ...?"

„Ich meine!" sagte Andreas und lächelte ein seltsames Lächeln. Halb war es Freude, die er Barbara bereitete, halb war es Resignation: sie läßt mir ja doch keine Ruhe!

Barbara dagegen sprang auf und umarmte ihn.

„Danke! Ach Gott, danke, Schatz! Du sollst mal sehen, es wird alles gut!"

Andreas war nicht so überzeugt wie sie, ach, lange nicht!

„Aber das sage ich dir! Anmelden tun wir uns nicht! Wenn wir erst anrufen, sagen sie womöglich nein, sie wollten uns nicht sehen! Ich lasse mir keine Abfuhr erteilen!"

Barbara war zwar ganz anderer Ansicht, aber sie schwieg.

„Und wenn die alten Herrschaften nicht da sind, haben wir eben eine schöne Spazierfahrt gemacht!"

„Wenn sie da sind ... ich habe mir schon alles genau überlegt. Aber ..."

„Na?" Andreas ließ sich gern leiten, noch dazu in einer so heiklen Angelegenheit wie dieser.

„Erst wirst du allein ins Haus gehen, und wenn du dich ein wenig unterhalten hast — vielleicht fragen sie nach uns, dann sagst du, wir warteten im Wagen!"

Andreas wiegte den Kopf hin und her. Er ging gar nicht gern allein in die Höhle des Löwen.

„Ach ja, das mußt du schon tun! Außerdem — sie wissen ja noch gar nichts von Anne. Vielleicht ist sie das Bindeglied. Es heißt doch immer, daß Kinder, arglos wie sie sind, einem über vieles hinweghelfen."

Andreas gab keine Antwort. In ein schönes Abenteuer hatte er sich da eingelassen. Es tat ihm schon wieder leid, daß er sich bereitgefunden hatte.

Da stand Bärbel auf und holte noch einmal die Zeitschriften hervor, in denen ihr Schwiegervater abgebildet war. Lange betrachtete sie die Aufnahme, die vor rund zehn Jahren in Boston gemacht worden war.

„Ich weiß gar nicht, was du hast, Andreas! Sieh dir die Aufnahme doch nochmal an! Wo siehst du da etwas, was dir boshaft erscheint? Wo siehst du überhaupt etwas, was dich kränken könnte. Ich sehe nichts davon. Natürlich ist es ein Gesicht, das den Managertyp darstellt, ein Mann von Welt, oder wie soll ich sagen! Aber sieh mal die Augen!" Sie reichte ihm das Blatt. „Sind sie nicht klar und offen? In dem Blick ist doch nichts Falsches! Und der Mund!"

„Gerade wie ein Strich!" sagte Andreas. „In meiner Gegenwart ist aus diesem Mund nicht ein freundliches Wort gekommen, nicht mal ein persönliches!"

Bärbel nahm ihm das Blatt wieder aus der Hand und sah sich das Bild erneut an.

„Zugegeben, es ist ein harter Mund und die Züge sind streng, noch verstärkt durch die scharfen Kerben zwischen Nase und Mundwinkel, aber ich weiß nicht — irgendwie imponiert mir so etwas! Und wenn du sagst: kein freundliches Wort oder kein persönliches Wort — du warst ja auch nicht gerade freundlich, stimmt's? Aber vielleicht ändert sich das jetzt. Anne wird ihm schon ein liebes Wort entlocken. Da bin ich ganz sicher."

Sie legte die Zeitschrift wieder in den Schreibtisch.

„Also wann fahren wir nun? Ich muß es wissen, weil ich Monika und ihren Uwe bitten will, uns an dem Sonnabend zu vertreten."

„Und du meinst, deine Schwester und ihr Freund würden ihren kostbaren Sonnabend für die liebe Verwandschaft opfern?"

„Sie werden dafür bezahlt, vergiß das nicht!"

„Wenn auch! Ich weiß nicht, ob ich das tun würde!"

„Die beiden sparen für eine Wohnung, das weißt du doch, und da ist ihnen jede zusätzlich verdiente Mark recht!"

„Na gut, das ist deine Sorge!"

Im Laufe der nächsten Woche beschäftigte er sich intensiv mit der geplanten Reise.

„Was ziehe ich denn an?" fragte er eines Abends, als er vor dem Kleiderschrank stand. Sie wollten zu Freunden gehen.

„Das wird sich finden. Auf gar keinen Fall Jeans!"

Andreas grinste. „Auch nicht die neuen?"

Sie war mitten im Umziehen und kam nun, nur in Slip und BH, ihren Pulli in der Hand, an den Kleiderschrank.

„Zieh dich erst an, sonst erkältest du dich!" sagte er und betrachtete sie begehrlich. „Hast 'ne prima Figur, meine Dame!" stellte er fest. „Mußt du unbedingt diesen häßlichen Pulli anziehen? Darin siehst du aus wie ein Ballon!"

Sie zog ihn schon über den Kopf und stand nun vor ihm, die Hände in die Hüften gestemmt.

„Ballon auf Stelzen!" konstatierte er. „Ziehst du etwa Jeans an? Zu Bert und Gila? Die immer so schick angezogen sind?"

„Sollen sie doch! Ich ziehe mich bequem an!"

„Und dann soll ich keine Jeans anziehen, wenn wir nach Marienfelde fahren? Willst du mir das bitte mal erklären?"

„Das geht nicht, Andreas, wirklich nicht!"

Wenn sie glaubte, er meinte es ernst, hatte sie sich geirrt. Er wollte sie nur aufziehen. Natürlich wollte er keine Jeans anziehen, wenn es zu seinem Vater ging. Er hatte nicht vor, ihn zu provozieren. So etwas hatte er früher gemacht, jetzt war es das Gegenteil! Jeans! Offenbar hatten alte Leute etwas gegen Jeans!

Eine Sache war da noch, die ihn schon eine ganze Weile beschäftigte, ohne daß er darüber mit Bärbel gesprochen hatte.

Auch jetzt dachte er wieder daran. Dabei strich seine Hand über seinen kräftigen, aber gepflegten Bart. Er betrachtete sich eingehend im Spiegel des Kleiderschrankes und rückte dann schließlich heraus mit der Sprache:

„Ich glaube, ich muß den Bart wegnehmen, wenn wir nach Marienfelde fahren. Mein Vater ..."

„Der Bart bleibt dran!" sagte Bärbel sofort und das ganz entschieden. „Bei aller Liebe zu Herrn Dr. Grothe, das erlaube ich nicht! Der Bart steht dir gut! Schluß!" Er vertuschte etwas seine weichen Züge. Sie fand ihn sehr männlich.

„Auf gar keinen Fall tust du etwas an deinem Bart!" sagte sie noch einmal mit Nachdruck.

„Aber ich meine, mein Vater wird mich kaum erkennen!"

„Das wird er schon! Dann muß er sich eben ein bißchen Mühe geben!"

„Äh?" Er war nun doch erstaunt, wie hartnäckig seine Frau seinen Bart verteidigte.

Na gut! Er fand es ja auch viel besser, wenn er seine Manneswürde behalten konnte. „Ich dachte ja bloß ...!"

„Wenn du ihn so gut in Ordnung hältst wie bisher, kann niemand etwas dagegen sagen, auch dein Vater nicht! Es wäre etwas anderes, wenn du einen Rauschebart hättest oder gar Sauerkraut und vielleicht noch schulterlanges Haar! Oh Gott! Dann wäre ich gar nicht mit dir hingefahren! Ach, was sage ich denn, dann hätte ich dich gar nicht geheiratet!"

Sie mußten beide lachen.

„Aber damit weiß ich immer noch nicht, was ich anziehen soll, wenn wir losfahren!"

„Das laß meine Sorge sein!"

Als Bärbel Grothe sich diese Szene ins Gedächtnis zurückrief, mußte sie lächeln.

Sie wagte einen Seitenblick und nickte zufrieden, als sie ihren Mann so gelassen am Steuer sitzen sah.

Er trug blaue Wollhosen, ein blauweißgestreiftes Hemd und ein leichtes Blouson-Jacket. Sein Haar war untadelig frisiert, leicht gewellt und nicht zu lang, sein Bart frisch gestutzt und sehr gepflegt.

Auch mit sich selbst war Barbara zufrieden. Um nicht von Anfang an Mißfallen zu ernten, hatte sie sich zu einem blauen Kostüm mit weißer Bluse aufgeschwungen. Natürlich trug sie meistens Hosen, sie waren so praktisch bei der Tätigkeit, die sie ausübte: Tankstelle, Schreibtisch und

Haushalt — aber ältere Leute hatten so leicht etwas gegen Hosen für Frauen. Und da sie um die Gunst ihres Schwiegervaters werben wollte, hoffte sie, sie hatte es richtig gemacht.

Ihre kleine Tochter allerdings hatte sie in blauweißgestreifte Leinenhosen gesteckt, auf deren Latz ein Schiff gestickt war. Schiff — ihr Großvater hatte früher einmal etwas mit Schiffen zu tun gehabt. Vielleicht freute ihn das. Dazu trug die Kleine ein weißes T-Shirt. Ihre Lockenpracht war gebändigt. Noch gestern hatte Andreas die Stirnfransen geschnitten, damit sie endlich richtig sehen konnte.

In einem Korb war nicht nur ein Picknick verstaut — es konnte ja sein, daß die Grothes nicht zu Hause waren, dann wollten Sie in der Heide Rast machen —, es lag dort auch eine weitere Garnitur für die kleine Dame und ein Säckchen mit Spielzeug.

So kam die junge Familie Grothe in Marienfelde an. Es war 11 Uhr.

„Genau die richtige Besuchszeit!“ bemerkte Andreas. „Solche Scherze lernte ich von meiner Großmutter Katharina! Die war vornehm bis in die Fingerspitzen, eine geborene ‚von‘!“

Barbara sagte nichts. Sie sagte nichts und sie hörte nichts. Sie konzentrierte sich auf die nächsten Minuten.

Hatte sie nun doch Angst vor ihrer eigenen Courage?

* * *

Der Reitstall von Arno Breitner blickte in diesen Tagen auf eine fünfundzwanzigjährige Geschichte zurück. Anlaß genug, dieses Ereignis festlich zu begehen. Es sollte nicht zu offiziell werden. Nur Mitglieder des Reitvereins und die Eigentümer der Privatpferde, die größtenteils ohnehin zum Reitverein gehörten, waren zu einem „Empfang im Stall“ eingeladen. Aber es war nicht zu vermeiden, daß die Presse davon erfuhr und natürlich auch erschien. Warum auch nicht. Schließlich sagte sich Arno Breitner, daß es Reklame für sein Unternehmen wäre.

Es lag den beiden Breitners sehr daran, daß Grothes kamen, denn zu beiden hatten sie eine besondere Beziehung.

Da war vor rund 25 Jahren ein junger Mann namens Arno Breitner an einem Abend zu Herrn Dr. Grothe gekommen, der am Anfang gar nicht erbaut war, daß sein Feierabend durch einen jungen Bauern gestört wurde, der vermutlich einen Kartoffelanbauvertrag mit der PFI machen wollte. Grothe, immer darauf bedacht, seine Arbeit aufzuteilen, sagte gleich: „Mit solchen Verträgen habe ich nichts zu tun. Das ist v. Waldens Sache!“

Es sollte sich jedoch herausstellen, daß Arno Breitner etwas ganz anderes wollte. Konnte Herr Dr. Grothe ihm nicht sagen, wie sich die wirtschaftliche Lage entwickeln würde?! Bei dem Überblick, den er hatte, müßte er ihm doch raten können, ob er seine Landwirtschaft auf die Reiterei ausrichten sollte oder nicht. Das würde bedeuten, daß er dem Kartoffelanbauvertrag zwar weiterhin nachkommen wollte („ein Bauer steht gern auf zwei

Füßen", hatte er gesagt), aber sonst würde er seine Kühe und Schweine abschaffen und die Stallungen in Boxen für Pferde umwandeln und im übrigen seine Ländereien im Wechsel auf Weiden, Wiesen und Haferanbau einrichten.

Nun war Grothe ein vorsichtiger Mann. Was wußte er von der Reiterei und was von Arno Breitner! Doch im Laufe des Gesprächs sollte sich herausstellen, daß er dem jungen Mann wohl einige Initiative zutrauen konnte.

Er ließ ihn jedoch nicht im Ungewissen, daß das Vergnügen — und das war ja die Reiterei — immer zuerst leiden würde, wenn es wirtschaftliche Schwierigkeiten gäbe. Außerdem müßte er sich darüber im klaren sein, daß er für das Pläsier anderer arbeitete, das hieße, daß er gerade dann Arbeit hätte, wenn sich andere ihrer Freizeit erfreuten.

Das alles erwähnte Dr. Grothe dem jungen Mann gegenüber, merkte aber, daß ihn das nicht schreckte, und so faßte er am Schluß zusammen:

„Letzten Endes liegt es an einem selbst, Herr Breitner, was man aus seinem Leben macht, und Sie sehen mir ganz so aus, als könnten Sie etwas auf die Beine stellen! Nur Mut, junger Mann!"

Und gerade das war es, was Arno als Richtschnur mit nach Hause nahm.

Er hatte den Mut, einen Reitstall aufzuziehen. Der Reitverein wurde wieder zu neuem Leben erweckt. Der wirtschaftliche Aufschwung kam hinzu, und auch sonst waren die Breitners nicht müßig, ihren Reitbetrieb bekanntzumachen. Im Hotel zur Post hing zum Beispiel gleich neben der Rezeption ein diskreter Hinweis, daß gut geschulte Pferde zur Verfügung stünden und man gemeinsame Ausritte nach vorheriger Absprache unternehmen könnte.

Auch als in den Jahren um 1976 ein wirtschaftlicher Rückgang, sozusagen ein Warnschuß abgegeben wurde, konnte Arno Breitner sagen, daß die These von Herrn Dr. Grothe seinen Betrieb nicht berührt hatte. Nach wie vor blieben rund 40 Privatpferde in seiner Obhut, nach wie vor hatte der Reitstall Breitner einen guten Ruf und gut zu tun.

Ganz besonders erinnerte sich Arno aber des Tages, als Herr Dr. Grothe nach vorheriger Anmeldung vorgefahren kam und sich alles ansah. Das war fünf Jahre nach der Rücksprache mit ihm gewesen. Danach hatte er Dr. Grothe kaum gesehen, wohl aber Christiane. Arno und Christiane waren Marienfelder Kinder. Sie kannten sich von den ersten Jahren der Schulzeit her, und als Christiane später wieder nach Marienfelde zurückkam — als Frau Grothe — kamen sie durch die Reiterei wieder miteinander in Kontakt.

Durch Arno Breitner war es auch möglich gewesen, mit Susy Burns, einer Amerikanerin, die mit ihrem Mann während des Baus der Fabrik in Marienfelde wohnte, ein paar Ausritte zu machen. Vielleicht war das sogar der Auftakt, dem Gedanken an einen Reitstall näherzutreten.

Als nun Dr. Grothe sich den Betrieb ansah, fragte sich Arno vergeblich, was er wohl wollte. Lange rückte Grothe nicht mit der Sprache heraus, so daß Arno schon dachte, er wollte vielleicht Reitunterricht nehmen.

Wenn er sich vorstellte, er müßte diesem Mann der Wirtschaft, der für so und soviele Leute verantwortlich war, sagen: „Nun setzen Sie sich mal richtig hin, Herr Doktor, richtig mit ihrem Gesäß tief in den Sattel!" Also nein, das brächte Arno nicht fertig! Der Respekt saß zu tief. Und „Gesäß"! Bei dem jungen Volk sagte er etwas ganz anderes!

Und was war es schließlich? Herr Dr. Grothe war kein Reiter und wollte auch keiner werden, aber er wollte seiner Frau ein Pferd schenken und genau das, das sie immer besonders gern bei Arno ritt!

Der Kauf kam schnell zustande, denn Dr. Grothe verstand nichts vom Handeln! Er war nicht geschaffen dafür. Und da gab es sogar etwas, was der Doktor noch nicht wußte: Daß man einen Pferdehandel mit Handschlag abschloß — ohne einen Fetzen Papier!

Es war kein Wunder, daß die Breitners seither den Grothes besonders zugetan waren, und die Verehrung war von den nunmehr alten Breitners auf den jungen Mathias und seine Jutta übergegangen.

In den zwanzig Jahren hatte Christiane verschiedene Pferde ihr eigen nennen dürfen. Ihr jetziges war die Araber-Stute „Fatima", ein Schimmel. Da Christiane fast täglich mit ihr unterwegs war, wurde sie in den Wäldern des Mittelgebirges rund um Marienfelde bald zu einer bekannten Figur. Selbst die Badegäste im Sommer kannten sie: Die Dame mit dem Schimmel — die Schimmeldame, der Schimmel mit seiner Reiterin!

Auch heute wollte Christiane ihren morgendlichen Ausritt machen. Es war ein wunderschöner Septembermorgen, das heißt, er versprach, einer zu werden. Noch war es ein bißchen dunstig, und der Himmel war dabei, von der Orange-Tönung ins Gelbliche überzugehen. Ein „Zwengauer-Himmel", mußte Christiane denken. Sie hatte ein Bild mit diesem gelbgoldenen Himmel über dem Dachauer Moor von Zwengauer zu Hause hängen. Diese seltsame Tönung des Himmels hatte der Maler auf verschiedenen Bildern verwendet und sich auf diese Weise einen Namen gemacht. Sehr bald würde sich diese Stimmung verziehen und die Sonne hervorkommen. Dann verschwand auch der Dunst, und man konnte den sich langsam verfärbenden Wald genießen.

„Bleiben Sie lange weg, Frau Grothe?" fragte Arno Breitner. Christiane saß auf, während Arno an der anderen Seite den Steigbügel hielt.

„Nein, heute nur eine Stunde! Heute darf ich doch nicht länger wegbleiben — an Ihrem Ehrentag!"

„Und ... kommt Herr. Dr. Grothe auch?"

Christiane lächelte. „Ja, er wird in einer Stunde hier sein!"

Damit ritt sie vom Hof.

Sie freute sich nicht nur auf den Ausritt, sondern auch über die Tatsache, daß ihr Mann beim Empfang auf dem Breitner-Hof dabeisein würde. Es war gar nicht so schwer gewesen, ihn zu überreden. Wenn sie sich das Gespräch ins Gedächtnis zurückrief, mußte sie feststellen, daß überhaupt kein Überreden nötig gewesen war.

„Jetzt kann ich alles mitmachen!" sagte Ulrich aufgeschlossen. „Und warum sollte ich nicht! Schon immer hat mir Arno Breitner imponiert. Er hat seinerzeit den Mut gehabt, seinen Betrieb umzustellen, und ich muß sagen, er hat ihn gut in Ordnung! Auch was man so hört — von der finanziellen Seite her —, alles gut fundiert!"

Wir sind wieder ein Stück weiter! dachte Christiane, während sie den Hang hochritt und dem Kamm des bewaldeten Mittelgebirges näherkam.

Natürlich bleibt es nicht aus, daß die PFI in seinem Kopf noch immer einen großen Raum einnimmt, vor allem jetzt, wo der Umzug der Verwaltung nach Hamburg stattfindet. Wie oft ist Ulrich plötzlich abends verschwunden, wenn ich bei Evchen und Martin war. Kommt er dann nach Hause, sagt er, er hätte Dr. Reinfeld besucht, Herrn Kuhlmann, Jochen Schütz, Herrn Dr. Kunze, alle seine früheren Mitarbeiter. Sie alle gehen mit nach Hamburg. Und wer wird hier Fabrikleiter? Scheunemann? Der Assistent von Jochen Schütz? Oder Berthold, der Betriebsleiter?

Natürlich interessiert sich Ulrich dafür. So lange ist er ja noch nicht weg von der PFI. Bis zur Stunde hat er mir noch nicht verraten, wer die Leitung der Fabrik übernimmt, folglich weiß er es noch nicht. Früher hat er ja kein Sterbenswörtchen gesagt, aber das ist jetzt anders. Doch langsam, sehr langsam, macht der Prozeß der Loslösung Fortschritte. Da ist heute morgen mit der Post die Einladung zu dem alljährlich stattfindenden Treffen der Marinesoldaten der 4. Schnellbootflottille gekommen. Diesmal wollten sie sich in Wilhelmshaven treffen, Ulrichs Heimatort. Wann immer diese Einladungen kamen, überließ er es mir, eine Absage zu schreiben, kaum, daß er sich die Drucksache ansah. Er hatte so eine bestimmte Bewegung mit der Hand, wenn er mir das Papier übergab oder auf den Tisch legte. Halte mich doch nicht damit auf! sollte das bedeuten. Jedes Jahr mußte ich mir eine neue Entschuldigung ausdenken. Manchmal hatte ich wirklich einen Grund. Dann war Ulrich in Amerika, dann mußte er zum Verband nach Bonn, dann war er in Brüssel, aber es gab auch Situationen, wo das Datum — meistens war es ja ein Sonnabend — einen freien Tag in sich barg, und doch hatte Ulrich keine Muße, dieses Verbandstreffen mitzumachen. Ich glaube kaum, daß es Arroganz war, nicht einmal die Überlegung, daß er damals Zweckfreundschaften waren, die im normalen Leben wieder auseinanderfallen. Das wäre es bei Ulrich wohl sowieso nicht gewesen. So ein Kriegserlebnis ist so einschneidend im Leben, daß man vermutlich immer wieder Kontakt findet zu den Menschen, mit denen man in dieser Zeit zusammengelebt hat.

Sicher geht es anfangs bei solchen Treffen um Erinnerungen, aber das läßt allmählich nach und man interessiert sich für den Menschen selbst, für seine Arbeit, seinen Werdegang, seine Karriere, seine Familie — man interessiert sich für alles, was sein Leben ausmacht.

Heute ist wieder so eine Einladung gekommen, und diesmal las Ulrich sie aufmerksam. Ich weiß nicht, ob es Wilhelmshaven war, was ihn womöglich zur Teilnahme veranlaßte, oder die Tatsache, daß er jetzt wirklich keinen Grund hat abzusagen. Oder — noch besser — daß er sich jetzt mit mehr Aufgeschlossenheit all jener erinnern kann, mit denen er zusammengewesen ist, und auch das Verlangen hat, sie nach fast 40 Jahren wiederzusehen. Inzwischen müßte der größte Teil wie er im Ruhestand sein.

So weit war sie mit ihren Überlegungen gekommen. Sie hatte gar nicht auf den Weg geachtet, denn Fatima und sie waren so aufeinander eingespielt, daß sie sich manchmal ihren Gedanken überließ und nur im Unterbewußtsein die Gegend wahrnahm.

Heute jedoch wurde sie unsanft in die Wirklichkeit zurückgerufen.

Fatima stand plötzlich still.

Da sah sie eine Gestalt. Eine Dame lag am Wegesrand und schlief.

„Hallo!" rief Christiane vorsichtig, um sie nicht zu erschrecken. Sie hatte es häufiger erlebt, daß Wanderer auseinanderstoben, wenn sie plötzlich hinter ihrem Rücken ein Bumbum hörten und Christiane mit Fatima sahen. Seither machte sie sich lieber rechtzeitig mit einem „Hallo" bemerkbar.

Hier aber hatte ihr Ruf keine Wirkung. Die Dame rührte sich nicht.

Da sah Christiane näher hin. War das nicht ...?

Sie sprang ab und hielt Fatima lose am Zügel. Dabei beugte sie sich herab und berührte die Schlafende vorsichtig.

„Hermine!" sagte sie leise und bewegte ihre Schulter.

„Hermine! Was ist denn?"

Alles, was sie hörte, war ein leises Stöhnen, so als ob der gestaute Atem ausgehaucht würde.

„Um Gottes Willen! Hermine!" Jetzt entdeckte Christiane die herumliegenden Medikamente, die kleine Plastikflasche mit Wasser, die Zuckerstücke, ausgerechnet vom Hotel zur Post, das Röhrchen mit den verstreuten Tabletten, Hermines Ausweis, die Handschuhe, ihre Börse.

„Hermine!" fragte sie von neuem und schüttelte sie. Nichts! Nur dieses langsame Ausatmen, als ob die letzte im Körper angesammelte Luft entwiche. Da begriff Christiane, daß höchste Eile geboten war. Sie war zu aufgeregt, um den Puls fühlen zu können. Vielleicht lebte sie noch, vielleicht war das schwache Stöhnen gar kein Atmen mehr, sie wußte es nicht. Wenn Hermine Körner noch lebte, mußte sie sofort ins Krankenhaus.

Eine Schlafende? Während sie auf dem Kamm zurückgaloppierte, stellte sie sich tausend Fragen. Eine Schlafende? Es war 10 Uhr am Morgen. Um diese Zeit schlief niemand im Wald. Und wenn doch, dann hatte er die ganze Nacht dort verbracht!

Um Gottes Willen, die ganze Nacht! Es war September, und die Nächte waren schon empfindlich kühl, und morgens kam der Dunst — Nebel! Dazu noch etwas: Hermine Körner war Diabetikerin.

„Lieber Gott!" sagte sie laut und während Fatima gehorsam und schnell — Christianes Aufregung hatte sich auf sie übertragen — dem Stall zustrebte, überlegte sie , was zuerst geschehen müßte.

Ein Loblied auf den Breitner-Stall! Da stand in großen Lettern über der Sattelkammer die Telefonnummer des Tierarztes und die von Dr. Westernhagen, dem Marienfelder Arzt.

Aber das allein genügte heute nicht. Die Polizei mußte verständigt werden. Der Krankenwagen mußte kommen. Während sie weitergaloppierte, überlegte sie fieberhaft, wie man mit dem Krankenwagen an die Stelle kommen konnte, wo Hermine lag. Zu Pferde war alles kein Problem. Man müßte über die Badeanstalt auf den Kamm fahren. Es wäre zwar ein Umweg, aber auf dem Kamm würde es vielleicht gehen. Da waren zwei Spuren, folglich war da ein Trecker oder ein Holzfahrzeug gefahren. Das letzte Stück, vielleicht zweihundert Meter, mußte man die Verletzte mit der Trage holen.

Da, der Breitner-Hof. Ein paar Gratulanten waren schon da. Sie wurde fröhlich empfangen.

„Wie wunderbar, daß Sie schon zurückkommen!" rief Arno. „Herr Dr. Grothe ist auch gerade eingetroffen."

Christiane sprang ab und warf dem Nächststehenden die Zügel zu.

„Arno! Rufen Sie Dr. Westernhagen an! Rufen Sie die Polizei und den Krankenwagen!"

„Wie? Was um Gottes Willen ...!"

„Frau Körner liegt oben im Wald! Ich weiß nicht, ob sie noch lebt!"

Dann entdeckte sie ihren Mann. Ulrich Grothe war in Situationen wie diesen immer wie eine Säule!

„Oh Ulrich, Gott sei Dank, daß du schon hier bist. Ich habe Hermine Körner oben im Wald gefunden. Sie muß sofort ins Krankenhaus!"

„Ruhig, Christiane!" sagte er eindringlich und legte den Arm um ihre Schulter — und sie wurde ruhig! Sie zwang sich dazu. Ulrich war an ihrer Seite. Wie gut! Wie unendlich gut, daß er da war. Jetzt nahm er die weitere Abwicklung in die Hand.

Christiane hatte gerade noch gesehen, daß ihre Fatima in der Box war, da kam schon die Polizei und mit ihr Dr. Westernhagen.

Und nun erlebte sie, wie eine Notruf-Meldung von der anderen Seite abgewickelt wurde.

Sie fuhr mit dem Polizeiwagen los.

Inzwischen wurde per Telefon der Krankenwagen angefordert.

„Suizid-Verdacht!" hörte Christiane, was die Kriminalpolizei auf den Plan rief.

Erneut bekam der Krankenwagen per Auto-Telefon Anweisung, wie er zu fahren hatte. Christiane dirigierte den Wagen auf den Kamm, und es dauerte nicht lange, da fuhr auch schon der Krankenwagen hinter der Polizei her.

Jetzt hielten sie.

„Das letzte Stück müssen Sie zu Fuß gehen!"

„Machen wir!" sagte der Träger. „Gar kein Problem!"

Hermine Körner lag unverändert. Noch immer war ein schwaches Stöhnen zu vernehmen. Dr. Westerhagen untersuchte die Kranke genauer.

„Kein Suizid-Verdacht!" Das war das erste, was er der Polizei sagte. „Der Puls ist ganz schwach! — Wenn sie wirklich durchkommt, hat sie es Ihnen zu verdanken, Frau Grothe!"

Christiane hörte gar nicht zu.

„Sie muß über Nacht hier gelegen haben!“ sagte sie. „Oh, Gott!“ Sie wollte sich so gern zur Ordnung rufen, aber sie konnte die Tränen nicht mehr aufhalten. Es war schrecklich, plötzlich eine fast Tote zu finden, mit der man durch Jahre eng verbunden war.

Hermine Körner! Die Frau des Bürgermeisters Leopold Körner, des ersten Bürgermeisters, mit dem die PFI und damit die Grothes in engen Kontakt kamen. Das war nun dreißig Jahre her. Immer hatte der Bürgermeister mit Dr. Grothe positiv zusammengearbeitet. Gewiß war es zeitweise nicht leicht gewesen, Industrie und Badegäste gleichermaßen zu befriedigen.

Und Hermine, die anfangs ihre Schwierigkeiten hatte, sich der veränderten großzügigeren Situation, die mit der Niederlassung des amerikanischen Konzerns in Marienfelde zusammenhing, anzupassen.

Hermine Körner, die, solange ihr Mann lebte, darauf pochte, daß ihr das schöne Fachwerkhaus gehörte, in dem sie wohnten — daß ihrer Familie all die schönen Schätze aus der napoleonischen Zeit gehörten und nicht Leopold! Es beeindruckte sie wenig, daß Leopold es gewesen war, der die Schätze erst gefunden und in Vitrinen im Haus aufgestellt hatte — daß es überhaupt Leopold gewesen war, der den Wert des alten Bauernhauses erkannt und es unter Denkmalschutz gestellt hatte.

Die Ehe der Körners war nur in Abständen von Freundlichkeiten erhellt gewesen, eigentlich nur dann, wenn Leopold als Bürgermeister geehrt worden war und Hermine daran hatte teilhaben können.

Eines Morgens war dann alles vorbei. Es war ein heißer, schwüler Sommermorgen, als Leopold Körner sich unlustig zum Frühstück setzte und wieder eine bissige Bemerkung seiner Frau hinnehmen mußte. Als er aufstand, fiel er um und war tot.

Erst die spektakuläre Beerdigung brachte Hermine Körner zur Besinnung. Als sie sah, wieviele Menschen um ihren Mann trauerten, erkannte sie, daß sie vieles in ihrem Leben verkehrt gemacht hatte. Sie hatte zwar keine Möglichkeit mehr, diese Einsicht ihrem Leopold mitzuteilen oder gar zu zeigen, doch nahm sie sich vor, alles das auszuführen, was ihm vorgeschwebt hatte. So räumte sie das schöne Fachwerkhaus bald darauf und richtete ein Museum ein. Der Anfang war mit den vielen Dingen in den Vitrinen schon gemacht. Da sie eine Bauerntochter aus der Umgebung war — ihre Verwandten waren einflußreiche Leute mit großen Höfen —, wurde sie nicht müde, in den Speichern nach Brauchbarem zu suchen. Sie fand eine Menge, und sehr bald schon konnte sie das Leopold-Körner-Museum eröffnen.

Danach aber wurde es still um Hermine Körner. Sie hatte sich in Martin Bergers Hubertus-Apartmenthaus eingemietet und verbrachte ihre Tage mit langen Spaziergängen im Wald. Von ihrer Verwandtschaft konnte sie keine Betreuung erwarten. Sie waren alle zu beschäftigt mit ihren Höfen, mit dem Bauernverband und der Politik. Und sonst? Die Grothes kamen ab und zu, meistens nur Christiane, weil ihr Mann zu beschäftigt war. Aber jetzt sollte er ja aufgehört haben zu arbeiten. Vielleicht würde er mal mitkommen.

Ach — Hermine hatte sich im Laufe der Jahre ans Alleinsein gewöhnt. Im Apartmenthaus fand sie wenig Anschluß. Sie konnte nicht sagen, woran es lag, daß sie so viel allein war. Aber andere konnten es. Sie gab sich keine Mühe, sie war so wortkarg, daß sie das Gefühl hinterließ, sie wollte keinen Anschluß. Genau das war es auch.

Im Laufe der Zeit wurde Hermine Körner etwas sonderbar. Sie war jetzt in den Siebzigern. Genaueres wußte man nicht. Zwar hatten die Grothes, vielmehr Christiane, ihr nahegelegt, bei ihrer Wanderlust nicht vom Wege abzugehen, sondern nur die Hauptwege zu benutzen. Als sie einmal über einen Kollaps gesprochen hatte, der ihr „beinahe" zugestoßen wäre — irgendwo im Wald, wurde Christiane hellhörig. Es war zwecklos, die Verwandten zu alarmieren. Sie waren kaum an der Tante interessiert. Man mußte es ihr selbst sagen, und zwar eindringlich.

Doch heute mußte Christiane erkennen, daß ihr eindringlicher Vorschlag kein Echo gefunden hatte.

Die Jubiläumsfeier bei Arno Breitner fand ein Ende, bevor sie richtig angefangen hatte.

Diese eigenartige Stimmung war Christiane schon einmal widerfahren, als sie an einer sehr forschen ländlichen Fuchsjagd teilgenommen hatte, an deren Ende der Fuchsschwanz ausgeritten wurde. Da wurde der Fuchs, das war der Reiter mit dem an der Schulter befestigten Fuchsschwanz, verfolgt, bis man mit der „behandschuhten Rechten von der linken Seite" den Fuchsschwanz dem Reiter von der Schulter reißen konnte.

Bei dieser Jagd kollidierten Reiter und Fuchs so heftig, daß beide stürzten. Es war grauenvoll anzusehen. Während die Pferde sofort wieder aufstanden und weiterliefen, blieb einer der Reiter bewegungslos liegen. Der andere kam mit einem Schlüsselbeinbruch davon, doch der Bewußtlose starb auf dem Wege ins Krankenhaus an den Folgen eines komplizierten Schädelbruchs.

Als das bekannt wurde, hatte keiner der Teilnehmer mehr Lust, den Abend mit Tanz zu verbringen. Man blieb noch eine Weile zusammen, von nichts anderem redend als von dem Unfall. Jeder hatte etwas dazu zu sagen. Einige kannten die Reiter näher — sagten, sie wären immer schon so rücksichtslos geritten, auch während der Jagd. Andere bestritten das. Im Grunde war man zu erschüttert, um über etwas anderes zu reden, obgleich die ganze Jagd bis auf den Schluß so großartig organisiert war und man seine Freude hatte.

Genau so war es heute auf dem Breitner-Hof. Niemand erwähnte mehr das Jubiläum. Kein Mensch dachte daran, den Breitners zu danken und die vorgesehene kleine Rede zu halten.

Der Tag war überschattet von dem Erlebnis mit Hermine Körner.

Als dann am Nachmittag bekannt wurde, daß Frau Körner auf dem Wege ins Krankenhaus gestorben wäre, war keine Freude mehr zu erwarten. Man ging bedrückt auseinander.

„Ist das ein schlechtes Omen?“ fragte sich Arno Breitner.

* * *

Nur wenige nahmen von Hermine Körners Tod Notiz, und so kam es auch, daß die Beerdigung im allerkleinsten Kreis stattfand. Man konnte die Teilnehmer zählen. Vornehmlich waren es Menschen aus Hermine Körners Generation. Der ehemalige Bürgermeister Meißner, der Martin Berger abgelöst hatte, und die beiden Bergers natürlich, ferner die Grothes, und von der Verwandtschaft erschien ein Vetter, der, wie er sagte, beauftragt worden war, im Namen aller zu fungieren. Die Körners hatten keine Kinder gehabt, und so war alles reichlich unpersönlich und traurig. Auch das Wetter war dazu angetan, den Friedhof schnell wieder zu verlassen. Es goß in Strömen, als der Sarg in die Gruft hinabgelassen wurde.

Es gab keine Kaffeetafel, wie es in der Gegend üblich war — nichts. Hermines Vetter wandte sich an die Grothes und die Bergers wegen der Habseligkeiten von Cousine Hermine und mußte zu seinem Ärger bei der späteren Testamentseröffnung feststellen, daß Hermine ihr verbliebenes Vermögen der Leopold-Körner-Stiftung vermacht hatte.

Verärgert fuhr er wieder ab. Die Wohnung war schnell geräumt, denn Hermine hinterließ nichts, das man als wertvoll hätte bezeichnen können. Das Wertvolle war im Leopold Körner-Museum zu finden, und das blieb der Verwandtschaft verschlossen. Ob das die Rache war für das mangelhafte Interesse, das man an dieser verrückten Person genommen hatte? Vetter Karl zuckte verächtlich mit den Schultern. Er war wütend, weil er gehofft hatte, an ein paar Tausender heranzukommen, ohne den Finger gerührt zu haben. Das war nun nichts. Es ärgerte ihn schon, daß er Zeit und Benzin für die Beerdigung geopfert hatte. Na warte, Verwandtschaft! Das lasse ich mir alles bezahlen!

* * *

Liebste Melanie!

Heute muß ich Dir etwas erzählen ... Du wirst staunen! Nur zum Teil hat es etwas mit dem Ruhestand zu tun oder ... doch, vielleicht doch!

Bevor ich aber beginne, muß ich Dir noch danken für Deine Zeilen. Wenn Du mich ermunterst, möglichst viel und möglichst intensiv zu berichten, so denke ich, es ist zum Teil Deine angeborene Hilfsbereitschaft, mir Gelegenheit zu geben, mich auszusprechen, — und, das darf ich sicher auch sagen, zum anderen Teil Dein eigenes Interesse, weil Euch beiden in Kürze ein ähnliches Problem präsentiert wird, die Pensionierung Deines Mannes, der genau wie Ulrich fasziniert ist von seiner Tätigkeit und dem in all den

Jahren keine Zeit blieb, ein Hobby zu entwickeln, geschweige denn zu pflegen.

Ich hätte Dir sicher schon eher geschrieben, wenn wir hier nicht einen Todesfall erlebt hätten, der uns sehr berührt hat. Ich berichte Dir ein anderes Mal darüber.

Es tut so gut, Dir heute etwas zu schreiben, was mich geradezu bewegt hat, besonders Ulrichs wegen.

Es war an einem Sonnabend im September, ein schöner Tag war es. Wir überlegten schon, ob wir nach dem Mittagessen hinausfahren sollten, um auf dem Kamm des Mittelgebirges ein tüchtiges Stück zu laufen.

Ich glaube, es war gegen 11 Uhr, als es klingelte. Da wir beide mit den Zeitungen beschäftigt waren, hatten wir nicht gesehen, wer den langen Weg zu unserem Haus hochgekommen war.

Wir erwarteten auch keinen Besuch.

Als ich die Tür öffnete, sah ich einen jungen Mann vor mir — mit Bart, gepflegt. Er sah adrett aus — und er lächelte etwas verlegen.

So ein Bart verändert einen Menschen ja tüchtig. Ich konnte ihn auch zuerst nicht erkennen, aber dann ...

„Andreas?“ Ich machte eine Frage daraus, und er nickte.

Wir hatten uns jahrelang nicht gesehen. Der Kontakt zu Ulrichs Sohn war ohnehin immer nur sehr lose gewesen. Du kennst das Kapitel. Er war wohl 20 Jahre nicht hier gewesen, und die früheren Besuche, als er noch in dem unfreundlichen Alter von 14/15/16 Jahren war, waren höchst ärgerlich verlaufen.

Jetzt stand er vor mir und sagte:

„Ich habe in den Zeitungen gelesen, daß Vater aufgehört hat zu arbeiten, und da dachte ich“, er zögerte ein wenig, als ob er nach Worten suchte, „könnten wir uns nicht miteinander arrangieren?“

Arrangieren! Es war genau das, was er ausdrücken wollte. Dabei lächelte er liebenswürdig, fast bittend — und dann erkannte ich, daß er seiner Mutter Andrea sehr ähnlich sah. Es gibt ein großes Ölbild von ihr, das ich vor meiner Heirat in Ulrichs Haus in Hamburg gesehen hatte. Ich wüßte nicht, daß Ulrich noch andere Aufnahmen von ihr hat. Jedenfalls hatte ich jahrelang meine Schwierigkeiten, diese Andrea aus Ulrichs Gedächtnis zu streichen. Es gelang mir schließlich, doch frage mich nicht, wieviele Kämpfe mit mir selbst oder auch mit Ulrich es gekostet hat.

Als ich an diesem Septembertag die Züge der Andrea Grothe in ihrem Sohn wiederfand, überlegte ich, warum ich mir selbst durch Jahre hindurch soviel Kummer gemacht hatte. Hier stand Ulrichs Sohn vor mir, zwanzig Jahre waren vergangen und hatten ihn zum Mann werden lassen. Ganz sicher hatte er inzwischen sein eigenes Leben aufgebaut — und wenn durch ihn die beiden glücklichen Jahre mit Andrea wieder wach wurden, warum nicht? Sie gehörten zu Ulrichs Leben. Früher war ich eifersüchtig auf diese beiden Jahre, die so heiter gewesen sein sollten.

Ich habe keine heiteren Jahre mit Ulrich erlebt, doch frage ich mich heute:

warum gönnte ich ihm diese zwei Jahre nicht? Warum fragte ich mich immer wieder, wieso er diese Andrea Krogmann, Andrea Grothe lieben konnte, die ihm absolut nicht gewachsen war. Sie besaß keine geistigen Fähigkeiten, sie war nur ein fröhlicher Mensch, der es sich in den Kopf gesetzt hatte, diesen geschlagenen Mann zu heiraten und ihm den Ernst und die Trauer mit Heiterkeit und Frohsinn zu vertreiben.

Heute weiß ich es besser. Ulrich Grothe konnte in den Jahren nach dem Kriege, als er vor dem Nichts stand, aller Illusionen beraubt, ohne Anhalt, ohne Familie, gar nichts Besseres widerfahren als diesem Menschenkind Andrea zu begegnen!

Du siehst, liebste Melanie, erst wenn man älter wird und ein bißchen Einblick genommen hat in das, was man Weisheit nennt, kommt man zu solchen Überlegungen. Vielleicht wird man auch toleranter.

Nun aber Andreas, der in der Tür stand und fragte, ob man sich nicht miteinander arrangieren könnte!

„Aber ja!" sagte ich endlich und war ganz erfüllt von dem Besuch.

„Komm herein! Komm endlich herein! Dein Vater wird sich freuen!"

Nur zögernd folgte er. „Meinst du?" fragte er zweifelnd.

„Das laß meine Sorge sein!" antwortete ich zuversichtlich.

Doch während ich es sagte, überlegte ich schon, ob es recht war, Ulrich einfach zu überfallen oder ob ich nicht doch besser erst allein ins Zimmer gehen und ihn vorbereiten sollte.

Es war zu spät, hier noch Überlegungen anzustellen. Andreas sah kurz in den Spiegel und glättete sein Haar an den Schläfen.

Da öffnete ich die Tür.

„Du wirst es nicht glauben, Ulrich! Andreas besucht uns!"

Damit schob ich ihn ins Zimmer.

Vielleicht war es nicht fair, was wir machten. Doch wenn Ulrich sich überfallen fühlte, so hatte er sich blendend unter Kontrolle.

Dennoch konnte ich genau verfolgen, was in ihm vorging.

Der Junge! Lieber Gott, mein Sohn ist gekommen!

Für den Bruchteil einer Sekunde sah ich den Glanz in seinen Augen, die Freude des Wiedersehens. Doch dann erlebte ich das, was Ulrich Grothe sich durch Jahre anerzogen hatte: Selbstkontrolle! Er durfte einfach nicht zeigen, was in ihm vorging, schon gar nicht vor seinem Sohn, der ihn jahrelang ignoriert hatte, der Kartengrüße an Christiane schickte, jedoch nicht an ihn. Dieser Sohn, der eines Tages eine Drucksache schickte, in der er kundtat, daß er Barbara Hartmann geheiratet hätte und nun in Hamburg wohnte. Nichts weiter.

Als ich das alles so sah, der abwartende Andreas, bereit, sich mit seinem Vater auszusprechen, und Ulrich, gleichfalls abwartend: er erwartet doch nicht etwa von mir, daß ich den ersten Schritt tue! Wie komme ich dazu! — als ich das alles so sah, Melanie, wurde ich an manche Station unseres gemeinsamen Lebens erinnert, wo Ulrich sich genau so abwartend verhalten hatte.

„Guten Tag, Vater!“ Es klang wie eine Erlösung für mich. Der Junge tat den ersten Schritt, und er tat es so liebenswürdig, so bereitwillig, seinem Vater über die Verlegenheit des Augenblicks hinwegzuhelfen, daß Ulrich es einfach nicht übersehen konnte.

Er tat es auch nicht. Du ahnst nicht, was ich in diesem Bruchteil einer Sekunde durchmachte! Man kann es gar nicht so schnell schreiben, welche Gedanken einem da kommen. Ich hätte Ulrich verwünscht, wäre er auf diese Begrüßung nicht so eingegangen, wie der Junge es sich ersehnte.

„Hallo, mein Junge!“ sagte Ulrich denn auch und legte endgültig seine Zeitung beiseite, stand auf und streckte seinem Sohn die Hand entgegen.

Von da ab war der Bann gebrochen.

„Woher weißt du, daß ich nicht mehr arbeite?“ war eine der anfänglichen Fragen.

„Aus den Zeitungen! Wir haben es gelesen!“

„Wir! Das erinnert mich daran, daß du verheiratet bist! Erzähle doch ein bißchen und laß nicht alles wie mit Zangen aus dir herausholen!“

Noch immer war Andreas befangen, wie konnte es auch anders sein, doch mehr und mehr gab sich das.

Und schließlich kam es heraus, daß seine Frau unten im Wagen saß ...

„... und Anne auch!“

„Anne? Wer ist Anne?“

„Unsere Tochter, Vater! Anne ist drei Jahre alt ... wir dachten, ich sollte zuerst allein zu dir hineingehen!“

Ulrich schüttelte den Kopf und lächelte. Wirklich, Melanie, er lächelte! Ich habe ihn lange nicht so liebevoll lächeln sehen.

Da wurde er auf einen Schlag konfrontiert mit der Tatsache, daß er eine Enkeltochter hatte. Ich wußte ja auch nichts davon.

„Nun aber los, hole sie! Sofort! Dies ist ein Befehl!“

Offenbar konnte Ulrich ihm nichts Schöneres sagen. Barbara und seine Tochter waren akzeptiert.

Schon während der kurzen Unterhaltung merkte ich, daß Ulrich seine strenge Maske fallen gelassen hatte. Jetzt stand er auf und sah aus dem Fenster. Wenn ich aber gehofft hatte, er würde ein paar Worte zu mir sagen, so irrte ich mich. Immer, wenn ihn etwas beschäftigte, ging er ans Fenster und sah hinaus auf die Ebene.

Diesmal aber, glaube ich, war es nicht die Ebene, von der er sich beruhigen lassen wollte oder von der er sich neue Gedanken erhoffte. Diesmal konnte er es kaum erwarten, seine Schwiegertochter zu sehen, und das Kind, ein dreijähriges kleines Mädchen mit blonden Locken, das an der Hand der Mutter den langen Weg heraufgehüpft kam, fröhlich und unbekümmert.

„Der Junge!“ murmelte Ulrich. „Mein Gott, der Junge!“

Er konnte es noch immer nicht fassen, daß sein Sohn zu ihm gekommen war. Es bewegte ihn tief und — das glaube ich bestimmt — er hatte alle Verunglimpfungen der früheren Jahre vergessen. Er hatte einen Sohn, der seinen Namen trug, und dieser Sohn erinnerte ihn an Andrea, an zwei glückliche Jahre, die von einer Sekunde zur anderen vorbei gewesen waren.

Ich bin ganz sicher, daß er in seinem Sohn vieles von Andrea wiederfand. Noch hatte er nicht gezeigt, daß er heiter sein konnte, doch liebenswürdig war er ganz bestimmt.

Da kamen sie. Barbara in ihrem blauen Kostüm mit weißer Bluse, genau das, was Ulrich schätzt. Ich trage das auch viel, weiß aber, daß so etwas noch immer der Sekretärinnen-Look genannt wird. Was soll's, Ulrich mag es so, und wenn es ihm gefällt, warum sollte ich ihm nicht die Freude machen?

Eine gut gewachsene junge Frau stand an Andreas' Seite, mit kurz geschnittenen Haaren. Sie gab Ulrich etwas verlegen die Hand.

Wenn ich jetzt das schreibe, was sie mir später gestand, kannst Du Dir dieses Menschenkind besser vorstellen. Sie sagte, sie hätte in dem Augenblick, als sie Ulrich gegenüberstand, doch ein bißchen Angst vor ihrer eigenen Courage gehabt.

„Da überfallen wir ihn einfach und bringen ihm mit einem Satz bei, daß er seit drei Jahren Großvater ist! — Ich war es nämlich, die diese Reise wollte, nicht Andreas!"

„Aber es ist doch gut, daß ihr gekommen seid! Gott, Bärbel, ihr seid genau zum richtigen Zeitpunkt gekommen!" sagte ich, als wir in der Küche waren.

„Wieso?" fragte sie. „Wieso zum richtigen Zeitpunkt?"

„Nun", ich brauchte ein bißchen Zeit, um meine Worte richtig zu setzen, „weißt du, wir haben gerade so etwas wie eine Flaute!"

„Flaute?" Es war eben doch schwer, es ihr zu erklären.

„Ja, weißt du, wenn man aufhört zu arbeiten, und dann noch dein Schwiegervater, der in all den Jahren nichts anderes gekannt hat als Arbeit, dann gibt es eben Momente, wo er seine Arbeit vermißt, wo er nicht weiß, wie er die Zeit ausfüllen soll, wo er krampfhaft nach etwas sucht, was seinen Kopf beschäftigen könnte!"

Allmählich redete ich mich warm, um ihr klarzumachen, wie es um Ulrich bestellt war.

„Bloß nicht tatenlos dasitzen! Aber was tun, wenn der Garten in Ordnung ist, wenn es nichts zu schreiben gibt, wenn man verreist, nur um zu verreisen, wenn man ganz einfach kein Ziel hat — oder ich will so sagen, noch kein Ziel hat. Weißt du, Bärbel, diese Phasen kommen und gehen wie Wellen, und gerade hatten wir wieder so eine Welle, die zurückgespült wurde und nun ihren tiefsten Punkt erreicht hatte. — Verstehst du, was ich damit sagen will?" fragte ich sie schließlich.

Sie antwortete nicht sofort. Offenbar mußte sie sich das alles durch den Kopf gehen lassen.

„Ich glaube, das kommt alles daher, weil Dr. Grothe einfach nichts anderes kannte als Arbeit!"

„So ist es! Genau so ist es!"

Wieder entstand eine Pause, in der Bärbel versuchte, mir etwas klarzumachen, aber noch nicht wußte, wie sie anfangen sollte.

„Ich glaube nicht, daß Andreas es so weit kommen lassen würde, wenn er einmal aufhören wollte zu arbeiten. Wir — und damit meine ich alle unsere Freunde, nicht nur uns beide — wir haben eine ganz andere Einstellung zum Leben als ihr ... als Sie!“ verbesserte sie sich.

„Als ihr — wollen wir doch dabei bleiben. Ich bin Christiane, und wie es dein Schwiegervater halten wird, wird er dir sicher selbst sagen! — Aber weiter. Ich würde gern erfahren, wie eure Generation, die ja wohl kaum noch zu den Teens gehört, sich das Leben eingerichtet hat.“

„Wir wollen ja arbeiten, aber alles zu seiner Zeit! Wir brauchen ebenso unsere Freizeit, in der wir das tun, was uns Spaß macht. Auch wenn wir eine Tankstelle haben, also einen Familienbetrieb, ist uns die Freizeit genau so wichtig wie die Arbeit!“

„Hm!“ Das war alles, was ich dazu sagen konnte. Dürftig, nicht wahr? Ich fand, daß ich kein Recht hatte, Kritik zu üben. Ich wollte ja nur wissen, wie ihr Leben aussah. Außerdem hielt ich mich nicht für befugt, darüber zu diskutieren. Das wollte ich lieber Ulrich überlassen. Es war also dumm von mir, hier überhaupt eine Frage zu stellen.

Als wir wieder ins Zimmer kamen, saßen sich Vater und Sohn gegenüber und das kleine Mädchen Anne wippte auf dem Sofa herum. Niemand kümmerte sich um die Kleine. Endlich kam die Mutter und setzte sich zu ihr.

Ich gebe zu, ich verstehe wenig von kleinen Kindern, aber dies zu beobachten, dieses kleine Mädchen, das seinen Großvater staunend betrachtete und zu gern eine Annäherung suchte, sich jedoch nicht traute, so ganz allein, daß es erst die Nähe seiner Mutter haben mußte, um etwas mutiger zu werden, das alles zu sehen, berührte irgendwie mein Herz.

„Das ist dein Opa!“ flüsterte die Mutter. Sie wollte keinesfalls die Unterhaltung zwischen Vater und Sohn unterbrechen, doch sie tat es.

Ulrich sah auf und nickte seiner Enkeltochter zu. Auch er war ja vollkommen unerfahren und wußte ganz bestimmt nicht, wie er Anne behandeln sollte, was er sagen sollte oder was er tun könnte.

Dennoch rührte ihn dieses kleine Geschöpf, das seinen Arm ausstreckte und mit den Fingern über den Rauchtisch wanderte — Zeigefinger, Mittelfinger, Zeigefinger, Mittelfinger; sie kam immer näher, und schließlich merkte Ulrich, was sie vorhatte. Sie suchte die erste Annäherung.

Da legte er seine große Hand auf den Tisch und erwartete sie.

„Anne weiß gar nicht, was ein Opa ist!“ erklärte Bärbel. „Sie kennt keinen. Mein Vater starb vor fünf Jahren, und da war Anne noch nicht geboren! — Versuch's doch mal: Opa!“ wandte sie sich wieder an das Kind und erklärte dann auch noch: „Opa ist der Papa von deinem Papa!“

Aber das war zuviel für den kleinen Kopf.

Es war auch viel vergnüglicher, mit den Fingern immer weiter vorzudringen und schließlich in das große Tal der Handschale hineinzuwandern.

Nichts geschah! Obgleich Anne damit rechnete, gefangen zu werden, daß also die große Hand zuschnappte, geschah etwas anderes. Behutsam und mit ganz kleinen Schritten kam ein großer Zeigefinger und ein Mittelfinger von der anderen Seite heran und erreichte die kleine Hand, die nun ganz ruhig in der großen lag — ohne Furcht, nur neugierig, wann die beiden anderen Finger ihre Hand erreichen würden und was dann wohl geschähe!

Jetzt waren sie da und strichen sachte über die kleine Hand.

Nie hätte ich Ulrich soviel Zärtlichkeit zugetraut.

„Na?“ fragte er und dämpfte seine Stimme, damit sie nicht erschrak. „Willst du nicht mal zu mir kommen?“

Und tatsächlich, sie kam, ohne zu zögern. Er hob sie auf seinen Schoß und sie lehnte sich an seine Brust.

„Deine Mutter hat ganz recht. Ich bin dein Großvater, aber da das Wort noch viel zu schwer für dich ist, sagst du einfach Opa zu mir! Na?“ fragte er und hoffte, sie würde bei ihm bleiben und sich nicht fürchten und nach der Mutter verlangen.

Noch nie hatte er ein Kind auf seinem Schoß gehabt. Ich weiß nicht, was in ihm vorging, als er seine kleine Enkeltochter ansah und mit ihrer Hand spielte, den Arm entlangstrich und sie vorsichtig an sich drückte. Ich habe überhaupt noch nicht gesehen, daß Ulrich Grothe so offen seine Gefühle zeigte. Es war gar kein Zweifel, daß er sich freute, das Kind seines Sohnes auf seinem Schoß zu haben und es streicheln zu können.

Und was tat Anne? Als sie merkte, daß dieser große Mann, den sie Opa nennen sollte, sich mit ihr beschäftigte, daß er sie streichelte, wie Papa es tat, daß er sie an sich drückte, wie Papa es tat, lachte sie ihn an, wie sie es immer bei Papa tat, und dann sagte sie nicht Papa, sondern versuchte sich an dem neuen Wort.

„Opa!“ sagte sie, und da es so einfach war, sagte sie es gleich nochmal, „Opa!“ und nochmal, „Opa!“ — und da alles so wunderbar war an diesem Opa, so schön wie mit Papa, wenn sie auf seinem Schoß saß, tat sie genau das, was sie bei Papa auch immer tat. Sie legte die Arme um seinen Hals und sagte ein letztes Mal „Opa!“ zu ihm.

Opa Grothe konnte nichts dazu sagen. Niemand konnte es in diesem Augenblick. Ich bin ganz sicher, jeder war glücklich auf seine Weise. Bärbel, daß das Kind es erreicht hatte, seinen Großvater zu erfreuen — daß überhaupt die von ihr geplante Reise so glücklich verlaufen war. Andreas lächelte genau so wie seine Mutter auf dem Ölbild. Ganz sicher war auch er glücklich und erhoffte sich vielleicht von der Zukunft weitere Besuche, entweder hier oder in Hamburg.

Ich selbst war gerührt. Ich war ganz einfach gerührt, weil ich etwas an Ulrich entdeckt hatte, das ihn immer liebenswerter machte. Nun sind wir schon über dreißig Jahre verheiratet, und immer wieder entdecken wir noch etwas, was uns unbekannt ist.

Und Ulrich? Das kann ich nur ahnen. Er hat nie darüber gesprochen, daß er seinen Sohn vermißte, aber heute mußte ich feststellen, daß es ganz sicher häufig der Fall gewesen ist. Ulrich hat ja nie etwas über seine ganz persönlichen Belange gesagt. Das war ja durch Jahre mein großer Kummer gewesen. Es war absolut unnatürlich, daß ein Vater nach außen so wenig Interesse an seinem Sohn zeigte, wie Ulrich es getan hatte. Heute weiß ich es besser. Es hat ihn gegrämt, daß Andreas an mich schrieb und nicht an ihn. Es hat ihn überhaupt gegrämt, daß er nicht erfolgreich war. Vielleicht grämt ihn das heute noch. Was mich aber beruhigt, ist dies: er hat eine Frau zur Seite, die die Tatkraft besitzt, die Andreas vermissen läßt.

Und dann das Kind — dieses kleine Mädchen, das seines Großvaters Herz im Sturm eroberte! Ich weiß nicht, ob er in diesem quicklebendigen Kind wiederum seine erste Frau entdeckte oder Züge von ihr oder ob er ganz einfach Freude an ihrer Lebendigkeit hatte.

Ich sagte ja schon vorhin, über die Zeiten der Eifersucht bin ich hinaus. Ich freue mich, wenn Ulrich sich freut. Es liegt mir ganz besonders am Herzen, wenn er über tote Punkte hinwegkommt — und die haben wir immer noch, Melanie, glaub' mir. So schnell geht das nicht.

Nicht wahr, dies alles mußtest Du wissen. Ich bin erfüllt von dieser Wende. Ich könnte mir denken, daß von nun an der Kontakt weiter gepflegt wird. Noch wissen wir wenig über die junge Familie. Aber ganz sicher werden wir sie besuchen. Ich bin viel zu neugierig, und Ulrich ist es auch, selbst wenn er es nie zugeben wird.

Ach, Melanie, es tat so gut, Dir das alles zu erzählen. Ich danke Dir.

Wie immer bin ich Deine
Christiane.

* * *

„So spät heute?" fragte Renate Steiner ihren Mann und sah von ihrer Zeitung auf. Es war gegen 23 Uhr, als Wolfgang endlich die Tür, auf der „Privat" stand, öffnete.

„War irgend etwas Besonderes?" fragte sie erneut, als ihr Mann nicht antwortete, sondern sich einfach in den Sessel neben der Stehlampe fallen ließ und sie Schuhe von den Füßen streifte, eine Sache, die er nur zu gern tat und die Renate mißbilligte.

Im Laufe der Jahre hatten sie sich wunderbar aufeinander eingespielt. Doch eins wunderte Wolfgang. An sich sollte er sich freuen, daß es so war: Renate hatte nur das Geschäft im Sinn. Alles drehte sich um das Hotel. Selbst ihre Garderobe war danach ausgesucht: unauffällig elegant. Und noch etwas: Nie traf man sie unvorbereitet an. Zu jeder Tages- und Nachtzeit konnte man Frau Steiner gepflegt und tadellos frisiert antreffen. Selbst wenn es um Mitternacht an die Tür klopfen würde (es geschah ja nicht, aber Wolfgang war ganz sicher, auch dann!), würde man sie zwar in ihrem züchtig vom Hals bis zu den Fersen geschlossenen königsblauen, samtenen Hausmantel antreffen, aber auch dann wäre ihr Haar tadellos gekämmt.

Als sie sich vor Jahren in der Hotelfachschule kennenlernten, waren es ganz andere Motive, die die Zuneigung wachsen ließen. Wolfgang Steiner trug ein Erbe in sich, dem er den Kampf angesagt hatte, aber dazu brauchte er jemanden, der ihm half. Seine Mutter hatte dieser Last gleichfalls Trotz geboten, doch hätte sie es bestimmt nicht geschafft, damit fertigzuwerden, wäre nicht Lothar Steiner an ihrer Seite gewesen. Lothar Steiner aber war von jener liebenden Geduld, jener aufmerksamen Fürsorge, die Renate nicht entwickelte. Renate machte es ganz anders. Während ihr Schwiegervater immer um seine Frau herum war, so daß sie keine Gelegenheit hatte, sich aus dem Leben zu stehlen, wenn sie mit Problemen nicht fertig wurde, hatte Renate Wolfgang tatkräftig unterstützt, als er sich mit ihr im Campingbus auf eine abenteuerliche Reise von Ostafrika nach Westafrika machte. Die „Mutprobe Afrika" verlangte wirklich viel von den beiden. Sie hatten zwar die Reise gründlich vorbereitet, sie wollten auch keine Abenteuer, doch wollte Wolfgang mit dieser Mutprobe ein für alle Mal beweisen, daß er nicht vor Schwierigkeiten davonlief.

Und es gab furchtbare Schwierigkeiten, die ihnen widerfuhren. Monatelang saß Wolfgang in einem afrikanischen Gefängnis, weil er einen Jungen angefahren hatte. Man entließ ihn erst, als der Junge wieder gesund war, und das zog sich gewaltig in die Länge.

Alle diese Erfahrungen hatten die jungen Eheleute zusammengeschweißt. Als sie dann zurückkehrten, waren sie bereit, sich in die Arbeit im Hotel zur Post einzuschalten und es schließlich zu übernehmen. Es wurde auch höchste Zeit. Die Eltern Steiner hatten ihre Gesundheit mit dem Auf- und Ausbau des Hotels untergraben und brauchten notwendig Unterstützung.

Insofern war die Mutprobe Afrika ein voller Erfolg. Nie wieder hatte Wolfgang Steiner Anwandlungen von Verzweiflung. Die Erfahrungen in einem afrikanischen Gefängnis hatten den Tiefpunkt ausgelotet. Schlimmer konnte es nicht kommen. Hätte er allerdings in dieser Zeit Renate nicht zur Seite gehabt, wäre er vermutlich nicht mehr nach Hause gekommen. Das vergaß Wolfgang nie.

Doch ... im Laufe der Jahre entwickelte sich Renate zu einer beachtenswerten Geschäftsfrau, mehr noch: es gab Momente, da Wolfgang ihre Zuneigung vermißte. Auch daß sie keine Kinder hatten, war kaum auf dem Gebiet mangelhafter Gesundheit zu suchen. Renate hatte einfach keine Zeit für Kinder. Er war nicht einmal sicher, ob sie Kinder liebte.

In versteckten Anspielungen hatte seine Mutter schon einmal vorsichtig angefragt, ob sie denn gar nicht mit Großelternwürden rechnen dürften. „Ganz ohne Kinder?" fragte sie ihren Sohn und machte dabei ein so unglückliches Gesicht, daß Wolfgang sie in die Arme nahm und einfach sagte: „Was nicht ist ... Geduld, Mutter!"

„War irgend etwas Besonderes, Wolfgang?" Zum dritten Mal fragte Renate, und es war erstaunlich, daß sie nicht ungeduldig wurde. Sie kannte das Hotelgeschäft viel zu gut, als daß sie einen ermüdeten Mann quälen wollte. Doch wissen mußte sie natürlich, was vorgefallen war.

„Donnerstags ist doch nie viel los, und das Seminar der Hoffmann-Werke beginnt erst morgen."

Irgendwie rührte es ihn, daß sie so intensiv am Hotelgeschäft interessiert war. Man konnte eben nicht alles haben, Zuneigung und einen kühlen Kopf. Alles zu seiner Zeit! dachte er und bequemte sich endlich, ihr Auskunft zu geben.

„Ich hatte ein langes Gespräch mit Vater!"

„Ach so!" Renate lehnte sich zurück und war nun ganz entspannt. „Du warst also im Flügelhaus! Was macht er denn so allein?" fragte sie und dachte, sie wollte morgen auch mal zu ihm gehen. Es war ja noch eine Woche, bis Mutter Petra von ihrer Kur zurückkam.

„Seltsam eigentlich, warum kommt er gar nicht mehr herüber? Sonst freute er sich doch immer, wenn wir ihn nochmal einschalteten hier im Hotel!"

„Jaaa", sagte Wolfgang gedehnt und legte die Arme hinter seinen Kopf. „Das wird nun wohl aufhören!"

„Aufhören? — Also los, Wolfgang, nun schüttle mal deine Müdigkeit ab und berichte. Da du einmal angefangen hast, mußt du die Sache auch zu Ende führen!"

Wolfgang lächelte. Das war ganz genau seine Renate, energisch und zielbewußt. Er mußte ihr alles erzählen. Ganz abgesehen davon, er konnte auch gar nicht anders. Wolfgang brauchte einen Partner, dem er sich mitteilen konnte.

„Vater Steiner hat große Veränderungen im Kopf!" begann er endlich.

„Veränderungen? Die hat er doch immer, wenn es um das Hotel geht! Ich kenne deinen Vater nicht anders, als daß er pausenlos darüber nachdenkt, wie er das Hotel zur Post noch besser, noch komfortabler und noch angenehmer für den Gast ausrüsten kann."

„Wer spricht denn vom Hotel?" fragte Wolfgang und erreichte damit, daß seine Frau aus ihrer bequemen Haltung im Sessel hervorschoß und ihn durchdringend ansah.

„Soll das bedeuten, dein Vater will etwas anderes verändern? Das höre ich zum ersten Mal, und offen gestanden, ich kann es mir kaum vorstellen!"

„Ich wohl! Und ich will dir auch erklären, wieso und warum!"

„Da bin ich aber gespannt! Laß hören!"

„Ja, das ist so: Seit wir Vater klarmachen mußten, daß sein Traum von einem Kleinod nicht zu verwirklichen ist, gehen seine Gedanken andere Wege!"

Renate überlegte einen Augenblick.

„Ja, das glaube ich auch. Es hat ihn schwer getroffen, nicht wahr? Aber du mußt doch zugeben, Wolfgang ..."

„Wir brauchen das Thema nicht mehr zu erörtern. Selbst Vater hat es eingesehen, aber seither schwindet sein Interesse für das Hotel. Ich will nicht sagen, daß es ganz aufgehört hat, aber es steht nicht mehr an erster Stelle."

„Das ist doch nur gut, findest du nicht? Irgendwann muß er sich ja doch zurückziehen! Wenn es nun so kommt, daß er von sich aus seine Interessen in andere Bahnen lenkt, kann es doch nur gut sein!“

„Ja, schon!“ erwiderte Wolfgang langsam. „Aber noch wehrt er sich dagegen. Ich weiß nicht, wie ich es dir anders erklären soll. Es tut ihm leid, daß sein Interesse langsam erlischt, und doch hat er etwas entdeckt — oder wiederentdeckt, das ihn beschäftigt — mehr beschäftigt als das Hotel!“

„Und was ist es?“

„Eigentlich zweierlei!“

„Zweierlei? Das klingt fast verworren!“

„Laß mich das Praktische zuerst erläutern. — Du erinnerst dich doch, daß er einmal von einem Bausparvertrag sprach, der in aller Kürze zur Auszahlung kommt.“

„Oh ja, den brauchen wir dringend! Wir wollen doch ...“

„Stop, Renate ... Liebste!“ Wenn er dieses Wort gebrauchte, wußte die kühle Renate, daß er etwas getan hatte, was sie nie und nimmer billigen würde. Was war es diesmal?

„Wir brauchen ihn nicht, und wir nehmen ihn auch nicht!“

„Nicht? — Wolfgang“, fragte sie, noch immer ruhig, doch besorgt, daß er etwas Verkehrtes gemacht hatte, „was ist mit dem Bausparvertrag?“

„Vater hat mich gefragt, ob er ihn für einen Hausbau haben könnte!“

„Für einen Hausbau?“

„Renate, versteh’ doch bitte. Ich habe natürlich ‚ja‘ gesagt. Ich konnte gar nicht anders.“

Sie wollte etwas erwidern, doch er redete nun ununterbrochen, um sie nicht zu Wort kommen zu lassen. Dies mußte er ihr erklären, und sie mußte es einsehen.

„Auf der einen Seite sollen sich meine Eltern vom Hotelgeschäft zurückziehen, und auf der anderen Seite sollen wir ihnen nicht die Möglichkeit geben, sich auch vom Hotelgelände zurückzuziehen? Sie wollen sich ein kleines Häuschen bauen, wo sie ungestört sind und genau das tun können, was ... und das ist der zweite Punkt, den ich heute entdeckte!“ Er mußte Luft holen.

„Nun, heraus mit der Sprache! Auf eine Hiobsbotschaft mehr oder weniger kommt es nun nicht mehr an.“

Wolfgang schüttelte den Kopf.

Warum war sie so lieblos — so wenig verständnisvoll? Das kannte er gar nicht an ihr.

„Mein Vater hat seine Freude am Klavierspiel wiederentdeckt!“

Renate lehnte sich zurück.

„Das ist es also! Ich habe es schon gehört, wenn das Fenster geöffnet war. Nicht schlecht!“ fand sie. „Das ist wirklich nicht schlecht!“

Im stillen fragte sie sich, warum sie sich wie eine Inquisitorin aufführte. Gehörten Stimmungswechsel wie diese zu dem Neuen, das ihr widerfahren war? Es wurde höchste Zeit, daß sie ihre Gedanken ordnete.

„Dein Vater möchte also wieder Klavier spielen ... und er möchte niemanden stören ... und er möchte ein Häuschen bauen ... Er hat also ein Äquivalent für das Hotel gefunden, ist es so?"

Wolfgang nickte.

„Und nun möchte er den Bausparvertrag haben, den er vor Jahren abgeschlossen hat und der eigentlich für das Hotel gedacht war. Habe ich recht?"

„Genau so ist es! Nun, was sagst du dazu?"

Sie sagte noch nichts. Sie überlegte.

„Er gibt uns auch etwas dafür!" sagte Wolfgang schließlich und lächelte.

„Was denn?"

„Das heißt nicht er, aber er wird Mutter dazu überreden, und da hat er keine Befürchtungen. Die Überschreibung meine ich!"

„Also, nun hör mal zu, Wolfgang!" Endlich äußerte sie sich. „So wie du mir das alles berichtest, kommt es mir vor wie ein Kuhhandel! Gibst du mir dies, gebe ich dir das! Und so wie ich deinen Vater kenne, hat er dir das bestimmt nicht so ungeschickt ‚untergejubelt' — ja, untergejubelt. Mit Absicht gebrauche ich den Ausdruck, weil er genau so unpassend ist, wie du mir die ganze Geschichte berichtet hast."

„Und natürlich steht uns das Flügelhaus dann zur Verfügung!" fuhr Wolfgang fort, ohne auf ihre Rüge einzugehen.

„Das Flügelhaus ist viel zu klein!"

„Zu klein? Warum wollen wir ein großes Haus, wenn wir doch den ganzen Tag hier im Hotel sind?"

„Sind wir das?" fragte Renate.

„Wieso?"

„Ich meine, werden wir das sein?"

Was sollte denn das? „Verstehe kein Wort!"

„Ich sagte, werden wir den ganzen Tag im Hotel sein?"

„Natürlich!"

Jetzt erst wurde er aufmerksam. Da stimmte etwas nicht.

„Moment mal! Du führst doch etwas im Schilde!"

„Meinst du?"

Sah er denn nicht, daß sich ihr Ausdruck verändert hatte? Sah er es wirklich nicht? Sie war nicht mehr die rührige Geschäftsfrau, die nur an das Hotel dachte. Für eine Weile würde das Hotel in den Hintergrund rücken.

„Das Flügelhaus ist wirklich zu klein, Wolfgang!" sagte sie und lächelte ein seltsames Lächeln.

Da endlich sah Wolfgang es. Er hatte sie noch nie so lächeln sehen, so gelöst, so liebenswürdig ... ach nein, nicht liebenswürdig, sie strahlte ja förmlich. Sie lächelte wie ...

„Nati!" Wie sonderbar, er sagte das Kosewort wieder — wie damals, als er aus dem afrikanischen Gefängnis entlassen worden war. „Nati ... das Flügelhaus ist wirklich zu klein ... Soll das bedeuten????"

„Das soll es wohl!“ sagte sie und legte in diese wenigen Worte alle Wärme und Herzlichkeit, die sie in diesem Augenblick zu vergeben hatte.

* * *

Lydias Kommen überdeckte manche Unebenheit im Leben der beiden Bergers. Auch der Urlaub im Hause kam Martin wie eine erzwungene Untätigkeit vor, und die Flucht ins Schlafzimmer an einem Nachmittag empfand er, kaum daß der Ausflug vorbei war, als eine Schnapsidee. Daß er damit in Evchen Berger neue Hoffnungen weckte, kam ihm nicht in den Sinn.

Aber nun kam ja Lydia mit ihrem Peter. In diese Freude steigerte er sich hinein, und konnte es am Ende gar nicht mehr erwarten, bis sie endlich eintrafen.

Genau wie seine Frau kümmerte er sich um die Wohnung und verausgabte sich daran. Vielleicht war es Berechnung, vielleicht nicht, aber Lydia und Peter hatten die Möbel vorausgeschickt und waren selbst langsam gen Norden gereist, hatten hier und da noch Freunde besucht und dafür den Peter Köper zustehenden Urlaub verwendet. Zwar blieben ihnen noch acht Tage, wenn sie in Marienfelde eintrafen, und die wollten sie dazu benützen, sich in der Wohnung zu betätigen. Ob das wohl stimmte?

Martin Berger, obgleich mit allen Hunden gehetzt und in voller Kenntnis solcher Schliche, merkte es nicht, und seine Frau schon gar nicht. In früheren Jahren schon erreichte seine Tochter mühelos alles, was er bei den Zwillingen einfach nicht duldete. Vielleicht war das der Grund, weshalb sie dem Elternhaus so früh den Rücken kehrten.

Wenn Lydia diesmal in Gedanken ihren Eltern das Einrichten der Wohnung überließ, selbst wenn sie es später ummodeln würde, hätte es zu ihr gepaßt. Auf jeden Fall hatten Martin und Eva Berger die Hauptarbeit, doch sie taten es nur zu gern. Sie hatten ja Ferien. Ohne diese Arbeit wäre es doch kein Urlaub geworden. Sie hätten sich angeödet und vermutlich gestritten.

Genau das sagte Conny zu seiner Frau, die ihren Schreibtisch im Büro ihrer Brotfabrik ihm gegenüber hatte.

„Ihnen ist nicht zu helfen!“ seufzte er.

„Du magst ja recht haben, Conny!“ erwiderte seine Frau. „Aber mir will scheinen, sie wollen es gar nicht anders haben! Sie sind glücklich so, und ist das nicht die Hauptsache?“

Conny lächelte. Er war weit davon entfernt, seiner Schwester soviel Hilfsbereitschaft zu neiden, er freute sich viel zu sehr, daß Lydia und ihr Peter wiederkamen und im Hause der Eltern wohnten. „Vielleicht hilft das wirklich ein wenig, daß die ewigen Streitereien unter den Eltern aufhören! Ich wünsche es so sehr!“

„Das bringt mich auf den Gedanken: wie soll es überhaupt werden mit Mutter Eva und ihrer Beschäftigung im Brotshop?“

Conny hob die Schultern.

„Weißt du, als ich sie neulich sprach und ihr sagte, sie sollten erst mal ein wenig Urlaub machen ... ganz ehrlich war ich ja nicht!"

„Das dachte ich mir schon, obgleich das ganz und gar nicht deine Art ist, mein Lieber! Mutter Eva soll also überhaupt nicht mehr in den Brotshop zurück, nicht wahr? Du hast doch schon eine neue Kraft eingestellt!"

„Habe ich!" Conny stützte sein Kinn in die Hand und sah seine Frau an. Als er sie so vor ihren Papieren sitzen sah, in ihrem weißen Kittel, gepflegt, ohne auffällig zu sein, weder rotlackierte Fingernägel noch eine schwierig getürmte Frisur, schob er das Problem Brotshop einfach beiseite. Er freute sich, daß Rita ihm gegenübersaß. Wie lange sie es wohl noch tun würde?

Rita hatte verlauten lassen, daß sie die Zeit für gekommen hielt, an eine Familie zu denken, sonst würde sie zu alt!

Und doch waren die jungen Bergers mit ihrer Brotfabrik so in Überlegungen verstrickt, daß das Thema Familie da nicht hineinpaßte. Noch waren sie nicht sicher, ob sie sich auf Quantität oder Qualität einrichten sollten. Rita neigte zu Quanitität, und Conny konnte sich nicht dazu durchringen. Im Grunde genommen war ihr Problem dem der jungen Steiners ähnlich. Kleinod oder Tagungshotel! Wolfgang Steiner hatte sich für letzteres entschieden.

Es würde wohl darauf hinauslaufen, daß auch Conny sich zur Massenproduktion entschließen müßte. Die Zeiten der Delikatessen waren vorbei oder zumindest im Augenblick nicht aktuell.

„Woran denkst du?" fragte seine Frau, als er noch im Überlegen war.

Conny faßte sich schnell.

„Eigentlich daran, daß ich dich sehr vermissen werde, wenn du mir nicht gegenübersitzt! — Einen Moment, gleich kannst du etwas dazu sagen!" sagte er schnell, als sie etwas erwidern wollte.

„Ich denke im Augenblick nicht an die Familie!"

„Das solltest du aber!"

„Rita, Liebe!" sagte er mit leichtem Vorwurf in der Stimme. „Wir haben doch verabredet ..."

„Ich weiß, wir wollen erst wieder darüber reden, wenn wir uns entschieden haben, ob wir ..."

„Eben!"

„Nun, und wozu hast du dich durchgerungen?"

Conny lächelte. „Mir will scheinen, keiner bringt es fertig, den anderen ausreden zu lassen!"

Sie lächelte genau so wie er und schwieg, ihm den Vorrang lassend.

„Na?" fragte sie nur.

Conny atmete einmal tief durch.

„Wahrscheinlich hast du recht. Wir sollten versuchen, möglichst viel möglichst preiswert herzustellen!"

Einen Augenblick ließ Rita verstreichen. Sie lehnte sich zurück.

„Weißt du", sagte sie ernst, „es liegt mir fern zu triumphieren, daß mein

Vorschlag schließlich von dir akzeptiert wird. Ich bin nur froh, daß wir uns entschieden haben. Damit können wir doch endlich anfangen, Pläne aufzustellen, Berechnungen zu machen und so weiter und so weiter! Diese Ungewißheit war weder gut für das Geschäft, noch liegt sie uns beiden!"

Conrad Berger, von jeher in der Lage, sich in die Gedankenwelt anderer zu versetzen und schon gar in die seiner Frau, die er liebte, stand auf und kam an ihren Schreibtisch.

Die Ungewißheit, die ihr nicht lag! Er wußte genau, daß die Ungewißheit mit der Verwirklichung ihrer eigenen Wünsche kollidierte.

Daß nun endlich hier ein Schlußstrich gezogen werden konnte, ließ sie aufatmen.

Familienplanung hatte ihre Licht- und Schattenseiten. Bei den Bergers jedoch war sie angebracht. Sie meinten es jedenfalls.

Als Conny sich herabbeugte, um sie zu küssen, wußte sie genau, was er damit sagen wollte. Es war die Besiegelung eines Bündnisses.

„Wollen wir doch sehen, daß wir endlich Vater Martin zufriedenstellen. Was meinst du?"

Sie lachte herzerfrischend. „Das umschreibst du ja geheimnisvoll! Ich will ein Baby — ganz einfach!" sagte sie und küßte ihn wieder.

* * *

Sie waren nicht mehr auf das Thema Mutter Berger zurückgekommen. Eva Bergers Beschäftigung im Brotshop hing also noch in der Luft. Aber vorerst war sie auch vollauf mit Arbeit für Lydias und Peters Ankunft eingedeckt, und das war gut so.

Weder sie noch Martin konnten ahnen, daß kurz darauf das ganze Problem gar nicht mehr zur Debatte stehen würde.

* * *

Aber sie konnten auch nicht ahnen, daß Lydia der Aufenthalt fern von Marienfelde so zugesetzt hatte. Sicher war Lydia während der Jahre in Süddeutschland häufiger bei ihren Eltern gewesen und hatte es genossen, sich verwöhnen zu lassen. Was aber ganz tief in ihr steckte, war bei diesen Besuchen nie zutage getreten. Nur Conny wußte, wie schwer es ihr fiel, mit Menschen auszukommen, die ihr nicht lagen. Früher hätte sie genau wie ihr Vater losgepoltert oder diesen Menschen einfach den Rücken gekehrt. Doch — und das war ein Teil des Wesens ihrer Mutter, das genau so in ihr Platz hatte wie die energische Art ihres Vaters — Lydia nahm Rücksicht auf ihren Mann. Peter Köper hatte ein ganz anderes Naturell. Er fügte sich mühelos in die veränderten Verhältnisse ein. Er fand sich überall zurecht. Vermutlich war das ein Erbgut, das ihm sein Vater mitgegeben hatte. Doch niemand wußte genau, wie sein Vater veranlagt gewesen war, auch seine Mutter nicht. Denn Anneliese Köper hatte lediglich einen

Soldaten ins Feld rücken gesehen und ihm den Abschied ein bißchen verschönt, das war alles.

Nun kam Lydia nach Hause. Sie fiel ihren Eltern weinend um den Hals, sie weinte, als sie die eingerichtete Wohnung sah.

„Ach, ihr beiden, was habt ihr da wieder gemacht!" schimpfte sie schluchzend. „Das solltet ihr doch nicht! Wir haben uns doch extra noch acht Tage aufbewahrt! Ach Gott, Vater ... Mutter ! Ich weiß gar nicht, was ich dazu sagen soll! — Sag' doch auch mal was, Peter!"

Peter stand verlegen dabei und konnte sich nicht äußern. Im Hause hatte ohnehin Lydia immer das Wort!

„Und so hübsch ist alles! Die Gardinen! Ach, Mutter! Was sollen wir denn nun machen in den acht Tagen, die wir noch frei haben?"

„Nun, ich denke, wir werden es uns ein bißchen gemütlich machen!" meinte Vater Martin. Er war kaum wiederzuerkennen, so sehr bewegte ihn die Heimkehr seiner Tochter.

Lydia dagegen hatte sich zur Ordnung gerufen. Sie putzte sich prustend die Nase und sagte energisch:

„Das werden wir! Hast nich'n Kleinen, Vadder?"

Martin lachte befreit.

„Hab' ich! Kommt, gehen wir alle nach unten und nehmen einen kräftigen zur Brust! Willst' ein Bier, Peter?"

„Wär' nicht schlecht!"

„Ich möchte einen Cognac! Was möchtest du, Mutter?" fragte Lydia im Hinuntergehen. „Gott, was sind wir die Stufen früher runtergerast. Mal sehen, ob ich es noch kann!"

Sie versuchte es gleich, mußte aber feststellen, daß es nicht mehr so flott wie früher ging.

„Aber das kriege ich schon wieder hin! Keine Sorge!"

„Nun man nicht wieder so wild! Du bist schließlich kein Teenager mehr!" ermahnte der Vater.

„Erinnere mich bloß nicht daran!" sagte Lydia gleich und fühlte sich sofort attackiert wegen ihrer Unfähigkeit, ihrem Vater einen Enkel vorzuweisen. Dabei hatte Martin im Augenblick gar nicht daran gedacht. Lydia war jedoch in diesem Punkt viel empfindlicher, als ihre Eltern es ahnten. Nur Peter gab seinem Schwiegervater unauffällig zu verstehen, daß er ganz, ganz vorsichtig sein sollte mit seinen Bemerkungen.

Als Lydia später mit ihrer Mutter in die Küche ging, um das Abendbrot vorzubereiten, sagte er es ihm deutlicher.

„Sie ist unglücklich deswegen, Vater. Sie ist sterbensunglücklich, daß wir keine Kinder haben." Er zuckte die Schultern. „An mir liegt es nicht, wie der Doktor sagte! — Wir überlegen schon, ob wir nicht ein Kind adoptieren sollen!"

„Nana, doch nicht sowas!" Martin war gar nicht dafür. Doch sein Schwiegersohn fand den Gedanken gar nicht so absurd.

„Wir haben uns schon erkundigt!"

„Nun mal langsam! So eilig habt ihr es doch noch nicht!"

„Aber wenn Lydi es so gern will?!"

Leider kamen Mutter und Tochter in diesem Augenblick wieder ins Zimmer, so daß das Thema in der Schwebe blieb.

Am Abend kamen Conny und Rita, um die Wiedersehensfreude komplett zu machen.

„Gott, bin ich glücklich, daß wir wieder hier sind, Bruder!" sagte sie schon in der Diele, als sie ihn umarmte. „Du ahnst nicht, wie glücklich!"

„Doch, ich weiß, Lydi — ich weiß ja!" Tröstend glitt seine Hand über ihren Rücken. „Aber nun ist ja alles gut!"

„Was sagst du zu der Wohnung?" fragte Rita.

„Ach, die beiden! Was müssen sie geschuftet haben! Das wollten wir doch gar nicht!"

„Wirklich nicht?" fragte Conny und zwinkerte mit den Augen. Er kannte doch seine Schwester.

„Nun hör aber auf!" Sie puffte ihn in die Seite. „Hast du wirklich geglaubt, deine Schwester wäre so berechnend?"

Conny ließ das auf sich beruhen. Stattdessen knuffte er sie genau so freundschaftlich wieder, als ob sie noch Kinder wären.

Dann gingen sie ins Wohnzimmer, wo sie mit Hallo empfangen wurden.

Es war ein beglückender Abend. Lange war die Familie Berger nicht mehr so harmonisch zusammengewesen. Martin war ausgeglichen und dachte einmal nicht an seine Gelder. Conny und Rita hatten wegen der Brotfabrik ihre Entscheidung getroffen und dachten nun an Familienplanung. Lydia und ihr Peter waren wieder zu Hause. Peter Köper war wieder ein Stück weiter und würde den alten Hövermann in der PFI ablösen.

Und Mutter Berger hatte ihre Lieben um sich.

Mit seltener Hellsichtigkeit erwähnte sie an diesem Abend die Zwillinge nicht. Niemand erwähnte sie. Doch Mutter Berger dachte an sie. Sie wären das I-Tüpfelchen zu ihrem Glück gewesen. Doch — man konnte nicht alles haben. Sie wollte nicht verkennen, daß der liebe Gott ihr mit Martins Aufgeschlossenheit und der Rückkehr von Lydi und Peter schon eine Menge Gunst erwiesen hatte.

2. TEIL

AUF DER SUCHE

Wenn Christiane geglaubt hatte, ihr Mann würde langsam, aber stetig in seinen Gedanken aus den Klauen der PFI entlassen, so irrte sie sich gewaltig. Äußerlich schien es, als habe Ulrich Grothe die große Umstellung geschafft. Doch war es lediglich ein Teil seiner angeborenen Disziplin, die den Anschein erwecken ließ, er hätte das neue Leben „in den Griff" bekommen.

Ohne sein Dazutun kam er immer wieder mit der PFI in Berührung. Gewiß war die Verlegung der Verwaltung nach Hamburg dazu angetan, den Abstand zu vergrößern, er kam ja nicht mehr so direkt mit seinen ehemaligen Mitarbeitern zusammen. Zudem war Ulrich Grothe im Gegensatz zu seinem Nachfolger immer mehr Techniker gewesen als Verwaltungsmensch. In diesem Zusammenhang kam er auch zu der Erkenntnis, daß zu seiner Zeit, also in der Aufbauperiode, sehr wohl ein Techniker an der Spitze eines Unternehmens seinen Platz ausfüllte. Jetzt war es anders. Marketing, Public Relation, Verkauf, Werbung, das alles hatte jetzt mehr Bedeutung, vor allem aus dem Grunde, weil heutzutage der Markt gesättigt war und man sich um seinen Kunden bemühen mußte.

Doch etwas anderes bewegte Ulrich Grothe mehr. Wenn seine Frau neulich zu seiner Schwiegertochter gesagt hatte, sie hätten eine „Flaute", so war das zwar der Fall, doch bei Ulrich saß es tiefer. Es war mehr als eine Flaute. Wenn er in den Zeitungen etwas über die PFI las — und gerade jetzt las er mehr denn je über das Gesamtunternehmen in der Welt, daß es erwog, in alle möglichen Branchen einzusteigen —, dann erregte ihn dieses Neue, das Vorwärts im wirtschaftlichen Leben, und er bedauerte zutiefst, daß er nicht mehr dabei war. Schon immer hatte er Jochen Schütz gepredigt, daß Handel und Wirtschaft in ständigem Fluß sein müßten, sonst gäbe es eine Stagnation und das wäre schlimm. Ob der junge Mann wohl manchmal daran dachte, was er ihm alles mit auf den Weg gegeben hatte?

Überhaupt, er vermißte Jochen Schütz! Hatte Grothe vor seinem Wegzug die Einsicht gezeigt, daß er ihn in seiner Entwicklung störte, wenn er dauernd in der Fabrik erschien, so wartete er jetzt auf ein Zeichen von ihm. Doch auch hier war er im Zwiespalt. Er sah ein, daß ein alter Mann wie er kein Recht hatte, auf eine Nachricht von seinem Nachfolger zu warten. Der hatte genug damit zu tun, sich dem neuen Stil in der Verwaltung anzupassen. Zudem wurde er noch betraut mit einer ganzen Reihe von neuen Aufgaben. Und doch hätte Grothe jetzt in dem neuen Büroviertel sein mögen, das man City Nord nannte. Ob er einfach hinfahren sollte? Er wußte längst, wo er City Nord in Hamburg finden konnte. Christiane ahnte nicht, daß er es schon gesehen hatte, allerdings ohne die PFI aufzusuchen.

Vor rund zehn Jahren hatte die PFI Ulrich Grothe auserwählt, an einem Management-Kurs in Boston auf der Harvard-Universität teilzunehmen

— an sich eine Belobigung für hervorragende Leistungen. Zu dem Zeitpunkt waren die Kurse in der Welt noch einmalig. Inzwischen hatte man solche „business-schools“ auch in Europa eingerichtet. Sie vereinigten für drei Monate Manager aus allen Sparten der Industrie und der Wirtschaft, auch Offiziere der amerikanischen Streitkräfte waren seinerzeit darunter, und machten sie mit weltweiten ökonomischen Problemen bekannt. Ferner erfuhren sie das Neueste, was es auf dem Gebiet der Führung großer Unternehmungen, gleich welcher Art, gab. Für drei Monate waren alle diese imponierenden Manager in Camps untergebracht, so daß es allein schon die Umgebung mit sich brachte, aus den würdigen Herren wieder Studenten zu machen. Und noch etwas kam hinzu: Jeder lernte auf diese Weise vom anderen, von seinen Erfahrungen und seinen Schwierigkeiten.

Ulrich Grothe zum Beispiel sollte merken, daß nicht nur die PFI auf der Welt war, sondern daß es auch noch Versicherungsgesellschaften gab, Öl, Autos, Banken, Streitkräfte, Bergbau, Maschinenbau — daß es eine Fülle von Wirtschaftszweigen gab und daß der eine ohne den anderen nicht sein konnte.

Diesen Management-Kurs besuchten neben Ulrich Grothe von der PFI noch Dr. Hagemann von der Orion-Werft und Wilfried Krämer von der Reederei U.S. Lines, Niederlassung Hamburg. Es waren auch noch andere Deutsche anwesend, doch die lebten nicht in Deutschland, sondern in anderen Ländern der Welt.

Hagemann und Krämer wohnten in Hamburg, und es hatte sich in den folgenden Jahren eingebürgert, daß sich die drei einmal im Vierteljahr zu einem Mittagessen trafen.

Grothe war der älteste von ihnen und auch derjenige, der zuerst aus dem aktiven Berufsleben ausschied. Doch das hatte nichts zu sagen.

Im August fuhr er dennoch nach Hamburg. Diesmal jedoch war Dr. Hagemanns Zeit knapp bemessen, so daß er vorschlug, das Mittagessen im Hause der Orion-Werft einzunehmen. Man hätte einen Raum für sich, sagte er, um damit anzudeuten, daß sie allein wären. Und um es seinen Freunden besonders schmackhaft zu machen, garantierte er für ein ausgesucht delikates Menü. Als Grothe das am Telefon hörte, schmunzelte er. Hagemann war bekannt dafür, daß er Lukull verehrte. Es hieß sogar, er wäre einer Organisation beigetreten, die das Kochen zur Kunst erhob. Irgendeine französische Bezeichnung trug dieser Verein, die Grothe allerdings entfallen war. Für so etwas hatte er keinen Platz in seinem Kopf.

Als Christiane ihn am Abend fragte, was Dr. Hagemann ihnen denn vorgesetzt hätte, wußte er es schon nicht mehr.

Nein, was Grothe viel mehr bewegte, war das Leben in einem großen Bürohaus. Schon als er die Stufen zu diesem altmodischen, vor dem ersten Weltkrieg gebauten Bürohaus, mitten im Zentrum gelegen, hoch ging, als er sich beim Pförtner mit den vielen Telefonen anmeldete, wurde er an seine erste Vorstellung in New York erinnert. Da war es ähnlich. Dort bekam man sogar einen Boy in Uniform mit, der einen mit dem Lift in die

Chefetage brachte. Hier war es auch ein besonderer Lift, der ihn in den siebten Stock beförderte.

Aber das war es eigentlich nicht, was Grothe beschäftigte. Er sah Menschen ein- und ausgehen. Türen wurden geöffnet und geschlossen. Menschen mit und ohne Akten gingen an ihm vorbei. Er hörte Gelächter, und er hörte Debatten. Er vernahm Maschinengeklapper und das Läuten von Telefonen.

Das pulsierende Leben war es, das er hier miterlebte. Es konnte nicht ausbleiben, daß ihm diese Atmosphäse sein Alter deutlich vor Augen führte. Er gehörte nicht mehr dazu. Das wurde ihm schmerzlich bewußt, und so blieb es nicht aus, daß er wenig gesprächig war, als er am Abend wieder in seinem Haus am Hang war und wie immer am Fenster stand.

Obgleich Christiane den tieferen Grund seiner Schweigsamkeit nicht erfaßte, hatte sie gelernt, sich in Geduld zu fassen. Sie glaubte, die Fahrt und der ganze Tag hätten ihn ermüdet. Das war zwar früher nicht so gewesen, aber schließlich war ihr Mann nicht mehr 30 Jahre alt, sondern gehörte zu den Rentnern — immer noch ein Wort, das sie nicht gern gebrauchte.

Grothes Schweigsamkeit rührte aber auch noch daher, daß er, bevor er wieder nach Hause fuhr, sich den Gebäude-Komplex in City Nord ansah, in dem jetzt die PFI ihre Zelte aufgeschlagen hatte.

Es war am frühen Nachmittag, als er die Geschäftsstadt City Nord erreichte, die modernen, kühlen und kahlen Hochhäuser, zum Teil mit braunen, goldschimmernden Fenstern versehen, mit Klimaanlagen, nüchtern und zweckmäßig, genau das, was sie sein sollten.

Grothe imponierte die ganze Anlage. Hier also wirkte Jochen Schütz jetzt. Beneidenswert.

Ob er nicht doch hineingehen sollte — nur eine Viertelstunde, nur guten Tag sagen!

Die Versuchung war groß, und Grothe schwankte lange. Sorgfältig erwog er das Für und Wider ...
und dann startete er energisch und fuhr auf schnellstem Wege auf die Autobahn. Ein zweites Mal wollte er nicht den gleichen Fehler machen.

Doch jetzt, am Fenster stehend, bedauerte er, daß er so konsequent gewesen war.

Noch immer kämpfte Ulrich Grothe mit dem Wunsch, sich einschalten zu können, und der Einsicht, daß er kein biologisches Wunder war und daß das Unternehmen frischen Wind in seinen Segeln brauchte.

* * *

Es war wie eine Fügung, daß ein paar Tage später die Einladung nach Wilhelmshaven kam.

Es war Christiane aufgefallen, daß Ulrich die Post, und sei es nur Reklame, jetzt sorgfältiger las. Warum sollte er auch nicht! Er hatte ja Zeit.

Noch immer war in seiner Gedankenwelt ein großes Vakuum zu füllen. Er sagte allerdings nichts über die Einladung zum Kameradschaftstreffen. Er überlegte noch.

Es war an einem späten Nachmittag im September, als die Grothes Kaffee tranken — eine gemütliche Atmosphäre herrschte. Da sah sie das Schreiben in seiner Hand. Sie wartete geduldig auf das erste Wort von ihrem Mann, und sie sollte nicht enttäuscht werden.

„Ich habe eine Einladung nach Wilhelmshaven bekommen, und ich denke ...", er tat so, als lese er den Brief noch einmal genau, „ich möchte wohl hinfahren!"

„Warum nicht?" meinte Christiane. „Endlich hast du einmal Zeit dafür. Du bist doch schon häufig eingeladen worden, und es ließ sich nie einrichten."

Grothe nickte. Warum war er so langsam in seinen Entschlüssen? Warum überlegte er nur so lange?

Christiane stand auf und suchte die Generalkarte hervor. Auch den Hotelführer legte sie auf den Rauchtisch.

„Laß uns sehen, wo du übernachten kannst! — Oder willst du bei einem Freund schlafen?"

„Nein, das möchte ich nicht. Ich habe überhaupt etwas ganz anderes vor."

Christiane blickte von der Landkarte auf und sah ihn fragend an.

„Möchtest du nicht mitfahren?" fragte er, und es klang fast so, als wäre es eine Zumutung.

„Mitfahren? Ich? — Aber ja!" rief sie begeistert. „Ich bin noch nie dort oben gewesen! — Ich weiß überhaupt nichts von deiner Heimat. Ach, Ulrich, das ist eine wunderbare Idee!"

„Aber an dem Abend müßtest du dich allein unterhalten!"

„Das ist doch kein Problem!"

„Sag das nicht so leicht daher! Meine Heimatstadt ist nicht sehr attraktiv!"

„Pfui, so etwas sagt man nicht!" rügte sie ihn. „Erzähle mir doch ein bißchen! Wenn ich bedenke, daß du mir nie etwas von deinem Zuhause erzählt hast ..."

„Ich hatte ja schließlich auch noch einen Beruf!" Diese Ausflucht gebrauchte er häufig. „Und von meinem Zuhause? Ich habe dir nicht verschwiegen, daß mein Vater Marine-Offizier war!"

„Sicher! Das war aber auch alles! Und deine Mutter?"

„Meine Mutter?" Seltsam, daß ihn der Gedanke an seine Eltern auf einmal so bewegte. Woran lag das nur? Daran, daß er Zeit hatte, darüber nachzudenken — oder daran, daß er älter geworden war und sich daran erinnern wollte? Er hatte gehört, daß alte Leute sich gern an ihre Jugend erinnern und ihnen immer mehr einfällt, während Naheliegendes ihren Gedanken schnell entschwindet. War er wirklich schon so alt? Oder war es das Zeithaben — ein Erlebnis, das er während seines ganzen Berufslebens nicht gehabt hatte.

„Erzähle doch ein bißchen von früher, Ulrich!“ bat Christiane und machte es sich auf dem Sofa bequem. „Als wir damals heirateten und im Ratskeller in Hamburg aßen — erinnerst du dich? Das war das einige Mal, daß du mir eine knappe Auskunft über dein Zuhause gabst.“

„Wirklich? Sonst nicht?“

„Sonst niemals wieder, und darum kann ich auch noch fast den Wortlaut wiedergeben von dem, was du sagtest. Er war knapp genug!“

„Und sonst habe ich nie wieder etwas gesagt?“

Christiane verneinte.

Grothe schüttelte den Kopf.

„Ich frage mich heute, warum ich es nicht getan habe! Ich hatte nichts zu verbergen. Mein Zuhause ist weder mysteriös noch ungewöhnlich gewesen!“

Als er das sagte, passierten viele Bilder von früher seine Gedanken, viele erfreuliche, die man heute nicht mehr erfreulich nennen würde, viele erhabene, die ihm etwas bedeutet hatten, viele Gepflogenheiten, mit denen er groß geworden war und die er ganz in Ordnung fand. Heute allerdings würde man darüber lachen.

„Habe ich dir wirklich nie etwas über meine Familie erzählt?“ fragte er von neuem, ohne seine Frau anzusehen, so versunken war er in Erinnerungen.

„Du hattest gar nicht die Zeit dazu, Ulrich. Wenn ich dich darum gebeten hätte, und ich war oft nahe daran, hättest du sicher abgewunken: Halte mich doch nicht damit auf! Wie oft hast du das gesagt!“

Grothe hob die Schultern. „Es muß wohl so sein, wenn du es sagst, aber ich kann mich nicht erinnern, daß ich es so häufig gesagt habe.“

„Das fällt einem selbst meistens gar nicht auf. Aber um auf dein Zuhause zurückzukommen — oder vielmehr auf das Gespräch im Ratskeller — laß dir sagen, was ich alles weiß!

Du hast gesagt, daß Wilhelmshaven dein Heimatort ist und dein Vater hoher Marineoffizier gewesen ist! ‚Hoher‘, das hast du mir zugestanden; ich nehme an, Admiral oder so etwas Ähnliches. So genau kenne ich mich nicht aus.“

„Admiral war er, aber erzähle weiter, bitte!“

„Deine Mutter kam nicht aus Marinekreisen, hast du noch gesagt. Sie war die Tochter eines Hofbesitzers aus der dortigen Gegend — und das war ungewöhnlich. Meistens hatten Offiziere der Marine Töchter von Marineoffizieren geheiratet. — Schon damals wollte ich fragen, wie dein Vater sie kennengelernt hatte, wenn die Marine sich so absonderte, aber das wagte ich nicht — damals noch nicht, muß ich zugeben!“

„Dann habe ich dir also nie von der Romanze meiner Eltern erzählt, der einzigen, die in ihrem Leben existiert hat?“

„Nie!“

„Nie von dem Chef der Marinestation der Nordsee, dem Admiral Grothe?“

„Nie!"
„Und auch nicht von Elisabeth Gerdes, Tochter des Besitzers der Lilienburg?"
„Nicht ein Wort!"
Grothe lächelte. Er lächelte anders als sonst. Ein Lächeln kann kühl sein, verhalten, verletzend mit heruntergezogenen Mundwinkeln, aber auch strahlend, warmherzig und offen — und genau so lächelte Ulrich Grothe in diesem Augenblick.
Er holte sich eine Zigarre aus dem Kasten und zündete sie umständlich an. Dann setzte er sich bequem in den Sessel mit Blick nach draußen.
Und damit begann der liebevolle Bericht eines bisher strengen und kühlen Mannes über seine Eltern, seine Jugend, seine Heimatstadt.
„Stell dir einen jungen Offizier der kaiserlichen Marine vor, der es sich in den Kopf gesetzt hat, eine Bauerntochter zu ehelichen und der nun überall auf Schwierigkeiten stößt. Warum machte es sich dieser Adalbert Grothe, Sohn des Kapitäns zur See Grothe, so schwer mit diesem Mädchen? Es gab doch genug Offizierstöchter, die ganz bestimmt zu ihm gepaßt hätten. Aber nein, da hatte er sich ausgerechnet dieses Mädchen ausgesucht, eine Schulfreundin seiner Schwester, die diese zu einer Segelpartie mitgebracht hatte. Die und keine andere!
Und Elisabeth Gerdes? Eine Bauerntochter? — Hier muß ich etwas einschalten, um die Dinge gleich ins rechte Licht zu rücken!" bemerkte Grothe und streifte seine Zigarre ab.
„Bei dem Wort ‚Bauerntochter' könnte eine verkehrte gesellschaftliche Einstufung aufkreuzen. Im Großherzogtum Oldenburg gab es keine Güter wie in Pommern, Mecklenburg oder Ostpreußen. Da gab es große Bauernhöfe mit Säulen vor den Eingängen der Bauernhäuser — Zeichen des Wohlstandes — oder großartigen Villen mit Türmen und Erkern, wie sie zur Gründerzeit gebaut wurden.
Diese Bauern legten großen Wert darauf, daß ihre Töchter eine erstklassige Erziehung genossen. Mathilde Zimmer-Stiftung, Sophienlund, na, du weißt das sicher!"
Er verstummte einen Augenblick und tat ein paar kräftige Züge an seiner Zigarre.
„Wenn du mitfährst, möchte ich dir das alles zeigen — vorausgesetzt, daß wir solche Bauernhöfe noch finden!"
„Gibt es aus der Familie deiner Mutter denn gar keine Angehörigen mehr?"
„Nicht daß ich wüßte! — Laß mich weitererzählen, damit du weißt, wieso ich gar keine Verbindung zu den Verwandten meiner Mutter habe! — Also Elisabeth Gerdes! Übrigens, viele Mädchen hießen zu der Zeit Elisabeth, Victoria oder Augusta — alles Namen, die ans Kaiserhaus erinnerten. Und die Jungens hießen Fritz oder Wilhelm, ist ja klar! — Mein Vater hieß Adalbert — nach dem Gründer der Marine, Prinz Adalbert von Preußen!
Nun aber zu Elisabeth! Das arme Mädchen hatte ebenfalls Schwierig-

keiten, ihrem standesbewußten Vater den Leutnant Grothe schmackhaft zu machen."

„Warum denn das? War es nicht eine Ehre, einen Marineoffizier zu heiraten?"

„An sich schon, aber nicht bei Eduard Gerdes. Der hatte auch seinen Stolz. Und er hatte viel Geld, nebenbei bemerkt. — ‚Kommt nicht in Frage', soll er zu seiner Tochter gesagt haben, ‚daß du mir diesen Goldbetreßten anbringst! Untersteh' dich!' Ihre Tränen übersah er. Wenn sie aber meinte, sie fände in ihrer Mutter eine Verbündete, so irrte sie sich. Mutter Gerdes hätte nie und nimmer etwas gegen Vater Gerdes unternommen!

‚Der will doch bloß dein Geld!' Auch das soll der alte Gerdes gesagt haben. Das war ein weiteres Kapitel. Der junge Leutnant stammte zwar aus achtbarem Hause, aber ein so großartiges Vermögen wie seine Angebetete hatte er nicht. Wenn man früher bei ‚Kaisers' heiraten wollte — du weißt das vielleicht — mußte man nachweisen können, daß man standesgemäß leben konnte!"

Christiane schüttelte den Kopf, und ihr Mann merkte es. Offenbar störte es ihn, daß sie ihm nicht folgen konnte oder wollte.

„Ich hatte geglaubt, du würdest das richtig auffassen!" sagte er.

„Es war damals so, und ich meine fast, für die damalige Zeit war es nicht einmal verkehrt. Es hat wenig Sinn, die Verhältnisse vor einem Dreivierteljahrhundert mit den heutigen zu vergleichen!"

Christiane paßte sich seinen Gedankengängen an. Vielleicht hatte er recht. Jede Epoche hatte ihre Gepflogenheiten, ihre Sitten und Gebräuche, und wenn heute über vieles gelacht wurde, was man zu der Zeit noch ernst genommen hatte, so war das einfach nicht richtig.

Sie hatte noch nie darüber nachgedacht, wieviel man sich ersparen konnte, wenn man es so sah.

„Erzähle weiter, bitte!" sagte sie und hoffte, daß Ulrich nicht den Faden verloren hatte. „Du sprachst von dem alten Gerdes, der seiner Tochter nicht erlauben wollte, den jungen Leutnant Grothe zu heiraten!"

„Ja richtig!" Ulrich Grothe sah wieder nach draußen, ohne etwas wahrzunehmen. Sein Blick ging nach innen — und er fing sich wieder.

„Elisabeth hatte also kein Glück, und eines Tages soll dem alten Gerdes der Kragen geplatzt sein: ‚Schluß! Ein für alle Mal Schluß!' soll er gewettert haben. ‚Der Goldbetreßte kommt mir nicht ins Haus!'

Und was tut ein junges, wohlerzogenes Mädchen mit einem so strengen Vater? Es fügt sich. — Es fügt sich nach außen, muß ich wohl sagen, denn Adalbert ließ nicht von Elisabeth und Elisabeth nicht von Adalbert. Freunde halfen zu kurzen Rendezvous', man traf sich heimlich, doch letztendlich nützte es nichts.

Auch Adalbert Grothe mußte höheren Orts Kritik einstecken. Jeder im Offizierskorps wußte von dieser Romanze, und seine engsten Freunde rieten ihm, nicht seine Karriere wegen dieses Mädchens zu opfern. Es schien nur wenig zu nützen."

„Aber wie ging es weiter?" fragte Christiane. „Wenn ich das so höre, klingt es wie ein Roman!"

„Es ist keiner. Meine Eltern haben wirklich gelebt, und sie haben dies alles durchgestanden. — Mein Vater wurde schließlich Oberleutnant, und meine Mutter war auf dem besten Wege, eine alte Jungfer zu werden."

Er verstummte wieder, um zu überlegen, was er nun zuerst sagen sollte.

„Spanne mich nicht auf die Folter, Ulrich! Wann wurden sie denn nun endlich ein Paar?"

„Das ist es ja eben!" erwiderte Ulrich. „Ich überlege, wie ich jetzt fortfahren soll. Ich muß nämlich etwas einschalten."

„Dann tue es, aber vergiß nicht die Romanze dabei."

Sie schüttelte den Kopf. „Daß du mir das all die Jahre verschwiegen hast, ist wirklich unverantwortlich!"

„Vergiß nicht, daß ich einen Beruf hatte!" Das mußte ja kommen!

„Ach, hör auf!" lachte sie. „Erzähle weiter, bitte! Ich brenne darauf, nun auch wirklich alles zu erfahren."

„Ich muß da etwas einschalten!"

„Das sagtest du schon. Tue es also, aber mach' schnell!"

Ulrich machte nicht schnell. Zwar hatte er nicht vor, seine Frau auf die Folter zu spannen, doch blieb es nicht aus. Obgleich er die Begebenheit nur vom Hörensagen kannte, erinnerte er sich mit Wärme daran und wollte nun alles genau weitergeben.

„Es ist schon häufiger vorgekommen, daß politische wie wirtschaftliche Situationen sich wiederholen. Damit meine ich, daß wir nach dem zweiten Weltkrieg einen enormen Bedarf an Grundstücken hatten, als wir uns wirtschaftlich erholten. Vor der Jahrhundertwende war es am Jadebusen genau so. Wilhelmshaven war auf Befehl des Kaisers entstanden, aber dafür brauchte man Land. Eduard Gerdes' Ländereien lagen genau da, wo man ganze Straßenzüge mit Wohnungen geplant hatte, wo die Werft entstehen sollte und — du wirst lachen — auch Kasernen und das Gefängnis!!"

„Du meine Güte! Er verkaufte also seine Ländereien? — Verkaufte er alle?"

„Alle! Und alle als Grundstücke!"

„Hui! Und was machte er mit dem vielen Geld?"

„Er baute natürlich Häuser, und er erwarb eine Ziegelei oder, besser gesagt, ein Klinkerwerk. Oldenburger Klinker! Noch nie davon gehört?"

„Doch, aber darüber können wir ein anderes Mal reden. Verliere den Faden nicht. Elisabeths Vater gab also die Landwirtschaft auf!"

„Das tat er!"

„Und? Nun laß dich doch nicht so lange bitten, Ulrich. Ich bin so gespannt — und vergiß die Romanze nicht!"

„Du bist aber wirklich ungeduldig! Aber ich will's dir sagen:

Als Eduard Gerdes seine Ländereien verkaufte, lebte seine Frau schon nicht mehr. Elisabeth führte ihm den Haushalt. Schließlich baute er sich eine Prachtvilla an der Gökerstraße und machte es im Grunde genommen ähnlich wie Schwager Martin. Er verwaltete seine Gelder, sah nach seinen Häusern und der Ziegelei."

„Und was machte Elisabeth?"

„Sie traf sich heimlich mit ihrem Oberleutnant!"

„Und ihr Vater ist nie dahintergekommen?"

„Gott sei Dank nicht!" Er machte wieder eine nachdenkliche Pause, sehr zum Ärger von Christiane. Was er dann schließlich zu sagen hatte, war der Abschluß einer langen Warterei.

„Die ganze Sache endete schließlich prosaisch. Eduard Gerdes bekam einen Schlaganfall, lebte noch acht Tage und starb dann. Und nach dem Trauerjahr wurde geheiratet."

Christiane lehnte sich zurück.

„So war es also!"

„Es klingt heute so einfach. Ich habe auch noch nie darüber nachgedacht, was meine Eltern alles durchmachten, ehe sie heiraten konnten. Schließlich dauerte es Jahre, und ich weiß von meiner Mutter, daß mein Vater häufiger zu seinem Vorgesetzten gerufen wurde, der ihm ins Gewissen redete. Er sollte die „Sache" aufgeben! Die Sache! Für meine Eltern war es keine „Sache"! — Vielleicht hätte man ihn versetzt, um der Liaison ein Ende zu bereiten, wenn man nicht größere Aufgaben für ihn bereitgehalten hätte. Offenbar war er wirklich ein hervorragender Offizier. — Nun ja, nicht jeder wird „Kommandierender Admiral der Nordsee". Das ist der offizielle Titel!"

„Was geschah aber weiter?" fragte Christiane, als Ulrich aufgehört hatte zu berichten. „Die Geschichte ist doch noch nicht zu Ende."

„Doch, so ziemlich jedenfalls. Danach ging alles reibungslos. Noch im ersten Ehejahr wurde ich geboren und meine Schwester zwei Jahre später. Das war schon während des ersten Weltkrieges. Mein Vater machte dann sehr schnell Karriere."

So ganz zufrieden war Christiane nicht mit dem Bericht. Es war alles so nüchtern. Sie hätte sehr gern noch mehr erfahren, mehr Persönliches, und sie wußte nicht, ob sie ihren Mann danach fragen durfte.

Aber ... warum eigentlich nicht? War sie nicht seine Frau? Und hatte sie nicht festgestellt, daß er an diesem Nachmittag besonders aufgeschlossen war?

„Nimm noch eine Zigarre!" sagte sie in der Hoffnung, daß auch er diesen Bericht noch nicht abgeschlossen hatte. Er sah sie erstaunt an. Seit wann ermunterte seine Frau ihn zu rauchen? Sie ermahnte ihn zwar nicht, es aufzugeben, aber zugeredet hatte sie ihm noch nie.

„Erzähle noch ein bißchen mehr, Ulrich, bitte!"

„Was willst du denn noch wissen? Ich habe dir doch alles gesagt!"

„Jaa, gesagt, aber nicht erzählt! Das ist ein Unterschied! Wie war das Verhältnis zu deinen Eltern zum Beispiel? Liebtest du sie? Liebtest du deine Mutter, wie standest du zu deinem Vater?"

Wie nicht anders zu erwarten, antwortete Grothe nicht. Mit sehr viel

Bedacht entzündete er eine neue Zigarre und versuchte dann — rauchend —, sich über die Frage klarzuwerden.

„Liebte ich meine Eltern? Das kann ich dir nicht so einfach beantworten, wie du es möchtest. Liebte ich meine Mutter? Wie war das Verhältnis zu meinem Vater?"

Es vergingen weitere Minuten, in denen Grothe versuchte, mit sich ins reine zu kommen. Doch endlich wußte er, wie er vorgehen sollte.

„Versuche, dich in die Zeit vor fünfzig, sechzig Jahren zurückzuversetzen. Das war ungefähr Mitte der zwanziger Jahre. Mein Vater war damals Vizeadmiral, und wir wohnten im weißen Schloß!"

„Im weißen Schloß?"

„Ja, so nannte man es im Volksmund! Das war das burgähnliche Gebäude der Marinestation der Nordsee, mit Schilderhäusern und Wache, Auffahrt und großem Balkon für die Paraden! — Ich denke gerade, ich müßte es dir zeigen, aber ... es hat den Krieg nicht überlebt. Nun, vielleicht finden wir irgendwo eine Abbildung. Aber lassen wir das weiße Schloß erst mal so, wie es ist. Ich will damit ja nur andeuten, daß meine Schwester und ich in den entscheidenden Jahren unserer Jugend ziemlich abgekapselt waren. Auch darüber sollte ich ein anderes Mal reden. Was dich interessiert, ist das Verhältnis zu meinen Eltern. — Liebte ich sie?"

Er machte eine erneute Pause.

„Ich verehrte sie! Das ist es. Ich verehrte sie sehr. Und Verehren ist ja auch eine Form der Liebe, nicht wahr? Für mich waren Vater und Mutter Vorbild, sozusagen die Säulen meines Lebens. Ich habe nie entdeckt, daß sie etwas Unrechtes taten. Immer waren sie untadelig. Ist das nicht wunderbar?"

Christiane hatte genau zugehört.

„Wunderbar?" fragte sie zweifelnd. „Ich weiß nicht. Meine Eltern waren ganz anders. Ich habe dir erzählt, daß meine Mutter sich der Religion verschrieben hatte. Hier im Ort sagte man, sie wäre verrückt gewesen, aber das stimmt nicht. Aber ... es geht mir genauso wie dir. Je mehr Zeit wir jetzt haben, umso mehr denke ich an meine Eltern, an meine Jugend, die Zeit mit Evchen, als wir noch Backfische waren, so nannte man das früher."

Auch sie dachte eine Weile nach.

„Aber verehren? Habe ich meine Eltern verehrt? Nein. Ich liebte sie einfach — nicht über die Form der Verehrung. Ich liebte die Güte meiner Mutter, mein Vater war eher ein Kumpel, ein guter Kamerad. Du kennst solche Menschen. Mit ihnen kann man Pferde stehlen, und sie sind auch mal für Schabernack zu haben. Aber meine Mutter? An sie denke ich jetzt in Liebe. Früher war das nicht so. Früher hat sie uns oft Kummer bereitet mit ihren frommen Sprüchen. Ich verwünschte sie, aber jetzt fällt mir so manches ein, was sie geäußert hat, in der Hoffnung, ich würde es befolgen. — ‚In der Ehe muß immer die Frau für Frieden und Ausgleich sorgen!' sagte sie mir oft. Ich wollte das nicht einsehen, weil ich der Meinung war, in einer Ehe ist man mehr Partner, aber nicht: hier der Patriarch und da das Weib, eine Stufe tiefer!"

„Eine sehr plastische Beschreibung! Bei uns war mein Vater der Patriarch, aber er war es im guten Sinne, möchte ich sagen. Er fühlte sich verantwortlich für seine Familie — ach, nicht nur das, auch für seine Leute bei der Marine! Aber das gehört jetzt nicht hier her. Bleiben wir bei der Familie. Meine Mutter hatte auch ihre Pflichten, doch ordnete sie diese ein in die Belange der Aufgaben meines Vaters. Das war so selbstverständlich, daß darüber nie ein Wort verloren wurde."

„Wenn ich das alles so von dir höre, Ulrich, beginne ich zu verstehen, daß vieles dich so geprägt hat, wie du heute bist. Du weißt doch, daß nicht nur die Wesenszüge von Vater und Mutter weitergegeben werden, oder von den Ahnen überhaupt, es ist auch die Umgebung, es sind die Lebensumstände, die den Menschen formen. — Wenn du nun sagst, dein Vater fühlte sich verantwortlich für die Familie, so vermute ich, daß ihr wenig zu lachen hattet!"

„Nein, nein, so ist das nicht! Das siehst du nicht richtig. Wie soll ich dir das nur erklären? Offenbar war mein Leben in seiner Form ganz anders als deins. Ich gebe ja zu, daß der persönliche Kontakt zu meinen Eltern kühl war, besonders zu meinem Vater, aber das störte mich nicht. Es war eben so, und ich kannte es gar nicht anders. Respekt! Ich hatte Respekt vor ihm, aber nicht in der unangenehmen Art, daß es mich ärgerte. Ich respektierte seine Stellung als Vater, als Offizier, und er verdiente das auch. Ich habe nie erlebt, daß er sich des Respekts nicht würdig erwiesen hätte!"

Plötzlich mußte er lachen.

Christiane sah ihn fragend an.

„Wenn ich das heute so erzähle, wird man sich vielleicht mit dem Finger an die Stirn tippen, aber wirklich, ich habe nie erlebt, daß mein Vater auch nur einen Uniformknopf geöffnet hatte. Ich habe ihn nie in Pantoffeln gesehen!"

„Immer in voller Montur, würde Martin Berger sagen!"

„Genau! Und ich fand das richtig! Es gehörte sich so für einen Mann in hoher Stellung. — Weißt du, wir kommen in Konflikt mit der Zeit! Fünfzig Jahre! Was ist in diesen fünfzig Jahren alles passiert! Wie haben sich die Lebensanschauungen geändert! Stell dir vor, ich würde dies meinem Sohn erzählen. Er würde genau zu denjenigen gehören, die den Finger an die Stirn tippen! Verstehst wenigstens du, was ich meine, Christiane?"

„Ich? Aber ja! Es ist gut, daß du mir das alles einmal auseinandersetzt. Ich verstehe vor allem dich jetzt viel besser. Das ist mir so wichtig, Ulrich!" Dabei legte sie die Hand auf seinen Arm. „Ich hatte bisher noch nie Gelegenheit, dich kennenzulernen!"

Bei diesem Wort sah er sie erstaunt an.

„Versteh mich recht! Mit „kennenlernen" meine ich dein Wesen, wie du geworden bist, wie dein Leben früher war! Das alles ist doch nicht ohne Einfluß auf deine Entwicklung geblieben!"

Ulrich hörte nicht mehr zu.

„Da kommt jemand!" sagte er und veranlaßte Christiane, auch nach draußen zu sehen.

Wer immer dieser Jemand war, sie verwünschte ihn. Warum kam er gerade jetzt? Warum störte er sie mitten in einem Gespräch, das so wichtig war und das ihr endlich ihren Mann näherbrachte.

„Das ist Lydia mit ihrem Peter!" stellte sie fest. Fast klang es vorwurfsvoll.

„Sieh da, Lydia mit ihrem Peter! Hövermanns Nachfolger!" Christiane nickte nur. Genau so mußte ihr Mann antworten. Hövermanns Nachfolger! Immer noch die PFI.

„Nett, daß sie uns alten Leuten einen Besuch machen!" Beschwingt stand Ulrich auf, um ihnen die Tür zu öffnen. Wenn Christiane nicht alles täuschte, sah er diese Unterbrechung gar nicht ungern. Er hatte noch nie so intensiv über sich selbst nachgedacht und war auch noch nie so intensiv über sein früheres Leben gefragt worden. Vielleicht mußte er sich erst daran gewöhnen, so ausgefragt zu werden.

„Alte Leute!" sagte Christiane empört. „Wir sind keine alten Leute! Wir sind allenfalls Onkel und Tante!"

Grothe sah sie lächelnd an und ging zur Tür.

„Einen Moment, Ulrich!"

„Was hast du denn noch?" fragte er, die Türklinke schon in der Hand.

„Werden wir diese Unterhaltung forsetzen? Wir sind ja nur unterbrochen worden, aber sie war doch noch nicht zu Ende!"

„Möchtest du das denn?"

Sie konnte genau sehen, was in ihm vorging. Seine Frau — sein preußisches Gewissen! Nun wollte sie alles genau wissen.

Nur kurz streifte ihn dieser Gedanke, doch dann überlegte er es sich anders. Wer weiß, wozu es gut war, einmal gründlich über alles nachzudenken und auch zu berichten. Wie Christiane ganz richtig sagte: es hilft, einander zu verstehen.

Wenn sie nun wirklich mit nach Wilhelmshaven fuhr, wäre es doch angebracht, sie ein wenig vorzubereiten.

Da klingelte es an der Haustür.

* * *

Angela Schütz hätte nie gedacht, daß das Eindringen in die Hamburger Gesellschaft so schwierig sein würde. Mit Unermüdlichkeit und allergrößter Sorgfalt suchte sie in der wohl schönsten Wohngegend und doch nicht zu weit von City Nord entfernt eine Bleibe. Schließlich fand sie einen Bungalow, an der Alster gelegen, der nichts zu wünschen übrig ließ. Doch als sie ihn mit ziemlichen Kostenaufwand eingerichtet hatte, wollte sie ihn auch zeigen.

Ihre Nachbarn waren zögernd, wenn auch nicht unfreundlich. Die meisten Ehefrauen sagten, sie müßten sich mit ihren Männer abstimmen. Abstimmen! Was das hieß, wußte Angela zwar, aber sie überging es. Angela Schütz hatte nie gelernt und wollte es auch nicht einsehen, daß ihr Mann einen Beruf hatte, etwas, was Ulrich Grothe häufig erwähnte, manchmal zu häufig. Sie war der Ansicht, daß man sich mit diesem Satz auch herausreden konnte. Bei ihrem Jochen war das bestimmt so. Er hatte keine Lust, Gäste zu empfangen. Er war zu träge, am Abend noch in den Smoking zu schlüpfen und ein bißchen Spaß zu haben.

Warum hatte sie denn dieses hübsche Haus in dieser schönen Gegend ausgesucht? Doch nur, um ihm gesellschaftlich zu helfen!

Daß nun aber die Gesellschaft so „träge“ war, enttäuschte sie sehr.

Wenn sie an Marienfelde dachte! Da waren sie Mittelpunkt gewesen, wenn auch leider nur kurz. Warum nicht auch hier?!

Ganz einfach darum nicht, weil es in Hamburg viele Jochen Schütz' gab, viele General Manager, viele Geschäftsführer von Unternehmungen, die größer waren als die PFI. Jochen Schütz war nur einer unter vielen.

Auch auf der Bank war Frau Schütz eben nur Frau Schütz mit der Kontonummer 384 279. Wenn sie in Marienfelde auf die Bank gegangen war und ihre Rechnungen auf den Tisch gelegt hatte, waren sie ihr abgenommen und die Überweisungen für sie erledigt worden. Frau Schütz mußte nur unterzeichnen. Hier gab es das nicht. Wo käme man denn hin!

Wenn Frau Schütz den Marienfelder Supermarkt betreten hatte, war der Geschäftsführer zur Stelle gewesen, um sie auf die Frische des Obstes, des Gemüses hinzuweisen und hinter vorgehaltener Hand zu erwähnen, daß die Fleischabteilung heute Kalbsleber hätte, ganz besonders zart.

Hier verschwand Frau Schütz unter vielen und mußte genau so an der Kasse warten wie die anderen.

Das alles hätte Angela Schütz eigentlich wissen müssen. Sie stammte aus einer Großstadt.

Auch die beiden Töchter waren nicht sonderlich glücklich in ihrem neuen Kreis. Die Schule erwartete von den angehenden jungen Damen etwas mehr Beteiligung, ein bißchen mehr Frische und keine Trägheit. Auch war etliches nachzuholen, wenn sie das Klassenziel erreichen wollten. Zwar war der Lehrplan nicht wesentlich anders als in Marienfelde, nur hatte man hier in Hamburg eine andere Methode, die Schüler und Schülerinnen zur Selbständigkeit zu erziehen.

Und wie war es mit neuen Freundschaften? Sie kamen nur zögernd zustande — sehr zögernd.

Angela Schütz jedoch gab nicht so schnell auf. Sie hatte sich so gefreut, nach Hamburg zu kommen, jetzt sollte diese Freude auch Früchte tragen.

Wie wäre es denn, wenn sie beide Golf spielten? Sie würde ihren Mann schon dazu bewegen. Das wäre ein wunderbarer Sport und ein gesellschaftlicher dazu. Vor allem aber war dies ein Sport, den sie beide pflegen konnten!

Jedoch — wieder kam sie nicht zum Ziel. Zwar war man höflich und zuvorkommend, doch leider gab es so viele Anmeldungen, daß man Herrn und Frau Schütz auf die Warteliste setzen mußte. Gewiß würden sie sofort verständigt, sobald eine Änderung einträte. Sie könnten sich darauf verlassen.

Aha! dachte Angela. Sie wollen erst einmal herausfinden, wer diese Schützens überhaupt sind! Sollen sie! An unserem guten Ruf können sie nicht rütteln! Und Perfect Food International! Sie sollten wissen, daß diese Gesellschaft ein solides Unternehmen ist.

Das alles wußte der Golf-Club auch. Er hatte auch nichts gegen Jochen und Angela Schütz. Aber der Andrang war tatsächlich so groß, daß man ihn steuern mußte.

Und was tat Angela?

Wenn nicht Golf, dann eben Reiten! Sie fand einen Reitstall in unmittelbarer Nähe ihres Hauses an der Alster.

Die Mädchen waren begeistert und wollten auch mitmachen. Gut! Ganz sicher würde Jochen dem Reit-Club beitreten. Dafür würde sie schon sorgen.

Als Angela zum erstenmal den Reitstall betrat, rümpfte sie die Nase. Der Geruch ärgerte sie sehr, aber nun eben, wenn man das eine wollte, mußte man das andere mit in Kauf nehmen.

Die Reitausrüstung war das nächste, das angeschafft werden mußte. Doch da hatte Angela Glück. Die Mädchen gaben sich mit Jeans zufrieden, weil die anderen Jugendlichen in dem Reitstall auch Jeans trugen. Das Kapitel war also gelöst — vorerst jedenfalls.

Angela gab sich natürlich nicht mit Jeans zufrieden. Sie erstand eine schicke Ausrüstung und ärgerte sich nur im geheimen über den unverschämten Preis.

Eine Reitkarte für zehn Stunden war die nächste Anschaffung. Erst danach setzt sie zum erstenmal ihren Fuß in einen Steigbügel. Hübsch sah sie aus, als sie endlich auf Lorette saß.

Doch dann ging es los. Lorette machte die ersten Schritte.

„Huch, wie wackelig!“ konnte sie sich nicht enthalten zu sagen, sie heimste damit ein unverschämtes Grinsen der Stallburschen ein.

Der Reitlehrer war auch nicht gerade ein höflicher Mensch, und der Gestank von Schweiß, Pferd und feuchtem Sand in der Reithalle gab Angela den Rest. Was fanden die Leute nur am Reiten? fragte sie sich während der ersten Stunde, als der Reitlehrer versuchte, sie über Sitz, Zügelführung und Körperbau des Pferdes aufzuklären.

Nein, oh nein, nicht mit mir! dachte sie erbost, als ihr zugerufen wurde: „So geht das nicht, gnädige Frau! So nicht!“ Hatte sie es nötig, sich so anfahren zu lassen?

Sollten die Mädchen ihre Abonnementskarte aufgebrauchen. Sie jedenfalls würde keinen Fuß mehr in den Reitstall setzen.

An diesem Abend hatte Angela Schütz andere Sorgen. Würde sich das Wetter halten? Ein Sommerfest war geplant — ein Sommerfest in ihrem

Hause und im Garten. Es war alles bestens vorbereitet. Auch genügend Gäste hatte sie zusammengetrommelt. „Ein kleines Sommerfest unter Nachbarn" hatte sie es genannt und damit etwas gewaltsam die nähere Umgebung zu sich gebeten. Neun Ehepaare würden kommen, zum Teil aus Neugier, zum Teil aus nachbarschaftlicher Freundlichkeit, schließlich wollte jeder in Frieden mit dem anderen leben, zum Teil „weil man nicht anders kann", zum Teil aus ärgerlicher Höflichkeit.

Kaum einer der Ehemänner war wirklich erfreut über die Abwechslung. Sie waren müde, ihr Beruf beanspruchte ihren vollen Einsatz. Lediglich der junge Thomsen aus der Textilbranche freute sich. Seine Frau erwartete ein Baby und konnte aus diesem Grunde nicht mehr allzuviel unternehmen. Uwe Thomsen wollte allein kommen, sagte allerdings, er müßte sofort nach Hause, wenn seine Frau ihn riefe. Er erzählte natürlich nicht, daß er nur schwer bei Verena die Erlaubnis, gehen zu dürfen, hatte durchsetzen können. Daß sie sich dann im letzten Augenblick entschloß, doch noch mitzukommen, war bis zu diesem Zeitpunkt noch nicht bekannt.

Warum kam Jochen wieder nicht pünktlich? Angela wurde nervös, je weiter die Zeit fortschritt. Jochen kam nie pünktlich. Er arbeitete bis in die tiefe Nacht hinein. Ob er wirklich arbeitete? Angela hatte Augenblicke, wo sie es bezweifelte. Sie wollte nicht soweit gehen, ihm Untreue vorzuwerfen. Dazu war er zu schwach, das würde er einfach nicht wagen. Außerdem würde sie es sehr schnell herausbekommen.

Aber ob er wirklich so lange arbeitete, wie er ihr immer erzählte? Sicher saß er im Büro, sie hatte es mehrmals kontrolliert, aber tat er wirklich etwas oder saß er nur so herum? Grübelte?

Es nützte ihm wenig, wenn er grübelte.

Hätte man zu diesem Punkt Jochen Schütz gehört, wäre er um eine Antwort nicht verlegen gewesen.

„Ich grüble nicht, ich denke nach! Dr. Grothe hat mir da einen sehr weisen Rat gegeben. Manager sind dazu da, um nachzudenken — zu denken! Es ist nicht Aufgabe des Managers herauszufinden, wo das Werkzeug in der Schlosserei aufbewahrt werden soll, um ein Beispiel zu nennen. Ein Manager soll darüber nachdenken, wie und womit er das Geschäft beleben kann!"

„Dein Dr. Grothe!" hätte Angela darauf wütend geantwortet. „Wann begreifst du endlich, daß dein Dr. Grothe in deinem Kopf nichts mehr zu suchen hat!"

Wenn Jochen in den nächsten fünf Minuten nicht kommt, rufe ich an! nahm Angela sich vor, doch es waren keine fünf Minuten, ehe sie den Hörer von der Gabel nahm. Sie war zu nervös, um noch länger zu warten.

Gott sei Dank, es meldete sich niemand. Er war also unterwegs!

War er das wirklich?

* * *

Manche Menschen müssen den Ruhestand erst lernen, und zu diesen Menschen gehörte Ulrich Grothe. Es gab Tage, da stand er schon mißmutig auf, weil er nicht wußte, wie er den Vormittag verbringen sollte. Gewöhnlich verschwand seine Frau dann zum Reiten und kam erst gegen 11 Uhr zurück. Jaaa, Christiane hatte es gut. Für sie hatte sich praktisch nichts geändert. Sie hatte nach wie vor ihre Arbeit, ihre Termine, ihre Pläne! Sie hatte nie Langeweile. Sie brauchte sich nie an einer Zeitung festzuhalten und vorzutäuschen, das Leben eines Rentners wäre etwas Erfreuliches. Menschen wie Ulrich Grothe war es nicht gegeben, auch mal eine Stunde im Sessel zu sitzen, ohne etwas zu tun. Dabei hatte er anderen gepredigt, Manager sollten denken! Jochen Schütz zum Beispiel hatte es sich zu eigen gemacht.

Ulrich Grothe dachte zwar auch nach, aber er bewegte sich im Kreise. An diesem Morgen jedenfalls. Was nützte ihm alles Nachdenken über die PFI, über die Wirtschaft, über Arbeitsprobleme, über die Vorgänge in der Politik, wenn sein Kommentar nicht gewünscht wurde! Was nützten ihm seine Bemühungen, wenn niemand daran interessiert war!

Hier irrte Ulrich Grothe. Mit seiner ständigen Furcht: sie wollen mich ja nicht, weil ich zu alt bin! schoß er übers Ziel. Gefiel er sich in der Rolle des Gekränkten, Mißverstandenen?

Es hatte den Anschein, als ob das heute der Fall wäre.

Zwar verteilte er keine „Schlangenbisse" an seine Frau — sie hatten sich ja in die Hand versprochen, sich nicht zu ärgern —, aber unschwer war ihm anzumerken, daß er heute nicht aufgeschlossen war, nicht gesprächig und nicht gerade in bester Stimmung.

Und was tut da eine Ehefrau? Ulrich Grothes Frau kannte diesen Zustand viel zu gut, als daß sie daraus eine Tragödie gemacht hätte. Christiane tat nichts — oder doch, unbewußt tat sie etwas, das ihren Mann von einem Moment zum anderen zum Lachen brachte.

Es war um die Mittagszeit. Christiane traf letzte Vorbereitungen in der Küche.

Ulrich stand am Fenster, wie so häufig, mit einer schweren Zigarre im Mund, geradezu ein Balken, der zu allem Überfluß nicht richtig brennen wollte.

Da hörte er eine Trillerpfeife!

Und gleich darauf den Ruf: „Backen und Banken!"

Vergeblich bemühte sich Christiane, eine tiefe Stimme hervorzukehren und das Kommando möglichst zackig zu erteilen.

Grothe mußte lachen! Er lachte aus vollem Halse. Seine schlecht angerauchte Zigarre flog in den Aschenbecher, mit großen Schritten ging er ins Eßzimmer, und da stand Christiane mit der Trillerpfeife im Mund. Noch einmal pfiff sie verwegen, und noch einmal donnerte sie ihrem Mann „Backen und Banken!" entgegen.

„Wo hast du denn das her?" fragte er aufgeräumt. „Backen und Banken und die Trillerpfeife!"

Beide setzten sich zur gleichen Zeit. „Mir ist, als wäre ich 40 Jahre zurückversetzt. Fehlt nur noch, daß es Labskaus gibt?"

„Labskaus? Was ist denn das? Etwa ein Menü?"

„Menü! Das klingt so vornehm! Menü!" sagte er noch einmal mit Schmelz auf der Zunge.

„Labskaus ist ein Seemannsessen. Corned beef vermischt mit Kartoffeln und Salzgurke, und ein Rollmops gehört auch dazu und obendrauf ein Spiegelei!"

„Und das schmeckt?"

„Das schmeckt großartig!" betonte er.

„Schade, das kannte ich nicht! Aber sonst habe ich es richtig gemacht mit ‚Backen und Banken'?"

Grothe mußte schon wieder lachen.

„Matrose Christiane, woher hast du ‚Backen und Banken'? Übrigens sagte man das zu den Mannschaften, wenn zum Essen gerufen wurde, aber nicht ..."

„Ach, ist doch egal! Ich habe es einem wundervollen Buch entnommen!" Sie stand wieder auf und holte es von ihrem Schreibtisch im anderen Zimmer. „Hier!" sagte sie und zeigte ihm den blauen Band mit dem grinsenden Matrosen drauf. „1000 Worte Marinedeutsch! Na, was sagst du dazu! Habe ich hier bei unserem alten Buchhändler gefunden. Eigentlich wollte ich etwas ganz anderes haben, aber da fiel mein Blick auf den sogenannten Grabbeltisch mit den billigen Angeboten. Da fand ich diesen kleinen Band!"

Grothe blätterte in dem Buch und lachte vor sich hin.

„Angströhre — U-Boot! Weiß Gott!" Er blätterte weiter. „Flo-Chef! Das war ich, ein Flo-Chef!"

„Was warst du? — Oh, ich weiß, ein Flottillenchef! Richtig. Du siehst, ich kenne schon ein paar Vokabeln!"

Grothe vergaß das Essen. Er blätterte in dem Buch „1000 Worte Marinedeutsch", lachte vor sich hin, als er die vielen witzigen Ausdrücke nachlas. Wie oft hatte er sie selbst gebraucht oder von seinen Leuten gehört.

„Allerheiligstes — Kommandantenkajüte! — Blechbüchse — Boje/Seezeichen!"

Kopfschüttelnd legte er das Buch beiseite.

„Ach ja!" meinte er. „Spaß gab's auch bei der Marine!"

„Da habe ich also das richtige gefunden, wie? Vielleicht mußt du noch ein bißchen Nachhilfe haben, bevor wir nach Wilhelmshaven fahren. Soll ich dich abhören?" fragte sie.

Sein frohes Lachen war ihr Antwort genug. Sie war glücklich, daß der Mißmut Ulrich verlassen hatte.

„Hast du eine Ahnung, wen du alles treffen wirst?"

„Nicht die geringste. Ich freue mich viel mehr, dir alles zeigen zu können. Schade, daß das weiße Schloß nicht mehr steht! Ich verbrachte dort meine entscheidenden Jugendjahre."

„Wir wollen sehen, daß wir eine Abbildung finden. Was willst du mir denn noch zeigen? Steht zum Beispiel die Villa Gerdes noch?“

„Das müssen wir herausfinden!“

„Und wo haben deine Eltern später gelebt, als dein Vater pensioniert wurde? Wie war das überhaupt, ist er gern in den Ruhestand gegangen?“

„Du stellst aber Fragen!“ sagte er und stand auf. Das Essen war schnell vorbei. Er ging, das Buch in der Hand, in sein Zimmer. Dort war es gemütlicher. Christiane folgte ihm.

Jetzt nicht nachlassen! sagte sie sich. Er ist gerade dabei, sich zu erinnern. Man muß das Feuer schüren, solange es heiß ist.

„Das ist doch nicht verwunderlich. Schließlich machte dein Vater genau dasselbe durch wie du jetzt. Mich würde interessieren, ob es ihm schwer fiel, sich zurückzuziehen!“

„Gott, Christiane, das weiß ich wirklich nicht! Er wußte es seit Beginn seiner Laufbahn, daß er eines Tages in Pension gehen würde. Folglich gab es gar keine Debatte darüber, und ob es ihm schwerfiel, kann ich dir nicht sagen. Zu der Zeit war ich mit meiner Flottille am Kanal!“

Christiane mußte das akzeptieren, doch sie war noch lange nicht am Ende ihrer Wünsche.

„Ich fragte vorhin, wo deine Eltern gelebt haben, als sie pensioniert wurden. Doch nicht weiter im Schloß?“

„Schloß! Also wir haben das Wort nie gebraucht. Das taten andere. Bei uns hieß es Stationsgebäude.

Es war überhaupt für meine Schwester und mich nicht gerade erbaulich, dort zu wohnen. Natürlich war es weitläufig, eine Riesenwohnung, der ganze erste Stock stand uns zur Verfügung, einschließlich der Repräsentationsräume, aber es war eine nüchterne Aufteilung, wie in einem Hotel. Und da alles so groß war, verlor man sich darin.

Was aber schlimmer war, jedenfalls kommt es mir heute so vor, war die Umständlichkeit, wenn uns jemand besuchen wollte. Da mußten wir unten beim Wachhabenden Bescheid sagen, und der Besucher mußte, wenn er unbekannt war, seinen Ausweis vorlegen. Du kannst dir ja vorstellen, daß das manche nicht gern taten, besonders kleine Mädchen und später junge Damen, die meine Schwester besuchen wollten. Endergebnis: unser Freundeskreis war eng bemessen. Es kamen nur die, denen es nichts ausmachte, kontrolliert zu werden.“

„Oder es kamen diejenigen, die es toll oder schick fanden, jemanden im ‚Schloß‘ zu besuchen!“ meinte Christiane. „Stell dir mal vor, Evchen Berger hätte als junges Mädchen eine Einladung ins weiße Schloß bekommen! Was meinst du wohl, wie das vor sich gegangen wäre!“

„Na? Erzähle, ich bin ganz Ohr!“

Selbst auf die Gefahr hin, daß er den Faden verlieren würde, malte Christiane sich aus, wie ihre Schwester auf so etwas reagiert hätte.

„Also erst mal ein neues Kleid, versteht sich! Sie hätte vermutlich schlecht geschlafen, weil sie so aufgeregt gewesen wäre! Und wenn der Tag schließlich da gewesen wäre, hätte sie mit hochrotem Kopf vor deiner Mutter einen tiefen Knicks gemacht, vor deinem Vater ebenso, und kaum etwas gesagt, immer in der Sorge, etwas verkehrt zu machen! Sowas nennt man Ehrfurcht!"

Grothe mußte lachen!

„Aber eine verkehrte! Meine Eltern ..."

„Wie immer deine Eltern gewesen sein mögen, Krümelchen hätte alles bewundert und wäre vor Ehrfurcht vergangen!"

„Solche Freundinnen hatte meine Schwester nicht! Überhaupt ..." sann er nach und rieb sich die Stirn.

„Was überhaupt?" faßte Christiane nach.

„Ich meine ... ich sagte es ja schon, es blieb nicht aus, daß unser Freundeskreis begrenzt war. Viktoria zum Beispiel ist da ein bißchen zu kurz gekommen!"

„Wieso? Vermißte sie Freundinnen?"

„Ich glaube schon!" sagte er langsam, machte eine kleine Pause, um dann umso schneller fortzufahren.

„Wenn man das im nachhinein überdenkt, sieht alles ganz anders aus, oder ich will so sagen: man erkennt die Zusammenhänge und die Hintergründe viel klarer!"

„Was war denn nun mit deiner Schwester? Erzähle doch bitte. — Ach, Ulrich," versuchte sie ihm zu erläutern, „nicht wahr, das verstehst du! Ich weiß nichts von deiner früheren Zeit. Erschließe sie mir doch — bitte! Sieh mal, daß du mir eben erklärt hast, daß äußere Umstände es verhindert haben, einen großen Freundeskreis aufzubauen, das sagt mir doch eine Menge! Es könnte doch sein, daß du im Grunde genommen geselliger bist als du denkst. Vielleicht bist du gar nicht der ‚Eisblock', als der du immer hingestellt wurdest in den ersten Jahren bei der PFI. Ich erzähle dir nichts Neues, wenn ich dir deinen Spitznamen verrate, nicht wahr?"

Grothe lachte diesmal nicht — er grinste! Auch das war etwas Neues an ihm. Grinsen! Diese belustigte Form des Lachens! Bis zur Stunde hatte Christiane das noch nicht an Ulrich Grothe beobachtet. Würde sie noch mehr entdecken? Würde dieser Ulrich Grothe nach und nach den Zwang, die Unnahbarkeit, die Respektperson — würde er langsam alles dies ablegen und ihr einen Menschen zeigen, der wieder heiter und fröhlich war, wie er es in den beiden Jahren mit Andrea Krogmann gewesen sein sollte?!

Ob ich das fertigbringe? fragte sich Christiane im stillen.

Sie wurde unterbrochen in ihrem Gedankenflug. Hatte sie nicht eine Frage gestellt — nach seiner Schwester Viktoria?

„Erzähle von Vicky! Was war denn nun?"

Grothe schüttelte den Kopf, nur ein wenig.

„Vicky? Vicky wurde sie nie genannt! Sie hieß Viktoria und nicht anders, und sie wollte es auch nicht anders haben."

„Nicht? Wenn ich denke, ich sollte Evchen ‚Eva' nennen, dann käme das einer Rüge gleich!"

„Nicht so bei Viktoria! Meine Eltern und meine Schwester — und ich natürlich auch — schätzten keine Abkürzungen oder gar Kosenamen! Das war bei uns nicht Sitte!“

„Okay, ich nehme es zur Kenntnis!“

„Und Okay ist ein schreckliches Wort! Das gab es damals sowieso noch nicht!“

Christiane lehnte sich zurück und lachte.

„Ob du mir jemals erzählst, wie es deiner Schwester ergangen ist? Immer wieder stoßen wir auf etwas Neues!“

„Und immer wieder muß ich dich rügen, meine Dame!“

„Ich bin jetzt ganz still und sage kein Wort mehr, Herr Kapitän!“

„Gut! Sehr gut!“ Er machte eine Pause, um sich zu sammeln. Am liebsten wäre er bei dem heiter-belanglosen Ton geblieben, aber das, was er über seine Schwester Viktoria zu sagen hatte, war nicht so belanglos und heiter, wie man es ihr gewünscht hätte.

Schon als er mit „Viktoria“ begann, wußte Christiane, daß sein Bericht über sein Zuhause einen anderen Weg genommen hatte — und sie paßte sich an.

„Viktoria war in dem großen Kasten recht einsam. Ich glaube, sie vermißte das, was man heute ‚Nestwärme‘ nennt. Natürlich habe ich das früher nicht erkannt, aber heute sehe ich es so. Da war zum Beispiel das Verhältnis zu meinen Eltern, nach dem du mich vor ein paar Tagen fragtest.

Ich glaube, Viktoria hätte sich gern einmal zu meiner Mutter gesetzt und sich von ihr in den Arm nehmen lassen!“

„Hat sie es denn nicht?“ Christiane konnte nicht umhin, das zu fragen.

„Es ergab sich einfach nicht. Ich wüßte nicht, daß meine Schwester meine Mutter einmal allein sprechen konnte. Wir hatten eine Hausdame, mit der Mutter alles absprach, wie hatten Personal, und wenn Mutter mit dem Haushalt nicht allzuviel zu tun hatte, saß sie mit meinem Vater zusammen. Vergiß bitte nicht, daß sie zudem in einer Reihe sozialer Einrichtungen tätig war. Rotes Kreuz, Betreuung alter Marine-Leute, Marine-Witwen — ich weiß nicht, wie weit ihr Betätigungsfeld gestreut war. Ich erinnere mich nur, daß sie sehr engagiert war und wenig Zeit für uns hatte.

Warum auch? fragte ich mich damals. Wir waren so um 16, 18 Jahre alt, also praktisch schon erwachsen. Nur — Viktoria war wohl doch noch nicht erwachsen genug!“

Am liebsten hätte Christiane hier wieder etwas gefragt. Was war denn nun? Als Christiane 17/18 Jahre alt gewesen war, hatte sie sich ganz besonders zu ihren Eltern hingezogen gefühlt. Es war die Zeit kurz vor ihrem Abitur gewesen. Sie hatte gewußt, daß sie das Elternhaus verlassen und fortan nur noch Gast sein würde. Mit dem Weggang von zu Hause war ihre Jugendzeit abgeschlossen.

„Es fing damit an“, nahm Grothe von selbst das Thema wieder auf, „daß sie eines Nachmittags in mein Zimmer kam, als ich mich gerade mit der ‚Kolonisation des deutschen Ostens‘ beschäftigte, ein voraussichtliches

Abitur-Thema. Komisch, daß ich das noch so genau weiß. Es war aber so mühsam, daß ich über ihren Besuch gar nicht ärgerlich war, sondern die Abwechslung begrüßte.

Es war nämlich ungewohnt. Viktoria kam praktisch nie in meine ‚Bude', so nannte sie es, und das war es auch. Eine Bude, ein langer Jammer mit 4,50 m hohen Wänden, kahl wie in einer Kaserne. Nur über meiner Stahlbettstelle hing ein Bild. Heute würde man das Kitsch nennen. ‚Der letzte Mann' hieß es. Da hielt ein Matrose auf einem gekenterten Boot die Kriegsflagge hoch. — Aber was sage ich denn ..." er mußte über sich selbst den Kopf schütteln, „ich verstricke mich immer mehr in die Vergangenheit! Ich will doch von Viktoria erzählen! Sie setzte sich also auf mein Bett, während ich ihr an meinem Tisch den Rücken zukehrte.

‚Warum können wir eigentlich nie mit unseren Eltern reden wie andere auch?' fragte sie mich, und das in einem Ton, der mir neu war. Ich ließ denn auch ab von meiner Arbeit mit den vielen Büchern, Nachschlagewerken, Lexika und so weiter und sah sie erstaunt an.

‚Was hast du gesagt?'

‚Ach Ulrich! Geht es dir nicht auch so, daß du manchmal mit Vater und Mutter, oder mit Vater allein oder mit Mutter allein, etwas bereden möchtest?' Ich wußte darauf nichts zu sagen.

‚Ich weiß nicht!' sagte ich denn auch. Ich verstand sie überhaupt nicht. Ich fand das alles so in Ordnung mit unseren Eltern.

‚Was willst du denn? Wir sehen sie doch täglich, und wir können ihnen doch ganz bestimmt etwas sagen, wenn es etwas zu sagen gibt!'

‚Nein! Das können wir eben nicht!' sagte sie plötzlich heftig und konnte die Tränen nicht mehr aufhalten. Das war etwas ganz Ungewöhnliches bei Viktoria. Gewiß heulte sie manchmal, wenn sie hinfiel, aber dann tat ihr etwas weh. Dies war kein Heulen, dies war wirklicher Kummer.

Was sollte ich nur damit tun? Ich hatte noch nie ein Mädchen, das Kummer hatte, getröstet.

‚Wir können eben nicht mit ihnen reden, weil immer jemand dabei ist!' erwiderte sie heftig und putzte sich die Nase, um den Kummer zu überdecken. ‚Wenn es nicht die Havermann ist, dann ist es der Adjutant, und wenn wir abends gute Nacht sagen, erwarten die Eltern von uns, daß wir uns zurückziehen. Was ist das für ein Leben, Ulrich!'

Ich war wie vom Donner gerührt. Und nun fing sie doch tatsächlich an zu schluchzen.

Was erwartete sie denn von den Eltern?

Nun hätte ich sie ja auslachen können. Große Brüder haben das wohl so an sich, daß die jüngeren Schwestern für sie noch kleine Mädchen sind. Aber irgendwie kam mir das nicht in den Sinn. Ich erkannte wohl, daß Viktoria ein Problem mit sich herumschleppte, ein schwerwiegendes, aber wie es zu lösen war, das wußte ich nicht — noch nicht!

Und dann sagte sie etwas, was ganz tief in ihr verankert war und wonach sie sich sehnte: ‚Nirgendwo ist jemand, an den man sich anlehnen kann.

Warum legt Mutter nie den Arm um meine Schulter, warum Vater nicht? Warum darf ich sie nicht umarmen, wenn ich mich freue? Warum darf ich sie nicht küssen, wenn ich glücklich bin? — Ich darf nichts! Nur die Hand geben, gute Nacht sagen, guten Morgen sagen und bei Tische nichts sagen, es sei denn, ich werde gefragt! — Sag mir eins, Ulrich, ist das richtig so?‘

Sie war ganz verstört. Sie war wirklich tiefunglücklich, das sah ich endlich — und sie tat mir leid. Da setzte ich mich zu ihr auf das Bett und legte den Arm um ihre Schulter.

‚Ich bin zwar nur dein Bruder, aber wenn dir das fehlt, dann komm' man zu mir!‘

Dann versuchte ich ernsthaft, mit ihr darüber zu reden.

‚Vielleicht sind Mädchen da anders‘, meinte ich. ‚Ich vermisse das alles nicht, was du vermißt, aber ... soll ich mal mit den Eltern reden? Möchtest du das? Ich tu's! Für dich würde ich das tun, Schwester!‘

Ich meinte es wirklich ehrlich. Unser geschwisterliches Verhältnis war zufriedenstellend, so möchte ich es bezeichnen. Wir schlugen uns nicht, aber wir gluckten auch nicht zusammen. Immerhin, an diesem Nachmittag kam eine neue Rolle auf mich zu. Meine Schwester brauchte einen Beschützer, jemanden, bei dem sie sich aussprechen konnte. Normalerweise wären es die Eltern gewesen, aber da das nicht möglich war — und sie mir das Ehrenwort abnahm, nicht mit ihnen darüber zu sprechen — nun, da übernahm ich eben das Amt.“

Hier verhielt er, stand auf und nahm seine Pose am Fenster ein.

„Viktoria!“ sagte er vor sich hin und seufzte.

„Als sie das nächste Mal zu mir kam und sich wieder auf mein Bett setzte — einen zweiten Stuhl gab es nicht — kam sie im falschen Moment. Ich war strahlender Laune — eine Abitur-Arbeit war gut ausgefallen —, und sie war sterbensunglücklich.

‚Na, Schwester‘, fragte ich und grinste, ‚mußt du wieder auftanken?‘

Ich konnte ihr nichts Ärgeres antun.

Sie stand abrupt auf, ging wieder nach draußen und knallte die Tür zu.

Also, das hatte ich ja nicht gewollt. Ich kam auch sofort zur Besinnung, und schon war ich in ihrem Zimmer, das übrigens genau so nüchtern eingerichtet war wie meine Bude. Stahlbettstelle, Tisch, Schrank, Kommode. Allerdings hatte Viktoria ein paar Dinge hinzugefügt, die dem langen Jammer die Nüchternheit nahmen, Tischdecken, Blumen und ein paar Bilder, worunter Dürers Veilchensträußchen mir noch in Erinnerung ist, und, ach ja, eine kleine Gipsmaske hing an der Wand. Die war damals geradezu en vogue. L'inconnue de la Seine. Du kennst sie sicher. Ein schönes trauriges Gesicht, bei dem noch die Wassertropfen an den Wimpern hingen. Das war also Viktorias Zimmer. — Du meine Güte, ich komme vom Hundertsten ins Tausendste.

Viktoria also!“ rief er sich zur Ordnung und fuhr endlich fort:

„Sie lag schluchzend auf ihrem Bett.

‚Das wollte ich nicht!‘ sagte ich und strich über ihre Schulter. Aber sie hörte mich nicht. Da richtete ich sie einfach auf und machte es wieder genau so wie das erste Mal, nur daß ich ein bißchen freundlicher war.

‚Wieder so schlimm?‘ fragte ich. Sie nickte nur.

‚Was bekümmert dich denn so?‘

‚Alles und nichts!‘ Alles und nichts, das werde ich nie vergessen. Mit diesen drei Worten sagte sie mir genau, wie es in ihr aussah. Heute würde man das vermutlich Depressionen nennen und mit Tabletten kurieren wollen. Damals nahm man seine Schwester in die Arme, klopfte ihr den Rücken und hatte ein wenig Mitgefühl für ihre Nöte.

Es hatte sie niemand gekränkt und niemand war häßlich zu ihr gewesen. Ihr fehlte nur etwas Wärme.“

Hier verhielt Ulrich Grothe. Unverändert stand er am Fenster seines Hauses und ließ die Begebenheiten von früher an sich vorüberziehen. Diesmal war es seine Schwester, der er in verschiedenen Phasen ihres jungen Lebens beigestanden hatte.

„Sie ist dann nur noch einmal bei mir gewesen — viel später. Sie hatte gerade das Abitur geschafft, und ich war zu Hause auf Urlaub.

Und damals war sie auf dem Casino-Ball gewesen und hatte sich ausgerechnet in den einzigen Zivilisten verliebt, der auf dem Ball anzutreffen war. Dietrich von Hagen, Vetter von Oberleutnant Knut von Hagen. Ich habe keine Ahnung, wie schwer es für Knut von Hagen gewesen ist, für ihn eine Einladung zu erwirken. Dieser Dietrich jedenfalls stammte aus Pommern. Seine Eltern hatten einen schönen Besitz in der Gegend um Kolberg.

Es war wohl Bestimmung, daß die beiden sich trafen. An diesem Abend tat Viktoria alles, was strengstens verboten war. Sie verschwand vorzeitig mit Dietrich von Hagen vom Ball — mit einer ganzen Gruppe von anderen jungen Leuten. Man fuhr oder ging in den Club in der Adalbertstraße. Das war nicht weit vom Casino entfernt. Da war man unter sich.

Und wann kam das schlimme Mädchen nach Hause? Morgens um 6 Uhr.

Nun muß ich erklären, daß es uns Kindern während der Schulzeit strengstens untersagt war, den vorderen Eingang zu benutzen. Wir waren ohnehin meistens mit den Fahrrädern unterwegs, und so mußten wir denn ‚von hinten‘ herein, das heißt durch den Keller, Lieferanteneingang. Genau den wollte Viktoria mit ihrem ersten langen Abendkleid auch nehmen. Doch ihr Dieter ließ das nicht zu. Die Taxe mit den schwarzweißen Karos hielt genau da, wo Hindenburg ausgestiegen war und früher auch der Kaiser — unter dem großen Balkon vor dem Portal.

Der Wachhabende war ein netter Mensch, Gott sei Dank. Er grüßte Fräulein Grothe und ließ sie schnell vorbeigehen. Wahrscheinlich wußte er genau, daß der Herr Vater ihr eine Szene machen würde.

Dietrich von Hagen sah ihr nach, verschwand dann aber wieder mit der Taxe. Daß er noch am Vormittag kommen würde, um meinen Eltern einen Besuch zu machen, war noch nicht bekannt.

Es war still im Haus, nur in meiner Bude war noch Licht. Und was tat die junge Dame? Kaum daß sie angeklopft hatte, war sie auch schon bei mir im Zimmer.

‚Ich muß auftanken!‘ sagte sie und ließ sich auf meinen Schreibtischstuhl fallen.

‚Raus hier!‘ fuhr ich sie an. ‚Was ist das überhaupt für eine Art und Weise, hier einfach einzudringen! Raus! habe ich gesagt! Laß mich wenigstens den Bademantel anziehen, du schamlose Person!‘

‚Hab dich bloß nicht so! Ach, Ulrich!‘ seufzte sie glücklich. ‚Ich bin ganz durcheinander. Hast du Dietrich von Hagen gesehen? Hast du mit ihm gesprochen?‘“

Plötzlich hielt Ulrich inne.

„Langweile ich dich?“ fragte er seine Frau.

„Um Gottes Willen, nein! Erzähle weiter! Wie kommst du darauf, daß ich mich langweilen könnte! Ach, Ulrich! Ich bin ja so froh, daß du ein wenig erzählst!“

Er sah wieder nach draußen und kehrte ihr den Rücken zu.

„Mir ist so, als könnte ich nicht aufhören! — Viktoria!“ nahm er den Faden wieder auf.

„Um es kurz zu machen — sie bat mich, ein gutes Wort für sie einzulegen. Dieter mußte es sein und kein anderer. Dieter durfte übrigens auch ‚Vicky‘ zu ihr sagen, aber nur er.

Es war auch nicht so schwer, Vater und Mutter zu überzeugen, daß ihre Tochter ihr Glück gefunden hatte.

Bei ihrem Dietrich fand Viktoria schließlich genau das, was sie durch Jahre entbehrt hatte: Geborgenheit.

Ich habe sie ein paarmal besucht, auch noch während des Krieges.

Sie führten eine sehr glückliche, harmonische Ehe. Zwei Kinder, genau wie bei unseren Eltern, erst ein Junge und dann ein Mädchen.“

Hier machte Ulrich Grothe eine lange Pause, und als er schließlich fortfuhr, war der Bericht knapp. Offenbar lag es ihm nicht, Tragödien in große Worte zu kleiden.

„Das Ende kennst du. Mein Schwager ist in Rußland vermißt, Viktoria mit den Kindern auf der Flucht umgekommen, und meine Eltern?“

Er verstummte.

„Meine Eltern starben 1943 während der großen Angriffe auf Hamburg in einem Luftschutzbunker. Schäbig!“ sagte er. „Richtig schäbig! Sie liegen in einem Massengrab auf dem Ohlsdorfer Friedhof. Irgendwo! Es war gar nicht anders möglich bei der Hitze, die damals herrschte. — Das sehe ich ja alles ein. Aber schäbig ist es. Ein schäbiger Tod, vor allem, wenn man bedenkt, daß sie auf dem Wege nach Pommern waren, um sich endlich ein wenig ausruhen zu können von den pausenlosen Angriffen auf Wilhelmshaven.“

Nur kurz verhielt er, meinte dann aber wohl doch, auch noch den Rest berichten zu müssen.

„Als der Krieg schließlich vorbei war, stand ich vor dem Nichts. Von meiner Familie lebte niemand mehr, ich hatte kein Zuhause, selbst meine Seekiste existierte nicht mehr — nichts!"

Wieder machte er eine Pause, rauchte schweigend und sagte dann nüchtern: „So ist das eben!"

* * *

Und dann kam Andrea Krogmann und machte ihm wieder Mut!

Wie gut! dachte Christiane, doch sie sprach es nicht aus. Sie hätte nie gedacht, daß sie noch einmal mit soviel Wärme an Ulrichs erste Frau denken würde.

* * *

Wenn man Lydia Köper beobachtete und Martin Berger in jungen Jahren gekannt hatte, konnte man feststellen, daß eine ganze Reihe von Wesenszügen in ihr steckten, die Martin Berger eigen waren.

Lydia war kaum wieder in Marienfelde, als sie sich schon umsah, wo sie arbeiten könnte. Da ihre Eltern ihr die Arbeit mit dem Einrichten der Wohnung abgenommen hatten, verwendete sie die restlichen acht Tage, die noch zu Peter Köpers Urlaub gehörten, um überall guten Tag zu sagen und sich umzuhören, wo sie ihre Fühler wegen einer Beschäftigung ausstrecken könnte.

Lydia hatte keinen Beruf gelernt, aber sie war praktisch veranlagt und scheute keine Arbeit. Eine Weile hatte sie in der Brotfabrik gearbeitet, im Büro und in der Fabrik, zu der Zeit, als ihr Vater sie noch geleitet hatte, aber Vater wie Tochter hatten bald bemerkt, daß das nicht das richtige war. Martin hatte losgebullert, wenn ihm etwas nicht gepaßt hatte, und seine Tochter war ihm die Antwort nicht schuldig geblieben. Sie hatten beide eingesehen, daß es nicht gut war, daß Vater und Tochter sich vor Arbeitern und Angestellten zankten, noch dazu, wo beide im Stadium erhöhten Ärgers nicht gerade wählerisch in ihren Ausdrücken waren.

Noch bei den alten Steiners war Lydia früher öfter im Hotel zur Post eingesprungen. Es hatte in der Küche angefangen, dann war jemand für die Zimmer gebraucht worden, und schließlich hatte sie Lothar Steiner in den ruhigen Stunden in der Rezeption vertreten.

Da Lydia anstellig war, gut aussah und adrett angezogen war, hatte man ihr diesen wichtigen Posten häufiger überlassen, und so hatte sich allmählich herauskristallisiert, wo sie am besten einzusetzen war.

Alles hatte sich jedoch geändert, als die jungen Steiners aus Afrika zurückgekehrt waren und die alten Steiners begonnen hatten, sich nach und nach zurückzuziehen. Hinzugekommen war auch noch, daß das Hotelgeschäft nicht mehr so selbstverständlich florierte, wie es zu Lothar Steiners Zeiten der Fall gewesen war.

Als Lydia und Peter Köper dann nach Süddeutschland versetzt worden waren, war es wie eine Fügung gewesen. Lydia war zwar nur jeweils aushilfsweise gerufen worden, doch nun tat es niemandem weh.

Und doch sagte sie jetzt auch im Hotel zur Post guten Tag.

„Wie geht's denn?" fragte sie Wolfgang, mit dem sie sich duzte, waren doch beide ungefähr in einem Alter und Marienfelder Kinder, die ein und dieselbe Schulbank gedrückt hatten.

„Du siehst ja, wir sind schwer am Bauen!"

„Wann seid ihr das nicht!" lachte sie. „Was ist es denn diesmal?"

„Das Dachgeschoß! Wir verwandeln die Doppelzimmer in Einzelzimmer mit Dusche und WC. Wir haben überhaupt noch eine Menge Pläne!"

Soweit es für Lydia von Interesse war, erläuterte er ihr den Unterschied zwischen Lothar Steiners „Kleinod" und einem Tagungshotel, für das sich die jungen Steiners entschieden hatten.

„Und deine Frau?" Sie deutete auf den Schreibtisch gegenüber dem von Wolfgang. Es war eine Frage ohne tiefere Bedeutung, und das merkte Lydia auch selbst. Schließlich rückte sie mit der Sprache heraus und war nun ganz ehrlich.

„Ich bin eigentlich gekommen, um mal zu hören, ob es Arbeit für mich gibt, Wolfgang!"

Der junge Mann machte eine Miene, die jeder Arbeitsuchende kennt: Abwehr!

„Naja, konnte ich mir ja denken. Aber ich dachte, fragen könnte ich ruhig. Ihr seid beide voll im Geschäft, nicht wahr?"

In diesem Augenblick kam Renate Steiner herein. Sie sah blaß aus, aber wie eh und je untadelig in Frisur und Anzug.

Auch sie begrüßte Lydia freundlich.

„Ich habe schon gehört, Sie sind zurück aus Süddeutschland. Freuen Sie sich, wieder zu Hause zu sein?"

„Und ob! Sie ahnen ja nicht, wie schlimm es da unten war!"

„Schlimm?"

„Schlimm für mich!" beeilte sich Lydia zu erklären. „Ich konnte mit den Menschen dort nicht klarkommen! Und — nun eben, jetzt bin ich wieder hier und fragte Wolfgang, ob es hier nichts für mich zu tun gibt! Aber ich sehe schon, Sie sind ja zu zweit und die ganze Lage ...!"

Sie vollendete den Satz nicht, sondern sah auf ihre Hände. Warum stand sie nicht auf und verabschiedete sich? Sie hatte hier nichts mehr zu suchen. Es war eben nichts. Schade! Sie würde weitersuchen! Irgend etwas würde sich schon finden. Sie war ganz zuversichtlich, selbst wenn es auf dem Arbeitsmarkt nicht gerade rosig aussah. Lydia stand genau wie ihr Vater auf dem Standpunkt, wenn man sich Mühe gab, hatte man auch Erfolg.

Bei all ihren Überlegungen hatte sie nicht gesehen, wie Renate ihren Wolfgang mit Blicken bearbeitete. Sie verdrehte die Augen, sie legte ihre Arme wie eine Wiege zusammen und schaukelte sie.

Du meine Güte, warum begriff er denn nicht, daß Lydia ihnen wie gerufen kam, da sie doch Familienzuwachs erwarteten.

Währenddessen knöpfte Lydia ihren leichten Mantel zu und streckte die Hand aus, um sich zu verabschieden.

„Moment! Einen Moment!“ sagte Renate schnell. Offenbar hatte ihr Mann heute eine lange Leitung. „Wir denken gerade ... ich glaube, wir könnten doch jemanden gebrauchen, der uns ein bißchen zur Hand geht!“

Endlich wachte Wolfgang auf. Mit einem Schlage wußte er, was Renate mit der schaukelnden Armbewegung meinte. Ach Gott, manchmal war er wirklich begriffsstutzig.

Nun wollte er es Lydia ganz genau erklären.

„Weißt du, das ist nämlich so!“ sagte er und war nun doch etwas verlegen. „Renate, ich meine, meine Frau ... wir ...“

Renate mußte lachen.

„So ein Umstand! Ich bekomme ein Baby, Frau Köper, das ist es!“

„Oh!“ Mehr konnte Lydia nicht sagen. Nur mit Mühe konnte sie die Tränen zurückhalten. Sehr schnell verabschiedete sie sich. Sehr knapp wünschte sie Frau Steiner alles, alles Gute. Natürlich würde sie kommen, gern und zu jeder Zeit.

Das sagte sie alles in großer Hast. Sie wollte weg. Sie war nicht imstande, diese glückliche Frau Steiner länger anzusehen.

Sie würde es können, wenn sie hier arbeitete, aber nicht im Augenblick. Der Schock kam zu plötzlich. Wohin sie hörte, bekamen die Frauen Babys. Ihre Schwägerin Rita zum Beispiel! Die mit ihrer Familienplanung! Bei Conny und Rita klappte immer alles vorzüglich. Ganz sicher hätte Rita überhaupt keine Schwierigkeiten, ein Baby zu bekommen.

Und sie? Lydia? Nichts!

„Wir werden doch ein Kind annehmen!“ sprach sie vor sich hin, als sie in Windeseile nach Hause ging. Sie wollte jetzt niemanden sehen oder gar begrüßen müssen. Sie riß die schwere Tür des großen Wolperdingschen Hauses auf, schrie ihr „Ich bin's!“ über die Diele und stürzte beinahe atemlos in das dunkle Wohnzimmer, wo ihr Vater am Schreibtisch saß und sein Gesicht mit den Händen bedeckte. Ein stechender Schmerz im Kopf ließ ihn seine Berechnungen vergessen.

„Paps! Oh Gott, Paps!“ rief sie und ging mit großen Schritten auf ihn zu.

„Was ist?“ fragte er und stand auf. Was war mit dem Kind? Sie war ja vollkommen aufgelöst!

„Nimm mich bloß in die Arme“, jammerte sie, „sonst schreie ich!“

Und sofort schlossen sich zwei kräftige Arme um sie.

„Was ist denn, Lydi?“ fragte er sanft. Nur mit seiner Tochter sprach er so liebevoll. Hatte er denn nie soviel für Evchen übrig? Aber Evchen war nicht da. Evchen war zwar nicht im Brotshop — immer noch nicht, aber sie verlor sich in dem großen Haus, hatte hier etwas zu putzen und dort etwas aufzuräumen. Evchen war nie da.

„Ach, Paps, ich war bei den jungen Steiners!“

„Und? Haben sie Arbeit für dich? Du weißt, wenn es nicht klappt, hat Conny ganz bestimmt etwas! Ich werde ihm schon einheizen!“

„Aber ich habe ja Arbeit! Ich gehe wieder ins Hotel! Nur ... ach!"
Sie wird schon reden! dachte er und strich zärtlich über ihren Rücken. An sich lag es ihm nicht, so behutsam vorzugehen, aber bei Lydia setzte er besondere Maßstäbe an. Das arme Kind. War der Wolfgang vielleicht häßlich zu ihr gewesen?
„Da soll doch gleich! — War Wolfgang frech zu dir?"
„Nein, ach, was du immer denkst! Wolfgang und frech! Bei dem Vater!"
Sie kam hervor aus ihrem Versteck an seiner Schulter und sah ihn kopfschüttelnd an.
„Etwas ganz anderes ist es. Die Steiners erwarten Familienzuwachs, und darum brauchen sie mich! Ach, Paps, es ist zum Verzweifeln!" Sie kroch wieder in seine Arme, um sich von ihm trösten zu lassen.
Während Martin Berger seine Tochter in den Armen schaukelte, als wäre sie noch ein kleines Mädchen, zerbrach er sich den Kopf, was man tun könnte, um ihr zu helfen. Sie sollte zu einem Professor gehen, zu einer Koryphäe, nicht zu solchen Quacksalbern, die hier um Marienfelde herum ihr Handwerk betrieben! Man müßte sich wirklich einmal umhören!

* * *

Liebste Melanie!
Warst Du einmal im Oldenburgischen, in Ostfriesland, in Wilhelmshaven? Ulrich und ich kommen soeben von dort — und um es gleich vorwegzunehmen, wir sind wieder ein Stück weiter. Es ist so, als hätten wir nun endlich gelernt, mit unserem Ruhestand umzugehen. Denk mal, wir blieben nicht zwei Tage dort, sondern drei, und ganz einfach darum, weil wir es so schön fanden, Erinnerungen an Ulrichs Jugendzeit hervorzuholen.
Ich meine, ich habe Dir erzählt, daß Ulrich eine Einladung zu einem Kameradschaftstreffen in seiner Heimatstadt Wilhelmshaven bekommen hat. Diese Einladungen hat er schon häufiger bekommen, aber nie hat er davon Gebrauch gemacht. Diesmal lag kein Grund vor, nicht hinzufahren. Außerdem Wilhelmshaven! Er war wohl 35 oder gar 40 Jahre nicht mehr dort. Zuletzt jedenfalls war die Stadt durch die vielen Bombenangriffe verwüstet.
Schon in den Tagen vorher, als wir beschlossen, zusammen hinzufahren, erzählte mir Ulrich endlich einmal etwas von seinem Zuhause. So erfuhr ich, daß sein Vater Admiral und Chef der Marinestation der Nordsee war. Er erzählte mir auch, daß der Vater sich während des ersten Weltkrieges in der Skagerak-Schlacht hervortat und mit dem Orden Pour le mérite ausgezeichnet wurde.
Das bringt meine Gedanken gleich auf Ulrich, der einer der ersten Ritterkreuzträger gewesen ist. Sehr wahrscheinlich bilde ich es mir ein, aber ich meine, ich hätte ihn damals in den Zeitungen und in der Wochenschau gesehen. Die ersten Träger (August 1940) wurden ja namentlich erwähnt. Er bekam es übrigens für die Versenkung eines britischen Zerstörers mit

seinem Schnellboot. Wie er mir erzählte, hatte er die Munitionskammer getroffen.

Du siehst, ich bin inzwischen über vieles informiert worden. Dabei ist es mir nicht so wichtig zu berichten, warum Ulrich ausgezeichnet wurde, wir sprachen vielmehr über den Wandel in der Auffassung, was Orden und Ehrenzeichen dieser Art heute für einen Wert haben.

„Kaum einen!" sagte Ulrich. „Du findest heute Eiserne Kreuze auf dem Flohmarkt und bei Rockern!" Er sagte es sehr nüchtern. Offensichtlich wollte er vermeiden, daß es bitter klang. Aber durch meinen Protest bekam ich ihn zum Reden, und genau das wollte ich.

„Es bestürzt mich", sagte er, „wenn ich sehe, wie sich die Wertverschiebungen gestalten. Man bekam das Eiserne Kreuz nicht geschenkt! Für nichts! Daran geknüpft sind eine Menge Mut, Verantwortung, Überlegung — Draufgängertum sicher auch — und eine Portion Glück! Das Kriegsglück, Christiane, ist unberechenbar. Im Augenblick des Kampfes denkt man nicht an das, was man auf der anderen Seite anrichtet, jedenfalls ging es mir so. Bei dem Angriff waren mir die technische Möglichkeit und die Berechnung wichtiger als alles andere, und — nun eben — das war dann ja auch richtig!"

Er erzählte mir das alles, während wir nach Wilhelmshaven fuhren, und da er ohnehin begierig war, seine Heimat und im weiteren Sinne die Marsch und die Deiche wiederzusehen, erstarb das Thema, obgleich es noch nicht zu Ende war.

„Da hast du den ersten Deich!" erläuterte er. „Sieh dich nur um, während ich fahre."

„Eigentlich sollte ich fahren, und du solltest dich umsehen!" meinte ich. Aber davon wollte er nichts wissen.

Aber nun muß ich Dir von dem Wandel erzählen, der in mir selbst vorging.

Es ist möglich, daß Du die Marsch kennst, dieses flache Land ohne Baum und Strauch, nur durchzogen von geraden Gräben, hier und da ein Gatter, schnurgerade Straßen! — Wir sind früher einmal auf einer Nordseeinsel gewesen, als Evchen und ich noch Kinder waren, aber da war ich viel mehr mit persönlichen Dingen beschäftigt — mein neuer Badeanzug und das Strandkleid, ferner die Süßigkeiten, die Mutter bei sich hatte. Alles war viel wichtiger als die Landschaft, die war ja so langweilig, daß es keinen Sinn hatte, sich umzusehen.

Diesmal sah ich dieselbe Landschaft mit Ulrichs Augen, und mir wurde vieles klar. Herb würde ich sie nennen, fast schwermütig, — und genau so herb ist Ulrich auch. Diese Weite, die nicht gestört wird durch Bäume! Jetzt verstehe ich, warum Ulrich in unserem Hause immer am Fenster steht und die Weite der Ebene in sich aufnimmt. In gewisser Weise erinnert sie ihn wohl an seine Heimat.

Noch beeindruckender war das Wasser. Natürlich kannte ich die Nordsee, aber es war eigentlich nur das Baden in den Wellen, das mir als Kind

Spaß gemacht hatte, dann noch der Strand und die Sonne. Mehr hatte ich von der Nordsee nicht in Erinnerung.

Ulrich zeigte mir etwas ganz anderes. Zwar mußten wir weit aus Wilhelmshaven herausfahren, ehe wir ein Stück Deich fanden, wie Ulrich es von seiner Jugend her in Erinnerung hatte, aber endlich entdeckte er es. Wir erlebten das Kommen der Flut, das „Knistern" im Watt, anders kann ich es nicht bezeichnen. Ulrich sagte mir auch, daß es im Hochsommer noch viel deutlicher „knistert", dann, wenn die Sonne auf das Watt knallt und die Flut kommt.

Plötzlich war sie da. Wirklich, ich habe so etwas noch nicht gesehen. Man sitzt am Deich, eben ist das Watt noch weithin sichtbar und auf einmal kriecht das Wasser heran, auf einmal ist es überall, als ob es aus der Erde käme. Erst als ich das so richtig in mich aufnahm, verstand ich auch, daß man von der Flut überrascht werden kann. So etwas passiert ja manchmal — man liest davon in den Zeitungen —, wenn Wattwanderer die Orientierung verlieren.

Was mich aber tiefer beeindruckte als die Weite, das war die Stille. Sicher kann die Nordsee auch unruhig sein, und wenn Flut ist, rauscht sie ganz sicher auch. Aber „unser" Tag war einer der schönen, ganz ruhigen Herbsttage. Es war am Nachmittag, und die Sonne hatte schon den ganzen Tag geschienen.

Weißt Du, Melanie, wenn man sich die Muße nimmt, ein wenig die Gegend zu studieren, dann versteht man die Menschen, die dort wohnen oder aufgewachsen sind. Wortkarg sollen sie sein! Oh ja, das kann ich nur bestätigen. Bisher habe ich immer gesagt, im Hause Grothe wird vieles ganz einfach totgeschwiegen. Ich glaube heute, ich sollte das anders sehen. Ulrich ist kein Mensch der blumenreichen Sprache. Ulrich ist überhaupt nicht sehr mitteilsam, und wenn man seine Umgebung kennenlernt, kann man das auch begreifen.

Du siehst, immer mehr und immer besser lerne ich Ulrich verstehen. Ist das nicht wunderbar?

Aber jetzt muß ich Dir noch von Wilhelmshaven berichten, diese Stadt, die während des Krieges zu 80 Prozent zerstört war, diese Stadt, die ... nein, ich muß das chronologisch machen, sonst komme ich durcheinander. Ich will nur versuchen, sie mit Ulrichs Augen zu sehen, dann erhält sie ein besonderes Flair, ein bißchen Wiedersehensfreude, ein bißchen Wehmut, ein bißchen Museum und ein bißchen Erinnerung.

Wußtest Du zum Beispiel, daß Wilhelmshaven aus dem Boden gestampft wurde und eine preußische Enklave inmitten des Großzerzogtums Oldenburg war? Wußtest Du — nein, woher denn? —, daß Ulrich in Rüstringen geboren wurde und somit großherzoglicher Bürger war? Wußtest Du, daß die Grenze zwischen Oldenburg und Preußen willkürlich mitten durch Häuser ging? Ulrich zeigte mir, wo früher die Grenzpfähle gestanden hatten.

„Wäscherei Lena", erläuterte er belustigt, „da gab man seine Wäsche im Oldenburgischen ab und der sie annahm, zog sie hinüber ins Preußische."

Das alles war so bis 1937. Von da ab gab es kein Rüstringen mehr. Da hieß dann alles Wilhelmshaven.

Aber das ist ja nicht das, was ich sagen wollte. Ich gehe also doch nicht chronologisch vor.

Die Marine hatte in Wilhelmshaven das Wort. Alle lebten früher von der Marine. Und wer war der Gründer oder besser gesagt derjenige, der sich um die Marine besonders verdient gemacht hat? Prinz Adalbert! Nicht der, den Du vermutlich meinst, nicht der Sohn von Kaiser Wilhelm II. Es war der Neffe von Königin Luise! So weit liegt das schon zurück.

Ich gebe zu, ich habe das alles auch nicht gewußt, aber wir haben ein Buch über die Geschichte Wilhelmshavens erstanden. Diese Geschichte ist wirklich einmalig. Die Stadt ist ja nicht gewachsen, sie wurde einfach gebaut — und gerade in einer Zeit, als man einen Baustil hatte, der wirklich nicht „erbaulich" war — in der Gründerzeit! Viel zu sehen war allerdings nicht mehr von diesen Bauten. Auch Ulrichs Geburtshaus, die Villa Gerdes, gab es nicht mehr. Auf ihrem Platz steht eine Tankstelle.

Später wohnte Ulrich im „weißen Schloß". Du kannst Dir denken, daß ich große Augen machte, als er mir das sagte. Es ist, wie wir inzwischen feststellten, wirklich ein Gebäude gewesen, das absolut nicht in die dortige Gegend paßte. Neugotisch, ähnlich wie die Landhäuser in England. Es war das Stationsgebäude und Sitz des Chefs der Marinestation der Nordsee. Aber Ulrich erzählte mir auch von den Schattenseiten, die mit dem Wohnen im weißen Schloß verbunden waren. Nur wenige Mitschüler kamen ihn besuchen. Das war sehr umständlich. Man mußte sich beim Wachhabenden anmelden, Ausweis und so weiter. Allerdings — das erzählte er auch — hatten er und seine Schwester dagegen das Privileg, den Reichspräsidenten v. Hindenburg zu begrüßen, als er Wilhelmshaven einen Besuch abstattete, und natürlich haben sie nachher aus jedem Glas den Wein ausgetrunken, der beim Empfang gereicht wurde. Vorher hatten die beiden noch geknobelt, wer Hindenburgs Glas würde austrinken dürfen. Viktoria war die Glückliche. Allerdings hatte Herr von Hindenburg keinen Appetit gehabt und nur an seinem Glas genippt. So stürzte Viktoria den guten Tropfen in sich hinein, als wäre es Wasser. Zusammen mit den anderen Resten ... Du kannst Dir ja denken, was dabei herauskam. Als Ulrich mir das erzählte, mußte ich lachen. Wenn ich geglaubt hatte, er wäre schon als Junge oder Schüler ein Muster von Anstand und Wohlerzogenheit gewesen, so irrte ich mich. Viktoria war also blau — richtig torkelig und weinselig! Ulrich konnte nichts anderes tun, als sie in ihr Zimmer zu bugsieren, damit sie dem Vater nicht unter die Augen kam. Auch Ulrich war nicht gerade stocknüchtern, wie er mir gestand.

Als dann die Eltern von der Verabschiedung Hindenburgs wiederkamen, geschah etwas Unerwartetes.

Was würde Adalbert Grothe sagen, Ulrichs großes Vorbild, das er verehrte und respektierte — also Ulrich erwartete ein Donnerwetter, und das mit Recht. Und was geschah wirklich?

Der Admiral sagte lediglich: „Na, mein Sohn?" und plinkerte mit den Augen. Er wußte doch Bescheid. Offenbar hatte dieser Adalbert Grothe ähnliche Scherze vollbracht, als er jung war. (Ich denke gerade — vielleicht bei einem Kaiserbesuch!)

„Kein gemeinsames Abendbrot heute! Deine Mutter und ich haben andere Pläne! Sag Viktoria Bescheid!" Wieder dieses Plinkern mit den Augen.

„Danke, Vater! Ich sag's Viktoria gleich!" Und weg war Ulrich. Vielleicht sah sein Vater ihm nach, wie er, nicht gerade in vorbildlicher Haltung, den langen Flur entlangmarschierte.

Um das „Weiße Schloß" zum Abschluß zu bringen: es steht nicht mehr. 1944 fiel es einer Luftmine zum Opfer.

Schade, ich hätte es gern gesehen, aber die Abbildung sagt mir schon genug — ein riesiges Gebäude, in dem sich die Grothe-Familie vermutlich verlor.

Da wir aber schon bei der Grothe-Familie sind, möchte ich noch etwas einschieben, was mir zeigt, wie groß der Unterschied zwischen Ulrichs und meiner Jugend gewesen ist, vor allem, was das Verhältnis zu den Eltern anbelangt.

Als er vor einiger Zeit über sie sprach, erzählte er mir zum Beispiel, daß er seinen Vater nie mit geöffnetem Uniformrock gesehen hätte. Auch in Pantoffeln nicht.

„Nicht mal im Bademantel oder Badeanzug?" fragte ich und mußte denken, wie oft wir mit unserem Vater im Garten Wasserschlachten veranstalteten, wenn es richtig heiß war.

Jetzt nochmal darauf angesprochen, erinnerte er sich, daß er seinen Vater doch einmal anders als „in voller Montur" gesehen hatte.

„Das war, als er im Lazarett mit einer Lungenentzündung lag. Allerdings gab es da auch kaum einen Unterschied!" erläuterte er. „Als wir ihn besuchen durften, war die Zeit genau festgelegt. Was wir dann sahen, war ein Vater, dem die Decke bis zur Brust hochgezogen war. Die Arme lagen oben drauf und im übrigen hatte der Schlafanzug eine blaue Farbe. Daran erinnere ich mich noch. Mit hochgestellter Rückenlehne empfing er uns, natürlich rasiert und mit messerscharfem Scheitel." Wie Ulrich weiter erzählte, war der Besuch seltsam für ihn — sein erster in einem Lazarett übrigens. Sein Vater hatte feuchte Hände und sah „käsig" aus.

Auch seine Mutter hatte er später einmal im Krankenhaus besucht. Die „Exzellenz" übrigens, so wurde sie angeredet. Auch das erfuhr ich von Ulrich so en passant.

„Was hatte sie denn?" So neugierig konnte auch nur ich fragen. Ich brachte Ulrich direkt in Verlegenheit, stell Dir vor, jetzt noch! Das lag doch fast fünfzig Jahre zurück.

„Darüber wurde nicht gesprochen!" erklärte er, während er beim Autofahren stur auf die Fahrbahn blickte. „Heute sagt man wohl ‚Frauenleiden' dazu!"

Ach Gott, Melanie, er tat mir richtig leid! Ich hätte mich ohrfeigen können, daß ich so impertinent war und meine Neugier nicht im Zaum hatte. War das so wichtig, was Exzellenz plagte? Nach fünfzig Jahren? Aber so ist das eben mit Kindern von Ärzten, die reden von solchen Dingen ungeniert, ohne einen roten Kopf zu bekommen.

* * *

Hier wurde Christiane unterbrochen. Es war ein belangloser Anruf von ihrer Schwester, die sie fragte, ob sie nicht einen „anständigen" Augenarzt in der Stadt wüßte. Martin hätte sich jetzt endlich entschlossen, einen aufzusuchen. Aber Christiane kannte keinen. Immerhin wollte sie sich erkundigen.

Warum schlugen die Bergers nicht das Telefonbuch auf? Mehr wußten die Grothes auch nicht. Und warum zogen sie nicht Conny zu Rate? Kopfschüttelnd über soviel Ungeschicklichkeit, legte sie den Hörer wieder auf, ohne zu ahnen, daß Martin den Arztbesuch sofort wieder vergaß, wenn die Schmerzen nachließen.

* * *

Sie beendete den Brief an Melanie mit ein paar Sätzen. Es würde sie kaum interessieren, wenn sie noch mehr über Wilhelmshaven berichtete. Diese Stadt hatte nur eine Beziehung zu Ulrich und nunmehr auch zu ihr. In zwei Tagen lernte sie Ulrichs Heimatort lieben, obgleich er nichts Liebenswertes an sich hatte. Aber es war Ulrichs Stadt, und darum liebte Christiane sie auch.

Als sie ins Wohnzimmer kam, fand sie Ulrich nicht am Fenster stehend und eine Zigarre rauchend. Er saß im Sessel mit einem Buch in der Hand: „Die Geschichte der Stadt Wilhelmshaven". Ulrich Grothe durchlebte seine Jugendzeit — mit Muße!!

„Willst du dich nicht zu mir setzen — hier aufs Sofa? Dann können wir beide das Buch ansehen, und du kannst mir erzählen!"

Ulrich blickte auf. Es schien ihr so, als hätte sie ihn von weither geholt. Dennoch lächelte er freundlich.

„Möchtest du das denn?"

„Ich möchte es!" sagte sie mit Nachdruck.

* * *

Als Ulrich noch berufstätig war, behauptete er, das Telefon wäre eine der grausamsten Erfindungen der Neuzeit. Allerdings sagte er das nur, wenn er zu Hause war und durch das schrille, herausfordernde Klingeln in seiner

Ruhe, beim Essen oder bei seinen persönlichen Arbeiten gestört wurde. Im Geschäft war das anders. Da gab es Informationen, die unerläßlich waren. Allerdings hatte er aber hier die Möglichkeit, seiner Sekretärin zu sagen, sie sollte ihm keine Gespräche durchstellen, er wollte nicht gestört werden.

Genau daran dachte er in dem Augenblick, als er seiner Frau vom Stapellauf des Kreuzers Emden erzählen wollte und das Telefon klingelte.

„So ein Stapellauf ist eine aufregende Sache ..." Damit nahm er den Hörer ab — und er sollte durch diesen Anruf den Stapellauf und seine Heimatstadt vergessen. Sein mühsam aufgebautes Gebäude der Anpassung an einen neuen Lebensrhythmus sollte in nichts zerfallen und er in seinem Bestreben, den Ruhestand in den Griff zu bekommen, um Monate zurückgeworfen werden.

Als er die Stimme seiner früheren Sekretärin, Frau Diekmann, hörte, freute er sich ehrlich. Im Nu erstand vor seinem inneren Auge das Bürohaus in der City Nord in Hamburg. Sofort war er mit der PFI wieder vertraut, er war sicher, etwas Interessantes zu hören.

„Was gibt es Neues?" fragte er auch gleich, als Frau Diekmann nach der Begrüßung zögerte.

„Etwas Entsetzliches, Herr Dr. Grothe!" sagte sie endlich. „Ich rufe auch nicht aus dem Geschäft an. Ich bin zu Hause, aber ich dachte, Sie sollten es sofort erfahren, nicht erst durch die Post!"

„Was denn, um Gottes willen?"

Christiane verfolgte das Mienenspiel ihres Mannes mit Aufmerksamkeit. Schon als er sagte ‚Was denn, um Gottes willen?', ahnte sie, daß ihm etwas Bestürzendes mitgeteilt wurde. Selbst wenn er in der Folge kaum noch etwas sagte, nur ein gelegentliches „Du lieber Gott!", ein „Ja", ein „Nein", ein „Furchtbar!" — ein ganz ungewöhnlicher Ausdruck bei Ulrich, wenn er früher eine bestürzende Nachricht erhielt, hatte er sich besser unter Kontrolle, ließ diese Nachricht gar nicht erst bis an sein Innerstes heran, sondern überlegte bereits, wie man ihr begegnen könnte.

Heute jedoch mußte sie feststellen, daß Ulrich geradezu bewegt war. Seltsam fand sie auch, warum Frau Diekmann anrief und nicht Jochen Schütz? Hatte sie Kummer? Hatte man ihr unter Umständen gekündigt? So etwas war immerhin vorstellbar. Bei einem Wechsel, wie er mit Ulrich Grothe vor sich gegangen war, trennten sich die Nachfolger gern von den Sekretärinnen ihrer Vorgänger. Das hatte nicht immer etwas mit Antipathie zu tun. Vielmehr war es die Überlegung, daß man auf der ganzen Linie etwas Neues wollte. Bei Jochen Schütz konnte Christiane es sich allerdings nicht vorstellen, daß er so etwas tun würde. Frau Diekmann war nicht nur eine erstklassige Kraft, sie konnte Jochen Schütz auch noch behilflich sein, wenn er unsicher war, und Frau Diekmann war loyal! Sie gehörte nicht zu den Sekretärinnen, die ihre Überlegenheit ausnutzten.

„Donnerstag sagten Sie? Liegt die Uhrzeit schon fest?"

Frau Diekmann antwortete.

„Wir werden da sein!"

Man kam zum Schluß. Nur noch ein „Danke, daß Sie mich angerufen haben!" und „Wir sehen uns dann ja Donnerstag!" Noch ein längerer Satz und die Antwort von Grothe: „Wir müssen es offen lassen, Frau Diekmann, aber auf jeden Fall vielen Dank!"

Sehr vorsichtig wurde der Hörer auf die Gabel gelegt. Christiane, durch Jahre an die Eigenheiten ihres Mannes gewöhnt, schwieg und wartete auf das erste Wort. Das preußische Gewissen! Sie verhielt sich wie eh und je, wußte sie doch, daß Ulrich sprechen würde, sobald er selbst seine Gedanken geordnet hatte.

Diesmal jedoch war es anders. Ulrich Grothe hatte durchaus nicht zu Ende gedacht, als er anfing zu sprechen. Er war viel zu bestürzt.

„Oh Gott!" sagte er, stand auf und ging ans Fenster.

„Wir müssen am Donnerstag zur Beerdigung!"

* * *

Als niemand sich meldete, legte Angela Schütz den Hörer auf die Gabel und rechnete sich aus, daß ihr Mann in der nächsten Viertelstunde zu Hause sein müßte.

Da würden zwar schon die ersten Gäste da sein, aber das wollte sie schon bewerkstelligen. Im Schlafzimmer lag alles bereit, und wenn sie Jochen antrieb, war er in zehn Minuten umgezogen. Das Rasieren müßte zwar entfallen, aber das war eben nicht zu ändern.

Der erste Gast war Ted Williams, der, seit die PFI nach Hamburg übersiedelt war, häufiger von New York „eben herüberkam", um Jochen Schütz unter die Arme zu greifen. Aber da gab es mehrere Gründe, weshalb Ted Williams, der eigentlich für ganz Europa zuständig war, jetzt so häufig in Hamburg war. Da war zunächst die Ablösung von Dr. Grothe, die aber schon über ein halbes Jahr zurücklag und kaum noch als Grund anzusehen war. Dann war da die Tiefkühlkette Hegemann, die die PFI übernommen hatte. Gerade da hatte es heute mit Jochen Schütz eine Auseinandersetzung wegen der Verkaufsorganisation gegeben. Warum wollte dieser „damned old fool" nicht einsehen, daß man Tiefkühlkost und PFI in den Verkaufsorganisationen sehr wohl zusammenlegen konnte. Warum betete dieser dumme Kerl ihm immer vor, das eine wäre nicht mit dem anderen zu vereinen, das würde viel zu teuer, oder wollte er die teuren Thermoswagen mit Kartoffelpüree vollpacken? Wo bliebe da die Rentabilität!

Ted Williams und Jochen Schütz hatten sich unversöhnt getrennt, obgleich sie sich am Abend auf der Party wiedersehen wollten. Jochen Schütz hatte gesagt, er hätte noch zu arbeiten, und Ted hatte das letzte Wort behalten:

„Ihr Deutschen seid ja verrückt! Was soll die ganze Arbeiterei, wenn nichts dabei herauskommt! Los, Mann, machen Sie sich fertig!"

„Ich muß noch aufräumen!" Jochen Schütz war durchaus nicht gewillt, mit Ted zusammen das Büro zu verlassen. Er mußte sich erst beruhigen.

Es würde ohnehin nicht leicht sein, ihn heute Abend um sich zu haben, nachdem sie sich im geschäftlichen Bereich so zerstritten hatten und — zu allem Übel auch das noch — nicht zu einem Schluß gekommen waren. Das Thema würde also Montag von neuem aufgerollt werden.

Als Schütz sich wieder an seinen Schreibtisch setzte und die vielen Zettel und Bleistiftnotizen ordnete, dachte er noch, daß Menschen wie Ted Williams zu beneiden waren. Es kostete sie keine Mühe, sich am Abend auf privater Basis wiederzutreffen und das Geschäft gänzlich auszuschalten. Viele Amerikaner, die Jochen Schütz kennengelernt hatte, konnten das. Ihm fiel es schwer, doch er würde sich heute abend bestimmt große Mühe geben.

Wie spät war es denn? Er sah auf seine Schreibtischuhr. 18.30 Uhr! Er mußte sich beeilen.

Ein heftiger Schmerz in der Brust ließ ihn zusammenfahren. Die Notizen mit den vielen Zahlen in der Hand wurden zerknüllt. Ein nochmaliger, viel heftigerer Schmerz schnürte ihm die Luft ab. Niemand vernahm sein Stöhnen.

Als das Telefon klingelte, lag er mit dem Kopf auf seinen Papieren und hörte nichts.

* * *

Es gab noch einen dritten Grund, weshalb Ted Williams, wenn er die europäischen Niederlassungen besuchte, Hamburg nicht ausließ. Niemand schöpfte auch nur den geringsten Verdacht, daß ein ganz persönlicher Anlaß ihn dazu trieb. Im Gegenteil, es war gut, daß Ted so gewissenhaft war und sich genügend Zeit für Hamburg nahm. Da gab es ja zur Zeit eine Menge Veränderungen. Sicher würde es noch ein Jahr dauern, ehe bei der PFI Germany Ruhe eingekehrt war. Bis dahin sollte Ted nur jede Gelegenheit nutzen, um Jochen Schütz zu helfen.

Ted allerdings fand, daß Angela Schütz ein „damned good-looking girl" war. Er mochte sie sehr gern.

Und Angela? Angelas Sympathien für Ted Williams waren allmählich über den simplen Flirt hinausgegangen.

* * *

„Jochen muß jeden Augenblick hier sein!" sagte sie zu Ted Williams, der an der Bar stand und sich einen Drink mixte. Er war häufig im Hause Schütz und aus diesem Grunde mit allem vertraut, besonders mit der Bar, die immer gefüllt war, und zwar mit dem, was Ted bevorzugte: Old Grand Dad Bourbon Whisky und Gordon Gin, dazu Oliven und weißer Martini.

„Du siehst heute wieder großartig aus, darling!" sagte er und warf einen bewundernden Blick auf ihr rotes Chiffon-Kleid, das jede Nuance ihrer makellosen Figur preisgab. Im hauseigenen Solarium hatte sie sich eine

Bräune geholt, die in wunderbarem Kontrast zu ihren blonden Haaren stand.

„Danke, Ted!“ sagte sie und hob ihr Glas. Das war das Nette an Ted Williams, er merkte wenigstens, wie sie aussah, und sagte es ihr auch. An seinen begehrlichen Blicken erkannte sie, daß er vielleicht nicht so sehr das Kleid sah wie das, was sich unter dieser Robe verbarg.

Von Jochen hörte sie solche Komplimente nicht. Ach, Jochen! Jochen machte ihr nichts als Ärger! Warum kam er nicht? Hatte er sich vorgenommen, sie zu kompromittieren? Wollte er die Party durch sein Nichterscheinen platzen lassen? Das sollte er einmal wagen! Ach nein, so weit ging er nicht!

Sie war ungerecht! Sehr wohl sah ihr Mann, daß sie geschmackvoll angezogen war. Er sagte es ihr auch, nur war es reine Höflichkeit. Er wußte, daß sie es gern hörte, und er tat ihr den Gefallen. Allerdings fehlte die Bewunderung, und das merkt eine Frau sofort. Angela jedenfalls fühlte es instinktiv.

Schon immer hatte Angela die Partei von Ted Williams ergriffen, wenn er bei ihnen zu Gast war. Schon immer war sie fasziniert von seiner freizügigen Art, sich zu geben. Ted erstickte nicht in Konventionen! Woher denn! Für ihn gab es keine. Er lachte laut und breit, wenn es ihm paßte. Er steckte seine Hände in die Hosentaschen, wenn er Lust dazu hatte. Er gab sich leger, wenn ihm danach war.

Das alles tat Jochen Schütz nicht. Genau wie sein Vorgänger Dr. Grothe wahrte er die Form. Er lachte nicht laut und breit, er blieb im Rahmen. Er steckte auch nicht die Hände in die Hosentaschen, wenn er sich in Gesellschaft von illustren Gästen befand. Er gab sich nie leger. Er flegelte sich nie in einen Sessel, wie es Ted mit Vorliebe tat. Angela nannte das auch nicht flegeln. Sie freute sich, wenn Ted sich wie zu Hause fühlte, und wenn er seine Beine von sich streckte, bedeutete das, daß es im Hause Schütz „damned gemütlich“ war.

Schade, die ersten Gäste kamen. Ted hätte gern noch ein Weilchen allein mit Angela verbracht. Hoffentlich sprach wenigstens ein Teil der Gäste englisch. Es war so mühsam, immer Jochen oder Angela als Dolmetscher einzuschalten. Aber vermutlich würde Angela dafür gesorgt haben, daß da alles in Ordnung ging. Sie war in diesen Dingen enorm patent.

Überhaupt ... wenn er an seine eigene Frau dachte, war da ein großer Unterschied festzustellen. Er haßte diese emanzipierten Frauen, die beweisen wollten, daß sie genau so tüchtig im Beruf waren wie ihre Ehemänner. Merle war in leitender Position in der City Bank of New York. Sie war in ihrer Arbeit so verfangen, daß sie kaum merkte, wenn Ted nicht da war. Warum hatten sie nur geheiratet? Nun ja, vor zehn Jahren hatte die Sache anders ausgesehen. Da waren beide noch nicht so weit wie jetzt gewesen! Der Gedanke, sich zusammenzutun, um die Kosten für eine Wohnung zu sparen, war damals dominierend gewesen.

Wenn er heute mit Merle zum Dinner gehen wollte, hatte sie schon eine

Verabredung mit einem Kunden, der für die Bank wichtig war. Ob das stimmte? Es interessierte ihn nicht mehr. Warum sich mit Eifersucht aufhalten!

Warum hatte diese Angela nur diesen farblosen Jochen Schütz geheiratet? Das ging doch nicht gut auf die Dauer! Und zu allem Überfluß hatten sie auch noch zwei Töchter!

Er wurde in seinen Überlegungen unterbrochen, als Angela ihn mit den ersten beiden Ehepaaren bekanntmachte und damit entschuldigend erwähnte, Jochen wäre noch aufgehalten worden, aber er müßte jeden Moment kommen.

Es war ein Segen, daß beide Ehepaare englisch sprachen. Ein Loblied auf Angela! Während er wie selbstverständlich die Hausherrnpflichten übernahm und den Gästen einen Drink mixte, versuchte Angela ein zweites Mal, Jochen zu erreichen. Man hatte doch wohl das Telefon in sein Zimmer umgestellt, bevor man gegangen war. Also das wäre die Höhe, wenn das nicht geschehen wäre! Wo zum Donnerwetter steckte ihr Mann?!

Sie ging nach oben ins Zimmer ihrer ältesten Tochter. Mit Gabriele konnte man reden. Sie war vernünftig und verläßlich.

„Hör zu, Gaby! Ich brauche deine Hilfe!“ Wenn ihre Mutter sie so kameradschaftlich ansprach, sie wie eine Erwachsene behandelte, war Gabriele sofort bereit.

„Setze dich in unser Schlafzimmer und versuche, Vater zu erreichen. Du hast die Nummer der PFI. Ich habe bisher keinen Erfolg gehabt. Als ich anrief, meldete sich niemand. Erst dachte ich, Vater wäre schon unterwegs, aber das kann nicht stimmen. Dann müßte er nämlich längst hier sein, es sei denn ... Moment mal!“ Ihr fiel etwas ein. „Da ist doch wohl kein Unfall passiert — auf dem Weg hierher?“

Gabriele stockte der Atem. Das wäre ... doch dann hatte sie eine Antwort bereit. „Jetzt am Abend? Die rush-hour ist doch längst vorbei, und Vater hat immer gesagt, dann wäre City Nord wie ausgestorben!“

„Vergiß nicht, daß der Flugplatz in der Nähe ist!“

„Wenn auch, Mutter! Laß dich nicht verrückt machen!“

„Ich kann es nicht leiden, daß er mich im Stich läßt! Mein Gott, wie habe ich ihn gebeten, wenigstens heute abend pünktlich zu sein.

Mr. Williams sagt, er hätte nur noch aufräumen wollen, bevor er ging. Er hätte ihn auch nochmal an die Party erinnert!“ Sie seufzte. „Ist das nicht verrückt? Der Gast muß den Gastgeber an seine Party erinnern!“

„Das wäre sicher nicht nötig gewesen. So etwas vergißt Vater nicht!“ verteidigte Gabriele ihren Vater.

„Wenn auch ... komm, versuche du es!“ Sie schob sie aus ihrem Zimmer. „Und sage mir sofort Bescheid, wenn du ihn erreicht hast!“

„Aber ja!“ antwortete Gabriele lässig. Dumme Bemerkung! Natürlich würde sie es ihr sofort sagen. Ach, Mutter war manchmal reichlich nervös! dachte sie noch, als sie die Nummer der PFI wählte.

Sie hatte kein Glück, genau so wenig wie Angela, doch nach dem dritten Versuch kam ihr ein anderer Gedanke.

Sie suchte in dem Adressen- und Telefonregister, das Angela neben dem Telefon liegen hatte, nach einer bestimmten Nummer. Irgendwo mußte doch stehen, wie man den Nachtwächter des Bürohauses erreichen konnte. Sie suchte unter „N" — nichts! Sie suchte unter „PFI" — auch nichts. Nun war Gabriele nicht dumm. Sie blätterte weiter in dem Verzeichnis, und schließlich fand sie eine Nummer unter „City Nord — Bürohaus, Wache!"

„Na also!" sagte sie vor sich hin und versuchte es dort. Es klappte nicht auf Anhieb. Das erwartete Gaby auch gar nicht, aber beharrlich wie sie war, versuchte sie es immer wieder, bis der Wachmann von seinem Rundgang zurück war.

„Herr Weselmann! Hier ist Gabriele Schütz! Bitte helfen Sie uns in folgender Angelegenheit ..."

Sie trug ihm ihr Anliegen vor, und Herr Weselmann versprach, sie in zehn Minuten wieder anzurufen. Bis dahin wäre er im Büro der PFI gewesen und könnte ihr Genaueres sagen.

Es dauerte nicht einmal zehn Minuten. Doch die Auskunft von Herrn Weselmann brachte sie um keinen Schritt weiter.

„Es war noch Licht in der PFI, Fräulein Schütz! Da muß also noch jemand sein. Ich habe geklopft, aber niemand hat es gehört! Soviel ich weiß, hat der Raum von Herrn Schütz auch keinen Zugang zum Flur!"

„Aber wir haben ihn bisher nicht erreicht. Ist denn das Telefon nicht umgestellt?"

„Das kann ich Ihnen leider nicht sagen! Darauf habe ich keinen Einfluß! Ich bin aber sicher, daß Herr Schütz noch da ist. Er arbeitet doch immer so lange. Ich habe jedenfalls schon häufig erlebt, daß er erst spät abends nach Hause ging. Elf Uhr war es manchmal oder noch später!"

Gaby war ratlos. „Ich weiß jetzt wirklich nicht, was ich noch tun kann!"

„Ich auch nicht, Fräulein Schütz! Ich kann aber jedesmal, wenn ich meinen Rundgang mache, an die Tür klopfen. Vielleicht haben wir Glück. — Sollte mir Herr Schütz begegnen, rufe ich Sie sofort an. Ist es so recht?"

„Ja, das wäre sehr nett von Ihnen, Herr Weselmann. Vielen Dank!"

Währenddessen ging die Party weiter. Da Ted Williams da war, fiel es zu vorgerückter Stunde kaum noch auf, daß der Hausherr fehlte. Ted machte es großartig. Fast konnte man sagen, die Party war ein voller Erfolg. Jedenfalls bedankten sich die Gäste überschwenglich. Man fand, man hätte sich nicht nur blendend unterhalten, „endlich war's mal ein bißchen fröhlich, nicht immer so steif, wie das bei den Hamburgern üblich ist!" Das sagte Gertraud Kuhnert und lachte dabei laut und unkontrolliert. Sie hatte eine Schwäche für Teds Drinks, sehr zum Ärger ihres Mannes, der von Anfang an Mr. Williams' Mixkünste mißtrauisch verfolgt hatte.

Bis auf Ted Williams waren alles Gäste gegangen, aber Ted war eigentlich kein Gast, nicht an diesem Abend.

„So!" sagte Angela und ließ sich im nächsten Sessel nieder. „Jetzt möchte ich einen Drink, ein Glas Sekt, egal, aber ich muß etwas trinken, um mich abzureagieren!"

„Sofort, Mylady!" Ted machte alles. Er reichte ihr ein Glas Sekt, er bot ihr eine Zigarette an, er ließ den Qualm aus den Räumen und fing an, die Gläser zusammenzustellen. Doch da meldete sich Angela.

„Laß das, Ted, das können die Mädchen morgen machen, oder wir alle zusammen. Setz dich einen Augenblick zu mir!"

Er tat es, und beide rauchten schweigend.

Bis Angela es nicht mehr aushielt.

„Wo ist Jochen? Wo um alles in der Welt steckt er? Daß er mir das antut! Das ist ein Scheidungsgrund!"

„Nana!"

„Ach, Ted, es muß einmal gesagt werden! Es ist nicht auszuhalten mit ihm! Was haben wir denn von ihm? Immer kommt er spät abends nach Hause, total erledigt!"

„Ein Übergang, will ich hoffen!"

„Ach!" Sie lachte höhnisch. „Manchmal denke ich, er will es gar nicht anders haben! Genau wie dieser verknöcherte Grothe ist er verheiratet mit der PFI, aber nicht mit mir!"

Was sollte Ted Williams darauf sagen. Er wußte längst, daß sie unzufrieden war mit ihrem Leben, mit ihrem Mann, aber er wollte ihr auch keine Avancen machen — noch nicht, um nicht noch mehr Konfliktstoff zu bieten. Und gerade das hätte Angela jetzt haben mögen: einen Menschen, der ihren Ärger begriff. Ted hätte das noch am ehesten gekonnt, denn er kannte die Verhältnisse in der PFI genau so gut wie Jochen Schütz. — Und er kannte ihren Mann.

„So etwas hat er noch nie getan — mich so sitzenzulassen! Was da bloß vorgefallen ist, möchte ich wissen!" fing sie wieder an. „Vielleicht ein Anruf aus New York?"

„Nun hör mal gut zu, Angela!" erwiderte Ted. „Anruf aus New York! Bei aller Wertschätzung für deinen Mann (dabei verzog er sein Gesicht zu einer Grimasse), den hätte ich ja wohl zuerst bekommen! Schließlich bin ich Jochens Vorgesetzter, und das hierarchische Verwaltungssystem hat sich in all den Jahren nicht geändert. Da geht alles schön der Reihe nach mit den Kompetenzen! — Also schlag dir das aus dem Kopf!"

„Aber was sonst könnte ihn abgehalten haben, weder anzurufen noch zu kommen!"

Sie drückte ihre Zigarette aus und nahm sich sofort eine neue. „Irgend etwas stimmt da nicht!"

„Was sollte nicht stimmen? Du ärgerst dich, daß dein Mann nicht angerufen hat. Das ist es. Ich habe ihn beobachtet. Wenn er mit etwas beschäftigt ist, vergißt er alles um sich herum. Auch eine Party im Hause Schütz. Da kannst du sicher sein!"

Im Laufe der Unterhaltung wurde Angela immer stiller. Das, was Ted ihr auseinandersetzte, sagte er ja nur, um sie zu beruhigen.

Doch endlich kam sie in ihren Überlegungen einen Schritt weiter.

„Laß uns ins Büro fahren, Ted. Du hast doch einen Generalschlüssel, nicht wahr? Wenn der Weselmann sagt, es wäre noch Licht im PFI-Büro, dann muß er doch noch da sein!"

Dazu hatte Ted überhaupt keine Lust. Er war müde. Den ganzen Abend hatte er als Gastgeber fungiert. Jetzt wollte er ins Bett. Schon schlimm genug, daß er ins Hotel mußte und nicht hierbleiben konnte. Aber noch ins Büro fahren?

„Da hat einer das Licht einfach nicht ausgeschaltet!" sagte er lahm. „Oder sonst ist Jochen wirklich noch da und will bestimmt nicht gestört werden. Er wird schon kommen, da bin ich ganz sicher!"

Sie brachte es nicht fertig, ihn umzustimmen. Er ließ sich eine Taxe kommen und fuhr ins Hotel, ärgerlich über das Ansinnen, auch noch nach City Nord zu fahren.

Was sollte Angela nur tun? Als der Morgen heraufdämmerte, war Jochen immer noch nicht gekommen. Ins Bett konnte sie nicht gehen. So räumte sie auf, machte es allerdings so geräuschvoll, daß die Mädchen aufwachten und notgedrungen mithalfen.

Schließlich war es acht Uhr — Sonnabend! Und noch immer war Jochen Schütz nicht nach Hause gekommen.

Da schlug Angela Alarm. Rücksichtslos ließ sie Ted Williams aus dem Bett holen.

„Wir müssen ins Geschäft fahren. Du bist der einzige, der einen Schlüssel hat. Den anderen Generalschlüssel hat Jochen, und Herr Hamann, der Bürovorsteher, der auch einen Schlüssel hat, ist nicht im Hause. Ich habe schon angerufen. — Bitte, Ted, beeile dich! Wir müssen etwas unternehmen, sonst rufe ich die Polizei!"

Das machte Ted Williams wach! Polizei! Die PFI wünschte es nicht, mit der Polizei in Berührung zu kommen. Auf gar keinen Fall!

In knapp einer halben Stunde war er bei ihr, und sie fuhren gemeinsam ins Bürohaus City Nord.

Hatten sie wirklich nie daran gedacht, daß Jochen Schütz etwas zugestoßen sein könnte? Gingen ihre Gedanken nicht weiter als bis zu dem Satz: Da stimmt etwas nicht?!

Verheiratet mit der PFI! Er arbeitet doch immer so lange! Er läßt sich einfach nicht stören, wenn er mit etwas beschäftigt ist, das seine ganze Aufmerksamkeit verlangt!

„Daß er mir das antut!" Angela Schütz stand vor einem Scherbenhaufen unerfüllter Illusionen, als sie ihren Mann an seinem Schreibtisch sitzen sah, den Kopf auf Schriftstücken, in beiden Händen zerknüllte Notizen.

3. TEIL

HOFFNUNGEN

Als Howard Spring, der Präsident der Perfect Food International, an diesem Montagmorgen das New Yorker Hauptquartier betrat, ging er mit einem freundlichen „Hallo Beryl, schönen Sonntag gehabt?" an der kleinen Kabine vorbei auf den Lift zu, der ihn in die Chef-Etage brachte.

Schon immer war die PFI zwar fortschrittlich in ihren Aktionen auf wirtschaftlichem Gebiet, doch nach wie vor spartanisch in der Ausstattung ihrer Bürohäuser. Die Installation mit der Kabine und den verschiedenen Fahrstühlen bestand schon über fünfzig Jahre, und hätte man Mr. Spring gefragt, warum man das nicht änderte, hätte er vermutlich gesagt: „Warum sollten wir? Diese Aufteilung hat sich bewährt! Was wollen Sie also!"

Howard Spring hatte von der Pieke auf bei der PFI gedient. Etwa im Alter von Ulrich Grothe hatte er viele Jahre in Ostasien zugebracht, zunächst als Manager der Fabrik auf den Philippinen und später als Vizepräsident für die Sektion Ostasien. Er war einer der Initiatoren, die dafür plädierten, nicht amerikanische General Manager in den jeweiligen Ländern einzusetzen, sondern einheimische Kräfte. Howard Spring war auch derjenige, der vor vielen, vielen Jahren klipp und klar gesagt hatte, er wollte Gerald Forrester nicht in Ostasien haben. Das war zu der Zeit, als man endlich einsah, daß Forrester, der sich mit brennendem Ehrgeiz vom Chauffeur zum General Manager für Germany hochgearbeitet hatte, nicht für diesen Posten geeignet war. Gerald Forrester fehlte das Einfühlungsvermögen, und das war in Ostasien ganz besonders wichtig. Es war überall wichtig, nur dauerte es Jahre, ehe der Vorgänger von Howard Spring, Mr. James Todd, seinen Fehler mit Forrester einsah.

Das alles lag schon Jahre zurück. Auch die Besitzverhältnisse innerhalb der PFI hatten sich geändert. Ursprünglich gehörten fast neunzig Prozent des Aktienkapitals der PFI Mr. William Frank. Sein Vater hatte das Unternehmen gegründet. William Frank war auch Chairman of the Board gewesen und hatte sich aktiv in die Verwaltung eingeschaltet. Doch als er sich zurückzog und bald darauf starb, zerfiel sein Aktienpaket in vier gleiche Teile an seine Frau, seine Tochter und seine zwei Söhne.

Von da an wurde es schwierig. Plötzlich tauchten zwei Franks und Schwager Cliff Martin auf, die sich in die Belange des Geschäfts einschalteten und durch ihr Aktienpaket gewisse Machtbefugnisse hatten.

William Frank war in der glücklichen Lage gewesen, einen Präsidenten zu haben, der ihm die Entscheidungen abnahm. William Frank war ohnedies von einer Elite äußerst tüchtiger Männer umgeben. Zusammen mit Todd hatte er eine glückliche Wahl getroffen. Er selbst erkannte im Laufe der Jahre, daß er gut daran getan hatte, Todd wirken zu lassen.

Doch auch James Todd — und mit ihm eine ganze Reihe der alten Garde — war eines Tages soweit, daß er sich vom Geschäftleben zurückzog.

Rechtzeitig hatte er Howard Spring zu seinem Nachfolger bestimmt und ihn darauf vorbereitet.

Daß sich die Verhältnisse allerdings so schnell nach seinem Weggang ändern sollten, konnte er nicht ahnen.

Die Diadochenkämpfe unter dem Frank-Clan waren heftig, dauerten jedoch dank Springs geschickter Taktik nicht lange.

Mit Noel Frank wurde Spring am ehesten fertig.

Als er ihm Ostasien anbot, verzichtete er. Er wollte nicht verreisen. Er wollte Vizepräsident innerhalb Amerikas werden.

„Das ist unmöglich. Wir haben keinen Vizepräsidenten-Posten frei, Noel, und Sie werden einsehen, daß wir Larry Pearson oder Gordon Hawk nicht einfach zum Teufel jagen können! Sie machen ihre Arbeit gut!“ Er hütete sich im Augenblick zu sagen: Und es ist noch lange nicht heraus, ob Sie, mein lieber Noel, die Qualitäten mitbringen!

An sich war Spring bekannt dafür, daß er kein Blatt vor den Mund nahm. Doch bei dieser Unterredung hielt er es für ratsamer, diesen Satz nicht noch dranzuhängen. Noel Frank mußte sich erst einmal bewähren. Man wurde nicht so ohne weiteres Vizepräsident.

Wenn er daran dachte, wie lange er auf diese Beförderung gewartet hatte und wie viele Jahre unermüdlichen Schaffens davor lagen, ehe man sich dazu entschloß, sah er nicht ein, daß heutzutage ein großes Aktienpaket für diesen Posten entscheidend sein sollte.

Noel jedoch war friedlich. Er war kein kämpferischer Mensch. Ohnehin zur Fülle neigend, haßte er nichts mehr als Streß, ein Wort, das er ständig gebrauchte und vor dessen Auswirkungen er sich fürchtete. Noel jagte nicht hinter dem Erfolg her. Wenn er ruhig an seinem Schreibtisch sitzen konnte, ohne sich viel bewegen zu müssen, war er zufrieden. Er wollte abends in seinen Bungalow zu Amy und den Kindern fahren können. Einmal im Jahr gab er eine Cocktail-Party im Waldorf-Astoria und erledigte auf diese Weise alle gesellschaftlichen Pflichten.

Es war ein Segen, daß Amy genau wie er wenig Neigung zu Bewegung und Parties hatte. Sie waren sich selbst genug.

Das Kapitel Noel war am schnellsten gelöst. Viel schwieriger war es mit Art Frank und seinem Schwager Cliff Martin.

Bevor William Frank ausschied, hatte er noch dafür gesorgt, daß Sohn und Schwiegersohn in die Firma aufgenommen wurden. Er dachte kaum daran, daß Todd und später sein Nachfolger Spring einen Aufpasser nötig hatten, doch wollte er vor allem Art versorgt wissen.

Art hatte in seiner Jugend eine ganze Reihe von Jahren verplempert und am Ende kaum etwas gelernt, das Hand und Fuß hatte. Nunmehr, mit einem Aktienpaket in der Hand, wollte er Einfluß nehmen auf die Geschicke der PFI.

Ohne seinen Schwager Cliff Martin wäre es für Howard Spring ein leichtes gewesen, ihn in seine Schranken zu verweisen. Er war in der Werbung für Kartoffel-Chips tätig und wollte nun mehr. Schließlich übertrug man ihm etwas ganz Neues. Die Saunakette! Die Idee war nicht schlecht. Man hatte Gelegenheit, seine Fruchtsäfte, Gesundheitswasser, die Kosmetika, die Friseurkette — alles dies konnte man mit der Saunakette in Zusammenhang bringen und gemeinsam anbieten.

Anfangs war Art begeistert. Er stürzte sich in die Arbeit und genoß das viele Reisen. Seine Spesen verschlangen Unsummen, doch ließ er mit sich reden, wenn Howard Spring ihm einen Wink gab. Allerdings war der gute Wille immer nur von kurzer Dauer.

Und was war das Ende? Die Saunakette war ein Reinfall. Es sollte sich zeigen, daß Art Frank Saunastationen eingerichtet hatte, die mehr zum Vergnügen der Geschlechter da waren als zur Förderung der Gesundheit. Seine Wahl der Mitarbeiter war in eine total verkehrte Richtung gegangen. Das Ende vom Lied war, daß sich die PFI in den USA schleunigst aus diesem Geschäft zurückzog. Es war ihr nicht seriös genug.

Und jetzt verlangte dieser Art Frank, in der Geschäftsführung mitzureden? Nach diesem Desaster?

Auf keinen Fall!! Das ließ Howard Spring nicht zu.

„Vergessen Sie nicht, Art, die Saunakette! Was Sie sich da geleistet haben! ..."

„Es war nicht meine Schuld!" verteidigte er sich. „Wenn ..."

Auch das noch! Wenn Spring etwas nicht leiden konnte, war es persönliche Feigheit! Und so ein Kerl wollte sein Mitarbeiter werden?

Cliff Martin war da gewitzter. Cliff gehörte gleichfalls nicht an die Spitze eines seriösen Unternehmens.

Es gibt Kaufleute, die machen ihre Geschäfte an der Bar. Sie tauschen ihre Bedingungen aus, eine Hand wäscht die andere. Am Ende sind sie einander verpflichtet. Zu dieser Sorte gehörte Cliff. Und genau das war der PFI nicht würdig.

„Vergessen Sie nicht, ich habe der PFI eine Menge neuer Märkte erschlossen!" behauptete Cliff. „Die Friseurkette zum Beispiel. Sie hat sich glänzend bewährt! Oder wollen Sie das bestreiten?"

„Nein, das will ich nicht! Aber Ihnen und Art haben wir auch das Sauna-Desaster zu verdanken, vergessen Sie das nicht, Cliff!"

Schließlich wurden diese Besprechungen immer unerfreulicher, zumal Howard Spring feststellen mußte, daß hinter seinem Rücken intrigiert wurde. Es konnte ihm also durchaus passieren, daß ihm eines Morgens bei einer Besprechung des Board of Directors gesagt wurde, er könnte seine Sachen packen. Auch wenn er sich in den vielen Jahren seines Wirkens um die PFI noch so verdient gemacht hatte, wenn in der Spitze ein Wechsel stattfand, waren schließlich nicht mehr das Verdienst um die Firma oder die Tüchtigkeit der betreffenden Person ausschlaggebend, sondern wer wen leiden mochte oder wer besser zu wem paßte. Es war dann nur noch ein Handel um die Abfindung, und keine acht Tage später hatte man sich auf den neuen Mann eingestellt. Man wollte ja schließlich nicht auch so hinausbefördert werden.

So weit kam es Gott sei Dank nicht. Der Board of Directors setzte sich zu diesem Zeitpunkt noch aus einer ganzen Reihe bewährter und langgedienter Mitarbeiter zusammen. Es waren schließlich sechs von zehn Herren, die Cliffs und Arts Ansinnen nicht billigten.

Die ganze Sache endete mit einem Eklat. Cliff ging zur Konkurrenz und zog Art mit sich. Sie verkauften ihre Aktien, was sie jedoch im Laufe der Zeit bitter bereuen sollten, denn ihre neuen Aktien, die sie bei der Konkurrenz anlegten, brachten lange nicht das ein, was sie erwarteten.

Seither war Ruhe in der oberen Etage. Doch — im Laufe der Zeit änderte sich auch hier manches. Einer nach dem anderen der alten Garde zog sich zurück. Sie hatten das Alter erreicht, wo sie entweder noch ein bißchen reisen wollten oder sie hatten genug verdient, um nach Florida zu übersiedeln. Manche hatten sich auch in Palm Springs angekauft, wo sie Golf spielen konnten.

Jüngere waren aufgerückt. Auch in der Chef-Etage waren ein neuer Ton, ein neuer Stil aufgekommen. Schließlich waren es nur noch Howard Spring und Fred Alderson, der für die Finanzen verantwortlich war, die zur alten Garde gehörten.

An diesem Montagmorgen nun kam Howard Spring beschwingt in sein Büro.

Schon auf dem Wege war ihm durch den Kopf gegangen, daß er bei der heutigen Montagsbesprechung seinen Direktoren über die Sache mit der Sauna in Germany berichten wollte. Dort würden sie bestimmt nicht dieses Desaster erleben wie mit Cliff Martin. Schütz war ein ordentlicher Mann, und Howard hoffte, Ted Williams hatte ihm deutlich vor Augen geführt, was man von ihm erwartete.

Sodann war ein Vortrag von Fred Alderson über die Aufstellung von neuen Computern in allen Ländern zu erwarten. Man wollte die Sache vereinheitlichen. Sicher würde Fred wieder eine saubere Arbeit liefern. Zahlen, Finanzplanungen. Das war das Angenehme an Fred, da gab es klare Auskünfte.

Wie wir es früher immer gemacht haben! mußte er denken, doch natürlich sagte er so etwas nicht laut. Im Laufe der Jahre war selbst ein so tatkräftiger Mann wie Howard Spring vorsichtiger geworden.

Ob es am Alter liegt? fragte er sich häufig. Oder daran, daß der ganze Arbeitsstil sich geändert hat? Ich bin zwar Präsident der PFI, aber lange nicht mehr allein entscheidend. Team-Work nennt man das. Wenn ich eine Frage zur Debatte stelle, bekomme ich von zehn Herren zehn verschiedene Antworten, und dann geht das Debattieren los. Am Ende wird abgestimmt, und die Mehrheit entscheidet. Mein Vorgänger hat seine Entscheidungen noch allein getroffen. Er hat sich alles angehört und schließlich doch getan, war er für richtig hielt.

Seit wir aber das neue Verwaltungsgesetz — das Hausgesetz — haben, ist das nicht mehr möglich. Das Ärgerliche ist nur, daß die Verantwortung im Falle eines Versagens immer den Präsidenten trifft und nicht das

Gremium. Zwar steht das nicht so auf dem Papier — da steht, daß alle die Verantwortung tragen, aber in der Praxis sieht das anders aus.

Also Saunakette in Germany und Computer-Finanzierung. Wenn das für heute alles war und das Debattieren nicht zu lange dauerte, könnte Howard vielleicht rechtzeitig nach Hause fahren. Seine Frau hatte Geburtstag.

* * *

Nancy Field war schon seit vielen Jahren Springs Sekretärin. Schon in Ostasien hatte sie für ihn gearbeitet. Aus diesem Grunde zählte sie auch nicht mehr zu den Jüngsten. Ehe man die Chefetage erreichte, mußte man sich hochdienen.

Früher war sie gertenschlank gewesen und hatte den Ehrgeiz gehabt, sich immer nach der neuesten Mode zu kleiden — natürlich nichts Ausgefallenes, aber immer war sie für Howard Spring eine Augenweide gewesen, denn in früheren Jahren hatte er es wohl zu schätzen gewußt, wenn seine Umgebung attraktiv war.

Im Laufe der Jahre war Nancy etwas fülliger geworden, sehr zu ihrem Kummer, doch dazu gesellte sich etwas Liebenswertes, das Spring genau so gut gebrauchen konnte. Obgleich nicht verheiratet, entwickelte sie mütterliche Züge. Sie hatte längst heraus, daß Spring um 10.30 Uhr seine Tasse Kaffee wünschte. Sie wußte, daß er bei Mondwechsel unter Kopfschmerzen litt. Sie hatte seine Familiendaten im Kopf und erinnerte ihn diskret an seinen Hochzeitstag, und wenn er Geburtstag gehabt hatte, legte er die eingegangene Privatpost auf ihren Schreibtisch und klopfte ihr die Schulter.

„Nicht wahr, Nancy, das machen Sie! Sie wissen längst, was Schwager Bert zu hören wünscht und daß Tante Lucy uns besuchen möchte." Er beugte sich herab, um ihr zuzuflüstern: „Wir wünschen sie zum Teufel!"

Daß Nancy dann einen herzerweichenden Brief schrieb und einen Haufen Daten nannte, an denen Howard besetzt sei, und wenn nicht er, dann seine Frau, war nun schon zur Regel geworden.

„Hallo, Nancy! Schönes Wochenende gehabt?" fragte er, als er sein Büro betrat.

Nancy ging nicht darauf ein, was ganz ungewöhnlich war. Sie war sonst die Liebenswürdigkeit in Person.

„Gut, daß Sie kommen, Mr. Spring!" Sie raffte ein paar Blätter von ihrem Schreibtisch und folgte ihm in sein Zimmer. Er hatte gerade seinen Mantel in den Schrank gehängt. Das wartete Nancy noch ab.

„Wir haben ein Telex bekommen!" sagte sie dann und zog es hervor. „Ted Williams teilt uns mit, daß Jochen Schütz plötzlich verstorben ist!"

„Good Heavens! Jochen Schütz! Germany! Und gerade wollten wir dort die Saunakette ..." Er setzte sich an seinen Schreibtisch und bedeckte sein Gesicht mit den Händen.

„Jochen Schütz!" Jetzt erst begriff er. „Der ist doch noch ganz jung!" stellte er mit Erschrecken fest.

„Er ist erst seit einem halben Jahr unser General Manager. Grothe, Dr. Ulrich Grothe war vor ihm da! Sie erinnern sich gewiß, wenn Sie sich das alles durch den Kopf gehen lassen!"

Sie legte ihm das Telex auf den Schreibtisch und ließ ihn allein, ohne allerdings die Tür zu ihrem Zimmer zu schließen. Die Tür war nie geschlossen, denn Spring rief ihr häufig etwas zu, und außerdem hatte er es lieber so.

So dauerte es auch nicht lange, bis er sie wieder rief.

„Setzen Sie sich, Nancy! Wir wollen das alles zusammen überlegen, aber unterbrechen Sie mich, wenn ich etwas Verkehrtes sage!"

Nancy nickte. Das war schon häufiger so gewesen. Bevor Mr. Spring den Board of Directors zusammenrief, überlegte er gemeinsam mit seiner Sekretärin, wie er sich den Verlauf dachte, was er besprechen wollte und was er besser ungesagt ließ.

„Jochen Schütz war wie alt?"

„47 Jahre. Ich habe es an Hand seiner Personalkarte festgestellt!"

„Mein Gott, 47 Jahre!" überlegte er kopfschüttelnd. „Der arme Kerl! — Aber nun weiter! Lassen Sie uns erst einmal über die Arbeit in Germany sprechen!" Er lehnte sich zurück und schloß die Augen.

Nancy kannte das. Er brachte es ja doch nicht fertig, erst über die PFI zu sprechen und dann über die persönliche Tragödie, die sich auf der anderen Seite des Ozeans abspielte.

„Herzinfarkt vermutlich!" Er konnte gar nicht anders. „Vielleicht sollten wir Ted Williams anrufen — oder die PFI in Hamburg!"

Spring sah auf seine Uhr. „9 Uhr. Wie spät ist es jetzt in Hamburg?"

„3 Uhr nachmittags! Das ginge!"

„Also los! Und verlangen Sie Ted!"

Die Verbindung war schnell hergestellt. Doch Ted Williams war nicht zu erreichen.

„Er ist bei Frau Schütz!" sagte Dr. Grundmann, der junge Vertreter, den Schütz erst kürzlich zu seiner Assistenz eingestellt hatte.

„Wir sind alle sehr erschüttert, Mr. Spring!"

„Das will ich gern glauben, aber ich möchte jetzt mit Mr. Williams sprechen! Veranlassen Sie das bitte! Rufen Sie bei Frau Schütz an oder suchen Sie ihn. Er soll sofort anrufen!"

Das Gespräch war schnell beendet — und nicht zur Zufriedenheit von Howard Spring.

Er war recht grob gewesen zu dem jungen Mann. Und warum? Howard Spring hatte Schwierigkeiten, seine Gefühle zu zeigen. Ganz gewiß hatte er Mitleid mit Frau Schütz, doch er wußte nicht, wie er sein Mitgefühl ausdrücken sollte. Vielen Männern ging es so. Sie konnten nicht in Worte kleiden, was sie in ihrem Herzen bewegte.

Das machte Nancy für ihn. Sie würde einen Brief an Frau Schütz aufsetzen, der bestimmt druckreif war — nicht sentimental, doch in jedem Wort mitfühlend.

Er hatte kaum den Gedanken zu Ende gedacht, als das Telefon aus seinem Schreibtisch schrillte. Ted Williams war am Apparat.

„Ted, wo sind Sie jetzt?“ fragte Spring.

„In der Wohnung von Frau Schütz! Sehen Sie, da gibt es ja allerlei zu regeln!“ fing er an, sich zu verteidigen.

„Moment, Ted, einen Moment! Ich klage Sie ja nicht an. Das ist alles sehr lobenswert, was Sie da machen — daß Sie Frau Schütz zur Seite stehen und so weiter. Aber ... sind da keine Angehörigen, die das übernehmen könnten?“

„Sie sind noch nicht da! Sie wohnen nicht in Hamburg!“

„Aha! Aber sie werden kommen!“

„Sie sind auf dem Wege!“

„Gut! Ich möchte nicht, daß der PFI nachgesagt wird, sie kümmerte sich in einem solchen Fall nicht um die Hinterbliebenen! Andererseits brauche ich Sie jetzt hier, und zwar auf schnellstem Wege!“

„In New York?“ rief Ted entsetzt. „Aber die Beerdigung ist für Donnerstag angesetzt! Bis dahin gibt es noch eine Menge ...“

„Bis Donnerstag sind Sie wieder in Hamburg!“ verfügte Spring. „Ich brauche Sie jetzt hier! Machen Sie sich also schleunigst auf den Weg. Nehmen Sie das erste Flugzeug. Ich erwarte Sie morgen früh hier im Büro!“

Er bekam keine Antwort.

„Haben Sie mich verstanden, Ted?“

„Ja ... ja! Das ist aber sehr plötzlich!“

„Ich weiß! Aber ich kann es nicht ändern! Sie sind für Europa zuständig, und da brauche ich Ihre Stellungnahme!“

Wieder hörte er nichts von Ted.

„Warum erzähle ich Ihnen das eigentlich alles?! Das ist doch ganz eindeutig, und dafür ist kein endloses Gespräch über den Ozean notwendig. Also morgen 9 Uhr im Hauptquartier! Ich berufe den Board of Directors ein. Haben Sie mich verstanden, Ted?“

„Ja!“ Es klang wütend — und schließlich ergeben: „Ich werde da sein!“

„Gut!“

Energisch legte Spring den Hörer auf. Es tat gut, einmal wieder wie in alten Zeiten seine Kommandos weiterzugeben. Zudem gehörte Ted Williams zu der Gruppe von Menschen, denen man vorschreiben mußte, was sie zu tun hatten.

Auch so eine Sache, dachte Spring flüchtig. Ich hätte Williams nie Europa anvertraut, genau so wie ich vor Jahren Forrester nicht Deutschland anvertraut hätte. Damals jedoch war ich in Ostasien und konnte mich lediglich dagegen wehren, ihn in meinem Bereich zu beschäftigen, weil niemand ihn haben wollte. Jetzt bin ich Präsident und habe doch nicht die Möglichkeit, Kräfte nach meinen Prinzipien einzusetzen. Es entscheidet die Wahl!

„Damned!“ sagte er laut und erreichte damit, daß Nancy erschrocken aufsah. Verdammt! Eine so häßliche Vokabel hatte ihr Chef noch nie gebraucht.

„Es ist eben alles verfahren!“ erklärte er. „Wer soll jetzt Germany verwalten?“

Darüber hatte Nancy schon nachgedacht, während er telefonierte.

„Dr. Grundmann doch wohl nicht!“ meinte sie. „Er ist erst seit drei Monaten bei der PFI!“

„Kommt nicht in Frage! Aber ich denke gerade ... wie wäre es denn, wenn wir Dr. Grothe bitten würden?“

Nancy wiegte den Kopf und überlegte.

„Vergessen Sie nicht, Dr. Grothe hat sich von allem zurückgezogen, auch von allen Gremien, in denen er sonst noch tätig war. Gewiß erinnern Sie sich seiner Theorie: Wenn man aufhört zu arbeiten, ist man ‚weg vom Fenster‘. Womit er nicht ganz unrecht hat, möchte ich sagen!“

Howard Spring schnitt eine Grimasse und ließ einen undefinierbaren Laut vernehmen.

„Zeigen Sie mir den Mann, der nach einem halben Jahr nicht zugreifen würde, wenn ihm die Führung eines solchen Unternehmens erneut angeboten wird ... vorübergehend, versteht sich!“

„Aber er hat doch ...“

„Meine liebe Nancy“, sagte Spring und lächelte, „ich glaube, in diesem Punkt verstehen Sie nicht, was in Männern wie Grothe vorgeht. Und noch etwas! Mir ist doch so, als hätte Schütz anfangs in verschiedenen Briefen erwähnt, daß Grothe in der Fabrik war. Ich meine, er hat es nicht direkt berichtet, aber aus seinen Schilderungen ging das hervor. Da hat er denn geschrieben: Herr Dr. Grothe sagte, Herr Dr. Grothe meinte, und so weiter!“

„Das müßte ich nachsehen. Mir ist das nicht aufgefallen.“

„Mein liebes Mädchen! Sie haben Grothe nicht so oft gesehen wie ich — und Sie hatten auch nicht so häufig Gelegenheit, mit ihm zu sprechen ...“

„Allerdings nicht. Ich weiß nur, daß er überaus höflich und korrekt war!“

„Genau, aber mit welcher Intensität und Gewissenhaftigkeit er seine Arbeit verfolgte, das wissen Sie nur aus den Zahlen, die er uns mit der Vergleichsanalyse vorlegte.“

Er lehnte sich in seinem Schreibtischsessel zurück und schloß erneut die Augen. Für Nancy bedeutete das, daß er sich schon ganz auf diese Lösung einstellte und überlegte, wie er morgen dem Board of Directors seine Idee verkaufen sollte.

„Wie aber nun“, versuchte Nancy die Sache von der anderen Seite zu beleuchten. Das Wunderbare an den beiden war, daß Nancy eigentlich nicht seine Sekretärin, sondern mehr seine Mitarbeiterin war, und wenn Spring ein Thema mit ihr durchsprach, versuchten beide, es gründlich zu erörtern.

„Wie nun aber, wenn Dr. Grothe ablehnt? Das wäre doch möglich!“

Spring öffnete die Augen und starrte sie an.

„Habe ich Ihnen nicht eben gesagt, das tut kein Mensch, der wie Grothe erst ein halbes Jahr im Ruhestand ist? Das tut einfach kein Mann vom Schlage eines Grothe. Nebenbei bemerkt, wäre das nicht fair der PFI gegenüber, und Grothe hat in all den Jahren ein ausgeprägtes Gefühl für Fairness gehabt, das wissen Sie! Und hinzu kommt noch die Freude an der Aufgabe. Grothe ist doch viel zu versessen darauf, wieder ins Wirtschaftsgefüge eingeschaltet zu werden!"

„Dann frage ich mich, warum er aufgehört hat! Kein Mensch hat ihn dazu gedrängt!"

„Das hängt anders zusammen. In Deutschland ist es üblich, mit 65 Jahren aufzuhören. Mehr noch, da hören manche schon mit 63 Jahren auf, mit 60 Jahren sogar, und es sind Bestrebungen im Gange, noch früher aufzuhören, damit andere aufrücken können!"

„Aber doch nicht Manager an der Spitze eines Unternehmens wie der PFI!"

„Ich habe Dr. Grothe sagen hören, daß frischer Wind die Segel blähen müßte — sehr poetisch ausgedrückt übrigens, hätte ich ihm gar nicht zugetraut!"

„Dr. Grothe war während des Krieges bei der Marine!" warf Nancy ein.

„Aha — daher! Aber nun weiter! Ist ja alles richtig, was er da von sich gegeben hat mit dem frischen Wind in den Segeln, aber was glauben Sie wohl, wie oft er schon gedacht hat: Was der Schütz da macht, könnte ich auch noch. Vielleicht ging er sogar noch weiter, als wir dem Schütz die Hegemannkette aufluden und nun auch noch mit der Saunakette kamen ..." Hier hielt er plötzlich inne und sah Nancy nachdenklich an.

„Was ist?" fragte sie und bekam keine Antwort. „Worüber denken Sie nach, Mr. Spring?"

„Nancy", sagte er langsam, und seine Stimme klang, als käme sie aus weiter Ferne, „haben wir dem Schütz zuviel zugemutet? Ist das der Grund seines Sterbens?"

Nun war auch Nancy still. Auch sie überlegte angestrengt.

„Ich glaube nicht, Mr. Spring, daß Sie oder wir uns hier Vorwürfe machen müssen. Mr. Schütz wurde von Herrn Dr. Grothe ausgesucht und auf die Nachfolge vorbereitet."

„Schon richtig, aber wir gaben das Okay!"

„Wenn auch! Man kann weder Dr. Grothe noch die PFI im allgemeinen für den Gesundheitszustand ihrer Mitarbeiter verantwortlich machen. Denken Sie doch an Carlo Lopez, der General Manager in Peru war. Carlo führte ein unruhiges Leben, und seine Familienverhältnisse ließen zu wünschen übrig. Ich will mich nicht weiter darüber auslassen!"

„Brauchen Sie auch nicht, Nancy! Ich weiß Bescheid, aber ich will doch annehmen, daß die Familienverhältnisse bei Jochen Schütz intakt waren."

Nancy schwieg.

„Oder haben Sie etwas Gegenteiliges gehört?"

„Nein!" antwortete sie schnell. Sie fand es unpassend, in diesem Augenblick zu erwähnen, daß Ted Williams von Frau Schütz geradezu geschwärmt hatte. Kollegen sangen oft Lobeshymnen auf andere Frauen, wenn sie mit der eigenen nicht zufrieden waren. Auch daß Angela Schütz sich Ted Williams' Avancen gefallen ließ, war noch kein Grund, daraus ein Geschwätz zu machen, schon gar nicht in diesem Augenblick.

„Ich meine nur so: Familienverhältnisse können durchaus den Eindruck erwecken, sie wären intakt, und doch gibt es Diskrepanzen, die nur zwei Menschen feststellen, eben die, die es angeht."

Das meinte Nancy sagen zu müssen.

Howard Spring dachte über ihre Ausführungen nach.

„Und das wiederum könnte einen Mann kaputtmachen ... oder eine Frau!" fügte er nach einigem Überlegen hinzu. „Wollten Sie das damit sagen, Nancy?"

„Ja, das meinte ich!"

„Aber Jochen Schütz ... ich meine, bei Jochen Schütz käme das nicht in Frage!"

Nancy hob die Schultern.

„Also wirklich, Mr. Spring! Das entzieht sich meiner Kenntnis!"

Mehr war sie nicht bereit, zu dem Thema zu sagen. Das wäre dann dieser üble Firmenklatsch gewesen, und Nancy hütete sich, sich zu so etwas hinreißen zu lassen.

„Sie haben recht, Nancy! Warum reden wir überhaupt darüber! Das macht Jochen Schütz auch nicht wieder lebendig!"

„Und Carlo Lopez auch nicht!" bemerkte sie — und ärgerte sich im selben Moment, daß sie es gesagt hatte. Das paßte nun wirklich nicht zu ihrem Gespräch.

„Kommen wir zur Sache! Wo waren wir stehengeblieben?"

„Wir sprachen von Dr. Grothe!"

„Richtig! Ich bin sicher, trotz aller guten Vorsätze würde er sich lieber heute als morgen wieder einschalten ... selbst wenn er mir, das fällt mir gerade ein, einmal gesagt hat, wenn man älter wäre, könnte man unter Umständen für die Entwicklung eines Unternehmens ein Hemmschuh sein!"

Er mußte lachen.

„Und so etwas sagt ein Dr. Grothe! Wenn er wirklich wieder eingestellt wird ..."

„Vorübergehend, sagten Sie!"

„Wie?"

„Ich meine, würde er wirklich eingestellt, wäre es ja nur vorübergehend."

Sie verwirrte Spring mit ihrem „vorübergehend". Warum tat sie das? Wollte sie ihn aus dem Konzept bringen? Ihm damit sagen, daß er auch nicht mehr zu den Jüngsten zählte? Daß er bereits 67 Jahre alt und ein Hemmschuh für das Unternehmen wäre?

„Warum betonen Sie das so?" fragte er rundheraus. „Wollen Sie damit andeuten, daß ich auch schon zum alten Eisen gehöre? Ein Hemmschuh für die Entwicklung des Unternehmens?"

Nancy riß die Augen auf.

„Um Gottes Willen, Mr. Spring. Was denken Sie denn nur? Du meine Güte, nie im Leben habe ich so etwas gedacht!" Sie war ganz entsetzt, daß er so reagierte. Noch nie hatte er sein Alter derartig wichtig genommen und so direkt davon gesprochen. Hemmschuh! Was redete er sich denn ein! Himmel, sie mußte in Zukunft vorsichtiger sein und ihre Worte genauer überlegen. — Genau das war es aber, was ihr zeigte, daß Howard Spring mit zunehmendem Alter eben doch empfindlicher wurde und ein scharfes Ohr für Formulierungen hatte, die auf das Alter anspielten.

„Entschuldigen Sie, Mr. Spring, ich habe Sie unterbrochen. Wollen Sie nicht fortfahren? Sie sprachen von Dr. Grothe, wie begeistert er zusagen würde, selbst wenn er früher ..."

„Danke, Nancy!" erwiderte er kurz. „Es war ja alles gesagt. Verständigen Sie die Herren wegen der morgigen Besprechung um 9 Uhr."

Nancy stand auf.

„Ich werde alles erledigen, Mr. Spring!"

* * *

Sie sahen dem Mercedes nach, der eben die Tankstelle verließ. Zögernd gingen sie durch den Verkaufsraum in das hintere Zimmer, in dem sich ihr Leben abspielte.

Ihre kleine Tochter Anne war in ihrer Mitte. Diesmal hüpfte sie nicht, und sie war auch nicht fröhlich.

„Warum war Opa so traurig?" fragte sie, als ihre Eltern sich nachdenklich an dem runden Tisch niederließen und Bärbel ihre kleine Tochter auf den Schoß nahm.

„Opa mußte zur Beerdigung!" erklärte sie und merkte sofort, daß Klein-Anne das nicht verstand.

„Opa war müde! Sieh mal, er ist heute morgen weggefahren, hatte ganz viel zu tun in Hamburg, und nun muß er auch noch wieder eine weite Strecke fahren, ehe er sich ins Bett legen kann!"

Anne nickte. Sie hatte verstanden. „Opa ist müde!" wiederholte sie und war getröstet. Sie glitt herunter von Mamas Schoß und beschäftigte sich mit der Puppe, die Tante Christiane ihr mitgebracht hatte. Eigentlich hatte sie für Puppen nichts übrig. Viel lieber spielte sie mit Autos! — Ach, es war doch schade, daß Opa so müde war!

Auch die Eltern waren wenig gesprächig. Sie dachten über den unangemeldeten Besuch nach und wie alles verlaufen war.

„Es war eben alles verquer!" bemerkte Bärbel. „Wenn ich gewußt hätte, daß sie kommen, wäre hier alles ..."

„Mach dir keine Sorgen!" tröstete sie ihr Mann. „Vater hat gesagt, er hätte gar nicht vorbeikommen wollen. Es war Christiane, die darauf bestand. Und sie wiederum meinte, es wäre unrecht, vorbeizufahren, wenn sie einmal in Hamburg wären."

„Aber sie hätten wenigstens vom Friedhof aus anrufen können ...!"

„Ach, du weißt doch, wie das ist! Wenn Christiane es gewollt hätte, wäre es Vater nicht recht gewesen!"

Bärbel war nicht einmal ärgerlich über den Besuch, es stimmte sie traurig, daß sie nichts vorbereitet hatte. Wie oft war ihr durch den Sinn gegangen, was sie tun wollte, wenn Andreas' Vater mit Christiane käme. Es störte sie auch nicht so sehr, daß ihr Wohnzimmer nicht aufgeräumt war — und sie war sicher, es hatte auch Vater Grothe nicht gestört —, es war mehr die Unruhe, die ein Tankstellenbetrieb mit sich brachte und die nicht abzustellen war. Donnerstags kamen immer verschiedene Vertreter vorbei. Donnerstags war gewöhnlich viel los. Alles hätte sie abwimmeln oder ihre Schwester bitten können, wenn sie es nur gewußt hätte.

„Oder hat es ihn gestört, daß ich nach dem goldenen Vogelbauer gefragt habe?" überlegte Andreas.

„Wieso?"

„Nun ja, ich dachte, ich dürfte danach fragen. Schließlich ist es das einzige Stück, das Vater von meiner Mutter mitgenommen hat, als er sich in Marienfelde einrichtete. Als ich dort als Junge zu Besuch war, hing der Vogelbauer mit dem künstlichen Vogel immer in der Mitte des Fensters seines Zimmers!"

„Du meinst das Zimmer, von dem aus man auf die Ebene sieht?"

„Genau da! Wenn ich allein war, habe ich manchmal den Vogel aufgezogen und trällern lassen. Meine Großmutter hat mir erzählt, meine Mutter hätte ganz besonders an diesem Stück gehangen. Vielleicht war das ja auch der Gund, weshalb Vater es mitnahm. Ich habe nie gewagt, ihn danach zu fragen."

„Aber heute hast du es getan!"

„Eben. Ich habe das Erinnerungsstück vermißt. Es hing nicht mehr da, wo es immer gehangen hatte!"

„Und was hat er gesagt?"

„Das war es ja eben!" grübelte Andreas. „Das war es ja eben, was mich so stutzig machte. Vielleicht habe ich ihn in Verlegenheit gebracht mit meiner Frage! Er hat sich um die Antwort herumgedrückt, und das ist ganz ungewöhnlich!"

„Also was hat er denn nun wirklich gesagt, Andreas! Ich kann mir nicht vorstellen, daß dein Vater sich herumdrückt um eine Antwort!"

„Er sagte, das kleine Ding wäre in Amerika!"

„In Amerika??? Und was weiter? Du hast doch bestimmt gefragt, was denn das heißen sollte, so wie ich dich kenne!"

„Habe ich auch — und genau da hat er sich um die Antwort herumgedrückt!"

„Was hat er also gesagt? Überlege einmal!" Sie wußte doch, daß Andreas ebenso gut nicht richtig zugehört haben konnte. Wenn sie dann nachfaßte, zwang sie ihn, den ganzen Vorgang präzise zu formulieren. Gewöhnlich war es dann kein „Herumdrücken um eine Antwort".

„Er sagte, da hätte eine Dame einen schweren Unfall gehabt und der hätte er den Vogel geschenkt!"

Bärbel kniff die Augen zusammen.

„Das klingt allerdings sonderbar!" mußte sie zugeben. „Hat er das wirklich gesagt?"

„Genau so!"

„Und was weiter? Er hat dich doch bestimmt nicht so im Ungewissen gelassen über die Dame! Wer war sie? Eine Bekannte?"

„Ich denke schon! Schließlich verschenkt man so etwas nicht an eine Unbekannte. Man muß sie schon gern haben, wenn man ihr so etwas schenkt, was einem selbst ans Herz gewachsen ist, findest du nicht?"

Bärbel wiegte den Kopf hin und her. Sie wollte ja gerecht sein. Was Andreas sagte, war sicher richtig, aber nicht richtig wiedergegeben. Sie konnte sich einfach nicht vorstellen, daß ein Mann wie Ulrich Grothe eine Freundin hatte, die er mit Sachen beschenkte, die seiner ersten Frau gehört hatten. Das fand Bärbel Grothe irgendwie nicht richtig. Das ging ihr gegen den Strich.

„Hat er nicht gesagt, wie die Dame hieß?"

„Doch. Forrester hieß sie. Jane Forrester. Der Name wurde früher häufig erwähnt. Ich glaube, das war die Frau von Vaters Vorgesetztem. Zu der Zeit war er ja noch nicht General Manager. Da hatte er nur die Marienfelder Fabrik unter sich!"

„Aha, das klingt ja ganz anders! Diese Jane Forrester hat also einen schweren Unfall gehabt, sagst du!"

„Sagte mein Vater! In Paris! Und sie hatte den kleinen Vogel immer so bewundert, sagte Vater! Und da hat er ihn ihr geschickt, als sie im Krankenhaus lag!"

„Also wirklich, Andreas, das klingt vollkommen anders, als es zu Anfang den Anschein hatte. Ich dachte schon, dein Vater hätte eine Freundin und der hätte er ..."

„Das dachte ich auch — im ersten Moment!"

Bärbel seufzte. Manchmal war ihr Andreas reichlich fahrig in seinen Gedanken. Ihm wäre eine Menge erspart geblieben, wenn er von Anfang an richtig zugehört hätte.

„Und was nun?" fragte sie. „Bist du immer noch traurig, daß dein Vater den Vogel weitergeschenkt hat?"

Sie bekam keine Antwort.

„An eine Dame, die einen schweren Unfall hatte und sich so über das Geschenk freute?"

Andreas schwieg. Er trauerte dem Vogel nach — vielleicht weniger dem ehemaligen Besitztum seiner Mutter als dem Artikel an sich. Er fand ihn so hübsch.

Christiane dagegen nannte ihn eine Geschmacksverwirrung, und sie stand nicht allein mit ihrer Ansicht. Viele Gäste, die das Haus Grothe im Laufe der Jahre aufgesucht hatten, fragten sich, was es mit dem kleinen Ding wohl auf sich hatte. Das paßte doch überhaupt nicht zu dem nüchternen Dr. Grothe. Zum anderen hatte Christiane Grothe ohnehin nicht gerade freundliche Gedanken, wenn sie den Vogelbauer vor sich hatte, und sie sah ihn täglich.

„Vielleicht hat dein Vater mit diesem Geschenk erreicht, daß die Dame über einen toten Punkt hinwegkam. Du sagtest doch, sie hätte einen schweren Unfall gehabt, nicht wahr?"

Andreas nickte. „Vater sagte, man hätte ihr hier in Paris das Bein amputieren wollen, aber ihr Mann konnte das verhindern. Er sorgte dafür, daß sie mit einem Militärtransport nach New York gebracht wurde. Er hatte noch Beziehungen zur Besatzungsmacht in Wiesbaden, verstehst du! Da hat er vorher gearbeitet."

„So hängt das alles zusammen!" sagte Bärbel erleichtert. „Das klingt ja ganz anders. — Wenn ich es mir richtig überlege ... eigentlich solltest du deinen Vater nicht weiter bedrängen. Am besten wäre es natürlich gewesen, du hättest nichts gesagt!"

Andreas blickt auf. „Warum nicht? Schließlich ist es ein Andenken an meine Mutter!"

„Andreas!" sagte sie weich und legte die Hand auf seine Faust. „Sieh dich doch mal um. Da hängt das Bild deiner Mutter. Da hängt es doch! Ist das nicht viel mehr wert als ein kleiner Vogelbauer mit einem trällernden Vogel?"

Er folgte ihren Augen. Da war Andrea Grothe, da war das Ölgemälde von ihr. Er hatte seine Mutter ja nicht gekannt, aber seine Großmutter hatte ihm gesagt, der Maler hätte sie genau getroffen. Damit meinte sie nicht nur die äußeren Merkmale, sondern auch den Blick, die Art, wie sie die Hand an ihren Kopf stützte und die andere lässig auf ihrem Knie liegen hatte — die ganze Art und Weise, wie sie bequem in ihrem Sessel saß. Vor allem aber der Blick, die fröhlichen Augen und der geschwungene Mund, der sagen wollte: Das Leben ist so kurz! Genieße jede Sekunde!

„Na?" Bärbel stand auf und setzte sich zu ihm auf die Lehne. Eben hatte sie etwas festgestellt, was sie versöhnte. Gewiß gab es Momente, die ihr manche Mängel an Andreas deutlich machten, doch sie waren nicht so schwer, daß sie deswegen unglücklich wurde. Was sie jetzt entdeckte, war die Wärme in seinen Augen, als er das Bild seiner Mutter betrachtete. Genau diese Herzenswärme hatte Andrea Grothe auch gehabt. Ihre Augen waren nicht nur fröhlich, sie strahlten das aus, was sie empfand: Glück!

„Zufrieden?" fragte sie leise.

Er nickte und zog sie zu sich herab, um sie zu küssen.

* * *

Liebste Melanie!

In früheren Briefen hast Du mir gesagt, Du möchtest gern alles, aber auch restlos alles wissen, was einem Rentner wie Ulrich Grothe widerfährt, was in ihm vorgeht, sofern ich das sagen kann, was er erlebt, wie man ihm begegnet und wie er mit dem Wechsel fertig wird.

Heute muß ich Dir von einer Beerdigung berichten, und das wird etwas ausführlicher sein, weil es da eine ganze Menge gibt, was ich beobachtet habe.

Zunächst dies: Du hast ganz sicher gelesen, daß Ulrichs Nachfolger, nicht älter als 47 Jahre, plötzlich verstorben ist. Herzinfarkt. Man fand ihn in seinem Büro am Schreibtisch.

Das klingt sehr nüchtern und ist doch dazu angetan, über manches nachzudenken. Ulrich überlegte pausenlos, ob er vielleicht nicht den richtigen Nachfolger ausgesucht hat. Welch ein Unsinn! Er kann doch nicht für die Gesundheit von Jochen Schütz verantwortlich gemacht werden! Hinzu kommt noch, daß man ihm eine Reihe von neuen Aufgabengebieten zudiktiert hatte, die er offenbar nicht verkraften konnte. Dazu der Umzug nach Hamburg.

Ich möchte nicht, daß Du es als Klatsch auffaßt, wenn ich schreibe, daß Angela Schütz gesellschaftlich sehr orientiert war und vermutlich auch noch auf diesem Gebiete Ambitionen entwickelte. Wie wir hörten, war eine Party geplant, und zwar an einem Freitagabend. Sie fand auch statt, aber ohne Jochen Schütz. Am Sonnabend morgen fand man ihn in seinem Büro, und der Arzt sagte, er wäre schon am Freitag gegen 19 Uhr gestorben. — Schrecklich ist das alles!

Nun aber die Beerdigung. Wir machten wieder eine neue Erfahrung. Weißt Du, wenn man vor einem halben Jahr ausgeschieden ist und an einer Beerdigung teilnimmt, steht man plötzlich allein da. Man ist ein „Zwischending". Die Mitarbeiter in den „unteren" Gruppierungen (klingt nicht sehr geschickt, aber Du weißt genau, was ich meine!) stehen für sich. Spricht man sie an, sind sie verlegen. Die leitenden Angestellten bilden eine andere Gruppe. Auch zu ihnen zählt man nicht mehr. Gewiß sind sie höflich und begrüßen ihren alten Chef, aber sie wollen ihn nicht mehr in ihrer Gruppe haben — oder wenn doch, dann paßt er nicht mehr zu ihnen. Sie führen Gespräche, die sich mit Belangen beschäftigen, die nach seinem Weggang in Aktion traten. Dr. Grundmann zum Beispiel, ein junger Mann, den Schütz erst kürzlich zu seiner Assistenz eingestellt hatte, kam höflich auf Ulrich zu und sagte: „Wie liebenswürdig von Ihnen, Herr Dr. Grothe, daß sie gekommen sind!"

Wenn ich das so schreibe, wirst Du fragen, was daran wohl verkehrt sei. Es war der Ton — ein bißchen gönnerhaft, weißt Du, so wie man zu einem alten Mann spricht. — Vielleicht war es auch nur seine eigene Befangenheit. Das will ich zu seiner Ehre annehmen. Er wußte wohl selbst nicht, wie er sich dem Vorgänger seines jetzigen Chefs gegenüber verhalten sollte. Er hatte ihn ja nie gesehen.

Aber da waren auch noch mehr Leute. Jene Gruppe Geschäftsleute, die mit der PFI zu tun haben. Jovial begrüßten sie Ulrich, und einige waren so dreist und fragten ihn ganz einfach aus. Er sollte zu Dingen Stellung nehmen, von denen er nichts mehr wußte, die also nach seiner Amtszeit passiert waren. Oder sie wollten ihn aushorchen, wie weit er noch informiert war. Etwa so: „So wie ich Sie kenne, Doktor, hätten Sie das nicht so gemacht!" — „Was meinen Sie denn?" — „Nun tun Sie doch nicht so! Sie sind doch genau im Bilde!"

Das ist genau das, was Ulrich zur Weißglut bringt, dieser plump-vertrauliche Ton. Wie nicht anders zu erwarten, wurde er auch wieder zum „Eisblock", eine Bezeichnung, die ihm anhing, solange er bei der PFI war.

„Ich wüßte nicht ...!" — „Die Zusammenlegung von Tiefkühlobst und Kartoffelprodukten in der Verkaufsorganisation! Das meine ich!"

Ulrich lächelte mit heruntergezogenen Mundwinkeln, eine Maske, die bisher jeden neugierigen Frager in seine Schranken verwiesen hatte.

„Sie scheinen zu vergessen, daß ich seit einem halben Jahr nicht mehr die Geschicke der PFI in der Hand habe!"

Diesmal jedoch wurde er den Frager nicht los. Er war hartnäckig. Trotz des Ernstes der Stunde legte sich sein Gesicht in breite Falten.

„Sie werden wiederkommen, mein Lieber! (Mein Lieber! Das ist genau das, was Ulrich schätzt!) Da bin ich ganz sicher!" Als Ulrich nichts darauf erwiderte, nicht einmal eine Miene verzog, so daß absolut nichts daraus zu entnehmen war, fühlte sich der Kartonnagenlieferant veranlaßt, noch mehr dazu zu sagen:

„Was sollen sie denn machen? Da ist doch keiner! Dieser Dr. Grundmann ist doch ein Grünschnabel!" Und jovial fügte er noch hinzu: „Machen Sie sich keine Sorgen, Sie kommen wieder ans Ruder", dabei zupfte er ihn am Ärmel und fing an zu flüstern: „Ehrlich gesagt, ich freue mich darauf, wieder mit Ihnen zusammenzuarbeiten!"

Gott sei Dank wurde Ulrich einer Antwort enthoben.

Frau Schütz und ihre Angehörigen fuhren vor, und die Trauerfeier begann.

Dazu muß ich auch noch etwas sagen, zumal Ulrich und ich verschiedener Ansicht waren. Ulrich fand alles sehr würdig. Auch daß Ted Williams an der Seite von Frau Schütz ging und somit demonstrierte, daß die PFI sich um sie kümmert, fand er sehr richtig. An der anderen Seite ging ihr Bruder. Die beiden Töchter wurden flankiert von den Eltern Schütz.

Ulrich hatte nicht unrecht, wenn er sagte, es wäre alles durchdacht gewesen, tadellos im Ablauf. Da Jochen Schütz konfessionslos war, sprachen verschiedene Leute. Selbst Ted Williams sprach ein paar Sätze, die Frau Diekmann, die diskret hinter ihm stand, übersetzte. Nicht schlecht! Nun muß ich dazu sagen, daß Ulrich alles bewundert, was tadellos organisiert ist, und das war es wirklich. Auch was die verschiedenen Sprecher sagten, paßte alles in den Rahmen, selbst die einfachen Worte des

Werkmeisters Hövermann, der übrigens in diesen Tagen auch in Pension geht.

Ich war überhaupt davon berührt, wieviele Menschen aus Marienfelde da waren, die jungen Steiners vom Hotel zur Post zum Beispiel, mein Neffe Conny Berger und seine Frau auch. Beide Ehepaare waren mit Schütz' befreundet.

Aber ich komme vom eigentlichen Thema ab. Ich wollte Dir nur erläutern, daß nach Ulrichs Ansicht alles sehr taktvoll verlief, „der PFI würdig", so nennt er es.

Ich sah das ganze Geschehen anders.

Es war mir zu bombastisch. Diese Fülle von Kränzen! Ich gebe ja zu, daß Frau Schütz nichts dafür kann. Im Gegenteil, ich bin sicher, es verschaffte ihr einige Befriedigung, daß ihr Mann auf diese Weise geehrt wurde — und daß sie so im Mittelpunkt stand, wenn auch aus traurigem Anlaß.

Wenn Ulrich zum Beispiel sagte, es wäre richtig gewesen, daß Ted Williams an der Seite von Frau Schütz ging, so verhält sich das ein wenig anders.

Ted Williams und Frau Schütz (bitte, fasse das nicht als Klatsch auf) sind sich seit langem sympathisch. Marienfelde sprach ganz offen darüber, aber als ich das Ulrich erzählte ... du meine Güte, sein Blick hätte mich töten können! Er fragte mich, ob ich in die Fußstapfen meiner Schwester getreten wäre. Du weißt doch, daß man bei Evchen Berger jede Auskunft über Marienfelde erhalten kann! Nichts ist Ulrich widerlicher als Klatsch! Alles, was auch nur in der Nähe der Anrüchigkeit oder des Klatsches kommen kann, ist für Ulrich einfach kein Gesprächsthema!

Du siehst, so verschieden sind unsere Ansichten, und da ich weiß, wie Ulrich reagiert, erzähle ich es ihm auch nicht — getreu unserem Vorsatz, keinen Streit anzuzetteln.

Was mir aber auch noch auffiel und was mit der ungewöhnlichen Stellung von Ulrich und mir auf so einer Beerdigung zu tun hat, ist dies:

Natürlich hofften wir, ein wenig mehr über die ganzen Vorgänge in der PFI zu erfahren. Nicht von dem Kartonnagenlieferanten natürlich! Aber als wir nach Beendigung der Trauerfeier noch verschiedenen Bekannten die Hand drückten, merkten wir, daß jeder sich schnell verabschiedete. Jeder hatte es plötzlich eilig. Einer mußte zurück ins Geschäft, der andere mußte sich um Frau Schütz kümmern (Williams in diesem Falle), der eine mußte für dies sorgen, der andere für das!

Wir waren schließlich wieder genau so isoliert wie vor Beginn der Trauerfeier. Da taten wir das einzig Richtige, wir verschwanden. Vielleicht hatte Ulrich gehofft, noch zur Kaffeetafel aufgefordert zu werden, aber er wurde es nicht, was ich nun wieder als einen Formfehler betrachte.

Ulrich hatte auch dafür eine Erklärung. „Wo kämen die armen Menschen denn hin, wollten sie jeden, der zur PFI gehört oder gehört hat, einladen. Die Verwandtschaft ist schon groß genug. Und vergiß nicht, in welchem Zustand sich Frau Schütz befindet!"

Als ich nichts darauf erwiderte, fügte er noch hinzu: „Solche Beerdigungen sind ein Martyrium für die Angehörigen."

Sicher hatte er recht. Ich hoffe, meine Berichterstattung erweckt in Dir nicht den Gedanken, ich wäre boshaft.

Als ich Frau Schütz die Hand gab, konnte man ihr Gesicht kaum erkennen.

Sie trug einen Schleier. Das muß man ihr übrigens lassen: Sie war schon immer eine elegante Erscheinung, und sie war es auch in Trauerkleidung.

Für die beiden Töchter hatte ich aufrichtiges Mitgefühl. Vermutlich war es das erste Mal, daß sie eine Beerdigung mitmachten, und dann war es gleich die ihres Vaters. Sie konnten sich nur schwer fangen, obgleich sie sich Mühe gaben. Da die Mutter sich ihrer nicht annehmen konnte, suchten sie bei den Großeltern Zuflucht, und das war irgendwie rührend. Dabei war es für die Eltern doch auch schmerzlich, den Sohn zu überleben.

Als Ulrich nun aber darauf zu sprechen kam, daß solche Beerdigungen ein Martyrium für die Angehörigen sind, mußte ich etwas erwidern.

„Sicher sind sie das, aber dann ist es doppelt gut, wenn sie für die nächsten Stunden beschäftigt sind. Sie müssen sich zur Unterhaltung zwingen. Sie müssen darauf achten, daß die Gäste, die zur letzten Verabschiedung des Toten gekommen sind, versorgt werden. Sie müssen so viel zu tun haben, daß sie gar nicht an den Toten denken können. — Früher habe ich genau so gedacht wie du, Ulrich. Welche Zumutung für die Angehörigen! Bis ich dahinterkam, daß das eine sehr weise Einrichtung ist. Man kommt auf diese Art über den toten Punkt hinweg, und wenn die letzten Gäste gegangen sind, hat man die schwersten, allerersten Stunden des neuen Lebens ohne den geliebten Partner hinter sich gebracht!"

Ulrich ließ sich das durch den Kopf gehen. Vielleicht gab er mir recht. Zwar gab er es nicht offen zu (er kann sich immer nur schwer dazu durchringen, etwas zuzugeben!), aber indirekt steht das wohl mit seinem plötzlichen Entschluß in Zusammenhang, den ich vorher schon angeregt hatte, der aber abgelehnt wurde.

Ich hatte den Vorschlag gemacht, wenn wir schon nach Hamburg führen, könnten wir doch seinen Sohn und dessen Familie besuchen. Ich habe Dir von ihrem Besuch bei uns im Sommer und von ihrer Tankstelle berichtet. Wir waren noch nicht bei ihnen, und ich fand, wir dürften einfach nicht in Hamburg gewesen sein, ohne ihnen guten Tag gesagt zu haben. Ulrich war nicht dafür, und er sagte mir auch, warum nicht! Er fand, die Beerdigung und ein Besuch bei Andreas, das paßte nicht zusammen. Als ich ihn daraufhin erstaunt ansah — Ulrich ist nicht so veranlagt, daß er sich von seinen Gefühlen beeinflussen läßt — erläuterte er mir seine Gedanken.

„Ich habe mich wohl nicht ganz richtig verständlich gemacht. Ich meine, es ist weniger die Beerdigung, die mich bewegt, als die Vorgänge in der PFI. Ich kann nicht umhin, mir Gedanken zu machen, was nun werden soll.

Ich glaube kaum, daß schon Definitives vorliegt, wie mir Frau Diekmann ganz kurz sagte, selbst wenn Ted Williams in New York gewesen ist. Soo schnell geht das nun wirklich nicht. Aber wie gesagt, ich mache mir Gedanken darüber, und dann bin ich ein schlechter Gesellschafter für ein kleines Mädchen, das gerade anfängt, einen alten Mann lieb zu haben, — oder für eine Schwiegertochter, die noch erst warm werden muß mit einem alten Brummbären, — und für einen Sohn, zwischen dem und dessen Vater eine Kontaktlücke von zwanzig Jahren klafft!"

Und plötzlich entschied er, daß wir „ja eben vorbeifahren" könnten. Ganz sicher hat er diesen Entschluß erst gefaßt, als wir nach der Beerdigung von niemandem „betreut" wurden, so möchte ich es nennen.

Nicht mal einen Anruf ließ er zu. „Wozu? Wir sind ja doch gleich da!"

Nur das konnte ich durchsetzen — auf die schnelle ein Püppchen für das Kind zu besorgen. Es war ganz bestimmt nicht das richtige. Die Kinder haben heute einen ganz anderen Geschmack. Je häßlicher und unnatürlicher die Puppen sind, desto besser. Violette Haare und schwarze Strümpfe, platte Nasen und Käsegesicht — so ungefähr. Mein Püppchen hatte ein Engelsgesicht und klimpernde Wimpern — pah! Anne legte es auch gleich in Mutters Schoß und spielte mit ihren Autos, da sie bei ihrem Großvater nichts ausrichten konnte.

Der ganze Besuch war nicht richtig, stellten wir fest. Ulrich sagte es zwar nicht, aber ich bin sicher, es stimmte ihn traurig, daß sein Sohn es nur bis zum Tankstellenbesitzer gebracht hat, und das auch nur, weil eine tatkräftige Frau an seiner Seite ist.

Dann sahen wir das große Ölgemälde der Andrea Grothe wieder. Es paßte kaum in das kleine, vollgestopfte Zimmer hinter dem Verkaufsraum, aber was soll's!

Es brachte Ulrich gewiß manches in Erinnerung. Abgesehen davon konnte man jetzt deutlich sehen, wieviel Ähnlichkeit Andreas mit seiner Mutter hat.

Bärbel war unglücklich, daß wir nicht angerufen hatten. Der Tankstellenbetrieb glich einem Bienenhaus. Es war ein ständiges Kommen und Gehen.

Nur das flüsterte Bärbel mir noch zu, als wir uns schon verabschiedeten. Sie bat mich, es Ulrich zu sagen — sie selbst traute sich nicht:

Er wird wieder Großvater! Vielleicht ein kleiner Grothe diesmal. Es würde mich für Ulrich freuen. Er ist in dieser Hinsicht noch sehr altmodisch — Namensträger! Ein Grothe! Es bedeutet ihm viel, wenn der Name nicht ausstirbt.

Irgendwie machte es mich glücklich, daß Bärbel Vertrauen zu mir gefaßt hat. Daß es so ist, schließe ich aus den Worten, die sie mir heimlich zuflüsterte.

Dabei legte sie mir die Arme um den Hals, was mich im ersten Moment stutzig machte, aber dann war ich doch sehr glücklich.

„Es ist passiert, als wir bei Euch gewesen sind. Das war so ein wunderschöner Tag. Wir waren ganz einfach glücklich!"

Dies ist ein so liebenswerter Satz, daß ich damit meinen umfangreichen Brief schließen möchte.

Da habe ich mit einer Beerdigung angefangen und am Ende von zukünftigem Leben berichtet. Du siehst, der Kreis schließt sich.

In diesem Sinne bin ich wie immer
Deine Christiane.

* * *

Als Eva Berger an diesem Abend zu Bett ging, war sie rechtschaffen müde, doch zufrieden. Sie hatte ihr Tagewerk vollbracht. Alles war geschafft, was sie sich vorgenommen hatte. Das kam nicht oft vor. Gewöhnlich setzte sie ihr Tagesprogramm zu hoch an. Wenn sie sich zum Beispiel das Saubermachen des Fremdenzimmers vorgenommen hatte, dehnte sie es aus, wusch auch gleich die Gardinen, räumte die Schränke aus, und den Flur nahm sie auch noch mit. Es war kein Wunder, daß sie in dem großen Haus und bei der Putzwut nie fertig wurde.

Doch an diesem Abend hatte sie alles geschafft.

Es war nun alles geregelt. Lydia hatte ab Montag Arbeit im Hotel zur Post, Peter würde ab Montag ohne Hövermann in der PFI wirken, ihre Wohnung war fertig eingerichtet und sah hübsch aus — und sie, Eva Berger, würde morgen endlich wieder in ihren Brotshop gehen. Ach Gott, sie war viel zu lange weggewesen, aber der Umzug von Lydia und Peter! Irgend jemand mußte den beiden doch helfen! Und es war auch ganz gut, daß sie da war, so wurde gleich von Anfang an alles so gemacht, wie es im Hause Berger Brauch war. Nicht, daß Eva den jungen Leuten in der Aufstellung ihrer Möbel dreinreden wollte, nein. Aber das Drumherum, die Pflege des Treppenhauses, das wöchentliche Reinigen des Kellers, ach, es gab manches, das nun gemeinsam genutzt wurde und worüber man sich einigen mußte. Eva Berger nahm das alles sehr wichtig.

Wegen ihrer Arbeit im Brotshop war sie im Zwiespalt. Wenn sie an die Unterredung mit Conny zurückdachte, ärgerte sie sich heute noch, daß sie sich überreden ließ, nur an den jeweiligen Sonnabenden dort tätig zu sein. Ursprünglich sah es sowieso ganz anders aus. Conny meinte, sie sollte gar nicht mehr hingehen, sondern lieber für ihren Mann da sein. So ein Unsinn! Martin war viel besser allein aufgehoben.

„Er sitzt doch den lieben, langen Tag am Schreibtisch und zählt seine Gelder!"

Als sie das gesagt hatte, erschrak sie über sich selbst. Sie war noch nie so weit gegangen, aber warum reizte Conny sie auch so! Als er erzählte, er hätte bereits eine Ersatzkraft eingestellt, war sie doch drauf und dran zu glauben, er wollte sie nicht mehr im Brotshop haben! Was würde dann wohl aus dem Geschäft werden! Nein, nein, sie mußte wieder hin. Sie war schon viel zu lange weggeblieben! Zwei Wochen hatte es ursprünglich geheißen, und wieviele waren es geworden? Vier! Sie wollte ja einsehen, daß Frau

Krajewski nicht vier Wochen lang ohne Hilfe auskommen konnte. Aber als sie das endlich eingesehen hatte, gab Conny sich immer noch nicht zufrieden. Sie konnte nicht leugnen, daß er es ihr sehr geduldig auseinandersetzte:

„Sieh mal, Mutter, ich dachte es mir so: Wenn du an den Sonnabenden mit aushilfst, wäre das natürlich wunderbar. Da haben wir immer so viel zu tun, das weißt du ja selbst. In den wenigen Stunden, die der Brotshop geöffnet ist, stehen immer Trauben von Menschen vor dem Tresen. Und wir wollen ja schließlich nicht, daß die Kunden wieder weglaufen!"

„Und der schöne Kuchen, die Torten und die Sahnestücke!" fügte Evchen hinzu. Sie war schon halb gewonnen.

„Eben! Die Torten und die Sahnestücke, die müssen wir doch loswerden! Also brauchen wir am Sonnabend eine zusätzliche Hilfe!" kam er wieder auf das eigentliche Thema zurück.

Das sah Eva ein.

„Aber an den anderen Tagen? — Denk' doch an deine armen Beine! Außerdem sollst du hier im Hause sein — bei Vater!"

Das eben war es, was Evchen nicht paßte. Würde das nicht bedeuten, daß es noch mehr Zank und Streit gab? Martin hatte sich ja so verändert. Manchmal kam es ihr vor, als suchte er geradezu Streit, als hätte er ein Vergnügen daran, sie hin- und herzuhetzen. Wenn sie dann noch den ganzen Tag um ihn herum war, immer erreichbar, wenn auch gewiß nicht gerade im Wohnzimmer in seiner unmittelbaren Nähe (sie würde sich hüten!), das wäre ja nicht auszuhalten!

„Und mein Verdienst!" fiel ihr noch ein. Es war immer so schön, ein bißchen Geld in der Handtasche zu haben, über das man keine Rechenschaft abzulegen brauchte.

Bei ihrem Sohn allerdings erntete sie nichts weiter als einen verzweifelten Blick zur Decke.

Verdienst! Seine Mutter ging nicht in den Brotshop, weil die Familie Berger am Hungertuche nagte! Sie ging hin, um etwas zu hören! Marienfelder Nachrichten! Nicht umsonst hatte ihr Mann früher seinen kleinen Laden „Krümelchens Quasselbude" genannt.

Als seine Frau allerdings das Thema Verdienst aufs Tapet brachte, schwenkte Martin Berger in seinen Überlegungen um. Ganz sicher hatte sie keine Lust, den ganzen Tag bei ihm zu sein, weil sie sich vor ihm fürchtete. Nun ja, mußte er denken, ich bin ja auch nicht gerade nett zu ihr. Ihre Putzwut reizt mich oft zur Bosheit, und wenn sie dann so dumme Reden führt, fahre ich aus der Haut.

„Nun, Krümelchen, wenn's darum geht, dein Taschengeld kriegst du von mir! Und darüber brauchst du niemandem Rechenschaft abzulegen!"

Eva Berger sah ihn mit großen Augen an. Was hatte er da gesagt?

Krümelchen? Den Kosenamen ihrer ersten Ehejahre? Sie hatte sich doch nicht verhört! Krümelchen hatte er gesagt! War das der Anfang einer neuen Ära? Das Taschengeld entfiel ihr in diesem Augenblick. Aber Krümelchen!

Wollte er wirklich wieder die Saiten in ihr wachrufen, die ihre ersten Ehejahre so glücklich gemacht hatten?

Es mußte doch so sein, denn auch ein Taschengeld wollte er ihr geben, ohne daß sie abrechnen mußte! Was für ein Wandel!

Krümelchen wollte ja gar kein Geld! Im Grunde genommen brauchte sie es gar nicht. Die Geste allein genügte! Nicht einmal das — viel wichtiger war die Erwähnung des Kosenamens.

„Martin", fragte sie sehr leise, als ob es nur sie beide anginge, „hast du eben „Krümelchen" zu mir gesagt?"

„Hab' ich!" sagte er und griff nach einer Zigarre. Sie machte ihn ja ganz verlegen.

„Bist du doch!" fuhr er fort, während er sie anzündete, was ihn vollauf beschäftigte. „Mein Krümelchen!" Er tat ein paar kräftige Züge, um sie in Gang zu bringen. „Oder?"

Endlich sah er sie an. Wie schade, daß seine Züge nur ein Grinsen waren und kein Lächeln.

Evchen merkte es nicht. Nach diesem Bekenntnis ihres Mannes, war sie bereit, auf den Vorschlag Connys einzugehen und nur noch sonnabends im Brotshop auszuhelfen.

Als sie sich an diesem Abend todmüde zur Ruhe legte, konnte sie nicht wissen, daß sie ihren geliebten Brotshop überhaupt nicht mehr aufsuchen würde. Das Leben der Bergers sollte in seinen Grundfesten erschüttert werden.

* * *

„Da bist du ja endlich!" sagte Rita zu ihrem Mann, als er ins Wohnzimmer kam.

„Das hat ja lange gedauert! War es so schwer, Mutter Eva zu überzeugen?"

„Liebling, geht es dir gut?" fragte er zunächst und brachte Rita zum Lachen.

„Das klingt mir ganz nach Vater Berger. Wie oft hat er mich mit diesen Worten empfangen und damit gemeint: Ist nun endlich Familienzuwachs zu erwarten? Wenn er es jetzt fragt, hat dieser Satz Berechtigung!"

„Er fragte mich auch prompt! Mir fiel bloß auf, daß es diesmal mehr pflichtgemäß klang — eine beiläufige Frage!"

„Und warum meinst du das?" fragte Rita, ohne gekränkt zu sein.

„Ich glaube, das liegt daran, daß die arme Lydia nicht in derselben Lage ist. Er hat sogar das Thema mit mir besprochen. Sie sollte doch mal einen ‚anständigen' Frauenarzt aufsuchen, nicht diese Quacksalber ‚hier um die Ecke'! Du weißt ja, wie Vater ist — immer drastisch. Aber er meinte es wirklich ernst mit Lydia. ‚Ich übernehme die Kosten!' sagte er, und das will etwas heißen!"

„Ja, wenn er bereit ist zu zahlen, muß ihm wirklich daran liegen."

„Ach, weißt du, ich meine fast, es liegt ihm mehr daran, daß Lydia glücklich ist. Daß wir ihr zuvorkommen, macht seine Bereitschaft nur noch dringlicher."

Er setzte sich zu ihr auf die Lehne des Sessels.

„Aber nun mal wirklich die ernste Frage: Geht es dir gut?"

„Mir geht es gut, mein lieber Mann!" Rita lächelte, wurde aber gleich wieder ernst.

„Wenn ich das so bedenke, wir haben keine derartigen Sorgen. Und wie oft ernteten wir wegen unserer Familienplanung ein Kopfschütteln. Lydia kann einem wirklich leid tun."

„Eben, und da läßt Vater fragen, ob du deinen Frauenarzt empfehlen kannst!"

„Dr. Matthies?" Sie überlegte einen Augenblick. „Warum nicht? Er ist ein sehr sympathischer Arzt, aber ich weiß nicht, ob er der richtige ist, um Lydia zu helfen. Ob sie da nicht lieber nach Hamburg geht? Oder ... ach, ich weiß nicht, Conny. Ich will mich umhören! Lydias Problem ist schwerwiegender. Vielleicht muß man da wirklich etwas tun, etwas vorbereiten, einen Eingriff oder so etwas. Ich bin wirklich überfragt!" sagte sie zum Schluß. „Ach, komm, ich mag nicht darüber reden — nicht jetzt. Erzähle mir lieber, wie du es Mutter Eva beigebracht hast, nicht mehr in den Brotshop zu gehen!"

„Jaaa ..." begann Conny vorsichtig. „So ganz ist es mir nicht geglückt, sie von ihrem Brotshop fernzuhalten!"

„Nicht? Also das mußt du mir schon näher erklären! Wieso nicht ganz? Was soll denn das bedeuten?"

Conny stand auf und ging im Zimmer auf und ab. Obgleich seine Frau ein Kind erwartete und er eigentlich gedacht hatte, ihr Interesse für das Geschäft würde langsam den Mutterpflichten weichen, irrte er sich. Rita nahm nach wie vor regen Anteil an allem, was im Betrieb vor sich ging.

„Weißt du, es ist nicht so einfach, einer Mutter etwas abzuschlagen. Noch dazu meiner Mutter, die sich für jeden von uns abrackert, ohne daß man es will. Und die Streitereien mit Vater, das ist ja auch nicht so einfach. Sie fürchtet sich vor ihm oder vor seinen manchmal wirklich boshaften Bemerkungen. Sie ist ihm einfach nicht gewachsen, und er weiß es und nutzt das aus. Seltsam", mußte er denken, „wenn ich an meine ganz jungen Jahre denke, da war alles wunderbar. Später wuchs das Geschäft dank Vaters Rührigkeit, und Mutter kam nicht mit. Ich glaube, das ist der tiefere Grund für die Situation, wie sie jetzt ist. — Aber schließlich ist Vater mir zu Hilfe gekommen. Ich hatte mich gerade dazu durchgerungen, ihr den Sonnabend-Verkauf einzuräumen, da fing sie doch tatsächlich vom Verdienst an! Ich hätte am liebsten laut gestöhnt. Mutter und Verdienst!"

„Darum geht es doch gar nicht!" sagte Rita.

„Eben! Aber Mutter mußte es erwähnen. Vielleicht hat sie es wirklich genossen, ein paar Mark zu haben, die ausschließlich ihr gehörten. Vater ist ja in der Tat manchmal komisch mit dem Geldausgeben. Mal verschwendet er es, aber meistens hält er es fest zusammen."

„Und wie ging die Geschichte weiter?"

„Das war ja das Eigentümliche! Aus heiterem Himmel hatte Vater ein Einsehen und sagte: ‚Krümelchen, wenn es darum geht, das Taschengeld kriegst du von mir!' — Aber jetzt kommt das Seltsame. Als Vater sie ‚Krümelchen' nannte, da hatte sie das Taschengeld so gut wie vergessen. Krümelchen! Ich erinnere mich, daß er sie früher so nannte!"

„Krümelchen!" wiederholte Rita. „Krümelchen! Irgendwie klingt das rührend!"

Sie dachte weiter darüber nach und fügte dann noch hinzu: „Irgendwie kann ich mir vorstellen, daß das Kosewort früher genau zu deiner Mutter paßte!"

Conny blieb vor ihr stehen und sah sie liebevoll an.

„Nett, daß du das sagst. Mütter stehen meistens nicht hoch im Kurs bei den Ehefrauen ihrer Söhne. Nun, du kennst meine Mutter inzwischen ja auch genau genug, um zu wissen, daß sie an der Seite eines cholerischen Mannes, der ihr überlegen ist, kein leichtes Leben hat. Sie hat es nie gelernt, seine Wutausbrüche einfach passieren zu lassen, weil sie doch wissen müßte, sie sind in dem Augenblick vergessen, in dem die Explosion vorbei ist. Sie hat es nie fertiggebracht, seine Maßlosigkeit im Rauchen, im Essen, im Biertrinken zu steuern. Wenn sie ihn ermahnt, an seine Gesundheit zu denken, oder daran, daß er dies und jenes, im Übermaß genossen, nicht vertragen kann, wird er wütend und sie so verschüchtert, daß sie es nicht wagt, ihm zu widersprechen. Manchmal fürchte ich, sie reizt ihn mit ihrer Verschüchterung zu immer neuen Attacken. Wenn sie sich einmal stark machen würde, wäre es sicher nicht so.

Und doch ..." sagte er und nahm seine Wanderung wieder auf.

„Was und doch?"

„Und doch sind sie sich zugetan. Das ist ja eben das Merkwürdige. Meine Mutter würde nie daran denken wegzugehen. Und Vater denkt nicht daran, sich anderweitig zu engagieren. Das hat er früher vielleicht mal getan, aber das ist längst vorbei. Dazu hat er keine Lust mehr!"

„Da fällt mir gerade ein, weil wir über ihn sprechen", sagte Rita, „wie geht es eigentlich mit seinen Augen?"

„Nicht gut! Unverändert! Plötzlich überfällt ihn der Schmerz, und wenn Mutter dann vorwurfsvoll sagt: Warum gehst du auch nicht zum Arzt!, fängt er an zu wettern, sie solle den Mund halten ... und wenn der Schmerz vorbei ist, wird er wieder nachlässig und findet, daß alle Ärzte Quacksalber sind!"

„Es ist wirklich ein Kreuz mit ihm. Kannst du denn nichts machen? Mir will scheinen, du hast noch mehr Einfluß auf ihn als seine Frau!"

Conny dachte nach. „Früher ließ er mit sich reden. Früher nahm er auch manches an, was ich ihm vorschlug, vor allem, wenn es um das Geschäft ging. Da sagte er ja immer, er hätte nicht studiert und von Public Relation,

Betriebsrat und Marketing verstünde er nichts. Aber jetzt kommt es mir vor, als hätten ihn die Schmerzen — vermutlich hat er ständig Schmerzen im Kopf oder in den Augen — verändert. Mir fällt auf, daß er viel leichter erregbar ist als früher ... Und auch das stelle ich fest: Früher konnte er noch fröhlich sein, er konnte sich freuen über etwas, was entweder ihm oder anderen gelungen war. Das gibt es alles nicht mehr!"

Wieder machte er eine Pause.

„Nur mit Lydia geht er zärtlich um. Vielleicht bedrückt ihn ihr Schicksal. Dabei geht es weniger um den Enkel als um Lydias Tragödie."

Sie saßen nun vollkommen im Dunkeln. Während sie geredet hatten, war das Tageslicht geschwunden. Sie hatten es nicht bemerkt.

Als Conny jetzt die Stehlampe anknipste, mußten beide ihre Augen erst daran gewöhnen.

„Wollen wir zu Bett gehen oder noch ein bißchen lesen?" fragte Conny.

„Weder noch! Ich muß dir auch noch etwas erzählen. Tante Christiane hat angerufen. Sie waren auch bei der Beerdigung von Jochen Schütz in Hamburg. Wir haben sie ja gesehen!"

„Ja — der arme Kerl! Hat sie noch irgend etwas gesagt, was nun mit der PFI werden soll?"

„Nicht direkt, aber sie meinte, daß Onkel Ulrich wohl damit rechnet, wieder gerufen zu werden. Gesagt hätte er ihr natürlich nichts, aber sie entnimmt es seinem Gebaren. Er studiert intensiv die Fachzeitungen und steht stundenlang am Fenster, schweigend rauchend!"

Conny schmunzelte.

„Wenn Onkel Ulrich wüßte, was Tante Christiane alles so ausplaudert! Das würde er bestimmt nicht gern hören!"

„Das ist doch kein Ausplaudern!" fand Rita. „Außerdem erzählte sie mir noch etwas viel Erfreulicheres!"

„Und das wäre?"

„Dein Onkel Ulrich wird wieder Großvater! Sie sind noch bei der Tankstelle seines Sohnes vorbeigefahren. Sogar das hatte Onkel Ulrichs Schwiegertochter Tante Christiane gesagt: es ist passiert, als sie hier so plötzlich aufgetaucht sind. Es ist für die beiden ein so glücklicher Tag gewesen!"

„Na wunderbar! Dann ist ja alles bestens!"

„Jaa, aber das ist längst noch nicht alles!"

„Was denn noch? Kommt mir ganz so vor, als wärest du im Brotshop tätig und nicht meine Mutter!" lachte er.

Rita ließ diese Spitze auf sich beruhen.

„Das Hotel zur Post erwartet auch einen Nachfolger!"

„Wirklich?"

„Habe ich gehört! Beschwören kann ich es natürlich nicht! Aber ich weiß es von Lydia. Darum ist sie doch eingestellt worden — zu Renate Steiners Entlastung!"

„Ach Gott!" sagte Conny und ließ sich in seinen Sessel fallen. „Die arme

Lydia! Babies überall, nur nicht bei ihr! Das arme Kind! Sie tut mir wirklich leid!"

„Mir auch!" sagte Rita, und sie meinte es ehrlich.

* * *

Der Tag war eben doch zu anstrengend gewesen. Am nächsten Morgen erwachte Eva Berger viel später als gewöhnlich. Das war ihr noch nie passiert.

„Martin!" rief sie entsetzt und schlug die Decke zurück. „Wach auf! Ich habe verschlafen. Ach Gott, und das gerade heute, wo ich wieder in den Brotshop gehe!"

Sie warf den Morgenrock über und suchte ihre Hausschuhe.

„Wach auf, Martin! Es wird höchste Zeit!" Sie wollte ihn versorgt haben, bevor sie ging.

Martin räkelte sich im Bett. „Verschlafen! Du bist wohl plemplem! Ist doch noch stockfinstere Nacht!"

„Unsinn! Mach' die Augen auf! Es ist heller Tag! Ich bin eine Stunde zu spät aufgewacht. Ach Gott, das schaffe ich ja nie! Nun mach' doch schon, Martin! Es ist gleich acht Uhr!"

„Quatsch!" maulte er. „Das ist mal wieder so echt Eva Berger! Wenn sie um 7 Uhr aufstehen will, springt sie um 6 Uhr aus dem Bett, nur damit sie alles noch schafft, was sie sich vorgenommen hat! Laß mich in Ruhe!"

Er nahm die andere Seite und verkrümelte sich unter seiner Bettdecke.

„Ach, Martin, nun sei doch vernünftig, bitte! Es ist 8 Uhr! Wie soll ich das denn noch alles schaffen!"

„Laß mich in Frieden, habe ich gesagt. — Was willst du überhaupt! Ich kenne dich doch! Es ist bestimmt nicht acht Uhr! Sonst wäre es schon hell!"

„Ach, was redest du denn! Da, sieh doch!" Sie schlug die Vorhänge zurück und öffnete das Fenster. „Die Sonne scheint direkt ins Fenster. Du mußt nur die Augen aufmachen!"

„Was hast du gesagt?" Abrupt richtete sich Martin auf und war nun vollends wach. „Es ist dunkel!" behauptete er.

„Die Sonne scheint, und es ist 8 Uhr!" beharrte sie.

„Laß den Blödsinn! Ich sehe nichts!"

„Ich mache keinen Blödsinn, Martin! Ich will nur, daß du aufstehst. Wir haben verschlafen, und ich muß schnellstens zur Arbeit!"

Einen Augenblick herrschte Stille. Eva Berger wartete darauf, daß ihr Mann aufstand — daß er endlich begriff, wie eilig sie es hatte.

Martin Berger dagegen fühlte etwas auf sich zukommen, das er nicht glauben wollte — nicht glauben durfte — einfach nicht glauben konnte.

„Krümelchen!" sagte er und legte in dieses Wort seine ganze Bestürzung. „Ich ... ich sehe wirklich nichts! Es ist dunkel für mich, vollkommen dunkel! Und du sagst, es ist heller Tag?"

Er tastete! Noch im Bett sitzend suchten seine Hände nach ihr.

„Wo bist du?" fragte er und hielt ihr seine Hände entgegen.

Wieder diese albernen Scherze! dachte Evchen ärgerlich. Ihr Mann konnte sie damit so ängstigen, daß sie wirklich glaubte, was er sagte. Er hatte in dieser Art Spiel eine schreckliche Begabung. Er konnte etwas so echt darstellen, daß einem angst und bange wurde.

„Nun laß das doch heute, Martin! Ich habe es eilig!" erwiderte sie und schob die ausgestreckten Hände beiseite. Stattdesen zog sie ihm die Bettdecke weg. Das hatte sie noch nie gewagt, doch heute mußte sie es tun, um ihn von diesem makabren Scherz abzubringen.

„Aufstehen sollst du — bitte, Martin, bitte, sei lieb!"

Gott sei Dank! Er hatte ein Einsehen. Als sie ihm die Decke weggenommen hatte, setzte er sich auf den Bettrand. So weit war er also! Aber warum stand er nicht auf?

„Bitte, Martin!" sagte sie noch einmal.

Doch er hörte sie nicht. Er bedeckte sein Gesicht mit den Händen und sagte kein Wort.

Etwas Grauenvolles kam auf ihn zugeschlichen, etwas so Bestürzendes, daß er die Tragweite noch gar nicht erfassen konnte.

Und seine Frau dachte, er spielte Theater?? Oh Gott!

„Krümelchen!" sagte er gequält. „Hör auf, bitte!"

„Was ist?" Sofort stellte sie sich um. Das war es ja eben, was die beiden aneinanderband. Wenn nicht so sehr Martin, dann seine Frau — sie hatte ein Gespür für die Schwingungen in der Stimme ihres Mannes, und wenn er sagte „Krümelchen!", und das so verzweifelt, wußte sie sofort, daß ihre Vorwürfe nicht angebracht waren.

„Was ist, Martin?" fragte sie von neuem und setzte sich zu ihm auf den Bettrand.

Sie bekam keine Antwort. Martin Berger konnte es ja selbst noch nicht fassen.

„Was ist denn?" Sie legte den Arm um seine Schulter und drückte ihn an sich.

„Oh Gott!" stöhnte er. „Ich kann nichts sehen! ... Ich bin blind, Krümelchen! Blind! Verstehst du das?"

Sie wagte es nicht, etwas zu sagen. Blind! Das war doch nicht möglich!

Da stieß er einen Schrei aus — so gewaltig — so grauenvoll, so unmenschlich in seiner Verzweiflung, daß Lydias Mann in der oberen Wohnung wach wurde.

„Was war das eben! Hast du es nicht gehört?"

Lydia kam nur schwer zu sich. Es war Sonnabend, warum weckte ihr Mann sie so zeitig?

„Was hast du gesagt?" fragte sie schläfrig.

„Da hat jemand geschrien — ganz furchtbar!"

„Ach, Unsinn! Wer sollte wohl schreien!" Sie warf sich auf die andere Seite und versuchte weiterzuschlafen.

„Aber es hat wirklich jemand geschrien! Könnte Vater gewesen sein!"

„Dann geh doch runter und erkundige dich!" murmelte sie. „Vater und schreien! Sowas gibt's doch gar nicht!"

„Aber ich habe es wirklich gehört!"

„Ach, laß mich in Ruhe! Heute ist Sonnabend!"

Doch Peter ließ es keine Ruhe. Er stand auf. Irgendwo hatte er doch einen Bademantel. Er fand ihn endlich und warf ihn über.

Noch als er die Treppe hinunterging, dachte er: Sicher mache ich mich lächerlich, wenn ich bei meinen Schwiegereltern eindringe. Aber wenn ich es nicht ganz deutlich gehört hätte ...

Daß er sich nicht irrte, sollte er schon merken, als er den Fuß der Treppe erreicht hatte.

Martin hatte seine Frau weggestoßen und war aufgestanden!

„Ich bin blind!" schrie er verzweifelt und tastete sich an ihr vorbei, hielt sich am Bett fest und ging weiter.

„Blind!" gellte es durch das große Haus.

Was sein Schwiegersohn sah, war ein sich vorwärts tastender Mann im Schlafanzug, der verzweifelt sein Schicksal durch das Haus schrie und alles, was er ergreifen konnte, zu Trümmern schlug — die große Bodenvase, die auf der Diele stand. Er stieß mit dem Fuß dagegen und gab ihr einen Tritt, daß sie umfiel und das Wasser mit den Gladiolen über die Diele floß. Sie ging in Scherben und Martin trat in sie. Mit Absicht? Ohne es zu wollen? Wer konnte es wissen! Er tastete sich weiter und kam ins Eßzimmer. Schon wieder stieß er gegen das schwere Buffet, auf dem das Kristall-Schiff stand, in dem Krümelchen seit eh und je künstliche Südfrüchte verwahrte.

„Ah!" sagte er in seiner verzweifelten Wut. „Hab ich dich endlich!" Von jeher haßte er diese Geschmacksverwirrung seiner Schwiegermutter, während Krümelchen das „dämliche Ding" gerade deswegen liebte, weil ihre Mutter es mit in die Ehe gebracht hatte. Martin zerschmetterte es mit der Wonne eines Verzweifelten, der ein Ventil braucht gegen das Entsetzen, das auf ihn zukam.

Unwillkürlich öffnete er die Schränke im Eßzimmer, den Glasschrank mit den kostbaren Kristallgläsern. Jedes Wein-, Sekt-, Cognac-Glas zerdrückte er mit seinen Händen und merkte nicht, daß sie bluteten. Woher denn? Schmerzen spürte er nicht — nicht in diesem Augenblick. Und sehen konnte er nichts. Geschirr! Mit schlafwandlerischer Sicherheit wußte er, wo seine Frau das Geschirr gestapelt hatte. Eine neue Möglichkeit, seine verzweifelte Wut daran auszulassen.

„Martin!" rief Evchen. „Bitte nicht, Martin, ich flehe dich an!"

Er hörte nichts. — Er hörte gar nichts! Er tastete sich durch das große Haus — von einem Raum zum anderen ging er, um alles zu zerstören, was er erreichen konnte!

Eva Berger folgte ihm, versuchte, ihn zu beruhigen, jammerte, klagte um jedes Stück, das er zerbrach, und machte alles nur noch schlimmer!

„Ich bin blind!" hallte es durch das ganze Haus und machte endlich Lydia wach.

„Was soll denn der Quatsch!" stöhnte sie, als sie sich mühselig erhob. Sie hatte am Abend zuvor eine Schlaftablette genommen und konnte nur schwer wachwerden.

Da war ihr Mann schon bei ihr!

„Du kommst jetzt sofort nach unten!" sagte er und reichte ihr den Morgenmantel, der noch über ihrem Stuhl lag.

„Unten ist die Hölle los!"

Das machte Lyida vollends wach.

„Was ist passiert?" fragte sie und schlüpfte in den Morgenmantel.

„Dein Vater!" Schon bei diesen beiden Worten hielt Lydia den Atem an. Sie liebte ihren Vater abgöttisch.

„Was ist?" fragte sie angstvoll.

Da nahm Peter sie in die Arme, weil er wußte, diese Nachricht würde sie zu Tode erschrecken.

„Er ist über Nacht blind geworden!" flüsterte er und hielt sie ganz fest.

Ihr Atem stockte. Sie konnte nichts sagen. Sie konnte nicht einmal erfassen, was das für die Zukunft bedeutete.

Da hörte sie den Lärm. Sie hörte das Krachen von zersplitterndem Glas, sie hörte das Poltern von Töpfen, die in der Küche auf den Boden geworfen wurden, von Deckeln, die den Töpfen folgten. Sie hörte das Splittern von Holz. Sie hörte das Schreien ihres Vaters, das Jammern ihrer Mutter — und dann hörte sie ganz deutlich, wie ihr Vater verzweifelt schrie:

„Ich bin blind! Hat denn niemand Erbarmen?!"

Da riß sie sich los und eilte nach unten.

„Paps!" rief sie schon, als sie noch auf der Treppe war. „Paps! Ach, Papa!"

Sie hatte ihn endlich in ihren Armen. Wie oft hatte er seine Arme um sie gelegt, jetzt war es umgekehrt. Sie hielt ihn fest, ganz fest.

Da ließ er ab von seinem Toben. Da war jemand, der ihm Halt gab.

„Lydi!" sagte er, und endlich konnte er weinen. „Ich bin blind! Ich kann nichts sehen! Gar nichts!"

Und was tat Lydia?

In diesem Augenblick vergaß sie ihren eigenen Kummer und umgab ihn mit aller Wärme, die sie sonst an ein Kind verschwendet hätte.

„Wir werden einen Weg finden, Paps. Wir sind ja bei dir! Mutter ist da, ich bin da, Conny, es sind so viele da, und jeder wird dir helfen!"

„Aber ich bin blind! Ich kann nichts sehen! Es ist alles dunkel um mich!"

Sie strich über seinen Rücken, der sich krümmte vor Kummer. Wie oft hatte er sie auf diese Weise getröstet.

„Aber du kannst fühlen ... und du kannst hören, Paps!" sagte sie tapfer.

Doch dann war sie zu Ende. Sie wußte nicht weiter. Zu denken, daß ihr Vater nie wieder sehen konnte ...

„Ich habe Onkel Ulrich angerufen! Er kommt sofort!" sagte Krümelchen — und schließlich brachte Evas Eingebung die Erlösung.

Ulrich Grothe! Schon oft war er in einem Dilemma die Säule gewesen. Doch heute war es kein Dilemma — es war eine Tragödie!

„Wo ist denn Conny?" fragte Peter. Conny war doch derjenige, der zuerst geholt werden mußte. Warum rief ihn keiner?

Auch daran hatte seine Schwiegermutter gedacht. Aber Conny war nicht da. „Sie sind in ihrem Häuschen am See, und da gibt es kein Telefon."

Martin ballte die blutenden Fäuste und tastete nach einer Sitzgelegenheit, die Lydia ihm zuschob.

„Rege dich nicht auf, Vater! Laß uns lieber deine Hände verbinden." Jetzt erst sah sie näher hin und entdeckte überall Wunden — nicht nur an Händen und Füßen.

„Ach Gott, Vater! Was hast du ..." Sie sprach nicht weiter! Sie konnte die Tränen nicht mehr zurückhalten. Wie er so dasaß in dem Sessel, verzweifelt, mit hängenden Armen — es war ein Bild des Jammers.

* * *

Liebst Melanie!

Es ist erst acht Tage her, seit ich Dir schrieb — ich weiß! Aber inzwischen ist hier etwas so Bestürzendes geschehen, an dem wir alle beteiligt sind, daß ich mich irgend jemandem anvertrauen muß.

Ich berichte heute kaum etwas über den Ruhestand und wie wir mit ihm zurechtkommen. Ich kann auch noch nichts über die PFI sagen — ob man Ulrich wieder einsetzen wird oder nicht.

Im Augenblick bewegt uns das Schicksal von Martin Berger, dem Mann meiner Schwester. Ich habe ihn häufig erwähnt. Ganz sicher kennst Du ihn aus meinen Schilderungen. Wenn mich nicht alles täuscht, hast du ihn in früheren Jahren auch einmal persönlich kennengelernt. Er ist ein außerordentlich tüchtiger Geschäftsmann, lebhaft, manchmal etwas cholerisch.

Dieser Mann ist über Nacht blind geworden! Über Nacht! Versuche, das zu begreifen! Über Nacht! Seine Frau weckt ihn am Morgen und sagt, daß bereits heller Tag ist und daß sie verschlafen hat. Und er sagt: „Rede keinen Unsinn, es ist stockfinstere Nacht!"

Als meine Schwester hier anrief, schrie sie vor lauter Verzweiflung, wir müßten kommen — sofort! Martin raste durch das Haus und zerschlug alles, was er erreichen konnte! Durchs Telefon hörten wir das Gepolter und das Schreien — es war grauenhaft! „Ich bin blind!" schrie er, und dann hörte man wieder das Krachen von Sachen, die er zerschlug.

Als wir schließlich ankamen, bot sich uns ein entsetzliches Bild. Da saß mein Schwager in einem Sessel, die blutenden Hände hingen herab, ach, Melanie, es war erbarmungswürdig.

Sie warteten auf uns. Sie warteten ganz einfach auf jemanden, der die Dinge in die Hand nahm. In solchen Situationen bewundere ich Ulrich. Vor vielen Jahren hat er einmal der Frau eines jungen Kesselwärters sagen müssen, daß ihr Mann verunglückt ist — ertrunken! Mag sein, daß es Dir seltsam vorkommt, wenn eine Frau beeindruckt ist von ihrem Mann, aber ich muß wirklich zugeben, Ulrich ist dann in jeder Weise die Stütze für alle, derjenige, der einem die Angst nimmt, der einen Weg weiß, der den Schock überwindet und die Dinge ins Rollen bringt.

Auch hier war es so.

Schon allein die Art, wie er auf Martin zuging und ihm die Hand auf die Schulter legte ... und dann seine tröstenden Worte: „Wir unternehmen etwas, Martin!“

„Oh Gott, Ulrich!“ sagte er, ich hatte ihn noch nie so entsetzlich verzweifelt gesehen. „Endlich eine vernünftige Stimme!“

Währenddessen überlegte Ulrich angestrengt, wie er die Dinge in Gang bringen sollte.

Und da war auch schon wieder Martin.

„Hilfst du mir?“

Meine Schwester stand in seiner Nähe. Sie ist ohnehin nicht sonderlich stabil, in dieser Situation war sie vollkommen haltlos.

„Wir alle helfen dir!“ sagte Ulrich und wandte sich als erstes an meine Schwester, die er tröstend in die Arme nahm, um ihr unmißverständlich zuzuflüstern: „Hör auf zu weinen — bitte, hör auf zu weinen!“

Sofort versiegte ihr Tränenstrom. Sie war ja zu allem bereit. Sie brauchte nur Anleitung. Das war schon immer so gewesen.

„Eva wird dir jetzt beim Anziehen helfen, Martin!“ sagte Ulrich und gab ihr ein Zeichen. Sie half ihm auf und führte ihn ins Schlafzimmer.

„Christiane, du wirst einen Augenarzt ausfindig machen. Wenn du im Moment keinen weißt, rufe das Krankenhaus an. Egal, wie du es bewerkstelligst, wir müssen einen finden, auch am Sonnabend, verstehst du? Vielleicht gibt es einen in Kiel, ich habe einmal so etwas gehört! Er soll eine Koryphäe sein!“

Dann wandte er sich an Lydia.

„Bitte, sorge für Ordnung! Bringe alle Scherben weg, daß niemand mehr an diese Szene erinnert wird, vor allem deine Mutter nicht!“

Auch Peter hatte eine Aufgabe.

„Bitte zieh dich an und fahre zum Tanken. Es könnte sein, daß wir nach Kiel fahren müssen!“

Peter nickte, und man konnte sehen, daß er froh war, diese grauenvolle Umgebung verlassen zu können.

Als schließlich mein Schwager wiederkam, sah er tadellos aus. Alle Wunden waren mit Pflastern bedeckt, er war rasiert, sein Hemd blütenweiß und sein Anzug ohne jeden Tadel. Er trug eine Sonnenbrille, und erklärte uns, er könnte zwar nichts sehen, aber die Schmerzen wären durch die dunkle Brille erträglicher.

Ach, Melanie, es war mitleiderregend, ihn da im Sessel in der Diele sitzen zu sehen. Er war nun ganz still, als ob er sich in sein Schicksal ergeben hätte. Ich bin sicher, er hat es nicht, und als Ulrich sagte:

„Vielleicht ist es nur vorübergehend, Martin!“ belebten sich seine Züge ein wenig. Offenbar hatte er daran noch gar nicht gedacht.

Aber er zuckte mit den Schultern und sagte mit einem verzweifelten

Kopfschütteln: „Nichts sehen zu können — einfach nichts sehen zu können!"

Er konnte es nicht begreifen, daß ihm das widerfahren war.

Natürlich machte ihm in diesem Augenblick niemand einen Vorwurf, er hätte schon längst zum Arzt gehen müssen. Nicht einmal meine Schwester sagte so etwas. Bei ihr mußte man es befürchten. Sie überlegt einfach nicht, wann sie etwas sagen kann und wann nicht!

Ich selbst hatte inzwischen eine Menge Telefonate geführt. Es war wie in ganz alten Zeiten, als ich noch Ulrichs Sekretärin war. An sich mag ich so etwas gern — sich Stück für Stück vorantasten, aber heute lag darin eine solche Tragik, daß ich nicht daran dachte. Vielmehr berührte es mich eigenartig, wie ich von einem zum anderen komplimentiert wurde (um ganz ehrlich zu sein, es machte mich wütend!). Schließlich war es Sonnabend, und jeder hatte seine Pläne für das Wochenende.

Aber letztlich gelang es mir, einen Professor Kleemann in Kiel aufzutreiben. Schon seine Stimme war angenehm, und als ich ihm alles erzählt hatte, sagte er, er erwartete uns, wir sollten uns sofort auf den Weg machen.

Obgleich es das Bewegendere ist, wie ein so vitaler Mann wie Martin Berger sein Schicksal in die Hand nimmt und versucht, damit fertig zu werden, möchte ich Dir doch erzählen, was nun eigentlich über Nacht passiert ist. Der Professor hat es Martin und meiner Schwester erklärt, aber er merkte wohl bald, daß Martin nicht aufnahmebereit war, weil der Schock ihn noch festhielt, und daß er von meiner Schwester zuviel verlangte, wenn sie die Vorgänge begreifen sollte. Schließlich fragte er die beiden, ob es ihnen recht wäre, wenn er Ulrich hinzuzöge. Du kannst Dir ja denken, es war ihnen nur zu recht.

Ich bin ja kein Augenarzt, aber Ulrich hat es mir so erklärt:

Du weißt doch, was eine Embolie ist! Da sitzt ein Pfropfen in einer Blutbahn, der die Zirkulation aufhält. Genau das ist in der Netzhaut eines Auges bei Martin passiert. Während er schlief, hat sich in der Hauptader, die die Netzhaut versorgt, ein Pfropfen gebildet und somit die Versorgung gestoppt. So etwas ist nicht reparabel. — Und das andere Auge? Wir haben schon in der Schule gelernt, daß beide Augen unabhängig voneinander versorgt werden. Sicher weißt Du das auch.

Bei Martin ist also zuerst das eine Auge ausgefallen, und da er schlief, hat er nichts davon bemerkt. Auch nicht, als die überschießende Nervenreaktion auf die gesunde Seite übergriff. Der Arzt sagte, das wäre eine Schockreaktion. So etwas wäre ihm in seiner Praxis erst einmal vorgekommen. Es passierte nicht häufig, aber es passierte, und bei Martin waren alle Schwierigkeiten, die zu diesem Unglück hinführten, vorhanden. Schon seit langem klagte er über Kopfschmerzen, Druck in den Augen oder Augenhöhlen. Seine Augen tränten häufig. Sein Blutdruck war viel zu hoch und das Blut zu fett, wie sich jetzt herausstellte. Ich weiß nicht, ob ich jemals so weit ging, Dir zu erzählen, daß er in allem reichlich maßlos war. Er trank gern Bier, und wenn ihm etwas schmeckte, aß er zuviel davon.

Früher war sein Temperament erfrischend. Was er durch seine Unermüdlichkeit alles auf die Beine gestellt hat, ist wirklich bemerkenswert. Doch allmählich bekam seine charakterliche Veranlagung cholerische Züge — und jetzt stell Dir vor, dieser vitale Mann wacht eines Morgens auf — und kann nichts mehr sehen.

Ich hoffe, ich habe den medizinischen Vorgang richtig wiedergegeben — und wenn nicht, kann ich es auch nicht ändern. So oder so, es ändert nichts an der traurigen Tatsache, daß Martin Berger über Nacht blind wurde.

Noch weiß niemand, wie es weitergehen soll. Der Gedanke, den Ulrich aufwarf, daß die Blindheit vielleicht nur vorübergehend sein würde, ließ Martin noch ein wenig hoffen. Aber das ist nicht so.

Was tut nun so ein Mann? Es ist jetzt erst acht Tage her, seit er diese Veränderung verkraften soll. Man kann überhaupt noch nicht sagen, wie und ob er damit fertig wird. Ich weiß auch nicht, ob er zu den Menschen gehört, die sich ergeben und das beste draus machen, die soviel innere Kraft besitzen, eine einschneidende Veränderung zu akzeptieren.

Ich fürchte, Martin Berger gehört nicht dazu. Doch ich möchte in dieser Beziehung nicht voreilig sein. Schicksalsschläge verändern den Menschen, das haben wir während des Krieges vielfach erlebt, nicht wahr?

Im Moment ist meine Schwester häufig bei uns. Auch von ihr wird eine Menge verlangt. Ihr geliebter Brotshop! Ich habe sie ja bewundert, daß sie ihn mit keinem Wort erwähnte. Es war ganz selbstverständlich für sie, daß sie ihre Tätigkeit aufgab. Jetzt fragt sie Ulrich um jede Kleinigkeit. Er ist sehr geduldig mit ihr. Wirklich sehr! Er hat ihr nahegelegt, den Führerschein zu machen. Natürlich hat sie das weit von sich gewiesen. Das könnte sie nicht mehr. Zugegeben, sie ist nur wenige Jahre jünger als ich, aber wer soll denn alles bewerkstelligen? Sie kann unmöglich ihrem Sohn oder Ulrich zumuten, dauernd für die Fahrten zum Arzt, in die Stadt oder sonst wohin zur Verfügung zu sein. Schließlich ist da die Brotfabrik, von der sie alle leben — und Ulrich hat jetzt andere Gedanken, die mit der PFI zusammenhängen.

Nun hat Ulrich ihr aber gesagt, er würde ihr helfen, und so ist sie denn bereit dazu.

Ich hoffe, liebste Melanie, daß wir, wenn ich Dir wiederschreibe, ein Stück weiter sind. Vorerst ist noch alles offen. Ich mußte Dir dies schreiben. Erinnerst Du Dich, daß ich vor Jahren schon einmal schrieb, ich brauche ein Ventil — damals, als meine Ehe mit Ulrich so kalt und unglücklich war? Damals überkam mich oft beim Autofahren das Rasen — ohne Sinn und Verstand. Aus diesem Grunde ist auch schließlich niemand mehr mit mir gefahren. Heute sehe ich das ganz klar.

Wenn ich aber „Ventil" sage, so scheine ich das heute noch genauso nötig zu haben. Nur sieht es anders aus. Ich habe einen Menschen gefunden, dem ich mich mitteilen darf. Mein lieber Ulrich ist da nicht immer die richtige Person, und ich bin sicher, ich stehe mit dieser Feststellung nicht allein. Das tut der Liebe keinen Abbruch. Wenn ich ihm meine Überlegungen, meine Gedanken und meine Ansichten auseinandersetzen wollte, hätte er früher gesagt: Halte mich doch damit nicht auf! Und sehr wahrscheinlich wäre dann noch der schon beinahe klassische Ausspruch hinzugekommen: Ich habe schließlich noch einen Beruf!

Heute entfällt letzteres. Dennoch würde er meinen Ausführungen nur ungern folgen. Er ist nicht mehr so ungeduldig wie früher, und er ist ganz bestimmt nicht unhöflich. Aber — nun ja, es gibt Dinge, die Männer wesentlich nüchterner betrachten. Das Gefühl wird von der Vernunft in den Hintergrund gedrängt.

Genauso wäre es wohl bei Ulrich, wenn ich alles, was ich Dir geschrieben habe, vor ihm ausbreitete.

Das wollte ich zum Schluß noch anmerken.

Ich danke Dir für Deine Geduld, liebste Melanie,

Deine Christiane.

* * *

Gewiß stimmte alles, wie es Christiane ihrer Freundin Melanie geschildert hatte. Die Bergers waren von einem Schicksalschlag heimgesucht, und jeder in der Familie bemühte sich, ihnen zu helfen. Das war ganz selbstverständlich für die Angehörigen.

Und wenn Martin zehnmal in rüdem Ton über seinen Schwager Ulrich hergefallen war, weil er ihn nicht mochte, oder besser gesagt, weil er ihm nicht gewachsen war — in Zeiten der Not hielten sie alle zusammen.

Ulrich war der erste, der Martins Entgleisungen vergaß, und er war nur zu bereit, seine Schwägerin beim Autofahren zu unterstützen, sich Gedanken zu machen, wie Martins Leben weitergehen könnte. Er sprach mit dem Professor in Kiel und erkundigte sich, was andere Patienten unternehmen, wenn sie in dem Alter derartig getroffen werden. Zum ersten Mal hörte er auch von einem Blindenhörverein, der Cassetten über alle möglichen Themen verschickt. Das wäre eine Möglichkeit, Martin zu unterhalten. Ulrich sorgte auch für ein Drucktasten-Telefon und übte mit Martin die Zahlen.

Das alles bewies Martin Berger, daß er nicht allein war.

Doch was sich hinter den Kulissen abspielte, was wirklich in ihm vorging, wieviel Mühe er sich geben mußte, um nicht von neuem alles zu zerschlagen, das alles wußten nur seine Frau und er.

Eva Berger war von jeher das Dummchen in der Familie gewesen, zum ersten Mal wurde sie nun gefordert, und es sollte sich zeigen, daß mehr in ihr steckte als das Rechnen mit Pfennigen, das Verpacken von Brötchen und Sahnetörtchen. Es stimmte, daß man bisher jeglichen Marienfelder Klatsch bei Evchen Berger hatte erfahren können, aber vielleicht war es nur der Mangel an geistiger Übung gewesen, der sie so hatte werden lassen.

Jetzt hatte sie an anderes zu denken.

Als die Eheleute sich nach dem ersten Tag, der ihnen soviel abverlangt hatte, zur Ruhe begaben — als sie die Schlafzimmertür schlossen und Evchen das Licht löschte, tastete sich ihre Hand hinüber zu ihrem Mann.

Sie hörte etwas, was sie noch nie vernommen hatte! Und wenn er sich noch soviel Mühe gab, das Schluchzen zu unterdrücken, er konnte es nicht aufhalten.

„Martin?" flüsterte sie und war sofort bei ihm. Schützend legte sie den Arm um seinen Nacken und strich zärtlich über seine Stirn, die erloschenen Augen, über sein markantes Gesicht, das sie nun schon seit ihrer frühesten Jugend kannte und bei dem sie nie müßig wurde, es neu zu entdecken.

„Ach, Krümelchen", stammelte er verzweifelt. „Hilf mir doch!"

Er vergrub seinen Kopf an ihrer Brust und umfaßte sie wie ein kleiner Junge, der sich zur Mutter flüchtet.

„Ich helfe dir!" sagte sie fest. „Ich helfe dir ganz sicher!" Es war ihr so, als könnte sie mit dieser Zuversicht Berge versetzen. In diesem Augenblick fühlte sie Kräfte in sich wachsen, die vielleicht durch Jahre hindurch in ihr geschlummert hatten und nie ans Tageslicht gekommen wären, hätte ihr Leben sich weiterhin zwischen Brotshop und Haus abgespielt.

„Das erste, was wir tun, ist, daß wir nie mehr sagen: du bist blind! Blind!!!"

„Aber ich bin es doch!" klagte Martin. „Ich bin es bis ans Ende meines Lebens!"

„Auch das ist noch nicht heraus!" sagte sie mutig und dachte dabei an die vielen Erfindungen auf medizinischem Gebiet, die es im Laufe der letzten zwanzig Jahre gegeben hatte. „Man soll nie die Hoffnung aufgeben!"

„Aber ich bin blind!"

Da richtete sie sich auf und drückte Martins Schultern in die Kissen — ganz fest.

„Du kannst nicht sehen!" sagte sie. „Ich will nie wieder dieses unbarmherzige Wort BLIND hören! Bitte, Martin, versprich es mir! — Ich sorge dafür, daß niemand das Wort in deiner Gegenwart gebraucht. Martin Berger kann nicht sehen!"

Er tastete nach ihrem Gesicht und zog sie zu sich herab. Auch das mußte er nun lernen — das Ertasten seiner Mitmenschen. Im Augenblick strich er zärtlich über Krümelchens runde Wangen, ihre feuchten Augen und das Haar, das vom Blonden ins Aschblonde übergegangen war.

„Es soll so sein!" sagte er weich und küßte sie.

Es war wie ein Pakt, den die beiden miteinander schlossen, und es sollte sich zeigen, daß Eva Berger eigentlich jetzt erst anfing, sich voll zu entfalten.

* * *

In der Oberwohnung desselben Hauses spielte sich an diesem Abend eine ähnliche Szene ab.

Auch Lydia und Peter hatten das Licht gelöscht, doch keiner von ihnen konnte schlafen.

„Oh Gott!“ weinte Lydia. „Wie soll bloß alles werden mit Vater und Mutter — mit Vater vor allem! Das Bild von heute morgen, als ich ihn in der Diele sah ... wie er alles zerschlug ...“

„Still, still!“ tröstete Peter. „Versuche, nicht daran zu denken!“

„Das kann ich nicht!“ Sie warf die Decke zurück und war bei ihm. „Das kann ich einfach nicht!“ schluchzte sie.

„Dann komm und laß dich trösten!“

Peter Köper kannte seine Frau. Über zehn Jahre waren sie jetzt verheiratet. Es war die einzige Möglichkeit, Lydia abzulenken und am Ende zu beruhigen.

„Ach, Peter, halt mich fest — halt mich ganz fest!“

* * *

Schon an der Art, wie er sein Stück Toast zerkrümelte, konnte Mary Spring ersehen, daß ihr Mann Ärger im Geschäft hatte. Montagmorgen: Die Montagsbesprechungen.

New York zeigte sich an diesem Morgen im schönsten Sonnenschein. Indian Summer! Jene Tage im Oktober, die noch einmal sehr warm wurden! Erst wenn der Indian Summer abgeklungen war, wurde es Zeit, die Wintersachen hervorzuholen.

Aber das war es ja nicht, was Mary Spring beschäftigte. Schon seit einer Woche war ihr Mann schweigsam, bedrückt, wenn nicht gar ärgerlich. Er bemühte sich zwar, seinen Verdruß nicht an ihr auszulassen, doch konnte es nicht ausbleiben, daß sie sich Gedanken machte, was nun wieder vorgefallen war.

Gott sei Dank, nur noch zwei Monate, dann hatte alles ein Ende! Zu Weihnachten würden die Kinder kommen und ihren Vater und Schwiegervater hoffentlich in besserer Verfassung vorfinden — fröhlich und ausgeglichen.

Ach, es war doch nichts mehr in den letzten Jahren. Immer mehr häuften sich die Ärgernisse. Sie sah es an Howards Miene, wenn er abends nach Hause kam.

Wie jede ernsthafte PFI-Frau, noch dazu als Frau des Präsidenten des Unternehmens, war sich Mary Spring bewußt, daß geschäftliche und private Angelegenheiten streng getrennt wurden. In jüngeren Jahren hatte sie oft gegen diesen Grundsatz revoltiert.

„Gäste unterhalten sollen wir, aber wehe, wenn wir fragen, was es denn mit diesen Gästen auf sich hat! Geradezu verbrecherisch ist es aber, wenn wir uns nach dem Gang der Dinge in der Geschäftsführung erkundigen!“

Mary und Howard Spring hatten zusammen studiert und zeitig geheiratet. Sie hatte also den ganzen Werdegang ihres Mannes bei der PFI mitgemacht, angefangen als Trainee — als Fabrikstudent in Maysville/Ohio über die Philippinen, wo er Manager der dortigen Fabrik war und später Vizepräsident für Ostasien wurde. Howard Spring war es auch, der ganz entschieden dafür eintrat, daß die einzelnen Länder ihre eigenen General Manager einsetzen sollten und New York sie nur „am losen Zügel“ führen sollte.

Mit Deutschland hatte man den Anfang gemacht und es mit Ulrich Grothe versucht. Es sollte sich herausstellen, daß das ein guter Start war.

Und ausgerechnet Germany war es jetzt, das Howard Spring, zwei Monate vor seinem Ausscheiden, soviel Ärger einbrachte.

Er warf seinen Toast auf die Tischdecke, lehnte sich zurück und holte eine zerdrückte Zigarettenpackung aus der Hosentasche.

Zwar krauste Mary die Stirn — es war nicht gut, wenn er auf nüchternen Magen schon rauchte — aber sie sagte nichts.

Stattdessen beugte sie sich vor und sah ihn mit aller Herzenswärme an, die sie für ihn empfand.

„Willst du mir nicht doch erzählen, was dich bekümmert, Howard?“ fragte sie und er konnte genau heraushören, daß es nicht Neugier war, die sie zu dieser Frage trieb, sondern einfach das Bedürfnis, ihm sein Leben zu erleichtern, indem er allen Ballast, den sein Gemüt mit sich herumschleppte, einmal von sich warf.

„Ach, Mary“, sagte er und strich über ihre etwas vertrocknete Wange, „es macht alles keine Freude mehr! Manchmal sehne ich das Ende herbei und bin bestürzt darüber. Noch vor einem Jahr machte ich mir Gedanken, wie ich mein Leben ohne die PFI gestalten sollte. Heute frage ich mich nicht einmal mehr, wie alles weitergehen soll, wenn ich die Zügel aus der Hand gebe!“

„Was bedrückt dich denn so?“ fragte sie und strich über seine Hand, die zusammengeballt auf dem Tisch lag.

„Es ist die Frage der Nachfolge in Deutschland!“ sagte er endlich und berichtete dann zusammenhängend. Was sollte die Geheimniskrämerei! In zwei Monaten würden sie ihre Blitzreise antreten und nochmal alle Tochtergesellschaften im Ausland besuchen, und dann würde Mary ohnehin erfahren, was in Deutschland vor sich ging. Daß Jochen Schütz, der Nachfolger von Grothe, gestorben war, wußte sie ohnehin.

„Das war ja das Thema der Besprechung am Dienstag letzter Woche — diese Larifari-Besprechung, die ohne Ergebnis abgebrochen wurde und heute fortgesetzt werden soll. Wenn ich eins hasse, ist es dieses Hinhalten und Sich-nicht-entscheiden-können, dieses Vor-sich-herschieben von Entscheidungen. So etwas hat es früher nie gegeben. Da setzte man sich zusammen, trug dem Präsidenten seine Stellungnahme vor und der entschied, was gemacht werden sollte!“

„Und? Ist das heute nicht mehr so? Haben dir deine Vizepräsidenten ihre Stellungnahmen nicht unterbreitet?“

„Doch, aber ich bin nicht mehr befugt, allein zu entscheiden, das weißt du doch! Heute ist das alles Teamwork! Gräßliches Wort! Das wird nie etwas! Teamwork!" sagte er noch einmal verächtlich. „Beim Teamwork ist am Ende niemand verantwortlich, wenn etwas schiefgeht!"

„Ich weiß! Das hast du schon häufig gesagt, und das ist auch einleuchtend. Aber nun erzähle lieber weiter, ehe du den Faden verlierst!"

Er lächelte ein wenig, als sie das sagte. Genau das war es nämlich, was er anderen immer vorhielt, wenn sie vom Thema abwichen und sich in Unwichtigkeiten verloren.

„Also, ich hatte Ted Williams sofort, als am Montag das Telex über den plötzlichen Tod von Jochen Schütz vorlag, nach New York beordert. Er war auch am Dienstag da, sichtlich beleidigt über den „Streß", den ich ihm zumutete. Außerdem brauchte Frau Schütz Hilfe, und es wäre unsere verdammte Pflicht, ihr zur Seite zu stehen. Ich wäre doch sonst immer so dafür, daß die PFI im Ausland makellos dastünde! — Ich muß schon sagen, er war auf dem besten Wege, mich zu erzürnen! Ich schätze den Ton nicht, den er anschlägt. Schließlich bin ich sein Vorgesetzter, aber", er hob resigniert die Schultern, „was bedeutet das schon! Diese jungen Leute haben sich doch längst auf meinen Nachfolger eingestellt!"

„Sei nicht so gekränkt, das ist ganz natürlich!" warf Mary ein und lächelte.

Einen Augenblick sah er sie an, unschlüssig, ob er über ihre Rüge ärgerlich sein sollte oder nicht, doch dann lächelte auch er.

„Wo waren wir stehengeblieben?" fragte er zerstreut. Er dachte nämlich an etwas ganz anderes. Wie wunderbar es doch war, daß er Mary an seiner Seite hatte. In früheren Jahren hatte es gewiß ab und zu Streit gegeben, auch die Möglichkeit einer Scheidung wurde einmal erörtert, doch das lag schon so lange zurück! Das waren die ungestümen Jahre, wie sie es später nannten. Inzwischen kannte einer des anderen Gewohnheiten, die kleinen Laster und die Qualitäten. Jetzt wollten sie eigentlich nichts anderes, als einander das Leben erfreulich gestalten.

„Die Besprechung am Dienstag! Ted Williams war gekommen!" sagte sie.

„Ja", überlegte er. „Ted Williams und die Nachfolge von Jochen Schütz! Das war wirklich ein schwieriges Problem!"

„Schwierig? Wieso? Da ist doch noch dieser Mr. Grothe! Der ist doch noch gar nicht so lange pensioniert, denke ich!"

„Eben!" Und nun wurde er eifrig. „Genau das dachte ich ja auch. Ulrich Grothe! Schon am Montag war ich fest entschlossen, ihn wieder zu rufen. Fast war ich schon dabei, ihn anzurufen und zu fragen, aber dann ließ ich es doch lieber. Es wäre ein bißchen zu voreilig gewesen. — Immerhin meinte ich, man müßte ihn wenigstens vorbereiten. Vielleicht war er ja verreist!"

„Was möglich wäre! Viele Leute reisen erst einmal, wenn sie in den Ruhestand gehen. Das ist auch ganz natürlich. Sie sollen von allem Abstand gewinnen, und das kann man am besten in einer anderen Umgebung!"

„Sicher! Das ist ja auch der Grund, weshalb die Springs in zwei Monaten eine kleine Weltreise antreten!"

Sie schüttelte den Kopf.

„Das stimmt nicht ganz, darling! Diese Reise ist ein Geschenk der PFI an ihren Präsidenten, der sich auf diese Weise überall verabschieden soll. Und obgleich wir mal wieder vom Thema abgekommen sind, will ich es auch gleich dazu sagen: Du hast es dir wohl verdient! Das kann die PFI ruhig für dich tun!“

„Nun, für dich auch! Du bist ja auch nicht ganz unschuldig an meinem beruflichen Erfolg!“

„Ach komm, lassen wir diese Beweihräucherung! Setzen wir die Dienstagbesprechung fort! Was hat dich denn letzten Endes so verärgert?!“

Sehr direkt brachte sie ihren Mann wieder auf den Sinn des Gesprächs zurück.

Howard Springs Mundwinkel zuckten und wanderten schließlich nach unten.

„Du kennst ja die Zusammensetzung des Board of Directors: acht junge Leute, nur etwas älter als unsere Kinder und darunter fähige und unfähige Köpfe, selfmademen und Harvard-Studium — die einen ehrgeizig, die anderen arrogant. Nur noch Fred Alderson und ich sind von der alten Garde!“ Er verstummte und schüttelte den Kopf.

„Und?“ fragte Mary, als er zögerte.

„Kannst du es dir nicht denken?“

„Sicher, aber ich möchte es von dir hören. Ich möchte genau hören, wie alles vor sich ging.“

„Nun gut. Ich erlitt eine schändliche Niederlage!“ sagte er endlich. „Als ich sagte, ich hätte mir schon alles durch den Kopf gehen lassen, wir würden eben vorübergehend Grothe bitten, hörte ich bereits die ersten Proteste! — ‚Doch nicht den, Howard! Den alten Patriachen!‘“

„Klingt mir ganz nach Simon Clark!“

„Der war es auch, und er bekam sofort Schützenhilfe von Bruce Pickert: ‚Also wirklich, Howard, das wäre doch ein Rückschritt!‘ Im Moment war ich so perplex, daß ich nichts sagen konnte! Und das war mein Fehler. Vielleicht ... ich denke gerade“, sann er nach, „vielleicht ist es das, was mir Grothe vor Monaten sagte: wenn das Reaktionsvermögen nachläßt und man nicht mehr so flott antworten kann wie früher — wenn man merkt, daß man etwas vor sich herschiebt, dann wird es Zeit! — Ist es das, Mary, was mir jetzt auch widerfährt?“

„Bloß weil du nicht spontan die jungen Dachse zur Ordnung gerufen hast? Na, hör mal, Howard! Bilde dir bloß das nicht ein!“

Es war ihr, als sänken seine Schultern vor Erleichterung herab.

„Wenn du meinst?!“ sagte er und fuhr in seiner Berichterstattung fort. „Nein, nein, sie wollten diesen alten, verknöcherten, super-korrekten Grothe nicht! ‚Aber denken Sie doch an seine Meriten!‘ wandte ich ein. ‚Meriten? Pah! Es ist noch lange nicht heraus, ob Grothe diese Meriten auch in der jetzigen Zeit zustandebringt!‘ — Na, was meinst du, wer das gesagt hat?“ fragte Spring seine Frau.

„Laß mich überlegen!“

„Oh, er war noch nicht am Ende! Als er von niemandem unterbrochen wurde, auch nicht von mir, holte er weiter aus: ,Während der Aufbaujahre in Deutschland war es ja nicht schwer, gute Verkaufszahlen zu liefern. Da war jedermann hungrig, und die Ware wurde dem Grothe aus der Hand gerissen. Der Schütz hatte es viel schwerer — vielleicht ein Grund, weshalb ihm alles über den Kopf wuchs und sein Herz nicht mitmachte. Heute sind die Verhältnisse in Germany genau so wie bei uns: Man muß hinter dem Kunden herrennen — und ob Grothe sich da ausgezeichnet hätte, ist noch sehr die Frage!' Na, was meinst du, wer das gesagt hat?!"

„Euer Verkaufsmanager! Solche Töne kann nur ein Alex Castings anschlagen!"

„Richtig. Alex sieht überhaupt nur seine Verkaufsprobleme! Wenn ich ihm die Vergleichsanalysen von den europäischen Fabriken vorlegte, wüßte er nichts damit anzufangen!"

„Moment!" bat Mary. „Vergleichsanalyse! Ich muß eben überlegen, was das ist! Nein, du sollst es mir nicht sagen. Ich kriege es schon zusammen! Also — die Vergleichsanalyse zeigt auf, wie die Herstellung der Ware in den einzelnen Fabriken aussieht, und am Ende zeigt sie auch, wie teuer sie ist, und das wird dann mit allen anderen Fabriken verglichen."

„So in etwa hast du das richtig gesagt. Man vergleicht die europäischen und schließlich — nach einem bestimmten Schlüssel — alle auf der ganzen Welt! Daß das nur ein ungefähres Bild ergibt und im übrigen das ganze Verfahren komplizierter ist als eben geschildert, ist klar. Immerhin aber hat sich Deutschland bisher wacker geschlagen. Bei den europäischen Vergleichsanalysen lagen sie meistens an der Spitze ..."

„Solange Grothe am Ruder war — oder jetzt bei Schütz auch noch?"

„Doch, bei Schütz auch noch! Jedenfalls ist mir das so in Erinnerung. Es wäre aber noch zu früh, darüber zu urteilen. Grothe ist ja erst seit einem halben Jahr nicht mehr dort. Und ein Mann wie er hat doch tiefe Spuren hinterlassen. Den meisten Leuten ist seine Erziehung ja noch im Blut!"

„Jetzt aber weiter, Howard! Wie habt ihr euch denn nun geeinigt? — Das Gros hat also Grothes Rückkehr abgelehnt. Teamwork und Abstimmung, genau das, was dir so mißfällt!"

„Genau!"

„Aber was nun?"

„Ja", lachte er hämisch, „was nun? Auch genau so etwas, was ich hasse! Man bildet einen Ausschuß!"

„Ausschuß? Ich höre wohl nicht recht!"

„Keinen Ausschuß! Das war nur Ironie! Ich spielte auf die Regierung an. Da bildet man doch auch immer Ausschüsse, wenn man nicht weiter weiß!"

„Aber was habt ihr denn nun wirklich beschlossen?"

„Das, meine liebe Mary, ist ja das Unmögliche: Man beschloß, erst einmal Ted Williams nach Germany zu schicken, er soll Jochen Schütz' Arbeit fortsetzen!"

„Und Ted? Was hat er dazu gesagt? Das ist doch ein Rückschritt? Schließlich ist Ted für Europa verantwortlich!"

„Eben! Aber das Seltsame war, daß Ted sich gar nicht lange zierte! Er war einverstanden, und er ist auch schon wieder drüben!“

„Bei Angela!“ sagte sie.

„Wie?“

„Ach nichts!“ Um Gottes Willen, beinahe hätte sie sich vergaloppiert. Wenn Howard etwas nicht ausstehen konnte, war es Firmenklatsch. Und dies war einer — ein ganz fürchterlicher! So sprach sie denn auch schnell weiter.

„Und wer wird Europa übernehmen?“

„Der Assistent-Vice-President Tim McDonald. Der freut sich natürlich! Er ist ehrgeizig und tüchtig. Fragt sich nur, wie es nachher weitergehen soll, wenn Ted seine Arbeit für Europa wieder aufnimmt!“

„Also wirklich, Howard, das ist ein total verdorbenes Konzept!“

„Das sagte ich auch, aber es half mir wenig!“

„Wie lange soll das denn andauern, das möchte ich mal wissen!“

„Ted soll sich in Deutschland nach einem Mann umsehen!“

„Nach einem von „draußen“?“

„So ist es! Aber vorerst wird er wohl drüben bleiben!“ meinte Spring zum Schluß. „Bis er zurückkommt, habe ich meinem Nachfolger längst das Zepter übergeben! — Ja“, dabei hob er resigniert die Hände, „so sieht es aus!“

* * *

Howard Spring konnte nicht ahnen, daß auf der anderen Seite des Ozeans ein Mann am Fenster seines Hauses stand und nun schon seit Tagen darüber nachgrübelte, wie die PFI weitergeführt werden sollte. Ulrich Grothe hatte bereits feste Vorstellungen, wie er die Zügel wieder in die Hand nehmen würde — anders gewiß als noch vor einem halben Jahr, aber doch so, daß jeder wußte, wo sein Platz war. Genau so wie er sich Martin Berger gegenüber verhalten hatte, würde er jedem sein Tätigkeitsfeld zuweisen, ihm genau sagen, welche Verantwortung auf seinen Schultern läge, was er zu berichten hätte und was seiner eigenen Initiative überlassen war.

Sie *müssen* mich wieder holen! sagte er sich. Es bleibt ihnen gar nichts anderes übrig! Ach, was sage ich denn! Ich werde wieder gebraucht! Es wäre einfach nicht loyal, wenn ich mich vor der Verantwortung drücken wollte. Nicht einmal das Schicksal Martin Bergers würde mich abhalten, auf meinen Posten zurückzukehren und alles zu geben, was in meinen Kräften liegt.

Und während er weiterrauchte, immer noch am Fenster stehend, kamen ihm neue Gedanken.

Ich bin doch noch nicht zu alt! Ich fühle mich topfit! Dieses halbe Jahr war wie eine Ruhepause, ein Sanatorium! Jetzt bin ich wieder ganz da, voll aktionsfähig und auf dem laufenden, was die wirtschaftlichen Probleme anbelangt. Ich habe nie nachgelassen in meinem Interesse für die PFI. Als ob ich es geahnt hätte, daß meine Uhr noch nicht abgelaufen ist.

Aber Moment mal, Ulrich Grothe! Hast du nicht gesagt, wenn man merkt, daß man Probleme vor sich herschiebt, wenn man das Gefühl hat, daß gewisse Schwierigkeiten im Anzug sind und man erleichtert ist, daß man dann schon nicht mehr in Amt und Würden sein wird — wenn man das alles spürt, ist es Zeit, aufzuhören?

Und noch etwas: Hat dieser Ulrich Grothe nicht mehrfach gesagt, man müßte Jüngeren eine Chance geben?! Man müßte das Feld räumen, so daß frischer Wind die Segel bläht?

Ja, habe ich! Habe ich alles gesagt! gestand Ulrich Grothe ein und verzog dabei das Gesicht zu einer Grimasse.

Aber dies ist ein Sonderfall! Wer konnte denn ahnen, daß Jochen Schütz so bald ausfallen würde!

Ich will ja auch gar nicht bis an mein Lebensende für die PFI wirken. Ich will nur aushelfen — ein Jahr, zwei Jahre! Ach, ich bleibe auch länger, wenn man mich braucht! Ich bleibe so lange, bis ich einen neuen Nachfolger ausgebildet habe!

Dann verlor er sich in Einzelheiten! Sein Kopf beschäftigte sich mit dem Saunaproblem. Er würde schon dafür sorgen, daß es in den zukünftigen Betrieben „sauber" zuginge. Dafür würde er sich verbürgen. Doch eigentlich war das kein Geschäftszweig für die PFI — Perfect Food International! Was hatte eine Sauna damit zu tun? Machte es sich wirklich bezahlt, alle Erfrischungsprodukte der PFI in den Saunaketten unterzubringen? Schuster, bleib' bei deinem Leisten!

Die Tiefkühlkette von Hegemann! Das war auch ein Problem, das dringend erörtert werden müßte! Wenn Schütz sich gesträubt hatte, die Thermoswagen mit Kartoffel-Chips vollzupacken, so war er vermutlich nur nicht massiv genug aufgetreten, um mit seiner Meinung durchzudringen. Schütz hatte ganz recht: das war Irrsinn! Was das alles kostete!

Nun, er — Grothe — wollte schon sehen, daß alles wieder Sinn und Ziel hätte!

Doch — die Tage gingen dahin! Niemand meldete sich. Kein Anruf aus Hamburg, geschweige denn aus New York. Kein Schreiben — nichts!

Es war, als gäbe es keinen Ulrich Grothe, der über dreißig Jahre die Geschicke der PFI in Deutschland geleitet hatte.

* * *

Das Leben der alten Steiners hatte einen neuen Rhythmus bekommen, seit sie in ihr kleines Fertighaus eingezogen waren, das zwar nicht sehr weit entfernt vom Hotel zur Post lag, doch immerhin so weit, daß sie die Aktivitäten und die Lebhaftigkeit, die sich seit einiger Zeit im Hotel regten, nicht mitbekamen.

Wenn man das Leben der Steiners, der Grothes und der Bergers miteinander verglich, so waren es eigentlich die Steiners, die am ehesten mit ihrem Ruhestand fertigwurden. Gedrängt durch die Veränderung, die

Wolfgang Steiner mit dem Hotel zur Post anstrebte, war das Interesse bei Lothar zwangsläufig geringer geworden und schließlich erloschen. Da er jedoch einen Ersatz gefunden hatte, die Wiederaufnahme des Klavierspiels, war ein Äquivalent in sein Leben getreten, das ihn den Kummer vergessen ließ. Er wurde damit schneller fertig als seine Frau, die zwar nur in der Küche des Hotels ihr Wirkungsfeld gehabt hatte, doch bei ihr kam noch anderes hinzu. Das Hotel zur Post war von Anbeginn ihr Zuhause gewesen, der Platz, in dem ihre Familie und davor Generationen von Sanders gewirkt hatten. Sie konnte sich nicht so schnell und problemlos von allem lösen, was mit dem Hotel zusammenhing.

Auch machte sie sich Gedanken über den neuen Stil, den ihr Sohn eingeführt hatte. Das Flair, das ihr Mann angestrebt hatte, das Exquisite, war nicht mehr vorhanden. Dafür allerdings florierte das Hotel als Tagungsstätte. Aus diesem Grunde war es fast immer voll belegt. Petra sah es, wenn sie vorbeiging und die vielen Autos auf dem Parkplatz entdeckte. Wenn sie wirklich den Mut faßte und einmal durch die Lieferantentür hineinging oder im Flügelhaus guten Tag sagen wollte, fand sie jedermann voll beschäftigt. Im Flügelhaus war der Enkel, den sie nach Petras Vater genannt hatten, eine Reverenz, die Wolfgang seiner Mutter erwies. Sie war aber eigentlich gar nicht so glücklich über diese Wahl. Paul! Paul klang so nach vorigem Jahrhundert, und sie war nicht sicher, ob ihr kleiner Enkel nicht eines Tages, wenn er zur Schule ging, damit aufgezogen werden würde. Paule, Paulchen, Pauleken! Man konnte viel Unfug mit dem Namen treiben, der einen heranwachsenden Jungen zur Weißglut bringen mußte. Doch natürlich sagte sie nichts. Dazu war sie zu befangen.

Schon allein ihr bescheidenes Auftreten im Hotel, schon ihr Eintreten durch den Lieferanteneingang zeigte, wie sehr sie darauf bedacht war, im Hintergrund zu bleiben.

Heute hatte ihr Besuch im Hotel allerdings einen besonderen Grund.

Sie hoffte, Lydia Köper anzutreffen. Sie fand sie im Büro, über Rechnungen gebeugt am Schreibtisch sitzend, die sie mit Listen verglich.

„Oh, Frau Steiner!“ sagte sie freundlich, stand auf und wollte ihr aus dem Mantel helfen.

„Nein, danke!“ sagte Petra gleich. „Ich will Sie nicht weiter aufhalten, aber ich bin froh, daß ich Sie treffe!“

„Mich? Ich dachte, Sie wollten Ihren Sohn sprechen — oder Ihre Schwiegertochter!“

„Nein!“

„Oder suchen Sie vielleicht Ihren Enkel? Ach Gott, ist der süß, der kleine Kerl!“ fing Lydia gleich an, und Petra, die genau um ihren Kummer wußte, legte voller Mitgefühl ihre Hand auf Lydias Arm und sah sie liebevoll an.

„Ich wollte Sie sprechen, Lydia!“

Sofort zeigte Lydia alle Bereitschaft. Vielleicht sollte sie etwas holen. Sie mochte die alte Frau Steiner gern. Sie hatte so etwas Bescheidenes an sich, so etwas Warmherziges. Das war so ein Typ, der im stillen wirkte. Lydia war nicht so. Sie hatte viel von ihrem Vater, das Temperament zum Beispiel, aber sie bewunderte Menschen, die soviel Herzenswärme ausstrahlten, daß man immer das Gefühl hatte, geborgen zu sein. Ihre Mutter hatte auch ein wenig davon, mußte sie zugeben, nur anders — irgendwie unerklärlich anders.

„Lydia, wie geht es Ihrem Vater?“ fragte Petra.

Lydia seufzte. „Wie geht es Vater?!“ Sie hob die Schultern. „Es ist einfach trostlos. Es gibt Tage, da sitzt er ganz still im Sessel und tut nichts — kann nichts tun, weil es nichts gibt, das ihn interessiert. Aber dann geht es auch mal wieder anders. Dann ruft er seine Freunde an, einen nach dem anderen, je nachdem, wie sie Zeit haben — manchmal redet er stundenlang, manchmal nur ein paar Minuten. Dann hat der am anderen Ende der Leitung keine Zeit!“ Ihre Mundwinkel gingen verächtlich nach unten. „Oder kein Mitgefühl!“

Sie machte eine Pause, um dann umso schneller fortzufahren. Manchmal drängte es sie, darüber zu sprechen, und das war heute der Fall. Es war so liebenswürdig von Frau Steiner, nach Paps zu fragen, schließlich waren sie Schulkameraden gewesen.

„Ach, es tut so gut, einmal davon zu reden, Frau Steiner, das können Sie mir glauben! Noch ist mein Vater nicht fertig damit. Wie könnte er auch! Ich versuche häufig, mir vorzustellen, wie es sein muß, nichts mehr sehen zu können, aber einfach die Augen zu schließen und sich im Raum zurechtzufinden, das trifft es ja nicht. Es ist viel schlimmer, und die Feststellung, daß es nie anders wird, daß man bis ans Ende seines Lebens nicht mehr sehen kann, das ist es ja gerade, was so schwer zu verkraften ist. — Vater ist noch vollkommen unausgeglichen. Wie ich schon sagte, es gibt Tage, da sitzt er still im Sessel, und dann hat er einen Nachmittag, wo er sich aufrafft und versucht, seine Umgebung abzutasten und sich zurechtzufinden. Was meinen Sie wohl, was es für mich bedeutete, als er plötzlich bei mir oben in der Wohnung stand und glücklich sagte: ‚Das habe ich also geschafft!‘ Er ließ es auch nicht zu, daß ich ihm hinunterhalf. Er zählte die Stufen und legte allen Ehrgeiz darein, allein wieder nach unten zu kommen.“

Wieder entstand eine Pause.

Petra wartete geduldig. Sie hatte einen Plan, der mit Martin Berger zusammenhing, doch noch immer wußte sie nicht genug von ihrem ehemaligen Schulkameraden.

Schließlich fuhr Lydia fort:

„Aber dann gibt es wieder Tage, wo Vater die Wut über sein verpfuschtes Leben packt. — Wissen Sie“, sagte sie langsam und konnte sich nicht gegen die aufkommenden Tränen wehren, „so etwas ist furchtbar. Ich kann ja begreifen, daß er alles, was er erreichen kann, kurz und klein schlagen möchte, aber da ist dann meine Mutter, da sind alle anderen, die ganz einfach Furcht vor seiner Gewalt haben. Und er ist nicht aufzuhalten!“

Sie hob die Hände zu einer entsagenden Geste. „Am ehesten kann ich es noch! Ich weiß auch nicht, warum! Aber wenn ich ihm dann entgegentrete und ihn anschreie, es wäre nun genug, dann hört er wirklich auf. Doch ... was dann kommt, ist einfach jammervoll."

Sie seufzte schwer. „Wenn Sie es sehen könnten, wie er dann dasteht, mitten im Raum, mit hängenden Armen und so verzweifelt sagt: ‚Helft mir doch!'"

Sie hob die Hände an die Lippen, um ihr Weinen unter Kontrolle zu bekommen.

„Wissen Sie, Frau Steiner, das ist einfach grausam. Ich kann mich nur dadurch retten, daß ich ihn in die Arme nehme und einfach sage: ‚Tun wir doch, Paps, tun wir alle — Mutter, Peter, Conny, Onkel Ulrich, Tante Christiane — und ich auch!' Irgendwie beruhigt er sich dann, aber ... furchtbar ist das, einfach grausam — glauben Sie mir!"

Es war nun ganz still im Raum. Nur gedämpft hörten die beiden Frauen, wie in Küche und Speisesaal mit Geschirr und Besteck hantiert wurde. Sie waren weit weg vom Hotelbetrieb.

„Was meinen Sie, Lydia, ob Ihr Vater sich über meinen Besuch freuen würde?"

Lydia schreckte hoch.

„Wollen Sie das wirklich tun, Frau Steiner?" Es lag soviel Hoffnung in ihrer Stimme, daß Petra gar nicht auf die Antwort zu warten brauchte.

„Ach Gott, mal Abwechslung für ihn!" sagte Lydia. „Mal eine andere Stimme! Was würde ihm das bedeuten! Bis zur Stunde hat er ja nur immer seine Angehörigen um sich herum gehabt. Ich gebe zu, wir alle kümmern uns um ihn, aber ... ach, er weiß wohl selbst noch nicht, wie alles weitergehen soll!"

„Ich verstehe! Er hat noch keine Linie gefunden, nicht wahr?"

Lydia sah Petra erstaunt an. „Wie richtig Sie das sagen, Frau Steiner. Genau das ist es nämlich. Wir alle haben noch keine Linie gefunden, kein System, wie wir ihm helfen könnten. Es ist noch immer ein Herumtasten. — Aber wenn Sie ihn besuchen wollen ... es wäre ein Anfang!" meinte sie.

„Ein Anfang?"

„Ja, der Kontakt zu anderen, nicht nur zu seiner Familie. Bis jetzt hat Vater sich gescheut, nach draußen zu gehen. Er fürchtet sich davor. Aber wenn Sie hingingen, das wäre sozusagen die Vorstufe, verstehen Sie?"

Als Petra das hörte, hatte sie schon wieder eine neue Idee. Doch sie behielt sie vorläufig für sich. Stattdessen fragte sie etwas anderes:

„Können Sie mir sagen, Lydia, wie es Ihrem Vater heute morgen ging?"

Und Lydia wußte genau, was Petra wissen wollte. Hatte Vater heute morgen einen Tobsuchtsanfall oder war er ansprechbar?

„Ich bin überzeugt, Frau Steiner", sagte sie herzlich, „wenn er hört, daß Sie gekommen sind, freut er sich, ganz gleich, in welcher Verfassung er vorher war."

* * *

So stand sie denn in der großen Diele des Hauses am Markt einer nervösen und gehetzten Eva Berger gegenüber, die kaum Zeit fand, ihre Gedanken zu ordnen. Selbst nach diesem furchtbaren Geschehen war Eva Berger in ihrer einfältigen Phantasie bestürzt, daß ihr Mann Damenbesuch bekam. Was wollte Petra Steiner von ihm?

Da hörte sie schon das laute „Wer ist da?" aus dem Wohnzimmer, eine fordernde Stimme, die Auskunft verlangte.

„Wir kommen gleich!" rief Evchen und schob ihre Bedenken vorübergehend beiseite. Schnell half sie Petra aus dem Mantel und geleitete sie ins dunkle Wohnzimmer.

„Na, was meinst du, wer gekommen ist?!"

Wenn Eva Berger auch schon eine Menge gelernt hatte in der Behandlung ihres blinden Mannes, wenn sie peinlichst darauf achtete, daß niemand das Wort „Blind" in seiner Gegenwart gebrauchte, sie machte immer noch entscheidende Fehler wie diesen: „Na, was meinst du wohl, wer gekommen ist?"

Es war daher nicht verwunderlich, wenn Martin, dessen Nerven ohnehin bis aufs äußerste gereizt waren, wütend antwortete:

„Laß gefälligst den Quatsch!"

Petra erkannte das und schaltete sich im selben Moment ein.

„Ich wollte dich besuchen, Martin — Petra Steiner!"

„Mensch, Peter!" sagte er und lehnte sich zurück. Peter! So wurde Petra während ihrer Schulzeit immer genannt, und es kam ihr vor, als seien beide zurückversetzt in jene unbeschwerten Jahre.

Als Martin die Hände ausstreckte, war sie sofort bei ihm.

„Setz' dich, Peter! Setz' dich zu mir und bleib' bei mir! — Willst du uns keinen Kaffee kochen, Krümelchen?"

Genau das wollte Krümelchen nicht. Sie wollte wissen, was Petra Steiner und ihr Mann sich zu sagen hatten. Hatte sie denn immer noch nicht begriffen, daß ihre gemeinsame Schulfreundin nichts weiter wollte, als Martin ein wenig zu unterhalten, daß rein menschliche Erwägungen sie in dieses Haus führten, ohne den Gedanken an billige Werbung?!

Offenbar nicht, denn Krümelchen rührte sich nicht. Selbst wenn ihr Martin „Krümelchen" gesagt hatte, diesmal konnte er sie nicht damit von der Stelle bringen, wo sie stand — genau da, wo Petra Steiner saß, ihm gegenüber.

„Na, was ist?" fragte Martin und hielt ängstlich Petras Hand in der seinen. Eigentlich hätte Krümelchen wissen müssen, daß es ihrem Mann zur Gewohnheit geworden war, seine Mitmenschen zu berühren. Wenn er sie schon nicht sehen konnte, wollte er wenigstens so den Kontakt mit ihnen haben.

„Ja, gleich", antwortete Evchen. „Hattest du etwas Besonderes, Petra?" wandte sie sich an die Besucherin.

„Ich wollte Martin guten Tag sagen, mehr nicht!" Mit ihren großen, verschreckten Augen sah Petra sie an. Diese großen Augen hatte sie schon in ihrer Jugend gehabt. Sie gaben ihr von jeher den Ausdruck einer verängstigten Seele. Diesmal jedoch ahnte sie, was in Krümelchen vorging, und sie hoffte, sie hatte ihr deutlich genug zu verstehen gegeben, daß lediglich ein menschliches Mitgefühl sie bewegte, in dieses Haus zü kommen und Martin ein bißchen zu unterhalten.

Sie hatte sich auch die Gesprächsthemen genau zurechtgelegt und fing damit an, über die Brotfabrik zu sprechen, um das Thema auf die Brötchen zu bringen, die vor vielen, vielen Jahren, als er gerade Meister geworden war, bei einem Dr. Grothe soviel Gefallen gefunden hatten.

„Was? Bei Ulrich?“ fragte Krümelchen. „Also, das mußt du erzählen!“

Sie holte sich einen Stuhl heran und vergaß den Kaffee.

„Was haben denn Martins Brötchen mit Ulrich zu tun? Das klingt ja reichlich komisch!“

Ihr Blick wanderte von Martin zu Petra und wieder zurück zu ihrem Mann, und da entdeckte sie zum ersten Mal seit Beginn der Tragödie, daß Martin lächelte. Seine Mundwinkel bekamen einen Schwung nach oben und sie wußte genau, daß hinter der dunklen Brille sich viele kleine Fältchen um die Augen bildeten. Ach, lieber Gott! dachte sie und hätte weinen mögen, so sehr berührte sie der Wandel. Martin lächelte. Vielleicht ist das der Anfang zu einem neuen Leben!

Vergessen war ihr Mißtrauen gegenüber Petra Steiner! Dem Himmel sei Dank, daß sie gekommen war! Am liebsten wäre sie aufgesprungen und hätte ihren Martin geküßt, aber das ging ja nicht!

„Erzähle doch!“ sagte sie stattdessen, um diese beglückende Atmosphäre so lange wie möglich andauern zu lassen. Es war ihr gar nicht so wichtig, die Zusammenhänge zwischen Martins Brötchen und Ulrich Grothe zu erfahren, sie wollte ja nur, daß er ein bißchen froh war.

„Das war noch vor dem Bau der PFI-Fabrik,“ fing Petra an, und dann ergab sich im Wechsel eine Berichterstattung, die Krümelchen noch nie gehört hatte.

„... als ein gewisser Dr. Grothe Gast des Hotels zur Post gewesen war ...“

„... und beim Bezahlen der Rechnung sagte: ‚Ihre Brötchen waren übrigens ausgezeichnet!‘ Das mußte ich doch meinem Schulfreund Martin Berger weitergeben!“ fand Petra.

„Und bei der Gelegenheit erfuhr sie dann, daß ich dem Hotel zur Post „Meisterbrötchen“ geliefert hatte. Diesen Namen verdanke ich nämlich Petra, Frau Berger! Was sagst du dazu?“

Er wartete ihre Antwort gar nicht erst ab, sondern fuhr gleich fort:

„Von da ab jedenfalls hatten wir ein Markenzeichen: MEISTER-Backwaren!“

„So ist das entstanden?“ fragte Krümelchen. „Das habe ich nicht gewußt!“

„Wie solltest du auch!“ fuhr ihr Mann fort. „Du warst ja noch nicht meine Braut, geschweige denn meine Ehefrau!“

„Eben!" vollendete Petra die Geschichte. „Mit dem Meisterbrief ging Martin Berger dann zu deinem Vater und hielt um deine Hand an!"

„Das dürfte dir nicht entfallen sein, was, Frau Berger?" fragte Martin und suchte ihre Hand.

Als er sie beide hatte, sowohl die von seiner Frau als auch die von Petra, schien es so, als sei er angeregt und glücklich in der Erinnerung. Doch dann überfiel ihn die Resignation.

„Ach, ihr beiden! Das waren noch Zeiten! — Und jetzt? Was haben wir jetzt? Da sitze ich hier ..."

„Also, ich gehe jetzt Kaffee kochen!" sagte Evchen schnell. Diese Stimmungen kannte sie. Sie waren grauenhaft, weil man nichts tun konnte. Wenn Petra nur fortfahren wollte. Vielleicht brachte sie es fertig, ihn abzulenken.

„Eben, das ist der Grund meines Besuches!" sagte Petra auch schnell.

„Ich wollte fragen, ob du nicht einmal etwas unternehmen willst, Martin?"

„Unternehmen? Ich? Was denn um alles in der Welt? Willst du mich verspotten?"

„Keineswegs!" sagte sie nüchtern. Es war gut, daß er ihre großen, verstörten Augen nicht sah — und es war gut, daß Petra die Nerven behielt.

„Ich wollte dich fragen, ob Ihr uns nicht einmal besuchen wollt!"

„Wie?" Martin ließ ihre Hand los und lehnte sich zurück in seinem Sessel. „Du meinst, wir sollen auf die Straße gehen? Wir sollen zu Euch kommen? Warum denn? Viel eher könntet Ihr zu uns kommen!"

Er konnte nicht sehen, wie schwer es Petra fiel, gegen seine Resignation anzukämpfen. An sich lag es ihr nicht, Menschen zu bevormunden, ihnen zu sagen, was sie tun sollten, oder gar energisch aufzutreten. Doch hier war es nötig.

„Du hast sicher gehört, daß wir nicht mehr im Flügelhaus wohnen, sondern uns ein kleines Haus gebaut haben, etwas weiter unten an der Straße. Es ging ganz schnell, ein Fertighaus. Innerhalb von acht Tagen stand es."

„Und was habe ich davon? Ich kann euer Haus nicht sehen!"

„Martin!" Diesmal legte sie ihre Hand auf seinen Arm, um so die Verbindung herzustellen. Sie ging sogar noch weiter und erreichte seine Schulter.

„Das wollte ich nicht damit sagen. Natürlich bedeutet es dir nichts, ob die Steiners in einem neuen Haus wohnen und wie es aussieht. Aber an etwas anderes dachte ich!"

„Na?"

Dieses „Na" war bedeutungslos, denn Martin beschäftigte viel mehr die Hand auf seiner Schulter. Irgendwie war es angenehm, einmal nicht Krümelchens Hilfestellung zu empfinden, sondern die Hand von einem anderen Menschen, von einer Frau, von Peter Wiesner, Petra Steiner, egal! Plötzlich griff er danach und hielt sie fest.

„Peter!“ flüsterte er aufgeregt und zog die Hand weiter zu sich heran.

„Peter! Was meinst du wohl, wie ich darunter leide, kein vollgültiger Mensch zu sein!“

„Aber das bist du doch, Martin!“ Vergeblich versuchte sie, ihm die Hand zu entziehen. Was wollte er denn? Was sollte das überhaupt?

„Martin, ich glaube, wir sollten das lassen!“ versuchte sie, an seine Vernunft zu appellieren. Doch Martin hörte nicht mehr. Mit aller Kraft zog er Petra zu sich heran, um sie zu küssen.

„Martin, bitte, das ist nicht fair!“

„Sei doch nicht so albern! Nun komm schon!“

Da hörten sie Krümelchen mit dem klapprigen Teewagen über die Diele kommen. Gott sei Dank war er klapprig und verursachte auf diese Weise Geräusch genug, um Martin zu warnen und Petra aus seiner Umklammerung freizugeben.

Als Eva Berger ins Zimmer kam, hatten sich beide so weit gefaßt, daß das Gespräch fortgesetzt werden konnte.

„Was ich sagen wollte ...“ fing Petra an, noch etwas atemlos, aber da Evchen den Kaffee einschenkte, wurde sie abgelenkt, „wollt Ihr uns nicht einmal besuchen in unserem neuen Häuschen?“

Auch Eva Berger sah erstaunt auf und fragte sich vergeblich, was sie da wohl sollten.

„Ich meine, Martin kann ja doch nicht ...“

„Das wollte ich nicht damit sagen. Ich dachte an etwas anderes.“

„Und was?“ fragte Martin, genau wie Petra bemüht, den Abstand so groß wie möglich zu halten.

„Lothar würde euch sicher etwas vorspielen, wenn Ihr wollt!“ sagte sie bescheiden und doch auch wieder glücklich, daß sie den Bergers etwas bieten konnte, was nichts mit dem Sehen zu tun hatte. Hinzu kam noch der Stolz, daß Lothar Steiner am Ende doch noch, wenn auch in bescheidenem Umfang, seine künstlerische Laufbahn wieder aufgenommen hatte. Zeit ihres Lebens hatte sich Petra Steiner den Vorwurf gemacht, sie stände ihrem Mann in seiner künstlerischen Entwicklung im Wege. Daß das nicht der Fall war, wurde ihr nie klar.

Lothar Steiner sah sein Können viel nüchterner als seine Frau. Es war nicht groß genug, um damit ein Konzertpublikum zu entzücken. Dazu gehörte nicht nur ein nie erlahmender Fleiß, sondern auch Leidenschaft für die Musik. Beides war bei Lothar Steiner nicht vorhanden. Auch sein Vater, der Dirigent Ludwig Steiner, war nie ein herausragender Künstler gewesen, doch er hatte geglaubt, es zu sein. Nur die schrecklichen Kriegszeiten hätten ihn daran gehindert, ein erstklassig geschultes Symphonie-Orchester zu leiten, meinte er.

Was Lothar Steiner jetzt betrieb, war Musik für den Hausgebrauch, und endlich entdeckte er, daß Fleiß ihm eine Menge mehr einbrachte als er gedacht hatte. Mehr und mehr kam er dahinter, daß das Klavierspielen am Ende Freude war — Freude für sich selbst und jene, die um ihn herum waren. Er war nie besonders ehrgeizig gewesen oder gar besessen von der Musik, doch jetzt — ohne diese beiden Attribute — stellte er fest, daß die Fingerläufe auf einmal mehr Spaß machten, als wenn er unter Druck gestanden hätte. Gerade weil niemand ihn antrieb, bemühte er sich umso eifriger um die Vollendung.

Das alles hatte er erkannt, doch es war schwer, es Petra zu erklären. Nach wie vor war Petra der Überzeugung, daß ihres Mannes Können bisher verkannt worden war.

Am Ende hatte Petra Steiner mit ihrem Besuch bei den Bergers zweierlei erreicht.

Sie hatte sie für einen Besuch in ihrem Haus gewonnen und — das war ihr viel wichtiger — sie hatte ihrem Mann in sehr bescheidenem Umfang über die Bergers den Weg in die Öffentlichkeit vorbereitet.

Daß sie noch viel mehr erreicht hatte, erkannte sie nicht, weil sie nichts oder nicht genug von den Nöten eines Nichtsehenden wußte. Bei aller Herzenswärme konnte man das auch nicht von ihr erwarten. Dennoch erreichte sie unbewußt, daß Martin Berger sich mit dem Gedanken vertraut machte, sein Haus zu verlassen und sich den Sehenden zu stellen. Allen jenen, die er kannte, und das waren in Marienfelde nicht wenige, wollte er wieder begegnen.

Das war ein gewaltiger Schritt in der Bewältigung seines Schicksals.

* * *

Aber ... warum machte Krümelchen nicht mit? Warum sagte sie, als sie den Gast verabschiedet hatte und wieder ins Zimmer kam:

„Was soll denn das? Besuch bei den Steiners? Da waren wir doch noch nie!"

„Du hast es ja gehört, Lothar soll uns etwas vorspielen. Ich finde die Idee gar nicht so schlecht!"

Martin räkelte sich zufrieden in seinem Sessel.

„War doch nett von meiner alten Freundin, mich mal zu besuchen!"

Er meinte es ja gar nicht so, aber natürlich war Krümelchen eifersüchtig. Jetzt noch!! Sie war fast vierzig Jahre mit Martin Berger verheiratet. Sie hatte jetzt einen blinden Mann, der ganz auf ihre Hilfe angewiesen war, und doch konnte sie es nicht leiden, wenn er Damenbesuch bekam! Damenbesuch — ganz einfach, weil seine alte Schulfreundin ein bißchen nett zu ihm sein wollte. Was hatten sie denn groß geredet! Von den Brötchen, die ein gewisser Dr. Grothe so gut fand! Ein bißchen von alten Zeiten, und Martin hatte sich erinnert, daß er Petra früher immer „Heißgeliebte" genannt hatte. Es machte ihm geradezu Freude, sie damit aufzuziehen, und wenn Petra ihm dann sagte: „Laß das nicht dein Krümelchen hören!", war er so keß und antwortete: „Sie ist ja nicht da!"

Martin war schon immer so gewesen. Leider hatte seine Frau in all den

Jahren kein Verständnis dafür gezeigt. Im Gegenteil, hinter jeder Unterhaltung, die Martin mit einer Dame hatte, witterte sie einen Flirt, der ausarten könnte.

„Lothar soll uns etwas vorspielen! Du hast noch nie etwas für Musik übrig gehabt! Also was soll das ganze! Was sollte das überhaupt — dieser Besuch von Petra Steiner!"

Martin hob die Arme und ließ sie wieder fallen.

„Bist du wirklich eifersüchtig, Frau Berger? Eifersüchtig auf eine kleine Heißgeliebte ..."

„Ich will das Wort nicht hören!"

„Welches Wort?" tat Martin scheinheilig. Und prompt fiel Krümelchen darauf herein.

„Heißgeliebte! Deine heißgeliebte Petra!"

Im selben Moment merkte sie, wie sie sich vergaloppiert hatte und hätte sich ohrfeigen können.

„Mein Frau ist eifersüchtig!" lachte Martin und schlug sich auf die Schenkel. „Eifersüchtig auf eine kleine heißgeliebte Schulfreundin!"

„Nun hör doch endlich auf!"

„Ach, Krümelchen!"

Warum machte sie diesen Scherz nicht mit? Noch nie war Martin so heiter gewesen seit dem Unglück, noch nie so ausgelassen, daß er sich auf die Schenkel schlug. War es nicht egal in diesem Moment, daß ein bißchen Bosheit damit verknüpft war? Sollte Eva Berger ihn doch lachen lassen. Er hatte selten Gelegenheit dazu, und dies war ein Moment, der ihn sein Schicksal vergessen ließ, wenn auch nur für eine kleine Weile.

„Wo gehst du hin?" rief er ihr nach, als er hörte, daß sie die Tür öffnete.

„In die Küche!"

Doch sie ging nicht in die Küche. Sie setzte sich in ihrem Schlafzimmer vor ihren Toilettentisch, dieses altmodische Möbelstück mit drei Spiegeln und den überflüssigen Kristallflaschen auf der Glasplatte.

Prüfend betrachtete sie ihr Gesicht und versuchte, es mit dem Petra Steiners zu vergleichen. Warum eigentlich? Warum tat sie das?

Da legte sie die Hände in den Schoß und schüttelte den Kopf. Sie wußte es auch nicht. Der Besuch hatte sie verwirrt und Martins Lachen schon gar.

Doch je gründlicher sie darüber nachdachte, umso mehr kam sie zu der Erkenntnis, daß Martins Frohsein ja viel wichtiger war als die banale Kränkung, die er ihr zufügte. Kränkung! Das war es ja gar nicht! Endlich beleuchtete sie die Dinge von der richtigen Seite. War es nicht viel wichtiger, ihn lächeln zu sehen — ihn lachen zu hören? War sein Schabernack nicht wie in früheren Zeiten, als er noch sehen konnte? War er mit oder durch diesen Besuch nicht ein großes Stück weitergekommen?! Nicht nur, daß er endlich wieder durch die Straßen Marienfeldes gehen, nicht nur, daß er andere Leute besuchen würde — allein sein heutiges Lachen hatte gezeigt, daß er es noch konnte — sich freuen!

Liebst Melanie!

Jetzt habe ich Dich sechs Wochen in Ruhe gelassen, doch die Ereignisse, erfreuliche und höchst unerfreuliche, haben sich angehäuft. Da unser Hauptthema der Ruhestand ist, beziehungsweise wie man damit fertig wird, kann ich Dir nur sagen: es ging auf und ab. Ich habe Zeiten gehabt, wo ich die PFI verwünschte, denn sie hat meinen Ulrich noch immer nicht aus ihren Klauen entlassen.

Als ich Dir das letzte Mal schrieb, berichtete ich Dir von dem Tod von Jochen Schütz, Ulrichs eigentlichem Nachfolger. An sich wäre es logisch gewesen, daß man Ulrich aufgefordert hätte, bis zur Findung eines neuen Nachfolgers die Geschicke der PFI wieder zu übernehmen. Doch es erfolgte nichts. Ach, Melanie, wenn ich daran denke, wie oft ich Ulrich in diesen Tagen und Wochen am Fenster stehen sah — wie zuversichtlich er in der ersten Zeit war und sich vermutlich schon genau überlegt hatte, wie er vorgehen wollte — es waren sehr anregende Tage. Wir sprachen darüber, ob er sich in Hamburg ein Apartment nehmen sollte, ob ich vorübergehend mit nach Hamburg kommen sollte. Wir einigten uns schließlich, daß er mit einem Apartment auskäme, ich aber möglichst häufig bei ihm sein sollte, was mich wiederum sehr beglückte.

Er ging sogar so weit — und das war ganz ungewöhnlich bei ihm —, daß er schilderte, wie er was zu steuern gedächte, welche Pläne er dem Hauptquartier in New York unterbreiten wollte, wie er sich mit der Saunakette verhalten würde und so weiter und so weiter! Es waren im Rückblick ungewöhnliche Tage.

Das Alter war vergessen! Sogar seine Prinzipien vom frischen Wind in den Segeln, den eine Firma brauchte, wurden hintangestellt oder anders gedeutet: Er fand, er hätte nun genug geruht und könnte noch sehr wohl von Nutzen sein.

Ach ja, seine geliebte PFI! Die war in diesen Tagen wieder mit Ulrich Grothe verheiratet!

Doch was dann kam, war furchtbar. Wie ein schleichendes Gift verpestete es die Stimmung im Hause. Es meldete sich niemand, weder Hamburg, geschweige denn New York. Die achtungsvollen Nachrufe auf Jochen Schütz waren längst verklungen, wenn nicht gar vergessen, und noch immer wußte man nicht, wer die Leitung der PFI Germany übernehmen würde.

Nun hätte Ulrich einfach seine ehemalige Sekretärin anrufen können, und wenn nicht sie, dann seine ehemaligen Mitarbeiter, doch Du kannst Dir ja denken, das war einfach nicht Ulrichs Stil! Und wenn ich, wie ich Dir schon erzählte, inzwischen Näheres über Ulrichs Zuhause erfahren habe, so weiß ich auch, daß das gar nicht in Frage kam.

Jeden Morgen wartete Ulrich mit Ungeduld auf die Zeitung, in der Hoffnung, durch sie etwas zu erfahren. Er wurde kurz angebunden, ungnädig, ohne allerdings die Höflichkeit außer acht zu lassen. Immerhin, auch Höflichkeit hat ihre Nuancen. Ulrichs Höflichkeit war aus Eis! Jegliche Liebenswürdigkeit war daraus verflogen.

Damit verbunden widerfuhr ihm etwas Sonderbares — jedenfalls beobachtete ich das so:

Ich erzählte Dir von meinem Schwager, der über Nacht blind wurde. Darüber will ich heute nichts sagen, nur in Verbindung damit schrieb ich Dir, daß meine Schwester den Führerschein machen sollte und daß Ulrich ihr dabei behilflich sein wollte.

Wie immer erschien Eva bei uns zur theoretischen Stunde, jeden Tag. Und jeden Tag steuerte Ulrichs Stimmungsbarometer um eine Nuance mehr auf ein Tief zu. Anfangs war er noch voller Hilfsbereitschaft und erdachte sich immer neue Fragen, die Evchen die Prüfung erleichtern und ihr mehr Sicherheit geben sollten. Anfangs lobte er sie auch, wenn sie etwas begriffen hatte, was bei meiner Schwester leider nicht so schnell geht, wie es Ulrich erwartete.

Dann kam die Hoffnung auf die Wiederaufnahme der Arbeit bei der PFI. Sie beflügelte Ulrich geradezu. Er legte Evchen trickreiche Fragen vor und war voller Anerkennung, wenn sie nicht darauf hereinfiel.

Doch mehr und mehr ließ er sich dazu verleiten, seine Eisblock-Stimmung an ihr auszulassen, weil die Tage der Ungeduld seine Nerven überreizten. Ich merkte mehr als sonst, daß auch Ulrich Grothe bei aller Disziplin, die er von sich forderte, nicht frei von Stimmungen ist. Auf einmal war Evchen zwar keine dumme Gans, aber seine verdrehten Augen, wenn sie eine Frage ungeschickt beantwortete, oder seine zusammengepreßten Lippen und das Luftanhalten, wenn sie die Schultern hob und gar nicht antwortete, zeigten deutlich, was er von ihr hielt.

Ich war nicht dabei, wenn auf dem Hofplatz der Brotfabrik abends das Schalten, das Rückwärtsfahren, das Ein- und Ausfahren aus einer Parklücke geübt wurde, aber an der Art, wie Ulrich das Garagentor schloß, ob ruhig, wie ich es von ihm kenne, oder mit einem Knall, wie er sein Schlüsselbund auf die kleine Kommode in der Diele legte oder warf, erkannte ich genau, was sich auf dem Hof der Brotfabrik abgespielt hatte.

Schließlich rief ich Evchen an, die bereits in Tränen aufgelöst war, und sagte ihr, ein paar Tage wollten wir das Programm ruhen lassen. Du kannst Dir denken, daß sie erlöst war und schon wieder tausend Dinge wußte, die sie stattdessen erledigen wollte, vornehmlich Hausputz. So etwas rangiert bei meiner Schwester immer noch an erster Stelle.

An sich hatte ich Ulrich noch gar nicht verständigt — auch etwas, was er ganz und gar nicht mag — einfach über sein Tagesprogramm verfügen! —, aber seltsamerweise war er nicht ungehalten, sondern hatte genau wie Evchen Pläne.

Noch immer studierte er Fachzeitschriften, stand nicht mehr so unendlich lange am Fenster, sondern saß am Schreibtisch und machte sich Notizen.

Ich weiß nicht, ob er von irgendwoher Auftrieb bekommen hatte und immer noch der Meinung war, man würde ihn rufen. Es ging auf und ab mit seinem Verhalten. Mal war er voller Tatendrang, mal stand er am Fenster, mal saß er am Schreibtisch und schrieb — doch dann kam der Tag, der ihm die Augen öffnete.

In diesem Zusammenhang muß ich etwas einschalten, nur eine kleine Beobachtung, die Dir vermutlich auch noch widerfahren wird.

Das Telefon! Es hat Zeiten gegeben, die Ulrich veranlaßten zu sagen, das Telefon wäre die schrecklichste Erfindung der Neuzeit, es nähme sich das Recht heraus, den Teilnehmer zu jeder Tages- und Nachtzeit zu stören. Immer sei es das Telefon, das sich vordrängelte und Respekt verlangte, und wenn man sich die Impertinenz dieses Verlangens verbitten wollte, könnte man sich nur durch den Kompromiß retten, daß man den Hörer abnähme!

Das alles bezog sich auf das Telefon im Privathaushalt. Im Geschäft war das etwas anderes. Ulrich hatte es sich zur Gewohnheit gemacht — und ganz bestimmt machen es viele Männer in ähnlicher Lage genau so —, im Hause das Telefon seiner Frau zu überlassen.

In den Wochen des Wartens allerdings — nein, auch schon vorher, wenn wir eine sogenannte „Flaute" hatten — war Ulrich immer schnell am Telefon.

„Laß nur, ich mache das schon!" oder noch höflicher, um seine Neugier zu vertuschen: „Bemühe dich nicht, ich erledige das!", besonders dann, wenn ich in der Küche war oder gar im Keller oder sonstwo im Hause, weit weg vom Telefon, und ein ärgerliches Stöhnen nicht unterlassen konnte.

Als er so sehr auf ein Zeichen der PFI wartete, war das Telefon für Ulrich wie ein Wink des Schicksals.

Es war um die Mittagszeit, als es durch das Haus schrillte. Ich hatte mir schon angewöhnt, nicht mehr in die Diele zu gehen, und an diesem Tage war es auch gut so.

Als Ulrich sich meldete, ruhig wie immer (doch ganz bestimmt innerlich vibrierend) hörte ich, wie seine Stimme sich mit jedem Wort belebte. Er sprach englisch, am Apparat war Mr. Howard Spring, der Präsident der Gesellschaft. Du kannst Dir vorstellen, daß ich in der Küche jedes Wort mitbekam, das Ulrich sagte, und mir schon durch seine Antworten ausmalen konnte, was vorgefallen war.

Mr. Spring war also in Marienfelde und wollte Ulrich unbedingt besuchen. Und als er „this afternoon" sagte und sie dann noch „4 Uhr" verabredeten, schlugen meine Überlegungen hausfrauliche Purzelbäume.

Für einen Kaffeeklatsch hatte ich alles im Hause. Kuchenbacken ist ja heute kein Problem mehr, das Stunden in Anspruch nimmt. Außerdem wäre mein Neffe mit seinen vielfachen Kuchensorten eingesprungen. Das Hausfrauenproblem war also gelöst, bevor Ulrich den Hörer auf die Gabel legte.

Was mich viel mehr bewegte, war das PFI-Problem.

„Ich habe so ziemlich alles mitbekommen!" sagte ich gleich zu Ulrich, als er, lässig am Türrahmen zur Küche gelehnt, mir die Neuigkeit unterbreitete. Er war sichtlich aufgeräumt, daß dieses Interregnum nun endlich vorbei war und die Dinge ins Rollen kamen.

„Bist du parat?" fragte er. „Wir sind zum Lunch in die „Post" eingeladen!"

Zwar schluckte ich (innerlich, versteht sich!), aber ich war „parat"! Ich hatte also doch nicht alles mitbekommen, aber ich ließ alles stehen und liegen und machte mich hübsch.

Wie erstaunt war ich jedoch, daß ich in der „Post" nicht nur Howard Spring und seine Frau Mary vorfand, sondern auch Ted Williams und — Du wirst es nicht glauben — Angela Schütz!! Es traf also zu, was man bisher als „Firmenklatsch" abgetan hatte.

Da erfuhr Ulrich denn auch, wie man sich die Überbrückung des General Managements Germany gedacht hatte. Ted Williams, an sich für Europa zuständig, wird vorübergehend das deutsche Management leiten, bis er einen Nachfolger von „draußen" gefunden hat. Wie lange so etwas dauert, hängt wohl ganz von seinem eigenen Ermessen ab.

Weißt Du, Melanie, es gibt Menschen, die sich einen Sport daraus machen, andere vor den Kopf zu stoßen, nur um zu sehen, wie sie reagieren. Ted Williams gehört dazu. Ich muß Dir erzählen, wie sich das alles abspielte.

Die Tischordnung war zwar ungewöhnlich für deutsche Verhältnisse, doch war man allgemein bereit dazu. Die drei Herren saßen zusammen und am anderen Ende die drei Damen. Der Zufall wollte es, daß Ulrich und ich zusammensaßen, was vermutlich nur ihm und mir auffiel. Uns gegenüber saßen Ted und Angela und an beiden Enden Howard und Mary. Immerhin konnte man es vertreten, daß Howard als dem Präsidenten der Platz am Kopfende zustand.

Ach, was erzähle ich Dir das alles so ausführlich! Als ob das so wichtig wäre! Sicher hat niemand so intensiv davon Notiz genommen wie Ulrich und ich, die beiden Deutschen mit ihren konventionellen Auffassungen!

Immerhin — durch diese Einteilung bekam ich von der „männlichen" Seite einiges mit und konnte mich dennoch den Damen widmen, von denen ich denn erfuhr, daß die Springs auf Abschiedsreise waren, denn Mr. Spring hatte seine Arbeit als Präsident der PFI bereits seinem Nachfolger übergeben.

Mary war zwar auch PFI-geschult, doch verhehlte sie nicht, daß sie es nun an der Zeit fand, das Zepter aus der Hand zu geben.

Sie widmete sehr viel Anteilnahme dem Schicksal der jungen Frau Schütz, wobei ich sagen muß, soo jung ist sie ja nun auch nicht mehr. Sie hat zwei Töchter, 13 und 16 Jahre alt.

Anfangs verhielt sich Angela Schütz der Trauer entsprechend, doch je weiter die Unterhaltung vorrückte, umso mehr ließ sie durchblicken, daß sie ihre Zelte in Deutschland abbrechen wollte, um nach Amerika zu übersiedeln. Das war neu! Das war mir so neu, daß ich erst einmal schwieg.

Nicht so Mary, die ganz bestimmt auch schon etwas von der Liaison Schütz/Williams gehört hatte, denn sie fragte daraufhin gleich:

„Und Ihre Töchter? Gehen sie mit?"

Mary hatte sich, veranlaßt durch die Reise in verschiedene Länder, informiert. Klug von ihr. So wußte sie denn auch, daß die Schulverhältnisse in Deutschland anders sind als in den Staaten.

„Sie wollen doch sicher nicht die Ausbildung Ihrer Töchter einfach abbrechen?“ fragte sie Angela.

„Nein, will ich nicht! Die Mädchen bleiben vorerst bei meinen Schwiegereltern, bis sie ihr Abitur gemacht haben! Danach werden wir weitersehen! Sie müssen nämlich wissen, Mrs. Spring, mit 18 Jahren können die jungen Leute heute selbst entscheiden, was sie tun wollen!“

Mary wußte das bereits. Sie wußte sogar noch mehr, daß nämlich die Eltern nach wie vor für ihren Unterhalt verantwortlich waren. Mehr und mehr stellte sich heraus, jedenfalls hatte Mary den Eindruck und sagte es auch etwas unverblümt, daß Angela die beiden Mädchen im Stiche ließe, um ihren eigenen Wünschen und Interessen nachzugeben. Darauf antwortete Angela mit einem undefinierbaren Lächeln.

Als dieses delikate Thema ausgelotet war, trat eine Pause ein, und wir waren froh, daß das Essen — wie schon immer in der „Post“ — eines Lobes wert war.

Die Herren dagegen merkten wohl kaum, was sie aßen, Ulrich jedenfalls ganz bestimmt nicht. Mir kam es vor, als bliebe ihm der Bissen im Halse stecken, als Ted Williams ihm als letztem Witz des Tages unterbreitete, er wäre vorübergehend in Hamburg stationiert worden.

„Was sagen Sie dazu, Ulrick! Der European Vice-President ist beauftragt worden, Germany aus der Patsche zu helfen! Ist das nicht ein Ding?“

Er lachte breit und ungeniert, blieb jedoch mit seinem grausamen Lachen allein auf der Strecke. Ich konnte nichts weiter tun, als Ulrichs Hand zu drücken, die unter der Tischdecke verborgen auf seinem Schoß lag. Ich sah seine zusammengepreßten Lippen, eine Angewohnheit von früher, als er durch seinen Vorgesetzten Forrester, einem ehemaligen Sergeanten, dauernd mit unflätigen Bemerkungen getreten wurde. Auch so eine Sache, die Ted Williams offenbar übernommen hat. Wie ich schon sagte: Menschen, die anderen nicht gewachsen, ihnen jedoch in der Hierarchie übergeordnet sind, können sich oft nur dadurch retten, daß sie einen Ton anschlagen, der ihrer Schadenfreude keine Zügel anlegt. ...

Als Christiane mit ihrem Bericht soweit gekommen war, legte sie für einen Augenblick die Hände in den Schoß, um nachzudenken.

Noch einmal zog an ihrem inneren Auge dieses Mittagessen in der „Post“ vorbei. Angela Schütz, Ted Williams. Sie hielt sich nicht weiter auf mit der Art, wie ungeniert die beiden ihre Gemeinsamkeit demonstrierten.

Was sie mehr beschäftigte, war die Veränderung, die mit der PFI vor sich ging. Lag es am Alter, daß sie einfach nicht akzeptierte, daß der Wandel in den Gepflogenheiten, das Lockere in den menschlichen Beziehungen wie im Geschäft zu etwas Gutem und Positivem führen konnte.

Ulrich und sie hatten sich immer wieder gegenseitig darin unterstützt, die Veränderung im Lebensstil großzügig zu sehen, selbst wenn es den beiden besonders schwerfiel. Doch aus diesem Gefühl der Verantwortung heraus konnten sie ihr Gewissen nicht damit beruhigen, indem sie einfach sagten: ‚Es ist eben so! Die Zeiten ändern sich!'

Vielmehr waren sie der Ansicht, man dürfte nie erlahmen, den Jüngeren das Gefühl für Pflichterfüllung nahezubringen, selbst wenn es im Augenblick den Anschein hatte, als träfe man damit auf taube Ohren.

Seit Ulrich seinen Sohn wiedergetroffen und seine Schwiegertochter kennengelernt hatte, war er zuversichtlicher als vorher. Zwar war Andreas Grothe kein Muster an Strebsamkeit, doch hatte er eine Phase beendet, die einem leichten und unbeschwerten Leben den Vorzug gab und von Streben und Verantwortung nichts wissen wollte.

Ulrich meinte, jeder junge Mensch müßte einmal Kommunist gewesen sein (er sagte, das hätte Churchill einmal geäußert), nur müßte diese Periode vorübergehen und er sich seiner Verantwortung für den Staat, in dem er lebte, bewußt werden.

Was Christiane aber mehr beschäftigte, war der Gedanke, wie häufig sie und Ulrich sich darum grämten, ob sie etwas dachten und taten, was darauf hindeutete, sie wären alte Leute! Manchmal kam es ihr vor, als trieben sie geradezu einen Kult damit — als entwickelten sie eine Furcht, als alt und verknöchert angesehen zu werden.

Dennoch waren sie nicht bereit, die Ansichten der jungen Leute als gegeben hinzunehmen. Sie waren ja nicht einmal bereit, sie zu tolerieren, obgleich sie es sich pausenlos vorpredigten. Immer wieder fanden sie, dies und jenes wäre nicht richtig und es wäre nicht gut, diese Ansicht durchgehen zu lassen.

Was sollten diejenigen denn machen, die ohne Führung nicht auskämen, und davon gäbe es doch eine Menge, jedenfalls mehr als solche, denen die Führung von Menschen angeboren war. Menschen, die herumtasten und herumsuchen, wäre doch viel mehr geholfen, wenn ihnen jemand sagte: So und so machst du es und nicht anders.

Als Christiane so weit gekommen war, dachte sie an die Szene im Hause Berger, die sich an dem Morgen, als Martin blind aufgewacht war, abgespielt hatte. Jedermann hatte von Ulrich erwartet, daß er die Führung übernahm.

Ihr Gedankenflug brachte sie wieder zurück zum Brief an ihre Freundin Melanie.

Noch einmal las sie durch, was sie zuletzt gesagt hatte. —

Ich habe eine kleine Pause eingelegt und nachgedacht. — Jetzt möchte ich fortfahren.

Das Mittagessen ging zu Ende, allerdings mußte sich Ted Williams noch einen ungehobelten Witz erlauben, der Ulrichs Antipathie vertiefte. Obgleich er die Wahrheit sprach, war es nicht nötig, sie noch zu unterstreichen.

Er erhob sich als erster.

„Die Pflicht ruft!" sagte er und wandte sich an Angela.

„Was machst du denn heute nachmittag, darling?" Das Kosewort hätte er sich sparen können, denn selbst Mr. Spring, der wohl einiges von ihm gewohnt ist, hob die Augenbrauen. Aber, wie schon gesagt, er war nicht mehr Präsident der Gesellschaft und dachte wohl auch: The new way of life!

Von Mary erhaschte ich einen besorgten Blick, der ihrem Mann galt.

Laß ihnen den neuen Stil! wollte sie damit andeuten. Die Zeiten des Rügens sind vorbei!

Viel schlimmer aber war die Schlußbemerkung, als Williams schon an der Tür war und den Zurückbleibenden noch zuwinkte:

„Ich bin ja kein Rentner! Sonst könnte ich auch noch hierbleiben! Byebye!"

Weißt Du, es klang so, als ob er mit voller Absicht die kleine Bosheit loswerden wollte.

Ich denke gerade nach, ob wir in diesem Punkt besonders empfindlich oder besonders hellhörig sind? Oder, was noch schlimmer wäre, hören wir etwas aus Worten heraus, was gar nicht so gemeint ist?

Bin ich vielleicht auch eben in meiner Schilderung zu weit gegangen und habe meinen Ärger nicht gebremst?

Dies alles erzähle ich nur Dir, Melanie, damit Du weißt, wie unsicher man manchmal ist und wieviele verschiedenartige Gefühle und Probleme man hat.

Doch weiter! Der Tag ist ja noch nicht zu Ende.

Es stellte sich heraus, daß Angela noch Besuche machen wollte und daß Mary — sie sagte es sehr höflich und liebenswert — sich gern ein wenig in Marienfelde umsehen wollte. Auch ein paar Souvenirs wollte sie kaufen — allein! In vielen Worten machte sie mir begreiflich, daß sie sich so leicht beeinflussen ließe, wenn jemand sie begleitete, und gerade das wollte sie nicht. Ihre Kinder und Enkelkinder hätten ein paar Wünsche aufgeschrieben, die sie erfüllen sollte — „in Germany, in France, in Italy", und das wollte sie gern allein machen.

Du kannst Dir denken, daß ich vollstes Verständnis dafür hatte, denn ich machte dieselben Erfahrungen in den Staaten. Man wollte mit mir Dinge einkaufen, die meinem Geschmack alsolut nicht entsprachen, und man schwankt zwischen Höflichkeit und Sich-Durchsetzen. Ganz sicher ist es umgekehrt genau so.

So erwarteten wir denn Howard Spring allein, und es war ein ganz besonderer Vorzug, daß ich bei der Unterhaltung dabeisein durfte.

Als Mr. Spring mich dazu aufforderte, sagte ich gleich, ich hätte noch zu tun, genauso wie Ulrich es erwartete.

Aber da lächelte dieser hagere, große Mann mit den tausend Falten in seinem durchfurchten Gesicht, nahm meinem Arm und schob mich ins Wohnzimmer.

„Die PFI-Sitten sind vorbei, Chris! Kommen Sie!"

Auch daß er „Chris" sagte und gleich darauf Ulrich bat, ihn nicht mehr mit „Mr. Spring“ anzureden, sondern mit „Howard“, war eine besondere Liebenswürdigkeit.

„Ich weiß, daß es in Deutschland nicht üblich ist, sich mit dem Vornamen anzureden. Dennoch bitte ich Sie, jetzt, da die PFI uns sozusagen entlassen hat, dazu überzugehen. Ich fühle zu Ihnen eine besondere Verbundenheit!“ sagte er, während er sich setzte.

Ich glaube kaum, daß Howard Spring dazu neigte, über seine Gefühle zu sprechen. Darum sprach er diesen Satz auch aus, während er sich setzte. So brauchte er niemanden anzusehen.

Der Nachmittag verlief ausgesprochen herzlich und vor allem versöhnlich. Vieles, was Ted Williams verdorben hatte, wurde wieder gutgemacht durch Howards Erläuterungen. Er sagte zum Beispiel, daß der Board of Directors seinen Vorschlag, Ulrich wieder einzustellen, bis ein neuer Nachfolger eingearbeitet sei, nicht angenommen hätte. Auch wußte er um das Verhältnis Williams/Angela Schütz und mißbilligte die Art und Weise, wie sie es in der Öffentlichkeit handhabten.

Ich habe eigentlich kaum etwas zu ihrer Unterhaltung beigetragen, habe mich auch so gut wie gar nicht zu ihren Befürchtungen, Kommentaren und so weiter geäußert. Aber jedes Wort nahm ich in mich auf. Besonders die Pläne, die die PFI hat, im engeren Sinne die, die man für die deutsche Niederlassung hat — eine Erweiterung des Angebots, eine Verflechtung mit anderen Firmen, aber …

Das große Aber war Howards Sorge, ob der neue Stil in der Geschäftsführung eines großen Unternehmens der richtige war.

Im Laufe des Nachmittags und schließlich des Abends (niemand achtete auf die Uhr!) sollte sich herausstellen, daß alles aus Howard herausbrach, was er während seiner Tätigkeit an Ärgernissen und Demütigungen hatte hinnehmen müssen. Ich weiß nicht, woran es lag, daß er schließlich nur noch Unheil sah, ein Unheil, das auf die PFI zukam.

Ich habe viel darüber nachgedacht, was der Vorgänger von Howard Spring einmal zu Ulrich gesagt hatte — nämlich daß man immer einsamer würde, je höher man auf die Leiter des Erfolges klettere. Es gäbe immer weniger Menschen, die seinen Gedankengängen folgen könnten.

Das ist bestimmt richtig, und das ist mir bei Ulrich auch aufgefallen. Es fanden sich immer weniger Menschen, die zu ihm paßten.

Und jetzt? Im Ruhestand? Es brauchte eines langen Feldzuges der Disziplin an sich selbst, ehe er vom Thron herunterstieg und sich wieder den Gegebenheiten des Alltags widmete — mehr noch, ehe er wieder die Freuden und Leiden seiner Mitmenschen zur Kenntnis nahm und schließlich auch kennenlernen wollte.

Möglich, daß es Howard Spring genau so ergeht, nur ist er noch nicht soweit. Jahrzehntelang hat er nur eine verschwindend kleine Gruppe von Menschen gehabt, die seinen Ausführungen folgen konnte, die ihm geistig wie geschäftlich ebenbürtig war.

Jetzt gibt es diese Gruppe nicht mehr. Sie ist zwar noch da, aber er gehört nicht mehr zu ihr. Und da findet er Ulrich Grothe — ein Mensch seines Formats, noch dazu bis vor knapp einem Jahr zur PFI gehörend, also vertraut mit allen Gegebenheiten in der Hierarchie dieses Mammutunternehmens. Was Wunder also, daß er alles vor ihm ausbreitet, was ihm in den letzten Jahren widerfahren ist!

Und Ulrich?

Nicht nur, daß er Howard Springs Ausführungen in sich aufnahm wie einer, der in der Wüste am Verdursten ist und nun eine Oase vor sich sieht — nein, es war noch mehr! Als Ulrichs Wissensdurst gestillt war und Howard ihm auch gesagt hatte, wie alles wegen seiner Nichteinberufung zustandegekommen war — als dies alles geklärt war, stimmte sich Ulrich auf seines Gesprächpartners persönliche Nöte ein. Und es sollte sich zeigen, daß Ulrich diese Phase schon hinter sich hatte. Er konnte ihm helfen, nicht alles so schwarz zu sehen.

„Vergessen Sie nicht, Howard, es gibt auch in solchen Phasen immer wieder Menschen, die das Machtstreben nicht mißbrauchen, sondern ehrliche Freude am Erfolg des Unternehmens haben, wobei man Erfolg und Erfolg sehr wohl unterscheiden muß. Es gibt Menschen, die streben den Erfolg für ihre Person an, und dann solche, die sich freuen, wenn ihre Tätigkeit Erfolg zeitigt. Das ist ein Unterschied!"

Howard sagte darauf nichts. Offenbar dachte er nach, ob das stimmte, was Ulrich ihm unterbreitete.

„Ich bitte Sie, seien Sie nicht so verzagt, Howard!" ermunterte er ihn. „Es gibt in Unternehmen immer Perioden des Erfolges und des Rückschlages. Ich glaube nicht, daß der neue Stil, um den Sie bangen, nun gleich ein Rückschlag für das Geschäft sein muß!"

Howard hob die Schultern, als ob er diese Bemerkung nicht gelten lassen wollte.

„Vergessen Sie auch nicht die allgemeine Lage. Sie ist im Moment nicht die beste! Aber sie ist auch reinigend. — Nur nicht resignieren!" sagte Ulrich zum Schluß.

Howard lächelte schwach. Doch dann sagte er etwas, was das Thema zum Abschluß brachte.

Plötzlich richtete er sich auf.

„Sie haben ja recht, Ulrich! Nur nicht resignieren!"

„Das meine ich doch — und was die jungen Leute angeht — ich bin nicht so skeptisch wie Sie. Sie mögen andere Auffassungen haben als wir, das sollen sie auch, doch hüten wir uns, sie zu verdammen! Ach, warten Sie, ich muß Ihnen in diesem Zusammenhang etwas vorlesen, etwas, das sie trösten wird — mehr noch: es wird Ihnen helfen, Ihre Stellungnahme zur jungen Generation zu revidieren!"

Schon als er dies alles sagte, ging Ulrich an seinen Schreibtisch. In einem bestimmten Fach hatte er Zeitungsausschnitte gesammelt, Notizen gemacht über Vorträge, Gedanken, die er selbst entwickelt hatte. Das alles wollte er einmal verwerten in einem Bericht über sein Leben nach dem

Kriege, vielmehr über seine Tätigkeit, die er betiteln wollte: ZUM ERFOLG VERURTEILT. Bis zur Stunde ist er noch nicht dazu gekommen, aber vielleicht ist das der Anfang, der Besuch von Howard Spring, der so aufschlußreich und anregend war.

Endlich hatte er das Blatt gefunden, das er suchte.

„Hier ist es, was der arabische Dichter Chalil Dschibran einmal gesagt hat und was in freier Übersetzung ungefähr lautet:

> Eure Kinder sind nicht euer Besitz. Sie sind die Söhne und Töchter der Sehnsucht des Lebens nach sich selbst. Sie kommen durch euch. Ihr könnt ihnen eure Liebe geben, aber nicht eure Gedanken, denn sie haben ihre eigenen Gedanken. Ihr könnt ihren Körpern ein Zuhause geben, aber nicht ihren Seelen, denn ihre Seelen wohnen in dem Haus von morgen, das ihr nicht besuchen könnt, nicht einmal in euren Träumen. Wenn ihr wollt, könnt ihr euch bemühen, zu werden wie sie, aber ihr dürft sie nicht dahin bringen wollen, zu werden wie ihr. Denn das Leben geht nicht zurück und hält sich nicht auf beim Gestern."

Ich habe dem nichts hinzuzufügen, liebste Melanie.

Deine Christiane.

* * *

Wie Lydia schon zu Petra Steiner gesagt hatte, hatte man im Hause Berger die Tragödie von ihres Vaters plötzlicher Blindheit noch lange nicht verkraftet, das bedeutete, daß man sie auch noch lange nicht in den Griff bekommen hatte.

Noch immer pendelte Martin hin und her zwischen Ausbrüchen der Wut, die ihn zu Tätlichkeiten veranlaßten, und zwischen Resignation und hilfloser Verzweiflung. Dabei gab sich jeder im Hause Mühe, ihm behilflich zu sein. Eva Berger am meisten. Wieviele Gedanken beflügelten sie, ihrem Mann das Leben doch noch ein bißchen erfreulich zu gestalten. Von sich aus sagte sie am Morgen, wie der Tag aussähe, ob die Sonne schiene, fragte, ob er die Vögel singen hörte. Sie sagte ihm, welches Kleid sie anzog und was sie für ihn ausgesucht hatte. Sie ermunterte ihn, das Haus zu erkunden. Sie fragte, ob er nicht einmal in den Keller gehen und eine Flasche Wein heraufholen wollte.

Jedoch, was immer sie sich ausdachte, Martin wurde getrieben von einem Auf und Ab in seinen Stimmungen. Manchmal lächelte er und ging tatsächlich auf die Suche nach dem Innenleben seines Hauses. Gewöhnlich jedoch saß er in seinem Sessel und hetzte seine Frau von einem Raum in den anderen.

Der Besuch von Petra Steiner, der ihm schließlich ein Lachen entlockt hatte, war nicht von langer Wirkung gewesen — leider.

Auch ihr Vorschlag, auf die Straße zu gehen und die Steiners zu besuchen, war vorerst in den Hintergrund gerückt.

An diesem Novembernachmittag saß Martin am Kaminfeuer. Er hörte es prasseln und malte sich aus, wie es wohl das dunkle Zimmer flackernd beleuchten würde. Doch sonst? Sonst interessierte ihn nichts. Er war auf dem besten Wege, entweder in Resignation zu verfallen oder nach Eva zu rufen und sie zu kommandieren: Setz dich zu mir! Hol mir dies — und warum hast du das nicht gemacht! Ich friere, lege noch ein paar Scheite ins Feuer! Ich ersticke bei diesem Feuer! Willst du das Haus in Brand stecken?

Wo war Lydia?!

Er befühlte seine Taschenuhr — ein Geschenk seiner Frau, eine Blindentaschenuhr mit Punkten, die er ertasten konnte, — und stellte fest, daß die Zeit ihres täglichen Besuches nach ihrem Dienst in der „Post" längst überschritten war.

„Lydia!" rief er, obgleich er wußte, daß sie immer zuerst zu ihm kam, wenn sie das Haus betrat.

„Eva!" Seine Frau rief er ganz anders. Er schrie! Das war kein Rufen mehr. Zudem war er wütend, daß er hier immer so allein saß. Es war trostlos genug, nicht sehen zu können, aber warum ließ man ihn auch noch allein!

„Eva!" forderte seine Stimme noch einmal. „Zum Donnerwetter, wo steckst du wieder!"

Da endlich fiel ihm ein, daß sie mit Ulrich ein letztes Mal für die Prüfung am nächsten Tag übte. Martins Mundwinkel sanken hämisch nach unten.

„Schafft sie nie!" sagte er vor sich hin. „So einer dummen Pute darf man überhaupt kein Fahrzeug anvertrauen! Glatter Mord!"

Niemand antwortete ihm. Nur das Knacken von Scheiten und schließlich das Knistern von verglühendem Holz war zu vernehmen.

„Lieber Gott! Was für ein trostloses Leben!" murmelte er. Warum kam Lydia auch nicht. Hat der Wolfgang sie wieder festgehalten, womöglich noch, ohne die Überstunden zu bezahlen? Das sähe ihm ähnlich. Lydia soll sich das nur nicht gefallen lassen! Sie ist viel zu nett zu den Steiners — und nur weil die junge Frau Steiner ein Baby hat! Hach!

Da schepperte die altmodische Haustürglocke. Vor seinem inneren Auge sah er das Bild vor sich. Jemand stemmte sich gegen die grüne Tür, die schon fast 200 Jahre alt war. Sie hatte ein uraltes Schloß mit einem riesigen Schlüssel und eine Glocke, die an einer Feder hing, und wenn man die Tür öffnete, bimmelte sie.

Es kam Martin vor, als hörte er, seit er blind war, alle Geräusche dieses Hauses sehr viel intensiver. Vielleicht war es so. Jetzt jedenfalls wartete er auf das nächste Geräusch.

„Ich bin's!" rief Lydia, und im selben Augenblick war Martins Stimmung von der Resignation befreit.

Lydia! Er wußte genau, was sie jetzt tat. Sie würde ihre Tasche absetzen, vielleicht auch den Korb mit den Besorgungen, die sie meistens auf dem Nachhauseweg machte. Sie würde die Handschuhe abstreifen, ihre Mütze abnehmen und noch einmal ihr Haar vor der altmodischen Garderobe bürsten, dort hatte Krümelchen ein silbernes Tablett mit Bürste und Kamm etabliert. Sie würde ihren Mantel aufhängen und dann — endlich — zu ihm ins Zimmer kommen.

Doch diesmal sollte er sich irren. Er brauchte nicht zu warten und die Spannung bis zu ihrem Eintritt zu ertragen. Heute war alles anders.

Lydia hatte kaum ihr „Ich bin's!" gerufen, als er auch schon hörte, wie sie aufgeregt ihr „Paps" rief.

Sie stürmte ins Zimmer, sie eilte auf ihn zu und rief noch einmal:

„Paps, Papa, Vater!" Und schon kniete sie an seinem Sessel und sagte es noch einmal: „Oh Gott, Paps, halt mich fest, halt mich ganz fest!"

Ihr Kopf lag an seiner Brust, und er fühlte ihr Herz wild klopfen.

„Lydi!" fragte er bestürzt. „Was ist denn? Was um alles in der Welt ..."

Sie drängte sich noch weiter zu ihrem Vater und flüsterte erneut:

„Halt mich fest, bitte! Halt mich ganz fest!"

Und wie in früheren Zeiten legte er die Arme um sie, um ihr Halt zu geben. Doch vergeblich bemühte er sich, ruhig zu bleiben. Was war seiner Lydia widerfahren? Was um alles in der Welt konnte er tun, um sie zu beruhigen! Welche Folter, daß er nicht sehen konnte.

„Lydi, mein armes Mädchen! Was ist denn?" fragte er sanft und schaukelte sie in seinen Armen.

Da schoß sie hervor aus der Umklammerung.

„Arm? Arm — lieber Gott, Paps, ich bin nicht arm! Ich ... ich bekomme ein Baby!" sagte sie und verkrümelte sich wieder an seiner Brust. „Ich bekomme ein Baby!" flüsterte sie und ließ ihren Tränen freien Lauf.

Und Martin?

In diesem Augenblick waren Vater und Tochter in einer so glücklichen Harmonie, daß ihnen das Reden schwerfiel. Martin strich zärtlich über den Rücken seiner Tochter.

„Mein Gott, Lydi — endlich!" Doch dann umfaßten seine Hände ihr Antlitz.

Es war eine Tragödie, daß er es nicht sehen konnte, denn es zeigte alles Glück dieser Erde, selbst wenn sich die Tränenspuren noch nicht verflüchtigt hatten.

Als er sie küßte, schlang sie die Arme um seinen Hals.

„Ach, Paps, ich kann dir gar nicht sagen, wie glücklich ich bin." Sie ließ sich schaukeln wie in alten Zeiten und genoß ihr Glück zusammen mit ihrem Vater.

Doch dann ging man über zu praktischen Erwägungen.

„Du warst also beim Arzt!"

Lydia nickte. „Der Grund, weshalb ich heute so spät dran bin. Peter ist doch noch nicht da, wie?"

„Ich habe ihn nicht gehört!"

„Ach, am liebsten möchte ich ihn anrufen, wenn es nicht so verrückt wäre. Die PFI schätzt so etwas nicht. Ach was," sie zuckte mit den Schultern und lachte, „nun haben wir zehn Jahre gewartet, da kommt es auf die letzte halbe Stunde auch nicht mehr an!" Dabei hätte sie ihm zu gern gesagt, was sie ihrem Vater nicht sagen konnte. Es war passiert an dem Abend, als im Hause Berger die traurige Veränderung bekannt geworden war.

Statt dessen wandte sie sich wieder ihrem Vater zu.

„Ach, Paps, ich kann's selbst noch gar nicht fassen! Ein Baby! Du wirst Großvater! — Unser Leben hat einen Sinn bekommen! — Was wird Peter sagen? Ob ich nicht doch anrufe? Das ist doch etwas Wichtiges. — Wo ist Mutter? — Großmutter Krümelchen?"

Sie redete alles durcheinander und merkte gar nicht, daß ihr Vater still war — daß er lediglich ihre Hand hielt, sie streichelte, sie drückte —, daß er versuchte, sie wieder zu sich zu holen.

Sie war so überwältigt von dem Geschenk des Himmels, daß sie ihre Umwelt vergaß.

... bis sie eine Stimme hörte, eine ganz andere als vorhin, eine Stimme, in der Trauer und Wehmut vereint waren.

„Aber ich werde dein Kind nicht sehen können!" sagte Martin und versuchte, über diesen Schock hinwegzukommen, indem er lächelte und die Stirn seiner Tochter küßte.

4. TEIL

NEUE WEGE

Es sollte sich zeigen, daß die PFI jetzt, da die vorübergehende Nachfolge für Grothe nicht mehr zur Debatte stand, beschleunigt in den Hintergrund rückte.

Christiane beobachtete, wie ihr Mann sich — vielleicht bewußt — zurückhielt, die Aktivitäten der PFI zu erwähnen. Im Ort hörte sie manches, was in der Fabrik geändert werden sollte, doch sie erwähnte es nicht mehr, als sie merkte, daß Ulrich lediglich nickte und nicht weiter nachfaßte.

Es war gut so! Einmal mußte er sich von allem lösen, und wenn es auch auf diese schmerzhafte Weise geschehen war, so würden die Schmerzen vorübergehen.

Aber ihr Mann mußte sich ein Tätigkeitsfeld suchen, um das Vakuum auszufüllen.

Da kam ihm die Stadtverwaltung zu Hilfe. Schon lange hatte es der Bürgermeister im Sinn, einen so fähigen Kopf wie Dr. Grothe für die Belange Marienfeldes einzuschalten. Jetzt ergab sich die Chance, ihn zu fragen.

Der Leiter des Kulturringes, Dr. Behrens, Oberstudienrat und stellvertretender Direktor der Realschule, wurde nach Düsseldorf versetzt und mußte nun die ehrenamtliche Tätigkeit in andere Hände übergehen lassen.

„Nun?" fragte Verena Behrens an diesem Abend, als ihr Mann nach Hause kam, „Wie war es bei den Grothes? Nette Leute?"

Claus Behrens ließ sich Zeit. Er haßte die Neugier seiner Frau.

„Hat er zugesagt? Oder wollte er nicht herunter von seinem Thron? — Ach, Claus, nun erzähle doch endlich!"

Claus Behrens schwieg — aus erzieherischen Gründen! Gemächlich ging er ins Wohnzimmer, ließ sich in seinem Sessel nieder und ergriff die Zeitung, die auf dem Rauchtisch lag.

„Also, das ist ungerecht!" empörte sich Verena, nahm ihm die Zeitung aus der Hand und sah ihm in die Augen.

„Das ist nicht fair!" sagte sie bittend und erreichte damit, daß er in sich ging und zur Berichterstattung bereit war.

„Also!"

Verena schloß die Augen. Also! Wenn er ihre Neugier haßte, haßte sie dieses „Also!" Im Geiste sah sie ihn vor seinen Schülern stehen, souverän, dieser Besserwisser — dieser Alleswisser! Pädagogen mußten wohl so sein! Zwar hatte sie einen Pädagogen geheiratet, doch nie würde sie sich daran gewöhnen können, daß er immer — absolut immer — alles wußte, alles zu wissen hatte und sich nie die Blöße geben durfte, etwas nicht zu wissen! Insofern war Dr. Claus Behrens kein moderner Lehrer. Insofern hatte er auch keinen kameradschaftlichen Kontakt zu seinen Schülern. Dr. Behrens war noch „alte Schule“ — vielleicht geschätzt von den Eltern seiner Schüler, aber nicht von seinen Pflegebefohlenen selbst.

„Ich war also bei Dr. Grothe!“ fing er an und war dann endlich zu einem Bericht bereit. „Schien mir so, als ob der Bürgermeister und ich gerade zur rechten Zeit gekommen sind!“

„Wieso?“ fragte Verena gleich. „Wieso zur rechten Zeit? Er wußte doch noch gar nicht, daß wir nach Düsseldorf versetzt werden — oder doch?“

„Wenn du mich dauernd unterbrichst, hat es keinen Zweck!“

Verena schwieg sofort. Es war so, wie ihr Mann sagte, er war imstande, alles für sich zu behalten, wenn sie dumme Fragen stellte. Dabei vibrierte sie geradezu, etwas über die Grothes zu erfahren. Die Behrens hatten keinen Kontakt zu „Kreisen der Industrie und Wirtschaft“, wie sie es nannte, manchmal abfällig, manchmal bewundernd, je nachdem, mit wem sie darüber sprach.

„Also!“ Er übersah es, daß Verena die Augen verdrehte. „Dr. Grothe hat sich keine Sekunde geziert, die Leitung des Kulturringes zu übernehmen. Schien mir so, als ob er direkt nach einer Beschäftigung lechzte.“

„Wieso das? Wenn wir pensioniert sind ...“

„Das sind wir noch lange nicht — und stell dir das nicht so einfach vor! Immerhin hat Dr. Grothe etwas zu sagen gehabt, hat über drei Fabriken, über ein Unternehmen in Deutschland, das ... ach, was erzähle ich dir das alles, du verstehst es ja doch nicht!“

„Na hör mal!“

„Also!“ fing er wieder an. „Dr. Grothe wird den Kulturring übernehmen, und ich habe ihn darüber aufgeklärt, in welche Richtung wir steuern, was der Kulturring in Marienfelde will, was er anstrebt und was er nicht wünscht!“

Verena sah ihn an.

„Was hast du ihm denn gesagt?“ fragte sie. Sie wußte doch längst, daß sein Kulturring sehr zu wünschen übrig ließ.

„Ich sagte bereits, ich habe ihm unsere Ziele auseinandergesetzt!“ antwortete Claus Behrens schließlich und wußte genau, was nun folgte. Verena lächelte mit heruntergezogenen Mundwinkeln.

Dr. Behrens gehörte zu den Menschen, die sich geschmeichelt fühlen, wenn ihnen ein Ehrenamt übertragen wird. Doch daß damit Arbeit verbunden ist, betrachtete er als unangenehme Begleiterscheinung und versuchte, sie möglichst zu umgehen. Seit einigen Jahren existierte der Kulturring daher lediglich auf dem Papier, getan wurde nichts.

Natürlich war das dem Bürgermeister nicht verborgen geblieben, und so war er gar nicht traurig, daß Dr. Behrens durch seinen Wegzug sein Amt abgeben mußte. Dr. Grothe würde ganz bestimmt mehr Sorgfalt auf dieses Amt legen, davon war er überzeugt.

„Aber warum seid ihr zur rechten Zeit gekommen? Das hast du mir immer noch nicht erklärt!“ fragte Verena von neuem.

Hier war Claus Behrens schnell mit einer Rüge zur Stelle.

„Du liest wohl keine Zeitungen, wie?"
„Was soll denn das auf einmal heißen?"
„Ganz einfach!" sagte der Pädagoge und bewies damit erneut, daß er über alles im Bilde war, die richtigen Schlüsse zog und über die Unwissenheit seiner Frau nur den Kopf schütteln konnte. Er tat dies mit einem unnachahmlichen Augenaufschlag und brachte damit seine Frau erneut zur Weißglut.
„Hast du wirklich nicht gelesen, daß der Nachfolger von Dr. Grothe plötzlich verstorben ist und ..."
„Moment, Moment, den Rest kombiniere ich mir selbst zusammen, damit du nicht wieder denkst, ich wäre eine dumme Person! — Also!" Es machte ihr ein besonderes Vergnügen, dieses Also auszusprechen.
„Dr. Grothe rechnete damit, wieder eingesetzt zu werden, aber offenbar hat er sich da geirrt. Nun sucht er nach einem neuen Tätigkeitsfeld, und gerade da seid ihr aufgekreuzt!"
Dr. Behrens wiegte den Kopf hin und her.
„Donnerwetter! Meine Anerkennung! Deine Kombinationsgabe ist intakt!"
„Na also!" Befriedigt lehnte sie sich zurück. Das Wortgefecht war ausgestanden. Doch noch immer hatte er ihr nicht gesagt, wie er die Grothes fand. Welchen Eindruck hatte er von ihnen?
„Beachtliche Leute!" Und als Verena nichts damit anfangen konnte, sagte er noch „Dr. Grothe entwickelte gleich eine Reihe von Plänen, wie und was er im Kulturring veranstalten wollte."
„Und?"
„Nichts und! Ich habe meinen Posten abgegeben. Was jetzt gemacht wird, entscheiden der Bürgermeister und Dr. Grothe. Schluß der Debatte!"
Verena fand, er machte es sich sehr einfach. Doch ihre Ansicht war nicht gefragt.

* * *

Liebste Melanie!
Wenn ich an meinen letzten telefonischen Hilferuf denke, frage ich mich, warum ich nicht selbst darauf gekommen bin! Es lag doch auf der Hand, daß wir nach der deprimierenden Situation, die Ulrich getroffen hatte, verreisen sollten. Ganz abgesehen davon, machen es die meisten Menschen, die beurlaubt werden, in den Ruhestand treten oder in Pension gehen, so, daß sie erst einmal verreisen, um Abstand zu gewinnen.
Ich gebe zu, es war bei uns nicht ganz so, schließlich sind wir schon fast ein Jahr „weg vom Fenster", um mit Ulrichs Worten zu reden, aber es war die einzige Möglichkeit, ihn nach diesem Fiasko auf andere Gedanken zu bringen.
Ich muß ja wohl selbst ganz verstört gewesen sein, als ich Dich auch noch fragte, wohin wir denn reisen sollten. Konnte ich es mir nicht selbst denken,

daß Ulrich nur ein Reiseziel gelten lassen würde? Als Du mir sagtest: Na, wohin wohl? Nach Wilhelmshaven doch sicher! schlug ich in Gedanken die Faust gegen meine Stirn. Ich kam mir vor wie meine Schwester Eva, die auch so häufig ein „Brett vor dem Kopf“ hat und so dumm fragt!

Nein, das hätte ich nicht sagen dürfen! Das stimmte früher vielleicht, aber jetzt nicht mehr, seitdem sie mit ihrem Mann soviel durchstehen muß.

Ich muß Dir das erklären und später mit meinen eigenen Problemen fortfahren. Das bin ich ihr einfach schuldig. Außerdem rundet es das Bild ab — meine Umgebung, unser Leben und die Schwierigkeiten in der Familie, die uns alle angehen.

Meine Schwester Eva! Es kommt mir so vor, als hätten viele Fähigkeiten einfach in ihr geschlummert, ohne daß sie geweckt wurden. Bisher galt sie immer als das Dummchen in der Familie. Krümelchen, die nicht schnell genug ihren Bäckermeister heiraten konnte, die ihm ihre Treue dadurch bewies, daß sie ein Kind nach dem anderen bekam, die in Haushalt, Laden und Küche zufrieden war und ihren aufwärtsstrebenden Mann mit Befürchtungen, er wäre nicht treu, verärgerte. Sie konnte ihn nicht aufhalten damit, er hatte ganz andere Pläne als Treusein, Kinder und Haushalt im Kopf.

Jetzt aber, nach fast 35 Jahren Ehe, wird dieser Mann blind, und es soll sich zeigen, daß Eva Berger bereit ist, sich auf diese neue Situation einzustellen.

Mit viel Unterstützung von Ulrich hat sie den Führerschein gemacht. Jetzt gibt es ein neues Problem. Ihr Mann ist nicht zu bewegen, das Haus zu verlassen. Er scheut sich, Menschen zu begegnen, die ihn noch sehend gekannt haben.

Und wenn Eva sagt: „Dann fahre ich dich eben!“ antwortet er: „Wozu denn? Ich sehe ja doch nichts!“

Noch ist vieles bei ihm unausgeglichen. Mal braucht er sie dringend, und sie kann sich nichts Erlösenderes vorstellen, als wenn sie ihn wie ein Kind versorgen darf. Evchen braucht jemanden, dem sie ihre Hilfsbereitschaft angedeihen lassen kann. Es klingt ja makaber, aber ihr konnte — so betrachtet — nichts Besseres passieren. Jetzt hat sie ihren Mann ganz für sich. Er ist auf sie angewiesen. Doch, wie ich schon sagte, er ist noch nicht so weit, daß er ständige Hilfsbereitschaft hinnimmt. Er hat Augenblicke, wo er sie anschreit, das könnte er auch allein, und wieder solche, wo er mit hängenden Armen dasteht und ausruft: „Hilft mir denn keiner?!“

Ich hoffe so sehr, alles wird sich einpendeln, wenn es auch gewiß noch dauern wird. Immerhin, das eine weiß ich gewiß: Meine Schwester wird nie nachlassen in ihren Bemühungen, ihrem Martin den Weg zu ebnen. Auch das Übertreiben ihrerseits wird sich einpendeln, ich hoffe es wenigstens.

Wenn wir zusammen sind — ab und zu besucht sie mich für eine Stunde, um sich mal auszusprechen —, bin ich verwundert, an was sie alles denkt, um ihren Mann zu erfreuen, was ein Blinder erläutert haben muß, weil er nichts sieht.

Ach, auch dies muß ich in diesem Zusammenhang erzählen: das Mobiliar im Wohnzimmer! Es waren wuchtige Möbel, rustikal und riesig in ihren Ausmaßen. Daher wirkte das Zimmer trotz seiner Größe vollgestopft. Diese Möbel waren restlos verbraucht, also sollten neue angeschafft werden. Davon war die Rede, als Martin noch sehen konnte.

Doch jetzt war er nicht mehr bereit dazu. Nicht, daß er die finanzielle Seite aufs Tapet brachte, was ihm zuzutrauen wäre (auch ein neuer Zug von ihm: Mißtrauen! ‚Was macht ihr bloß mit meinem Geld, möchte ich mal wissen!'), es war der Gedanke, daß er sich sein Wohnzimmer neu ertasten müßte.

Im übrigen sagte er: „Was habe ich davon, ich kann ja doch nichts sehen!"

Daß Evchen sah und sie ganz besonders bei ihrem Sinn für Sauberkeit die abgeschabten Möbel mit dem ausgefransten Bezug nicht mehr ertragen konnte, war ihm gleichgültig.

Doch schließlich gelang es seinem Sohn und uns, ihn zum Nachgeben zu bewegen. Wir waren gerade bei ihnen, als die neuen Möbel ankamen, und so konnten wir ein Fiasko von seiten Martins verhindern. Eine Stunde ungefähr verbrachten wir oben bei meiner Nichte Lydia und erlebten, daß Martin jegliche Hilfe bei der Treppe ablehnte. Er konnte sich also schon ganz gut im Hause zurechtfinden. Danach kamen wir wieder ins neu eingerichtete Wohnzimmer. Es war eigentlich nur die Garnitur, aber die macht ja das Wohnen in einem solchen Raum aus.

Wir hatten noch nie erlebt, was ein Blinder tut, wenn sich seine Umgebung verändert. Er zählt die Schritte, er betastet den Stoff, die Größe der Sessel, er geht zurück zur Tür und mißt die Entfernung. Er räkelt sich in dem für ihn vorgesehenen Platz, er sucht die anderen Möbel, die Entfernung zum Tisch. Er tastet nach seinem Telefon, dem Casetten-Recorder, dem Radio. Er sucht nach seinem Tischchen mit den Schubladen, wo die Cassetten liegen, genau sortiert nach den verschiedenen Gebieten: Popmusik, Schlagermusik, Volksmusik, dann Vorträge, Reisebeschreibungen und in einem besonderen Fach die Cassetten vom Blindenhör-Verein.

Hast Du jemals davon gehört? Ich finde diese Einrichtung fabelhaft. Sie bietet dem Blinden auf Cassetten alles, was ihn interessieren könnte.

Ulrich hat das ausfindig gemacht. Noch ist Martin nicht soweit, daß er sich für ein bestimmtes Gebiet interessiert. Er versucht noch alle möglichen Sparten, aber es könnte sein, daß er eines Tages weiß, was er will. Reisebeschreibungen zum Beispiel, Biographien berühmter Männer! Das sind alles Bücher, die auf Cassette gesprochen werden. Als ich das erste Mal davon hörte, war ich sehr beeindruckt. Ulrich und ich sind dann auch einmal nach Hamburg gefahren und haben den Blindenhör-Verein aufgesucht.

Das muß ich Dir auch noch eben schildern.

Ahnungslos betraten wir die alte Villa aus der Gründerzeit und wurden von einem jungen Mann in einen Raum geführt, in dem wir von einem Ehepaar empfangen wurden. Sie begrüßten uns herzlich. Der Mann half uns aus den Mänteln, und erst da merkten wir, daß beide nicht sehen konnten. Auch der junge Mann, der uns die Tür geöffnet hatte, war blind.

Vielleicht hätten wir noch immer nichts gemerkt, wenn wir nicht bei der Begrüßung aneinander vorbeigegriffen hätten. Unsere Hände gingen nicht in die gleiche Richtung.

Und diese Menschen waren von einer selbstverständlichen Gelassenheit, daß ich es einfach nicht fassen konnte.

„Bitte", sagte ich, „darf ich mich einen Augenblick setzen? Ich bin einfach nicht imstande, das so schnell hinzunehmen! Sie können beide nicht sehen, und Sie bewegen sich so sicher ... und das darf ich sicher sagen, Sie sind trotz dieses Schicksals so gefaßt und heiter! Wie haben Sie das geschafft?!"

Beide lächelten und sagten schließlich etwas ganz anderes, als ich dachte.

„Sie sind wenigstens ehrlich! Sie sagen, was Sie empfinden, wenn Sie plötzlich mit uns konfrontiert werden, die wir nicht sehen können! Wissen Sie, so viele kommen hierher und sind gewiß genau so bestürzt wie Sie, nur versuchen sie, es durch Redensarten zu überspielen, oder sie sind verlegen und wissen nicht, wie sie sich verhalten sollen."

Zufrieden war ich mit dieser Bemerkung nicht, wenn auch gerührt.

Ich mochte nicht nochmal auf die Frage zurückkommen, weil ich fürchtete, sie wollten nicht darüber sprechen. Auch wußte ich nicht, woher ihre Blindheit kam. Es hatte mich nur beeindruckt, wie sie damit fertiggeworden waren, was für eine Sicherheit sie ausstrahlten und wie sie auch noch anderen die Heiterkeit ihres Gemüts vermittelten.

Ich dachte während der ganzen Zeit an meine Schwester und ihren Mann. Ob sie jemals so weit kommen würden, ihr Schicksal zu akzeptieren und in ihrer seelischen Verfassung jene heitere Gelassenheit auszustrahlen?

Ich bewunderte vom Äußeren her, wie sicher die Dame des Hauses uns von Raum zu Raum führte, an der Stimme erkannte, wen sie uns vorstellen mußte — in der Versandabteilung zum Beispiel, wo alle Cassetten-Pakete adressiert und in Kartons für die Post fertiggemacht werden, im Lagerraum, wo die vielen Cassetten auf Regalen gestapelt waren. Schließlich führte sie uns in den Raum, in dem ein Aufnahmegerät installiert war, und in einen luftdicht abgeschlossenen Raum, den sie scherzhaft „Kabuff" nannten; hier saß die Vorleserin, draußen verfolgte ein Herr am Schaltpult genau, was sie sagte. Wir erlebten, daß die Vorleserin korrigiert wurde, weil sie in der Interpretation einen Fehler gemacht hatte. Der Satz wurde gelöscht, und dann las sie ihn ein zweites Mal.

Du kannst Dir denken, daß wir das alles Martin genauestens berichteten, besonders über die beiden Menschen, die die Leitung hatten und auch nicht sehen konnten. Es lag Ulrich und mir besonders daran, ihm dies vor Augen zu führen. Vielleicht trägt es ein wenig dazu bei, daß er begreift, daß es noch mehr Menschen mit gleichem Schicksal gibt. Vielleicht versucht er sogar, an diese beiden Menschen zu denken und nicht die ganze Zeit grollend im Sessel zu sitzen und seine Frau hin- und herzuhetzen. Wir hoffen es so sehr, denn zur Zeit ist das Leben im Hause Berger noch mit vielen schmerzlichen Phasen belastet.

Wenn mich meine eigenen Probleme nicht genauso, vielleicht noch mehr bewegten, würde ich hier aufhören. Aber das kann ich einfach nicht.

Ich bin so dankbar, daß ich einen Ansprechpartner habe, zumal einem auch während des Schreibens Gedanken kommen, die bis dahin noch im Unbewußten lagen.

Ich fing meinen Brief mit der Reise nach Wilhelmshaven an. Dein Vorschlag war genau richtig. Ich denke auch, ich machte es richtig, als ich an einen unerwarteten Besuch anknüpfte, der uns an einem Spätnachmittag ins Haus schneite.

Da stand ein älterer Herr vor mir, auf einen Stock gestützt, sehr mager, mit heruntergezogenen Mundwinkeln. Lässig fragte er:

„Is'n der Käpt'n Grothe nich da? Er wohnt doch hier!"

„Ja", sagte ich zögernd. „Ja, er wohnt hier!" Ich weiß auch nicht, was mit mir los war. Früher wäre ich nicht so zögernd gewesen, sondern hätte wahrscheinlich mein kühles Ich hervorgekehrt und gefragt: „Bitte, was wünschen Sie von ihm?"

Gott sei Dank kam Ulrich mir zu Hilfe. Er hatte wohl gehört, was sich an der Tür abspielte.

„Menschenskind, Baumann! Wo kommen Sie auf einmal her?"

„Tag, Käpt'n!" lachte er. „Tscha, da staunen Sie, daß Ihr „Kaleu" Sie überfällt, was?"

Die Vorstellung klärte mich auf. Da kam also Kapitänsleutnant Baumann, einer von Ulrichs Crew, nach Marienfelde. Auch er war inzwischen pensioniert worden, Oberamtmann a. D. im Finanzamt! Er erzählte, daß seine Frau verschiedentlich in Marienfelde zur Kur gewesen wäre. Sie hätte dafür plädiert, hierher zu übersiedeln, weil es ihr gut bekäme.

„Da sind wir denn eben hierher gezogen! — Was soll's!" sagte er und hob die Schultern. „Unsere Kinder sind groß und wollen nichts mehr von uns wissen — und wenn meine Frau hier ihre Anwendungen bekommt, wenn ihr das Klima guttut ... mir macht das nichts aus! — Also zogen wir nach Marienfelde!"

Ich bin überzeugt, Ulrich war genau so verdutzt wie ich, aber natürlich merkte man das nicht. Nicht einmal ich konnte eine Nuance der Veränderung in Ulrichs Zügen erkennen. Ehrlich gestanden, ich bewundere so etwas. Obgleich ich meine, ich habe mich auch ganz gut „im Griff", aber so wie Ulrich bestimmt nicht. — Das nur nebenbei.

Dieser Baumann war nun nicht gerade der vortrefflichste Zeitgenosse in Ulrichs Crew. Ich merkte das schon an der Art und Weise, wie er sprach, — und wie wenig er mit dem Ruhestand und auch mit dem Umzug nach Marienfelde fertig wurde, konnte man aus seinem schnoddrigen Ton heraushören. So etwas gibt es also auch: Menschen, die sich pausenlos ärgern und nun pausenlos ihren Ärger an anderen auslassen. Er demonstrierte uns zum Beispiel, wie seine Tage aussähen — oder besser gesagt, seine Abende: Montag Skat, Dienstag Kegeln, Mittwoch Schützenverein, Donnerstag Grothe (als er das sagte, fügte er hinzu: „Ja, mein lieber Käpt'n, damit werden Sie sich wohl abfinden müssen!"), Freitag Krimi! Die Wochenenden verbrächten sie dann in der „Post", im Kurhotel oder sonstwo, wo man Menschen sehen könnte! Außerdem im Sommer die Kurkonzerte und Kaffeetrinken im Kurgarten!

„Sie sehen, Beschäftigung genug!"

Ich frage mich nur, was tut der Mann, wenn sein Programm einmal über den Haufen geworfen wird, weil zum Beispiel die Grothes nicht da sind?!

Als er gegangen war, machte Ulrich ein höchst merkwürdiges Gesicht.

„Ausgerechnet Baumann!" sagte er und kam sich im selben Moment ungerecht vor, weil er einen aus seiner Crew so verurteilte. „Offenbar ein Mann, der mit seinem Ruhestand nicht fertig wird!"

„Du sagst es! Und er wird ganz sicher jeden Donnerstag hier aufkreuzen, um dir zu unterbreiten, welche Leute er im Kurpark getroffen hat oder ..." ich verstummte plötzlich, weil ich mich dazu hatte hinreißen lassen, über Ulrichs Kameraden herzuziehen.

„... oder sonstige Plattitüden!" sagte Ulrich statt dessen. „Dennoch wäre es nicht fair, ihn fallenzulassen, bloß weil man ihn nicht mag!"

„Warum nicht! Ich meine, jeder hat das Recht, sich seinen Freundeskreis aufzubauen, wie er einem am besten zusagt!"

„Nein, Christiane, so ist das nicht! Wir müssen alle miteinander auskommen! Und wer weiß, wozu es gut ist, mit Menschen zu sprechen, mit denen man sonst nicht zusammenkommt! Oberamtmann beim Finanzamt! Wer weiß, wie oft er sich seiner Haut wehren mußte, weil er für die Steuerzahler ein rotes Tuch war! Ich habe nie darüber nachgedacht, welche Probleme so ein Finanzbeamter hat. Bedenke doch, ich hatte schließlich mit rund tausend Menschen zu tun, als ich noch bei der PFI war. Ich gab ihnen auch Gelegenheit, an mich heranzutreten, wenn sie Sorgen hatten, persönliche oder betriebliche, ganz gleich. Aber ich war immer ihr Chef, das ist der Unterschied! — Jetzt komme ich mit Menschen zusammen, ohne ihr Chef zu sein, und lerne sie kennen — auf einer ganz anderen Basis. Vielleicht reden sie nun freier. Ich merke selbst, daß mich ihre Probleme intensiver bewegen als früher, weil ich mehr Zeit habe und mich keine PFI-Probleme beschäftigen.

Um nun auf Baumann zurückzukommen, ich gebe zu, er ist nicht gerade der angenehmste Gesprächspartner, aber wenn er kommt, werde ich mir anhören, was er zu sagen hat. Selbst wenn er „quängelt" — und ganz sicher wird er das tun, denn er ist ganz und gar nicht zufrieden —, werde ich zuhören, aber versuchen, ihn auf eine andere Bahn zu lenken. Ich muß immer wieder an die beiden Menschen im Blindenhör-Verein denken, die so souverän über den Dingen standen. Sie sind ein nachahmenswertes Beispiel."

Es war schwer, liebste Melanie, das Gespräch auf Wilhelmshaven zu lenken, selbst wenn Kapitänleutnant Baumann uns besucht hatte. Doch schließlich glückte es mir. Ich fragte Ulrich, ob Baumann auch bei dem Treffen in Wilhelmshaven dabeigewesen wäre.

Ja, war er. Offenbar war er auch da schon „quängelig“ gewesen.

Und dann fiel mir gottlob ein, daß Ulrich mir damals von einem Stapellauf erzählen wollte, als wir unterbrochen worden waren. Da war das Telefongespräch gekommen, das uns den Tod von Jochen Schütz gemeldet hatte, und von da an war überhaupt nicht mehr die Rede von dem Wilhelmshavener Besuch gewesen.

Aber ... Stapellauf und Wilhelmshaven, es war ein Katzensprung!

Am Ende bedurfte es kaum einer Überredung. Ulrich sagte nur:

„Aber wir haben Dezember! Erwarte nicht, daß es an der Nordsee jetzt noch Sonnenschein gibt. Nebel, Regen ... ach, egal!“ sagte er plötzlich, „auch das — oder gerade das gehört zu meiner Heimat, und das sollst du genauso kennenlernen. Fahren wir also!“

Ich brauchte nur zwei Telefonate zu führen — mein Pferd wurde versorgt und meine Schwester übernahm das Haus, das heißt die Blumen!

Wie gut, daß ich im Laufe der Jahre gelernt hatte, „parat“ zu sein, ein Wort, das Ulrich neuerdings mit Vorliebe gebraucht.

Wilhelmshaven! Die Deiche kannte ich schon. Dennoch war es gut, daß Ulrich mich schon vorher auf die Winterwitterung seiner Heimat aufmerksam machte. Von den Deichen sah ich nichts. Nebel überall — und wenn nicht Nebel, dann nieselte es. Der Himmel war grau in grau.

Inmitten dieses Nieselregens fuhren wir über die Kaiser-Wilhelm-Brücke, jene Drehbrücke, die seit Jahrzehnten unverändert ist und nun schon Altertumswert hat. Ulrich zeigte mir die verschiedenen kleinen Kreuze auf dem Geländer, von dem sich Lebensmüde heruntergestürzt hatten. Er zeigte mir das Strandbad, früher noch unterteilt für „Herren“ und „Damen“ und „Familien“. Ich sah ihn direkt vor mir, mit seinen Freunden im Familienbad auf den Betonplatten hin- und herwandernd, über sich sonnende Mädchen steigend, grüßend oder nicht grüßend. Ach, Ulrich ist genau so Pennäler gewesen wie andere auch, nur mit dem Unterschied, daß seine Freunde so selten ins „weiße Schloß“ gekommen sind. Ich sah die Marktstraße, wo man Abend für Abend auf- und abstolzierte, die roten Schülermützen des Kaiser-Wilhelms-Gymnasiums (Ulrich betonte, daß dieses Gymnasium Wilhelms Gymnasium gewesen sei — mit „s“ — er nahm das sehr wichtig!) möglichst schief und verwegen und mit Kniff auf dem Kopf! Im Winter Marktstraße, im Sommer Strandbad! — Ich sah das Denkmal des Prinzen Adalbert, des eigentlichen Gründers oder zumindest Mitbegründers der Stadt. Ich hörte von den Herren Göker und Roon und so weiter, die alle mit dem Bau der Stadt zu tun hatten, und wenn nicht damit, dann mit dem Bau der Marinewerftanlagen. Nach ihnen wurden später die Straßen benannt. Ulrich zum Beispiel ist in der Gökerstraße geboren. Sie heißt noch so, aber alle anderen Straßen hat man nach Kriegsende umbenannt.

Das Werfttor I. Es hat die Bomben überstanden. Wie oft ist Ulrich da durchgefahren, als sein Vater noch Chef der Marinestation der Nordsee war.

Den Stapellauf des Kreuzers „Emden" schilderte er mir besonders genau, weil es der erste Kreuzer nach dem 1. Weltkrieg war, der in Wilhelmshaven gebaut wurde. Die Schüler hatten frei und gingen geschlossen zum Stapellauf. Es muß aufregend gewesen sein, das Schiff nach der Taufe lautlos auf Schmierseife ins Wasser gleiten zu sehen. Erst langsam, dann immer schneller!

In diesem Zusammenhang erzählte er mir auch die aufregende Geschichte des Panzerkreuzers „A", später „Deutschland" und schließlich Panzerkreuzer „Lützow" genannt. Ich will nur von der Taufe berichten, die ist nämlich bemerkenswert.

„Hast du nie vom Panzerschiff Deutschland gehört?" fragte mich Ulrich, während wir am Abend im Hotel saßen und auf unser Menü warteten.

Ich hob die Schultern. Er fragte es so entsetzt, daß ich mir direkt schuldbewußt vorkam.

„Schlimmes Mädchen! Gar keine Bildung! Jedes Marinekind kannte dieses Wunderwerk und wußte, was es damit auf sich hatte!"

„Was denn?" fragte ich kleinlaut.

Es kam mir vor, als rappelte Ulrich sein Repertoire über dieses Panzerschiff geradezu herunter.

„Durch den Versailler Vertrag waren unsere Schiffe an ein Gewichtslimit gebunden. Und da hatte man den grandiosen Einfall, das Panzerschiff zu schweißen, wodurch eine Menge an Gewicht gespart wurde. Es war das erste Schiff dieser Art. Und" — hier hob er beide Hände, „man stattete es mit Dieselmotoren aus, was wiederum eine Menge Gewicht einsparte. Keine Kessel und so weiter, verstehtst du?"

Ich nickte zwar, doch ich verstand nicht allzuviel. Es war nur irgendwie erhebend, Ulrich zu sehen, wie sehr er sich noch heute an dieser technischen Errungenschaft begeisterte. Offenbar war das Thema im Hause Grothe häufig erwähnt worden.

Aber es ging noch weiter und hatte schließlich eine sehr erheiternde Pointe.

„Anfangs war mein Vater ja gekränkt, daß das Panzerschiff nicht auf der Wilhelmshavener Werft gebaut wurde. Aber als er schließlich zur Taufe nach Kiel eingeladen wurde, hatte er sich beruhigt. Hindenburg wurde gebeten, das Schiff zu taufen. — Nun stell dir den alten Reichspräsidenten vor — mit seiner Pickelhaube in der Uniform eines Generalfeldmarschalls. Er hat die Sektpulle in der Hand, um das Schiff zu taufen ..." hier verhielt Ulrich und machte es besonders spannend.

„Und?" fragte ich.

„Und noch immer sprach der Reichskanzler Brüning. Er redete und redete, und oben wartete der Reichspräsident mit der Pulle in der Hand."

„Und?"

„Ja, was meinst du wohl, was da passierte?"

„Ach, Ulrich, nun sag es doch endlich!"

„Der Kahn glitt lautlos auf seiner Schmierseife davon. Erst langsam, dann immer schneller!"

„Was? Er glitt davon? Und die Taufe?"

„Das war es ja eben! Herr v. Hindenburg stand da wie vom Donner gerührt und sah seinen Täufling entschwinden. — Mein Vater stand ja dabei und erlebte das alles in unmittelbarer Nähe mit."

„Und wie ging es weiter?"

„Das netteste war, was Hindenburg sagte. So laut es seine alte Stimme noch vermochte, rief er dem davongleitenden Schiff den Taufspruch nach. Man hörte nicht alles, weil das Lautsprecherkabel schließlich riß, aber dann sagte er zu den anderen gewandt, irritiert die Sektpulle betrachtend: ‚Donnerwetter, ich glaube, der Kahn ist partout Abstinenzler!'"

Ich mußte laut lachen, als ich das hörte.

„Natürlich war die ganze Sache peinlich, wenn auch keiner der Werftleute Schuld daran trug. Es war die lange Rede von Herrn Brüning, die nicht vorgesehen war. Immerhin war mein Vater schließlich froh, daß dieses Malheur nicht in Wilhelmshaven passiert war."

Es muß eigentümlich für Ulrich gewesen sein, seine Heimatstadt nach so langer Zeit wieder zu entdecken. Ich erinnere mich, daß er manches suchte, was er nicht wiederfand. Zu gern wäre er wohl auf das Werftgelände gefahren, aber das Privileg hatte er nicht mehr. Vermutlich hätte ihn die Werft, die früher einen großen Teil der Stadt ernährt hatte, am meisten interessiert. So aber berichtete er nur noch von einem Werftbrand 1924, den er und seine Schwester als Kinder miterlebt hatten, damals war das Marine-Arsenal ausgebrannt und die Stadt mit dichten Rauchschwaden überzogen.

„Es war grausig!" erzählte er. „Für Viktoria war es grausig! Ich fand es abenteuerlich! Wir durften auf den Dachboden der „Villa" klettern, noch am späten Abend war der Himmel rot gefärbt, und die Rauchwolken zogen in dunklen Schwaden über unser Dach hinweg. Am nächsten Tag lagen überall schwarze Flocken und verbrannte Fetzen."

Wir tankten schließlich an der Tankstelle, an dem Platz, an dem zuvor die „Villa" gestanden hatte, Ulrichs Geburtshaus. Ein wenig weiter hielt Ulrich auf einem Parkplatz, und als ich verwundert fragte, was wir hier wollten, sagte er:

„Hier stand die Lilienburg!"

Ich mußte erst überlegen! Lilienburg!

„Ach ja, der Bauernhof der Familie Gerdes!" Er nickte und startete.

„Und jetzt zeige ich dir das Gefängnis!"

Das Gefängnis war hellgelb angestrichen und sah sehr freundlich aus, gar nicht wie ein Gefängnis.

„Auch dieses Gelände gehörte zur Lilienburg!"

„Und das Gefängnis?"

„Ist ein Militärgefängnis ... gewesen, vermute ich. Sieht so aus, als wohnten jetzt Familien drin!"

Es schien so, denn man hatte vor den Zellenfenstern Blumenkästen angebracht, in denen Tannenzweige steckten — im Sommer sind es sicher Blumen.

„Komm weiter, ich zeige dir noch etwas!"

Er mußte zwar suchen, aber er fand das Haus schließlich, eine sehr schöne, große Villa mit Zwiebelturm.

„Hier habe ich früher mit Viktoria gespielt und bin in den großen Räumen auf dem Parkett herumgeschliddert, nicht ohne Vaters strengen Blick und Mutters sanfte Rüge zu übersehen! Hier wohnte eine Schwester meiner Mutter, Tante Therese!"

„Und was ist es jetzt?"

Ich sah mich um und entdeckte dann die schreiende Reklame — ein nur mit einem Schleier bedecktes Mädchen, das ein Schild neckisch an der Seite bereithielt, auf dem „Night-Club" stand.

„Komm weiter!" sagte Ulrich und ließ die unmittelbare Stadt hinter sich.

Wir fuhren auf den Heldenfriedhof, den man nach der Skagerrak-Schlacht 1916 anlegte und auf dem früher alljährlich am 31. Mai Gedenkfeiern stattfanden.

„Gewöhnlich war es heiß und die Matrosen fielen wie die Zinnsoldaten um — sehr zum Ärger meines Vaters, das kannst du dir ja denken!"

„Aber was sollten die armen Burschen denn machen!" wagte ich einzuwenden.

„Strammstehen! Und dann knallte die Sonne auf die Köpfe mit den weißen Mützen — womöglich auch noch mit festem Rand!"

„Natürlich! Die Matrosenmützen hatten doch einen festen Rand mit Band — und auf dem Band stand, auf welchem Schiff sie dienten! — Viktoria und ich hatten als Kinder natürlich auch unsere Matrosenanzüge!"

„Du meine Güte!" konnte ich mich nicht enthalten zu sagen.

„Was willst du! Wir waren stolz, diese Matrosenanzüge tragen zu dürfen!"

„Viktoria auch?"

Ulrich wiegte den Kopf. „Na, ich will so sagen — in den allerersten Jahren fand sie es noch „schick", später dann — also ich gebe zu, da war ihr das Zeug zu warm, da fand sie es albern und schließlich war sie wütend, daß sie immer noch wie ein Matrose herumlaufen sollte! — Meine Mutter hatte ein Einsehen, aber doch einige Mühe, meinem Vater diese Marotte auszureden! Ich selbst hatte dann auch mehr für die Schülermützen übrig, die ja jedes Jahr erneuert wurden und mit denen man zeigen konnte, daß man versetzt worden war! — War das nicht auch bei euch so?" fragte er.

„Ach, nicht so deutlich wie bei euch! Von den Mädchen trugen nur wenige Schülermützen und den meisten standen sie auch nicht. — Ich hatte auch eine. Grün war sie, aber ich trug sie nie, ich hatte sie nämlich schon alt gekauft, und sie war mir von Anfang an zu klein gewesen."

Ulrich mußte lachen.

„Alt gekauft? Von wem hast du denn den Geiz?"

„Was willst du?!" verteidigte ich mich. „Wir mußten die Mützen von unserem Taschengeld bezahlen, und das war mir zu kostbar. Aber dann ist es mir genau so ergangen wie dir. Ein paar Tage vor dem Abitur verschwand die Mütze, und als der große Tag dann kam, war der Zirkel draufgestickt. Natürlich trug ich dann die Mütze — sehr stolz sogar, und wenn sie noch so drückte!"

Aus allem magst Du ersehen, liebste Melanie, daß wir auf dieser Reise sehr viel von alten Zeiten sprachen. Ich weiß, viele tun das, wenn sie älter werden, und das ist auch ganz natürlich. Das große Feld der Arbeit ist nicht mehr da. Man besinnt sich, kommt zu sich selbst und erinnert sich.

Ich war ganz beglückt, als Ulrich schließlich fragte:

„Wollen wir einen Tag dranhängen? Ich möchte mit dir weiter hinausfahren — die Küste entlang. Du sollst die Nordsee einmal im Dezember kennenlernen."

„Nichts lieber als das!" Ich war ja so froh, daß Ulrich das ganze PFI-Problem überwunden hatte.

So fuhren wir denn los — in eine Landschaft, so weit, so still, so schwermütig um diese Jahreszeit ... wäre es nicht Ulrichs Heimat, hätte ich mich vielleicht nicht so intensiv mit ihr beschäftigt, um ihre Eigentümlichkeit zu ergründen.

„Die Marsch ist so weit, da siehst du am Morgen schon, wer am Nachmittag zum Kaffee kommt! So erklärte man früher Fremden die Marsch!" Als Ulrich mir das sagte, wußte ich, was er damit meinte. Kein Baum, kein Strauch, nur plattes Land, von Gräben durchzogen.

Wir übernachteten in einem Hotel, das einem Schiff nachempfunden war — ein seltsames Gebäude. Da wir die einzigen Gäste waren, erbat sich Ulrich die „Kommandobrücke". Es war ein Raum unter dem Dach, mit finnischen Möbeln ausgestattet. Sofort ging Ulrich ans Fenster, öffnete es und atmete tief die salzige Luft ein. Kalt war es nicht, nur feucht und salzig.

Kurz bevor ich einschlief, dachte ich noch, wie gut es war, diese kleine Extratour eingelegt zu haben. Ulrich war in seinem Element. Wir sind über die Dörfer gefahren, und er hat mir eine ganze Reihe von Bauernhöfen gezeigt, die nur so von Reichtum strotzten. Entweder waren die Wohnhäuser prächtige Villen aus der Gründerzeit oder es waren gewaltige Bauernhäuser, deren Wohntrakt zwar mit der Scheune und den Stallungen verbunden war, das ganze unter einem gewaltigen Dach vereint, aber irgendwie mußte man doch seine Wohlhabenheit zeigen. Und was machte man da? Säulen schmückten den Eingang — schöne dicke Säulen!

Ich hätte nie gedacht, daß Ulrich mir soviel über seine Heimat sagen könnte. Er lebte wirklich auf und hatte seine Freude daran, mir das alles zu zeigen.

Doch in der Nacht!!! Der grausige Ton einer Sirene weckte mich.

„Feuer!" rief ich. „Da ist Feuer, Ulrich!" Ich schüttelte ihn. Und schon wieder heulte die Sirene.

„Das ist kein Feuer!" sagte Ulrich und war nun vollends wach.

„Was ist es dann?“ fragte ich, total verängstigt. Ich gebe zu, so leicht lasse ich mich nicht erschrecken, aber das! Es war einfach furchtbar, dieses Heulen. Es zerrte an meinen Nerven, obgleich ich mir die größte Mühe gab, es zu verbergen. Aber je häufiger dieser klagende Ton zu hören war, desto weniger konnte ich mein Entsetzen verschleiern.

„Das ist ein Nebelhorn!“ erklärte Ulrich und stand auf, um ans Fenster zu gehen. Und gerade als er es öffnete, klagte das Nebelhorn von neuem. Es klang so, als wäre es neben unserem Fenster installiert.

Also wirklich, Melanie, hast Du jemals ein Nebelhorn gehört? Hast du es nachts gehört, an der Küste, weit und breit keine Sicht, nur Nebel, Nebel und nochmals Nebel — und dann hörst Du dieses Heulen, mal von fern, mal so nah, daß du denkst, das Schiff überrollt Dich. Ulrich hat mir nämlich erläutert, wie das alles zusammenhängt. Es gibt Heulbojen, Nebelhörner, mal sind sie auf Schiffen installiert, mal auf Leuchttürmen, mal an Land, mal auf dem Wasser, ich weiß das nicht mehr so genau. Ich weiß nur noch, daß ich mir schließlich die Ohren zuhielt, weil ich es nicht mehr aushalten konnte.

Und dann fühlte ich, wie Ulrich die Arme um mich legte.

„Mein armes Mädchen!“ sagte er und führte mich zurück ins Zimmer. „Mein armes, kleines Mädchen!“ Ich hatte ihn noch nie so zärtlich sprechen hören. So lange sind wir schon verheiratet, und nie hatte er so liebevoll zu mir gesprochen wie in dem Augenblick, als mich der klagende Laut eines Nebelhorns aus der Fassung brachte.

Später sagte mir Ulrich, daß er das Nebelhorn liebt. Er ist ja damit aufgewachsen, und die Nordsee ohne Nebelhorn ist für ihn nicht die Nordsee!

Und dann habe ich ihn in einem Anflug von Mitgefühl gefragt, ob er wohl wieder nach Wilhelmshaven ziehen möchte, wir müßten ja nicht unbedingt in Marienfelde wohnen!!

Das war noch vor dem Nebelhorn! Es war, als wir am Abend auf dem Deich spazierengingen, als die Nacht noch klar war und wir die Flut herankommen hörten. Es war wie ein Glucksen, ein Knistern, anders kann ich es nicht bezeichnen. Sehen konnte man nicht viel, aber die Luft! Dieser Geruch nach Salz und feuchtem Gras, die Luft war so weich und wohltuend!

Da stellte ich diese Frage, ob er wohl wieder hier wohnen möchte.

Er antwortete nicht spontan. Er überlegte also wirklich, ob es ihm wohl zusagen würde.

„Ich glaube“, sagte er schließlich, „ich habe mehr davon, wenn ich in Abständen zurückkomme und mich darüber freue — wenn ich diese Luft einatmen kann und sie als etwas Besonderes empfinde. Sieh mal“, sagte er nach einer Pause, in der wir gemächlich auf dem Deich entlangschlenderten, „es ist so viel anders geworden in meiner Heimatstadt, so vieles ist nicht mehr da, was ich kannte und was mit meinem persönlichen Leben zusammenhängt. Da ist es eine Stadt wie jede andere, in der ich vorübergehend zu tun habe. — Marienfelde dagegen“ — dabei drückte er meinen

Arm — „in Marienfelde bin ich warm geworden. Ich meine das jetzt nicht in Verbindung mit der PFI, ich denke vielmehr ..." Er sprach nicht weiter.

Er brauchte auch nichts zu sagen. Wir gingen weiter und erlebten einen dieser seltenen Augenblicke unbedingter Zusammengehörigkeit.

Du kannst Dir denken, daß es ein sehr beglückender Abend war.

Dies ist ein langer Brief geworden, aber ich finde, daß ich Dir dies alles schreiben mußte.

Wie immer grüße ich Dich herzlich,
Deine Christiane.

* * *

Als das Telefon läutete, war es so, wie Christiane schon in ihrem Brief an Melanie angedeutet hatte, Ulrich nahm den Hörer ab, und Christiane war ihm dankbar dafür. Es war ja doch sicher für ihn, denn seitdem er sich mit der Übernahme des Kulturringes beschäftigte, schien es Christiane, als hätte er wieder ein Büro, in dem er schaltete und waltete, wenn auch in kleinerem Rahmen. Daß er sich dessen vollauf bewußt war, nahm sie dankbar zur Kenntnis und war auch aus diesem Grunde nur zu bereit, ihm schriftliche Arbeiten abzunehmen. Es war wie eine Verjüngung für die beiden. In manchen Stunden fühlten sie sich zurückversetzt in die allerersten Kontakte zwischen Chef und Sekretärin vor mehr als dreißig Jahren.

Jetzt aber ging das Telefon — und es wurde keine Rücksprache wegen des Kulturringes verlangt. Als Ulrich sich meldete, hörte er für eine zögernde Sekunde nichts. Dann schließlich meldete sich der Teilnehmer.

„Hier ist Barbara!"

„Barbara?" fragte Ulrich verwundert und wollte schon hinzufügen: Wer ist Barbara? Wollte man ihn zum Narren halten? War es irgendeine Dame, die unbedingt im Kulturring eingeschaltet werden wollte und sich eine besondere Methode ausgedacht hatte, sich bemerkbar zu machen?

„Barbara Grothe!"

Sofort schaltete Ulrich. Man merkte ihm nie an, wenn er unsicher war.

„Barbara!" sagte er erfreut. „Ich dachte eben an etwas ganz anderes. Entschuldige bitte!"

„Ich hätte mich ja auch gleich mit vollem Namen melden können. Es war meine Schuld!"

Nun war Grothe voll bei der Sache.

„Bevor du anfängst, Bärbel — wie geht es dir? Das möchte ich zuerst wissen."

„Gut. Mir geht es prächtig, Schwiegervater, wenn ich so sagen darf!" fügte sie hinzu. Sie hatte ihre Scheu noch nicht abgelegt.

„Laß das „Schwieger" weg, bitte! Ach Gott, Kind, ich bin ja selbst noch nicht so vertraut mit der Rolle, aber ich lasse mich gern „Vater" nennen — auch von dir! Möchtest du?"

Als er das sagte, überlegte Barbara, was ihr Andreas nur gegen seinen Vater hatte — so aufgeschlossen und liebenswürdig wie er war!

Daß er es früher nicht war, hatte Andreas ihr zwar hundertmal erzählt; aber sie wollte es einfach nicht glauben.

„Danke, Vater!" sagte sie. Sie war etwas erleichtert und fand auch den Übergang zu dem, was sie bewegte.

„Nun Bärbel, was kann ich für dich tun?" fragte Ulrich. Sie mußte doch etwas auf dem Herzen haben, denn ohne weiteres riefen die jungen Grothes nie an, etwa nur, um sich zu erkundigen, wie es den alten Grothes ginge! Das erwarteten sie auch gar nicht. Zwar hoffte Christiane noch immer, sie würden sich melden, wenn Ulrich Geburtstag hatte, aber das war wohl heute nicht mehr so.

„Ja, Vater, das ist so: Wir brauchen deinen Rat!"

Dieser kurze Satz ließ Ulrich Grothe aufhorchen! Er wurde gebraucht! Sein Rat wurde gebraucht!

Seit er im Ruhestand lebte, redete er sich ein, daß man nichts mehr von ihm wissen wollte, daß man seinen Rat nicht benötigte, daß man seine eigenen Erfahrungen sammeln wollte, selbst auf Kosten von Mißerfolgen. Absichtlich hielt er sich zurück.

Es war schon immer so gewesen, seit Jahrhunderten gab es Probleme, die die Generationen miteinander ausfochten. Die Zeitumstände kamen hinzu. Immer war das Bild anders und immer mußte man hinzulernen und sich neu orientieren.

Und jetzt kam seine Schwiegertochter zu ihm und wollte seinen Rat!

Er war ja nur zu bereit, sich voll für die jungen Grothes einzusezten, wenn er konnte.

„Was gibt es denn?" ‚mein Kind' wollte er hinzufügen, so gerührt war er, daß man ihn brauchte. Doch er unterließ es. Barbara war kein Kind mehr — und vielleicht mochte sie es nicht, wenn man diese sicher liebevoll gemeinte Anrede gebrauchte.

„Ja, das ist so: Wir beschäftigen uns mit dem Gedanken, eine zweite Tankstelle zu übernehmen, und wir wissen nicht, ob wir es tun sollen, in diesen Zeiten! Da brauchten wir eigentlich deinen Rat, Vater. Du hast mehr Überblick als wir ... über die wirtschaftliche Lage im allgemeinen, ob wir es wagen sollen — ach, es gibt so viele Überlegungen, die wir nicht allein bewältigen können!"

Noch ganz durchdrungen von dem Gedanken, daß seine Schwiegertochter ihn angerufen hatte, konnte Ulrich sich im Augenblick kaum konzentrieren.

„Ich verstehe!" sagte er und zögerte, denn im Grunde war es nicht die Wahrheit. Er verstand im Moment noch gar nichts, hatte er sich doch noch nie mit Tankstellenproblemen beschäftigt. Natürlich konnte er etwas über Energiefragen sagen, über die Lage auf dem Rohölmarkt und darüber, wie man sich die Zukunft des Autogeschäfts dachte. Aber was wußte er von den Problemen einer Tankstelle, von Personal und Selbstbedienung, von den Verträgen mit den Raffinerien und so weiter. Und was wußte er schließlich von den finanziellen Möglichkeiten der Grothes?

„Jaaa!" sagte Barbara zögernd. „Ich dachte ... man kann das alles so schwer am Telefon sagen ...!"

„Ach so", endlich kam Ulrich Grothe dahinter, „wolltest du fragen, ob ihr einmal zu uns kommen könnt?" — und sofort fiel ihm eine viel bessere Lösung ein. „Ach, was sage ich denn — ich komme zu euch! Ist das recht so?"

„Oh Vater, wirklich? Ich wagte es nicht zu fragen, und doch wünschte ich es mir so. Weißt du, dann können wir dir alles zeigen, das ganze Tankstellengeschäft! Wir haben alle Unterlagen hier, und du kannst dich genau informieren ... und wir könnten dir auch die Tankstelle zeigen, die uns angeboten worden ist! Wir können über alles reden! Du kannst alles sehen, in alles Einblick nehmen, alles!"

„Alles?" fragte Ulrich verwundert. „Ich möchte mich keinesfalls in eure finanziellen ..."

„Ach, Vater, warum denn nicht! Du ahnst ja nicht, wie sehr ich es begrüßen würde, wenn ich einmal von berufener Seite ..."

„Kind, was redest du denn da! Von berufener Seite! — Was sagt denn Andreas dazu?"

„Der würde sich genauso freuen!" sagte sie spontan, obgleich sie genau wußte, daß es Andreas gleichgültig war. Andreas verstand nichts vom Geschäft. Dafür war Barbara zuständig. Andreas war ein lieber Mann, ein herzensguter Vater, doch am liebsten hatte er es, wenn man ihm sagte, was er tun sollte. Er tat es sofort, aber wenn es darum ging, Entscheidungen zu treffen, wurde er unsicher und überließ es nur zu gern anderen. Das war ja der Grund, weshalb er das Unternehmen seines Großvaters Krogmann nicht steuern konnte.

„Wann paßt es euch denn?" fragte Ulrich und wunderte sich über den Wandel, der in ihm selbst vorging.

Noch vor knapp einem Jahr hätte er seinen Besuch angesagt und jeder hätte sich danach gerichtet Heute fragte er, wann er kommen sollte — kommen dürfte — wann es paßte!

Ach, war der Punkt so wichtig? War es nicht viel wichtiger, daß er den jungen Grothes mit seinem Wissen half, wenn er darum gebeten wurde?

„Es paßt uns immer ... bis auf Donnerstag, möchte ich sagen! Du weißt ja, als wir uns das letzte Mal sahen, war es an einem Donnerstag, und da ist hier immer ziemlich viel Wirbel!"

„Gut, dann komme ich Mittwoch, ist das recht so?"

„Wunderbar!" Bärbel rief es geradezu in die Hörmuschel. „Das ist ja schon übermorgen! Oh, wie wunderbar!" sagte sie noch einmal. „Ich halte alles bereit, was von Interesse sein könnte!"

„Fein! Dann bleibt es dabei. Ich könnte Mittwoch gegen 11 Uhr bei euch sein. Und ... das fällt mir gerade ein: keine Umstände, bitte!"

Das letzte nahm Bärbel nur am Rande zur Kenntnis. Umstände!

Natürlich würde sie Umstände machen, aber andere als ihr Schwiegervater dachte!

„Ich verspreche es dir!" sagte sie leichthin und lächelte, ohne daß Ulrich Grothe es sehen konnte.

Umstände! Sie würde ihre Schwester bitten zu kommen, die wiederum einen Tag Urlaub nehmen mußte. Aber auf diese Weise konnte sie sich ganz ihrem Schwiegervater widmen. Sie würde Andreas veranlassen, zum Friseur zu gehen und sich die Haare schneiden und den Bart stutzen zu lassen. Sie würde Andreas bitten, seiner Tochter die Haare zu schneiden, damit sie nicht unter den Fransen hindurchsehen mußte. Sie würde alle nur erdenklichen Unterlagen bereitlegen, die Bilanzen der letzten Jahre zum Beispiel, sie würde letzte Informationen von ihrem Steuerberater einholen, den Vertrag mit der Raffinerie durchlesen, damit sie auf alle Fragen antworten konnte.

Sie würde Andreas bitten, die Werkstatt so zu säubern, daß man nicht merkte, daß es nur alle acht Tage geschah. Sie hatte gehört, ihr Schwiegervater hätte im PFI-Werk Marienfelde besondere Methoden der Ordnung eingeführt — damals, als es in Betrieb genommen wurde. Die Kesselwärter zum Beispiel trugen weiße Overalles, weil er behauptete, die kämen gar nicht mit Kohle in Berührung, was ja auch stimmte. Sie hatten lediglich ihre automatischen Kessel zu beobachen. Und die Ecken — ganz Marienfelde sprach davon — die Ecken waren weiß getüncht, damit niemand auf die Idee kam, da seine Reinigungsutensilien, seine Tasche oder seine Thermosflasche abzustellen! Grandios!

Schade, daß Andreas von dieser Art Ordnungssinn nichts mitbekommen hatte. Er vertrat eine ganz andere Ansicht: wenn ich den Schraubenschlüssel Nr. 7 gebrauche und genau weiß, daß ich ihn beim nächsten Wagen wieder gebrauche, lege ich ihn in Griffnähe und nicht an seinen Platz. Wenn ich den Besen brauche, stelle ich ihn in die Ecke, auch wenn er da nicht hingehört! Ich will ihn griffbereit haben! Das Ärgerliche war nur, daß dann ein anderer darüber fiel — oder noch schlimmer, ein anderer suchte ihn und konnte ihn nicht an dem Platz finden, wo er zu sein hatte.

Ach, müßig, Andreas war eben so! Und wenn er die Vorhaltungen seiner Frau einfach wegküßte, schmolz ihr Ärger dahin. Sie wußte genau, es war nicht richtig, und doch konnte sie nichts gegen soviel Herzenswärme ausrichten. Andreas tat es ja nicht mit der boshaften Absicht, sie zu ärgern. Er konnte nur nicht ertragen, wenn sie böse war.

Nie hatte Ulrich Grothe Gelegenheit gehabt, diese liebenswerte Seite seines Sohnes kennenzulernen. Nur Bärbel kannte sie und vielleicht noch Andreas' Großmutter, die ihn erzogen hatte. Es war genau die Seite, die Ulrich Grothe an seiner Frau Andrea so geliebt hatte. In den ersten schrecklichen Jahren nach dem Kriege hatte sie mit ihrer nimmermüden Herzlichkeit geholfen, über manchen Tiefpunkt hinwegzukommen, und wenn sie ihm nur die Sorgenfalten von der Stirn geküßt hatte!

Als Ulrich Grothe den Hörer auf die Gabel legte, ließ er seine Hand noch einen Augenblick auf dem Telefon ruhen. Früher hatte sich das Telefon in der Diele befunden, doch seit einiger Zeit hatte man einen Anschluß an seinem Schreibtisch installiert, so daß er es bequemer hatte. Auch Christiane begrüßte es, denn auf diese Weise konnte sie sich während des Gesprächs Notizen machen, was nun wegen des Kulturringes häufig notwendig war.

Aber auf diese Weise spielte sich manches im unmittelbaren Lebensbereich beider Grothes ab. Früher war es Christiane möglich gewesen, zu mancher Ausrede zu greifen, wenn sie zum Beispiel gewußt hatte, Ulrich wollte nichts mehr von Mr. Forrester hören.

Jetzt sah Christiane, daß Ulrich noch ganz mit dem Gespräch mit seiner Schwiegertochter beschäftigt war. Er blickte aus dem Fenster, wie immer, wenn ihn etwas bewegte, doch diesmal strahlten seine Züge soviel Glück aus, wie sie es selten — eigentlich noch nie — bei ihrem Mann beobachtet hatte.

Ihr war längst klargeworden, daß Barbara seine Hilfe brauchte, und sie hatte auch herausgehört, daß er am Mittwoch nach Hamburg fahren wollte.

Und sie wußte auch ganz genau, daß sie — so sehr Ulrich gewöhnlich ihre Gesellschaft begrüßte — diesmal nicht mitfahren würde.

„Ich fahre also Mittwoch nach Hamburg!" sagte er, während er aus dem Fenster sah. Dann kam sein Blick zurück ins Zimmer, zu Christiane, und seine Augen strahlten unverändert.

„Ja, Lieber!" sagte sie, stand auf und küßte ihn. „Hilf ihnen! Sie brauchen dich!"

Noch während er am Schreibtisch saß und ohne besondere Aufmerksamkeit seine Papiere ordnete, mußte er denken, wie sich im Laufe der Jahre das Zusammenleben zu einer Harmonie entwickelt hatte. Obgleich sie manchmal interessante Dispute führten, die den Geist in Schwung hielten, obgleich sie manchmal nicht einer Meinung waren, was ja das Gespräch belebte — die Harmonie kam durch den gegenseitigen Respekt vor der Persönlichkeit des anderen zustande.

Daß er zum Beispiel allein nach Hamburg fahren wollte, brauchte er nach so vielen Ehejahren nicht mehr durchzufechten. Der Sinn für Takt und das Gespür für die Ansichten des Partners machten es möglich.

Ulrich Grothe war gewiß kein einfacher Charakter, doch daß er Christiane an seiner Seite hatte, die seine Wesenszüge kannte, erfüllte ihn oft mit tiefer Dankbarkeit, ohne daß er ihr diese Dankbarkeit zeigen konnte. Das brachte er nicht fertig. Er war kein Mensch, der seine Gefühle so offen darlegte oder gar darüber sprach.

Und Christiane? Das preußische Gewissen? Auch sie hatte nicht die Gabe, über Gefühle zu reden — allenfalls konnte sie sich ihrer Freundin Melanie gegenüber in Briefen auslassen (und sie war ihr dankbar dafür!), aber vielleicht war es gerade dieser Umstand, daß die beiden Menschen mit den herben Wesenszügen zueinander paßten. Instinktiv fühlte Christiane, was Ulrich wollte und was er nicht billigen konnte.

Aber auch das merkten beide, seitdem sie in zunehmendem Maße durch das ständige Zusammensein aufeinander abgestimmt waren: daß sie tolerant wurden. Sie tolerierten die Eigenheiten, und — was sie noch mehr verwunderte — sie nahmen es nicht mehr so tragisch, wenn etwas nicht nach ihren eigenen Vorstellungen klappte.

Ulrich hatte das auch einmal sehr passend in Worte gekleidet. Immer wieder stellte Christiane fest, daß keiner so gut wie Ulrich Grothe ausdrücken konnte, was ihn bewegte. So sagte er:

„Die Quintessenz dieser Toleranz, die wir an uns feststellen, ist wohl darin zu suchen, daß man nicht mehr „im Geschirr" ist. Das Streben nach Macht und der Kampf um Erfolg, das alles ist ja nicht mehr da. Man hat es in andere Hände gegeben!"

* * *

Sie hatte ihren Mann am Morgen kaum auf den Weg nach Hamburg geschickt — es war gegen 8 Uhr —, als ein anderer Mercedes vor ihrem Hause hielt.

Nanu! dachte Christiane, das muß doch Martin Bergers Wagen sein, der größte und eleganteste in Marienfelde! Aber wieso ...!

„Evchen, du?" rief sie erstaunt, als sie ihre Schwester aus dem gewaltigen Fahrzeug steigen sah.

„Ja, ich, da staunst du, was? Das habe ich alles deinem Mann zu verdanken! Ich wollte dich fragen, ob wir nicht eben in die Stadt fahren wollen?" fragte Evchen munter und lächelte stolz.

Christiane konnte die vielen Feststellungen, die sie an ihrer Schwester machte, gar nicht auf einmal verkraften. Sie kannte sie nur in mehr oder weniger schäbigen Kleidern, und ihre Mäntel hielten Jahre und waren nicht von bester Qualität.

Was sie jedoch jetzt sah, war ein ältere Dame in einem streckenden Tuchmantel. Und als Evchen ihn öffnete, sah sie darunter ein unifarbenes Wollkleid mit Wiener Nähten, das ihre pummelige Figur geschickt verbarg. An Schmuck trug Evchen nur ein paar erlesene Stücke, die Martin ihr im Laufe der Jahre geschenkt hatte, um seinen Reichtum zu demonstrieren.

„Evchen!" faßte sich Christiane endlich, als sie sie ins Wohnzimmer führte. „Wo bist du gewesen, ich meine, wer hat dich beraten? Du siehst großartig aus!"

Evchen lächelte glücklich. „Ich war bei Ohmann und habe mich neu eingekleidet! Ich habe ja ein bißchen eigenes Geld vom Brotshop, weißt du!"

„Ohmann!" Christiane pfiff anerkennend. Das erste Haus in der Stadt. Wie kam es, daß Evchen plötzlich die Idee hatte, sie müßte etwas für sich tun? Gerade jetzt, wo sie so oft behauptete, Martin sehe es ja doch nicht.

„Komm, setz' dich. Ich muß mich auch setzen!" sagte sie und musterte erneut ihre Schwester, während sie sich beide auf dem Sofa niederließen.

Was war da vorgefallen?

„Ist es, seit du den Führerschein gemacht hast?“ fragte sie, und ihre Stimme klang beinahe inquisitorisch. Was sollte es sonst sein? Der Führerschein hatte ihr Mut gemacht.

Aber wie war sie auf die Idee gekommen, sich neu einzukleiden — und dann gleich bei Ohmann!!

Da mußte ihr doch einer einen Wink gegeben haben! Von allein kam Eva auf so etwas nicht! Evas Geschmack ging bisher nicht über das Warenhaus oder Versandkataloge hinaus!

Aber wer? Wer hatte ihr einen Wink gegeben? Doch nicht Martin! Was hatte er davon! Er sah es ja doch nicht! Und Martin mit seinem wachsenden Mißtrauen! Und seiner ständigen Furcht, sein Geld zerrinne ihm unter den Händen!

Aber Moment! — Einen Moment mal!

Mit wem war Evchen denn seit Wochen zusammen gewesen? Mit wem hatte sie ständig auf dem Hofplatz der Brotfabrik geübt?

Oh mein Gott! Doch nicht das! mußte Christiane denken. Es versetzte ihr einen derartigen Schock, daß sie sich plötzlich steil aufrichtete und ihre Schwester mit zusammengepreßten Lippen ansah.

„Was hast du?“ fragte diese arglos. „Wieder dein Rücken?“

„Ja!“ antwortete Christiane ausweichend. Natürlich war es nicht ihr Rücken. Sie hatte keine Bandscheibenbeschwerden, hatte sie nie gehabt, doch offenbar glaubte es ihre Schwester.

„Habe ich auch manchmal, ganz schlimm! Man kann sich gar nicht gerade machen! Bist du mal beim Arzt gewesen?“

„Nein!“

„Ich auch nicht! Dabei müßte ich wirklich mal hin, aber nicht wegen der Bandscheiben!“

„Warum denn?“

Ihre Schwester lehnte sich zurück — und da entdeckte Christiane die wirkliche Eva Berger. Ihre flotte Erscheinung verblaßte hinter dem erschöpften Ausdruck, der zutage trat, wenn sie nicht ständig die Maske einer freundlichen und zuversichtlichen Frau trug.

„Ich glaube, mein Herz ist nicht in Ordnung!“ meinte sie. „Manchmal jagt es wie verrückt, und manchmal bin ich so schlapp und schwindlig, daß mir schwarz vor Augen wird.“ Sie hob die Schultern. „Ich weiß nicht ...!“

„Also hör mal! Da mußt du aber unbedingt etwas unternehmen! Das ist doch nicht in Ordnung.“

Evchen schwieg.

„Lassen wir die Fahrt in die Stadt für heute. Ich rufe Dr. Westernhagen an!“

„Nein, nein, warte!“ rief Evchen gleich. Das kam ihr zu plötzlich.

„Laß uns doch in die Stadt fahren! Ich möchte es so gern! Danach kann ich ja anrufen!“

Christiane sah sie schräg von der Seite an.

„Das tust du ja doch nicht!“

„Doch, ich verspreche es dir!“
„Überhaupt!“ Jetzt erst kam Christiane die ungewöhnliche Situation voll zum Bewußtsein. „Wieso bist du schon hier? Was ist mit Martin? Mußt du nicht für ihn sorgen?“
„Das ist es ja gerade! Er schläft noch, und da bin ich einfach ...“
„Eva!“ rief Christiane entsetzt. „Du willst doch nicht sagen, daß du Martin einfach davongefahren bist, ohne ihn zu verständigen!“
Evchen wiegte den Kopf.
„Nein“, gestand sie, „ich habe es ihm gesagt, aber ...“
„Aber?“
„Nun ja“, wand sie sich, „er war noch nicht richtig wach!“
„Also hör mal, das geht aber wirklich nicht!“
„Lydia ist ja auch noch da, sie muß heute erst am Nachmittag ins Hotel!“ sagte sie vage. Und dann:
„Ach Gott, Christiane!“ Dabei ließ sie die Hände in den Schoß sinken. „Was weißt denn du, wie einem zumute ist. Alles dreht sich um Martin! Ich tue alles für ihn, aber er schimpft dauernd mit mir — dauernd!“
Sie konnte die Tränen nicht mehr aufhalten. Es war wie eine Reaktion auf die miserable Behandlung, die Martin seiner Frau zuteil werden ließ. Man entschuldigte so vieles mit seinem tragischen Schicksal, doch was seine Frau dabei zu erdulden hatte, fiel nicht ins Gewicht.
Es war ganz neu, daß Eva Berger sich einmal Luft machte, daß sie die schlechte Behandlung ihres Mannes erwähnte. Das Faß war übergelaufen, und jetzt rannen Enttäuschung, Zorn und Empörung in unablässigem Strom aus ihr heraus, bis sie erschöpft war.
Doch sie war erleichtert. Sie hatte sich einmal ausgesprochen — und war nicht Christiane am ehesten dafür geeignet?
Einmal hatte sie sich jemandem offenbart und ihr Leben geschildert. Jetzt war sie bereit, ihren Martin von neuem zu betreuen und ganz gewiß mit jener Unermüdlichkeit, die ihr eigen war.
Doch vorher wollte sie noch in die Stadt. Sie hatte sich zu diesem Wagnis aufgerafft und wollte es unbedingt durchführen. Noch nie war sie mit dem großen Wagen in der Stadt gewesen — als Fahrerin! Es war wie ein Nervenkitzel, den sie auskosten wollte, obgleich ihr Herz wieder jagte wie ein Trommelfeuer!
„Kommst du nun mit? Du hast doch nichts vor, und Ulrich ist weg!“
Christiane wollte verneinen, doch allein lassen konnte sie ihre Schwester auch nicht. Offenbar war sie von dem Plan nicht abzubringen, und wenn sie diese Mutprobe auf sich nahm, wer weiß, wozu es gut war. Vielleicht war das der Anfang zu größerer Sicherheit, die Eva nötig hatte.
Wer sollte denn in Zukunft fahren? Doch nur sie! Und wer mußte auf Martin achtgeben? Doch nur sie! War es da nicht Christianes Pflicht, ihre Schwester zu unterstützen? Sie konnte gar nicht anders, das preußische Gewissen verlangte es von ihr.
Und wenn Lydia ...

Sie hatte ganz vergessen, daß ihre Schwester sich in ihrer Aufmachung um 180 Grad gedreht hatte und daß diese Tatsache einer Klärung bedurfte. Im Augenblick mußte sie viel zu aufmerksam Evchens Fahrkunst beachten, glaubte sie doch, sie müßte eingreifen, wenn der Neuling mit dem schweren Wagen unsicher wurde.

Aber nichts dergleichen geschah.

Eva Berger ließ einmal alle Gedanken an ein unerquickliches Zuhause hinter sich. Sie dachte nicht an ihren Mann, sondern sie genoß es, in einem großen Wagen zu sitzen und mittels des Steuers die Macht über ihn zu haben. Zwar wurde sie nicht übermütig, das lag einfach nicht in ihrer Natur, aber es war ein erhebendes Gefühl, ein bißchen Selbstbewußtsein ans Tageslicht zu befördern, ohne von ihrem Mann, der ihr nichts zutraute, daran gehindert zu werden.

„Wohin willst du eigentlich?" fragte Christiane, die sehr aufmerksam neben ihr saß und über ihre Sicherheit erstaunt war.

Die hat Ulrich ihr beigebracht! dachte sie und kam auf diese Weise von selbst auf das ungeklärte Wunder von Evchens äußerlicher Wandlung zurück. Sie wollte gerade das Frage- und Antwortspiel beginnen, als sie wiederum abgelenkt wurde.

„Ich will nirgendwohin!" antwortete Eva.

„Wie? Soll das heißen, du hast gar kein Ziel — keine Besorgung?"

Evchen nickte und lenkte geschickt den Wagen in eine Parklücke, die sie gerade entdeckt hatte.

„Wie habe ich das gemacht?" fragte sie stolz, als sie den Motor abstellte und sich erleichtert zurücklehnte.

Christiane lehnte sich gleichfalls zurück, konnte aber ein Kopfschütteln nicht lassen.

„Was soll denn das alles?" fragte sie — und diese Frage paßte genau zu ihrem Naturell. Warum fuhr ihre Schwester Eva in die Stadt, ohne ein Ziel zu haben? Gab es wirklich nichts zu besorgen? Man fuhr doch nicht in die Stadt, nur um in die Stadt zu fahren!

„Ach, Gott, Christiane!" seufzte Eva. „Verstehst du das nicht? Ich hätte wirklich gedacht, du hast Verständnis dafür, daß ich einmal ausfahren will, ohne von irgendeiner Seite gestört zu werden. Ich will nicht von Martin hören, wie miserabel ich fahre, ich will nicht von meinem Fahrlehrer belehrt werden, und ich will auch nicht — entschuldige bitte — von Ulrich hören: Vergiß dies nicht und denke an das! Ich habe die Prüfung bestanden, und jetzt sitze ich allein am Steuer und habe die Verantwortung. Aber ..." zögerte sie und zuckte mit den Schultern, „sooo sicher, daß ich ganz allein fahren möchte, bin ich eben doch nicht. Aber das ist der nächste Schritt! Und jetzt laß uns nach Hause fahren!"

Sie blickte nach vorn, sie blickte in den Rückspiegel, sie schaltete, sie blinkte — und vorsichtig, doch sicher in jeder Weise, lenkte sie den schweren Wagen aus der Parklücke, achtete darauf, sich rechtzeitig auf der Bahn für Linksabbieger einzuspuren, und fuhr ohne Hast wieder aus der

Stadt heraus, nach Marienfelde, in ihren täglichen Trott, ihr gewohntes Leben mit einem Mann, der sein Schicksal nicht in den Griff bekam — von neuem unermüdlich, ihm dabei zu helfen, doch ohne Dank zu ernten.

Nie hätte Christiane gedacht, daß ihre Schwester soviel Fahrsicherheit aufbringen würde. Wie um alles in der Welt hatte Ulrich es fertiggebracht, ihre Schwester so zu schulen, daß sie den großen Wagen fuhr wie ein Taxifahrer, wie ein Profi — einer, der von seinem 18. Lebensjahr an nichts anderes getan hatte, als Auto zu fahren, und zwar schwere Limousinen, die wegen ihrer Ausmaße einiges an Umsicht und Kalkulationsvermögen verlangten.

Und wie hatte Ulrich es fertiggebracht, in Eva eine solche Sicherheit — ach, was dachte Christiane denn — einen solchen Wandel in ihrem Äußeren hervorzurufen!

„Du hast eine Menge gelernt, Evchen!" fing sie ihr Verhör an und hoffte, sich nach und nach heranzutasten an das, was wirklich vorgefallen war.

„Das habe ich nur deinem Mann zu verdanken!" bekannte Evchen arglos. „Er hat mir eine Menge gesagt, gezeigt und beigebracht! Ich weiß gar nicht, wie ich das wieder gutmachen soll!" erzählte sie weiter, während sie aufmerksam den Verkehr auf der Bundesstraße verfolgte.

Was sollte Christiane darauf sagen!

„Da findet sich sicher eine Gelegenheit!" sagte sie so nebenbei, weil sie etwas anderes beschäftigte, aber dann brachte sie doch das an, was Ulrich schon immer geäußert hatte.

„Ich wüßte schon etwas!"

„Ja? Sag' es mir, bitte, sag es mir. Ich möchte ja alles tun ...!"

„Ich meine ... eigentlich müßte man da wohl Conny fragen ... Ulrich würde sehr gern mal die Brotfabrik besichtigen!"

Mitten im Fahren machte Evchen einen kurzen Schlenker.

„Das? Das ist doch nichts! Ein Wort zu Conny ... Warum hat Ulrich das nicht schon längst gesagt!"

„Ich weiß es nicht, Ulrich ist da vorsichtig!"

„Warum denn nur? Ich werde sofort mit Conny reden! — Aber das ist doch gar nichts! Weißt du nichts anderes, womit man Ulrich eine Freude machen könnte?"

„Im Augenblick nicht, aber ich werde dran denken! Ich finde das allerdings nicht nötig — wirklich nicht, Evchen. Ulrich tut so etwas gern. Er hat eine wunderbare Begabung, einem mit einfachen Worten das schwierigste zu erklären, findest du nicht?"

„Oh ja, das kann er!" bestätigte Evchen. „Das kann er wirklich!" Obgleich Evchen es nur eifrig sagte und dabei nickte, brachte sie ihre Schwester erneut zum Argwohn. Was sollte das nun wieder bedeuten?

„Was denn zum Beispiel?" faßte sie nach.

„Nun ja, ich meine das Technische!" erwiderte Eva zögernd und hoffte, ihre Schwester würde nicht weiter nachfragen, denn sie hätte ihr nichts mehr von dem Technischen sagen können, das Ulrich ihr so gewissenhaft erläutert hatte. Nur im Augenblick hatte sie es verstanden, aber es war, als wäre es in ein Ohr hineingewandert und hatte schleunigst einen Weg zum anderen Ohr hinaus gesucht.

Ach nein, Eva fand diese Art Verhör doch sehr unerquicklich. Während sie an der Kreuzung zwischen Bundesstraße und Landstraße nach Marienfelde auf grünes Licht wartete, hoffte sie inständig, Christiane würde aufhören.

„Und was hat er noch gesagt?" forschte Christiane unerbittlich weiter.

„Bitte, Chris, ich muß jetzt aufpassen!" sagte Evchen, obgleich die Fahrbahn leer war, die Straße weithin zu überblicken. Es war wirklich nichts zu erwarten, das ihrer besonderen Aufmerksamkeit bedurfte. Immerhin hätte Evchen bei einer neuerlichen Frage sagen können, vielleicht käme ein Trecker aus dem Nebenweg. In Ausflüchten hatte sie eine gewisse Fertigkeit. Denn ...

Man mochte es nennen, wie man wollte, Eva Berger hatte ein schlechtes Gewissen ihrer Schwester gegenüber. Als sie jetzt nach Hause fuhr, schwankte sie, ob sie nicht doch lieber alles erzählen sollte, was vorgefallen war — und warum sie jetzt so patent angezogen war! Eva Berger war von Natur aus „sauber", sowohl in ihren Empfindungen als auch in ihrer äußeren Hülle.

Und was war nun wirklich geschehen?

Es war noch gar nicht so lange her, daß sie das Rückwärtsfahren, das Einscheren in eine Parklücke, das Wenden — daß sie das alles auf dem Hofplatz der Brotfabrik mit Ulrich an ihrer Seite übte. An diesem Abend wollte auch gar nichts klappen. Eine zermürbende Hetzerei durch Martin war der Übungsstunde vorausgegangen, so daß Evchen sich gar nicht konzentrieren konnte auf das, was Ulrich ihr beizubringen versuchte.

Plötzlich — mitten im Rückwärtsfahren, das sie in einer Schlangenlinie absolvierte — stellte sie den Motor ab und lehnte sich zurück.

„Ich kann nicht mehr!" klagte sie und fing an zu weinen. „Ich kann wirklich nicht mehr, Ulrich!" Ihr Kopf lehnte an seiner Schulter, und sie hoffte, er würde den Arm um sie legen. Im Augenblick suchte sie gar nicht die Nähe ihres Schwagers, nur ein bißchen Anlehnung brauchte sie, ein bißchen Verständnis für ihre Herzensnöte.

Und auch Ulrich widerfuhr etwas Seltsames. Da war ein Mensch in Not, Christianes Schwester, das kleine Dummchen, dem ein Schicksal aufgebürdet wurde, das es nur schwer verkraften konnte! Dazu Martin, dieses Scheusal, der dachte, daß sich die Welt nach ihm zu richten hätte, schon gar, seit er nicht mehr sehen konnte. Das war zuviel für dieses arme Menschenkind!

Ulrich Grothe, von jeher kühl und zurückhaltend und eher ein Eisblock als von Herzenswärme durchdrungen — Ulrich Grothe empfand in diesem Augenblick Mitleid mit Eva Berger und legte den Arm um ihre Schulter.

Sollte sie sich ausweinen! Vielleicht half es ihr, ein wenig Mut zu schöpfen. Dies war nur ein Moment der Schwäche!

Doch — je länger Eva an seiner Schulter ruhte, desto mehr kam ihr zum Bewußtsein, daß Martin ihr nie diese Stütze geboten hatte. Sicher war sie nicht ganz ehrlich, denn sie hatte die ersten Ehejahre vergessen. Sie lagen wohl schon zu lange zurück.

Warum ist Martin nicht so? dachte sie und war taktvoll genug, das nicht auszusprechen. Oh Gott, wieviel würde es mir helfen, wenn ich mich einmal an ihn lehnen dürfte, um neue Kräfte zu sammeln.

„Besser so?" fragte Ulrich vorsichtig und streichelte ihre Wange.

Sie nickte nur und merkte, wie ihre Kümmernisse sie langsam verließen.

Ich möchte ihn küssen! dachte sie, küssen vor lauter Dankbarkeit, daß er mich versteht, daß er fühlt, wie mir zumute ist.

Und Ulrich? Dieser Ulrich Grothe, den niemand anders kannte als kühl und korrekt und wenig zugänglich?

Ulrich Grothe widerfuhr etwas Sonderbares. Es war, als würde sein Leben um beinahe vierzig Jahre zurückgeschraubt, in eine Zeit, als er Andrea in seinen Armen gehalten hatte. Zwar war sie nicht so verzweifelt wie Evchen Berger gewesen, doch seither hatte er nie wieder eine Beschützerrolle gespielt. Andrea hatte sich an ihn geschmiegt wie Krümelchen jetzt — weich und zärtlich — beide hatten seine Nähe gesucht — sicher aus anderen Motiven, doch was tat das! Es weckte eine Saite in Ulrich Grothe, die nur selten zum Vorschein kam — eigentlich nie mehr, seit Andrea ihn verlassen hatte. Doch ... doch! dachte er und erinnerte sich, daß er kürzlich Christiane hatte trösten müssen, als das Nebelhorn sie so verstört hatte! Doch das war etwas anderes gewesen. Christiane war nicht in dem Sinne schutzbedürftig. Sie war nur erschrocken.

Christiane brauchte so etwas nicht. Christiane war zu stolz, seinen Schutz in Anspruch zu nehmen. Christiane Grothe, das preußische Gewissen, hatte ganz andere Prinzipien. Sie war weder weich noch zärtlich. Diese absolut weiblichen Eigenschaften waren nicht vereinbar mit ihrem Charakterbild. Sie verbot es sich, weich und zärtlich zu sein. Das bedeutete für sie Schwäche.

Obgleich das alles nicht stimmte, sah Ulrich Grothe es in diesem Augenblick so, in dem er Eva Berger in seinen Armen Schutz bot.

„Ach, Ulrich!" seufzte Evchen und war auf dem besten Wege, Umwelt und Tatbestand zu vergessen. Für sie hätte diese trostreiche Atmosphäre nie ein Ende zu nehmen brauchen.

Doch gerade ihr Seufzen brachte Ulrich wieder auf diese Welt.

Wo befand er sich denn? War das nicht die Brotfabrik und er nicht mit Christianes Schwester in seinem Wagen?

Behutsam, aber bestimmt löste er den Arm von ihrer Schulter und setzte sich aufrecht hin.

„Wollen wir weitermachen?" fragte er — weder freundlich noch unfreundlich —, sondern nüchtern wie eh und je.

Jedoch, es hatte keine Wirkung. Eva Berger war noch lange nicht bereit, auf diese Welt zurückzufinden.

Erneut lehnte sie sich an seine Schulter und seufzte.

„Warum ist das alles so, Ulrich?“ fragte sie, nur um die Situation hinauszuzögern.

Ulrich Grothe hingegen war schon wieder auf dem richtigen Pfad, bereit, helfend einzugreifen und das Thema von der nüchternen Seite aus zu betrachten.

„Ich weiß, es ist nicht einfach, Eva!“ sagte er. „Aber versuche doch, das beste draus zu machen!“

„Ach!“ meinte sie und merkte, daß die tröstliche Phase vorbei war. Warum war sie nur so kurz gewesen? Warum wurde sie so unsanft in die Wirklichkeit zurückgestoßen?

„Ach, Ulrich!“

„Komm, Eva!“ Er war nicht bereit, wieder in ihre Traumwelt hinabzusinken. „Überlegen wir gemeinsam, was du tun kannst!“

Dabei sah er an ihr herunter und griff ein Thema auf, das seine Andrea immer brennend interessiert hatte. Das Äußere einer Frau!

Das würde sie ablenken! Wenn er Andrea sagte, sie sähe wundervoll aus oder wo sie die Neuerwerbung erstanden hätte, war sie immer entzückt. Er gab allerdings zu, daß nur Andrea ihn vom Äußeren her beeindrucken konnte. Es war nicht nur ihre untadelige Figur, die den billigsten Fetzen zu einem Modell machte, es war ganz einfach Andreas Wesensart, sich hübsch zu machen und bewundert zu werden.

Christiane dagegen? — Von einer Christiane Grothe erwartete er andere Maßstäbe! Korrektheit, vornehme Eleganz, zurückhaltend, unauffällig und dezent!

Bei Eva Berger war es wieder anders. Seine Schwägerin war immer untadelig angezogen, doch kleinbürgerlich in ihrem Stil. Nie gab es auch nur ein Fleckchen auf ihrer Kittelschürze. Das brachte ihre Tätigkeit im Brotshop schon mit sich.

Doch jetzt? Seit sie nicht mehr im Brotshop tätig war? Seit ihr Mann sie hin- und herhetzte und — vielleicht war es das — seit er sie nicht mehr sehen konnte, war Evchen Berger zwar immer noch untadelig sauber in ihrem Anzug, doch ihr Mantel zum Beispiel hatte schon viele Jahre gesehen und war langsam schäbig geworden. Ulrich hätte nie gedacht, daß ihm das auffallen würde, doch verglichen mit Christiane ... verglichen mit seiner ersten Frau ..., Andrea war vielleicht nicht so untadelig wie Eva Berger, doch ohne Zweifel phantasievoller in ihrer Garderobe. Immer bot sie etwas Neues, Ausgefallenes, so daß Ulrich sich auf dem Wege nach Hause nach einem Tag voller Mühen und Anstrengungen fragte, womit sie ihn heute wohl wieder überraschen würde.

Und gerade an das dachte er, als er Eva Berger neben sich sitzen sah, unendlich bieder in ihrer Garderobe, kaum nachlässig, doch desinteressiert.

Er war fast sicher, sie hatte seit Jahren nichts Neues mehr erstanden, schon gar nicht, seit ihr Mann nicht mehr sehen konnte und immer mißtrauischer wurde, wenn es ums Geld ging. Da sagte sich Evchen eben:

Um des lieben Friedens willen, ich brauche ja auch nichts Neues. Das was ich habe, ist durabel und — er sieht es ja nicht.

„Wie wäre es denn?" fragte Ulrich vorsichtig, als Eva schon reagierte.

„Ja?" fragte sie aufmerksam.

„Ich meine ..." er zögerte nun doch, weil es nicht in seiner Natur lag, in so intime Dinge einzugreifen. Noch nie hatte er seine Schwägerin auf ihre äußere Erscheinung hin angesprochen. „Ich meine, Eva, hättest du nicht mal Lust, dich mit deiner Garderobe zu beschäftigen?"

„Wieso?" fragte sie sofort und sah an sich herunter.

Und nun war Ulrich ganz ehrlich. Es war die beste Methode, ihr zu helfen.

„Vielleicht meinst du, Martin sieht es ja doch nicht, daß du jetzt — jedenfalls finde ich es — nicht mehr so ... so ... wie soll ich sagen ..."

Eva half ihm nicht weiter! Wenn er schon etwas auszusetzen hatte, sollte er es präzise sagen!

„... daß du so gleichgültig gekleidet bist!"

„Gleichgültig? Du meinst ...?"

„Ich meine, es ist keine Entschuldigung, Martins Blindheit anzuführen! Schließlich sehen dich auch noch andere!"

Sie horchte auf! Schließlich sehen dich auch noch andere!!! Von da an nahm das Gespräch eine ganz andere Wende!

Sollte das bedeuten, ihr Schwager Ulrich ...

Sollte das vielleicht bedeuten, noch andere Menschen ... nicht nur Schwager Ulrich ...

Sollte das am Ende heißen, sie wäre doch nicht so unbedeutend, wie Martin immer sagte?

Wollte Ulrich ihr damit andeuten, sie wäre gar nicht das Dummchen, als das sie immer hingestellt würde?

Plötzlich richtete sie sich auf. Sie umarmte ihn leidenschaftlich und küßte ihn.

„Danke, Ulrich! Ach!" seufzte sie glücklich. „Ich werde sofort ... sofort werde ich ... Wollen wir nun nach Hause fahren?"

Ohne seine Antwort abzuwarten, stieg sie aus und überließ ihm das Steuer.

Sie kam sich wie verwandelt vor, als sie sich vor ihrem Hause von ihm verabschiedete.

„Danke, Ulrich!" sagte sie noch einmal und streichelte zärtlich seine Hand, die auf dem Steuer ruhte. „Nicht nur für die Unterrichtsstunde!"

Ob er es wahrnahm, daß sie ihm einen bedeutungsvollen Blick zuwarf?

* * *

Er hatte! Irgendwie elektrisierte es ihn.

Seltsam! dachte er, als er die kurze Strecke nach Hause fuhr. Was ist denn nur so Besonderes an ihr? Sie ist nicht wie Christiane. Sie ist aber auch nicht wie Andrea. Aber — Moment, sie ist ein wenig wie meine Schwester Viktoria, die auch die Zärtlichkeit im Hause Grothe vermißte und die ich zum „Auftanken" in die Arme nahm, um ihr ein wenig Wärme zu vermitteln. Ja — ja, das ist es, genau das braucht Evchen Berger! Und niemand gibt es ihr, nur Ulrich Grothe, ausgerechnet ich!!

Als er aus dem Wagen stieg, hatte er sich über die seltsame Kombination noch immer nicht beruhigt.

Als er dann ins Haus kam, versuchte er ein Spiel, das er vor rund vierzig Jahren zum Ritual gemacht hatte. Er versuchte, sein Schlüsselbund mit gezieltem Schwung auf den Haken bei der Garderobe zu werfen.

Leider mißlang es, doch er gab nicht auf.

Ich bin aus der Übung! redete er sich ein und versuchte es ein zweites Mal. Wieder glückte es nicht.

Als er sich bückte, erschien Christiane im Türrahmen.

„Was ist denn hier los?" fragte sie und kam ihrem Mann zuvor. „Warum machst du auch kein Licht!" sagte sie und hing das Schlüsselbund an seinen Haken.

Sie merkte nichts von Ulrichs Enttäuschung, im Gegenteil ...

„Ich werde froh sein, wenn Eva die Prüfung bestanden hat!" sagte sie. „War es sehr schlimm heute?"

* * *

Heute nun sah Christiane, daß die vor kurzem stattgefundene Vorbereitung auf die Fahrprüfung durchaus nicht „schlimm" gewesen sein konnte. Das Ergebnis hatte ihr eine ganz neue Schwester präsentiert.

Arme Christiane! Sie quälte sich mit der Neugier — ach, mehr als das, es quälte sie ganz einfach die Eifersucht, daß ihr Mann, ausgerechnet ihr kühler Ulrich, es möglich gemacht hatte, ihre Schwester so zu beeinflussen!

Es mußte Ulrich gewesen sein, denn mit wem sonst war Eva zusammen? Auf wen sonst würde sie hören, wenn nicht auf Ulrich, den sie schon immer wegen seiner Qualitäten bewundert hatte! Wen rief sie denn, wenn irgend etwas im Hause Berger passierte? Nicht ihren Sohn, nein, Ulrich mußte kommen — sofort!

Je mehr Christiane darüber nachdachte, was hier wohl vorgefallen wäre, desto mehr entsetzte es sie. Doch noch immer hielt ihr Stolz sie davon ab, ein offenes Wort mit Evchen zu reden! Sie hätte es so einfach haben können, eine Frage nur, ob Ulrich sie zu diesem Wandel veranlaßt hätte, sie hätte bestimmt eine ehrliche Auskunft erhalten — und sie hätte feststellen müssen, daß kein Grund zur Eifersucht vorhanden war.

Wirklich nicht? Christiane zweifelte. Immerhin war ihr Ulrich ein gutaussehender Mann. Wie seltsam, daß ihr nie aufgefallen war, wie viele Frauen Ulrich nachsahen, wenn er durch den Ort ging. War sie sich ihrer Sache so sicher? Oder meinte sie vielleicht, Ulrich Grothe wäre darüber erhaben, daß er bewundert wurde? Da verlangte sie wirklich zuviel von ihrem Mann!

Ach Gott, Christiane geriet ganz durcheinander.

Wieso und warum muß ich mich in „diesem Alter“ noch mit Eifersucht beschäftigen? Das ist doch lächerlich? Oder sind das Spiele der Langweile? Wieso plagt es mich, was Ulrich mit Eva gemacht hat — oder — sie wollte es nicht so drastisch formulieren: was er aus Eva gemacht hat?!

„Was war denn nun wirklich los, Eva?“ fragte sie plötzlich. Sie konnte die Ungewißheit nicht länger ertragen.

Und Eva Berger, die überhaupt nicht wußte, womit ihre Schwester sich abquälte, die gar nicht den Zusammenhang begriff, sah sie erstaunt an.

„Was meinst du denn?“ fragte sie, als sie schon Marienfelde erreicht hatten und auf den Marktplatz zusteuerten.

„Ach so! Das meinst du!“ dämmerte es in Evchen. „Los war eigentlich nichts, ich wollte nur mal weg — weg von allem! Wie spät ist es jetzt?“

Sie blickte auf ihre Uhr.

„Noch nicht mal 9 Uhr! Was sagst du dazu! Martin steht nie vor 9 Uhr auf. Da kann ich dich noch schnell nach Hause fahren!“

Ohne Christianes Verblüffung zu erkennen, startete sie wieder und fuhr zügig zum Haus am Hang, wo sie Christiane absetzte, ihr den Arm drückte und ein letztes Mal lächelte.

„Es war wunderbar, daß du mitgefahren bist!“

Dann veränderte sich ihr Ausdruck. Sie seufzte hörbar.

„Auf in den Kampf!“ sagte sie. „Aber laß es gut sein. Ich habe aufgetankt! Und wenn es mir wieder zu dumm wird, stehe ich erneut vor eurer Tür! Machst du dann wieder mit, Christiane?“

Christiane war gar nicht bei der Sache.

Sie hatte eigene Probleme.

„Christiane!“

„Wie?“

„Ich sagte, ich würde wieder vorbeikommen, wenn es zu Hause nicht auszuhalten ist. Machst du dann mit?“

„Es wird Zeit, Eva! Laß deinen Mann nicht warten!“

Damit schlug sie die Tür zu.

Enttäuscht fuhr Eva Berger ab. Daß sie nie wieder eine solche Tour unternehmen sollte, vermutete sie in diesem Augenblick nicht. Im Gegenteil, je näher sie dem großen Haus am Marktplatz kam, umso mehr steigerte sich ihre Nervosität. War Martin schon wach? Und wenn ja, hatte Lydia ihm geholfen?

Je intensiver sie darüber nachdachte, umso mehr plagte sie die Unruhe. Sie hatte eben ihren Ausflug nur unvollständig vorbereitet.

* * *

Als Ulrich Grothe sich an diesem Spätnachmittag wieder ins Auto setzte, um nach Marienfelde zu fahren, lächelte er glücklich. Da standen sein Sohn, seine Schwiegertochter, seine Enkelin, alle drei winkten ihm nach. Sie hatten nicht nur einen harmonischen Tag miteinander verlebt, sie hatten auch debattiert, hin- und herüberlegt, Fragen waren aufgekreuzt, Ulrich hatte Einblick genommen in die finanziellen Verhältnisse der Grothes. Er hatte ihnen nach bestem Wissen und Gewissen Antwort gegeben auf die Frage, ob sie nun eine zweite Tankstelle erwerben sollten oder nicht. Sie hatten gemeinsam die Verträge studiert, waren zur Raffinerie gefahren, hatten auch dort Rücksprache genommen ... doch was habe ich eigentlich gesagt? fragte sich Ulrich Grothe, als er gerade die Autobahnauffahrt nach Bremen erreichte.

Genau dasselbe, was ich vor vielen, vielen Jahren einem jungen Landwirt sagte, als er mich um Rat fragte. Er wollte seine Landwirtschaft ganz auf die Reiterei umstellen — Pferdezucht, Reitbetrieb, eigene Futterversorgung und so weiter. Es war damals noch riskant, sich auf das Vergnügen anderer Leute einzustellen. Soo sicher waren die Zeiten noch nicht, als daß man das als Broterwerb betrachten konnte. Dennoch ... Grothe hatte dem jungen Mann kaum etwas sagen können, weil er prinzipiell keine Hoffnungen ausstreute, die sich unter Umständen nicht bewahrheiteten.

Aber eins hatte er dem jungen Mann mit auf den Weg gegeben, und das war von ausschlaggebender Bedeutung, selbst wenn die Zeiten ungewiß waren:

„Tüchtigkeit setzt sich immer durch!" hatte er dem jungen Breitner gesagt. „Und Sie sehen mir ganz so aus, als hätten Sie davon eine Portion. Nur Mut, junger Mann!"

Diesmal standen die jungen Grothes vor einem ähnlichen Problem. Zwar war eine Tankstelle nicht zum Vergnügen anderer Leute da, aber auch hier galt der Grundsatz: Tüchtigkeit setzt sich immer durch!

Es war nicht zu leugnen, daß die goldenen Zeiten des Aufbaus längst vorbei waren. Jetzt hieß es, der Konkurrenz gewachsen zu sein. Jetzt mußte man um den Kunden werben, sei es durch besonderes Service, durch Sauberkeit, Schnelligkeit, Gewissenhaftigkeit, Hilfsbereitschaft, Großzügigkeit — irgend etwas mußte man sich einfallen lassen, um den Autofahrern die Tankstelle der Grothes besonders schmackhaft zu machen.

„Und ihr seht mir ganz so aus, als würdet ihr es schaffen! — Nur Mut, ihr beiden!" hatte Ulrich gesagt.

Ihr beiden! Dabei hatte er seinen Sohn kaum einbezogen! Barbara meinte er. Es ist nicht zu leugnen, gestand er sich ein, daß Barbara die Führende in der Familie ist.

Ulrich Grothe, noch verstrickt in der Vorstellung, daß der Mann in einer Ehe die Verantwortung trägt und damit auch das Sagen hat, mußte heute entdecken, daß sein Sohn dieser Aufgabe nicht gewachsen war.

Warum auch? fragte er sich in nüchterner Überlegung. Hauptsache, einer in dieser Verbindung tut es. Und das ist ohne Zweifel meine Schwiegertochter.

Sehr wohl hatte er gemerkt, wie der Respekt, den sie ihm entgegenbrachte, sich auflöste und überging in Bewunderung! Bewunderung deswegen, weil er es in seinem Leben zu etwas gebracht hatte. Offenbar war es Barbara Grothes Lebensziel, auch etwas zu erreichen.

Wenn sie nur nicht die Lust an ihrem Mann verliert! dachte Ulrich Grothe, während er die Autobahn entlangfuhr. Mein Sohn ist nicht von dieser Statur! An ihm kann Barbara nichts Bewundernswertes finden. Doch ... und das war versöhnend — er bot ihr dafür das, was sie genauso brauchte — die Wärme des Herzens! Gewiß würde es immer Zeiten geben, in denen dieses Merkmal deutlicher gebraucht würde, und wiederum solche, in denen sie es vermissen würde, in ihm nicht den Führenden zu sehen, denjenigen, dem sie die Zügel in die Hand geben konnte, wenn sie müde wurde.

Möge der Himmel ihr helfen! dachte Grothe, daß die Strömungen nie zum Sturm ausarten. Andreas konnte sich keine bessere Gefährtin für sein ungenügend gesteuertes Leben wünschen.

Bei dieser Überlegung angelangt, machte Grothe sich bittere Vorwürfe, daß er sich vor vielen, vielen Jahren seinem Schwiegervater Krogmann gegenüber nicht stark gemacht und die Erziehung seines Sohnes nicht selbst in die Hand genommen hatte. Es war ihm ergangen wie so vielen in dieser Periode des Zeitgeschehens. Der Wiederaufbau hatte sein Denken, sein ganzes Leben so in Anspruch genommen, daß er für nichts anderes mehr Zeit gehabt hatte — und, wenn er in seinem tiefsten Innern ganz ehrlich mit sich war, mußte er gestehen, diese Zeit war so imponierend gewesen, daß er für Kindererziehung kaum Interesse hatte aufbringen können.

Im Rückblick sah er das Bild vor sich — die drei, die ihm nachwinkten.

Barbara, die in allernächster Zeit ihr zweites Kind erwartete, kaum ein Anlaß, deswegen untätig zu sein und die Zeit abzuwarten, Andreas, der seinen Arm um ihre Schultern gelegt hatte, und das quicklebendige Enkelkind Anne, das herumhüpfte und winkte und am liebsten noch mitgelaufen wäre, bis Opa Grothe die Tankstelle verlassen hatte.

Am imponierendsten war Barbara, ohne Zweifel. Als er sich von ihr verabschiedete, hatte er sich erlaubt, die Arme um sie zu schließen, etwas, was Ulrich Grothe nur tat, wenn er sich einem Menschen besonders verbunden fühlte.

Und Barbara? In diesem Augenblick wich die letzte Scheu von ihr.

„Es war gut, Vater, daß du gekommen bist! Wir danken dir!" sagte sie noch in seinen Armen. „Wir melden uns sofort, wenn das Kind da ist. Man hat mir gesagt, es würde ein Junge!"

„Unwichtig!" hatte Grothe erwidert, obgleich das nicht stimmte. Sehr wohl würde er sich über einen Stammhalter freuen, der den Namen Grothe fortsetzte. „Hauptsache, es geht alles gut!"

„Ich wollte es gar nicht wissen!" meinte sie zum Schluß. „Sie nehmen einem die ganze Spannung, aber es ergab sich so. Sie sagten es mir, ohne daß ich danach fragte!“

„Unwichtig!“ wiederholte Grothe. „Alles Gute für dich, mein Kind!“

Damit gab er sie frei.

Noch nie hatte Ulrich Grothe so intensiv teilgenommen an dem Geschehen einer jungen Familie. Als Andrea soweit war, daß der Sohn geboren werden sollte, war sie ganz in der Obhut der Krogmann-Familie und des Krankenhauses. Wie unpassend! dachte Grothe heute. Und wie unwirklich. Wozu ist man eine Familie!

Er machte die Feststellung, daß man selbst im Alter immer wieder etwas Neues lernen mußte.

* * *

Wohlweislich nahm Evchen Berger den hinteren Eingang, als sie von ihrer Spritztour zurückkam. Der vordere mit der altmodischen, scheppernden Glocke hätte Martin unweigerlich geweckt, wenn er nicht schon wach wäre.

Doch sie vergaß, daß Blinde ein besonders geschultes Ohr haben für Dinge, die sie umgeben und die ungewöhnlich sind.

So wurde Martin wach von einem Motorgeräusch, das aus der Garage kam.

Das war doch das Mercedes-Geräusch! Wieso und warum fuhr jemand seinen Wagen, ohne ihn zu fragen? Das hatte es noch nie gegeben! Sollte Ulrich??

Gewiß hatte er Ulrich mehrfach seinen Wagen zum Üben gegeben, doch niemals, ohne gefragt worden zu sein.

Außerdem — Eva hatte den Führerschein in der Tasche! Es war also gar keine Veranlassung, daß Ulrich seinen Wagen aus der Garage holte — und dann noch ohne ihn zu fragen!

Was er dann wahrnahm, war ein Geräusch in der Küche.

Das mußte Eva sein.

Dieses heimlich-hastige Hin- und Hergehusche! Da stimmte doch etwas nicht!

„Eva!“ rief er gebieterisch! Und Eva kam sofort. Sie antwortete auch sofort. Sehr schnell öffnete sie die Tür zum Schlafzimmer, als ob sie ein schlechtes Gewissen hätte.

„Hast du gut geschlafen?“ fragte sie gleich und kam an sein Bett, um ihn zu küssen. Doch Martin traute dieser Freundlichkeit nicht.

„Da ist doch etwas ... wo kommst du her?“ fragte er und richtete sich auf, nicht ohne ihre Hilfe in Anspruch zu nehmen. „Wo bist du gewesen? Doch nicht etwa mit dem Wagen ...?“

Krümelchen beantwortete die Frage nicht.

„Nun werde doch erst mal richtig wach!“ sagte sie stattdessen.

Doch einmal mißtrauisch geworden, ließ es Martin keine Ruhe.

„Ich habe es gehört!“ sagte er.

„Was?“

„Du bist mit dem Wagen weggewesen! Gib es zu!“ schrie er sie an.

Was sollte sie machen?! Es blieb ihr nichts anderes übrig, als Farbe zu bekennen.

So begann der Tag.

Mit einem wütenden Ausbruch hielt Martin die Hand seiner Frau fest, um mit der anderen auszuholen. Er sprang aus dem Bett und hielt sie fest — hielt sie immer noch fest, während er mit der anderen Hand Schläge erteilte, die Eva Berger hinnahm als Strafe für einen Ausflug, den sie sich nicht hätte erlauben dürfen.

Doch einmal war die Duldsamkeit vorbei. Einmal hatte sie genug von Vorwürfen, Demütigungen und Anschuldigungen. Sie wehrte sich, indem sie den Schlägen auswich und sich von seiner Hand freimachte.

„Genug!“ schrie sie — genau wie er, doch sie weinte dabei. „Es ist genug! Ich kann nicht mehr!“

Was Martin dann hörte, ließ ihn zu Tode erschrecken. Ein dumpfes Poltern, ein Stöhnen — und dann nichts mehr.

Kein Sichwehren, kein Jammern, kein Weinen, nicht mal ein Atmen hörte er.

„Eva!“ flüsterte er. „Evchen, um Gottes Willen!“

Nichts.

Er wagte nicht, sich von der Stelle zu rühren aus Angst, er könnte über sie fallen. Irgendwo, ganz in seiner Nähe, mußte sie doch sein!

„Krümelchen!“ flehte er, seit eh und je das versöhnende Kosewort, das bisher immer geholfen hatte, sie wieder zusammenzuführen.

Doch heute? Heute hatte es keine Wirkung.

Irgendwo lag seine Frau zusammengesunken. War sie am Ende nicht mehr am Leben? Oh Gott!

„Krümel ...!“ schrie er verzweifelt und raffte sich auf, sie zu ertasten.

Mühsam bewegte er sich vorwärts, umging Schritt für Schritt das breite Bett und stieß schließlich an etwas Weiches.

„Krümelchen!“ seufzte er und war dem Weinen nahe, als er niederkniete.

„Mein Gott, warum kann ich nicht sehen! — Evchen!“ Er tastete weiter. Da lag sie zusammengekrümmt, genau so, wie sie hingefallen sein mußte, als er sie so angeschrieen hatte. Vorsichtig glitt seine Hand an ihrem Arm entlang. Endlich hatte er ihren Kopf gefunden — das Gesicht. Mit grauenhafter Deutlichkeit erinnerte er sich ihrer liebevollen Züge, der vollen Wangen und der gutmütigen Augen.

„Krümelchen! Ach Gott, Krümelchen!“ Er tastete weiter und hatte schließlich ihre Hand erreicht. Wenn er doch wüßte, wie man einen Puls fühlen konnte! Darum hatte er sich nie gekümmert! Warum denn auch! Bisher hatte er es nicht nötig gehabt, den Puls anderer zu fühlen.

„Evchen!“ Er berührte sie von neuem und hoffte, sie würde einen Laut von sich geben.

Doch nichts geschah — gar nichts. Eva Berger lag neben ihm. Tot oder noch nicht tot! Er wußte es nicht.

Sein eigenes Schicksal war schon schwer genug — dies auch noch! Diese Ungewißheit! Das war zuviel!

Ein Schrei erfüllte den Raum — ein grauenhafter Schrei, der jeden zu ihm geholt hätte, wäre er in der Nähe gewesen!

Doch nichts erfolgte. Der Schrei verhallte, als hätte niemand ein Erbarmen!

„Lydia!" versuchte er es weiter. Und noch einmal. „Lydia! Verdammt nochmal! Warum kommt denn keiner!"

Doch Lydia war längst auf dem Weg zur „Post". Sie erwartete zwar ein Baby, doch konnte sie niemand dazu bringen, ihre Stellung vorzeitig aufzugeben. Es ging ihr gut, und nachdem sich ihre lange gehegte Sehnsucht erfüllt hatte, stand sie auf dem Standpunkt, alles sollte so weitergehen wie bisher. Sie würde das Hotel zur Post verlassen, wenn es Gesetz und Zeit erlaubten.

So war denn Lydia auch nicht zu Hause, als Martin so verzweifelt eine Hilfe brauchte.

Niemand hatte bisher erfaßt, wie unheimlich es für einen Blinden ist, in einem großen Haus allein zu sein. Heute kam Martin das mit aller Deutlichkeit zum Bewußtsein. Was sollte er tun?

Noch immer kniete er vor dem Bündel Mensch, das auf dem Boden lag. Noch immer hoffte er, seine Frau würde wieder zu sich kommen.

Doch sie rührte sich nicht. Nichts half, kein Schütteln, kein Umarmen, kein Zuspruch, kein Klopfen.

„Gott im Himmel!" Vorsichtig und der Verzweiflung nahe ließ Martin die Bewußtlose wieder auf den Boden gleiten.

Irgend etwas mußte er unternehmen, selbst wenn er nicht sehen konnte.

Irgend etwas mußte geschehen! Er konnte doch nicht warten, bis jemand kam! Lydia war nicht vor heute Nachmittag zu erwarten und wer sollte sonst kommen ?

Aber — endlich konzentrierte er sich — wozu gab es das Telefon? Hatte er sich nicht ein paar Nummern eingeprägt, die er anrufen konnte, ohne das Telefonbuch zu brauchen?

„Conny!" rief er und richtete sich auf. Vorsichtig tastete er sich durchs Schlafzimmer, über die Diele ins Wohnzimmer. Allmählich war er mit den Größenverhältnissen dieses Hauses vertraut. Er kannte die Abmessungen, die Richtung und wußte, wieviele Schritte er brauchte, um ins Wohnzimmer und an seinen Schreibtisch zu gelangen.

Die Brotfabrik wählte er. 3541.

„Meister-Backwaren!" meldete sich eine freundliche Stimme.

„Meinen Sohn! Hier ist Berger! Meinen Sohn, bitte — sofort!"

Die Stimme am anderen Ende schaltete sofort.

„Oh, Herr Berger, das tut mir aber leid! Herr Berger ist nicht hier. Er ist" — und nun kam eine lange Litanei, die Martin in seiner Enttäuschung sich gar nicht erst anhörte. Was interessierte ihn das Reiseprogramm seines Sohnes in diesem Augenblick! Und seine Schwiegertochter wollte er nicht haben. Sie erwartete in diesen Tagen ein Baby! So erfreulich es war, endlich Großvater zu werden — seit Jahren sehnte er sich danach — in dieser Situation konnte er nichts damit anfangen.

Das Hotel zur Post! Sollte er Lydia nach Hause bitten?

Er überlegte kurz.

„Nein! Lydia nicht! Auch sie erwartete ein Baby! Auf gar keinen Fall wollte er sie in Aufregung versetzen! Außerdem — Hotel zur Post! Er wollte nicht, daß jedermann im Hotel sein Schicksal diskutierte!

Blieben nur noch Ulrich und Christiane!

Mit zitternden Fingern hatte er die Nummer gewählt. Christiane war sofort am Apparat, als ob sie darauf gewartet hätte.

„Oh Gott, Christiane!“ sagte er erlöst. „Du mußt sofort kommen! Sofort!“

„Martin?“ fragte sie, eher erstaunt, daß er es war und nicht Evchen.

„Nein, nicht Evchen!“ Und dann hörte sie ihn verzweifelt rufen.

„Komm bitte, ach Gott, komm doch bitte! Krümelchen liegt hier im Schlafzimmer und rührt sich nicht!“ Er konnte es nicht verhindern, daß sie sein verzweifeltes Schluchzen hörte, „und ich weiß nicht, ob sie noch lebt oder ...“

„Martin! Ich komme! Ich komme sofort!“ rief Christiane und warf den Hörer auf die Gabel.

Von da ab nahm alles seinen Lauf.

* * *

Liebste Melanie!

Es wird höchste Zeit, daß ich Dir schreibe.

Ruhestand! Das ist wirklich nicht die richtige Bezeichnung für das Leben, das wir im Augenblick führen. Eher ist es ein Unruhestand!

Ich schrieb Dir vor einiger Zeit, wie froh ich war, daß man Ulrich ein Aufgabengebiet angetragen hatte, das er gern annahm: Den Vorsitz des Kulturringes! Ach Gott, ach ja!

Du hast zwar meinen Ulrich nie persönlich kennengelernt, aber durch meine Schilderungen weißt Du sicher, wes Geistes Kind er ist. Wenn er etwas übernimmt, kniet er sich hinein in die Dinge und macht alles hundertprozentig. So auch die Sache mit dem Kulturring. Mir schien es, als sei jedermann froh, daß er die Aufgabe übernahm, offenbar ein Kapitel, das nie viel Freude eingebracht hat.

Nun wollte Ulrich es zur Freude machen. Er arbeitete einen Plan aus, wonach er die Leute zu Vorträgen nach Marienfelde bitten wollte. Geschichte, Politik, Heimatkunde, Technik, Kunst. Ulrich hatte sich das alles durch den Kopf gehen lassen und die Art der Veranstaltungen wohl dosiert, also für jeden etwas.

Und doch kam er nicht an, der Arme!

All sein Eifer wurde nicht belohnt. Es fing schon damit an, daß er mit seinem Etat nicht zurechtkam. Viel zu teuer! Die Vortragenden, meistens Professoren von Universitäten, verlangten viel zuviel Geld.

Was aber noch schlimmer war — es kamen kaum Interessenten. Es ging noch an, als Kurbetrieb war, zu Ende des Sommers, Anfang des Herbstes, aber dann war Schluß. Eigentlich fängt dann ja erst das Winterprogramm an. Aber offenbar war Marienfelde nicht interessiert.

Schließlich erschien der Bürgermeister eines Tages hier im Hause und sagte Ulrich, er machte es auch nicht richtig. Er könnte einfach nicht erwarten, daß für seine hochgesteckten Ziele soviel Interesse vorhanden wäre, wie Ulrich es sich vorstellte. Er sollte lieber mal einen Tanznachmittag für Senioren arrangieren. Da würde er Zuspruch finden.

„Aber das ist doch nicht Aufgabe des Kulturringes!" behauptete Ulrich (wobei ich ihm Recht geben mußte!). Immerhin ließ er sich dazu bewegen — und siehe da, der Saal war gerammelt voll! Es kamen nicht nur Senioren. Halb Marienfelde war auf den Beinen.

Jedoch — Ulrich war nicht glücklich dabei.

Weißt Du, das ist so: Wenn Ulrich etwas übernimmt, macht er es mit einem Eifer, der nicht zu überbieten ist. Jedoch — man will diesen Eifer gar nicht. Man möchte ein bißchen froh sein, ein bißchen Spaß haben, aber nicht Vorträge hören über Politik, über die Geschichte dieser Gegend. Ach nein, bitte nicht!

Das alles ist letzten Endes doch nichts für Ulrich. Ich erinnere mich da an einen aus Ulrichs Crew, von dem er mir erzählt hatte. Diesen Mann hatte man schon immer wegen seiner Reitleidenschaft aufgezogen, als er noch zur See fuhr. Schließlich war auch er im Ruhestand, und man übertrug ihm nur zu gern den Vorsitz des Reitvereins, dem er sich angeschlossen hatte. Und was war das Ende vom Lied? Er war den Mitgliedern zu präzise, er rannte hinter ihnen her, um nicht nur die Beiträge zu kassieren, auch seine Organisation war zu perfekt, wenn es darum ging, ein Turnier zu veranstalten oder einen Wanderritt zu organisieren. Sein Programm geriet durcheinander, weil nicht jeder Reiter ein Frühaufsteher war wie er. Dabei besorgte er Quartiere für Pferd und Reiter, alles war perfekt durchorganisiert, doch letztlich war die Teilnahme so gering, daß der Plan nur einmal durchgeführt wurde und dann nie wieder. Er war eben zu intensiv, zu präzise, er nahm alles zu ernst, zu gewissenhaft.

Genau so ergeht es Ulrich.

Er tut mir leid, das kannst Du mir glauben. Bei allem Eifer, bei aller Korrektheit, Freizeitbeschäftigung soll eben auch ein bißchen Spaß bringen, und das berücksichtigt Ulrich nicht.

Jedoch — das ist nicht der einzige Grund meines Schreibens.

Melanie, Liebste, was wir in diesen Tagen erlebten, war so bewegend, erschütternd — nenne es, wie Du willst. Ich bin noch ganz betroffen davon. Doch laß Dir der Reihe nach berichten.

Du weißt, daß mein Schwager von einem Tag zum anderen erblindete.

Das Leben wurde für meine Schwester sehr schwer, zumal er selbst mit seinem Schicksal nicht fertigwerden konnte.

Aber einmal war auch die Hilfsbereitschaft und die Güte, die meine Schwester zu vergeben hatte, bis zur Neige ausgeschöpft.

Jedenfalls hatte sie gerade mit Ulrichs Hilfe ihren Führerschein gemacht, als sie eines Morgens vor meiner Tür stand und mich zu einer Fahrt in die Stadt abholte. Ulrich war an diesem Tag zu seinem Sohn gefahren.

Ich gebe zu, es war manches nicht richtig, wie Evchen es machte. Sie hatte kaum ihren Mann verständigt, daß sie, bevor er richtig wach wurde, ein bißchen losfahren wollte, um zu üben! Und dann mit seinem heißgeliebten, sehr großen Wagen! Da sie von vornherein wußte, daß er es nicht erlauben würde, tat sie es heimlich.

Um es kurz zu machen — wir waren gegen 9 Uhr aus der Stadt zurück (wir haben uns gar nicht dort aufgehalten). Gott, Melanie, Du weißt ja, wie so etwas ist: einmal muß man ausbrechen, einmal wächst einem die Misere über den Kopf, und dann macht man etwas ganz Unrichtiges, Unerlaubtes, einfach das Verkehrteste, was man machen kann.

Martin war zwar noch nicht aufgestanden, doch er hatte die ungewohnten Geräusche gehört. Es war also nicht schwer für ihn herauszufinden, was seine Frau unternommen hatte. Kein Wunder, daß er außer sich war!

Es muß sich eine schreckliche Szene abgespielt haben, als er sie zur Rede stellte.

Jedenfalls ... als er hier anrief, hörte ich schon aus seiner Stimme die Verzweiflung. Evchen lag auf dem Boden des Schlafzimmers und rührte sich nicht. Und als ich kam ... es war ein quälendes Bild, das ich in meinem ganzen Leben wohl nicht vergessen werde.

Da kniete mein blinder Schwager auf dem Boden und hatte seine Frau in den Armen. Er war so gebrochen in seiner Gemütsverfassung, daß er keinen Weg mehr wußte, wie er sich aus dieser Situation retten sollte.

Du mußt das mal in Dich aufnehmen: Ein Mann — bisher ausgerüstet mit Temperament, mit cholerischem Temperament sogar — ein Mensch, der bisher nie einen Arzt gebraucht hat, der sich erst seit kurzem damit abfinden mußte, daß er für den Rest seines Lebens nicht mehr sehen kann — dieser Mensch wird nun plötzlich damit konfrontiert, daß seine Frau, seine allergrößte Stütze in dieser Lage, ausfällt. Sie liegt ohnmächtig am Boden ... und er weiß noch nicht einmal, ob sie lebt. Das kommt noch hinzu!

Also ich muß sagen, Melanie, Martin Berger hat gewiß manches, was mir nicht sympathisch ist, aber das alles trat in diesem Augenblick in den Hintergrund. Ich wünschte Ulrich herbei, aber er war nicht da, und so oblag es mir, hier die notwendigen Schritte zu unternehmen.

Ein Segen, daß mein Vater uns — vielleicht spielerisch und doch mit gewissem Ernst verbunden — ein paar Handgriffe beigebracht hat, wie man feststellen kann, ob der Puls noch funktioniert, wie ein Toter aussieht ...

ich will das nicht weiter ausführen. Jedenfalls stellte ich fest, daß meine Schwester in tiefer Ohnmacht war. Ärztliche Hilfe war notwendig!

Ich half Martin auf und setzte ihn zunächst auf den Bettrand. Im Augenblick war meine Schwester wichtiger.

Es war das Herz, das ihr einen Streich spielte, und zwar gründlich!

Ehrlich gestanden, sie war viel zu nachlässig mit sich selbst gewesen. Sie fand einfach keine Zeit, von ihrer schlechten gesundheitlichen Verfassung Notiz zu nehmen.

Das war nun die Reaktion! Zur Zeit liegt sie im Krankenhaus und wird dort noch zwei Wochen bleiben — immer vorausgesetzt, daß keine Komplikationen eintreten.

Was es aber bedeutet, die Säule eines Familienkreises ins Krankenhaus zu schicken, wird einem erst bewußt, wenn die Betreffende wirklich weg ist. Wer übernimmt Martin?

Als Evchen schließlich im Krankenhaus wieder zu sich kam, war das ihre erste Sorge. Lydia macht es. Jedenfalls — und das sind die Segnungen eines kleines Ortes — konnte sie sofort ihre Arbeit im Hotel einstellen, um ihren Vater zu betreuen. Zwar bekommt sie demnächst ihr erstes Kind — sehnlichst erwartet nach zehn Ehejahren —, doch Lydia ist genau die Tochter ihres Vaters. Sie streiten sich und sie versöhnen sich. Ich bin ganz sicher, daß Lydia und mein Schwager die Zeit bis zur Rückkehr meiner Schwester gut miteinander auskommen.

Was jedoch sonst noch nötig ist, wird von Ulrich und mir bestritten. Mehr wohl von Ulrich. Ich sagte ja schon am Anfang meines Briefes: Unruhestand! Wo immer Hilfe nötig ist, Ulrich greift ein. Nach Ulrich wird gerufen! Es ist eine sehr dumme Redensart, wenn man sagt: Er hat ja Zeit!

Er hat sie nicht! Denn Ulrich ist derjenige, der sich wirklich Gedanken macht, wie man Martins Leben wieder einen Sinn geben kann. Martin selbst ist dazu nicht in der Lage.

Martin braucht einen geregelten Tagesablauf. Gewiß hat meine Schwester für ihn gesorgt, hat sich Gedanken gemacht, wie sie ihn beschäftigen könnte, doch das alles hatte kaum Bedeutung. Hinzu kam der Umstand, daß Evchen die Vorschläge machte, etwas, was mein Schwager bisher nie akzeptiert hatte. Das war doch alles dummes Zeug, was von seiner Frau vorgeschlagen wurde!

Das war unrecht! Sicher hat meine Schwester nie viel Gebrauch von ihrem Verstand gemacht, doch als ihr Mann plötzlich so hilflos wurde, dachte sie sich vieles aus, was ihn erfreuen könnte. Sie sagte ihm, wie das Wetter war, sie erzählte ihm, daß sie im Garten noch eine späte Rose gefunden hätte und ließ sie ihn riechen. Sie erzählte ihm, welches Kleid sie trug, sie fing an, ihm aus der Zeitung vorzulesen, doch da winkte er schnell ab. Sie las stotternd, weil sie es nicht gewohnt war. Mein Schwager ist schon immer ungeduldig gewesen.

Wie dem auch sei, was von Evchen kam, war alles nichts!

Nun machte Ulrich einen Vorschlag, der wohlüberlegt war.

Martin sollte doch mal von seinem Leben erzählen. Erst grinste er. „Memoiren? Klingt ja albern! Soo berühmt bin ich schließlich nicht!"

„Immerhin!" meinte Ulrich. „Du hast einen ungewöhnlichen Lebenslauf, und kein Mensch wird bestreiten, daß du es weit gebracht hast!"

Das war natürlich Wasser auf Martins Mühle! So fing er denn an, ein wenig zu erzählen, wie er das Bäckerhandwerk erlernte, immer in dem Gedanken, eines Tages würde er die väterliche Bäckerei übernehmen. Sein Vater war ja gefallen und seine Mutter hatte den Betrieb verpachtet, bis zu dem Zeitpunkt, an dem ihr Sohn ihn übernehmen konnte. Das ist auch alles so über die Bühne gelaufen.

Was Martin während der ersten beiden Nachmittage, die er mit Ulrich verbrachte, nicht wußte, war die Tatsache, daß ein Tonband lief.

Von diesem Tonband haben wir dann das Wesentliche herausgehört, und ich habe es zusammen mit Ulrich zu Papier gebracht.

Dann fanden wir, es wäre unfair, ihn nicht wegen des Tonbands zu unterrichten. Wir hatten auch geplant, es ihm zu sagen, sobald er selbst Freude am Berichten gefunden hatte. Als er es erfuhr und dann auch noch die „Essenz" vorgelesen bekam, änderte er seinen Stil. Schon bevor Ulrich kam, hatte er sich zurechtgelegt, was er sagen wollte — und allmählich bekam er Freude am Erzählen. Immer wieder fällt ihm etwas ein, was noch erwähnenswert ist. Allmählich ist auch Methode in sein Berichten gekommen. Sein Gedächtnis schärft sich. Und dabei kommt der ungewöhnliche Lebensweg eines Mannes heraus, der es verstanden hat, etwas aus sich zu machen. Natürlich kam ihm die Zeit zu Hilfe, aber ohne seine Tatkraft wäre sein Unternehmen nicht so gewachsen.

Ulrich sagte mir, man merke richtig, wie Martin durch das Berichten langsam seine jetzige Misere in den Hintergrund schiebt. Es befriedigt ihn, daß er etwas auf die Beine gestellt hat, und Ulrich unterstützt ihn dabei.

Möglich, daß der Bericht über sein ungewöhnliches Leben eines Tages seinen Enkel interessieren wird.

Damit komme ich zu der Nachricht, daß Martin und Evchen in diesen Tagen Großeltern wurden. Sein Sohn Conny wurde Vater.

Aber seltsam, seltsam — Martin nahm es zur Kenntnis, Martin beglückwünschte seinen Sohn und bat uns, etwas für Rita, seine Schwiegertochter, zu tun. Er ist in diesen Tagen ohne seine Frau sehr darauf bedacht, niemanden zu vergessen oder gar zu verletzen.

Nur — ich habe das Gefühl, dieser Stammhalter, den Conny und Rita ihm zuliebe auch noch „Martin" taufen wollen, dieses Kind berührt ihn nicht so sehr.

Ich mag mich ja irren, schließlich ist seine Frau nicht bei ihm — auch sonst ist er anders als sonst, noch immer verwirrt und voller Schuldkomplexe — aber ich werde das Empfinden nicht los, daß sein erstes Enkelkind, nach dem er sich gesehnt hat, seit seine Kinder verheiratet sind, daß dieser kleine Martin ihn nicht so bewegt.

Lydias Kind — um Lydia sorgt er sich viel mehr als um Rita. Lydia ist und bleibt sein liebstes Kind, und wenn Lydia etwas zustieße, wäre es ein wahres Unglück für ihn. Er würde es kaum verwinden, fürchte ich.

Doch letzten Endes, Melanie, weiß niemand, was in einem Menschen vorgeht.

Was geht in Martin Berger vor, wenn er sich dazu durchringt, ins Krankenhaus zu fahren, um seine Frau zu besuchen? Seit er blind ist, hat er sich nicht aus dem Haus gewagt, aus Angst, jemand könnte ihn ansprechen und er wüßte nicht, wer es ist!

„Ich möchte Krümelchen besuchen!" sagte er, als sie eine Woche weg war. Es rührte mich zutiefst, muß ich gestehen, dachte ich doch immer, er hätte in Lydia Ersatz gefunden — besseren, denn wann hat er mal die Hilfe seiner Frau anerkannt.

Schon allein die Vorbereitungen mußten Stunden in Anspruch genommen haben.

Als wir ihn schließlich abholten, stand er in der Diele, Lydia neben ihm.

„Zufrieden?" fragte sie und unterdrückte ein Schluchzen, mit dem sie kämpfte.

Er sah großartig aus! Großartig ordentlich, genau so, wie Krümelchen es erwartete. Ein Mann mit ergrauten Schläfen, tadellos frisiert und rasiert, tadelloser Anzug mit steilen Bügelfalten, weißem Hemd und passendem Schlips, die Schuhe spiegelblank. Dazu Mantel, Handschuhe, Hut in der Hand, genau so, wie Krümelchen ihren Mann immer ausstaffierte, wenn er irgendwohin fuhr zu einer geschäftlichen Besprechung oder Versammlung! Nur die dunkle Brille zeigte an, daß er nicht mehr der Martin Berger früherer Jahre war.

Er bat Ulrich, seinen Wagen zu fahren, hoffte er doch im stillen, Krümelchen wäre soweit hergestellt, daß sie ihn sehen konnte. Martin Berger liebt seinen großen Wagen über alles.

Schließlich waren wir im Krankenhaus. Wir flüsterten Martin Schritte und Stufen zu und er reagierte darauf mit Gewandtheit. Man lernt schnell, Abmessungen zu kalkulieren, und wenn Ulrich sagt: „Drei Schritte, vier Stufen!" dann ist das alles berechnet, aber wie gesagt, das muß man genau so lernen wie der Blinde.

Als wir die Tür zum Zimmer meiner Schwester öffneten, lächelte sie uns entgegen, aber dann sah sie, daß noch jemand neben Ulrich stand ... und von dem Zeitpunkt an waren wir nicht mehr da.

„Martin!" Sie streckte die Hände aus, und wir führten ihn zu ihr, stellten einen Sessel an ihr Bett und gingen nach draußen.

Ich bin sicher, es war ein bewegendes Wiedersehen.

An dem Tasten an der Tür merkten wir schließlich, daß Martin sich verabschiedet hatte.

„Aber sie möchte dich noch sehen, Christiane!" sagte er und ließ sich von Ulrich den Gang entlangführen.

Schon an seiner Stimme merkte ich, daß er sich noch nicht unter Kontrolle hatte.

Auch meine Schwester hatte noch Tränen in den Augen, als ich hereinkam.

„Christiane!" sagte sie. „Ich werde bestimmt ganz schnell wieder gesund. Es war so wunderbar, daß ihr Martin zu mir gebracht habt!"

Obgleich sie allein im Zimmer lag, zog sie mich zu sich herab und flüsterte mir die ganze Episode des ergreifenden Wiedersehens mit ihrem Mann ins Ohr. ...

„Ich wollte gar nicht weinen, aber ich konnte es nicht aufhalten. Martin ist gekommen, mein Mann, denk doch nur, mein lieber Mann, den ich so verletzt habe mit dieser Spritztour! Ich begreife heute nicht mehr, wie ich das machen konnte — einfach wegzufahren!

Und jetzt ist er zu mir gekommen! Noch nie ist er aus dem Haus gegangen! Jetzt hat er sich darüber hinweggesetzt und ihr habt ihn zu mir gebracht!

Ich kann das noch gar nicht begreifen! — Ist ja kein Wunder, wenn ich dann so bewegt bin, daß ich heulen muß.

Und dann habe ich seine Hände genommen, sein Gesicht gesehen, die schreckliche Brille abgenommen und ihn geküßt. Ich hab' ihn einfach geküßt, so dankbar war ich, daß er mir vergeben hat.

Und weißt du, was er sagte:

‚Krümelchen!' Stell dir vor, ‚Krümelchen' sagte er. ‚Um alles in der Welt, werde bloß schnell wieder gesund! Ich tue das nie wieder! Ich brauche dich so sehr, Krümelchen! Ich habe nie gewußt, wie sehr ich dich brauche! Wirst du bald nach Hause kommen?'

‚Aber ja ... ja!' sagte ich und umarmte ihn noch fester. ‚Ich werde bestimmt wieder ganz gesund, das verspreche ich dir, Martin! Ich bin ja so glücklich, daß du gekommen bist und nicht mehr ...'

‚Nein, nein, so ist es ja gar nicht! Ich war ein Scheusal zu dir! All die Jahre war ich ein Scheusal! Komisch, nicht?' Dabei versuchte er zu lächeln, aber es gelang ihm nicht. ‚All die Jahre nimmt man die Hilfsbereitschaft so selbstverständlich hin, und wenn sie dann eines Tages ausfällt, dann ...'

‚Aber du hast doch Lydia!' sagte ich.

‚Jaa schon, Lydia! Ich gebe ja zu, Lydia tut alles, um mir zu helfen, aber es ist doch nicht das, was mein Krümelchen ... ach, ich kann nicht weiterreden, du verstehst schon!'

Und dann umarmte er mich ganz fest — wirklich ganz fest, Christiane. Seit Jahren hat er das nicht mehr getan, und dann sagte er: ‚Krümelchen, ich liebe dich!' Wirklich, das hat er gesagt. Ich war so ... so bewegt war ich, oder wie soll ich das nennen, ich konnte nichts darauf sagen, ich fing einfach an zu weinen!"

Sie beruhigte sich nur langsam und zum Schluß sagte sie noch:

„Wir haben uns in die Hand versprochen, wir wollen nie wieder über dieses Unglück sprechen, weder über den Ausflug in die Stadt noch über das, was nachher kam."

Ich verabschiedete mich schließlich von ihr und bin fest überzeugt, in den nächsten acht Tagen ist meine Schwester wieder zu Hause.

Was mir aber wesentlicher scheint, ist die Beobachtung oder die Annahme, daß nun das Leben im Hause Berger wirklich einen neuen Sinn hat.

Darauf hoffe ich.

Wie erstaunt war ich jedoch, als Ulrich mir erzählte, Martin wäre, während ich bei Evchen war, genau so mitteilsam gewesen wie meine Schwester. Offenbar brauchte er jemanden, dem er sein Herz ausschütten konnte.

Bisher waren die beiden Männer sich nicht sonderlich zugetan. Ulrich schätzte Martins Mangel an Disziplin nicht. Wenn er wütend war — ich glaube, das schrieb ich schon mal —, dann platzte er mit seinem Ärger heraus. Auch daß er, wenn er fröhlich war, um es milde auszudrücken, die Kontrolle verlor, war nichts für Ulrich. Immerhin bewunderte er, was Martin auf die Beine gestellt hatte. In früheren Jahren war Martin Berger auch anders. Da faszinierte ihn das Geschäft. Er war ein Phänomen im Geldverdienen, und sein Fleiß war nicht zu überbieten.

Umgekehrt neidete Martin Berger Ulrich Grothe das, was er durch Geburt und Erziehung mitbekommen hatte, dazu seine Bildung, sein Wissen, seinen Kontakt zur „großen, weiten Welt", wie er häufig sagte.

Aber nun war alles anders. Martin Bergers Wesen hatte sich, seit er blind geworden war, verändert. Schon allein die Tatsache, daß er die Berührung seiner Mitmenschen suchte, weil er sie nicht sehen konnte, brachte es mit sich, daß das Grobe aus seinem Gebaren verschwand. Auch seine Empfindungen waren zwangsläufig nicht mehr aggressiv. Wie denn auch! Er war auf die Hilfe angewiesen und die bekam er nur, wenn er darum bat.

War er bisher tatendurstig und voller Ideen gewesen, ließ das jetzt nach — zwangsläufig, doch mehr und mehr, besonders seit seine Frau so plötzlich ausgefallen war, dachte er darüber nach, wie man trotz Blindheit noch etwas tun könnte, was von Nutzen war.

Alle diese Gedanken müssen ihm gekommen sein, als seine Frau im Krankenhaus war. Das ganze Geschehen muß ihm einen solchen Schock versetzt haben, daß er schon von sich aus zu der Überlegung kam: so geht das nicht weiter!

Das alles erzählte er Ulrich, während ich bei Evchen war, und so denke ich — nein, ich bin so gut wie sicher, daß das Leben der beiden Bergers in eine neue Phase getreten ist.

Ach, Melanie, das wäre ein Segen.

Ich gebe zu, daß Ulrich mit seinen eigenen Problemen immer mehr ins reine kommt, obgleich auch da noch nicht von einem Ende gesprochen werden kann, aber wenn Martin und Eva Berger ihren Weg fänden, ich wäre genau so glücklich, als passierte es Ulrich und mir.

In diesem Sinne grüße ich Dich, liebste Melanie, wie immer herzlich,

Deine Christiane.

Es trat genau das ein, was Christiane erhofft hatte. Als Evchen nach Hause kam, begann ein neues Leben für die Bergers.

Der Putzteufel verschwand. Krümelchen saß jetzt häufig bei ihrem Mann und versuchte, ihm die Welt zu erklären, wenn auch nur in den kleinen Dingen des täglichen Lebens. Und er wiederum zeigte Interesse für ihre harmlosen Nöte wie für die kleinen Freuden, die sie ihm zu machen versuchte.

Eigentlich erkannte er erst jetzt, daß in ihrer einfachen Seele der Kern einer unendlichen Hilfsbereitschaft steckte, einer Liebe, die im Weitergeben Freude fand. Eva Bergers Lebensziel war nichts anderes, als selbstlos jenen etwas Gutes zu tun, die sie liebte. Dafür brachte sie jedes Opfer, ohne es als solches zu empfinden. Es war ganz einfach ihre Natur, für sich nichts zu wollen, sondern ihren Lieben alles Gute angedeihen zu lassen.

Wenn sie dann noch einen Dank spürte, verdoppelte sie ihre Bemühungen.

Martin dagegen mußte umlernen. Gewohnt, daß alles nach seinem Willen gemacht wurde, gewohnt auch, daß er Befehle erteilen konnte und diese sofort und ohne Widerrede ausgeführt wurden, bemühte er sich jetzt, sich in die Gedankenwelt seiner Frau zu versetzen — und da machte er die erstaunliche Entdeckung, daß es Menschen gab, die um der Güte willen Opfer über Opfer brachten, nur aus dem Wunsch heraus, gut zu sein.

Für Martin war das ein Phänomen. Und daß seine Frau dieses Phänomen in sich trug, veranlaßte ihn, diese Güte nicht auszunutzen, sondern ihr nachzueifern. Er wußte genau, daß er das nie erreichen würde, doch zumindest wollte er ihr auch Gutes tun, soweit es in seiner Macht stand.

So dachte er über ihr Leben nach — über das Leben, das sie an seiner Seite führte, erschwert durch seine Blindheit, und darüber, daß sie in ihrer Hilfsbereitschaft nie müde wurde.

Es war unwichtig, ob es ihn interessierte, was sie berichtete, nur um ihn teilhaben zu lassen an den Alltäglichkeiten. Diese Einsicht erreichte ihn zunächst, und das war schon ein großer Wandel, der in ihm vorging. Hauptsache, er erkannte, daß seine Frau sich Gedanken machte über seine Hilflosigkeit und daß sie versuchte, sie durch diese Berichte wieder wettzumachen.

Was könnte ich tun? fragte er sich, um ihr auch ein wenig Freude zu bereiten?

Und da kam er endlich auf den Gedanken, daß er sie nicht ans Haus fesseln sollte. Ihr plötzlicher Ausflug in die Stadt mit dem Wagen — das Ereignis, über das sie nicht mehr sprechen wollten — zeigte ihm, daß da etwas fehlte in Krümelchens Leben.

Sollte er nicht doch einmal das Haus verlassen? Selbst wenn er nicht sehen konnte, sollte er nicht den Mut aufbringen und sich Marienfelde stellen?

Warum tat er es eigentlich nicht? War es so schlimm, wenn er nicht auf Anhieb wußte, wer ihn anredete? Oder glaubte er noch immer, es gäbe

Menschen, die ihm sein Unglück gönnten, weil er sie vielleicht — nur vielleicht — vor Jahren einmal nicht richtig behandelt hatte?

So schlecht war die Welt nicht!

Als er das endlich ernsthaft durchdachte, war es nicht mehr weit zu dem ersten Spaziergang durch Marienfelde.

Er ließ es sogar zu, daß Krümelchen bestimmte, wohin sie gehen wollten. „Wir werden unseren Enkel besuchen!" entschied sie. Das war also ein Spaziergang ins „Millionenviertel", wie es im Volksmund hieß, ein Spaziergang zu den Häusern am Hang, wo sein Sohn das Haus seines Großvaters Dr. Wolperding bezogen hatte und wo auch die Grothes wohnten.

„Und wenn du dann noch Lust hast, werden wir Christiane und Ulrich besuchen! Die werden Augen machen!"

Genau wie Lydia zu seinem Besuch im Krankenhaus hatte Krümelchen ihren Mann ausstaffiert. Nichts, aber auch gar nichts war an seinem Anzug auszusetzen. In dieser Hinsicht war und blieb Krümelchen die Kleinbürgerin, die sie nicht ablegen konnte. Wenn schon ein Spaziergang, dann so, wie es sich gehört! Sie haßte dieses neumodische Saloppe! Das konnten die jungen Leute tun, aber nicht Martin Berger!

Jedoch — auf ihrem ersten Spaziergang durch den kleinen Ort sollte Krümelchen Berger erleben, daß Katrin Mönkemeier, mit der sie zur Schule gegangen war, vor lauter Verlegenheit auf die andere Straßenseite wechselte.

Es kränkte sie, daß der Chef des Kurhauses, einer von Martins Kunden, höflich den Hut lüftete und vorbeiging, als lohnte es sich nicht, ihn zu begrüßen. Doch daß Trudel Weber, die früher den Laden saubergemacht hatte, vom Rad abstieg und auf die beiden zukam, war überwältigend.

„Ich bin Trudel, Herr Berger!" sagte sie herzlich und ergriff seine Hand. „Endlich treffe ich Sie! Wissen Sie, ich habe mich schon immer gefragt, ob ich Sie mal besuchen soll! Aber dann dachte ich..."

„Was dachten Sie, Trudel?" fragte Martin und versuchte ein Lächeln, obgleich ihm nicht danach zumute war. Hätte Krümelchen doch nicht gesagt, wem sie alles begegnet waren, ohne daß man von ihnen Notiz genommen hatte.

„Ach, wissen Sie, Herr Berger... natürlich... jetzt... wo ich Sie treffe, frage ich mich das selbst! Warum bist du nicht hingegangen zu Herrn Berger, er hätte sich sicher gefreut!"

„Natürlich hätte ich das! Was glauben Sie, wie einem zumute ist..."

„Eben, das ist es ja, aber... ach, bitte, Sie müssen das verstehen!" sagte sie und spielte verlegen mit der Fahrradklingel.

„Was muß ich verstehen?"

„Ich glaube", schaltete sich Krümelchen ein, die Trudel genau beobachtet und inzwischen eine Menge hinzugelernt hatte, auch über die Empfindungen, die Menschen haben, wenn sie mit Blinden konfrontiert werden, „ich glaube, Trudel hatte Hemmungen zu kommen, weil sie nicht recht wußte, was sie dir sagen sollte!"

„Genau, Frau Berger, genau so war es! — Ich kann das nicht so gut ausdrücken wie Sie, aber Sie haben es genau richtig gesagt!“

Und dann merkte sie, wie Martin nach ihrer Hand suchte, eine ganz neue Erfahrung, die sie nicht auf Anhieb erkannte. Wenn er sie nicht sehen konnte, wollte er sie ertasten.

„Trudel!“ sagte er. „Ich bin doch kein Menschenfresser!“

„Ach, nein, Herr Berger, ich mein' ja man bloß...“

Es hätte nicht viel gefehlt, und die Tränen wären ihr gekommen.

„Besuchen Sie uns doch mal, Trudel!“ griff Evchen ein. „Und erzählen Sie uns ein bißchen. Sie arbeiten doch jetzt in der Brotfabrik, nicht wahr?“

Sie nickte.

„Wenn Sie meinen!“

„Aber ja, kommen Sie mal vorbei!“ bekräftigte Martin. Auf einmal war Trudel der Angelpunkt — der erste Kontakt zu den Marienfeldern.

Der Besuch bei seinem Enkel und seiner Schwiegertochter hatte schon nicht mehr das Gewicht, das man erwartet hatte.

Und doch wurde er von seiner Schwiegertochter umarmt, erkannte sie doch die neue Phase, die mit seinem Besuch in ihrem Hause verbunden war.

Rita lebte zwar für das Geschäft, und sie strebte auch danach, so bald wie möglich wieder mit „dabei“ zu sein und „ihren“ Versand erneut aufzunehmen. Doch zur Zeit war sie Mutter, eine glückliche Mutter — und da sie ihrem Schwiegervater etwas Gutes tun wollte, eilte sie nach oben, nahm den kleinen Erdenbürger aus seiner Wiege und brachte ihn nach unten, um ihn vorsichtig in seines Großvaters Arme zu legen.

Martin war gerührt. Inzwischen war sein Ohr weit mehr geschult als das von Sehenden. Er hörte das leise Atmen des Kindes, das Japsen, als es gähnte und die Vorstufe des Weinens, weil es in seinem Schlaf gestört worden war.

Doch da griff er schon ein. Unendlich vorsichtig suchte seine Hand nach der winzigen des kleinen Martin und von da gingen seine Finger weiter. Schließlich hatten sie seine Wange erreicht, die er liebevoll streichelte.

„Martin!“ sagte er flüsternd. „Du bist also Martin Berger! Mein Nachfolger!“ Er hoffte, niemand würde sein Seufzen wahrnehmen, doch sein Herz war voll Trauer. Warum kann ich dich nicht sehen, Martin! Dein Großvater wird dich nie sehen können! Nie!

Da fühlte er, wie jemand über seine Schulter strich, sich herabbeugte und ihn küßte.

„Er hat einen schwarzen Haarschopf wie du!“ sagte Krümelchen. „Und sein Kinn ist genau so wie deins. Das wird mal ein echter Berger!“

* * *

Und eines Tages waren sie dann bei den Steiners.

Lothar und Petra Steiner hatten sich auf dieses Ereignis sorgfältig vorbereitet.

„Wir erwarten noch ein Ehepaar!“ sagte Petra, als sie ihre Gäste ins Wohnzimmer führte, ein Raum um einen Flügel herum, genau so wie das Flügelhaus beim Hotel eingerichtet war.

Sie merkte jedoch, daß Martin sich sofort steif machte und Krümelchen große Augen bekam. Noch waren die beiden nicht soweit, daß sie Unbekannte akzeptierten. Es war ihnen noch zu fremd, wie sie sich verhalten sollten, wenn ein Ehepaar sich zu ihnen gesellte, das sie nicht kannten.

Und Petra merkte, daß sie Blinde nicht mit Überraschungen erfreuen konnte.

„Tröstet euch“, sagte sie. „Wir fragten Christiane und Dr. Grothe, ob sie auch kommen wollten.“

Und kurz darauf waren die Grothes da.

Wer hätte gedacht, daß Ulrich Grothe sich zu einem Kaffeebesuch bereiterklären würde! Vor geraumer Zeit hätte er noch gesagt: „Halte mich doch damit nicht auf!“ Ganz sicher wäre auch noch der Nachsatz erfolgt: „Ich habe schließlich noch einen Beruf!“ Alles Sätze, die in die Rubrik „Berufstätigkeit“ gehörten. Jetzt war es anders.

Noch immer war Ulrich Grothe auf dem Wege, sich an diesen neuen Status zu gewöhnen, doch mehr und mehr akzeptierte er, daß er zu den Ruheständlern gehörte, zu den Rentnern, den Alten, selbst wenn er noch häufig das Gefühl hatte, sein Wissen, seine ganzen Ambitionen lägen brach. Auf der anderen Seite quälte ihn die Feststellung, daß er 66 Jahre alt war und in aller Kürze bereits 67 Jahre alt sein würde, ein Alter, in dem jeder Mensch ein Anrecht auf Ruhe hatte. Noch immer hatte er Momente, in denen er diese Ruhe nicht wollte und der Meinung war, er wäre noch flexibel genug, informiert genug, aktiv genug, um am Wirtschaftsleben teilzunehmen.

Doch dann machte er auch wieder die Feststellung, daß er eine gewisse Starrheit des Denkens und der Vorstellungen nicht leugnen konnte. Er ertappte sich dabei, daß er Vorschläge, die von jungen Wirtschaftsleuten kamen und von denen er in Fachzeitschriften las, einfach ablehnte und sie von vornherein verdammte, ohne über die veränderten wirtschaftlichen Gegebenheiten nachzudenken.

„Die sind ja verrückt!“ murmelte er dann vor sich hin. „Wird nie etwas!“ Wie oft hatte Christiane das gehört, wenn er hinter der Zeitung versteckt, das Urteil über einen Artikel von sich gab. Schon allein an der Art, wie er den Wirtschaftsteil der Tageszeitung schüttelte oder auf den Tisch legte, zeigte ihr an, daß er mit den Ausführungen nicht einverstanden war. Sie hütete sich wohlweislich, nach seinem Ärger zu fragen, wußte sie doch genau, daß sie dann ein Urteil hören würde, das ungerecht war oder zumindest nicht so flexibel, wie ihr Mann versuchen sollte, es einzustufen.

Viel leichter war es morgens, wenn er ausgeruht war — auch das war eine

Feststellung, die Christiane jetzt machte — morgens war er viel mehr bereit, auf die veränderten Verhältnisse innerhalb der Wirtschaft, innerhalb des Lebens überhaupt, einzugehen.

So war es denn auch an diesem Morgen, als der Besuch bei den Steiners bevorstand.

„Weißt du“, sagte er und kam auf Krümelchen zu sprechen, „wenn ich mir das so überlege, es klingt ja seltsam, aber Krümelchen — du meine Güte, jetzt nenne ich sie auch schon so!“

„Das macht doch nichts! Sie ist und bleibt ein Krümelchen! Und für sie und Martin ist das ein Kosewort! Vergiß das nicht!“ sagte Christiane. „Aber was wolltest du sagen?“

Ulrich Grothe brauchte eine Weile, bis er sich wieder zurechtfand... und das zeigte ihm eben auch, daß ein solches Suchen nach den Gedanken, die er soeben gehabt hatte, eine Art Alterserscheinung war.

„Wir sprachen von Krümelchen!“ half Christiane ihm weiter.

„Ach ja, ich wollte sagen... es klingt ja seltsam, aber deiner Schwester konnte kaum etwas Besseres passieren als...“

„Als?“ fragte Christiane, als er zögerte.

„Nun sei nicht gleich entsetzt! Ich meine, Eva hat nun das, was sie sich immer ersehnte und was auch ihre Bestimmung ist. Sie hat jemanden, den sie bemuttern kann!“

Einen Augenblick hielt er inne und mußte dann hören, daß Christiane ihm sagte: „Du hast ganz recht! Es ist tatsächlich so, daß Krümelchen nun in ihrem Element ist. Und Martin! Ist dir aufgefallen, daß er lange nicht mehr so aggresiv ist? Irgendwie wird er weicher! — Möglich, daß Evchens Herzattacke ihn zur Vernunft gebracht hat, aber auch sonst ist er anders. Vielleicht wäre er im Laufe der Zeit — nicht so plötzlich wie jetzt — anders geworden, weil er ja ganz einfach auf Hilfe angewiesen ist.“

„Möglich!“ erwiderte Ulrich Grothe. „Aber ich dachte mehr an deine Schwester, die anfängt aufzublühen! Ist dir das nicht aufgefallen?“

Aufzublühen! Ein Ausdruck, den Christiane ihrem Mann nie im Leben zugetraut hätte.

Hatte das etwa damit zu tun, daß ihre Schwester neulich in ihrem Äußeren so verwandelt war?

Aufzublühen! Du meine Güte, sollte Ulrich nun auch noch Zeit finden, sich andere Frauen anzusehen? Christiane war merklich beunruhigt.

Aufzublühen! Was für eine Redewendung!

„Ich meine... findest du nicht...?“ Ulrich verhaspelte sich, etwas so Ungewohntes, daß Christiane noch stutziger wurde.

„Meinst du damit die Tatsache, daß sie sich neulich bei Ohmann neu einkleiden ließ?“

„Einkleiden? Wie meinst du das? Ohmann? Wer ist Ohmann?“

„Ohmann ist das erste Haus am Platze in der Stadt!“ sagte Christiane und war nun vollends verwirrt. War ihrem Mann wirklich nicht aufgefallen, daß Evchen sich in ihrer Garderobe vollkommen gewandelt hatte?

Das brachte ihre ganze Vorstellung, daß nur Ulrich ihr dazu geraten haben konnte, ins Wanken.

„In Sachen Garderobe!" fügte Christiane hinzu, als sie sah, daß Ulrich mit einem „ersten Haus am Platz" nichts anfangen konnte.

Ulrich brauchte eine Weile, ehe er die komplizierte Kombination, die sich Christiane zurechtgelegt hatte, erfaßte.

Als er jedoch daraufkam, mußte er lachen.

„Sag mal, Liebes, soll das heißen, du bist eifersüchtig?"

„Um Gottes willen, was denkst du denn?" rief sie spontan, doch Ulrich sah an ihren Augen, daß sie sehr wohl eifersüchtig gewesen war — vielleicht sogar noch war, und irgendwie rührte es ihn. Noch im „hohen" Alter war Christiane eifersüchtig.

Sie saßen an diesem Morgen — Christiane war nach ihrem täglichen Ritt wieder zu Hause — an ihren gewohnten Plätzen, Christiane auf dem Sofa in Ulrichs Arbeitszimmer, er selbst im Sessel neben ihr, so daß er leicht ihre Hand erreichen konnte.

Genau das tat er jetzt, nachdem sie ihm so nachdrücklich versichert hatte, sie dächte nicht an Eifersucht! Er drückte ihre Hand und sah sie sehr liebevoll an. Zu all diesen Aktionen war jetzt Zeit. Ein liebevoller Blick, ein Schmunzeln, sogar ein Kuß, leicht auf die Hand hingestreut — das alles war jetzt möglich, nachdem die Jagd und die Hetze die beiden Grothes verlassen hatte.

„Wenn deine Schwester wirklich", sagte er ernsthaft und doch lächelte er dabei, „wenn sie also wirklich zur Einsicht gekommen ist, daß sie etwas tun sollte an ihrer Garderobe, so gebe ich zu, ich habe ihr dazu geraten!"

„Du?" fragte Christiane, nun doch im höchsten Maße beunruhigt, obgleich sie es sich schon hundertmal vorgesagt hatte — es war also Tatsache!

„Ja, weißt du, es ergab sich so! — Nun komme nicht gleich auf abwegige Gedanken, meine Dame!"

Ulrich fing an, an diesem Geplänkel Spaß zu finden. Er wollte doch mal sehen, wie sein preußisches Gewissen darauf reagierte.

„Mir war aufgefallen, daß Evchens Garderobe zu wünschen übrig ließ!"

„Dir?" fragte Christiane und machte sich steif! Ihm war noch nie an Christiane aufgefallen, daß ihre Garderobe zu wünschen übrig ließ.

„Nun eben", erläuterte er, „bei dir kannte ich so etwas nicht! Ich meine, du hast einen Mantel nie so lange getragen, daß er zwar noch ordentlich oder wie soll ich sagen — ohne Falten war, aber doch gewisse Scheuerstellen aufwies!"

„Aha!"

„Auch modisch war er keineswegs mehr!"

„Und das ist dir aufgefallen? Also ehrlich, Ulrich, du gibst mir Rätsel auf!"

„Wieso?"

„Ich habe immer geglaubt, Mode oder ich meine modische Zeichen, ob der Ärmel eingesetzt oder Raglan ist, um nur ein Beispiel zu nennen — das alles würdest du nicht sehen! Aber jetzt merke ich, daß du sehr wohl siehst, was modisch ist und was nicht!"

„Blödsinn! Vollkommen verkehrt! Ich sehe nur, ob es einem Menschen steht oder nicht!"

„Blödsinn!" erwiderte sie in derselben Tonart. „Wenn du mir sagst, Evchens Mantel wäre abgeschabt, so siehst du sehr viel mehr, als ich bisher wußte!"

„Und wenn! Ist das ein Verbrechen?"

„Nein!" sagte sie gequält. „Nein, ganz und gar nicht! Nur muß ich mich umstellen. Ich wußte bisher nicht, daß du dafür ein Interesse hattest!"

„Hatte ich auch nicht — bisher! Vergiß nicht, daß ich einen Beruf hatte!"

Das mußte ja kommen. Christiane nickte ergeben, doch im selben Augenblick lachten sie beide über diese Redewendung, die so häufig der Schlußpunkt ihrer gemeinsamen Feststellungen war.

So kamen sie denn zu den Steiners, aufgeschlossen und voll des guten Willens.

* * *

Es war ganz eigenartig, wie verschieden das kleine Hauskonzert, das Lothar Steiner für seine Gäste zusammengestellt hatte, auf die einzelnen Personen wirkte.

Da war zunächst Martin Berger, für den ja alles arrangiert worden war. Ihn galt es zu unterhalten, ihm — vielleicht — etwas Freude an einer für ihn neuen Welt zu bieten, die seinen Geist beschäftigte.

Die Steiners waren durchaus nicht sicher, ob es ihnen gelingen würde, doch wollten sie es wenigstens versuchen.

Petra Steiner kannte Martin Berger seit ihrer gemeinsamen Schulzeit. Sie kannte ihn als vaterlosen Jungen, der sich von frühester Jugend an seiner Haut wehren mußte, der sich aber auch gern hervortat und der schon als junger Mann überzeugt war, von ihm würde man nochmal reden.

Seine Freundschaft zu der jüngsten Tochter von Dr. Wolperding datierte bereits von der Sandkiste her, auch das war in Marienfelde kein Geheimnis — und doch machte sich Martin Berger einen Sport daraus, Petra Wiesner mit der Anrede „meine Heißgeliebte" in Verlegenheit zu bringen.

Sicher hatte manches Mädchen in Marienfelde ein Auge auf den gutaussehenden Draufgänger geworfen, doch hatte es keinen Erfolg. Evchen Wolperding war und blieb seine Angebetete.

Daß er von sich reden machte, merkte man schon bald nach dem Kriege, als Marienfelde anfing, sich zu beleben, und ganz gewiß nach dem Kommen des amerikanischen Konzerns Perfect Food International, dem er seine Ländereien am Kanal verkaufte und damit den Grundstock zu einem immer größer werdenden Geschäft legte, das schließlich weit über das Backen hinausging.

Aus allem konnte man ersehen, daß Martin Berger seine Chance zu nutzen wußte. Ein vitaler Geist steckte in ihm. Sein bisheriges Leben hatte aus Hast und Unruhe bestanden, etwas, was ihm nur recht war. Er liebte das Pulsierende, er liebte es, mit Geld zu wirtschaften, immer ein bißchen früher am Ball zu sein als andere, er war stolz auf sein Gespür für Dinge, die im Kommen waren.

Und plötzlich war alles vorbei. Plötzlich war er dazu verdammt, Ruhe und Beschaulichkeit zu lernen, sich helfen zu lassen, sein Leben vollkommen umzukrempeln. Daß das nicht ohne Schmerzen zu bewerkstelligen war und daß dieser Prozeß nicht von heute auf morgen vor sich ging, wollte er nur schwerlich hinnehmen.

Doch langsam, über Höhen und Tiefen, über Streit und Wut, Trauer und Ergebenheit, langsam machte er sich bereit, sein verändertes Leben zu akzeptieren und sich darauf einzustellen.

Er hatte erkannt, daß seine Frau dabei die größte Hilfe war. An sie hielt er sich, und er verließ sich ganz auf ihre Unterstützung.

Nun saß er hier bei den Steiners und hörte zum ersten Mal Musik. Sicher hatte er sie schon vorher gehört, wenn auch bestimmt nicht gerade Mozart. In der ersten Zeit seines Nichtsehenkönnens hatte er versucht, seiner Wut dadurch Herr zu werden, daß er seine Stereo-Anlage auf allergrößte Lautstärke einstellte und alle Platten mit modernsten Hits abspielen ließ, so daß sämtliche Bewohner des Hauses sich die Ohren zuhielten.

Nur Lydia war es gelungen, ihn davon abzubringen, doch hatte es auf beiden Seiten Nerven gekostet.

Schließlich setzte sie ihm Kopfhörer auf. Doch das war genau verkehrt. Martin war noch in dem Stadium, daß er die Wut über sein verdorbenes Augenlicht auf seine ganze Familie ausdehnte. Warum sollte er allein leiden?

Das war nun alles vorbei.

An diesem Nachmittag hörte er zum ersten Mal zu und erkannte, was Musik sein konnte. Mozart! Mit voller Absicht hatte Lothar Steiner sich auf Mozart konzentriert, um Martin zu zeigen, wie heiter Musik sein konnte.

Und Martin? Mit großer Verwunderung stellte er fest, daß Steiners Spiel seinem Gemüt die Trauer nahm.

Mit Dankbarkeit im Herzen sah Petra, wie er die Hand hob und im Takt leise auf die Lehne seines Sessels klopfte, ohne dabei den Spieler zu stören. Er hörte also wirklich zu.

Krümelchen dagegen merkte, wie Martins Züge weicher wurden, wie die kleinen Fältchen um den Mund einen Schwung nach oben zeigten, wie er mit dem Kopf nickte und damit andeutete, daß die Musik ihn gefangenhielt.

Ob die Menschen in diesem Raum wußten, was das bedeutete? Wenn sie es nicht wußten, so ahnten sie es bestimmt, denn Petra wie Christiane und ebenso Ulrich Grothe kannten Martin Bergers Mentalität von früher.

Ich muß fragen, was Herr Steiner gespielt hat! dachte Krümelchen. Vielleicht bekomme ich das für Martin auf einer Cassette. Er freut sich doch, mein Gott, er freut sich! Wir sind wieder ein Stück weiter.

Sie preßte die Lippen zusammen, um die aufkommenden Tränen zu unterdrücken. Sie würde in die Stadt fahren und ein ganzes Sortiment an Cassetten erstehen.

Vor ihrem inneren Auge sah sie einen neuen Martin im Wohnzimmer sitzen, verzückt der Musik lauschend, eine weitere Beschäftigung während langer Winterabende.

Christiane Grothe dachte bei der Musik nicht an Martin. Sie war eine kritische Zuhörerin. Vor vielen Jahren hatte Lothar Steiner ein Konzert in Marienfelde gegeben. Damals waren die Steiners gerade verheiratet und Petra unbändig stolz, daß ihr Mann den Marienfeldern zeigen konnte, zu welchen künstlerischen Leistungen er fähig war. Das Konzert war auch ein voller Erfolg gewesen. Man sprach schon von weiteren. Dies war ja erst der Anfang.

Und doch hatte Lothar Steiner seine musikalische Laufbahn nicht weiter verfolgt. An jenem Abend nämlich, als man ihn im Hotel Zur Post als aufkommenden Stern feierte, hatte Christiane Grothe ihm ein leises, aber unmißverständliches „Schämen Sie sich!“ zugeflüstert, gerade als er mit einem Sektglas vor ihr stand.

Ja, er schämte sich, daß er seine letzte Darbietung geradezu „hingehauen“ hatte, den Türkischen Marsch von Mozart! Immer schneller war er geworden, schon im Rausch des Erfolges. Hatte wirklich niemand gemerkt, wie er mit den Tasten umsprang, wie er das Pedal gebrauchte, um seine Ungenauigkeiten zu verwischen? Und gerade das Urteil von Christiane Grothe, die er heimlich verehrte, war ihm besonders wichtig. Seither hatte er nie mehr ein Podium betreten.

Es war gewiß nicht Christianes niederschmetterndes Urteil allein, das Lothar Steiner davon abhielt, den Gedanken an einen Konzertsaal weiter zu verfolgen. Er hatte selbst erkannt, daß er nicht dafür geeignet war. Dazu fehlte es an Können und auch an Fleiß. Obgleich seine Frau nichts davon wußte und er es ihr auch nicht auseinandersetzte, war der Flügel eines Tages aus diesem Grunde geschlossen worden, und eines weiteren Tages wurde er in die Ecke geschoben.

Jetzt jedoch war ein neuer Sinn in sein Klavierspiel gekommen. Gerade hatte er mit einem wohltuenden Akkord Mozart ausklingen lassen, als Christiane als erste zum Klatschen ansetzte. Dann erst folgten die anderen.

Sie ließ dem Spieler kaum Zeit, sich zu fangen, so sehr beschäftigte sie die große Veränderung.

„Wie haben Sie das gemacht?“ fragte sie und erreichte damit, daß Lothar Steiner sich auf seinem Klavierbock herumdrehte und sie voll ansah. Dem

Himmel sei Dank! dachte er. Diesmal habe ich vor ihr bestanden! Seine Augen leuchteten auf, als er antwortete.

„Ich freue mich, daß Sie es bemerkt haben!“ sagte er und stand auf, um sich zu der Gruppe um den niedrigen Tisch zu setzen.

„Ich gebe zu, ich habe Sie nicht mehr spielen gehört seit — ja, wie lange eigentlich schon?“ fragte sie verwundert.

„Es sind sicher dreißig Jahre her!“ antwortete er lächelnd. „Und ungefähr gleich lange habe ich auch nicht mehr gespielt. Erst seit einem Jahr, seit wir uns vom Hotel zurückzogen — ach nein, eigentlich erst, seit wir hier einzogen, setzte ich mich wieder an den Flügel!“

„Vorher auch schon!“ schaltete Petra sich ein. „Vorher hast du auch schon gespielt und die Gäste damit entzückt!“ Sie sagte so gern etwas Positives über ihres Mannes künstlerisches Können. „Du hast es nur nicht bemerkt!“ Lothar lächelte freundlich.

„Aber erzählen Sie doch bitte, Herr Steiner. Es interessiert mich, wie es dazu gekommen ist, daß Sie jetzt ganz anders spielen — viel exakter, viel gründlicher, fast möchte ich sagen, viel sauberer!“

Die letzten beiden Worte hätte sie sich lieber sparen sollen! Nicht daß sie Lothar Steiner damit kränkte, er wußte viel zu genau, was Christiane damit meinte, und er wußte auch, daß sie recht hatte — es war Petra, die sie damit traf! Schon früher war sie immer beunruhigt gewesen, wenn Christiane Grothe ins Hotel gekommen war und ihr Lothar sich beeilt hatte, sie zu begrüßen. Sicher war da nichts Ehrenrühriges vorgefallen. Lothar bewunderte Frau Grothe, das war alles!

Aber eben, eben, noch immer war Petra nicht frei von Unruhe, wenn Christiane aufkreuzte. Und jetzt sagte sie auch noch, Lothar hätte früher nicht so „sauber“ gespielt! War das nicht geradezu unverfroren? Petra hätte es zum Beispiel nie gewagt zu sagen, Herr Dr. Grothe wäre manchmal reichlich kurz angebunden gewesen. Jetzt war er es ja nicht mehr, aber früher bestimmt. Was sie aber noch mehr verwunderte, war, daß Lothar weiterhin lächelte. Mit keiner Wimper zeigte er, daß sie ihn gekränkt hatte. Petra fand das sehr seltsam! Mußte sie wirklich noch wegen Christiane Grothe ihre Augen offenhalten? Eigentlich hatte sie gedacht, sie würde jetzt endlich Ruhe haben vor dieser Art Eifersüchteleien, die ihr bei dem Hotelbetrieb und ihrem immer so tadellos aussehenden Mann zu schaffen gemacht hatten.

Aber nein, selbst im Alter war man vor Torheit nicht geschützt! Umso aufmerksamer verfolgte Petra nun das Gespräch zwischen Christiane Grothe und Lothar.

„Das ist so“, sagte er endlich nach einigem Überlegen, „jedenfalls glaube ich, daß ich es so erklären kann: Früher steckte ein Muß dahinter, wenn ich vorspielen sollte. Ich mühte mich redlich, das Beste aus meinem Können zu machen, aber jetzt ist es anders. Es zwingt mich keiner, mein Klavierspiel im Konzertsaal darzubieten, folglich ist auch kein Muß dahinter. Und gerade weil es so ist, bin ich umso eifriger, wenn ich eine Passage nicht beherrsche. Ich übe und übe, bis ich sie kann ... und noch erstaunlicher ist, daß ich den Maßstab höher ansetze als früher. Ich verlange jetzt mehr von mir. Ist das nicht seltsam?“

Christiane hatte aufmerksam zugehört. Sie ließ sich seine Erläuterungen durch den Kopf gehen, bevor sie antwortete.

„Ich glaube nicht, daß das so seltsam ist. Wenn ich mir vorstelle, was in Ihnen vorgeht, so glaube ich fast, Sie wollen vor sich selbst geradestehen! Damit meine ich, wenn Sie für den Hausgebrauch Klavier spielen — so möchte ich es einmal nennen —, wollen Sie es so machen, daß Sie sich nicht zu schämen brauchen!“

Mit Absicht gebrauchte sie dieses Wort und lächelte verschwommen. Lothar begriff sofort, was sie damit meinte.

Nicht so Petra! Sie war im höchsten Maße beunruhigt. Was sollte dieses diffuse Lächeln von Christiane Grothe? Was sollte dieses Schmunzeln von Lothar? War das ihre Geheimsprache? Sie fühlte, wie ihr Herz anfing, wild zu klopfen. Und im gleichen Moment zwang sie sich, in ihren Gedanken keine Panik aufkommen zu lassen. War sie etwa hysterisch? Sie war doch nicht Eva Berger, die in früheren Zeiten immer geglaubt hatte, ihr Martin wäre ihr nicht treu! Sowas Albernes!

„Genau so ist es!“ sagte Lothar und sein Lächeln ging über in ein Strahlen. „Und dann merkte ich, wie ich allmählich Freude am gepflegten Klavierspiel bekam, wie das Bemühen um Exaktheit, um Sauberkeit, um Ihren Ausdruck zu gebrauchen, immer weniger mühevoll war, wie sich langsam auch die Seele hinzugesellte — Herz, Gefühl!“

Er machte eine kurze Pause. Es fiel ihm sichtlich schwer, das auszudrücken, was ihn bewegte. Wahrscheinlich hätte er vor Christiane allein keine Schwierigkeit gehabt, darüber zu sprechen. Doch seine Frau war dabei, von jeher beunruhigt, wenn er mit Frau Grothe sprach — ihm unerklärlich, weshalb! — und dann Dr. Grothe, den er nur als nüchternen Geschäftsmann kannte — nein, das stimmte auch nicht mehr. Dr. Grothe wandelte sich mehr und mehr zu einem liebenswürdigen älteren Herrn (das sollte er mal wissen!) mit Verständnis oder zumindest Interesse für das Anliegen anderer!

„Sprechen Sie weiter!“ bat Christiane. „Ich denke, Sie sind genau auf dem richtigen Wege!“

„Ja ... ja, das ist so!“ Lothar fing sich wieder. „Man kann nicht Klavier spielen — ich meine, ein Klavierspiel kann noch so exakt, noch so präzise und gestochen dargeboten werden, es könnte niemand bewegen, würde der Pianist nicht auch seine Seele hineinlegen. Das ist es ja gerade, was den Tönen Leben gibt! Verstehen Sie?“

Christiane nickte nur.

„Und das — das ist mir aufgegangen, als ich eines Tages den Flügel wieder öffnete und die ersten Akkorde spielte. Es war mir wie eine Offenbarung. Ich wundere mich nur, daß mir das nicht früher aufgegangen ist!“

„Vielleicht haben Sie es früher auch schon gehört — von anderen vielleicht, nur wollten Sie es nicht glauben!" meinte Christiane.

„Was ihr da alles redet!" schaltete sich Martin ein. „Das ist mir zu hoch! Ich fand es einfach schön — die Musik... und alles!"

Er streichelte die Hand von Krümelchen, während er sprach. „Ich freue mich, hier zu sitzen und schöne Musik zu hören. Nie hätte ich gedacht, daß es so etwas gibt!" Das sagte er leise, etwas verlegen, doch dann kehrte er den Martin Berger von früher heraus.

„Sie sollten doch ein Konzert geben, Herr Steiner!" meinte er. „Damit können Sie eine Menge Geld verdienen!"

Lothar schwieg. Jetzt suchte Martin seine Hand.

„Ich weiß was!" rief er plötzlich und wurde ganz aufgeregt ob der patenten Idee, die ihm so spontan gekommen war.

„Christiane spielt doch auch! Sie sollten mal etwas zusammen spielen!"

Christiane fuhr hoch.

„Du machst wohl Witze!"

„Ganz und gar nicht!" Martin fühlte sich durch diese Bemerkung herausgefordert. „Ich mache keine Witze, meine Dame! Warum solltest du nicht zusammen mit Herrn Steiner ein Konzert geben? Du kannst doch Klavier spielen oder etwa nicht?"

„Allerdings kann ich das, aber ich bin Herrn Steiner absolut nicht gewachsen!"

„Dann übst du eben! Gerade hast du darüber gesprochen, wie sehr er sich in seinem Spiel gewandelt hat, und gerade hast du gehört, wie er das schaffte, nämlich durch Üben und nochmal Üben! Also übst du auch! Basta!"

„Komm, Martin, laß das Thema fallen!" sagte Christiane und sorgte dafür, daß ihr Ton freundschaftlich klang. Doch sie hatte kein Glück damit.

„Im Gegenteil, jetzt fängt es erst an!" Martin hatte sich an der Idee festgeklammert und wollte sie unbedingt zu Ende denken. Es war, als lebte sein altes Talent wieder auf, mit Ideen immer ein bißchen schneller zu sein als andere und damit Erfolg zu haben.

„Herr Steiner, sagen Sie doch auch mal etwas! Wäre das nicht großartig, wenn Sie beide zusammen ein Konzert geben könnten? — Und hach! Ulrich! Ulrich, hör doch mal zu! Du hast ja noch gar nichts gesagt heute! Wäre das nicht etwas für deinen Kulturring? Natürlich wäre es das!" Er antwortete gleich für Ulrich mit.

„Nun mal langsam, Martin!" Das war alles, was Ulrich dazu zu sagen hatte.

„Hach, das kenne ich! Nun mal langsam! Das sagst du immer, wenn du noch nicht weißt, wie die Karre laufen soll!"

„Eben! Was du vorschlägst, will wohl überlegt sein!"

„Natürlich! Das gebe ich ja zu, aber nun sagt doch endlich mal etwas! Herr Steiner, was meinen Sie denn dazu?"

Es dauerte ein wenig, bis Lothar antwortete. In der Zwischenzeit waren nicht nur seine Gedanken seltsame Wege gegangen, auch seine Augen wanderten hin und her. Er sah, wie Petra in ihrem Sessel unruhig wurde und sich nur mit ihren verschreckten Augen ein Lächeln abrang, das ihre Unruhe verbergen sollte. Er sah Christiane Grothe, die nach anfänglicher Ablehnung nun doch überlegte, ob es reizvoll wäre, das Klavierspiel intensiv wieder aufzunehmen, vielleicht doch ein wenig von Lothar Steiner zu akzeptieren. Ja, jetzt, wo er sein Klavierspiel so erfreulich entwickelt hatte... man könnte es ja mal überlegen!

„Der Gedanke ist sicher sehr reizvoll, wenn Frau Grothe es auch möchte?" sagte er langsam. „Nur müßte es ja nicht gleich ein öffentliches Konzert sein! Was meinen Sie, Frau Grothe?"

„Das klingt schon anders! — Aber... wie denkst du denn darüber, Ulrich?" Ulrich lächelte ein sehr freundliches Lächeln, aus dem nichts zu entnehmen war. Es war so unverbindlich wie immer, wenn er in früheren Zeiten auf geschäftlicher Basis verhandelte und seinem Gesprächspartner die Antwort auf ein Problem vorenthielt.

Hoffentlich sagt Christiane nun nicht, was ich einmal geäußert habe! dachte er, daß nämlich in meinen Ohren Musik nichts anderes ist als „organisierter Lärm". In meinem Elternhaus bin ich ohne Musik aufgewachsen. Zwar gab es einen staatseigenen Flügel im gelben Salon, aber er wurde nur notgedrungen gebraucht. Viktoria hatte sogar Klavierstunden! Ich nicht — Gott sei Dank nicht! Und Viktoria war auch nicht gerade entzückt, wenn sie üben mußte und ich ins Strandbad fahren konnte! Außerdem mußte sie üben, wenn Vater nicht im Hause war. — Kein Mensch kann mir verdenken, daß ich der Musik nicht sonderlich zugetan bin, und ich danke Christiane, daß sie ihr kleines Klavier nur benutzt, wenn ich nicht im Hause bin. Nur Weihnachten darf sie ein paar Lieder darauf spielen, aber mehr nicht — bitte!

Ich fand mich heldenhaft, mich zu dem Besuch bei Steiners bereitgefunden zu haben, aber — und das ist so erstaunlich, als mir nichts anderes übrigblieb als zuzuhören, kam ich eigentlich erst dahinter, was man unter Musik versteht. Wenn ich früher „organisierter Lärm" sagte, so muß ich das jetzt etwas abändern. „Organisierte Töne", mit Können vorgetragen und in Gefühl verpackt! Klingt immer noch so, als ob ich mich darüber amüsierte, und eigentlich tue ich das gar nicht mehr.

Was Steiner mir heute beigebracht hat, wäre wert, verfolgt zu werden. Vielleicht entwickelt sich doch noch bei mir ein Sinn für die Töne, Musik — egal. Ich glaube, ich sollte mir ein bißchen Mühe geben!

Wenn Christiane nun — mit Steiner zusammen... es würde bedeuten, daß sie gewiß üben muß! Da hat Martin ganz recht! Und ich bin schließlich tagsüber nicht mehr im Geschäft!

„Du lächelst so, als ob du noch nicht weißt, was du sagen sollst! Das ist nämlich so bei meinem Mann", erläuterte sie.

Jetzt kommt's! dachte Grothe. Also ich hätte wirklich gedacht, sie würde etwas mehr Takt besitzen!

„Wenn ich mich wirklich dem Klavierspiel wieder ernsthaft zuwenden sollte, müßte ich ja üben, fleißig üben, da hat Martin ganz recht!"

„Aber?" fragte Lothar Steiner, als sie zögerte.

Ulrich warf seiner Frau einen scharfen Blick zu. Christiane! tu mir das nicht an und erwähne den „organisierten Lärm"!

„Ich weiß nicht, wie ich das machen soll! Sie müssen das so verstehen: Sicher hört mein Mann gern Musik, aber Üben ist ja etwas anderes! Das hört keiner gern. Ich erinnere mich, daß ich als Kind für ein Schülerkonzert ein Impromptu von Schubert vortragen sollte. Wann immer ich eine Minute erübrigen konnte, saß ich am Flügel und spielte Schubert."

„Und immer wieder machtest du einen Fehler an einer bestimmten Stelle!" rief Krümelchen dazwischen.

„Ja, genau so war es. Aber was ich eigentlich erzählen wollte, war die Szene mit meinem Vater, der eines Tages wütend aus seiner Praxis stürzte und den Klavierdeckel zuknallte.

‚Schluß!' brüllte er mich an. Sie haben meinen Vater ja noch gekannt. Wenn er wütend war, war er nicht zu bremsen — und dann sein volles weißes Haar, das immer so wirr um seinen Kopf flatterte! Er hatte an diesem Tag wohl viel zu tun, denn ich erinnere mich noch, daß er einen hochroten Kopf hatte!

‚Hör jetzt endlich auf mit dem verdammten Schubert! Das kann ja kein Mensch ertragen, ewig dasselbe!'

‚Aber ich muß doch...!' wagte ich zu widersprechen.

‚Das ist mir egal! Für die nächsten zwei Wochen wird nicht Klavier gespielt, verstanden?'"

Sie hob die Schultern. „Und was machte ich? Ich übte bei einer Freundin und machte deren Eltern verrückt!"

Sie sah sich lächelnd um und bedachte ihren Ulrich mit einem besonderen Schmunzeln.

„Sie sehen, welche Probleme ich habe!"

„Wir könnten ja zusammen üben!" meinte Lothar daraufhin und übersah, daß Petra sich hoch aufrichtete und ihn mit ihren großen verschreckten Augen zu durchbohren schien.

Christiane wiegte den Kopf und hob eine Schulter.

„Darüber ließe sich reden — immer vorausgesetzt natürlich, daß Ihre Frau damit einverstanden ist. Sie muß es ja schließlich aushalten!"

„Ach", seufzte Petra — ihr war gerade eine Idee gekommen, die sie ungemein tröstete —, „das macht nichts! Ich bin es gewohnt, und ich höre gern zu. Wenn es Ihnen nichts ausmacht, wenn ich hier ganz still dabeisitze, sehe ich keinen Grund, weshalb Sie nicht mit meinem Mann üben sollten!"

„Na bitte!" schaltete sich Martin ein. „Dann ist ja alles geritzt! Wann hören wir also das nächste Konzert. In vier Wochen?"

„Bist du verrückt?“ entrüstete sich Christiane. „Vier Wochen! Du läßt einem ja gar keine Zeit zum Atemholen!“

„Wieso? Ist das so schwer, so ein bißchen Klimpern... ach nein, das sollte ich doch wohl nicht sagen! Entschuldigt! So ein bißchen Musik machen, meinte ich!“

An diesem Nachmittag hatte Martin eine Menge seines alten Temperamentes wieder ans Tageslicht gefördert, und wenn er „Klimpern“ sagte und sich hinterher entschuldigte, so klang das absolut nicht zerknirscht, weil er sich im Ton vergriffen hatte.

Martin Berger nahm wieder Anteil am Leben seiner Umwelt. Er hatte die Musik kennengelernt, und er hatte eine Idee entwickelt, die ihn für die nächste Zeit beschäftigen würde. War das nicht der eigentliche Sinn des Besuches gewesen? Krümelchen Berger nahm diese Entwicklung dankbar zur Kenntnis.

* * *

Als Wolfgang Steiner an diesem Abend ins Flügelhaus kam, war es genau Mitternacht.

Gewöhnlich war der Mittwoch ein ruhiger Tag im Hotel, so daß er früher kam, aber heute waren Gäste da, die sich nicht entschließen konnten, nach Hause zu gehen.

Das Personal war längst gegangen, es waren auch nur zwei Ehepaare, die so lange aushielten, und hinzu kam noch etwas: Wolfgang Steiner freute sich über diese Gäste. Nicht daß ihre Zeche besonders hoch gewesen wäre, es war etwas anderes.

„Du bist noch auf?“ fragte er und küßte Renate auf die Wange.

Seine nächste Tat war, sich die Schuhe abzustreifen und genußvoll die Füße zu reiben, eine Angewohnheit, die Renate zwar nicht schätzte, die sie ihm aber auch nicht verbieten konnte, wußte sie doch, daß er mit seinen Füßen Kummer hatte.

Mit den Schuhen in der Hand öffnete er vorsichtig die Schlafzimmertür, um sich über das Kinderbett zu beugen und sich über seinen Sohn zu freuen. Seelenruhig schlief der Kleine, ein schon arg mitgenommenes und häufig in der Maschine gewaschenes, undefinierbares Phantasietier im Arm. Es war eine Wohltat, abends ins Flügelhaus zu kommen, wo Renate auf ihn wartete, wo sein Sohn schlief. Das war ihre ganz private Welt, die sie sich erhalten wollten. Genau so hatten es Wolfgangs Eltern versucht, wenn auch nicht mit soviel Geschick, vielleicht auch nicht mit dem unbedingten Willen.

Das stimmte zwar nicht ganz, doch Wolfgang wußte es nicht anders. Er wußte nicht, daß vor vielen Jahren den Steiners das Hubertus-Hotel zum Kauf angeboten worden war. Das „Hubertus“, ein erlesen schönes Hotel, nur leider nicht gut geführt. Es war Petra, die voraussah, daß dann das letzte bißchen Privatleben aufgegeben werden müßte, wenn sie sich mit dem „Hubertus" belasten wollten. Und sie wollte sich das kleine Refugium im Flügelhaus bewahren. Sie brauchte es, um von neuem für das Hotel zur Post dazusein. Sie brauchte ein Äquivalent für die Plackerei.

Und was wurde letzten Endes aus dem Hubertus-Hotel? Martin Berger übernahm es und machte ein Apartmenthaus daraus.

Genau wie Petra und Lothar Steiner ein Äquivalent brauchten, genau so erging es Wolfgang und Renate. Im Flügelhaus begann ihr persönliches Leben.

„Warum bist du denn nicht schlafen gegangen?" fragte Wolfgang freundlich. Sie legte das angefangene Buch beiseite.

„Hat dich die Lektüre so gefesselt?"

„Nein, eigentlich nicht! Erst habe ich noch ein bißchen gearbeitet — Buchführung!"

„Das sollst du doch nicht! Du tust schon viel zuviel!"

Renate lächelte. „Ich tu's ja gern, und dann ist es nie zuviel! Außerdem wollte ich auf dich warten. — Aber erzähle doch, warum du so spät kommst! War irgend etwas Besonderes? Doch nicht etwa Ärger?" fragte sie, als er nicht so schnell antwortete. Wie immer hatte ihr Interesse am Hotel Vorrang.

„Nein, nein! Aber es war schon etwas Besonderes!" meinte er. „Nur zwei Ehepaare, aber bemerkenswerte!"

„Und? Kenne ich sie?"

„Und ob!"

„Erzähle, und mache es nicht so spannend! Wer war es also?"

Sie lehnte sich zurück, schlug ein Bein über das andere und ließ damit eine schlanke Fessel, ein schönes Bein und ein wohlgeformtes Knie sehen. Allein das machte Wolfgangs Sinne schon lebendig. Alles übrige steckte in dem königsblauen samtenen Hausmantel, einem Kleidungsstück, das er besonders liebte. Er starrte nun geradezu auf das entblößte Bein, und sie, wohl wissend, daß sie ihn damit irritierte, machte die Sache noch schlimmer, indem sie es auf- und niederschwang.

„Wolfgang!" schnurrte sie. „Ich warte!"

„Katze! Du weißt ganz genau ..." Plötzlich stand er auf und riß sie an sich, um sie verlangend zu küssen.

„Hehe, wer hat dir ..." Weiter kam sie nicht.

„Los, ins Bett mit dir!" Er schleppte sie ins Schlafzimmer, und sie gehorchte mit Freuden.

„Ich erzähle dir nichts!" behauptete er.

„Nichts?" Sie saß auf dem Bettrand und sah ihn spitzbübisch an.

„Nicht eher, als bis du ..."

„Ich denke, du bist müde!"

„Müde? Wie kann ich müde sein, wenn du mich so rasend machst!"

Später, als sie sich beruhigt hatten, gab er endlich Auskunft, wer es heute so lange im Restaurant ausgehalten hatte.

„Du wirst es nicht glauben, die Bergers und die Grothes."

„Martin Berger? Ich denke, er wagt sich nicht nach draußen, seit er nicht mehr sehen kann."

„Eben! Das war ja das Verwunderliche. Martin Berger war heute unser Gast. Und weißt du auch, woher sie kamen?"

„Keine Ahnung!"

„Von den Eltern. Vater und Mutter hatten sie zu einem kleinen Hauskonzert eingeladen!"

Renate setzte sich auf und schaltete das gedämpfte Licht an.

„Also ich falle von einem Erstaunen ins andere. Martin Berger ist bei deinen Eltern gewesen! Martin Berger hat sich Musik angehört, und Martin Berger ist im Hotel gewesen. Hat er also endlich den Sprung in die Öffentlichkeit gewagt!"

„Ja, das hat er. Es wurde auch langsam Zeit. Was mich aber viel mehr verwunderte, war..."

„Nun? Warum zögerst du? Meinst du Dr. Grothe? Ich habe schon gehört, daß er lange nicht mehr so reserviert ist wie früher. Es soll sogar herzhaft lachen können. Früher gab es so etwas ja nicht bei ihm. Alles, was er fertigbrachte, war ein verbindliches Lächeln, mehr nicht."

„Ich meinte ja gar nicht Dr. Grothe!"

„Wen denn? Christiane, die kühle Dame?"

„Von der erzähle ich dir nachher! — Nein, die größte Überraschung für mich war Frau Berger!"

„Krümelchen? So heißt sie doch überall, nicht wahr?"

„Ja, schon, so heißt sie, aber das sagt nur die Familie zu ihr, soweit ich unterrichtet bin, sagt es überhaupt nur ihr Mann, es ist ein Kosewort — von früher, verstehst du?"

„Gut, verstanden! Aber was war mit ihr?"

„Für mich ist sie das größte Phänomen!"

„Wer? Krümelchen? Frau Berger, meine ich! Für mich ist sie eine dumme Pute! Entschuldige, aber das ist sie wirklich!"

„Nein, das ist zu hart! Auch früher war sie keine dumme Pute! Das kannst du nicht sagen! Ich gebe zu, sie war nicht gerade helle und patent war sie schon gar nicht, aber jedermann sagt mir — und du auch, nebenbei bemerkt —, daß sie in ihrem Brotshop unermüdlich war, nie unfreundlich zu den Kunden, immer hilfsbereit..."

„Blabla!"

„Hör mal, du bist ungerecht! Warum nur? Nicht jeder ist so patent wie du... oder wie Christiane Grothe zum Beispiel. Ich gehe sogar so weit zu sagen, daß auch Mutter Petra nicht so fix ist wie du!"

„Danke für das Kompliment!"

Was war denn mit ihr los? Warum war sie auf einmal so kratzbürstig? Nur weil er Eva Berger so positiv beurteilte?

„Worauf willst du eigentlich hinaus? Ärgert es dich, daß ich Eva Berger in Schutz nehme?"

Renate ließ sich in die Kissen fallen und kam zur Besinnung.

„Unsinn! Ich bin bloß albern! Entschuldige! Du hast mich ganz verrückt gemacht!"

„Womit?"

„Na, damit!" sagte sie. „Aber jetzt bin ich ganz Ohr und ganz vernünftig!"

Wolfgang schüttelte den Kopf.

„Frauen! — Eine Frau habe ich!"

Sie lächelte und strich zärtlich über seine Wange.

„Was ist mit Krümelchen?" fragte sie leise und brachte ihn damit auf das eigentliche Thema zurück.

Auch er ließ sich in die Kissen fallen und berichtete nun endlich zusammenhängend. Dabei konnte er gewiß sein, daß Renate ihm aufmerksam zuhörte.

„Ich hätte nie gedacht, daß sich eine Frau so wandeln kann. — Als sie ankamen, war das Restaurant noch besetzt. Allein schon, daß sie mich beiseite nahm und mir etwas zuflüsterte, war neu.

‚Wolfgang, es ist das erstemal, daß mein Mann sich in die Öffentlichkeit gewagt hat. Bitte, geben Sie uns einen Tisch in irgendeiner Ecke, wo wir nicht so auf dem Präsentierteller sitzen.'

Sie bewegte sich selbstsicher, mußte sie doch auf ihren Mann aufpassen. Ich war erstaunt, wie geschickt sie ihn führte, und ich hörte auch, was sie ihm zuflüsterte: ‚Geradeaus, zwei Schritte. Hier ist Platz!' Und so weiter. Sie half ihm aus dem Mantel und gab ihn weiter. Mit leichter Hand führte sie ihn an den Sessel und flüsterte ihm zu: ‚Hinter dir ist die Wand. Hier sind wir ungestört. Ulrich sitzt dir gegenüber und Christiane ist auf der anderen Seite.'

Als er meine Stimme hörte, streckte er mir die Hand entgegen. Offenbar war er aufgeräumt.

‚Wolfgang ist das, nicht wahr? Guten Abend, Wolfgang, mein Junge! Was macht der Sohn und wie geht's der Frau Gemahlin?'

Ich war ein bißchen erstaunt, daß er meine Hand festhielt, aber Frau Berger sagte mir später, er brauchte den Kontakt auf diese Weise, wenn er schon nicht sehen könnte. Ich werde mir das merken für spätere Fälle. Ich muß gestehen, ich habe nie über so etwas nachgedacht!"

„Wie solltest du auch, du hattest doch noch nie einen Blinden als Gast im Restaurant."

„Eben! Aber nun laß mich fortfahren. — Sie erzählten mir, das heißt Herr Berger, sichtlich in froher Stimmung, berichtete, daß seine Schwägerin und mein Vater zusammen ein Konzert geben würden!"

„Was? Christiane Grothe und dein Vater? Und was sagt deine Mutter dazu?"

„Meine Mutter? Was hat sie denn damit zu tun? Natürlich sagt meine Mutter nichts! Sie würde nie etwas sagen!"

„Nichts?“ fragte Renate lächelnd. „Auch nicht, wenn es sich um Frau Grothe handelt?“

„Du sprichst in Rätseln! Was hat Christiane Grothe mit meiner Mutter zu tun, das möchte ich mal wissen!“

„Sag mal, hast du keine Augen im Kopf?“

„Was soll denn das heißen? Also ich muß schon sagen, du bringst mich ganz aus dem Konzept. Was hat meine Mutter mit Frau Grothe zu tun! Nun mal heraus mit der Sprache!“

„Gott, Wolfgang, hast du nie bemerkt, daß deine Mutter in helle Aufregung versetzt wurde, wenn Frau Grothe früher ins Hotel kam? Hast du nie gesehen, wie dein Vater auf sie zueilte, um sie zu begrüßen?“

Wolfgang schwieg. Er war so erstaunt, daß er nichts sagen konnte. Nie hatte er so etwas bemerkt. Nie hatte er einen Gedanken daran verschwendet, daß seine Mutter in Unruhe versetzt werden könnte, wenn sein Vater Gäste begrüßte, und seien sie auch noch so attraktiv, noch so vornehm, noch so gewandt wie Frau Grothe zum Beispiel.

Was Renate sich da nur einredete! Oder sollte sie recht haben?

„Du siehst Gespenster!“

Renate lächelte ein undefinierbares Lächeln.

Wie einfach war die Welt für die Männer! Wie simpel! Ihr Wolfgang jedenfalls schien nie zu merken, wenn er mit glänzenden Frauenaugen verfolgt wurde, egal ob Teenager oder Mittelalter oder Greisinnenalter! Wolfgang war ständig in Gefahr — genau wie sein Vater es gewesen war. Sie konnte ihre Schwiegermutter so gut verstehen. Und daß ihr Schwiegervater ein Faible für Frau Grothe hatte, sah nicht nur Petra Steiner, sondern jede andere Frau, die einigermaßen mit Herz und Gefühl und einer gewissen Kombinationsgabe ausgerüstet war.

Unter Umständen war sogar Martin Berger mit dieser Gabe ausgerüstet, nur eben von der rustikaleren Seite her. Man sagte von ihm, er wäre früher ein Draufgänger gewesen, und wenn seine Frau behauptete, er wäre ihr nicht immer treu gewesen, so war das wohl vorstellbar.

Renate fand jedenfalls, es wäre durchaus nicht abwegig, wenn dieser Martin Berger ein bißchen Verwirrung stiften wollte — schon gar, seit er nicht mehr sehen konnte. Da für ihn diese Art Verwirrspiel nicht mehr akut war, fädelte er die Fäden anderweitig ein.

„Also dein Vater und Frau Grothe wollen zusammen ein Konzert geben!“

„Jawohl, das wollen sie!“ Endlich kamen sie auf das eigentliche Thema zurück. Was war das nur eben für ein Ausflug in Regionen, die Wolfgang einfach nicht verstand.

„Und da Herr Grothe anscheinend kein großer Freund vom Klimpern ist (diesen Ausdruck konnte auch nur Martin Berger gebrauchen!), wird sich alles im Hause Steiner abspielen. Das Üben und so weiter! Und wenn sie fertig sind — oder ich will so sagen, wenn sie meinen, ihr Spiel ist vortragsreif, wollen sie ein paar Freunde einladen und es vorspielen.“

„Was? Nicht öffentlich?“ fragte Renate erstaunt. Sie hätte gedacht, es würde Vater Steiner und Frau Grothe Spaß machen, sich öffentlich zu produzieren.

„Ganz sicher würde deine Mutter sich freuen, wenn dein Vater nochmal an die Öffentlichkeit träte."

„Du hast ja gehört. Sie wollen kein öffentliches Konzert geben. Aber — ich denke gerade, was nicht ist, kann ja noch werden! Jedenfalls soll dies wohl erst nur ein Versuch sein, und später werden sie weitersehen. — Ist das nicht eine nette Idee?"

„Ja, wunderbar!" sagte sie. Es klang abwesend, denn sie dachte an etwas anderes. Wie gut eingefädelt! Sie werden also unter Aufsicht üben, denn Mutter Steiner wird es sich doch nicht nehmen lassen, die beiden zu kontrollieren! Gott, arme Mutter Steiner! Noch immer muß sie bangen um ihren Lothar! Dabei — und nun war Renate ganz ehrlich — sie hatte wirklich keinen Grund dazu. So gerecht war sie und so geschult war auch ihr Auge durch das Hotel, weder Lothar Steiner noch Christiane Grothe konnte man eine Unaufrichtigkeit vorwerfen!

Doch als die Jahre dahingingen, sollte es eine Zeit geben, in der Renate Steiner noch häufig an ihre Schwiegermutter denken mußte. Auch sie erlebte eine Phase, in der ihr Wolfgang ständig Anfechtungen ausgesetzt war — und es genoß, so bewundert zu werden!

* * *

„Was ist dir denn noch aufgefallen an Frau Berger? Du sagtest, sie wäre so selbstsicher gewesen."

„Das war sie auch. Schließlich mußte sie ja für ihren Mann sorgen. Übrigens bestellten sie sich ein Schinkenbrot und später tranken sie Wein!"

„Und?"

„Nichts und! Alles nicht ungewöhnlich, aber natürlich war ich neugierig, wie die Versorgung des blinden Martin Berger vor sich gehen würde!"

„Und wie ging sie vor sich?"

„Also meine Hochachtung vor Eva Berger! Es ging alles so diskret vonstatten, ... außerdem, das wirst du verstehen, ich konnte ja schließlich nicht dauernd hinsehen, aber neugierig war ich eben doch! — Es war fast so, als merkte man nicht, daß der Mann blind war. Geschickt hatte Frau Berger das Brot in Stücke geschnitten und ganz lose ihres Mannes Hand geführt. Er hielt die Hände um den Tellerrand gespannt und dann glitten sie sachte über ihn. Ich kann nicht sagen, wieviel Routine das erfordert, bis man es so diskret machen kann — und das ist bestimmt Eva Bergers Werk. —

Nachher tranken sie Wein, und da machte es Martin genau so. Er behielt das Glas lose in der Hand, als ob er mit dem Stiel spielte."

Er überlegte weiter, was seine Frau noch interessieren könnte.

„Als sie schließlich gingen, nahm Frau Berger mich wieder beiseite.

‚Wolfgang', sagte sie flüsternd, ‚Sie ahnen nicht, welche Bedeutung dieser Tag für uns hat. Zum ersten Mal sind wir in einem Restaurant gewesen. Ich bin sicher, das machen wir jetzt häufiger. Vielleicht kommen wir sogar zum Mittagessen. Werden Sie dann dafür sorgen, daß wir wieder einen Platz bekommen, wo wir nicht so angestarrt werden können?' — Dann sah ich, wie sie auf den Parkplatz zusteuerten. Ich wußte nicht, daß sie mit dem Wagen gekommen waren. Was meinst du, wer fuhr?"

„Grothe?"

„Falsch!"

„Dann Christiane Grothe!"

„Irrtum! Die Grothes waren übrigens mit ihrem eigenen Wagen da! Nein, es war so: Wie selbstverständlich setzte sich Eva Berger ans Steuer dieses gewaltigen Wagens. Berger hat doch so einen großen Mercedes!"

„Was? Haben sie den immer noch? Und den fährt Krümelchen? Hat sie denn einen Führerschein?"

„Muß sie ja wohl!"

„Also wirklich! Das hätte ich ihr nicht zugetraut!"

„Siehst du, ich nämlich auch nicht! Ich sagte ja, Eva Berger war für mich die größte Überraschung des Abends. Sie hat sich total verändert!"

„Wie seltsam das ist — da mußte ihr Mann blind werden, ehe sie ihre Fähigkeiten entdeckte!"

* * *

Liebste Melanie!

Diesmal beginne ich meinen Brief mit ein paar familiären Nachrichten.

Also:

Neulich waren wir zum ersten Mal mit Schwager Martin bei den alten Steiners eingeladen. Sie hatten sich ausgedacht, Martin mit etwas Hausmusik zu erfreuen, was ihnen auch wohl gelungen ist. Jedenfalls war Martin so belebt von allem, nicht nur von der Einladung und dem Klavierspiel — er wagte sich auch zum erstenmal an die Öffentlichkeit —, daß er beschloß, noch auf einen Sprung ins Hotel zur Post zu gehen. Was das bedeutete, kannst Du Dir vielleicht vorstellen. Es war ein Riesenschritt vorwärts und vermutlich der Anfang zur Normalisierung der Verhältnisse im Hause Berger.

Es wurde sehr spät an diesem Abend, aber wir waren alle in sehr gehobener Stimmung, als wir uns trennten.

Als wir zu Hause ankamen, sah ich schon etwas im Briefkasten stecken. Erst dachte ich, es ist Reklame, eine Neueröffnung, ein Ausverkauf oder was auch immer. Wir werden oft und reichlich damit versorgt.

Aber dann hatte ich den gelben Umschlag eines Telegramms in der Hand. Äußerlich gelassen — so etwas kann Ulrich ja so fabelhaft, aber ganz sicher war er genau so aufgeregt wie ich, öffnete er es und ließ sich dann in den nächsten Sessel fallen, das Blatt in der Hand. Mit der anderen bedeckte er sein Gesicht. Heute weiß ich natürlich, was in ihm vorging. Er wollte seine Bewegung nicht zeigen, doch als ich so vor ihm stand, war ich sehr beunruhigt.

„Was ist, Ulrich?“ wagte ich zu fragen. „Schlechte Nachrichten?“

Er blickte auf und kam nur langsam wieder auf diese Welt, und da nahm er dann endlich zur Kenntnis, daß ich sehr in Sorge war.

„Das Kind!“ sagte er, verhielt ein wenig und sagte es dann noch einmal. „Der Junge ist da, und alles ist gut!“

Eine Weile sagte er nichts. Es ging ihm wohl vieles durch den Sinn. Vielleicht dachte er an seine erste Frau, vielleicht daran, daß es ein Junge war, der den Namen Grothe fortsetzen würde. Ulrich nimmt das sehr wichtig.

„Aber warum hat er denn nicht angerufen?“ wunderte er sich.

„Vermutlich hat er es!“ meinte ich. „Du mußt bedenken, wir sind seit heute Nachmittag unterwegs!“

Wieder überlegte er.

„Was meinst du, ob wir ihn jetzt noch anrufen?“

„Aber ja!“ Ich war sofort dafür, obgleich Mitternacht vorbei war. Ganz sicher war der junge Vater noch zu erreichen, und wenn Ulrich ihn aus dem Bett holte, war es auch nicht schlimm.

Doch gerade als er den Hörer abnehmen und wählen wollte, klingelte das Telefon.

„Nanu! Wer ist denn das?“

Ulrich hatte kaum Zeit, sich zu melden, da hörte ich schon, daß es mein Schwager war.

„Lydia hat ihr Baby!“ schrie er in den Apparat. „Und alles ist gut!“

Er war außer sich, daß er nicht zur Stelle gewesen war. Seine Lydia war in ihrer „schweren Stunde“ ohne ihren Vater gewesen! Daß der Ehemann viel wichtiger war, ließ er einfach nicht gelten.

Schließlich bekam ich meine Schwester an den Apparat und sie erzählte mir genaueres.

Als sie nach Hause kamen, wurden sie von ihrem Schwiegersohn empfangen, der auf der Treppe in der Diele saß und sie mit Vorwürfen überschüttete. An sich ist Peter Köper der ruhigste Mensch der Welt, aber natürlich hatte ihn dieses Ereignis aus der Bahn geworfen.

„Wo wart ihr bloß?“ fragte er. „Ich habe bei Steiners angerufen. Lydia sagte mir, ihr wäret dort eingeladen gewesen, aber da wart ihr schon lange weg!“

„Und?“ fragte Mutter Berger. „Was hast du dann gemacht?“

„Was sollte ich denn tun? Ich habe sie mit unserer kleinen Flohkiste in die Stadt gefahren. Es wurde höchste Zeit!“

„Oh Gott!“ stöhnte Martin. „Das arme Kind! Warum sind wir auch mit dem Wagen gefahren! Hätte ich das gewußt!“

Sein schöner Mercedes! Natürlich sollte Lydia mit dem bequemen Wagen in die Klinik gefahren werden. Es brach ihm fast das Herz, daß er darauf bestanden hatte, mit dem Wagen zu den Steiners zu fahren, während seine Tochter in ihrer schweren Stunde (!) — diesen Ausdruck gebrauchte er mit Vorliebe — mit der klapprigen Ente vorliebnehmen mußte.

„Nun reg dich nicht auf, Vater!“ tröstete der junge Mann. „Es ist ja alles gutgegangen. Das Kind kam ganz schnell und ohne Komplikationen!“

„Wirklich? Erzählst du mir auch keine Märchen?“ forschte Martin. „Sie ist immerhin schon 30 Jahre alt, deine Frau!“

„Sie ist 27 und nicht 30!“ korrigierte Peter.

„Wenn auch, sie ist nicht mehr die Jüngste!“

„Nun hör aber auf!“

„So meine ich es doch nicht! Für's Kinderkriegen ist sie nicht mehr...“

„Was weißt denn du davon!“ mischte Krümelchen sich ein. „Lydia ist kerngesund! — Wir haben also eine kleine Enkeltochter! Gott, mein Junge, ich bin ja so froh, daß alles gutgegangen ist! Laß dich umarmen!“

Und Peter ließ sich von seiner vollbusigen Schwiegermutter umarmen, etwas, was ihm zwar nicht lag, doch es war gut gemeint, und die besonderen Umstände verlangten wohl, daß er nicht auswich.

„Ich will dich auch umarmen, mein Junge!“ Martin tastete sich vorwärts und legte derb die Arme um Peter Köper. Dabei klopfte er ihm den Rücken, als ob er einen Hustenanfall hätte.

„Gut gemacht, mein Lieber! Und morgen fahren wir zu deiner Frau! Willst du mit?“

„Ich muß doch arbeiten, Vater!“

Daran hatte Martin nicht gedacht. Arbeiten! Wie lange hatte er schon nicht mehr gearbeitet...

Dieser Gedanke streifte ihn nur schwach, er war viel zu sehr beschäftigt mit seiner Tochter, die dafür gesorgt hatte, daß in dieses große Haus neues Leben kommen würde.

„Was für ein Tag!“ sagte er und wurde nachdenklich.

Sicher ging ihm eine Menge durch den Kopf. Daß er nunmehr Marienfelde akzeptiert hatte! Daß er in Zukunft mit Krümelchen häufiger ausgehen wollte, daß er ein Enkelkind hatte — ein zweites! Seltsam, die Ankunft von Connys Sohn hatte ihn nicht so bewegt wie dieses Kind seiner Tochter Lydia.

Warum ist das so? fragte er sich in dem ganz seltenen Gefühl, das mit Gerechtigkeit zu tun hatte? Warum liebe ich Lydia so sehr und Conny nicht so sehr? Beide sind mir zugetan...

Er kam nicht mehr dazu, weiter darüber nachzudenken, denn in diesem Augenblick legte Krümelchen den Hörer auf die Gabel und berichtete, daß Ulrich Grothe gleichfalls Großvater geworden war.

Du siehst, liebste Melanie, das Leben geht also weiter. Diese Familie wurde gleich mit zwei neuen Erdenbürgern beglückt. Keine Frage, daß wir die jungen Familien besuchten, als die Mütter wieder zu Hause waren. Es war sehr seltsam für mich zu sehen, wie Barbara ihren kleinen Sohn in die Arme von Ulrich legte. Er war hilflos mit dem Bündel, und doch freute er sich so über dieses Kind.

Daneben stand die kleine Anne, von einem Bein aufs andere hüpfend. Wenn Opa doch endlich fertig würde mit dem Baby. Sie hatte ihm so viel zu zeigen. Ihr neues Spielzeugauto, in dem sie sitzen konnte, das mußte er doch unbedingt sehen!

Genug!

Jetzt möchte ich auf das eigentliche Thema zu sprechen kommen, dessentwegen wir diese Korrespondenz überhaupt aufgenommen haben.

Wenn ich das so überlege, finde ich, daß die Steiners noch am ehesten mit ihrem veränderten Leben fertigwerden. Sehr bewußt hat Lothar Steiner sein Hotel verlassen — vielleicht enttäuscht, daß sein Sohn nicht das Ziel verfolgte, das er sich gesetzt hatte. Es wäre vorstellbar, wenn er sich gerade aus diesem Grunde verstärkt eine andere Beschäftigung gesucht hat, sozusagen ein Äquivalent für enttäuschte Hoffnungen. Und das ist ihm vollauf geglückt.

Es würde zu weit führen, wenn ich Dir berichtete, was er mir über die Musik und sein Klavierspiel sagte. Auf jeden Fall hat er darin Erfüllung gefunden und führt nun ein beschauliches Dasein mit seiner Frau, ab und zu mit dem Enkelsohn, den jedoch die jungen Steiners nicht so leicht aus der Hand geben.

Und Petra Steiner, schon immer bescheiden und im Hintergrund wirkend, wäre die letzte, die in dieser Hinsicht Ansprüche stellen würde.

Ich weiß nicht, wie Martin Berger mit seinem Ruhestand fertiggeworden wäre, hätte sich sein Leben nicht durch das Blindwerden total verändert. Manchmal bin ich versucht zu denken, daß jetzt erst Charakterzüge ans Tageslicht kommen, die vermutlich nie geweckt worden wären. Sicher habe ich es Dir schon häufiger geschrieben, daß das Verhältnis zu seiner Frau nun geradezu harmonisch geworden ist. Und meine Schwester? Die ist überhaupt nicht wiederzuerkennen!

„Eva macht alles!" — „Laß Eva bestimmen!" — „Frage Eva!" Und Eva macht, Eva tut, Eva bestimmt! Auch in ihr schlummerten offenbar Kräfte, die nie erkannt worden wären, hätte sich nicht die Notwendigkeit dazu ergeben.

Bei den Bergers ist alles gut! möchte ich sagen. Du weißt, was ich damit ausdrücken will. Martin ist jetzt soweit, daß er sein verändertes Leben akzeptiert und seine Frau nicht mehr schikaniert. Im Gegenteil, die Harmonie ist vorherrschend, und das ist sehr erfreulich.

Ich will hoffen, Martin gewöhnt sich mehr und mehr an seine Umgebung, findet sich mehr und mehr allein zurecht und wagt auch weitere Schritte. Nun ist ja erst mal Lydia da. Wie es heißt, ist er jeden Morgen bei ihr, wenn sie das Kind badet. Es ist für ihn eine wunderbare Beschäftigung, dabeizusitzen und es krähen zu hören. Zum Schluß erlaubt Lydia ihm immer, das Kind in seine Wiege zu legen. Für Martin ist das die größte Freude. Ich hörte, daß er die Zeremonie immer länger ausdehnt. Erst stolziert er mit dem Baby auf dem Arm durchs Zimmer (auch das ist schon ein Fortschritt, dieses Sich-allein-zurechtfinden!), dann geht er sogar mit der Kleinen die Treppe herunter und macht bei seiner Frau einen Besuch (natürlich Lydia immer hinterher in ständiger Sorge, aber sie bringt es auch nicht fertig, ihrem Vater dieses Vergnügen zu nehmen!).

Und er erzählt und erzählt pausenlos, eine ständige Ein-Mann-Unterhaltung. Ach ja, Martin Berger! Dem Himmel sei Dank, daß er mehr und mehr versucht, sein Blindsein zu überwinden. Er wird direkt liebenswert. Alles Grobe, das ich früher nicht leiden konnte, ist verschwunden.

Nur eins wundert mich: Er fragt selten nach dem Geschäft. Seine ganzen Steuersachen, sein Hubertus-Apartmenthaus, seine Liegenschaften, das alles hat er einem Makler übergeben, der ab und zu kommt und Bericht erstattet. Auch Conny kommt natürlich und berichtet. Ich war mehrfach dort, wenn er auch gerade da war, aber es fiel mir auf, daß mein Schwager immer weniger Interesse zeigte. Er nickte zwar zu allem, was ihm gesagt wurde, aber es war unschwer zu erkennen, daß die Berichterstattung an ihm vorbeiging. Ich könnte mir denken, daß er sich sagt: Was soll's, ich kann ja doch nicht mehr sehen, was in der Fabrik vor sich geht.

Ich glaube allerdings nicht, daß er Conny eine Unehrlichkeit zutraut. Das wäre auch ungerecht. Nur wenn Conny berichtet, daß die Geschäfte nachließen, daß die Konkurrenz auch nicht schliefe — oder wenn er sagt, er müßte sich ständig Neues einfallen lassen, nur dann wird Martin wach — und auch nur, weil er Kosten fürchtet — zusätzliche Kosten! Da er schon seit längerem aus dem Geschäft ist — seinerzeit war er froh, daß er seinem Sohn zum Beispiel die Tarifverhandlungen überlassen konnte —, interessiert ihn nur noch, was der Betrieb abwirft — und wehe, es kommt nichts dabei heraus. Aber wie gesagt, auch das hat nachgelassen.

Martin Berger ist jünger als Ulrich Grothe — und doch ist er schneller gealtert als mein Mann. Ganz sicher ist ein großer Teil auf seine Blindheit zurückzuführen, aber nicht alles. Als sein Bäckerhandwerk in eine industrielle Phase eintrat, merkte er, daß er sich mit seinen mangelhaften Kenntnissen über Betriebswirtschaft, Rentabilität und so weiter zuviel zugemutet hatte, und er war froh, daß sein Sohn „darauf studiert" hatte, wie er immer sagt.

Jetzt aber zu Ulrich!

Ich weiß gar nicht, wie ich die augenblickliche Phase, die Ulrich — die wir beide durchmachen, beschreiben soll. Es ist, als hinge er in der Luft und wüßte nicht, wie sein Leben weitergehen soll.

Wir haben vieles versucht, das Vakuum aufzufüllen. Auch hat er sich bemüht, sich mit Dingen zu beschäftigen, die früher nicht zu seinem Interessengebiet zählten. Daß er zum Beispiel mit zu den Steiners ging, um sich ein kleines Hauskonzert anzuhören und Kaffee zu trinken, gab es doch früher nicht! Da hätte es dann geheißen: Halte mich doch damit nicht auf!

Vielleicht ging er Martin Berger zuliebe mit. Vielleicht fand er selbst, daß er irgendwo einen Anfang machen mußte, um sich der Welt der Nicht-mehr-Tätigen zu nähern. Ich weiß es nicht.

Wenn ich das Thema anschneide — wenn ich ihn frage, ob ihn wohl dies oder jenes interessieren würde, bekomme ich es zu hören:

„Du machst dir Gedanken, wo es nichts nachzudenken gibt. Du glaubst, ich wüßte mich nicht zu beschäftigen! Das ist alles Unsinn. Es gibt so viel, das ich noch kennenlernen muß, und so viel, wozu ich früher weder Gelegenheit noch Zeit hatte. Das alles fange ich jetzt an zu lernen und zur Kenntnis zu nehmen. — Wenn du mich am Fenster stehen siehst, glaubst du, ich wälze Probleme — so wie früher. Vielleicht tue ich das, aber sie sind anderer Natur. Daß ich zum Beispiel einen Sohn habe und nun auch noch ein zweites Enkelkind, daß ich das alles erlebe, gerade jetzt, wo ich Zeit habe, an die jungen Leute zu denken, ohne daß ich durch geschäftliche Probleme gestört werde, das ist doch wunderbar!

Daß ich zu einem Kriegskameradentreffen fahren kann, ohne das Gefühl zu haben: eigentlich ist das vergeudete Zeit, ich müßte vielmehr zur Verbandsbesprechung nach Bonn oder was sonst noch!

Ich fürchte, du glaubst, das alles wären Dinge, die nicht zu mir passen!" Dann lacht er. „Ich bin doch kein Snob, liebe Dame!"

Damit ist dann das Thema abgetan. Und doch bin ich nicht fertig damit! Ob ich wohl wirklich zuviel draus mache? Ob ich einfach zuviele Gedanken verschwende an einen Zustand, der sich mehr und mehr zum Normalen hin entwickelt? Ich wünschte, ich wüßte es.

Und dann gibt es auch wieder Tage, wo die PFI in den Vordergrund rückt. Ich gebe zu, das geschieht weniger und weniger, und das ist auch gut so. Aber gewöhnlich kommen jetzt die Anstöße von draußen.

Da war neulich eine Beerdigung, zu der Ulrich und ich mußten — unbedingt. Sein alter Werkmeister ist gestorben. Hövermann, der Mann der ersten Stunde! Er ist nur ein halbes Jahr im Ruhestand gewesen — und e r gehörte zu jenen, die den Ruhestand herbeisehnten. Ich höre ihn noch, wie er sagte: „Ach, das ist doch alles nichts mehr, seit Sie weg sind, Herr Doktor!" Und Ulrich hat vergeblich versucht, ihm klarzumachen, daß das der Lauf der Welt sei. „Für uns sind Sie immer noch der Chef!" Da war Ulrich schon ein halbes Jahr nicht mehr bei der PFI.

Nun aber die Beerdigung! Natürlich waren Frau Hövermann und ihre Familie dankbar, vielleicht sogar beeindruckt, daß wir kamen. Gott, Melanie, wir gehen immer häufiger zu Beerdigungen — auch ein Zeichen, zu welcher Altersstufe wir gehören!

Was ich aber sagen wollte, ist dies: Wir erkannten immer weniger PFI-Leute. Der Stamm, der zu Ulrich gehörte, ist sehr dezimiert, und neue Gesichter sind hinzugekommen. Die alten jedoch kamen und begrüßten Ulrich, und dann sagten sie alle dasselbe: „Ach, Herr Doktor, als Sie noch da waren..." — „Es ist alles nicht mehr so wie früher!" Einige gingen in Einzelheiten, die unerfreulich anzuhören waren. Du kannst Dir denken, Ulrich mag so etwas nicht. Was könnte er dazu sagen? Nichts.

Bei einem Wechsel wird sich immer manches grundlegend ändern. Ganz abgesehen davon muß ja auch ein ständiger Wandel da sein, sonst steht das Geschäft still.

Und noch etwas kommt hinzu: er hört die Klagen nur von einer Seite. Das ist nicht fair!

Als wir wieder nach Hause fuhren, war eigentlich weniger der Tod von Hövermann das Gespräch, sondern die Vorgänge in der PFI — nein, das ist auch nicht richtig, es waren die Nachrichten, die Ulrich zu hören bekommen hatte, und die Feststellung, daß die PFI nun doch schon ein großes Stück von ihm abgerückt ist.

Ich weiß nicht, ob Ulrich das bedauert. Im Grunde genommen müßte er doch froh sein, daß es so ist. Es hätte wenig Sinn, sich noch immer in die Vorgänge der PFI einschalten zu wollen. Kein Mensch will mehr etwas von ihm.

Ich brauchte allerdings diese Ungewißheit, ob Ulrich noch immer die Vorgänge in der PFI verfolgt oder nicht, nicht mehr lange zu ertragen. Eines Tages entdeckte ich im Supermarkt ein neues Produkt der PFI, vermutlich das erste seit Ulrichs Weggang, ein Fertiggericht. Natürlich kaufte ich es und zeigte es ihm.

Er betrachtete das Paket aufmerksam, las gründlich, was draufstand, und gab es mir schließlich zurück.

„Ist wohl in Italien hergestellt!“ sagte er. Es klang desinteressiert. Und dann fügte er noch hinzu: „Kannst du verschenken. Ich mag das Zeug nicht!“ Früher hätte er so etwas nie gesagt. Und wenn er zehnmal „das Zeug“ nicht gemocht hätte, sein Geschäftsinteresse hätte von ihm verlangt, es zu kosten.

Ob ich mir wohl wirklich zuviele Gedanken mache? Vielleicht ist Ulrich schon viel weiter, als ich mir vorstelle. Mir fällt da gerade ein, daß er neulich sagte, als wir über die PFI sprachen, er dürfte gar nicht mehr so intensiv an dem Geschehen interessiert sein — und er wäre es auch nicht! Was ich nur immer dächte!

Ich habe daraufhin erwidert: „Wenn es wirklich so ist, könntest du ja beginnen, deine Aufzeichnungen zu machen!“

„Welche Aufzeichnungen?“

„Ach, Ulrich!“ Ich wunderte mich, daß er nicht wußte, was ich meinte... (oder, ich denke gerade: tat er nur so?) „Du wolltest einmal aufschreiben, wie dein Leben ausgesehen hat, wie du zur PFI gekommen bist, welche Schwierigkeiten du hattest und wie das Verhältnis zu Amerika war, als die PFI nach Marienfelde kam! Du hast eine Menge Notizen gesammelt... und wenn du nun sagst, du hättest den nötigen Abstand gewonnen, dann könntest du doch beginnen!“

Seine Antwort fiel ganz anders aus, als ich dachte. Weder bestätigte er mir, daß ich recht hatte, noch ging er direkt auf meinen Vorschlag ein.

„Ich glaube, etwas ganz anderes bewegt dich! Du denkst, ich tue nicht genug. Du meinst, ich strenge meinen Kopf nicht genug an, wie? Geistige

Lethargie! Nun sei mal ehrlich! Glaubst du nicht, das ist der tiefere Grund deiner Sorge?"

Ich mußte mir das erst durch den Kopf gehen lassen. Geistige Lethargie! Das klang ja schrecklich!

Aber wenn ich ganz ehrlich sein wollte — und das ist immer mein Bestreben, das weißt Du — nur keine geistige Feigheit! —, so war das wohl wirklich der Ursprung meiner Befürchtung! Womit könnte Ulrich seinen Geist beschäftigen, damit er mit seinen anspruchsvollen Maßstäben am Ball bleibt?

Selbst auf die Gefahr hin, ihn zu verärgern, mußte ich es also zugeben! Aber da erläuterte er mir seine Gedankengänge.

„Früher hat mir der Präsident der PFI, Mr. Todd, einmal gesagt, je höher man die Leiter klettert, desto einsamer wird man, weil am Ende nur noch wenige einem in den Gedankengängen folgen können. Ich gebe zu, daß es so gewesen ist."

Und ich schalte hier ein, daß ich Dir das auch schon einmal geschrieben habe. Und da fügte ich hinzu: Er muß herunter von seinem Thron! Er muß wieder Kontakt suchen zu den Menschen, die am Fuße der Leiter stehen.

Letztlich brauchte Ulrich mir gar nicht mehr zu erläutern, womit er sich beschäftigte. Er war ja schon viel weiter, als ich mir einbildete.

„Ich mache mir zum Beispiel Gedanken um Andreas und seine Familie. Wie kommen sie zurecht mit ihrer zweiten Tankstelle? Muß ich ihnen vielleicht unter die Arme greifen — oder kränke ich sie, wenn ich es ihnen anbiete? Könnte man nichts für Barbara tun? An ihr hängt doch alles — die Kinder, das Geschäft, das vor allem... und wenn ich dann bedenke, wie beengt sie leben, möchte ich wissen, ob sie nicht eine Wohnung oberhalb der Tankstelle bauen könnten! Oder ob sie auf dem Tankstellengrundstück ein kleines Häuschen bauen könnten — eine Art Refugium, wie die Steiners mit ihrem Flügelhaus! Ach, Christiane, halte dich doch damit nicht auf, daß ich meinen Kopf nicht genügend anstrenge! Die Wirtschaft, die Kartoffelindustrie wird auch ohne mich fertig. Ich beschäftige mich jetzt mit anderen Problemen, mit naheliegenderen, möchte ich sagen. Ich überlege zum Beispiel, ob man Martin Berger nicht zum Schwimmen überreden könnte. Das müßte doch gehen, wenn jemand bei ihm bleibt. Ich habe neulich schon mit dem Bademeister gesprochen, und der meinte, die günstigste Zeit wäre morgens, wenn sie öffnen. Der war gleich dafür und wollte Martin schon einweisen. — Braucht er ja gar nicht. Das kann ich genau so gut machen! — Das könnte seine Frau vielleicht noch besser machen!"

Von da war es nicht mehr weit, daß er mir seinen Terminkalender zeigte, in dem er nicht nur vermerkt hatte, welche Vorstellungen der Kulturring plant und was er da noch alles in die Wege leiten muß. Er hatte auch schon ein paar Skizzen gemacht für eine eventuelle Wohnung für die jungen Grothes und eine weitere für ein kleines Haus auf dem

Tankstellen-Grundstück. Er hatte sich bereits durch den Kopf gehen lassen, welche Behördenwege nötig wären, bevor so ein Bau genehmigt würde. Er sagte mir, er würde den Kindern gern etwas abnehmen, weil das Geschäft doch weiterlaufen müßte.

Du siehst, Melanie, wie sehr ich mich „vergaloppiert" hatte. Anders kann ich es nicht bezeichnen. Ich machte mir Sorgen um Dinge, die gar nicht existierten. Ulrich ist ja schon viel weiter.

Ich kann also nur hoffen, daß er in dieser Richtung fortfährt.

Erinnerst Du Dich — das fällt mir in diesem Zusammenhang gerade ein — daß ich Dir vor geraumer Zeit schrieb, Ulrichs Stimmungen kämen und gingen wie Wellen! Mal hätte die PFI Vorrang in seinem Denken, mal ebbte das Interesse ab und verschwände im Hintergrund. Nun werden Wellen ja immer kleiner, und schließlich beruhigt sich das Wasser wieder.

Es hat sich alles genau so entwickelt!

Warum habe ich das nur vergessen? Ich muß mich doch sehr über mich wundern!

Es will mir scheinen, als liefe die Berichterstattung langsam aus, was den Ruhestand anbetrifft. Unser Leben normalisiert sich. Jedoch, das soll ja nicht heißen, daß damit die Korrespondenz abgeschlossen ist, nicht wahr?

In diesem Sinne grüße ich Dich herzlich wie immer,

Deine Christiane.

* * *

Als Christiane Grothe diesen Brief noch einmal durchlas und befriedigt in den Umschlag steckte, konnte sie nicht wissen, daß das Schicksal ganz andere Pläne mit den Grothes hatte.

Vorerst jedoch glaubte sie, das Ende einer langwierigen Lebensumstellung wäre nun fast erreicht.

* * *

5. TEIL

ENDLICH AM ZIEL?

Sie saßen im Wohnzimmer mit dem Blick auf die Ebene. Draußen stürmte es.

„Puh, es war kalt heute!“ sagte Christiane, die eben von ihrem täglichen Ausritt zurückgekommen war. „An sich macht mir das nichts aus, aber ich war heute nicht darauf vorbreitet.“

Mit Behagen schlürfte sie ihren Kaffee. Ulrich Grothe saß wie immer im Sessel neben ihr. Es war eine der gemütlichen Stunden des Tages. Eigentlich war es keine Stunde — nur ein Augenblick der Besinnung, ein Augenblick zum Warmwerden, zum Erzählen. Danach ging Christiane in die Küche, um sich mit dem Mittagessen zu beschäftigen.

Gewöhnlich las Grothe die Zeitung. Er las sie gründlich und brauchte dafür immer eine ganze Weile.

Heute jedoch lag das Blatt unangetastet auf dem Rauchtisch. Erst merkte Christiane es gar nicht, aber als sie das gewohnte Bild „Ulrich hinter der Zeitung versteckt“ nicht entdeckte, wurde sie aufmerksam.

„Warst du weg heute morgen?“ fragte sie und deutete auf die unangetastete Zeitung.

„Martin hat mich gerufen!“ sagte er.

„Martin? Und so früh schon? Ich denke, er ist mit seiner kleinen Enkelin beschäftigt.“

„Er hat sich wohl beeilt, denn er hatte etwas auf dem Herzen!“

„Erzähle, bitte!“ Christiane war gespannt. An sich kam es nicht vor, daß Martin Ulrich rief. Außerdem waren sie erst am Tage zuvor zusammen gewesen.

„Hängt das mit unserem Besuch in der Brotfabrik zusammen?“

„Das auch — oder ja, das ganz sicher!“

„Kannst du mir sagen, warum er unbedingt mitgehen mußte? — Es hat mich schon sehr gefreut, daß Evchen trotz der vielfachen Probleme, die sie hat, meine Bitte nicht vergaß. Und Conny war ja sofort bereit, dir die Fabrik zu zeigen. Offenbar freute er sich über dein Interesse!“

„Ja, das mag wohl stimmen, aber daß Martin plötzlich mitwollte, hatte auch seinen Grund!“

„Das muß es wohl. Ich habe mir beim Ausritt den Kopf zerbrochen, was er eigentlich wollte!“

„Ach, Christiane, kannst du dir das nicht vorstellen? Ich kann es gut begreifen. Er wollte ‚seine‘ Fabrik riechen, fühlen, was weiß ich! Vielleicht wollte er nochmal einen letzten Anlauf nehmen, sie zu erkunden, wenn sich schon die Gelegenheit dazu ergab.“

„Moment, einen Moment, Ulrich! Gerade habe ich meiner Freundin Melanie geschrieben, ich hätte das Gefühl, Martin Berger wäre nie besonders glücklich mit seiner Fabrik gewesen.“

„Warum denn nicht?"
„Weil sie ihm zuviel abverlangte. Ich meinte, er ist Handwerker — sicher ein tüchtiger Bäckermeister mit einer Portion Geschick, seine Ware an den Mann zu bringen, aber von Maschinen versteht er nichts — ebenso wenig wie von Public Relation, Rentabilität und so weiter, alles Dinge, die zu einem modernen Unternehmen gehören."
Grothe schwieg einen Moment.
„Da magst du recht haben, aber vielleicht wollte er einen letzten Versuch unternehmen — ach, ich weiß es auch nicht — das heißt, ich wüßte es nicht, wenn Martin mich heute morgen nicht gerufen hätte!"
„Was hat er dir denn gesagt? Hat er dir sein Herz ausgeschüttet?"
Ulrich blickte nach draußen.
„Frauen würden es so nennen! — Was wir wirklich besprachen, war eine Unterhaltung unter Männern!"
Christiane, sich nicht des Ernstes bewußt, den ihr Mann ihr anzudeuten versuchte, schmunzelte. „Gespräch unter Männern! Das klingt ja sehr wichtig!"
„Das war es auch! Im Ernst, Christiane, Martin hat große Veränderungen vor!"
Sie begriff sofort und stellte sich darauf ein.
„Erzähle bitte — von Anfang an."
„Nun gut! — Es hängt letzten Endes alles mit dem gestrigen Besuch in der Brotfabrik zusammen. Also ehrlich gestanden, ich hatte nicht damit gerechnet, daß deine Schwester nochmal darauf zurückkommen würde. Sie hat es also nicht vergessen! Daß auch Conny sofort bereit war, uns die Fabrik zu zeigen, gefiel mir sehr!"
„Auch, daß wir schon um sechs Uhr dort sein sollten?"
„Natürlich! Was nützt mir ein stiller Betrieb! Ich will ihn in voller Aktion sehen, und wenn Conny mir sagt, um sechs Uhr sind alle voll beschäftigt, bin ich da. Darauf kannst du dich verlassen! Das hat ja selbst Martin eingesehen!"
„Vielleicht noch in Erinnerung an seine ganz frühen Jahre, wo sein Leben einen ganz anderen Rhythmus hatte. Der Tag begann für ihn um zwei Uhr, soviel ich weiß. Aber das ist lange her!"
„Immerhin weiß er noch, daß das Bäckerhandwerk anders geartet ist als zum Beispiel das Friseurhandwerk."
„Und das Baby! Vergiß das nicht! Zur Baby-Zeit war er wieder zu Hause!"
„Ach Gott, Christiane! Ich glaube, du erfaßt gar nicht, was Martin heute bewegte! Findest du nicht, daß diese Bemerkung gar nicht hierher paßte?"
„Entschuldige!" Christiane sah es ein und paßte sich an.
„Nein, was Martin wirklich wissen wollte, war mein Urteil über den Betrieb! ‚Ich kann ja nicht sehen, Ulrich, was aus dem Betrieb geworden ist. Ehrlich gestanden, ich fand mich einfach nicht mehr zurecht. Das

erste, was ich vermißte, war der Geruch nach gebackenem Brot, nach frischen Brötchen!‘ — ‚Wir haben eine Klimaanlage, wir haben Ventilatoren, Vater! Erinnerst du dich nicht, daß ich dir von der Veränderung berichtete?‘

‚Weißt du, Ulrich, Conny hat mir das sicher alles gesagt, aber — mein Gott, ja — es gab Tage und Momente in meinem neuen Dasein, wo ich nicht richtig zuhörte, wo mein eigenes Schicksal mich so beschäftigte, daß ich lediglich nickte, wenn Conny etwas sagte, ohne es richtig in mich aufzunehmen.

Nun war ich da. Ich weiß nicht, nach wievielen Monaten — oder waren es Jahre? Ich bin nie gern in die Fabrik gegangen, und ich habe dir auch gesagt, warum! Ich kam nicht mehr mit! Die Maschinen waren mir zu neu, zu gewaltig, ganz einfach zu modern. Aber schlimmer noch war die neuartige Unternehmensführung. Da kam ich nicht mehr mit, und ich war heilfroh, daß ich Conny das alles überlassen konnte. Zudem war da ja auch noch die Verwaltung des ‚Hubertus‘ und so weiter.

Wenn ich an die Bäckerei denke, gehe ich im Geiste immer noch durch die vielen verschachtelten Etagen meines Elternhauses, wo wir aus den Nähten platzten, aber da roch ich die Bäckerei. Wir hatten keine Ventilatoren, geschweige denn eine Klimaanlage. Ich roch Schweiß und Mehl, ich roch die Brötchen — und damals war es schon fortschrittlich, daß ich einen Gärschrank und einen Zählautomaten für die Brötchen hatte, um nur ein Beispiel zu nennen.

Und jetzt?

Sicher war der Gärschrank da, aber man hörte ihn nicht mehr. Man mußte mich hinführen, damit ich das ganz leise Summen vernehmen konnte. Ich lauschte auf das Knacken der Knethaken in den großen Bottichen — vergeblich. Conny hatte sie woanders aufgestellt.

Ich habe keine Vorstellung davon, wie er es möglich macht, daß die Brötchen noch nach Stunden so knusprig sind wie in dem Augenblick, wenn sie den Ofen verlassen! Und die Konditorei! Wie habe ich immer darauf geachtet, daß mit den Torten alles akkurat gemacht wurde! War es das? Hast du vielleicht etwas gesehen?‘

Ich konnte ihn beruhigen. Alles, was ich gesehen hatte, war in Ordnung gewesen, soweit ich das beurteilen konnte.

‚Auch die Sauberkeit?‘

‚Auch das!‘

Langsam kam ich dahinter, was Martin wirklich wissen wollte. Er brauchte ein Urteil von jemandem, der sich ein Bild machen kann, wie ein Betrieb der Lebensmittelindustrie auszusehen hat.

Denn ...“

„Denn?“ fragte Christiane, als er zögerte und sie damit auf den Kern der Dinge aufmerksam machen wollte.

„Denn für Martin war der gestrige Besuch enttäuschend!“

„Enttäuschend? Wieso? Du hast ihm doch bestätigt, daß alles in

Ordnung ist und ganz bestimmt weiß er, daß du ihm eine ehrliche Auskunft gegeben hast, sonst hätte er dich gar nicht gerufen!"

„Alles richtig. Enttäuschend war der Besuch, weil er nichts wiederfand, wie er es eingerichtet hatte. Enttäuschend war es für ihn, daß Conny lediglich noch zwei Bäckermeister beschäftigt. Martin kannte sie noch, und es war irgendwie bewegend, die Begrüßung mitzuerleben. Auch sie werden in Kürze in den Ruhestand gehen, und dann wird es kaum noch einen Meister geben."

„Nicht? Aber..."

„Christiane, überleg doch mal! Was man heutzutage in einer Brotfabrik tun muß, ist kaum noch das Backen, ich meine, das Backen macht der Ofen, automatisch eingestellt! Es ist mehr ein Mechaniker, der darauf zu achten hat, daß der Ofen funktioniert! Verstehst du, was ich meine?"

Christiane nickte, wenn auch nicht sofort. Genau wie Martin konnte sie sich nicht so schnell an die neuen Gegebenheiten gewöhnen, das heißt, sie hatte noch nie darüber nachgedacht. Ulrich war ja auch sofort mit Conny verschwunden, als sie gestern in der Brotfabrik waren. Sie turnten an den Maschinen herum, waren auf dem Boden, um das ganze Heizsystem zu erforschen, und Conny war nur zu bereit, ihm alles zu zeigen. Es fanden sich so selten Menschen, die einen Betrieb beurteilen konnten.

„Schließlich rückte Martin mit der Sprache heraus. Ich hatte ihm genau berichtet, welchen Eindruck ich von der Fabrik hatte — von dem gesamten Betrieb. Ich hatte ihm ein spontanes ‚Ja' auf seine Frage, ob ich Conny für geeignet hielte, der Fabrik vorzustehen, gegeben...

‚Dann soll er sie haben!' sagte er endlich. Das war es, was er vorher noch erkunden wollte."

„Das war es also!" Christiane lehnte sich zurück und stellte die Tasse auf den Rauchtisch. „Das heißt, er will Conny den Betrieb überschreiben, nicht wahr?"

„So ist es! Natürlich gibt es da noch eine Reihe von Formalitäten zu erledigen, aber Martin ist entschlossen, sich zurückzuziehen. Ich finde das sehr vernünftig von ihm!"

„Ich auch, zumal er ja ohnehin nie ein sonderliches Interesse an der Fabrik gezeigt hat. — Aber auch so war es notwendig, daß er sich zurückzog, findest du nicht?"

Bevor Grothe antwortete, holte er sich eine Zigarre aus der Kiste.

„Stell dir das nicht so einfach vor. Martin hat schon allerhand aus der Hand geben müssen — zwangsläufig, aber — nun ja, es wurde wohl Zeit! Immerhin ist Conny schon seit langem voll verantwortlich für alles!"

Als sie noch darüber nachdachten, klingelte das Telefon. Ohne besondere Eile nahm Ulrich den Hörer ab und meldete sich.

„Hier ist wieder Martin! Ich habe noch eine Bitte, Ulrich!"

„Was denn? Du weißt..."

„Würdest du heute nachmittag vorbeikommen? — 16 Uhr! Ich habe den Notar bestellt und den Steuerberater auch!"

„So schnell schon?"

„Ja, weißt du, ich möchte es hinter mich bringen, ehe ich es mir anders überlege!"

Das war durchaus vorstellbar.

„Und es gibt allerlei zu regeln. Schließlich habe ich noch mehr Kinder, verstehst du?"

„Aber ja, Martin. Wenn du mich brauchst — ich komme sofort, wenn ich mich auch keinesfalls in eure finanziellen..."

„Hach, das ist mal wieder so echt Ulrich Grothe! Wenn's ums Geld anderer Leute geht, bist du wie eine Mimose! — Also kommst du nun oder kommst du nicht?"

Grothe konnte ein Kopfschütteln nicht unterlassen. So war Martin eben! Man mußte ihn so nehmen!

„Ich komme!" sagte er.

* * *

„Ich hab' eine wunderbare Idee!" sagte Krümelchen an diesem sehr dunklen winterlichen Nachmittag zu ihrem Martin, „das heißt, die Idee stammt gar nicht von mir, um ganz ehrlich zu sein. Ulrich war es..."

„Nun mal heraus mit der Sprache! Was ist das für eine Idee?" fragte Martin. Er fragte es nicht ungeduldig, die Zeiten waren vorbei. Er lächelte. Seine Frau machte letzten Endes doch, was sie wollte und was sie für richtig hielt. Nur kurz streifte ihn diese Feststellung. Früher war es genau umgekehrt gewesen, doch jetzt mußte er erkennen, daß er so gar nicht einmal schlecht fuhr.

„Wir werden morgen schwimmen gehen!" verkündete sie. Dabei hörte Martin es knistern. „Hier, eine Badehose habe ich schon für dich erstanden!" Sie legte sie ihm in den Schoß.

„Schwimmen?" Martin war nun doch perplex. „Sagtest du schwimmen?"

„Ja, morgen früh, du, ich — und Ulrich!"

„Du auch?"

„Ich auch!"

„Aber dann gibt es ja eine Überschwemmung!" platzte er heraus und mußte lachen. Früher hätten Krümelchen derartig lockere Bemerkungen gekränkt, wenn nicht gar entsetzt. Heute fing sie sie mit einer Entgegnung auf.

„Ich bin nicht mehr so dick wie du denkst! Seit ich mich bei Ohmann eingekleidet habe, achte ich genau auf mein Gewicht — wie Christiane und Ulrich!"

Martin grinste.

„Und das soll ich glauben? Komm her! Laß mal fühlen!" Das war echt Martin Berger! Laß mal fühlen!

„Alter Draufgänger!“ lachte sie und machte den Spaß mit.

Und Martin erkundete Krümelchens Rundungen, griff hierhin und kniff da, kitzelte sie wie in alten Zeiten und hatte nicht übel Lust, die Inspektion auszudehnen.

„Nun ist es aber genug! — Ich bin sicher, bei all dem Unsinn hast du nicht festgestellt, daß ich fünf Kilo weniger wiege!“

„Wie sollte ich denn! Dazu war die Zeit viel zu knapp! Komm nochmal her!“

„Nein, Schluß jetzt, du alter Schlingel! Wer weiß, was du noch alles vor hast mit mir — mitten am Nachmittag!“

„Warum denn nicht? Du brauchst nur die Haustür zuzusperren und das Telefon abzustellen! Was ist — keine Lust, Madameken?“

„Martin ... jetzt hör aber wirklich auf! Du machst mich ganz verlegen! — Hier deine Badehose! Es war die beste, die ich bekommen konnte! Ganz sicher siehst du darin fabelhaft aus!“

„Welche Farbe?“

„Dunkelblau!“

„Langweilig! Nicht kariert?“

„Nein!“

„Gestreift oder gepunktet — oder — noch besser — vielleicht mit einem Herzen auf jeder Pobacke?“

„Schluß jetzt!“ Sie nahm ihm die Badehose wieder weg und knisterte mit dem Papier.

Als Ruhe eintrat, kam Martin erst dahinter, was seine Frau nun wirklich vor hatte.

„Sagtest du eben, wir wollen morgen zum Schwimmen gehen?“

„Genau das sagte ich! Du und ich und Ulrich. Morgen früh, wenn Christiane reitet! Nun, wie findest du das?“

Martin antwortete nicht gleich, ein Zeichen, daß er nun endlich begriffen hatte, was für ein Ansinnen seine Frau an ihn stellte.

„Hör mal, du hast mich ja schon ziemlich umgekrempelt, aber schwimmen? Wie soll ich das wohl machen?“

„Gar kein Problem! Ulrich und ich sind bei dir. Der Bademeister ist auch schon informiert, und er sagte, wir sollten früh kommen, dann ist noch nicht viel Betrieb!“

„Also wirklich, Krümelchen! Ich bin seit fast fünfzig Jahren nicht mehr schwimmen gegangen. Dazu hatte ich gar keine Zeit!“

„Aber jetzt hast du sie! Und bitte, keine Ausrede ...“

„Daß ich nicht sehen kann?“ fragte er. „Aber ja doch, das ist doch ganz unmöglich, was du da von mir erwartest!“

„Warum?“ fragte sie, stand auf und setzte sich auf die Lehne seines Sessels. „Warum?“ fragte sie noch einmal zärtlich und küßte seine Stirn. „Ulrich und ich haben uns das genau überlegt. Genau so wie wir dir beim Gehen helfen und dir andeuten, daß es noch drei oder vier Schritte sind, ehe eine Stufe kommt oder irgend etwas anderes, genau so können wir dir doch sagen, daß du den Beckenrand in drei oder vier Schwimmzügen erreichst, daß du dich mehr rechts oder links halten sollst. Meinst du nicht?“

Sie strich zärtlich über seine Schulter. Wenn er doch fühlte, daß sie alles nur taten, um ihn dem normalen Leben näher zu bringen. Ganz abgesehen davon, wäre es gut, wenn er ein wenig mehr Bewegung hätte als das Spazierengehen. Das war eben doch nur ein langsames Schreiten, selbst wenn man ihn fest einhakte.

Martin Berger war über 60 Jahre alt und war über Nacht blind geworden. Für die vielfachen Schulungen, die Behinderten angeboten wurden, war er zu alt. Doch alle bequemen Hilfsmittel, die der Blindenhör-Verein ihm bot, nahm er nun gern in Anspruch. Wenn er jedoch aus sich heraus etwas tun sollte, bedurfte es dazu eines Anstoßes von draußen — von Ulrich Grothe oder von seiner Frau.

„Ich soll also schwimmen gehen!“ murmelte er und nickte dabei, während er mit Krümelchens Fingern spielte und sie nacheinander küßte.

„Schwimmen!“ wiederholte er. „Mein Gott, wann war ich zuletzt in der Badeanstalt? Ich erinnere mich, daß ich das Hallenbad eröffnete, als ich noch Bürgermeister war, aber natürlich bin ich nicht darin geschwommen! Und du meinst ...“

„Es ist sicher gut für dich, wenn du dich ein wenig bewegst, meinst du nicht?“

Martin hob die Schultern. Schwimmen! ging ihm durch den Sinn. Was sie sich alles ausdenken für mich!

Aber wirklich — schwimmen wäre gar nicht so schlecht! Wie oft habe ich schon gedacht, wenn wir spazierengingen und ich mich so vorsichtig vorwärtsbewegte: Ach, könntest du doch mal rennen, dich richtig austoben!

Nun sagen sie, ich sollte schwimmen ... ist ja gar nicht so übel, wenn sie mir helfen! Ich werde ihnen noch wegschwimmen ... eines Tages ... wenn ich im Training bin ... wenn ich! ...

„Und du meinst, ich würde eine gute Figur machen im Badeanzug?“ fragte er plötzlich. Er war ja schon fast gewonnen.

„Aber ja! Man wird dir nachsehen! Seit du das Biertrinken eingeschränkt hast, ist ja alles Schwammige weg! Wirklich!“

Sie küßte ihn erneut und war so keck zu sagen: „Ich hoffe, ich brauche nicht eifersüchtig zu werden!“

„So wie in früheren Zeiten!“ konterte er.

Sie machte sofort einen Rückzieher. Daran wollte sie nicht erinnert werden. Wie oft hatte sie sich die Augen ausgeweint wegen seiner Untreue!

„Nun aber Schluß! Also wir gehen morgen zum Schwimmen. Einverstanden?“

„Morgen schon?“

„Morgen schon — gleich um acht Uhr!“

„Was?“ Da wurde Martin hellwach. „Acht Uhr? Bist du verrückt? Da kann ich nicht. Ganz ausgeschlossen!“

„Wieso? Daß du erst um neun Uhr aufstehst, hast du doch schon lange aufgegeben!“

„Eben! Um acht Uhr muß ich zu Lydia und Katrinchen, das weißt du doch! Also das geht einfach nicht! Da kann ich absolut nicht!“

„Gott, Martin!“ Daran hatte sie nicht gedacht. Martin und seine Freude mit Katrinchen. Sie sah ein, daß sie hier einen Kompromiß finden mußte. Er würde niemals des Schwimmens wegen den Besuch bei Lydia aufgeben.

Und wieder war es Eva Berger, die eine Lösung fand. Dazu allerdings mußte sie einen ganzen Apparat in Bewegung setzen. Ulrich war zu verständigen. Christiane mußte ihren Reitstall anrufen und ihre Reiterei anders einrichten. Der Bademeister wurde konsultiert, ob es auch noch um neun Uhr ginge.

„Aber sicher! Besonders jetzt im Winter! Da mag keiner so früh aufstehen. Außerdem haben wir keine oder kaum Badegäste!“

Lydia wurde heimlich gebeten, die Badezeremonie nicht bis ins Unendliche auszudehnen.

„Klar doch! Mach' ich! Paps soll zum Schwimmen gehen! Außerdem ... in aller Kürze hat er Katrinchen sowieso den ganzen Tag!“

„Den ganzen Tag? Wie meinst du das?“

Das war typisch Lydia! Schon lange hatte sie überlegt, wie sie ihren Eltern möglichst schonend beibringen konnte, daß sie wieder ins Hotel zur Post gehen wollte. Bei irgendeiner Gelegenheit mußte sie sie bitten, ihre Tochter zu betreuen! Bestimmt würden sie es tun! Paps konnte von seiner Enkeltochter ja gar nicht genug kriegen!

Und Mutter Berger? Daß Eva Berger ohnehin reichlich mit Arbeit eingedeckt war, daß sie einen blinden Mann zu betreuen hatte und sich tausend Gedanken um ihn und seine Beschäftigung machte, überging Lydia. Auch daß ihr Peter ganz und gar nicht dafür war, überhörte sie.

Wie kam es denn, daß sie über zehn Jahre nach einem Kind gejammert hatte und jetzt, kaum daß es ein Vierteljahr alt war, schon neue Pläne entwickelte?

War sie so sehr die Tochter ihres Vaters, der in jungen Jahren auch so ruhelos gewesen war? War es das Streben nach mehr Verdienst für die junge Familie? Auch das war möglich, wenn man Martin Bergers Tochter war. War es die Freude, in einem betriebsamen Hotel zu arbeiten, wo das ständige Kommen und Gehen von Menschen soviel Farbigkeit in die Arbeit brachte?

Sicher auch das.

Und das alles war wichtiger, als eine Tochter zu haben, nach der man sich so lange gesehnt hatte? Es war schier unverständlich.

Sie hatte doch wohl keinen Ärger mit ihren Peter?

Hätte man Lydia danach gefragt, wäre ein geringschätziges Lachen die Antwort gewesen.

„Mit Peter? Mit dem kann man sich doch gar nicht streiten!“

Peter war harmlos, langweilig. Was Peter fehlte, war Würze! Die Würze des Lebens!

Sie war ungerecht! Peter war die Stütze ihres Lebens, nur erkannte sie es nicht. Peter war der Schlichtende, wenn sie in ihrem unkontrollierten Ärger übers Ziel schoß. Peter war der Tröstende, wenn sie Kummer hatte. Peter war unermüdlich im Beruf, zuverlässig, standhaft, ruhig und ausgeglichen. Alle diese Eigenschaften besaß Lydia nicht.

Doch Peter fand es müßig, sie zur Einsicht zu bewegen. Lydia würde wieder arbeiten gehen. Lydia würde bei ihrem Vater durchsetzen, daß die Großeltern das Kind betreuten ... und eines Tages würde Lydia weinend in seinen Armen liegen und sagen: „Sie nehmen mir Katrinchen weg! Ich will das nicht! Katrinchen merkt überhaupt nicht, daß sie eine Mutter hat!“

„Wie sollte sie auch! Du bist ja den ganzen Tag nicht da!“

„Aber ...“

* * *

Zum Glück kam alles anders — ganz anders!

Es sollte sich herausstellen, daß Lydia ihre Familie weiter vergrößerte — und im Laufe der Jahre bekam sie ein Baby nach dem anderen. Am Ende tobten fünf fröhliche Köper-Kinder durch das große Haus und erfüllten es mit Lärm, Lachen und Geschrei!

Katrinchen jedoch sollte sich im Alter von vier Jahren ihres Großvaters annehmen. Es war Katrinchen, die ihn durch Marienfelde führte. Die beiden waren bald ein wohlbekanntes Paar. Und Katrinchen, von der Wichtigkeit ihrer Aufgabe durchdrungen, brüstete sich vor ihren kleinen Freundinnen mit den Worten: „Ich habe einen Großvater, der nicht sehen kann — und du nicht!“

* * *

Vorerst jedoch erschreckte Lydia ihre Eltern damit, daß sie wieder arbeiten wollte, und mit der Feststellung, daß Paps doch ganz gewiß seinen Spaß daran hätte, wenn er sich mit Katrinchen beschäftigen könnte. Es mußte ja nicht gleich morgen sein — nein, sein Schwimmen sollte er auf jeden Fall durchführen.

„Großartige Idee übrigens! Von wem stammt sie? Von dir?“

„Von Onkel Ulrich!“

Lydia nickte anerkennend.

„Der denkt auch an alles. — Toller Mann!“ fand sie.

Eigentlich war es aber Krümelchen, die alle Schwierigkeiten aus den Weg geräumt und gezeigt hatte, daß das Leben noch eine weitere Freude für ihren Mann bereit hatte.

Der nächste Morgen bescherte den Marienfeldern einen Temperatursturz, den niemand erwartet hatte — minus zehn Grad. Schon vor längerer Zeit hatte es geschneit, doch jetzt war es so kalt, daß die Sonne hervorkam und klirrender Frost die Schneedecke verharschte.

Die Grothes saßen beim Frühstück.

„Willst du wirklich reiten bei diesem Wetter?"

„Willst du wirklich schwimmen bei diesem Wetter?" fragte Christiane, und beide mußten lachen. Das eine wie das andere war ungewöhnlich. Christiane blickte nach draußen. Noch zeigte die Sonne sich als blutroter Ball am Himmel, doch lange würde es nicht mehr dauern, dann würde sie gelb und strahlend sein.

„Es wird wunderbar werden!" sagte sie. „Der Schnee klebt nicht, dafür ist es viel zu kalt. Dazu die Sonne! Fatima hat Stollen, es wird eine Wonne sein, durch den Wald zu reiten!"

Grothe lachte ein eigentümliches Lachen — auch etwas, das Christiane früher nicht an ihm wahrgenommen hatte. Wie könnte sie es bezeichnen? Grinsen? Nein, ein Grinsen war es nicht. Ein hähmisches Lachen? Nein, das schon gar nicht. Vielleicht gäbe das Sinn: Es war ein liebenswürdiges Grinsen, als er sich Christianes Schwärmerei anhörte.

„Meine Frau ist reitsüchtig!" sagte er und fand den Ausdruck sehr gelungen. „Reitsüchtig!" wiederholte er. „Selbst bei minus zehn Grad muß sie mit ihrer angebeteten Pferdedame in den Wald! Kriegt bloß keinen Schnupfen, ihr beiden!"

„Sei ohne Sorge! Wir bleiben nicht lange. Eine Stunde, denke ich. Dann, das gebe ich zu, sind meine Füße kalt. Die Hände kann ich ja durch Bewegen oder Klatschen warm halten! Aber die Füße nicht!"

Grothe schüttelte den Kopf. „Ich sag's ja — reitsüchtig!"

„Und ich sage: Mußt du wirklich schwimmen gehen? Krieg' bloß keinen Schnupfen!"

„Ich hab' ja ein Dach über dem Kopf — und außerdem muß ich Martin helfen!"

„Das kann seine Frau ebenso gut. Aber im Ernst, es ist eine wunderbare Idee, denke ich. — Was meinst du, wie oft werdet ihr hingehen? Zweimal die Woche? Dreimal?"

„Darüber haben wir noch nicht gesprochen! Das wird sich alles zeigen!"

Sie standen auf und trafen ihre Vorbereitungen. Christiane hatte Ulrichs Badehose bereitgelegt, eine Kappe war Vorschrift, dazu seinen Bademantel.

„Sonst noch etwas? Kamm und so weiter hast du ja alles!"

Sie stand vor ihm in einem leichten, gefütterten Anorak in leuchtend roter Farbe. Auf dem Kopf trug sie eine dicke Strickmütze.

„Keine Kappe?" fragte er und wunderte sich, daß es ihn interessierte. „Ist das nicht Vorschrift?"

„Die Kappe ist mir zu kalt. Die bedeckt ja nicht die Ohren. Und Vorschrift? Manche Reitvereine legen Wert darauf. Unserer ist nicht so streng — und wie gesagt, die Kappe ist mir zur Zeit zu kalt!"

Er betrachtete sie noch einmal gewissenhaft, fing mit der Kopfbedeckung an und landete schließlich bei den Stiefeln.

„Ich habe ein dickes Paar Wollsocken an!" erklärte sie. „Die hat meine Mutter noch gestrickt. Allerdings hat die eine Socke ein Loch. Wenn mir etwas passiert, sagen sie, ich wäre eine Schlampe!"

Für den Bruchteil einer Sekunde hielt Grothe den Atem an.

Wenn mir etwas passiert...

Er wollte etwas erwidern und sie ermahnen, nicht den Teufel an die Wand zu malen, da redete sie schon weiter.

„Die Handschuhe sind toll! Irgendeine Wunderfaser! Ganz leicht und dünn und warm — vorausgesetzt, daß man sie mit warmen Fingern anzieht! Du siehst, ich bin bestens ausgerüstet für die kalte Witterung. Wollen wir nun fahren?"

Es wunderte sie, daß er sich so für ihre Garderobe interessierte. Das hatte er bisher nicht getan. Aber es gab so vieles, was an Ulrich neu war. Sicher gehörte sein Interesse für ihr Reitzeug auch dazu.

Bevor sie gemeinsam das Haus verließen, küßten sie sich.

„Viel Spaß, meine reitsüchtige Dame!" sagte er und küßte sie noch einmal. Er wollte etwas ganz anderes sagen, doch er unterließ es. Irgendwie kam ihm die Idee, bei dieser Kälte reiten zu wollen, doch reichlich ausgefallen vor.

„Viel Spaß und ertrink' mir nicht!" sagte sie und wunderte sich, daß sie ihren Mann mit einem so makabren Scherz verabschiedete. Das war eigentlich nicht ihre Art. Wie gut, daß Ulrich nicht darauf einging. Vielleicht hatte er es nicht einmal gehört. Hoffentlich!

Er sah ihrem Wagen nach, wie sie flott den langen Weg zur Straße herunterfuhr, und wollte sich gerade in seinen Wagen setzen, als er sich entschloß, zu Fuß zu gehen. Sicher würde Martin darauf bestehen, daß Krümelchen den großen Wagen fuhr. Was sollte da der Aufwand mit einem zweiten Wagen!

Außerdem war es wirklich nicht weit bis zur Schwimmhalle.

Es sollte sich jedoch zeigen, daß die Bergers auch zu Fuß gehen wollten. Sie fanden die Luft so wunderbar, daß es gut war, einmal kräftig durchzuatmen.

„Für nachher habe ich für Martin eine Pudelmütze. Er soll sich doch nicht erkälten!" sagte Krümelchen.

„Die werde ich gerade aufsetzen!" meinte ihr Mann aufgeräumt. „Wenn es zu kalt ist, trinken wir in der ‚Post' einen Grog!"

„Keine schlechte Idee!" fand Ulrich. Er war zu allem bereit.

Es war wirklich eine gelungene Idee, Martin zum Schwimmen zu bewegen.

Gleich von Anfang an verbat er es sich, daß jemand ihm in der Kabine half.

„Das kann ich allein, verstanden, Frau Berger?"

„Jaja! Zur Not ist ja auch Ulrich noch da!"

„Auch Ulrich brauche ich nicht! Und wie gesagt, du hast in der Herrenabteilung nichts zu suchen! Auch beim Anziehen nicht! Ich komme schon zurecht, keine Sorge!"

Krümelchen machte große Augen, fing aber noch den beruhigenden Blick von Ulrich auf, der sagen sollte: ich kontrolliere ihn nachher!

Martin wurde immer selbständiger. Immer weniger brauchte er die Hilfe seiner Frau. Manchmal wußte sie nicht, ob sie sich darüber freuen oder ob sie es bedauern sollte. Doch dann sagte sie sich: es bleibt noch so vieles, was ich für ihn tun kann — tun muß!

Aber vorerst wollten sie ja schwimmen.

Zusammen mit Ulrich führte sie den Blinden die Stufen herunter ins Wasser.

„Paß auf, Ulrich!" sagte Martin. „Gleich haben wir die schönste Überschwemmung!"

„Wieso das?" fragte Ulrich, der überhaupt nicht darauf kam, daß seine Schwägerin auf diese Weise attackiert wurde. So etwas sah Ulrich nicht!

Aber Krümelchen!

„Fängst du schon wieder an!" sagte sie und fing an, ihn zu bespritzen.

„Hör auf! Ich sag's nicht wieder!" prustete Martin und war endlich im Wasser.

„Himmel, wie großartig!" Er fing an zu plantschen. „Wann bin ich zuletzt im Wasser gewesen! Ich glaube, das ist fünfzig Jahre her!"

„Aber du kannst doch schwimmen, nicht wahr?" fragte Ulrich besorgt.

„Schwimmen? Klar doch! Ich schwimme euch noch weg! Los, laßt uns!"

Noch hatte er Boden unter den Füßen, doch allmählich wurde der Grund immer tiefer. Martin fing an zu schwimmen.

Seine Sorge, daß er sich nicht zurechtfinden würde, war vergessen. Er schwamm einfach drauflos in der Hoffnung, von Ulrich und seiner Frau unterstützt zu werden.

Das wurde er auch. „Noch drei Züge und du hast den Beckenrand erreicht!" rief Ulrich ihm zu.

Martin ertastete ihn und griff nach oben. Er prustete vor Behagen.

„Hätte ich nie gedacht, daß das solchen Spaß machen würde! Wo ist Krümelchen?"

„Hier!" keuchte sie. „Ich kann gar nicht so schnell folgen!"

„Kommt nur von deinem Übergewicht!"

„Nun hör aber auf!" Sie fing wieder an zu spritzen.

„Hilfe, meine Frau trachtet mir nach dem Leben!" rief er.

Sie waren wie Kinder! Noch häufig schwamm Martin mit Ulrich hin und her. Er versuchte sich im Brustschwimmen, im Rückenschwimmen. Er lauschte auf die Geräusche, die von anderen Schwimmern kamen. Er hörte, wie jemand vom Sprungbrett sprang.

„Wenn mich nicht alles täuscht, war das ein schöner Bauchklatscher! Habe ich recht?"

„Genau so war es — ein Junge, der einen Kopfsprung versuchen wollte!"

Sie hatten den Nichtschwimmerteil erreicht und gingen langsam auf die Treppe zu.

„Bademeister?" rief Martin, und schon meldete er sich. Die ganze Zeit hatte er Martin beobachtet und freute sich ehrlich, daß der Versuch auf Anhieb geglückt war.

„Also jetzt habe ich Blut geleckt, Meister! Das ist ja eine tolle Sache! Wir kommen wieder, was Ulrich?"

„Wann immer du willst!"

„Und wenn Herr Dr. Grothe nicht kann, ich bin ja auch noch da! Wir helfen Ihnen schon, Herr Berger!"

Während Ulrich ihm bei den Stufen half, entdeckte er allerdings, daß Martins Lippen blau waren. Genau seiner Mentalität entsprechend, war er wieder übers Ziel hinausgeschossen.

Wenn er sich freute, geschah es im Übermaß, wenn er sich ärgerte, explodierte er. Wenn er das Schwimmen ausprobieren wollte, kannte er kein Ende.

„Sie sollten aufhören! Ich meine, für heute waren Sie lange genug im Wasser!" sagte der Bademeister besorgt.

„Ich weiß schon selbst, wann es genug ist!" antwortete Martin gereizt.

Sollte der Kerl ihm bloß nicht seine gute Laune verderben mit seiner Bevormundung.

Der Bademeister schwieg sofort. Zwar kam er mit vielen Menschen zusammen und hatte im Laufe der Zeit gelernt, sie richtig einzustufen. Doch wie empfindlich Blinde sein können, wußte er noch nicht.

So war es gut, daß Ulrich ihm zunickte und damit andeutete, daß Martin sich ebenso schnell wieder beruhigen würde.

„Wo ist Eva?"

„Hier bin ich!" Die Stimme kam schon aus der Kabine! Und wenn Martin noch so leise gesprochen hätte, aus allen Stimmen heraus hätte seine Frau ihn gehört. Es war die lange Erfahrung mit ihm und seinen Gewohnheiten, die Schulung, die sie zwangsläufig durchmachte, wenn es darum ging, ihm zu Hilfe zu eilen.

„Kommst du zurecht?"

„Ich habe dir doch gesagt...", wollte Martin aufbrausen.

„Jaja, schon gut!"

„Hier ist deine Kabine!" Ulrich schob ihn hinein. Jetzt bloß keinen Ärger! dachte er, wo alles so großartig verlaufen ist.

„Gleich werden wir einen zünftigen Grog zur Brust nehmen!" Martin hatte den Anflug einer Verstimmung schon wieder vergessen. „Ihr seid meine Gäste!" verkündete er großspurig.

„Na bestens! Aber... es fällt mir gerade ein...!"

„Was?" Die Unterhaltung ging jetzt von Kabine zu Kabine.

„Wir sollten Christiane anrufen, was meinst du?"

„Ich denke, sie ist zum Reiten?"

„Ist sie auch, aber sie sagte, sie würde heute nicht lange bleiben, höchstens eine Stunde. Dann wären ihre Füße kalt!“ Ulrich lachte. „Ich habe ihr gesagt, sie wäre reitsüchtig!“

„Was hast du gesagt?“

„Sie wäre reitsüchtig!“ Martin prustete los. „Reitsüchtig! Verdammt, wo ist das Ärmelloch?“ Offenbar hatte er doch mehr Schwierigkeiten, als er zugeben wollte. Doch Ulrich hütete sich, ihm seine Hilfe anzubieten. Totsicher würde er in seiner derben Art sagen: „Geh zum Teufel, ich brauch dich nicht!“

„Ah, da bist du endlich, du dummes Stück!“ hörte Ulrich.

„Wie ist es, sind wir deine Gäste in der ‚Post‘?“

„Klar doch! Habe ich ja versprochen! Und deine geschätzte Gemahlin auch!“

„Na wunderbar! Da werde ich zu Hause anrufen. Sie ist bestimmt schon wieder da!“

„Wie spät ist es denn?“

„Gleich elf Uhr!“

„Gute Zeit für einen Grog!“

Als sie sich im Vorraum trafen, musterte Krümelchen ihren Mann gewissenhaft. „Na, wie gefalle ich dir?“ fragte er und ließ es zu, daß sie seinen Schlips noch etwas zurechtrückte und seinen Anzug glattstrich.

„Was sagst du dazu, Ulrich, ist das nicht fabelhaft? Alles in Ordnung!“

Krümelchen lobte ihren Mann gern, weil sie sich von ihm ein Lächeln erhoffte und, wenn er ganz großzügig war, auch ein Lob.

In Anbetracht des gelungenen Morgens war Martin auch bereit dazu. Er suchte ihren Arm und hakte sich bei ihr ein.

„Hast du mir alles beigebracht, Frau Berger! Kriegst einen Orden!“

Mit zunehmender Sicherheit wurde seine Zärtlichkeit wieder derber. Das paßte auch besser zu ihm. Heute war sowieso alles gelungen. Lange war Martin nicht so guter Stimmung gewesen. Hoffentlich ging das gut, wenn er nun auch noch einen Grog trank. Sein Alkoholkonsum war seit Krümelchens Krankheit auf ein Mindestmaß zusammengeschrumpft.

Ach, dann muß ich eben aufpassen! sagte sie sich. Wir brauchen ja nicht allzulange zu bleiben. Können wir ja auch gar nicht. Ab zwölf Uhr erwartet die „Post“ Mittagsgäste, und da dort immer alles besetzt ist, sollten wir unsere Plätze räumen. Es sei denn... warum nicht? ging es ihr durch den Sinn. Es sei denn, wir essen auch dort!

Für den Bruchteil einer Sekunde hielt sie den Atem an. Was hatte sie da gedacht? „Wir essen auch dort?“ Das haben wir noch nie gemacht! Aber warum eigentlich nicht? Seit wir vor ein paar Wochen dort ein Schinkenbrot gegessen und Wein getrunken haben, sollte es doch auch wohl möglich sein, dort mit Martin Mittag zu essen. Wir machen es eben genau so wie zu Hause. Wolfgang würde mir schon helfen. Da bin ich ganz sicher.

Langsam gingen sie die Treppe der Schwimmhalle herunter und waren nun auf dem Weg zum Hotel zur Post.

„Willst du nicht doch lieber die Pudelmütze aufsetzen?" fragte sie. „Sie steht dir ganz bestimmt gut und macht dich viel jünger!"

Sie gab Ulrich einen Wink, das zu bekräftigen, und da Ulrich Grothe seine kühle Reserve abgelegt hatte, fügte er hinzu: „Sie hat recht, Martin!"

„Meinst du? Was trägst du denn?"

„Na, was wohl? Zu Ulrich Grothe paßt nur eine Prinz-Heinrich-Mütze! Das weißt du doch!"

„Oder gar keine. Im übrigen spielt es absolut keine Rolle, welche Kopfbedeckung man an diesem kalten Tag trägt. Hauptsache, sie ist warm!"

Martin blieb stehen.

„Also los! Setz' mir das Ding auf!"

Und als er schließlich die Pudelmütze auf dem Kopf hatte, war er ganz zufrieden. Sie war schön warm, und die Luft war wirklich eiskalt.

* * *

Als Christiane beim Reitstall aus dem Wagen stieg, kam gerade Herr Dr. Westernhagen, der Marienfelder Arzt und Nachfolger ihres Vaters, aus der Halle.

„Hallo, Doktor, Sie haben Ihr Pensum schon wieder geschafft, wie? Richtig schön in der Halle gearbeitet!"

„Sagen Sie, Sie wollen doch nicht etwa nach draußen?"

„Das will ich! So ein Naturschauspiel kann ich mir doch nicht entgehen lassen! Bereifte Bäume, beladene Tannen! Meine Fatima hat Stollen, und der Schnee klebt nicht! Und ich bin eingepackt wie eine Mumie!" Sie kam dicht an ihn heran und flüsterte nun: „Außerdem haben weder Fatima noch ich große Lust, in der Halle unsere Runden zu absolvieren. Das können wir immer noch tun, wenn es Glatteis gibt oder wenn es in Strömen regnet!"

Westernhagen schüttelte den Kopf. „Sie sind wohl nicht aufzuhalten, wie?"

Da bummerte jemand gegen das Scheunentor.

Der junge Breitner öffnete es, und herein kam mit seiner Bianca Herr Piet Walter, genau so passionierter Geländereiter wie Christiane.

„Wie war's?" fragte sie ihn gleich.

„Ein Erlebnis! Einfach unbeschreiblich! Sie müssen raus — auf den Kamm! Der Blick auf die Ebene ist einmalig! Wenn Sie gute Augen haben, können Sie die Türme von Bremen sehen!"

„Nana!" schaltete sich Westernhagen ein. „Das sagen Sie ja nur, weil der Wunsch der Vater des Gedankens ist, nicht wahr? Sie möchten Bremen sehen, weil es Ihre Geburtsstadt ist, nicht wahr?"

Walter lachte verschmitzt.

Inzwischen war Christiane aufgesessen und machte sich bereit, den Stall zu verlassen.

„Ihre Fatima hat doch Stollen?" fragte Walter in plötzlicher Besorgnis.

„Ich meine, es ist stellenweise glatt unter dem Schnee. Es hat ja tagelang nicht geschneit — daher!“

„Keine Sorge! Wir haben Stollen, und Fatima und ich sind derartige Ausritte gewohnt!“

„Natürlich! Wem sage ich es denn!“ Walter mußte über sich selbst den Kopf schütteln. Frau Grothe war im Gelände erfahrener als er. Außerdem war sie ein Marienfelder Kind und kannte vermutlich im Wald jeden Baum und jeden Weg, und sei er noch so verschwiegen.

Oh, es war herrlich, es war ein unbeschreibliches Gefühl, auf einem Pferd zu sitzen und durch die winterliche Landschaft zu traben. Fatima prustete sich mit Wonne die Luft aus den Nüstern, ein Zeichen, daß auch sie sich wohlfühlte.

„Komm, machen wir einen Galopp!“ sagte sie fröhlich und forderte die Stute auf. Sie sprang sofort an und erreichte den Kamm des Höhenzuges.

Von hier aus hatte man eine wunderbare Sicht auf die Ebene. Einen Augenblick verhielt Christiane, um das friedliche Bild, die weite, verschneite Landschaft, die von der Sonne beschienen wurde, in sich aufzunehmen.

Ein Jammer, daß Ulrich das nicht sieht! Ein Jammer, daß Ulrich nicht reitet! Ein Jammer — wirklich, daß wir das nicht zusammen genießen können! So oft wünschte ich mir, jemand könnte teilhaben an diesen erhebenden Augenblicken, wenn man sich eins fühlt mit seinem Pferd, wenn man vom Pferderücken aus eine Landschaft erleben darf.

Aber das ist schon immer so gewesen. Keine Freundin habe ich dazu überreden können!

Woher habe ich nur diese Leidenschaft für die Reiterei? Mutter sagte, ihr Bruder wäre auch so „närrisch“ mit Pferden gewesen. Er wäre zwar weniger geritten, aber für Pferde hatte er etwas übrig. Christianes Mutter stammte aus der Landwirtschaft, und der Bruder hatte sich später intensiv mit der Pferdezucht befaßt. Aber sein Sohn war von anderem Schlage. Die Pferdezucht brachte nichts ein, folglich gab er sie auf. Der Junge fiel während des Krieges und danach war die Familie ausgestorben. Der Hof ging in fremde Hände über.

Vieles ging Christiane durch den Sinn, während sie gemächlich durch den verschneiten Wald ritt. Sie hatte den Kamm verlassen, war an der anderen Seite heruntergeritten, hatte einen neuen Höhenzug erreicht und vergaß dabei die Zeit.

Hatte sie nicht gesagt, nach einer Stunde wären ihre Füße kalt? Vielleicht war es so, doch sie spürte es nicht. Mit wachen Augen verfolgte sie das Landschaftsbild. Hierher kam sie nicht so häufig. Meistens ritt sie den Kamm entlang und kam durch die Ebene zurück.

Warum tat sie es heute nicht?

Sie fand es schöner, durch den Wald zu reiten, die schneebeladenen Tannen zu sehen und die bizarren vereisten Äste der Buchen zu bewundern. Ob Ulrich das wohl beeindrucken würde? Ob er wohl Sinn für dieses

Naturschauspiel hat? Ich müßte ihn direkt einmal fragen! — Ach nein, ich müßte ihn einfach zu einem Spaziergang überreden! Ganz sicher ist er genau so überwältigt wie ich!

Die Marsch fiel ihr ein. Die Deiche! Sie war doch dankbar, daß sie nicht nach Ostfriesland gezogen waren. Ulrich zuliebe hätte sie sich gezwungen, die schwermütige Eintönigkeit einer Marschlandschaft zu mögen, doch ob die Herbheit nicht doch letztlich auf sie abgefärbt hätte?

Und das Nebelhorn!

Ulrich! Es konnte nicht ausbleiben, daß sie in dieser Stille, wo selbst der Hufschlag des Pferdes durch den Schnee gedämpft war, über ihr Leben mit Ulrich Grothe nachdachte.

Wie verschiedenartig waren doch die einzelnen Stationen ihres gemeinsamen Lebens gewesen!

Als sie heirateten, wurde Christiane das Gefühl nicht los, sie wäre eine Notlösung! Eine Notlösung deshalb, weil Grothe von seiner Firma gedrängt wurde zu heiraten, wenn er den Posten eines Managers der PFI in Marienfelde ausfüllen wollte.

Er war seit zwei Jahren Witwer und konnte sich nicht dazu entschließen. Außerdem war er entsetzt, wie weit die PFI in die private Sphäre seines Lebens eindrang.

Dennoch — wollte er die Position haben, mußte er sich fügen.

Was lag da wohl näher, als seine Sekretärin zu fragen? Sie kannte den größten Teil seiner Gewohnheiten!

Und Christiane? Genau wie Grothe war sie eine Persönlichkeit, die sich nicht mißbrauchen ließ. Sie hatte eine ganz andere Vorstellung von einer Ehe mit Grothe. Dieser Mann war zutiefst verstört durch den Tod seiner Frau.

„Liebe ist eine Aufgabe!" Wie oft hatte sie sich das vorgesagt und sich danach gerichtet — immer in dem Bestreben, Ulrich Grothe Stütze zu sein, Partnerin, ihm zur Seite zu stehen in seinen Aufgaben als Chef eines Unternehmens von weltweiter Bedeutung. Doch sie hatte kein Glück. Ulrich Grothe war und blieb ein Eisblock. Er ließ sie gar nicht an sich herankommen.

Bis es zu jenem Tag kam, wo er meinte, seine Frau wäre tödlich verunglückt, verbrannt in dem Firmenwagen, mit dem sie Forrester nach Frankfurt gebracht hatte.

Erst nach diesem Schock erkannte Ulrich Grothe, wie es um das Zusammenleben mit seiner Frau bestellt war, nämlich kläglich.

Von stundan jedenfalls änderte sich ihrer beider Leben. Sie fanden endlich zueinander und führten fortan eine Ehe, wie sie sein sollte. Nicht gerade himmelhoch jauchzend, doch getragen von Zuneigung und gegenseitigem Respekt vor der Persönlichkeit des anderen.

Was aber jetzt im Alter ihr Leben so harmonisch machte, war eine simple Abmachung, die sie sich in die Hand versprochen hatten: sich nicht zu erzürnen! Wer weiß, wie lange sie noch zusammen waren! Was für einen Sinn hatte es dann, sich mit Spitzfindigkeiten und messerscharfen Argumenten das Leben schwer zu machen!

Jetzt vielmehr waren sie darauf bedacht, kein scharfes ungezügeltes Wort zu gebrauchen, sondern den Satz so zu formulieren, daß er bei aller Unterschiedlichkeit in der Meinung nicht kränkend war.

Dies war vielleicht die entscheidenste Abmachung, die sie getroffen hatten, vielleicht sogar die tiefgreifendste. Man konnte gar nicht ermessen, wie einfach es manchmal war, einen Menschen zu erzürnen und — es war ebenso einfach, es durch ein wenig Nachdenken zu vermeiden.

Mehr denn je dachte Ulrich Grothe darüber nach, womit er Christiane wohl erfreuen könnte, und wenn es nur darum ging, ihr die Reiterei nicht madig zu machen, weil er sich morgens immer so verloren vorkam, besonders im Winter, wenn es draußen nichts zu tun gab. Kulturring hin, Kulturring her, es gab eben doch noch manche Lücke in der Zeiteinteilung, die gefüllt werden mußte.

Gerade daran dachte Christiane. Sie rechnete es ihrem Ulrich hoch an, daß er nun schon weit über ein Jahr kein Wort über ihre morgendliche Reiterei verloren hatte.

Im Gegenteil, wenn sie darauf zu sprechen kam, daß sie sich mit ihrem täglichen Ausritt eventuell anders einrichten wollte, sagte er gleich: „Unsinn, das Reiten gehört zu deinem Tagesablauf. Das ist fest eingeplant in dein Programm. Nun mache dir darüber keine Gedanken. Ich kann mich schon beschäftigen!“

Gewöhnlich sagte sie dann: „Ich bleibe heute nicht lange!“ Oder: „Ich bin bald zurück!“

„Laß dir Zeit! Es ist heute so schön draußen, ich würde mich nicht bedrängt fühlen! — Und das Mittagessen schaffst du allemal!“

„Ach, Ulrich!“ War er nicht rücksichtsvoll?

„Und wenn nicht, essen wir eben eine halbe Stunde später. Nun los, meine Dame, aufgesessen! Oder wie sagt man?“

Mittagessen! Gerade daran dachte Christiane. Sie hatte noch nichts vorbereitet. Wenn Ulrich schon so großzügig war, ihr freie Hand zu lassen, dann war es ihre Pflicht, ihm wenigstens pünktlich das Essen vorzusetzen.

„He, wo sind wir denn?“ Sie verhielt ihre Fatima und sah sich um. Das war ihr noch nie passiert, daß sie die Orientierung verloren hatte. War sie wirklich so weit geritten, daß sie sich nicht mehr auskannte? Das war doch unmöglich!

Nein, sie erkannte die Gegend nicht, weil alles mit Schnee zugedeckt war, weil alle Höhen und Tiefen ausgeglichen waren.

Wie spät war es denn?

Hatte sie nicht gesagt, sie würde nur eine Stunde wegbleiben, dann wären ihre Füße kalt?

Ein Blick auf die Uhr sagte ihr, daß sie schon zwei Stunden unterwegs war. Und keine kalten Füße? Wie seltsam!

„Nun wird es aber höchste Zeit!“ sagte sie zu ihrem Pferd und gab ihm die Aufforderung zum Trab.

Gott sei Dank hatte sie Sinn für die Richtung. Sie wußte genau, daß sie nach Osten geritten war und sich nun westlich halten mußte, um zum Stall zu kommen.

Es dauerte auch nicht lange, da erkannte sie den Höhenzug, den sie vom Kamm her heruntergeritten war. Er war niedriger — und dann entdeckte sie auch die Spuren im Schnee.

„Gott sei Dank!“ sagte sie vor sich hin und trieb ihr Pferd zur Eile an. „Wir werden nicht den alten Weg nehmen. Ich weiß einen kürzeren. Los, Fatima!“

Nun erkannte sie alles ganz genau. Da war ein Weg, der über den Kamm führte. Hundertmal war sie ihn geritten, wenn sie es eilig gehabt hatte. Man mußte ein ganz kurzes Stück nach oben kraxeln (im Sommer nahm Fatima diese Strecke hurtig im Galopp), dann ging es vielleicht hundert Meter auf halber Höhe ein schmales Stück entlang, und schließlich führte der Weg dann nochmal schräg hoch zum Kamm, jedoch nicht so steil wie zu Anfang. Dann sah man auch schon den Breitner-Hof liegen.

„Ich hab's eilig!“ sagte sie zu ihrem Pferd. „Was meinst du, Galopp?“

Es war ja ein bißchen riskant zu galoppieren, aber eigentlich müßte es gehen. Fatima setzte an.

„Gut, gutes Tier!“ Nach wenigen Galoppsprüngen hatte Fatima die gerade Strecke erreicht. Hier verhielt Christiane das Tier.

„Schritt — Schrritt! Fatima!“ Der schmale Einschnitt des Weges war zugeschneit. Man konnte nicht erkennen, wo er entlangführte.

„Ach komm, es wird schon gehen! Vorsichtig, ganz vorsichtig!“ ermahnte sie das Tier.

Doch Fatima war verängstigt. Sie tapste unsicher, verhielt, wurde angetrieben und versuchte es von neuem.

„Na komm, ist ja gleich ...“ Da glitt das Tier aus.

* * *

„Na, was ist? Kommt sie?“ fragte Martin, als sie gemütlich im Hotel zur Post saßen, versorgt mit einem Grog, der sie aufwärmte.

Ulrich hatte soeben in seiner Wohnung angerufen und niemanden erreicht.

„Und dann?“ fragte Evchen, merkwürdig beunruhigt. Sie dachte bei Christianes Reiterei immer gleich an etwas Schlimmes, obgleich ihre Schwester ihr noch nie den Gefallen getan hatte, einen Unfall zu bauen.

„Dann habe ich den Breitner-Hof angerufen!“

„Und?“

„Da war sie auch nicht, das heißt, sie war noch gar nicht zurück von ihrem Ausritt!“

„Ich denke, sie kriegt kalte Füße?“

„Das habe ich auch gesagt, aber der junge Breitner sagte mir, das wäre bestimmt nicht ausschlaggebend bei Christiane. Wenn es draußen schön wäre, bliebe sie eben etwas länger weg. — Und hinzu kommt noch, daß wir schwimmen gegangen sind. Warum sollte sie sich also beeilen? ... Ach ja, und Herr Walter hätte gesagt, es wäre einmalig draußen, eine wunderbare Sicht auf die Ebene!“

„Wer ist Herr Walter?“ fragte Martin.

„Keine Ahnung — auch ein Reiter!“

„Auch ein Reiter? Ist er vielleicht mit Christiane ausgeritten?“

Ulrich dachte nach.

„Kann er wohl nicht. Er hat ja schon gesagt, wie es draußen wäre. Warum fragst du?“

„Na ja“, meinte Martin und grinste. „Könnte ja sein, daß der Ausritt besonders lange dauert, wenn sie mit ihm geritten ist!“

„Martin!“ ermahnte Krümelchen. „Nun sei aber still! Du hast ganz schlimme Gedanken im Kopf!“

„Hab' ich auch! — Herr Ober, lassen Sie nochmal die Luft aus den Gläsern!“

„Also wirklich, Martin“, flüsterte Krümelchen, „weißt du, der wievielte Grog das ist?“

„Der dritte, Madameken! Ist das so schlimm? Wenn Christiane kommt, kriegt sie auch drei. Sie ist mein Gast!“

Nach dem dritten Grog beschlossen die Bergers, das heißt, es war Evas Anregung, das Mittagessen im Hotel zur Post einzunehmen.

Als Evchen davon anfing, war Martin mit einem Schlage nüchtern.

„Was hast du da gesagt?“ fragte er und drückte Krümelchens Hand schmerzhaft. „Wir sollen hier zu Mittag essen?“

„Ja, dachte ich!“ Eva Berger hatte nun doch Angst vor ihrer eigenen Courage. Vielleicht hatte sie es nicht ganz geschickt angefangen, doch auch Evchen merkte die drei Grogs. Sie hatten ihr die Zunge gelöst und die Furcht vor eventuellen Schwierigkeiten genommen. Nur Mut! sagte sie sich. Vielleicht ist dies ein weiterer Schritt, Martin dem normalen Leben näherzubringen.

Ulrich Grothe verfolgte die Spannung unter den Eheleuten. Gewiß würde er eingreifen, sollte etwas schiefgehen. Im Augenblick jedenfalls wurde er von seinen Gedanken an Christiane abgelenkt. Daß etwas passiert sein konnte, kam ihm nicht in den Sinn. Christiane war eine erfahrene Geländereiterin, zudem kannte sie ihr Pferd genau. Seit Jahren waren sie aufeinander eingespielt.

Es hatte den Anschein, als ob Martin noch überlegte, ob er aufbrausen oder sich fügen sollte. Sicher meinte Krümelchen es gut mit ihm. Nur — es kam ihm zu plötzlich. Mittagessen! Das Mittagessen war schon im Hause der Prozeß eines langen Lernens gewesen. Und sicher war es kein schöner Anblick — das Gemüse auf seinem Teller. Er konnte nicht mit

Messer und Gabel essen, Krümelchen machte ihm alles auf einem Suppenteller zurecht, und er aß es mit dem Löffel.

„Wo sitzen wir?" fragte er plötzlich.

„Genau da, wo wir das letzte Mal saßen, ganz geschützt in der Ecke zum Garten. Ich bin bei dir!" flüsterte sie und streichelte seine Hand. „Bitte, Martin, laß es uns versuchen!"

Seine Unsicherheit veranlaßte ihn, sich noch näher an Krümelchen zu halten. Keine derben Späße in diesem Augenblick! Martin brauchte Zuspruch.

„Sitzt du vor mir, Ulrich?"

„Mit dem Rücken zur Gaststube hin." Er wußte genau, warum Martin so sehr daran interessiert war. „Man kann unseren Tisch kaum sehen!" sagte er leise und legte beruhigend die Hand auf seinen Arm.

Gewöhnlich sind es die Augen eines Menschen, die seinen Zügen Leben geben. Bei Martin Berger waren sie durch eine dunkle Brille verdeckt. Außerdem gaben sie ihm kein Leben mehr, und so konnte niemand ahnen, was in ihm vorging. Er schwankte zwischen der Tatsache, daß seine Frau es verdient hatte, ein bißchen Freude zu haben. Nie hatte er ihren plötzlichen Ausflug in die Stadt mit dem Wagen vergessen, obgleich sie sich geschworen hatten, nicht mehr über diesen Vorfall zu sprechen. Doch eins hatte er erkannt — nämlich daß Evchen Berger bei aller Fürsorge etwas Abwechslung in ihrem Leben brauchte. Die andere Seite des schwankenden Pendels sagte ihm, daß er sich aufraffen sollte, auch diese Hürde zu nehmen. Hatte ihm nicht Ulrich gesagt: Nun denke nicht, daß ganz Marienfelde auf deine Augen sieht — oder auf deine dunkle Brille. Die Menschen sind viel zu sehr mit sich selbst beschäftigt, als daß sie sich auch noch um andere kümmern können.

Vielleicht hatte er recht. Vielleicht nahm er sich viel zu wichtig und wenn nicht sich, dann — seine Krankheit — sein Nichtsehenkönnen.

Vielleicht sollte er dem allen trotzen und sich ein neues Stück erobern, das zum normalen Leben führte.

„Herr Ober, bitte die Speisekarte!" sagte er schließlich und tastete sich an Krümelchens Wange, um sie zu streicheln.

* * *

Fatima hatte sich sofort wieder erhoben und stand nun verängstigt auf dem schmalen, verschneiten Pfad. Sie wollte weg von hier, weg von der Unsicherheit. Bei dem Sturz war ihre Reiterin auf die höhere Seite der Böschung gefallen. Bei allen Stürzen, die Christiane in jüngeren Jahren erlebt hatte, und es waren nicht wenige gewesen, hatte sie instinktiv den Zügel in der Hand behalten. Manchmal war sie mitgeschleift worden, manchmal hatte sie damit erreicht, daß das Tier ihr nicht davongelaufen war. Es war nicht gerade ungefährlich, doch passiert war bisher nie etwas.

Auch diesmal hatte sie die Zügel in der Hand, doch sie bemühte sich vergeblich, wieder auf die Beine zu kommen. Es war glatt unter den Händen, den Ellbogen, und alle Versuche, sich aufzurichten, mißlangen. Weiter und weiter rutschte sie von der Böschung herunter und lag nun direkt unter Fatima. Ihre Beine fanden keinen Halt, und alle Anstrengungen, das Eis mit den Sporen gefügig zu machen, waren vergeblich. Daß sie damit die Stute vollends nervös machte, entging ihr in dieser Situation. Fatima wollte weg von diesem schrecklichen Ort. Sie wollte nicht noch einmal stürzen und womöglich den Hang herunterfallen. Ungeduldig zerrte sie am Zügel.

„Jaja, gleich doch!" Immer wieder hieb Christiane auf den vereisten Boden ein und glitt dabei immer weiter die Böschung hinab. Jetzt war sie mit dem Kopf direkt unter Fatima. Der Zügel strammte sich.

Das war zuviel. Ein energischer Ruck und sie war frei.

„Fatima!" sagte Christiane noch, dann spürte sie den Druck auf ihrem rechten Auge, auf Stirn und Nase — an der Nasenwurzel — und was dann geschah, ging unter im Kommen und Gehen von Empfindungen, Schmerzen, Gedankenfetzen.

Vorsichtig ging das Tier weiter mit baumelndem Zügel. Es hatte schnell den gefährlichen Weg passiert und war nun auf dem Kamm.

Als Christiane den Druck auf Stirn und Nase spürte, durchströmte sie im Bruchteil einer Sekunde ihr Leben. Sie sah Ulrich in jungen Jahren, die Eröffnungsrede haltend, als das Marienfelder Werk anlief, sie sah ihren Vater mit seinem wirren weißen Haarschopf im Garten, sie erlebte die erste Reitstunde. Sie saß mit Melanie auf der Couch ihres Zimmers in Berlin, sie entdeckte den jungen Fliegerleutnant Thomas, an den sie ihr Herz gehängt hatte und der irgendwo auf dem Grund des Ärmelkanals lag. Vom Feindflug nicht zurückgekehrt.

Sie sprach mit Irene, der zweiten Frau ihres Vaters, dieser wunderbaren Gefährtin, die ihm noch eine Reihe schöner Jahre geschenkt hatte. Auch Forrester, Ulrichs Vorgesetzter, der sich dauernd im Ton vergriff, den sie nach Frankfurt fahren mußte, weil seine Jany verunglückt war, geisterte durch ihre Gedanken.

Das alles durchfuhr sie wie ein Blitz, als sie auf der Böschung lag.

Sie fühlte, wie etwas Warmes unablässig an ihrer Schläfe entlangfloß, die Kraft des Lebens. Und sie wurde immer schwächer.

„Das ist das Ende!" dachte sie wirr, als das Bewußtsein sie verließ.

Kostbare Zeit verging. Währenddessen stand Fatima oben auf dem Kamm und wartete auf ihre Herrin. Auch für sie war die Situation ungewöhnlich. Noch nie waren Christiane und sie getrennt auf dem Breitnerhof angekommen. Die Zeiten der Stürze waren längst vorbei. Christiane war so leichtsinnig, daß sie nie sagte, wohin sie ritt. Sie wollte sich nicht durch solche Vorherbestimmungen einengen lassen. Wenn es ihr gefiel, in die Ebene zu reiten, dann tat sie es, selbst wenn es vorher nicht auf ihrem Plan gestanden hatte.

Immer tiefer griff die Kälte in ihre Glieder. Sie spürte sie in den

Fingerspitzen, an den Füßen, und so wurde sie wieder wach. Doch sie war benommen vom Blutverlust. Sehen konnte sie nichts. In wenigen Minuten waren ihre Lider so geschwollen, daß sie sie nicht mehr öffnen konnte.

„Ich lebe!" stellte sie in einem Augenblick des Wachseins fest. „Aber ich lebe nicht richtig. Sehen kann ich nichts. Aufstehen kann ich nicht, und bis man mich findet, bin ich erfroren! Was soll's also!"

Wieder verlor sie das Bewußtsein. Es kam und ging.

Auch die Gedanken kamen und gingen.

Du bist ein Feigling, Christiane Grothe! dachte sie einmal.

Aber ich kann nicht sehen! verteidigte sie sich.

Du kannst sehen, du mußt nur wollen!

Aber ich kann mich nicht erheben, ich bin zu schwach!

Du kannst! Du mußt nur wollen! Wollen mußt du!

Aber ich schaffe es nicht bis zum Stall!

Und Fatima? Wo ist Fatima?

Plötzlich hatte ihre Unentschlossenheit ein Ende. Sie paßte nicht zu Christiane Grothe!

Habe ich mir jemals erlaubt, mich gehen zu lassen?

Das gab den Ausschlag!

Als sie sich jedoch mit einer gewaltigen Kraftanstrengung aufrichtete, fühlte sie einen neuen Blutstrom über ihr Gesicht rinnen. Doch einmal angefangen, gab sie sich nicht mehr geschlagen. Benommen saß sie auf dem Weg und fing an, auf den Knien den Weg zu ertasten.

Bin ich auf dem richtigen Weg? fragte sie sich. Oder werde ich im nächsten Moment die Böschung herunterrollen wie ein Stein?

Nein, das war zu mühsam!

Erschöpft saß sie auf dem Weg und überlegte, wie sie weiterkommen sollte.

Da wagte sie den entscheidenden Schritt. Sie zog ihre blutverkrusteten Handschuhe aus und tastete vorsichtig über ihr Gesicht. Sie entdeckte die gespaltene Nasenwurzel, das zerdrückte Auge, die aufgerissene Lippe, den Schnitt in ihrer Wange und die Platzwunde auf ihrem Kopf.

Ein tiefer Seufzer entrang sich ihrer Brust.

Ihr Gesicht war zerstört, das Auge verloren.

Doch das andere! Das andere lebte noch. Hinter dem Lid spürte sie das Leben — das Sehenwollen!

Und das war das Entscheidende! Mit zwei Fingern hob sie das geschwollene Lid und zog den unteren Teil herunter. Sie sah Schnee und eine rotgefärbte Stelle, sie sah ihr Knie und die Spitze ihres Stiefels.

„Ich sehe!" Es kam ihr vor wie ein Erbarmen des Himmels!

Das gab ihr den Mut, den Kampf gegen ihre Schwäche aufzunehmen.

Jedoch — wie elend sie war, sollte sie schon merken, als sie versuchte, sich zu erheben. Sie taumelte mehr als daß sie ging. Doch einmal auf den Beinen, gab sie nicht mehr auf. Sie wollte nicht fallen — um keinen Preis.

Denn sie wußte genau, ein zweites Mal würde sie diese Kraftanstrengung nicht mehr fertigbringen.

„Fatima!" Da stand sie auf dem Kamm und wartete auf sie. Noch einmal war der Himmel gütig zu ihr gewesen. Sie brauchte nicht mehr nach ihrem Tier zu suchen. Das hätte sie ohnehin nicht mehr geschafft.

Auch aufsitzen konnte sie nicht mehr, aber sie war schon dankbar, daß sie sich an Fatima festhalten konnte. Und fast schien es so, als hätte die Stute begriffen, daß es trotz der Stallnähe mit dem Vorwärtsstürmen vorbei war.

Mit lautem Wiehern meldete Fatima sich an.

Seltsam, wie genau Christiane die Laute im Stall wahrnahm. Das Kratzen mit der Forke, das Fegen mit dem Piassava-Besen, das Prusten der Pferde, wenn es beim Fressen in den Nüstern kitzelte.

Genau wie Herrn Walters Bianca bummerte Fatima gegen das Scheunentor.

„Jaja, ich komm' ja schon!" hörte Christiane, und dann vernahm sie die Stimme von Arno Breitner, der seinem Sohn zurief: „Geh in die Küche und sag' Mutter, sie soll heißes Wasser bereithalten. Frau Grothe braucht bestimmt einen Grog!"

Dann öffnete er das Tor. Fatima stürmte herein. Sie war nicht nur kalt, sie verlangte auch nach ihrem Futter.

„Hehe, nicht so wild!"

Dann erst sah er Christiane.

„Um Gottes Willen, Frau Grothe!"

„Arno, ich muß mich setzen!" Sie fiel ihm entgegen.

„Um alles in der Welt...!" Noch hatte er gar nicht wahrgenommen, was mit Christiane passiert war. Setzen wollte sie sich.

„Ja... ja!" Das einzige, was in unmittelbarer Reichweite war, war ein Ballen Stroh, der vor Fatimas Box lag. Den zog er heran und setzte Christiane vorsichtig darauf nieder.

Um sich vor der Kälte zu schützen, hatte Christiane die Hand über ihr Gesicht gelegt. Jetzt spürte sie die Wärme des Stalls und als sie schließlich auf dem Ballen Stroh saß, sank ihre Hand kraftlos herab.

„Gott im Himmel!" entfuhr es Arno. „Wie ist das passiert!"

In diesem Augenblick kam Markus aus der Küche. „Mutter hat..." Weiter kam er nicht. Entsetzt blieb er vor Christiane stehen. „Mitten ins Gesicht!" flüsterte er. „Man kann genau den Huftritt erkennen!"

Christiane hörte nichts mehr. Als sie wußte, daß sie es bis zum Stall geschafft hatte, waren ihre letzten Kräfte dahin.

Der erste, der den Schock überwand, war Arno.

„Los, ruf' den Arzt an!" sagte er zu seinem Sohn. „Schnell!"

Und schon verschwand Markus in der Sattelkammer, wo das Telefon stand.

Doch gerade als Markus den Hörer abnehmen wollte, kam Dr. Wolter aus der Reithalle. Er wohnte erst seit kurzem in Marienfelde, arbeitete jedoch in der Stadt. Er war Leiter der chirurgischen Abteilung des Krankenhauses.

„Herr Doktor!“ sagte Arno und war sichtlich erleichtert. „Wie gut, daß Sie gerade hier sind!“

„Was ist?“ fragte er und trat zu der Gruppe.

„Frau Grothe hatte einen furchtbaren Unfall!“

* * *

Niemand sah sein grimmiges Gesicht, die zusammengepreßten Lippen und die scharfen Linien zwischen Mund und Nase. Niemand hörte sein unkontrolliertes Fluchen über die verdammte Reiterei, denn er saß in seinem Wagen und fuhr nach Hause.

Kein Mensch kannte Ulrich Grothe so. Nicht einmal in jungen Jahren hatte er sich erlaubt, mit ungezügelten Bemerkungen aus der Rolle zu fallen.

„Der Gestank ist ja unglaublich!“ sagte er vor sich hin und warf einen Blick auf die blutdurchtränkten Sachen, die er voller Wut auf den hinteren Sitz geworfen hatte.

Warum hatte er sie auch nicht im Gepäckraum verstaut! Er wußte doch vom Kriege her, wie unangenehm getrocknetes Blut roch! Es war ihm entfallen, oder er hatte nicht daran gedacht — nicht in dem Augenblick, als er sich von Christiane verabschiedet und die Schwester ihm auf dem Flur das schmutzige Bündel übergeben hatte.

Und dann hatte sie auch noch gesagt: „Anfangs sieht es schrecklich aus, aber meistens ist es nicht so schlimm, wenn die Schwellungen abgeklungen sind!“

Er hatte nichts darauf erwidert. Er wußte nicht einmal, ob er ein „danke“ geäußert hatte. Sicher hatte sie es gut gemeint, denn es erging ihm wie allen Angehörigen, die plötzlich aufgeschreckt werden und von einem Unfall ihres Nächsten erfahren.

Endlich war er zu Hause!

Mit penetranter Gewissenhaftigkeit öffnete er das Tor, schloß es wieder, schloß auch das Fenster in der Waschküche, etwas, was Christiane immer tat. Und genau so fuhr er fort. Er versuchte, sich zu erinnern, was Christiane immer tat, bevor sie zu Bett gingen. Es war ja noch gar nicht soweit, aber er scheute sich, an alles andere zu denken.

Er wollte erst zu Hause sein. Er wollte erst alles erledigt haben! Wohin mit den schmutzigen Sachen? Er hielt das Bündel weit von sich. Sollte er es in der Garage lassen? In der Waschküche? Überall würde es die Luft verpesten. So ließ er es draußen in einer Ecke und hoffte, seine Schwägerin Evchen würde sich erbarmen. Ach Gott, er mußte auch noch die Bergers anrufen!

Nein, nicht sofort! Erst wollte er es selbst verkraftet haben! Er haßte in diesem Augenblick den Gedanken an Fragen von Eva Berger! Sie würden kein Ende nehmen, und ganz gewiß würde er die meisten nicht beantworten können, weil sie alle unwesentlich waren.

Vorerst wollte er überhaupt nicht daran denken, sondern das zusammensuchen, um das ihn Christiane gebeten hatte.

Ihren Morgenmantel wollte sie haben und ein paar Nachthemden. Und ihren Kulturbeutel! Sie hatte gesagt, er sollte Evchen fragen, sie wüßte genau, was sie brauchte.

Also doch Eva! Christiane erwartete von ihrem Mann nicht, daß er wußte, was in einem Kulturbeutel für eine Dame, die im Krankenhaus lag, sein mußte. Er war drauf und dran, es selbst zu versuchen, um dem Gespräch mit den Bergers aus dem Wege zu gehen.

„Gottverdammt!" sagte er laut. Er kam ja doch nicht darum herum, über das ganze Geschehen nachzudenken.

Es gab nichts mehr, was er tun konnte!

* * *

Eben legte er den Hörer auf die Gabel. Das Gespräch mit Eva Berger hatte er nun doch vorgezogen, um den Rest des Abends ganz für sich zu haben. Natürlich hatte Evchen ihn bestürmt.

„Ja, sie ist noch allein bis zum Stall gekommen!" sagte er, um sie zu beruhigen. „Sie hat sogar noch hier angerufen, um mir zu sagen, daß sie eben zum Arzt müßte, ihr Auge sei ein wenig verletzt (ein wenig!!!) und da wäre es wohl besser, sie zöge ihn zu Rate!"

„Aber sie hat niemanden angetroffen, weder in eurem Haus noch bei uns. Lydia sagt, hier hätte es dauernd geklingelt und immer, wenn sie von oben nach unten gerast ist, war es zu spät. Nachher hat sie es dann klingeln lassen!"

„Da ist noch etwas, Eva!"

„Ja?"

„Würdest du dich Christianes Zeug annehmen? Es muß wohl zur Reinigung!"

„Aber ja, das mache ich alles! Und Ulrich, du kommst zu uns, solange Christiane nicht da ist! Auf jeden Fall kommst du zu uns!"

„Das ist lieb von dir, Eva, aber ich glaube, ich sollte das nicht tun!" sagte er in seiner wiedergefundenen kühlen Reserve. Er konnte seine Schwägerin jetzt nicht ertragen — ihre Unermüdlichkeit, ihr Mitleid für ihn, für ihre Schwester. Sie würde sich wieder zerreißen für alle im Hause.

„Dann komm wenigstens zum Essen zu uns!" Evchen gab nicht auf. „Wer soll denn für dich kochen?"

„Ich werde wohl in die ‚Post' gehen. Außerdem hoffe ich, daß Christiane bald zurück ist."

„Wie bald?"

„Nun, ich denke ... in acht Tagen, in zehn ... so ungefähr!"

Dabei wußte er genau, daß überhaupt nicht über eine Rückkehr gesprochen worden war. Niemand konnte das zur Stunde schon übersehen.

Es konnten Komplikationen eintreten. Es konnten... oh nein — es durchfuhr ihn wie ein grausamer Schock — sie war vorerst im Krankenhaus am besten aufgehoben! Die Entstellung! Diese entsetzliche Entstellung! Wie lange würde es dauern, ehe Christiane wieder an die Öffentlichkeit treten konnte!

„Und was ist nun verletzt?" fragte Eva weiter. „Was ist nun wirklich mit ihrem Gesicht, Ulrich?"

„Das kann man im Augenblick noch nicht sagen!" antwortete er ausweichend. Es klang ruhig, und er hoffte, sie merkte nicht an seiner Stimme, wie es in seinem Innern aussah. „Erst müssen die Schwellungen zurückgegangen sein, so hat mir der Arzt gesagt und die Schwester nachher auch, danach ist es meistens nicht so schlimm, wie es momentan aussieht! Und hinzu kommt noch: sehen kann sie im Moment nichts!"

„Nichts?"

„Nein, die Augenlider sind geschwollen!"

„Hast du gehört, Martin! Christiane kann auch nichts sehen!"

Marin hörte es sicher, aber Gott sei Dank sagte er nichts dazu. Ulrich hätte es nicht ertragen, unter Umständen von Martin zu hören: „Da sieht sie mal, wie das ist!" Zuzutrauen war es ihm... doch auch Martin Berger hatte im Laufe der Zeit dazugelernt und mehr Taktgefühl entwickelt, als ihm früher gegeben war.

„Aber das wird in einigen Tagen vorbei sein, und dann — vielleicht, bitte höre genau zu, Eva — dann kannst du sie vielleicht besuchen."

„Dann erst? Sie möchte doch so viel haben, was ich zusammensuchen soll!"

„Du wirst das sicher für sie tun!"

„Ja doch, natürlich, Ulrich!"

„Aber warte noch ein wenig mit dem Besuch, ja?"

„Ist es so schlimm?" Sie war nun doch erschrocken.

Und Ulrich, dessen Nerven bis aufs äußerste gespannt waren, merkte nicht, was er mit seiner Antwort anrichtete. Für den Bruchteil einer Sekunde vergaß er seine kühle Zurückhaltung.

„Es ist furchtbar, einfach furchtbar, wie entstellt sie ist!"

* * *

Sie ist also noch allein bis zum Stall gekommen! rekapitulierte Ulrich das ganze Geschehen, wie er es von den Leuten im Stall, von Dr. Wolter und in Bruchstücken von Christiane erfahren hatte.

Er war nun ruhiger. Einen Augenblick stand er rauchend am Fenster und blickte auf die friedliche Ebene, die im rötlichen Abendsonnenschein lag. Noch immer war es kalt, das heißt, es wurde wieder kalt. Geschneit hatte es auch an diesem Tag nicht. In der Mittagssonne war sogar an einigen Stellen das Erdreich zum Vorschein gekommen.

Schon immer hatte Ulrich Grothe die Ebene zum Nachdenken veranlaßt. Vieles war in seinem Kopf entstanden, viele Ideen wurden aufgenommen, wieder verworfen und in Gedanken neue Wege gegangen.

Heute jedoch war es nicht so. Heute tat er einen Rückblick auf ein Geschehen, das ihn zutiefst getroffen hatte. Er konnte nicht rauchen und auf die Ebene blicken. Diesmal fand er darin keine Beruhigung und auch keinen Weg, wie er der Verwirrung in seinen Gefühlen Herr werden konnte.

So setzte er sich an seinen Schreibtisch, legte die angerauchte Zigarre in den Aschenbecher und bedeckte sein Gesicht mit den Händen.

Sie ist also noch allein bis zum Stall gekommen! rekapitulierte er von neuem. Dann war Dr. Wolter da und nahm sie gleich in seinem Wagen mit ins Krankenhaus. Wie er sagte, hätte es zu lange gedauert, bis der Krankenwagen gekommen wäre. Auch hatte er veranlaßt, daß vom Reitstall aus im Krankenhaus angerufen wurde, man sollte alle Vorbereitungen für die Operation treffen. Während der Fahrt in die Stadt mußte Christianes Bewußtsein immer wieder gekommen und gegangen sein. Sie erzählte etwas von einem Handtuch, das Frau Breitner um ihren Kopf gelegt hatte, weil sie so fror. Sie konnte dieses dumme Handtuch genau beschreiben, es wäre hellgrün mit einer weißen Kante und aus dem Privatbesitz der Breitners — im Stall hätten sie weiße, steife Handtücher mit rotem Balken — und sie hatte Ulrich wohl dreimal gesagt, Frau Breitner müßte dieses Handtuch unbedingt wiederhaben, ob er sich wohl darum kümmern würde. Vermutlich war dieses dumme Handtuch in dem Bündel, das die Schwester ihm mitgegeben hatte.

Seltsam, dachte er jetzt, sie muß sich in einem schrecklichen Zustand befunden haben, wenn sie solche Nebensächlichkeiten so wichtig nahm.

Auch sagte sie mir, daß sie niemals ohne Bewußtsein gewesen wäre! Niemals! Sie könnte mir haargenau schildern, was nun wirklich mit Fatima passiert wäre. Er wollte es gar nicht wissen, doch zwang er sich, ihr ruhig zuzuhören. Demnach konnte sie keine Gehirnerschütterung haben, denn der Tritt in ihr Gesicht war, wie sie sagte, im Zeitlupentempo vor sich gegangen. Es war kein Schlag gewesen. Erst hatte Fatima vorsichtig probiert, und als sie gemerkt hatte, daß sie auf etwas Weiches trat, hatte sich der Druck verstärkt.

„Großer Gott!“ seufzte Grothe, als er sich das alles vorstellte.

Christiane hatte gesagt, sie hätte es knacken gehört, als die Nasenwurzel zertreten worden war.

„Aber das Schlimmste war das Auge!“ hatte sie gesagt. „Der Stollen traf genau das Auge. Auch da wurde der Druck immer stärker, immer stärker. Ich weiß nicht, was mir in dieser Sekunde alles durch den Kopf gegangen ist, Ulrich!“ hatte sie gesagt. „Es war die Angst, daß das Auge verloren sei. Und das fragte ich auch immer wieder, als Dr. Wolter mich mitnahm."

Grothe erinnerte sich, daß auch Dr. Wolter ihm das bestätigt hatte. „Sie wurde mehrmals auf der kurzen Fahrt wieder wach, meistens jedoch lag ihr Kopf an meiner Schulter. Aber wenn sie bei Bewußtsein war, klage sie über ihr Auge! ‚Wenn ich nur wüßte, was mit meinem Auge ist!' Ich konnte sie nur damit trösten, daß wir es sofort nachprüfen würden, wenn wir im Krankenhaus wären."

Die ganze übrige Zerstörung, von der sie ohnehin nichts ahnte, wie schwer sie war, interessierte sie offenbar nicht.

Als sie schließlich im Operationssaal lag, gab sie noch immer keine Ruhe. Bevor der Anästhesist an die Arbeit ging, wollte sie es wissen.

„Aber es wird weh tun!" sagte Dr. Wolter. Das Augenlid war wie Filigran zerfetzt. Er wußte im Moment noch gar nicht, wie man es wieder zusammenflicken sollte.

Sehr vorsichtig hob er mit der Pinzette das durchlöcherte Lid hoch.

„Sehen Sie etwas?" fragte er dabei und bewunderte Christianes Disziplin, die lediglich mit den Zähnen knirschte, ohne jedoch den Kopf zu bewegen.

„Ich sehe etwas Weißes!" sagte sie durch die gespaltene Lippe.

„Das ist mein Kittel!"

Um sie nicht noch länger auf die Folter zu spannen, fügte er gleich hinzu: „Also ist Ihr Auge gerettet!"

„Oh — Gott sei Dank!" flüsterte sie. Von da ab war sie entspannt und überließ sich der Obhut der Ärzte.

„Ich habe noch versucht, dich zu erreichen, Ulrich!" sagte sie einmal. „Ich wollte nicht, daß das Krankenhaus dich anruft. Ich stellte mir vor, wie es dich bestürzen würde, aus dem Krankenhaus angerufen zu werden!"

Sicher dachte sie in ihrer Rücksichtnahme an Andrea, deren Schicksal ich auch durch das Krankenhaus erfahren hatte. Aber das liegt schon so lange zurück — ach, wie lange! Immerhin, in ihrem furchtbaren Zustand bekamen diese Dinge vermutlich eine besondere Bedeutung.

„Auch bei Eva und Martin versuchte ich es, aber dann drängte Dr. Wolter, es würde Zeit — und ich muß sagen, Ulrich, ich war ziemlich fertig!"

Und wie ist die Nachricht schließlich zu mir gekommen? fragte sich Ulrich. Es war wohl gegen 15 Uhr, als wir uns trennten. Hätte ich am Morgen den Wagen genommen, wäre ich noch in den Reitstall gefahren, aber so, ohne Wagen war das ein bißchen weit. Da ging ich also erst nach Hause, in der Meinung, Christiane wäre sicher da und vermutlich erstaunt, ihren Mann nicht vorgefunden zu haben.

Als er den Gartenweg hochging, mußte er über die Vorstellung schmunzeln. Ein verrückter Tag! dachte er noch. Da geht meine reitsüchtige Ehefrau bei minus zehn Grad in den Wald und muß unbedingt ihr Pferd bewegen, und da geht Ulrich Grothe zusammen mit seinem Schwager in die Schwimmhalle. Damit aber noch nicht genug. Alles hatte soviel Auftrieb gebracht, daß die Bergers und Ulrich Grothe unbedingt in der „Post“ noch einen Grog trinken mußten. Aber es blieb eben nicht bei einem. Es wurden drei, und dann wurde Evchen so mutig, ihrem Mann vorzuschlagen, das Mittagessen in der „Post“ einzunehmen. Grothe konnte gar nichts anderes tun, als dem zuzustimmen, war es doch ein weiterer Schritt, Martin Berger der Öffentlichkeit zuzuführen.

Das Telefonat mit dem Reitstall blieb ohne Erfolg. Christiane war noch gar nicht zurück, ob man etwas ausrichten sollte. Warum war Grothe nur nicht darauf eingegangen, warum hatte er nicht gesagt, sie solle in die „Post“ kommen, sobald sie zurück sei. Er konnte jetzt nicht sagen, warum er so übertrieben zurückhaltend gewesen war. Hing das noch immer damit zusammen, daß er den Gedanken, andere arbeiteten um diese Zeit, während er grogtrinkend in der „Post“ saß, nicht ertragen konnte? Es mußte wohl so sein.

Jedenfalls hatte er lediglich gesagt, er würde sich noch einmal melden.

Er hatte es noch einmal versucht, wieder ohne Erfolg. Da war Christiane zwei Stunden unterwegs gewesen, man hatte jedoch gemeint, jetzt in der Mittagssonne wäre es ja lange nicht mehr so kalt wie bei ihrem Abritt.

„Es liegt doch wohl kein Grund zur Beunruhigung vor?“ hatte Ulrich noch gefragt, aber da hatte Arno Breitner beinahe gelacht.

„Herr Doktor! Frau Grothe macht so etwas häufig. Wenn es ihr gefällt, bleibt sie zwei Stunden weg, manchmal sogar noch länger. Es ist wirklich nichts Ungewöhnliches.“

„Aber die Kälte!“

„Es ist nicht mehr so kalt wie heute morgen!“

Und dann?

Dann hatte Ulrich nicht mehr angerufen. Die Zeit war ohnehin verpaßt. Sicher war Christiane nach Hause gefahren. Jetzt drehte er den Spieß um und überlegte, ob sie wohl beunruhigt war, daß sie ihn nicht im Hause vorfand.

Ach nein, sicher nicht. Christiane hatte noch nie Anlaß gehabt, seinetwegen beunruhigt zu sein. Sicher dachte sie, der Kulturring oder die Gemeinde hätten angerufen und es wäre etwas zu besprechen.

Im Laufe ihrer gemeinsamen Jahre hatte Christiane gelernt, sich auf Unregelmäßigkeiten einzustellen.

Schade! dachte er noch, als er die Haustür aufschloß. Schade, daß ich sie nicht beunruhigen kann! Evchen Berger wäre da ein lohnenderes Objekt.

Und dann kam alles anders!

Es war keine Christiane im Haus. Niemand empfing ihn in der gewohnten Art: keine direkte Frage, doch ganz sicher wartete Christiane mit

Ungeduld, getarnt durch äußere Ausgeglichenheit, auf ein Wort von ihm, was er gemacht hatte, wo er gewesen war und was er erreicht hatte.

Sollte er nun anrufen im Reitstall? Er hatte es nicht gern, wenn er sich von Arno Breitner ein drittes Mal erzählen lassen mußte, Frau Grothe machte so etwas häufiger. Wenn es ihr gefiele, bliebe sie eben länger weg.

Er stand noch überlegend am Fenster, als das Telefon läutete.

„Na endlich!" sagte er vor sich hin und meinte, Christiane meldete sich.

„Herr Dr. Grothe, endlich!" Er erkannte sofort Arno Breitners Stimme und erfaßte an seinem gehetzten Atem, daß etwas passiert war.

„Endlich haben wir Sie erreicht. Wir haben es bei Bergers versucht, bei Ihnen, immer wieder haben wir angerufen und niemand war da!"

„Was ist?" fragte Ulrich. Sollte er sich doch nicht aufhalten mit solchen Entschuldigungen. Es war doch etwas passiert!

„Frau Grothe..."

„Nun reden Sie doch!"

Niemand hatte bisher erlebt, daß Ulrich Grothe ungeduldig wurde. Zwar war er bestimmt in seinem Ton, aber nie nervös. Heute allerdings fühlte er, daß etwas auf ihn zukam — etwas Furchtbares. Andrea hatte er durch einen Autounfall verloren. Christiane hatte gleichfalls einen tödlichen Autounfall erlitten — vor Jahren —, nur hatte sich dann herausgestellt, daß es eine andere Dame war, mit der man sie verwechselte. Was war es diesmal?

„Ein Unfall!"

„Mit dem Auto!" sagte Ulrich sofort. Er hatte das Gefühl, daß jeder Unfall, mit dem er konfrontiert wurde, mit dem Auto geschehen sein mußte.

„Nein, Fatima..." und nun redete Arno Breitner endlich den Satz zu Ende. „Fatima hat Frau Grothe getreten, Herr Doktor!"

„Getreten?"

„Ins Gesicht!"

„Ins Gesicht? Wie ist das möglich?"

„Es war draußen..."

Schließlich hatte Grothe ihn unterbrochen.

„Es ist gut, Herr Breitner!" hatte er gesagt, knapp und formell, wie es seine Art war. Damit vertuschte er seine eigene Erregung.

Den Namen Dr. Wolter hatte er, wo das Krankenhaus in der Stadt zu finden war, das wußte er. Es war keine Veranlassung, noch weitere Zeit damit zu verschwenden, daß Herr Breitner versuchte, sich zu rechtfertigen, indem er ihm erläuterte, was er alles unternommen hatte, um ihn zu finden.

* * *

Und dann sah er sie. Die Schwester hatte ihn zu Dr. Wolter geführt, und von ihm hatte er erfahren, wie schwer die Verletzung war.

„Wir taten unser Bestes!“ versicherte der Arzt. „Es war nicht so leicht. Besonders das Lid machte uns zu schaffen. Es hing in Fetzen über dem Auge. — Die Naht an der Wange habe ich nach oben gezogen, sonst hätte Ihre Frau womöglich später den Ausdruck einer ständig Verdrossenen gehabt. Die gespaltene Lippe ist nicht so schlimm. Ich denke, die Narbe wird man später kaum noch sehen.“

Der Arzt merkte nicht, daß er mit seiner präzisen Berichterstattung Ulrich Grothe einen Schock nach dem anderen versetzte. Wie sollte er auch. Kein Muskel bewegte sich in seinem Gesicht.

„Es wird alles seine Zeit dauern!“ fuhr der Arzt fort. „Verzeihen Sie, daß ich es sage, aber ich muß es wohl: Wenn man nicht mehr so jung ist, dauert es eben länger. Ihre Frau muß Geduld haben. Sie müssen beide Geduld haben. Die zerstörte Nasenwurzel! Viel war da nicht zu machen! Die Splitter müssen wieder zusammenwachsen. Ich hoffe wenigstens, daß wir das einigermaßen richten konnten. Später wird sie mit einer Brille manches verdecken können, aber auch das dauert noch seine Zeit. Vorerst ist nicht daran zu denken. Die Schmerzen, verstehen Sie? Es wird weh tun, gerade da, wo die Nasenwurzel zertreten ist, den Bügel der Brille zu ertragen!“

Er überlegte, ob er noch mehr erklären mußte.

„Ach ja, die Platzwunde auf dem Kopf! Die wird am ehesten geheilt sein. Darüber brauchen wir kaum ein Wort zu verlieren. — Doch jetzt, meine ich, sollten Sie gehen, Herr Dr. Grothe! Ihre Frau kann Sie für ein paar Tage nicht sehen, aber sie ist soweit wiederhergestellt, daß Sie ein paar Minuten mit ihr sprechen können.“

Wieder überlegte er, ob er „es“ sagen sollte oder nicht — und dann entschied er sich doch dafür.

„Erschrecken Sie nicht! Im Augenblick sieht noch alles sehr schlimm aus. In ein paar Tagen sind die Schwellungen zurückgegangen. Auch die Verfärbungen werden abklingen. Dann können Sie Ihre Frau besser erkennen.“

Damit entließ er ihn. Er brachte ihn noch bis zur Tür und öffnete sie.

„Hier kommt Ihr Mann, Frau Grothe!“

* * *

„Melanie soll kommen!“ sagte sie und wiederholte es unter Tränen. „Bitte, Ulrich, Melanie soll kommen, rufst du sie an?“

Acht Tage lag sie nun im Krankenhaus. Die Schwellungen und Verfärbungen waren abgeklungen. Sie konnte Ulrich wieder sehen, doch noch immer hielt sie der Schock fest.

Oder war es etwas anderes? Warum war sie so mutlos und verzweifelt? Das kannte Ulrich nicht an ihr. Das kannte niemand. Wer hatte Christiane

Grothe schon einmal weinen gesehen? Doch jetzt war die Trauer ihr ständiger Begleiter.

Selbst Dr. Wolter war ratlos und konnte sich ihre Mutlosigkeit nur so erklären, daß ihr furchtbares Aussehen sie so beunruhigte.

Ganz unrecht hatte er nicht.

„Aber meine Frau ist nicht eitel! Das war sie nie!“ sagte Ulrich, als er sich mit dem Arzt über ihren Zustand unterhielt.

„Das hat nichts damit zu tun, Herr Dr. Grothe! Ich fürchte, etwas ganz anderes. Sie hat Sorge, ihr Gesicht wird nie wieder normale Züge bekommen!“

Ulrich sagte nichts dazu. Er konnte nichts sagen, denn genau diese Sorge beschäftigte auch ihn von Anfang an. Natürlich sagte er Christiane nichts, ebensowenig wie sie ihm verriet, was sie wirklich bedrückte.

„Dabei habe ich ihr gesagt, es würde sich alles wieder geben! Nur Geduld muß sie haben.“

Wieder schwieg Ulrich.

„Nicht wahr, das habe ich auch Ihnen gesagt!“ Im Überdenken hob er die Schultern. „Glaubt sie mir vielleicht nicht?“

Ulrich schwieg beharrlich. Sollte das etwa bedeuten, auch Dr. Grothe glaubte dem Arzt nicht?

„Und Sie, Herr Dr. Grothe? Glauben Sie mir auch nicht?“

„Sie wissen das besser! Ich bin kein Arzt!“

Oder dachte Frau Grothe vielleicht, er hätte sich keine Mühe gegeben? Du lieber Gott! Er war Chrirurg, wenn auch kein Schönheitschirurg.

„Und ich hatte gehofft, Sie würden ihr zureden, sie zur Geduld ermahnen!“ sagte der Arzt.

„Ich habe es versucht, Herr Dr. Wolter! Wenn ich jetzt ins Zimmer komme, ist ihre erste Tat, daß sie mit einem Taschentuch die Wunden zudeckt — so als wollte sie mir den Anblick ersparen. Ich finde das ja sehr rücksichtsvoll von ihr, aber ist das gut? Sie haben mir doch gesagt, die Wunden wären absichtlich nicht zugedeckt, verpflastert oder sonstwie geschützt. Das wäre eine neue Methode!“

„Das ist alles richtig, aber es schadet nichts, wenn sie aus Rücksicht für die Zeit Ihres Besuches das Taschentuch oder Gaze nimmt, wirklich nicht!“

Wenn Ulrich an den Moment dachte, als der Doktor ihn ins Zimmer geführt hatte — am ersten Tag ... er war dem Schicksal dankbar, daß Christiane nichts hatte sehen können. Es war ihm unmöglich gewesen, seine Bestürzung zu unterdrücken.

Meine Christiane! mußte er denken. Wie gern sah er es, wenn sie ihm gegenübersaß am Frühstückstisch! Wenn sie neben ihm saß und er ihr Profil sehen konnte! Wie gern sah er in ihre Augen und wie gern erinnerte er sich an eine junge Dame, die seine Sekretärin gewesen war — mit ihrem blonden Haar und dem exakten Scheitel.

Lieber Gott! Was haben wir nur angerichtet, daß so etwas geschehen mußte! Wenn ich denke, daß ich in Zukunft in ein verdorbenes Gesicht sehen soll!! Daß mich ein verletztes und ein gesundes Auge ansehen wird, ein verzerrter Mund und eine eingedrückte Nasenwurzel?!

Im Laufe der acht Tage jedoch hatte er sich energisch zur Ordnung gerufen.

Seit wann läufst du vor etwas davon, Ulrich Grothe, das dich bestürzt! Besinne dich auf Situationen, die du hundertfach erlebt hast! Immer gab es eine Lösung! Warum diesmal nicht?

Ja — alles richtig! Doch diesmal betraf das ganze Geschehen sein Innerstes, sein Persönlichstes, sein Herz!

Da gab es kein Besinnen. Er wußte keine Lösung — noch nicht!

Als Andrea so plötzlich von ihm gegangen war, hatte er Jahre gebraucht, ehe er sich gefaßt hatte. Wie lange würde er diesmal brauchen, um sich an einen Zustand zu gewöhnen, der ihm tagtäglich ein Höchstmaß an Disziplin abverlangen würde? Niemals durfte Christiane auch nur erahnen, wie sehr sein ästhetisches Empfinden sich gegen diese Entstellung wehrte.

Nun hatte sie gesagt, sie wollte Melanie sprechen! Melanie sollte kommen! Er würde sie heute noch anrufen — und sicher würde sie kommen.

Ulrich Grothe wußte von dieser Freundschaft. Er wußte auch, daß Christiane seit Jahren mit Melanie Hofmeister korrespondierte, daß sie sich aber selten sahen. Offenbar war es eine tiefgreifende Freundschaft.

Grothe kannte Frau Hofmeister nicht, hatte auch nie mit ihr telefoniert. Er wußte nur, daß sie mit einem Diplomaten verheiratet war und ihr Mann in aller Kürze auch von der Bühne der beruflichen Tätigkeit abtreten würde. Darum waren sie auch nicht mehr irgendwo im Ausland, sondern lebten bereits in Bonn.

Fast beneidete er Christiane um diese Freundschaft. Er hatte keine „Melanie". Er hatte niemanden, mit dem er reden konnte. Keinen Freund, keine Menschenseele, der er einmal seine Probleme unterbreiten konnte. Natürlich gab es Martin Berger, aber wie konnte er mit ihm reden über das, was ihn bewegte. Es gab auch den Kapitänleutnant Baumann, der ihn regelmäßig besuchte und ihn vollpackte mit seinen eigenen Ärgernissen. Der pausenlos von seinen Erlebnissen als Oberamtmann im Finanzamt berichtete und von den Anordnungen, die seine Frau traf. Baumann war viel zu sehr mit sich selbst beschäftigt. Außerdem war er für Grothe ganz und gar kein Gesprächspartner.

Der einzige, mit der er hätte reden mögen, wäre vielleicht Howard Spring gewesen, der ehemalige Präsident der PFI, aber der war weit weg, irgendwo in Amerika. Dabei waren die beiden Männer sich nie näher begegnet, aber sie hatten seit dem letzten Besuch gespürt, daß sie einander wohl verstehen würden.

An sich war Grothe kein Mensch, der sich jemandem offenbarte. Doch es gab Situationen — und dies war eine —, in denen er einen verständnisvollen Partner hätte haben mögen.

Sollte Christiane sich mit ihrer Melanie aussprechen. Er gönnte es ihr von Herzen. Vielleicht war es sogar möglich, von ihr zu erfahren, was sie bedrückte. Er wünschte so sehr, ihr helfen zu können. Doch wußte er ebenso gut, daß es Dinge gab, die man eher Frauen mitteilen konnte als seinem eigenen Ehemann — noch dazu einem Ulrich Grothe! Das sah er ganz richtig und wußte genau, daß er in diesem Falle mit seiner angeborenen Kühle einfach nichts ausrichten konnte.

* * *

Eva Berger hätte es nie begriffen, wenn man ihr gesagt hätte, sie wäre es gewesen, die Christianes Gemüt beschwerte. Dazu war ihr Verstand nicht geschult genug, und ihr Taktgefühl ging ganz andere Wege, als es für eine Schwerverletzte gut war.

Und auch das würde sie wohl nicht verstanden haben, daß Kranke in ihrer Gemütsverfassung sehr viel sensibler sind als Gesunde. Sie hören etwas aus einem Gespräch heraus, was oft gar nicht so gemeint ist. Sie machen sich Gedanken, mit denen normale Menschen sich gar nicht befassen. Sie sehen Schwierigkeiten, wo keine sind, und sie überlegen, wie sie sich für etwas entschuldigen können, was gar keiner Entschuldigung bedarf.

Eva Berger hatte zwar schon im Laufe der Zeit eine Menge gelernt, doch in der Behandlung Verletzter fehlte es ihr an Erfahrung.

Als Evchen Christiane zum ersten Mal besuchen durfte, hatte sie sich genau überlegt, womit sie ihre Schwester unterhalten könnte. Ulrich hatte ihr nämlich gesagt, daß sie noch nicht viel reden könnte, dazu schmerzten die Wunden zu sehr.

Folglich mußte Evchen es tun, und so hatte sie sich einen munteren Bericht zurechtgelegt. Keinen traurigen, darüber war sie sich im klaren. Christianes Unfall war eine Sensation für Marienfelde.

„Wenn du wüßtest, wer mich alles angesprochen und nach dir gefragt hat! Und hier!“ Sie kramte in ihrer Handtasche. „Das habe ich ausgeschnitten!“ Christiane nahm den kleinen Zeitungsausschnitt entgegen, ohne ihn zu lesen. „Willst du ihn nicht lesen?“ fragte Evchen enttäuscht, wurde dann aber doch nachdenklich. „Ist wohl noch zu früh! Gib her. Ich verwahre ihn dir! Du kannst ihn lesen, wenn du wieder nach Hause kommst!“

Sie steckte ihn wieder ein.

„Der Bürgermeister hat bei uns angerufen. Er wollte Näheres wissen, weil Urich ...“ Ach, das war wohl auch nicht ganz richtig. Sie wollte doch nichts Negatives über Ulrich sagen, denn natürlich hatte Ulrich so gut wie nichts gesagt.

Aber Ulrich! Über Ulrich wollte sie etwas sagen. Was interessierte eine Ehefrau mehr, als ein wenig über ihren Ehemann zu hören.

„Wir wollten Ulrich ganz zu uns nehmen, solange du nicht da bist, aber er wollte nicht. Auch essen wollte er nicht bei uns. Er geht in die „Post“.

Ich bin aber jeden Tag im Haus, versorge die Blumen und mache sauber. Das kann man Ulrich doch nicht zumuten! Sei ohne Sorge, da ist alles in Ordnung.“

„Ich weiß!“ sagte Christiane mühsam und drückte Krümelchens Hand.

Wenn es um diese Dinge ging, war ihre Schwester rührend.

„Deine Sachen habe ich zur Reinigung gebracht. Sie hängen schon wieder im Schrank.“

„Danke, Liebes, du bist immer so fürsorglich!“

„Ach laß man, Christianchen! (Noch nie hatte sie ihre Schwester so genannt: Christianchen!!) Das kriegen wir schon hin. Ich finde überhaupt — soo entsetzlich siehst du gar nicht aus! Was Ulrich immer hat!“

Sie merkte gar nicht, wie Christiane aufhorchte. Im Gegenteil, sie meinte es gut. Sie wollte ihr Mut machen, sie ein wenig trösten.

„Was hat er denn gesagt?“ fragte Christiane und verkrampfte die Hand unter der Decke.

Evchen überlegte nicht lange.

„,Furchtbar sieht sie aus‘, hat er gesagt, ,einfach furchtbar, diese Entstellung!‘ Es klang richtig verzweifelt. — Aber was will er denn! Ist doch gar nicht mehr so schlimm!“

Sie redete und redete und merkte gar nicht, daß ihre Schwester die Augen geschlossen hielt und nicht mehr zuhörte.

Von da ab sollte Melanie kommen. Christiane wußte nicht mehr weiter.

* * *

Es war für Ulrich Grothe nicht schwierig, Melanie Hofmeister unter den Fahrgästen des Zuges aus Bonn herauszufinden. Er kannte sie von Fotos, und typmäßig war sie genau das, was zu Christiane paßte.

Sie war groß und schlank wie Christiane und ihre Garderobe von konventioneller Eleganz. Sie trug einen dunkelblauen sportlichen Tuchmantel und später stellte er fest, daß ihr Kleid in der Tönung genau dazu paßte.

Vielleicht war Christianes Garderobe noch eine Spur konventioneller als die von Melanie, denn Ulrich hatte nie eine Blume an Christianes Kleidern gesehen. Er mußte allerdings zugeben, daß der weiße Tupfer sich auf dem dunklen Wollkleid großartig ausmachte. Dazu die erlesene Perlenkette. Wie genau er Melanie studierte. Ob Christiane sich wohl auch über eine Perlenkette freuen würde? fragte er sich, während er Melanie zum Krankenhaus fuhr.

Doch endlich konzentrierte er sich auf das, was er Melanie sagen mußte. Und da sagte er genau das, was ihn von Anbeginn bewegte:

„Bitte erschrecken Sie nicht, gnädige Frau. Christiane sieht furchtbar aus. Der Arzt sagt zwar, das würde sich alles wieder geben, nur müßte sie Geduld haben.“ Er hob die Hand vom Steuer zu einer fragenden Geste. „Ich weiß nicht, ob das stimmt. Wenn ich sie so sehe, kann ich es mir einfach nicht vorstellen. Und fast meine ich, das ist auch ihr Kummer.“

„Sie meinen, daß sie Zeit ihres Lebens entstellt sein wird?“

Grothe nickte.

„Bisher hat nichts geholfen. Kein Zureden, weder vom Arzt noch von mir. Wie oft habe ich ihr gesagt: es wird sich alles finden! Sie sollte nicht den Mut verlieren. Wie oft habe ich sie ermahnt, Geduld zu haben!" Er hob die Schultern. „Ich kenne meine Frau nicht so mutlos. Irgend etwas sitzt ganz tief, fürchte ich, und über dieses „Etwas" kommt sie nicht hinweg."

Sie waren auf dem Parkplatz des Krankenhauses angekommen. Als Grothe sich von ihr verabschiedete, sah er für einen Moment in ihre Augen. Alle Herzenswärme lag in diesen Augen! Jetzt verstand er, warum Christiane sich so hingezogen fühlte zu Melanie Hofmeister. Sie hatte so vieles, was Christiane nicht hatte. Ihre Augen zum Beispiel strahlten nicht diese Wärme aus. Sie waren klug, interessiert, lebhaft. Eva Berger hatte vielleicht ein wenig davon. Doch bei ihr kam die Sentimentalität hinzu, und davon wurde die Wärme überdeckt.

„Ich wünsche so sehr, Christiane wird sich aussprechen!" sagte er zu Melanie. „Hoffentlich gelingt es Ihnen!"

Dann ging sie.

* * *

Das also ist Christianes Mann! mußte sie denken, als sie die langen und nüchternen Flure des Krankenhauses durchschritt. Durch die vielen Briefe von Christiane kannte sie ihn zur Genüge, doch heute hatte sie ihn gesehen und sofort gewußt, wie sie ihn einzustufen hatte.

Im Laufe ihres Lebens hatte Melanie Hofmeister allein schon durch den Beruf ihres Mannes viele Menschen von ganz unterschiedlicher Mentalität kennengelernt. Sie hatte nicht nur gelernt, ihnen diplomatisch zu begegnen, sondern sie hatte auch festgestellt, daß auf der ganzen Welt die Probleme unter den Menschen gleich waren. Mütter waren Mütter, und junge Menschen durchlebten die Phasen des Glücks, der Treue und Untreue, der Eifersucht und der Versöhnung, Männer erlebten in ihrem Beruf Erfolg und Mißerfolg. Es gab Intrigen und echte Freundschaften, die die Grenzen überflügelten.

Ulrich Grothe war vom Unglück seiner Frau mehr getroffen, als er zugeben wollte. Der ganze Mensch war ein Energiebündel aus Disziplin und Respekt, besonders in Situationen wie diesen. Und wenn er sagte: Erschrecken Sie nicht, sie sieht furchtbar aus — so war das sein Problem!

Es wird sich alles finden! hatte er gesagt. Das hieß für Melanie, er wußte genauso wenig wie Christiane, wie sich die Zukunft gestalten würde.

* * *

„Ist es das, was dich so beschäftigt?" fragte sie ihre Freundin.

Christiane nickte.

„Was kann ich nur tun, um Ulrich diesen Anblick zu ersparen? Da gibt es doch gar keine andere Lösung, als daß ich ihn verlasse!"

„Christiane!"

„Aber es ist doch so! Sieh mich an! Sie mich genau an, bitte, selbst wenn es dir schwerfällt! An die Kerbe an der Wange will ich gar nicht denken. Das zieht sich wieder hin, da glaube ich dem Arzt. Auch die Partie an der Lippe wird von Tag zu Tag besser. Sogar die schreckliche Sache mit der Nasenwurzel kann man eines Tages mit einer Brille verdecken. Aber..."

„Aber?" fragte Melanie. „Was willst du denn noch? Es ist doch alles so eingetroffen, wie es dir gesagt wurde!"

Da nahm sie die Hand von den Augen, die sie immer verdeckte, als ob sie die Helligkeit störte.

Und da sah sie es. Ein übergroßes Auge starrte sie an und ein kleines, das nur halb geöffnet war.

Auch Melanie hatte im Laufe ihres Lebens gelernt, ihr Entsetzen nicht zu zeigen, wenn sie zum Beispiel — andere Länder, andere Sitten — mit Menschen zusammenkam, deren Gesichter absichtlich verunziert waren, weil man es dort schön fand.

Was sie jedoch hier sah, war wirklich grausam. Doch sie hielt sich nicht damit auf, die Grausamkeit auf sich einwirken zu lassen.

Melanie Hofmeister war nicht gekommen, um ihre Freundin zu trösten. Was sie hier sah, forderte nach einer tatkräftigen Hilfe — einer Abhilfe! So betrachtete sie die Verletzung mit der Nüchternheit eines Arztes.

„Siehst du nun ein, daß man das Ulrich nicht zumuten darf?" fragte Christiane.

Das war es also, was sie beschwerte. Sie konnte ihrem Mann nicht zumuten, tagtäglich ein verdorbenes Gesicht um sich zu haben. Sie selbst wäre im Laufe der Zeit in der Lage gewesen, mit der Entstellung zu leben, aber sie konnte nicht von Ulrich Grothe erwarten, daß er ihr Schicksal mittrüge.

„Und du glaubst nicht, daß auch *das* noch behoben werden kann? Der Arzt sagt doch, du müßtest nur Geduld haben!"

„Aber Melanie, sieh doch genau hin!" Sie richtete sich auf und kam dicht an sie heran. „Das Lid ist zusammengeflickt wie ein Loch im Strumpf. Wie kann sich das zurechtziehen! Da fehlt einfach zuviel!"

Sie fiel zurück in die Kissen und fing an zu weinen. Dabei legte sie die Hände auf ihr zerstörtes Gesicht.

„Nein, nein, es ist ganz ausgeschlossen... und ich verstehe Ulrich so gut. Er ist ein Ästhet!"

„Nun sei ruhig! Auch dein Mann wird sich daran gewöhnen — oder ich will es noch vorsichtiger sagen, er würde sich daran gewöhnen..."

Christiane nahm die Hände vom Gesicht und starrte sie an mit ihrem großen Auge.

„Würde? Soll das heißen... Melanie, soll das heißen, du kannst mir helfen?"

Melanie hob abwehrend die Hände.
„Das weiß ich noch nicht, aber ich möchte dich beruhigen!"
„Womit? Womit willst du mich beruhigen? — Bitte, Melanie!"
Soweit war sie also! Melanie hatte ihre Freundin aufgeschreckt. Sie war nicht mehr so resigniert. Sie sah einen Hoffnungsschimmer.
„Ich denke an einen Arzt in Bonn!"
„Und? Ach bitte, Melanie, erzähle doch, was dir durch den Sinn gegangen ist!"
„Professor Kroll — an den denke ich! Wir sind mit ihm bekannt!"
„Und was soll er machen — mit mir machen? Mich operieren? Gott, Melanie ich bin ja zu allem bereit!"
„Daran dachte ich im Moment noch nicht!"
„Was denn?"
„Ich meinte es so — und mit voller Absicht sage ich es so vorsichtig, Christiane: du bist wohl der Meinung, daß die Operation von Dr. Wolter nicht geglückt ist — oder ich will es noch vorsichtiger sagen: du fürchtest, die Augen werden nicht wieder gleich groß sein, wie Dr. Wolter es dir prophezeit, du glaubst nicht, daß du nur Geduld haben mußt, nicht wahr, so ist es doch?"
„Warum bist du so umständlich? Jaja, ich glaube nicht, daß es so kommt, wie Dr. Wolter sagt, ich kann es einfach nicht glauben! Ich will damit ja gar nicht sagen, daß er keine gute Arbeit geleistet hat, aber ... ach, ich weiß nicht!" sagte sie und stützte die Hand auf die Stirn. „Ich bin einfach verzweifelt und weiß nicht, wie es weitergehen soll!"
„Nun sei ruhig! Du möchtest gern einen anderen Arzt zu Rate ziehen, nicht wahr? — Nun gib nicht gleich auf, Christiane, das ist doch nicht deine Art!"
„Nein, nein, ich will ja auch gar nicht!" Und doch konnte sie die Tränen nicht aufhalten. „Ich bin wohl doch ziemlich fertig. Ich muß soviel nachdenken, und es fällt mir so schwer!"
„Dann laß es mich für dich tun! Ich werde also zu Herrn Professor Kroll gehen — nebenbei, er ist Unfallchirurg und hat schon die unvorstellbarsten Verletzungen wieder kuriert, man sah nachher nichts! — und ihm dein Anliegen vortragen. Da ich dich gesehen habe, kann ich ihm ziemlich genau sagen, was verletzt ist und wie es wieder zusammengeflickt wurde — entschuldige den Ausdruck, aber ein passenderer fällt mir im Augenblick nicht ein!"
„Das brauchst du alles gar nicht! Es sind ja nur die Augen! Sie sind mein Problem. Ich meine, es sind die Augen, die das Gesicht eines Menschen ausmachen. Wenn sie nicht intakt sind, ist das ganze Gesicht entstellt. Ich kann es Ulrich nicht ..."
„Hör auf damit!" sagte Melanie energisch und erreichte so, daß Christiane endlich mit dieser Selbstzerfleischung ein Ende machte.
„Du hast ja recht!" sagte sie und nahm sich von nun an zusammen.
Ach, wie gut war es, daß Melanie gekommen war. Nicht nur, daß sie einen

Ausweg wußte, sie hatte sie auch zur Ordnung gerufen, ihrem eigentlichen Wesen wieder zum Vorschein verholfen.

* * *

Sie saßen in der „Post" — Ulrich Grothe und Melanie Hofmeister — und tatsächlich erreichte sie, daß dieser Dr. Grothe aufatmete.

„Sobald es Christiane besser geht, erwarten wir Sie also in Bonn. Bis dahin habe ich alles mit Professor Kroll verabredet!"

„Und Sie meinen, dieser Professor ...?"

Er sprach nicht weiter, doch Melanie wußte genau, was er mit dieser Frage sagen wollte. Wird es am Ende ein Wettlaufen von Professor zu Professor? Wird Christiane nie Ruhe bekommen?

„Sie müssen das richtig verstehen, Herr Dr. Grothe! Vermutlich haben Sie noch nie von Professor Kroll gehört. Es ist in Bonn der Chirurg für Fälle wie Christianes Verletzungen. Er ist Schwabe, nebenbei bemerkt, und hat die Eigenart, in seinen schwäbischen Dialekt zu verfallen, wenn er ganz konzentriert nachdenkt. Ich habe das bisher nur gehört, nicht selbst erlebt. Bei Operationen soll es so sein. — Aber das wollte ich ja gar nicht erzählen. Ich wollte nur sagen, daß Professor Kroll absolut integer ist. Nie würde er zu einer weiteren Operation raten, wenn er es nicht für erforderlich hielte."

„Und Sie meinen wirklich, gnädige Frau, das war Christianes Problem?"

Melanie schwieg. Was sollte sie darauf antworten? Dies war nicht Christianes Problem.

„Warum sagen Sie nichts?" forschte Grothe weiter.

Noch immer schwieg Melanie. Sollte sie es ihm sagen, was der eigentliche Grund von Christianes Mutlosigkeit war?

„Also doch etwas anderes!" Grothe sah sie durchdringend an. Sie verheimlichte ihm etwas. Seine stahlblauen Augen trafen die ihren, die soviel Warmherzigkeit ausstrahlten, und da wußte sie, daß sie um die Wahrheit nicht herumkam. Doch sie wollte behutsam vorgehen.

„Ich möchte sagen, daß das indirekt Christianes Problem ist."

„Wie soll ich das verstehen, gnädige Frau?"

Melanie lächelte, ganz ungewöhnlich in diesem Augenblick.

Ihre Hand langte über den Tisch und berührte die seine.

„Gnädige Frau! — Wollen Sie mich nicht Melanie nennen?" fragte sie. „So wie Christiane es tut! Es ist soviel einfacher!"

Es kam überraschend. Er war in diesem Punkt ohnehin schwerfällig. Doch als er in ihre Augen sah und darin soviel ehrliche Freundschaft entdeckte, schob er seine Schwerfälligkeit beiseite. Er führte ihre Hand an die Lippen.

„Danke, Melanie! Vielen Dank. — Daß ich Ulrich heiße, wissen Sie ja!" setzte er etwas verlegen hinzu.

„Aber wir sind vom Thema abgekommen. Sie wollten mir erzählen ..." Er hatte nicht vergessen, was sie zuletzt gesagt hatte.

Und sie hatte so gehofft, ihn ablenken zu können. Doch da kannte sie ihn schlecht. Sie hatte ihn zwar mit diesem Zwischenspiel etwas verwirrt, doch das eigentliche Thema hatte er deswegen nicht vergessen.

Sie mußte also Farbe bekennen. Doch behutsam — Melanie — bitte, behutsam.

„Ich fürchte, Ulrich, Christianes Problem liegt mehr in Ihrem Bereich!"

„In meinem? Wie soll ich das verstehen?"

Nun, es war doch schwer, ihm etwas zu sagen, was ihn betraf, ohne ihn zu verletzen. „Christiane fürchtet, Sie könnten auf die Dauer ihren Anblick nicht ertragen!"

Grothe lehnte sich zurück, ehrlich erschrocken.

„Lieber Himmel, wie kommt sie darauf!" Er legte die Hände an die Schläfen. „Wie kommt sie nur darauf!"

„Irgend jemand muß ihr gesagt haben, wie bestürzt Sie waren, als Sie sie sahen!"

Nun war das Schlimmste gesagt. Jetzt war es leichter, in aller Offenheit darüber zu sprechen.

Nach und nach kam alles heraus. Seine ersten Worte seiner Schwägerin gegenüber — und Krümelchen, die nichts Eiligeres tun konnte, als sie ihrer Schwester weiterzugeben! Und sein „ästhetisches Empfinden". Auch das kam zur Sprache.

Ulrich schloß die Augen.

„Wie konnte ich ... wie konnte ich das nur sagen!" klagte er sich an.

Melanie war voll des Mitgefühls. Zwar durfte sie ihm die ganze Situation nicht verschweigen, doch bewegte es sie, wie sehr sie Ulrich Grothe damit traf. Offenbar machte er so leicht keinen Fehler.

Ach, er war auch nur ein Mensch. Auch er hatte Nerven, die seit Tagen aufs äußerste gespannt waren.

„Aber nun hat sie ja ein Ziel!" sagte sie und hoffte, sie hatte Christiane zum Umschwenken bewegen können.

„Es ist also abgemacht: sobald Christiane sich besser fühlt und wieder zu Hause ist, machen Sie sich auf den Weg nach Bonn. Wollen Sie mir das versprechen, Ulrich?"

Sie lenkte seine Aufmerksamkeit auf diese neue Aufgabe und hoffte, ihn über den Tiefpunkt hinweggebracht zu haben.

Nachdem er Melanie wieder zum Bahnhof gebracht hatte, fuhr er auf schnellstem Wege ins Krankenhaus.

Doch als er schließlich an Christianes Bett stand, fehlten ihm die Worte. Er wollte soviel sagen, wie unentschuldbar sein Verhalten gewesen war, wie er sich schämte und wie sehr er hoffte, es würde nun alles gut. Doch nichts kam über seine Lippen. Er wußte einfach nicht, wie er anfangen sollte, um das Gebäude seiner Schuld abzutragen.

„Ach Gott, Christiane!" sagte er hilflos und nahm sie behutsam in die Arme. „Ich liebe dich doch!"

* * *

Evchen Berger sollte es nie so recht verstehen, daß es eine simple Cassette war, die ihrem Mann endlich den Frieden brachte.

Immer auf der Suche nach einer kleinen Freude für ihn, kaufte sie ihm oft eine Cassette, zumal er nach dem Besuch bei den Steiners gesagt hatte: Ich finde Musik schön!

Mittlerweile hatte er schon viele Mozart-Konzerte im Gehör, Klavierkonzerte, Violinkonzerte, Symphonien, wobei ihm, wie er sagte, die vierzigste besonders gefiel. Allmählich lernte er auch zu unterscheiden, erkannte und schulte sein Ohr für Tschaikowsky, Brahms — alles Komponisten, von denen er bisher nur vage gehört hatte.

Unterstützt wurde er dabei von Lothar Steiner, der ihn häufiger besuchte und zu dem die beiden Bergers auch hingingen.

Ein ganz neues System hatte ihr bisher so unregelmäßiges Leben geordnet.

Doch noch immer hatte Martin Berger Momente, die ihn sein Leiden deutlich fühlen ließen. Allerdings waren seine wütenden Explosionen vorbei. Wenn ihm jetzt seine Blindheit besonders zum Bewußtsein kam, saß er da, hob die Schultern und ließ sie wieder sinken.

„Ach, Krümelchen", sagte er dann seufzend, „was ist das für ein Leben!"

Obgleich Eva Berger sich beinahe wünschte, er würde sich mit einem Wutausbruch Luft schaffen, konnte sie ihr Mitgefühl nicht anders ausdrücken, als daß sie seinen Kopf an ihre Brust legte und ihn streichelte.

Noch war sie selbst nicht soweit, daß sie ihm Mut zusprechen konnte, doch auch das würde sie noch lernen.

Und eines Tages erkannte sie, wie sie ihm besser helfen könnte als mit einem Streicheln.

„Weißt du", sagte sie vorsichtig, „es gibt so viele Menschen, die nicht sehen können, aber ..."

„Aber? Wie meinst du das?"

„Ich meine", — es fiel ihr doch schwer, das in Worte zu kleiden, was sie dachte, ohne ihn zu kränken, „ich meine, andere haben vielleicht nicht ihre Familie um sich, haben kein Zuhause, sondern müssen in einem Heim leben, haben kein Enkelkind — kein Katrinchen und keine Lydia ... haben niemanden, der sich um sie kümmert — nur eine Schwester für viele ... in so einem Heim!"

Sie verstummte.

Das war im frühen Frühjahr, an einem Tag, der das Erwachen der Natur erahnen ließ. Sie saßen in dem dunklen Wohnzimmer dicht beieinander, immer so dicht, daß sie einander berühren konnten.

Langsam drangen Krümelchens Worte in Martin ein. Alles, was sie sagte, war ja wahr. Er suchte ihre Hand und strich zärtlich darüber hin.

„Und sie haben kein Krümelchen!" sagte er dabei und war getröstet.

Von da ab wurde er ruhiger. Wann immer ihn der Gedanke überfiel, daß seine Blindheit ihm vieles verwehrte, dachte er daran, was seine Frau ihm gesagt hatte: Es gibt andere, die haben es nicht so gut — die haben kein Krümelchen!

Jedoch — etwas fehlte ihm. Er hatte kein Ziel, und er wünschte sich, daß sein Leben, obgleich behindert, ein Ziel hätte. Er war noch nicht alt genug, um zu resignieren. Irgend etwas brauchte er, um sich daran festzuhalten.

Und da kam Evchen Berger eines Tages mit einer Cassette an, die eine Idee entwickelte. Es war etwas ganz Einfaches, doch sollte es ein Streben nach sich ziehen, sollte Martin Berger zufrieden, ja sogar glücklich machen.

„Ich habe etwas gefunden, das dir vielleicht Spaß macht!" sagte Krümelchen und legte die Cassette in den Rekorder ein.

„Ich habe doch schon so viele!" meinte Martin. „Und allmählich kenne ich sie alle, die Komponisten!"

„Es ist diesmal keine Musik!" Da merkte er es auch schon.

„Was ist denn das?"

„Hör mal genau zu!"

Er hörte etwas gurren.

„Ist das nicht eine Taube?" Es gurrte weiter, und dann sagte der Sprecher, das wäre der Balzruf einer Turteltaube.

„Habe ich doch gesagt, das ist eine Taube!"

Doch dann ging es weiter. Er hörte es trommeln, als ob jemand auf Holz klopfte.

„Das ist ein Specht! Das muß ein Specht sein!"

Martin war gefangen.

„Das sind die Vogelstimmen unserer Heimat — steht hier auf der Cassette!"

„Scht!"

Krümelchen schwieg sofort. Aber sie war glücklich.

Da habe ich etwas gefunden, das ihn beschäftigt!

Martin lauschte fasziniert. Er konnte gar nicht genug hören, und wenn eine neue Vogelstimme angesagt wurde, versuchte er, sich den Vogel vorzustellen, der so wunderbar sang, klopfte, trällerte, gurrte.

Bisher hatte er nur wenig von Vögeln gewußt, doch auf einmal lernte er sie kennen. Er wußte allmählich, was ein Balzruf war, was ein Lockruf, ein Warnruf!

Und dann hielt es ihn nicht länger.

„Komm", sagte er eines Tages, „wir wollen in den Wald gehen." Sie nahmen den Rekorder mit und versuchten, an dem Gesang, dem Rufen und Klopfen herauszuhören, welche Vögel um sie herum waren.

Obgleich Krümelchen von Vater und Mutter manches über Vögel gelernt hatte und lange nicht so unerfahren war wie ihr Mann, überflügelte er sie bald. Er wußte viel schneller, welcher Vogel sie gerade beglückte, welcher Specht sich ein Nest zusammentrommelte, oder ob die kleine Meise sang oder einen Partner heranlocken wollte.

Der Wald wurde ihm neu erschlossen. Jeden Tag wollte er hingehen, und jeden Tag entdeckte er etwas Neues.

Es blieb nicht bei den Vögeln. Viel mehr als seine Frau hörte er, was um ihn herum geschah, und wenn ein Eichhörnchen in seiner Nähe war, stellte er sich darauf ein. Schon lange hatte er in seinen Taschen Erdnüsse, Brotkrumen oder anderes. Krümelchen und er saßen ganz still auf der Bank, in der geöffneten Hand einen Leckerbissen für Vögel, Eichhörnchen oder sonstige kleine Tiere.

Nicht immer wollte es klappen, nicht immer wurden ihre Gaben genommen, doch manchmal hatten sie Glück.

Unbeweglich saß Martin da und fühlte auf seiner Hand winzige Nadelstiche und dann ein Pick, ein Pickpick — und noch immer stand der Vogel auf seiner Hand und verlor die Scheu vor dem seltsamen Gebilde, in dem sich so wunderbares Futter befand.

Auch ein Eichhörnchen kraxelte einmal an seiner Hose hoch und blieb auf seinem Knie sitzen, um zu sehen, ob die ausgestreckte Hand etwas Eßbares barg. Das waren dann keine winzigen Nadelstiche, ein Eichhörnchen mußte schon kräftiger zupacken.

All diese Erfahrungen waren überwältigend für Martin. Fast täglich waren sie jetzt im Wald. Auf einer bestimmten Bank ließen sie sich nieder und warteten.

Den Rekorder ließen sie bald zu Hause.

Inzwischen war Martins Ohr so geschult, daß er aus dem Vogelstimmenkonzert, das sich ihnen bot, immer eine ganze Reihe ausfindig machen konnte.

Er war gefangen von allem, was im Walde vor sich ging.

Eines Tages trafen sie den Förster. Martin hielt ihn fest. Er wollte mehr wissen über den Wald, seine Bewohner, den Baumbestand und den Waldboden. Er lernte aus dem Rauschen der Wipfel erkennen, ob er sich im Laubwald befand oder in einer Kiefernschonung. Und ebenso merkte er an dem Geruch, den die Bäume ausstrahlten, besonders, wenn die Sonne schien, wo er sich aufhielt.

Das alles waren ganz neue Erfahrungen, die er sammelte und die seinen lebhaften Geist beschäftigten.

Etwas Neues kam hinzu, als eines Tages der Eichelhäher mit besonderer Lautstärke die Vogelwelt mit seinem Geschrei auf eine Gefahr aufmerksam machte.

„Was ist denn heute los? Der Eichelhäher spielt wohl verrückt! Ist hier jemand in der Nähe?“

„Da kommen Badegäste!“ flüsterte Evchen. „Vielleicht ist das der Grund!“

„Ganz sicher ist es so. Wir gehören längst zum Bestand. Bei uns machen sie diesen Lärm nicht!“

„Nun sei still“, flüsterte Evchen wieder. „Du kannst sie doch nicht verscheuchen, bloß weil der Eichelhäher solchen Krach macht!“

Nun merkte auch Martin, daß die Badegäste nicht mehr weit entfernt waren.

„Hallo!“ begrüßte er das Ehepaar. „Haben Sie gehört? Da ist eine Revolte im Gange!“

„Wie bitte?“

„Den Eichelhäher meine ich! Hören Sie nicht sein Gekreische? Gefahr! Gefahr! trompetet er in die Gegend, damit die Vogelwelt gewarnt ist. Und woher kommt die Gefahr? Von Ihnen, meine Herrschaften!“

Krümelchen bekam Herzklopfen. Sie hatte Martin lange nicht mehr so aufgeschlossen erlebt. Hoffentlich waren die Gäste nicht gekränkt, daß er sie einfach so ansprach und auch noch sagte, sie wären eine Gefahr und hätten die Revolution im Wald verursacht.

Das Gegenteil war der Fall.

Das Ehepaar setzte sich zu ihnen auf die Bank.

„Das müssen Sie uns schon näher erklären!“ sagte die Dame. „Wie wunderbar, daß wir Sie treffen. Wir wissen nämlich gar nichts von Vögeln.“

„Wie sollten wir auch, wir wohnen in Berlin, mitten in Berlin, verstehen Sie? Da hört man das Brummen von Fahrzeugen, das Quietschen von Bremsen, das Martinshorn und das geschäftige Treiben im Zentrum einer Großstadt. Aber Vögel? Vogelstimmen hören wir nicht!“ Das sagte der Mann.

Martin lächelte.

„Aber hier! Hier können Sie das alles haben — gratis! Was sie gerade gehört haben, war ein Eichelhäher, aber das Gezirpe ... hören Sie es?“

Sie lauschten angestrengt, aber sie hörten nur ein Konglomerat von Vogelstimmen, ein Singen, Pfeifen, Flöten, vielleicht auch ein Zirpen.

„Also wenn man genau hinhört, vernimmt man ein richtiges Konzert!“ sagte der Mann und fühlte sich veranlaßt, sich vorzustellen. „Übrigens, Schulenburg ist mein Name!“

Er streckte die Hand aus.

„Wir sind die Bergers, Marienfelder!“ sagte Martin freundlich und wandte sich den Gästen zu. Sie sahen seine dunkle Brille, sie sahen seine Hand, die die von Herrn Schulenburg verfehlte — und erst da merkten sie, daß er nicht sehen konnte.

Krümelchen nickte dazu und gab ihnen stattdessen die Hand.

„Sie können nicht sehen!“ sagte Schulenburg offen. „Ich hoffe, ich darf Sie gleich daraufhin ansprechen. Ich finde es schrecklich für beide Seiten, wenn man darum herumredet. Aber jetzt verstehe ich auch, woher Sie so gut informiert sind. Sie haben sich mit der Vogelwelt beschäftigt, nicht wahr?“

„Ich wußte kaum etwas davon — vorher, aber ... es ist eine Beschäftigung, die Freude macht. Da — hören Sie, das ist ein Rotkehlchen, das da singt! Ist das nicht wunderbar anzuhören?“

Die Schulenburgs waren noch nicht imstande, den Gesang eines Rotkehlchens aus dem Stimmengewirr herauszuhören, aber sie waren gefangen von Martins Gabe, es ihnen zu erläutern. Sogar ein wenig nachmachen konnte er den Gesang.

„Kommen Sie häufig hierher?" fragte Frau Schulenburg und verfolgte damit ein bestimmtes Ziel.

„Eigentlich täglich!" antwortete Krümelchen für ihren Mann. „Nur wenn es regnet natürlich nicht!"

„Dann singen ja auch die Vögel nicht. Aber sonst sind wir eigentlich jeden Tag um diese Zeit hier!"

„Eins würde mich interessieren!" sagte Herr Schulenburg. „Wie haben Sie das alles gelernt? Ich meine, irgendeine Anleitung müssen Sie doch gehabt haben, wenn Sie sagen, früher hätten sie praktisch nichts von Vögeln gewußt!"

„Ja", lachte Martin und war nun richtig glücklich, daß er von Fremden deswegen angesprochen wurde. „Eines Tages brachte meine Frau mir eine Cassette mit, auf der die Vogelstimmen unserer Heimat aufgenommen worden waren. Ich fand das so großartig, daß wir anfangs den Rekorder mitnahmen und versuchten, uns zurechtzufinden. Jetzt brauchen wir ihn nicht mehr."

„Das ist ja fabelhaft, Herr Berger!"

„Es ist eine wunderbare Sache, wenn man nicht sehen kann. Ich habe das früher natürlich auch nicht gewußt. Es hat mich auch nicht interessiert!"

„Dürfen wir fragen ... sind Sie schon lange ..."

Es war Krümelchen, die schnell antwortete, bevor sie das schreckliche Wort „blind" hörte.

„Es ist ungefähr ein Jahr her — etwas länger!"

„Und es geschah von einem Tag zum anderen!" fügte Martin hinzu. „Aber davon wollten wir eigentlich nicht reden!"

Das war neu!! Das war wirklich etwas ganz Neues, daß Martin nicht über seine persönliche Tragödie reden wollte. Solange Eva Berger zurückdenken konnte, war es Martins Blindheit, die sein Denken erfüllte. Wie konnte es auch anders sein. Sie verübelte es ihm ja nicht. Der Arzt hatte es ihr vorsichtshalber gesagt, daß er durch Monate von nichts anderem reden würde als von seiner Tragödie und daß man ihn gewähren lassen sollte. Er würde von allein merken, daß und wann es genug wäre. Genau so war es eingetroffen.

Heute wollte Martin nicht darüber reden — nicht vor Fremden. Hatte er von sich aus gemerkt, daß das Thema „ausgesprochen" war?

Vielleicht war es so, aber mehr noch war es die beglückende Tatsache, daß er anderes gefunden hatte, das die Trauer um sein Schicksal in den Hintergrund rückte.

Niemand merkte, wie Krümelchen diese Entdeckung bewegte.

Im Gegenteil, das Gespräch ging nun endlich in die Richtung, die Frau Schulenburg ins Auge gefaßt hatte.

„Wir wissen so wenig von Vögeln!" sagte sie seufzend. „Was meinen Sie, Herr Berger, wenn Sie morgen wiederkommen, dürfen wir uns dann zu Ihnen setzen?"

Martin antwortete nicht sogleich. Er konnte nicht antworten, so sehr beglückte ihn diese Frage. Jemand sollte von seinem Wissen profitieren wollen. Er sollte Fremden etwas beibringen! Und dabei war er blind!

Er hatte in früheren Jahren vielen jungen Menschen etwas beigebracht, den Lehrlingen das Backen und später seinen Mitarbeitern den Sinn fürs Geschäft. Aber jetzt? Heute?

Auch jetzt, wo er blind war, war seine Hilfe noch gefragt. Das war so überwältigend für ihn, daß er nicht spontan antworten konnte.

Doch dann wandte er sich den Schulenburgs zu. Auch wenn die Augen durch die dunkle Brille verdeckt waren, strahlte er sie an, als könnte er sie sehen.

„Aber ja!" sagte er glücklich. „Was ich dazu tun kann, Ihnen die Vogelstimmen näherzubringen ..."

Das war der Auftakt zu einer neuen Aufgabe, die Martin Berger immer mehr faszinierte.

Mit den Schulenburgs fing es an. Es folgten andere Gäste, die sich hinzugesellten. Und eines Tages fand man in der Kurverwaltung eine kleine Bekanntmachung, daß täglich von 10 bis 11 Uhr, bei gutem Wetter, Herr Martin Berger über die Vogelwelt erzählen würde. Treffpunkt war die Bank oberhalb der alten Wassermühle.

* * *

Liebste Melanie!

Es will mir scheinen, als wäre ich der Grund, der Ulrich davon abhält, seinen Frieden nach einem arbeitsreichen Leben zu finden.

Ich möchte Dir das näher erklären.

Unsere ganze Korrespondenz in den letzten beiden Jahren ging doch darum, Dir zu schildern, wie mein Mann mit dem Ruhestand fertig wird. Ich denke, ich habe es gewissenhaft getan und zum Vergleich auch das Leben meines Schwagers angeführt, der in ähnlicher Lage war. Damit meine ich, daß auch er sich vom Berufsleben zurückzog, aber es insofern leichter hatte, als er das Stück für Stück tun konnte. Später allerdings veränderte sein persönliches Schicksal sein Leben und hielt ihn in einer Phase des Aufbäumens fest. Dann folgte die Resignation, aber jetzt? Ich erzählte es Dir am Telefon, jetzt ist er glücklich. Überraschend hat er eine Aufgabe gefunden — ein Ziel.

Die ganze Familie, jung und alt, freut sich mit ihm. Und er ist soo beschäftigt! Sein Tag fängt damit an, daß er seinem Enkelkind guten Morgen sagen muß.

Dieses Vergnügen läßt er sich auf keinen Fall nehmen. Schon allein aus diesem Grunde beginnt der Tag für ihn fröhlich.

Zweimal in der Woche geht er mit Ulrich und Evchen zum Schwimmen. Auch das ist nun fest eingeplant. Täglich von 10 bis 11 Uhr sitzt er dann, wenn das Wetter es erlaubt, auf der Bank bei der Wassermühle und erwartet seine Gäste, um ihnen die Wunderwelt des Waldes zu erläutern.

Melanie, Du glaubst nicht, wieviel Auftrieb ihm das gegeben hat. Er wird gebraucht.

„Stell dir vor, Christiane", sagte er neulich zu mir, „ich werde noch gebraucht! Auch wenn ich nicht sehen kann, man braucht mich!" Und er macht es wirklich großartig. Ich bin einmal mitgegangen und war erstaunt, wieviele Badegäste sich einfanden. Jetzt hat sogar die Schule angefragt, ob er nicht den verschiedenen Klassen „Naturkunde an Ort und Stelle" vermitteln wollte!

Natürlich will er — er ist begeistert, daß er so gefragt ist.

„Ich brauche einen Terminkalender!" hat er neulich gesagt — im Scherz, aber allmählich glaube ich, daß er ihn wirklich nötig hat.

Das Kapitel Martin Berger ist also abgeschlossen, so möchte ich sagen.

Er hat sein Ziel — und, das ist besonders wichtig, er hat seinen Frieden und ist glücklich.

Nun will ich zum Vergleich noch die Steiners aufführen. Ich habe sie häufig erwähnt, und Du weißt, daß Lothar Steiner sich wieder der Musik zugewandt und darin seinen Frieden gefunden hat.

Bei dieser Gelegenheit muß ich noch erwähnen, daß ich vor geraumer Zeit berichtete, er und ich sollten zusammen etwas vorspielen — vierhändig. Martin wollte das natürlich gleich an die große Glocke hängen. Ulrich sollte uns im Kulturring einschalten, er würde ganz Marienfelde zusammentrommeln, und so weiter und so weiter!

Erheiternd war bei dieser Planung, daß Petra Steiner noch immer Angst um ihren Mann hatte. Ich weiß nicht, warum, aber schon seit jeher scheint Lothar Steiner mich zu mögen. Das ist sicher ganz schmeichelhaft, aber durchaus nichts zum Aufregen — schon gar nicht in diesem Alter ...

Halt, stop! das sollte ich wohl doch lieber nicht sagen! Eifersucht! Eifersucht in ihrer mildesten Form scheint es in jeder Altersstufe zu geben, und zwar schon so lange, wie es Geschlechter gibt.

Jedenfalls hatte Petra Steiner sich ausgedacht, wenn wir schon zusammen etwas vortragen sollten, sollte das Üben sozusagen unter ihrer Aufsicht vor sich gehen. Sie wollte dabeisitzen! Arme Petra! Sie macht sich wirklich Sorgen, wo keine sind ...

Ich muß schon wieder „Halt, stop!" sagen, ist mir doch tatsächlich Ähnliches mit Ulrich passiert. Ich denke gerade daran und möchte es Dir berichten, damit Du etwas zum Lachen hast.

Ich ertappte mich eines Tages dabei, daß ich höchst erstaunt war, wie Ulrich Grothe, dieser überaus korrekte Mann, es fertiggebracht hatte, seiner Schwägerin Eva Berger, dieser pummeligen, biederen Hausfrau, zuzureden, sich etwas patenter zu kleiden. Ich war über alle Maßen beunruhigt. Wie kam er dazu, ausgerechnet Ulrich! Und wieso war es ihm aufgefallen, wie simpel, kleinbürgerlich meine Schwester sich anzog?!

Als wir schließlich das Thema durchhechelten, mußten wir beide lachen! Ulrich wollte Eva lediglich über einen toten Punkt hinweghelfen, als sie mit der Situation im Hause nicht fertig wurde. Irgendwie hatte ihr Mann sie so schikaniert, daß sie Zuspruch brauchte. Und da lenkte er sie denn ab, indem er ihr Augenmerk auf ihre Garderobe richtete.

Ich will damit ja nur sagen, daß ich auch in diesem Alter (!) nicht gefeit war gegen Eifersucht, wenn ich mir auch albern vorkam.

Da bin ich aber ganz schön vom Thema abgekommen, wie?

Ich sprach von den Steiners, über die es eigentlich nichts mehr zu sagen gibt. Sie sind so in sich zufrieden, haben das Hotel ihrem Sohn überlassen, der es zwar in einer anderen Richtung weiterführt, aber erfolgreich.

Das geplante Konzert! Vorerst war es im privaten Rahmen gedacht.

Mein Unfall ist dazwischengekommen. Darüber möchte ich auch noch sprechen, bevor ich Ulrichs Probleme erwähne (besser sollte ich sagen: das Problem Ulrich, aber das klingt mir zu unfreundlich!).

Ach, Melanie, wenn ich daran denke, wie sehr ich Deine Hilfe brauchte! Das ist jetzt ein Vierteljahr her! Lieber Gott, es war eine furchtbare Zeit! Ich war am Ende. Noch nie hatte ich erlebt, wie verzweifelt man sein kann. In diesen Tagen, vor allem in den ersten nach dem Unfall, als ich nicht sehen konnte, bekam ich eine geringe „Ahnung" von dem, wie Martin Berger zumute gewesen sein muß. Ich sage das absichtlich so vorsichtig, weil es wirklich nur ein Ahnen war, denn ich wußte doch, daß es bei mir nur ein paar Tage dauern würde. Aber alle Handreichungen — für alles brauchte ich eine Unterstützung.

Das schlimmste aber, das hast Du ja auch bemerkt, war die Furcht, daß ich Ulrich diese Entstellung zumuten mußte.

Ich kann Dir gar nicht genug danken, daß Du nicht nur gekommen bist, um mich zu trösten und meine Hand zu halten. Du hast ernsthaft überlegt, wie man aus dieser Sackgasse wieder herauskommen könnte.

Und dann Professor Kroll!! Schade, Du wurdest ja plötzlich abgerufen, so daß ich Dir nur ganz knapp von dem Besuch bei ihm berichten konnte.

Eigentlich kommt mir erst jetzt alles in seiner tieferen Bedeutung zum Bewußtsein, jetzt erst, weil ich Abstand gewonnen habe.

Professor Kroll! Weißt Du, es gibt Momente im Leben, die prägen sich einem ein und die vergißt man nie!

Als ich den Mann sah — er ist ja wirklich keine attraktive Erscheinung, aber er hatte so etwas an sich — war es seine gemütliche Art, seine Fülle? Ich hatte gleich das Gefühl, der Mann ist bestimmt ehrlich!

Dennoch klopfte mir das Herz bis zum Halse, als er vor mir stand, beide Hände auf meinen Schultern. Sicher ahnte er, was in mir vorging.

„Nun wollen wir uns das mal genau ansehen!" sagte er.

Mit den Händen auf den Schultern rückte er meinen Kopf so, daß er alle Verletzungen genau studieren konnte. Er sagte nichts dabei. Auch seine Miene blieb unverändert.

„Darf ich?" fragte er schließlich und berührte meine Brille. Das war das Entscheidende für mich. Ich beobachtete ihn genau.

Nichts — nichts geschah! Er trat einen Schritt zurück, sah das kleine Auge, das große, sah bestimmt auch das geflickte Augenlid und die tiefe

Kerbe zwischen den Augen, und noch immer musterte er mein Gesicht, ohne etwas zu sagen.

Er nahm seine dicke Hornbrille ab und spielte mit dem Bügel. Es war unerträglich für mich, als er die Brille hin- und herschwang und nichts sagte.

Da konnte ich es nicht mehr aushalten.

„Was sagen Sie dazu, Herr Professor?"

Er schüttelte den Kopf, ganz leicht, ging noch einen Schritt zurück und ließ sich dann in seinem Sessel am Schreibtisch nieder.

Er hob die Schultern und warf die Brille auf den Schreibtisch.

„Also i hätt's net besser mache könne!"

Im ersten Moment reagierte ich überhaupt nicht. „I hätt's net besser mache könne!" Da fiel mir alles wieder ein. Ein Schwabe, der in Augenblicken höchster Konzentration in seinem heimatlichen Dialekt spricht! So hattest Du doch gesagt, nicht wahr?

Aber noch immer stand ich da und ließ einfach die Tränen laufen. Ich stand da wie eine Statue! Hätte mich allerdings jemand angetippt, wäre ich umgefallen.

„Aber, aber Mädle!" sagte er, als er mich so bewegungslos stehen sah.

Schnell stand er auf und nahm mich ganz einfach in die Arme. Mädle! Du meine Güte. Nicht einmal Ulrich hätte ich erlaubt, mich so zu nennen! Doch der Professor durfte es. In diesem Augenblick war ich ja nichts weiter als ein verstörtes Mädle, das die beglückende Antwort selbst noch nicht fassen konnte.

Was weiter gesagt wurde, war schon nicht mehr so wichtig — oder ich will es so ausdrücken, es war eigentlich nur die Bestätigung von dem, was Dr. Wolter auch schon gesagt hatte. Es würde sich alles wieder zurechtbilden. Der menschliche Körper helfe sich da selbst.

Auch die Augen?

„Auch die Augen! Es dauert zwar ein bißchen länger, aber eines Tages werden selbst Sie den Unterschied nicht mehr feststellen können — und ganz sicher sind Sie bei sich selbst die schärfste Beobachterin, nicht wahr?" So sagte der Professor — und so sagte auch Dr. Wolter!

Und wirklich, Melanie, je weiter die Zeit fortschreitet, umso mehr gleicht sich alles aus.

Aber es dauert noch.

Ulrich behauptet zwar — er sagte es ja schon immer — daß die Menschen viel zu sehr mit sich selbst beschäftigt sind, als daß sie schauen, ob Frau Grothes rechtes Auge klein und das andere größer ist — oder umgekehrt! Er jedenfalls sehe nichts mehr von einer Unregelmäßigkeit. Dasselbe behaupten meine Schwester, Dr. Wolter, die Steiners und so weiter.

Ich bin mir nicht sicher, ob sie mich nur beruhigen wollten. Ulrich schlug vor, ich sollte als erstes die Brille weglassen. Dazu konnte ich mich noch nicht entschließen, mußte es aber schließlich, denn ...

Du wirst es nicht glauben, Melanie, nun plädierten plötzlich alle dafür, wir sollten das schon so lange geplante Konzert im Kursaal veranstalten. Es sollte also doch ein öffentliches Konzert werden. Selbst Ulrich war dafür.

Aber ... ich glaube, ich weiß genau, warum mir alle so zuredeten, sogar Lothar Steiner, der vor vielen Jahren einmal ein Konzert gegeben und sich geschworen hatte, es nie wieder zu tun.

Sah das nicht ganz so aus, als wollten sie mich zwingen, mich der Öffentlichkeit zu präsentieren, damit ich endlich von meiner Einbildung (so nennen sie es), ich wäre entstellt, befreit würde?

Möglich, daß ich mich irre, aber bei Ulrich weiß ich ganz genau, daß er die Sache von dieser Seite aus beleuchtete. Ulrich ist kein Mensch der Öffentlichkeit. Schon immer wirkte er mehr im Hintergrund, was sich jedoch, solange er berufstätig war, nicht immer durchführen ließ.

Hinzu kommt sein Desinteresse an Musik. Wenn ich dann noch überlege, daß er absolut keinen Wert darauf legt, daß seine Frau sich in der Öffentlichkeit produziert, kann ich mir nicht vorstellen, aus welchem Grunde er mich spielen hören wollte — so mußte ich mich zwingen, meinen Unfall endlich zu vergessen.

Sehr umständlich ausgedrückt, nicht wahr?

Darum will ich von dem Konzert auch nur noch ein paar Worte sagen.

Ich gab mir schließlich einen Ruck und möchte fast sagen, daß ich mich endlich aufraffte und wieder Christiane Grothes Naturell zum Leben verhalf. Vielleicht war das schon ein Teil der Einsicht.

Das Konzert fand tatsächlich im Kursaal statt, aber nicht Lothar Steiner und ich allein bestritten es. Unter der Bezeichnung „Volkstümliches Konzert“ hatte Lothar Steiner mit Ulrich als Kulturring-Veranstalter ein Programm zusammengestellt, das sich sehen lassen konnte. Liedertafel, Guitarren-Klub, Blockflötengruppe der Schule, Lothar Steiner Klavier und wir beide vierhändig. Es war ein buntes, geschickt zusammengestelltes Programm, nicht sonderlich anspruchsvoll, das sollte es auch nicht sein.

Aber das darf ich nicht versäumen zu erwähnen: Es war eine helle Freude, Lothar Steiner zu hören. Er spielte exakt und dennoch mit Wärme. Er spielte Mozart und mußte sich genau informiert haben, wann dieser die Sonate komponiert hatte, in welcher Verfassung er war und in welchem Alter.

Ich war tief beeindruckt.

Es war für mich großartig, mit ihm zusammen zu spielen, habe ich doch von ihm eine Menge gelernt, selbst wenn ich mir einbilde, er ist noch heute der rücksichtsvollste Partner, der sich nie in den Vordergrund drängt.

Es gab keine Kämpfe, wer der Führende in Schuberts Polonaise sein sollte. Darüber haben wir nie diskutiert, weil es nicht nötig war.

Natürlich hatten wir beide Lampenfieber, aber eigentlich nicht so ausgeprägt, als wenn man allein auf dem Podium steht. Zu zweit ist alles viel einfacher. Jedenfalls machten wir die Feststellung hinterher, als wir uns darüber unterhielten.

Mein Problem lag ja auch woanders. Ich hatte viel mehr Herzklopfen wegen meines Aussehens. Ulrich bestand darauf, daß ich die Brille wegließ. Ich tat es schließlich, wenn ich auch das Gefühl hatte, ich wäre eines Schutzes beraubt. Was mir aber Kummer bereitete, war das Tränen des verletzten Auges. Ich glaube, ich habe das noch nie erwähnt, weil ich es auch nicht gleich zu Anfang feststellte. Der Tränenkanal ist bei dem Unfall restlos kaputtgegangen. Ich habe also immer ein Taschentuch bei mir. (Nur zur Erheiterung sei bemerkt, daß das Make-up überhaupt nicht mehr in Frage kommt, es ist sofort verschmiert!). Möglich, daß man es im Publikum anders auffaßte und meinte, ich wollte damit meine verschwitzten Hände abwischen!

Gott, Melanie, was man sich alles so einbildet! Ist das so wichtig?

Unsere Polonaise machte uns selbst Spaß. Schubert vierhändig zu spielen, ist ja eine Freude. Es würde zu weit führen, wenn ich wiedergäbe, wie mich Lothar Steiner darauf vorbereitet hat. Er sagte zum Beispiel, Schubert wäre ein „vierhändiger Klassiker", es wäre ein unbegreiflicher Reichtum an Einfällen und Schönheit in seiner Klaviermusik für zwei Spieler ... jedenfalls waren wir bestens vorbereitet und spielten die Polonaise wirklich fehlerlos und mit „Charme", so möchte ich es nennen! Und wenn es nicht eingebildet klingt, möchte ich auch noch sagen, daß unsere Darbietung als der Höhepunkt des kleinen Konzertes angesehen werden darf. Jedenfalls wurde es am nächsten Tag in den Zeitungen, die um uns herum erscheinen, so gesagt.

Mich bewegte allerdings viel mehr, daß ich nun keine Scheu mehr habe, mit fremden Leuten zu sprechen, daß also so etwas „Öffentliches" geschehen mußte, ehe ich zur Einsicht kam. Ich kann nur sagen: Dank an alle, die mir zuredeten.

Nun aber Ulrich ...

* * *

Hier wurde Christiane unterbrochen. Ihr Mann kam in ihr Zimmer und sagte: „Wir bekommen gleich Besuch!"

Christiane blickte auf. „Besuch? Wer denn?"

Grothe lächelte. Er hatte eine Zigarre in der Hand, immer ein Zeichen, daß er guter Stimmung war — und ganz sicher war er es.

„Dr. Kleist!" sagte er.

„Du machst es aber spannend. Ich kenne keinen Dr. Kleist!"

„Wie solltest du auch! Dr. Kleist ist der Mann von draußen!"

„Von draußen? Was soll das bedeuten?"

„Also ich muß schon sagen, wenn du an deine Freundin Melanie schreibst, vergißt du alles um dich herum. Daß du das Telefon nicht gehört hast, ist ja verzeihlich, aber daß du nicht weißt, wer der Mann von draußen ist!!! Erinnerst du dich wirklich nicht?"

Christiane dachte angestrengt nach. Der Mann von draußen! Irgendwie und irgendwo hatte sie das schon mal gehört, und wenn sie nicht alles täuschte, hatte sie sogar Melanie darüber geschrieben.

„Moment ... einen Moment! Gleich habe ich es zusammen! Es soll einer von „draußen" sein", murmelte sie vor sich hin. „Jetzt weiß ich es. Ted Williams, Vice-President der PFI für Europa, der eine Weile das Management der PFI Germany übernahm, bis ein Nachfolger für Jochen Schütz gefunden worden war. Es sollte einer von „draußen" sein, also nicht aus der PFI hervorgegangen! Bin ich auf dem richtigen Wege?"

Grothe nickte. „Kluges Kind!"

„Und das ist dieser Dr. Kleist?"

„So ist es!"

„Kennst du ihn, ich meine, hast du ihn schon einmal gesehen?"

„Nein, er kommt nicht aus der Kartoffelbranche. Er kommt nicht einmal aus der Ernährungsindustrie!"

„Nicht? Ist das nicht verwunderlich?"

„Ich glaube nicht!" meinte Grothe. „Du darfst nicht vergessen, daß sich das ganze Geschäft verändert hat."

„Aber um auf diesen Dr. Kleist zurückzukommen, was will er von dir? Du sagts, er will dich besuchen?"

Grothe nickte.

„Jetzt gleich?"

„Er ist auf dem Wege!"

„Und? — Ich spreche jetzt als Hausfrau! Was soll ich vorbereiten? Kaffee? Tee? Kuchen könnte ich noch schnell backen, kein Problem, aber es ist dann nichts Aufregendes!"

„Das brauchst du alles nicht! Ich denke, wir trinken einen Cognac, und ich hoffe, er mag eine gute Zigarre!"

„Zigarre! Es wäre dir gleich um eine Umdrehung sympathischer, wie?"

Darauf antwortete Grothe nicht. „Aber findest du es nicht nett, daß dieser Dr. Kleist mich anruft und uns einen Besuch machen will?"

„Uns? Du meinst, ich bin auch eingeschlossen? Das wäre neu!"

„Erinnerst du dich nicht an Howard Spring, der damals sagte: ‚Ach kommen Sie, Chris, die PFI-Zeiten sind nun vorbei!' Das war, als er seine Präsidenten-Abschiedstour machte. Und wenn Herr Dr. Kleist, der neue General-Manager von der PFI-Germany, sich zu einem Besuch anmeldet, ist es für mich selbstverständlich, daß meine Frau dabei ist!"

„Na wunderbar!" sagte sie und freute sich ehrlich.

Was sie aber mehr beschäftigte, war der Gedanke, ob dieser Besuch ihren Mann in der Loslösung von seinem Berufsleben nicht wiederum ein Stück zurückwerfen würde.

Wartend stand Ulrich Grothe am Fenster. Wie immer rauchte er schweigend, doch diesmal wippte er unruhig auf seinen Füßen.

Da kam der Wagen.

Das erste, was Grothe feststellte, war der silbergraue Mercedes, den Schütz auch schon gehabt hatte.

Dann sah er Dr. Kleist, ein großer und hagerer Mann, der sportlich den langen Weg von der Straße zum Haus hochkam. Groß und hager — keine Reklame für Kartoffelpüree! ging es ihm durch den Sinn und hinterließ ein Schmunzeln auf seinem Gesicht. Zu komisch, daß er gerade daran denken mußte.

Doch dann sah er ihn näherkommen. Gewöhnlich zog er sich rechtzeitig zurück vom Fenster, um den Gast nicht zu irritieren, doch heute war die Freude zu groß — und die Neugier ebenso, das mußte er sich eingestehen.

Er hatte vielleicht das Alter von Jochen Schütz, also eine knappe Generation jünger als Grothe, doch auch er hatte schon scharfe Kerben im Gesicht, die aber vermutlich vom asketischen Leben herrührten.

Er trug keine Aktentasche bei sich, nur die Wagenschlüssel hielt er in der Hand. Grothe war ihm direkt dankbar, daß er auch keine Blumen für Christiane mitbrachte, denn das hätte dem Besuch etwas Offizielles gegeben. Es war wohl tatsächlich so, daß ihm gerade die Idee gekommen war, als er sich in Marienfelde aufhielt.

Gewiß, die Gerüchteküche in Marienfelde hatte den Namen Dr. Kleist schon häufiger kursieren lassen. Evchen Berger hatte Ulrich beim Schwimmen davon erzählt — sie wußte ja immer alles, doch er hütete sich, davon Gebrauch zu machen. So etwas schätzte Grothe nicht.

Aber daß Christiane in den überregionalen Tageszeitungen, die die Grothes hielten, in der Rubrik „Personalien" nicht entdeckt hatte, daß Dr. Kleist, aus der Textilbranche kommend, die Geschäfte der PFI übernommen hatte, war verwunderlich. Sie war sonst doch so gewissenhaft — aber da fiel ihm ein, daß der Wechsel passiert war, als Christiane im Krankenhaus lag. Sie konnte es also nicht wissen.

* * *

Zwei Tage habe ich den Brief liegen lassen müssen, liebste Melanie, entschuldige, aber es ist soviel Bewegendes passiert, daß ich mein Thema „Ulrich" total verändern muß.

Herr Dr. Kleist war hier!

Er hat Ulrich einen Besuch gemacht. Ich weiß, ich weiß, Dr. Kleist sagt Dir gar nichts. Er ist Ulrichs Nachfolger in der PFI, eigentlich Jochen Schütz' Nachfolger.

Ulrich war geradezu bewegt, daß Dr. Kleist die Idee hatte, ihn zu besuchen, als er gerade in Marienfelde war.

Obgleich ich mit dabei sein sollte, habe ich doch zumeist geschwiegen und mir alles angehört. Der Besuch dehnte sich nämlich aus und hatte auch noch ein Nachspiel.

Du kannst Dir denken, daß ich mich zwar sehr für Ulrich freute, daß er nicht in Vergessenheit geraten war, doch fragte ich mich auch, wie weit es ihn wohl in der Loslösung von seinem Berufsleben beeinflussen würde. Es hat ihn natürlich beeinflußt — und wie!

Laß Dir davon erzählen.

Anfangs war es ein Tasten — ein Abtasten möchte ich sagen. Wer bist du? Wie bist du? Aber es dauerte nicht lange, da packte Dr. Hartwig Kleist aus.

Er kam aus der Textilbranche, wo er ein ähnliches Unternehmen als zweiter Mann geleitet und an sich darauf gewartet hatte, daß der Eigentümer mit 65 Jahren aufhörte. So war es ihm bei seiner Einstellung auch gesagt worden.

Aber es kam anders. Dieser Mann dachte nicht daran aufzuhören. Er fühlte sich noch lange fit. Letzten Endes stagnierte der ganze Betrieb. Kein Mensch wußte, wie es nun weitergehen sollte. Alle neuen Ideen wurden verworfen, neue Pläne kamen nicht zur Ausführung. Ich meine, ich habe Dir schon einmal geschildert, wie Ulrichs Ansicht darüber ist. Irgendwann muß man den Absprung finden.

Da hat dann Dr. Kleist Schluß gemacht und sich bei der PFI beworben. Er ist schon längere Zeit in Hamburg, und es sieht so aus, als bekäme die PFI neues Leben. Er berichtete von einer neuen Produktionslinie, die sie einrichten. Fertiggerichte! Ich schrieb Dir doch neulich von einem Fertiggericht, das ich Ulrich zeigte. Er meinte, es wäre in Italien hergestellt, aber das stimmte nicht, sie machen es in Süddeutschland. — Die Saunakette ist endgültig gestorben. Sie haben sich wieder den Lebensmitteln zugewandt.

Hier in Marienfelde entwickeln sie neue Produkte, die mit Kartoffeln zu tun haben.

Es kam manches zur Sprache. Auch Personelles. Wo war Ted Williams geblieben?

Oh ja, er ist wieder in New York und hat Frau Schütz geheiratet, aber ...

„Aber?" fragte Ulrich, als er zögerte.

„Nun, ich habe mir sagen lassen, früher hätte die PFI sehr großen Wert auf geordnete Familienverhältnisse gelegt."

Ulrich und ich warfen uns verstohlen einen Blick zu. Wir war es denn bei uns gewesen? ‚Hören Sie, Freundchen', hatte Forrester Ulrich zugesetzt, ‚wenn Sie keine First Lady haben, wird es nichts mit dem Posten eines German Managers!'

„Offenbar hat sich das geändert!" fuhr Dr. Kleist fort. „Jedenfalls würde ein Ted Williams es sich heute verbitten, wenn man auf seine persönlichen Verhältnisse Einfluß nehmen wollte!"

Ich war versucht, Dr. Kleist zu fragen, ob die Töchter von Frau Schütz nun auch in den USA waren, aber ich unterließ es.

„Aber? ... Sie sprachen von den beiden Williams!" fragte Ulrich.

„Ach ja, es sind nicht mehr die „beiden" Williams! Die Ehe dauerte nicht lange. Soviel ich weiß, ist Angela Williams zwar in den USA geblieben, aber ihre Spur verliert sich irgendwo in dem großen Land. — Viel mehr wird es Sie interessieren, von Jerry Forrester zu hören, denke ich. Sie haben doch lange mit ihm zusammengearbeitet, nicht wahr?"

„Das stimmt. Wie geht es ihm?"

„Wie man mir erzählt hat, lebte er in einem kleinen Ort in Kalifornien.

Seit er pensioniert ist, hat er sich ja nie wieder in der Firma sehen lassen, hörte ich. Er soll ganz plötzlich gestorben sein — beim Rasenmähen ist er umgefallen."

Wir Grothes schwiegen. Vermutlich dachten wir beide dasselbe. Er hatte uns ja nicht gerade das Leben leicht gemacht.

„Haben Sie vielleicht etwas von Howard Spring gehört, dem ehemaligen Präsidenten?"

Kleist dachte nach. „Warten Sie, irgendwer hat es mal erwähnt. Ja, Williams war es, glaube ich. Mr. Spring ist nach Palm Springs gezogen — in die Wüste. Da ist es warm und sicher angenehm zu leben. Waren Sie zufällig einmal dort?"

„Nein, nur gehört habe ich davon. Ich glaube, das ist ein idealer Ort zum Golfspielen."

„Das habe ich auch gehört!" — Er dachte noch einen Augenblick nach und sagte zum Schluß:

„Mehr weiß ich eigentlich nicht von der alten Garde, jedenfalls nicht von den Leuten, mit denen Sie, Herr Dr. Grothe, zusammengearbeitet haben."

„Wie sollten Sie auch. Wir sind fast eine Generation älter! — Aber erzählen Sie doch noch ein wenig von der Fabrik. Was gibt es da Neues?"

„Da mache ich Ihnen einen viel praktischeren Vorschlag!" sagte Dr. Kleist.

„Wollen Sie sie nicht einmal wiedersehen? Wir könnten gleich hinfahren!"

Ulrich zögerte. Der Vorschlag, die Fabrik wiederzusehen, war ein überwältigendes Angebot von Herrn Dr. Kleist, und genau so überwältigend war Ulrichs Wunsch, das Werk nach zwei Jahren wiederzusehen. Und doch zögerte er noch.

„Wissen Sie, ich habe anfangs den Fehler gemacht, dauernd den Betrieb aufzusuchen. Manchmal suchte ich direkt einen Grund, in die Fabrik zu gehen. Es dauerte eine Weile, bis ich merkte, was ich damit anrichtete. Ich erschwerte Jochen Schütz die Anerkennung als mein Nachfolger, und ich hielt die Leute von der Arbeit ab."

„Nun, nun, so schlimm war es sicher nicht, und ich meine, jetzt hat das doch alles keine Bedeutung mehr!"

Offenbar war Ulrich nicht so sicher.

„Ach, kommen Sie, ich habe da gar keine Bedenken. Jetzt, nach zwei Jahren ... oder wieviele sind es?"

„So ungefähr stimmt es!"

„Na also, da hat man doch längst Abstand von allem! — Wollen wir fahren?"

Melanie, Du kannst Dir denken, wie besorgt ich war. So sympathisch dieser Dr. Kleist war, ich verwünschte ihn und seinen Besuch. Sollte es denn nie aufhören? Wieviele Wochen oder gar Monate würde es nun wieder dauern, ehe Ulrich sich von der PFI löste?!

Aber es kam noch schlimmer.

Nach ungefähr zwei Stunden ging das Telefon. Ulrich war am Apparat, lebhaft und bester Laune. Er wäre in der „Post" mit Dr. Kleist und ich sollte doch zum Abendessen herunterkommen.

„Und bitte", flüsterte er, „mach dich hübsch!"

Was diese drei Worte in mir auslösten, kann ich Dir gar nicht in knapper Form beschreiben. Ich geriet geradezu in Panik.

Mach dich hübsch! Sowas sagt allenfalls ein verliebter Jüngling, aber doch nicht ein Ulrich Grothe, mittlerweile 67 Jahre alt und bisher bekannt als Eisblock!

Mach dich hübsch! Hieß das etwa: wenn du schon im Gesicht nicht gerade patent aussiehst, laß es wenigstens an deiner Kleidung erkennen!

Mach dich hübsch! Sowas sagt höchstens einer, wenn er übermütig ist. Und warum war Ulrich übermütig? Weil er mal wieder in der PFI gewesen war — weil er seine Leute wiedergetroffen hatte, weil sie sich offenbar freuten, ihn wiederzusehen ...

Ach Gott, Melanie, was dachte ich alles!

Und es war alles verkehrt!

Nur am Rande möchte ich erwähnen, daß ich mich freute, die jungen Steiners begrüßen zu können! Beide! Also bei denen stimmt einfach alles! Ihnen spricht das Glück aus den Augen. Der junge Steiner hat Erfolg mit seinem Hotel, Frau Steiner ist eine Augenweide — und sie haben einen Sohn!

Nun wieder zu Ulrich!

„Wie war's?" fragte ich gleich, als wir auf unser Menü warteten.

„Das erzähle ich dir später!" sagte er und war direkt heiter. Vom Geschäft wurde eigentlich nur noch wenig gesprochen. Ich erfuhr mehr von Dr. Kleists Familie, ein wenig von den USA, auch ein bißchen von den Planungen, aber aus allem hörte ich heraus, daß man an der obersten Spitze auf der Stelle tritt. Offenbar ist der Nachfolger von Howard Spring nicht von der Qualität, wie er es gewesen ist — oder die Geschäfte stagnieren, das kann ich nicht beurteilen.

In Deutschland dagegen — und das ist wohl Dr. Kleists Verdienst — ist ein neuer Schwung zu erkennen. Es wurden eine ganze Reihe von Unternehmen erwähnt — alle aus der Lebensmittelbranche, in die die PFI eingestiegen ist.

Obgleich alles erfreulich verlief — auch das Essen war wieder ohne jeden Tadel —, wartete ich mit ziemlicher Ungeduld auf das Gespräch mit Ulrich.

Als wir uns schließlich trennten, war es bereits Mitternacht. Gewöhnlich schlafen wir dann schon, aber an dem Tag gab ich keine Ruhe. Ich mußte wissen, wie der Besuch in der Marienfelder Fabrik ausgefallen war.

„Wen hast du getroffen?" fragte ich, als wir endlich im Wohnzimmer saßen und Ulrich sich noch eine Zigarre anzündete.

Wie froh war ich, daß er es tat. Damit waren die nächsten zwanzig Minuten gesichert!

„Wen habe ich getroffen?“ wiederholte Ulrich meine Frage. „Niemanden!“

„Niemanden? Wie soll ich das verstehen?“

„Niemanden von der alten Garde, wenn ich mal so sagen soll! Das war es ja eben, was mich so verwunderte. — Das Büro war umgebaut. Es sind jetzt lauter kleine Zellen. Jeder hat sein Reich für sich.“ Er hob die Schultern. „Ob das gut ist? Ich fand es damals sehr fortschrittlich, daß jeder zu jedem gehen konnte und jeder auch sah, was der andere machte!“

Wieder zuckte er mit den Schultern. „Hatte natürlich auch Nachteile, das gebe ich zu!“

„Und wie sah die Fabrik aus?“

Mit der Zigarre in der Hand machte Ulrich eine entsagende Geste.

„Das war es ja eben! Ich erkannte nichts wieder! Alles war neu, und wenn nicht neu, war es anders aufgestellt. Lediglich die Verpackungsmaschinen für 250- und 500-g-Packungen fand ich wieder, aber auch sie standen woanders.

Das war es ja eben!“ sagte er noch einmal. „Es erging mir wie Martin. Es war nicht mehr „meine“ Fabrik. Nach diesen zwei Jahren war niemand „von der ersten Stunde“ da. Ich sah nur neue Gesichter, alle unbekannt — und kaum einer kannte mich natürlich!“

„Und niemand begrüßte dich, niemand kam, um dir seine persönlichen Gedanken zu unterbreiten, dich um Rat zu fragen ...“

„Genau so war es!“ bestätigte er.

„Aber ...“ Er stand auf und stellte sich ans Fenster. Die weite Ebene wurde vom Mond beschienen. Offenbar wollte er mich jetzt nicht ansehen, sondern etwas sagen, was ihm während der Fabrikbesichtigung durch den Kopf gegangen war. Eine Feststellung von entscheidender Bedeutung. Schon immer hatte er es so gemacht. Er sprach zum Fenster, er sprach zur Ebene, er sprach mit sich selbst — er formulierte Gedanken, die er nun laut aussprach.

„Aber es bestürzte mich nicht! Das war ja so seltsam. Es bestürzte mich nicht, daß ich nichts wiederfand, was mir vertraut war, daß ich niemanden wiedersah, den ich kannte. — Im Gegenteil, es machte mich ruhig, daß die Phase der Verbundenheit mit der Firma nun endlich aufgelockert ist. Glaub' mir, Christiane, es war eine unerquickliche Zeit, das Kommen und Gehen der Empfindungen! Mal bedrückte es mich, daß ich nicht mehr „dazwischen“ war, mal beglückwünschte ich mich, daß ich jetzt Zeit für andere Dinge hatte und mich mehr dem zuwenden konnte, was ich früher vernachlässigt hatte, vernachlässigen mußte. Das ist jetzt alles überwunden.

Jetzt habe ich die Fabrik gesehen und mit Dr. Kleist gesprochen, jetzt habe ich wirklich Abstand von allem — soviel Abstand, daß ich endlich, endlich meine Aufzeichnungen vornehmen könnte, um daraus eine Geschichte zu machen.“

Er verhielt einen Augenblick. Vielleicht wartete er auf meine Zustimmung. Aber ich sagte nichts. Ich war einfach glücklich.

Er hatte es geschafft. Das Interregnum war vorbei.

Und jetzt wollte er darüber schreiben — sein Leben nach dem Kriege, seine Arbeit bei der Perfect Food International, seine Schwierigkeiten und seine Freuden mit den Amerikanern, die hierher kamen, um eine Fabrik aufzubauen, und die soviel Neues, Unbekanntes, Erfreuliches und Unerfreuliches in sein Leben brachten.

Er wandte sich um und sah mir in die Augen, lächelnd, gelöst und glücklich.

„Dies ist ein Feiertag!“ sagte er und küßte mich.

Damit möchte ich aufhören. Es ist alles gesagt zu diesem Thema, und es ist der richtige Abschluß für diesen Brief. Ach, nicht nur das, es ist auch der Abschluß einer langen Periode der Ungewißheit, des Suchens nach einer Lösung. Nun haben wir sie.

Wie immer danke ich Dir, daß ich Dir dies alles unterbreiten durfte. Ich umarme Dich.

Deine Christiane.

* * *

Sie hatte gerade ihren Brief in den Umschlag gesteckt, als Ulrich, eine Menge Zettel und Notizen in der Hand, an ihren Schreibtisch trat.

„Ich könnte ja ein Diktiergerät nehmen“, sagte er, „aber ich bin doch wohl ein bißchen altmodisch!“

Obgleich sie ahnte, was er wollte, verhielt sie sich abwartend. Sie wollte den beglückenden Augenblick auskosten, solange es ging.

„Was meinst du ... ich habe alles bereit ... wollen wir die Arbeit gemeinsam machen?“

„Du meinst, du willst diktieren?“

Er nickte.

„Wie in alten Zeiten? Du willst mir deine Aufzeichnungen diktieren?“

Er nickte abermals.

„Weißt du, ich mag so ein Diktaphon nicht. Das ist mir zu unpersönlich. Ich brauche einen Partner!“

„Aber ja, Ulrich!“ Sie sprang auf und holte ihren Stenoblock hervor, die gespitzten Bleistifte. Sie hatte ja schon lange alles bereit — immer in der Hoffnung, er würde beginnen und — er würde sie daran teilhaben lassen. Jetzt war der Augenblick gekommen.

„Wir können sofort anfangen!“

Sie gingen gemeinsam ins Wohnzimmer, Ulrich an seinen Schreibtisch, sie setzte sich ihm gegenüber.

Er breitete seine Notizen vor sich aus und ordnete sie.

„Fertig?“ fragte er.

Sie nickte.

* * *

INHALTSVERZEICHNIS